八闓文庫

八閩文庫

專題彙編 第三種

福建通俗文學彙編

涂秀虹 主編

海峽出版發行集團
THE STRAITS PUBLISHING & DISTRIBUTING GROUP
海峽文藝出版社

二〇一九年八閩文庫出版工程領導小組

組　長

梁建勇

副組長

楊賢金

成　員

施宇輝　馮潮華　賴碧濤　陳熙滿　王建南　黄　誌　卓兆水
葉飛文　陳　强　林守欽　王秀麗　蔣達德

二〇二〇年八閩文庫出版工程領導小組

組　長

邢善萍

副組長

郭寧寧

成　員

施宇輝　馮潮華　賴碧濤　陳熙滿　肖貴新　王建南　黄　誌
卓兆水　葉飛文　陳　强　林守欽　王秀麗　林義良

二〇二二年八閩文庫出版工程領導小組

組長 張彦

副組長 鄭建閩

成員 林端宇 鄭家紅 顔志煌 黄國劍 許守堯 肖貴新 林生 黄誌
卓兆水 吴宏武 陳强 張立峰 鄭東育 林義良 林彬

二〇二三年八閩文庫出版工程領導小組

組長 張彦

副組長 王金福

成員 林端宇 鄭家紅 顔志煌 黄國劍 許守堯 肖貴新 黄誌 陳熙滿
吴宏武 林生 李潔 張立峰 鄭東育 黄葦洲 林彬

八閩文庫總序

葛兆光　張　帆

一

在傳統中國的文化史上，福建算是後來居上的區域。經歷了東晉、中唐、南宋幾次大移民潮，浙、閩之間的仙霞嶺，早已不是分隔内外的屏障，而成了溝通南北的通道。歷史使得福建越來越融入華夏文明之中，唐宋兩代，特别是在「背海立國」的宋代，東南的經濟發達，海洋的地位凸顯，福建逐漸從被文明中心影響的邊緣地帶，成爲反向影響全國文明的重要區域。在七世紀的初唐，詩人駱賓王曾説「龍章徒表越，閩俗本殊華」（《駱臨海集箋注》卷二《晚憩田家》，陳熙晉箋注，上海古籍出版社一九八五年，第三六頁），前一句説的是華夏的衣冠對斷髮文身的越人没有用，後一句説的是閩地的風俗本來就與華夏不同，意思都是瞧不起東南。但是，到了十五世紀的明代中期，黄仲昭在弘治《八閩通志序》裏卻説，八閩雖爲東南僻壤，但自唐以來文化漸盛，「至宋，大儒君子接踵而出」，實際上它的文明程度，已經「可以不愧於鄒魯」（《四庫全書存目叢書》史部一七七冊，齊魯書社一九九六年，第三六四頁）。

的確，自從福建在唐代出了第一個進士薛令之，而且晉江有歐陽詹，福清有王棨，莆田有徐夤、黄滔這些傑出人物之後，到了更加倚重南方的宋代，福建出現了蔡襄（一〇一二—一〇六七）、陳襄（一〇一七—一〇八〇）、游酢（一〇五三—一一二三）、楊時（一〇五三—一一三五）、鄭樵（一一〇四—一一六二）、林光朝（一一一四—一一七八）、朱熹（一一三〇—一二〇〇）、蔡元定（一一三五—一一九八）、陳淳（一一五九—一二二三）、真德秀（一一七八—一二三五）等一大批著名文人士大夫。這些出身福建或流寓福建的士人學者，大大繁榮和提升了這裏的文化，甚至使得整個中國的文化重心逐漸南移，也許，就像程頤説的那樣「吾道南矣」（《宋史》卷四二八《道學·楊時傳》，中華書局一九七七年，第一二七三八頁）。也就是説宋代之後，原本偏在東南的福建，逐漸成了中國重要的文化區域。

不過，習慣於中原中心的學者，當時也許還有偏見。以來自中心的偏見視東南一隅的福建，那時福建似乎還是「邊緣」。雖然人們早已承認福建「歷宋逮今，風氣日開」（黄虞稷《閩小紀序》，撰於康熙五年，《續修四庫全書》史部七三四冊，上海古籍出版社二〇〇二年，第一二七頁），但有的中原士人還覺得福建「僻在邊地」。像北宋樂史的《太平寰宇記》，一面承認「此州（福州）之才子登科者甚衆」，一面仍沿襲秦漢舊説，稱閩地之人「皆蛇種」，並引《十道志》説福建「嗜欲、衣服，别是一方」（樂史《太平寰宇記》卷一〇〇《江南東道》一二，中華書局二〇〇七年，第一九九一頁）。所以，歷史上某些關於福建歷史、文化和風俗的著作，似乎還在以中原或者江南的眼光，特別留心福建地區與核心區域不同的特異之處，筆下一面凸顯異域風情，一面鄙夷南蠻鴃舌。但是從大的方面説，我們看到宋代以降，實際上福建與中原的精英文化越來越趨向同一，正如宋人祝穆《方輿勝覽》所説，「海濱幾及洙泗，百里三狀元」，前一句裏所謂「洙泗」即孔子故鄉，這是説福建沿海文風鼎盛，幾乎趕得上孔子故里；後一句裏「三狀元」是指南宋乾道年間福建登第的三個狀元，即乾道二年（一一六六）的蕭國梁、乾道五年的鄭僑和乾道八年的黃定，他們都是福建永福（今永泰）這個地方的人（祝穆《新編方輿勝覽》卷一〇，施和金點校，中華書局二〇〇三年，第一六三頁）。

文化漸漸發達，書籍或者文獻也就越來越多，福建文獻的撰寫者中不僅有本地人，也有流寓或任職於閩中的外地人。日積月累，這些文獻記録了這個多山臨海區域千年的文化變遷史，而《八閩文庫》的編纂，正是把這些文獻精選並彙集起來，爲現代人留下唐、宋以來有關福建的歷史記憶。

二

福建鄉邦文獻數量龐大，用一個常見的成語説，就是「汗牛充棟」。那麼多的文獻，任何歸類或叙述都不免挂一漏萬。不過，我們這裏試圖從區域文化史的角度，談一談福建文獻或書籍史的某些特徵。

毫無疑問，中國各個區域都有文獻與書籍，秦漢之後也都大體上呈現出華夏同一思想文化的底色，但各區域畢竟有其地方特色。如果我們回溯思想文化的歷史，那麼，唐宋之後福建似乎也有一些特點。恰恰因爲是後來居上的文化區域，所以福建積累的傳統包袱不重，常常會出現一些越出常軌的新思想、新精神和新知識。這使得不少代表新思想、新精神和新知識的人物與文獻，往往先誕生在福建。衆所周知的方面之一，就是宋代儒家思想的變遷。應當説，宋代的理學或者道學，最初乃是一種批判性的新思潮，一些儒家士大夫試圖以屬於文化的「道理」鉗制屬於政治的「權力」，所以，極力强調「天理」的絶對崇高，人們往往稱之爲道學或理學，也根據學者的出身地叫作「濂洛關閩之學」。其中，「閩」雖然排在最後，卻應當説是宋代新儒學的高峰所在，以至於後人乾脆省去濂溪和關中，直接以「洛閩」稱之（如清代張夏《雒閩源流録》），以凸顯道學正宗，恰在洛陽的二程與福建的朱熹，而道學最終水到渠成，也正是在福建。因爲宋代道學集大成的代表人物朱熹，雖然祖籍婺源，卻出生在福建，而且相當長時間在福建生活。他的學術前輩或精神源頭，號稱「南劍三先生」的楊時、羅從彦（一〇七二—一一三五）、李侗（一〇九三—一一六三），也都是南劍州即今福建南平一帶人，他的提攜者之一陳俊卿（一一一三—一一八六），則是興化軍即今莆田人，而他的最重要的弟子黄榦（一一五二—一二二一）是閩縣（今福州）人、陳淳是龍溪（今龍海）人。

正是在這批大學者推動下，福建逐漸成爲圖書文獻之邦。慶元元年（一一九五），朱熹在《福州州學經史閣記》中曾經説，一個叫常濬孫的儒家學者，在福州地方軍政長官詹體仁、趙像之、許知新等資助下，修建了福州府學用來藏書的經史閣，即「開之以古人斆學之意，而後爲之儲書，以博其問辨之趣」（《朱文公文集》卷八〇，《朱子全書》第二四册，上海古籍出版社、安徽教育出版社二〇一〇年，第三八一四頁）。

宋代之後，經由近千年的日積月累，我們看到福建歷史上出現了相當多的儒家論著，也陸續出現了有關儒家思想的普及讀物。大家可以從《八閩文庫》中看到，這裏收録的不僅有朱熹、真德秀、陳淳的著述，也有明清學者詮釋理學思想之作，像明人李廷機《性理要選》、清人雷鋐《雷翠庭先生自耻録》等等，應當説，這些論著構成了一個歷經宋元明清近千年的福建儒家文化史。

三

説到福建地區率先出現的新思想、新精神和新知識，當然不應僅限於儒家或理學一系。更應當記住的是，從宋代以來，中國政治、經濟和文化的重心，逐漸從西北轉向東南，一方面由於中原文化南下，被本地文化激蕩出此地異端的思想，另一方面海洋文明東來，同樣刺激出東南濱海的一些更新的知識。

我們注意到，在福建文獻或書籍史上，呈現了不少過去未曾有的新思想、新精神和新知識。比如唐宋之間，福建不僅出現過譚峭（生卒年不詳）《化書》這樣的道教著作，也出現過像百丈懷海（約七二〇—八一四）、潙山靈佑（七七一—八五三）、雪峰義存（八二二—九〇八）那樣充滿批判性的禪僧，還出現過禪宗史上撰於泉州的最重要禪史著作《祖堂集》。又如明代中後期，那個驚世駭俗而特立獨行的李贄（一五二七—一六〇二），有人説他的獨特思想，就是因爲他生在各種宗教交匯融合的泉州，傳説他曾受到伊斯蘭教之影響，當然更因爲有佛教與心學的刺激，使他成了晚明傳統思想世界的反叛者。而另一個莆田人林兆恩（一五一七—一五九八），則是乾脆開創了三一教，提倡「三教合一」，也同樣成爲正統的政治意識形態的挑戰者。再如明清時期，歐洲天主教傳教士「梯航九萬里」，也把天主教傳入福建，特別是明末著名傳教士艾儒略（一五八二—一六四九）應葉向高（一五五九—一六二七）之邀來閩傳教二十五年，從而福建才會有「三山論學」這樣的思想史事件，也産生了《三山論學記》這樣的文獻，無論是葉向高，還是謝肇淛，這些思想開明的福建士大夫，多多少少都受到外來思想的刺激。最後需要特別提及的是，由於宋元以來，福建成爲向東海與南海交通的起點，所以，各種有關海外的新知識，似乎都與福建相關，宋代趙汝适撰寫《諸蕃志》的機緣，是他在泉州市舶司任職；元代汪大淵撰寫《島夷志略》的原因，也是他從泉州兩度出海。由於此後福州成爲面向琉球的接待之地，泉州成爲南下西洋的航線起點，因而福建更出現了像張燮《東西洋考》、吴朴《渡海方程》、葉向高《四夷考》、王大海《海島逸志》等有關海外新知的文獻，這一有關海外新知的知識史，一直延續到著名的林則徐《四洲志》。老話説「草蛇灰線，伏脈千里」，歷史總有其連續處，由於近世福建成爲中國的海外貿易和海上交通的中心，所以，這裏會成爲有關海外新知識最重要的生産地，這才能讓我們深切理解，何以到了晚清，福建會率先出現沈葆楨開辦面向現代的船政學堂，出現嚴復通過翻譯引入的西方新思潮。

甚至還可以一提的是，近年來福建霞浦發現了轟動一時的摩尼教文書，這些深藏在道教科儀抄本中的摩尼教資料，説明唐宋元明清以來，福建思想、文化和宗教在構成與傳播方面的複雜性和多元性。所以，在《八閩文庫》中，不僅收録了譚峭《化書》，李贄《焚書》、《續焚書》、《藏書》、《續藏書》，林兆恩《林子會編》等富有挑戰性的文獻，也收録了張燮《東西洋考》、趙新《續琉球國志略》等關係海外知識的著作，讓我們看到唐宋以來，福建歷史上新思想、新精神和新知識的潮起潮落。

四

在《八閩文庫》收録的大量文獻中，除了福建的思想文化與宗教之外，也留存了有關福建政治、文學和藝術的歷史。如果我們看明人鄧原岳編《閩中正聲》、清人鄭杰編《全閩詩録》收録的福建歷代詩歌，看清人馮登府編《閩中金石志》、葉大莊編《閩中石刻記》、陳棨仁編《閩中金石略》中收録的福建各地石刻，看清人黄錫蕃編《閩中書畫録》中收録的唐宋以來福建書畫，那麼，我們完全可以同意歷史上福建的後來居上。這正如陳衍（一八五六—一九三七）在《閩詩録》的序文中所説「余維文教之開，吾閩最晚，至唐始有詩人，至唐末五代中土詩人時有流寓入閩者，詩教乃漸昌，至宋而日益盛」（《續修四庫全書》集部一六八七册，第四一一頁）。可見，《宋史·地理志》五所説福建人「多向學，喜講誦，好爲文辭，登科第者尤多」，「今雖閭閻賤品處力役之際，吟詠不輟」（杜佑《通典·州郡十二》），真是一點兒不假。

清代學者朱彝尊（一六二九—一七〇九）曾説「閩中多藏書家」（《曝書亭集》卷四四《淳熙三山志跋》，《四部叢刊初編》集部二七九册，上海書店一九八九年，第六〇一頁）。千年以來的人文日盛，使得現存的福建傳統鄉邦文獻，經史子集四部之書都很豐富，翻檢《八閩文庫》，就可以感覺到這一點，這裏不必一一敘説。需要特别指出的是，福建歷史上不僅有衆多的文獻留存，也是各種書籍刊刻與發售的中心之一。福建多山，林木蔥蘢，具備造紙與刻書的有利條件，從宋元時代起，福建就成爲中國書籍出版的中心之一。宋元時代福建的所謂「建本」或「麻沙本」曾經「幾遍天下」（葉夢得《石林燕語》卷八，侯忠義點校，中華書局一九八四年，第一一六頁），更有所謂「麻沙、崇安兩坊産書，號稱『圖書之府』」的説法（《新編方輿勝覽》卷一一，第一八一頁）。版本學家也許將它與蜀本、浙本對比，覺得它並不精緻，但是，從書籍流通與文化貿易的角度看，正是這些廉價圖書，使得很多文化知識迅速傳向中國四方，也深入了社會下層。淳熙六年（一一七九），朱熹在《建寧府建陽縣學藏書記》中曾説到，「建陽版本書籍行四方，無遠不至」，可當時嘉禾縣學居然藏書很少，「學於縣之學者，乃以無書可讀爲恨」，於是一個叫姚耆寅的知縣，就「鬻書於市，上自《六經》，下及訓傳、史記、子、集，凡若干卷以充入之」。當地刊刻的書籍，豐富了當地學者的知識，也增加了當地文獻的積累，甚至扭轉了當地僅僅重視「世儒所誦科舉之業」的風氣（《朱文公文集》卷七八，《朱子全書》第二四册，第三七四五頁），這就是一例。到了清代，汀州府成爲又一個書籍刊刻基地，近年特别受到中外學者注意的四堡，就是一個圖書出版和發行中心，文獻記載這裏「以書版爲産業，刷就發販，幾半天下」（咸豐《長汀縣志》卷三一《物産》）。所以，美國學者包筠雅（Cynthia J. Brokaw）《文化貿易：清代至民國時期四堡的書籍交易》（劉永華、饒佳榮等譯，北京大學出版社二〇一五年）就深入研究了這個位於汀州府長汀、清流、寧化、連城四縣交界地區的客家聚集區的書籍事業，繼承宋元時代建陽地區（如麻沙）刻書業，這裏再一次出現中國書籍出版史上佔據重要位置的福建書商群體。

可以順便提及的是，福建刻書業也傳至海外。福建莆田人俞良甫，元末到日本，由九州的博多上岸，寓居在京都附近的嵯峨，由他刻印的書籍被稱爲「博多版」。據説，俞氏一面協助京都五山之天龍寺雕印典籍，一面自己刻印各種圖書，由於所刊雕書籍在日本多爲精品，所以被日本學者稱爲「俞良甫版」。

從建陽到汀州，福建不僅刊刻了精英文化中的儒家《九經》、《三傳》、諸子百家以及《文選》、《文獻通考》、《賈誼新書》、《唐律疏議》之類的典籍，也刊刻了很多大衆文化讀本，諸如《西廂記》、《花鳥争奇》和話本小説。特别在明清兩代書籍流行的趨勢和作爲商品的書籍市場的影響下，蒙學、文範、詩選等教育讀物，風水、星相、類書等實用讀物，小説、戲曲等文藝讀物，在福建大量刊刻。如果我們不是從版本學家的角度，而是從區域文化史的角度去看，這種「易成而速售」（《石林燕語》卷八，第一一六頁）的書籍生産方式，使得各種文獻從福建走向全國甚至海外，特别是這些既有精英的、經典的，也有普及的、實用的各種知識的傳播，是否正是使得華夏文明逐漸趨向各地同一，同時也日益滲透到上下日常生活世界的一個重要因素呢？

五

《八閩文庫》的編纂，當然是爲福建保存鄉邦文獻，前面我們説到，保存鄉邦文獻，就是爲了留住歷史記憶。

這次編纂的《八閩文庫》，擬分爲三個部分。第一部分是「文獻集成」，計劃選擇與收録唐宋以來直到晚清民初的閩人各種著述，以及有關福建的文獻，共一千餘種，這部分採取影印方式，以保存文獻原貌。這是《八閩文庫》的基礎部分，按傳統的經史子集四部分類，這是爲了便於呈現傳統時代福建書籍面貌，因而數量最多；第二部分是「要籍選刊」，精選一百三十餘種最具代表性的閩人著述及相關文獻，以深度整理的方式點校出版，不僅爲了呈現歷代福建文獻中的精華，也爲了便於一般讀者閱讀；第三部分則爲「專題彙編」，初步擬定若干類，除了文獻總目之外，還將包括書目提要、碑傳集、宗教碑銘、官員奏折、契約文書、科舉文獻、名人尺牘、古地圖等，我們認爲，這是以現代觀念重新彙集與整理歷史資料的一個新方式，它將無法納入傳統的四部分類，卻是對理解福建文化與歷史至關重要的文獻，進行整理彙集，必將爲研究與理解福建，提供更多更系統的資料。

經歷幾年討論與幾年籌備，《八閩文庫》即將從二〇二〇年起陸續出版，力争用十年時間，經過一番努力，打下一個比較完備的福建文獻的基礎。

當然，不能説《八閩文庫》編纂過後，對於福建文獻的發掘與整理就已完成。《八閩文庫》僅僅是我們這一兩代人的工作，還有更多或更深入的工作，在等待著未來的幾代人去努力。無論從舊材料中發現新問題，還是以新眼光發現新材料，都是建立在前人的基礎上，而又對前人的工作不斷修正完善的過程。還是朱熹寫給陸九齡的那句廣爲流傳的老話：「舊學商量加邃密，新知培養轉深沉。」用舊的傳統融會新的觀念，整理這些縱貫千年的歷史文獻，也就無論「人間有古今」了。

八閩文庫專題彙編出版説明

中國學術從傳統到現代的演變，與新史料的發現有較大關係。傳統的學術研究，主要依據官私所藏書籍及金石碑版等。近代以來，以安陽殷墟甲骨、敦煌遺書、漢晉木簡、内閣大庫檔案爲代表的史料發現與整理，使學術研究的視野和領域得到極大拓展。王國維《最近二三十年中中國新發見之學問》云：「古來新學問起，大都由於新發見。」傅斯年《歷史語言研究所工作之旨趣》稱：「凡一種學問，能擴張他研究的材料便進步，不能的便退步。」陳寅恪《敦煌劫餘録序》説：「一時代之學術，必有其新材料與新問題。取用此材料以研求問題，則爲此時代學術之新潮流。」這些觀點深刻影響了二十世紀以來的學術研究，發掘與訪求新史料也成爲現代學術的一項重要任務。直至今日，學界仍在不斷探尋史料、利用史料，如充分運用出土文獻、民間文書、司法檔案等，將學術研究持續推向新階段。

福建保存的歷史文獻類型較多、數量較大，亟待搜集整理與研究。如民間契約文書，早在二十世紀三十年代，與法國「年鑒學派」同時代的福建學者傅衣凌先生，就已利用民間契約文書研究歷史，爲中國社會經濟史研究開闢新境。福建多地至今仍保存大量原始狀態的民間契約文書，是研究中國傳統社會的重要史料。

又如石刻文獻，因其可與史傳相印證，或糾正、補充史傳記載的不足而備受重視。就福建而言，因宗教多元、民間信仰興盛且與海外聯繫密切，各地寺廟宫觀乃至鄉間宗祠，多有未經著録的碑銘遺存，爲中外交通史、思想文化史研究不可或缺。

再如福州船政，素稱近代海軍摇籃，培養的人才在近代中國政治、思想、文化、科技方面留下深刻印跡，所遺中外文史料則分藏各處。與之相關者，近代閩人翻譯作品衆多，除「譯才並世」的嚴復、林紓外，以文言翻譯西洋著作的尚有多家。

《八閩文庫》旨在系統搜集整理各類歷史文獻，爲研究福建的歷史文化以及與周邊地區乃至海外的關係，提供富有啟發性的史料。傳統的閩人經史子集四部著述，均已收入《八閩文庫》「文獻集成」部分。其他各類與福建有關的歷史文獻，諸如民間契約文書、散落各處的碑銘、宫廷舊藏的檔案、公私藏書的目録、名人家譜、名家尺牘、歷代閩人傳狀、閩人篆刻印譜、中外人士所繪閩省地圖、明清科舉録與硃卷、西洋銅版畫、近代歷史照片、閩人文言翻譯作品、宋元以來相關域外文獻與涉外文獻，以及小説、戲曲之類通俗文學作品等，爲體現系統性、便於分類搜集整理，今以「專題彙編」的形式，初分二十餘種，陸續整理出版。

《八閩文庫》力求沿續傳統學術路徑、結合現代學術理念進行史料的搜集整理，「專題彙編」就是體現現代學術理念的一種嘗試。

二〇二二年八月

福建通俗文學彙編序

涂秀虹

中國文學以詩文爲雅文學之正宗，詩文之外以叙事爲主的文體，比如小説、戲曲、説唱等，從知識體系和文學技巧上來説相對適俗而普及，比較容易爲大衆所接受，現代往往統稱爲通俗文學，事實上通俗文學也包括從詩歌發展而來的歌謡。通俗文學這個術語，借鑒了西方 popular literature 的概念，《大不列顛百科全書》譯爲「大衆文學」，包含多種含義，可以是爲大衆的文學，也可以是博得廣大人民喜愛的文學，或出自民間的文學，所指文體類型廣泛，在西方文學中包括謡曲、詩歌、寓言、諷刺小品、勸善畫冊、連環漫畫，各種寫實的和形象生動的故事，包括浪漫故事或懺悔録，各類小説和沿街兜售的詩文小冊子，還包括各種類型的戲劇文學等。東西方文學與文化有其共通性，但中國通俗文學當然有自己的歷史和基於民族文化而形成的不同的文體類型，有著不同的思想内涵和表現形式，不同的作用和影響。中國古代小説、戲曲、説唱等文體發展歷史悠久、形式多樣，若析言之，情況還相當複雜，比如「通俗小説」就很難涵容「古代小説」的概念，文言小説之於白話小説，似乎也有雅俗之分，文言小説之志怪、傳奇又有細緻的區分，文言小説的概念還涵容了筆記一體，筆記視「小説」則又有雅俗之别。戲曲之中雜劇與傳奇、文人案頭戲和藝人或戲班之戲文有别，清代雅部、花部之别也隱含了雅俗之别。彈詞之於評話，亦有雅俗之别。

中國文學之雅俗交融轉化關係密切。雅文學雖以詩文爲正宗，但最早的詩歌總集《詩經》之國風即主要來自民間歌謡，被稱爲「古今語怪之祖」「小説之最古」的《山海經》在歷代知識譜系中佔有重要地位。而雅俗之别又確實由來已久，宋玉答楚王所謂「陽春白雪」與「下里巴人」「曲高和寡」之説，即已區分雅俗。以小説、戲曲、説唱等爲主要文體的通俗文學確實有其一脈相承的發展主線。戰國俳優開其先河，魏晉至隋唐時期説話、水飾、參軍戲等活動逐步發展，至唐代中期已形成比較嚴格意義上的叙事性通俗文學，民間説話、市人小説，寺院俗講、變文講唱，與文人創作的唐傳奇一起，形成了創作群體、傳播方式與詩文雅文學相關而又相異的通俗文學潮流。其中唐傳奇文備衆體，可見史才、詩筆、議論，頗爲雅文學群體所重，唐傳奇的表現技巧和文體形式形成了通俗文學的典範，對後世小説、戲曲、説唱影響深遠。宋代商品經濟繁榮，城市發展，市民階層擴大，適應市民休閒娱樂的勾欄瓦舍蓬勃發展，作爲勾欄藝術的説話、説唱、戲曲大爲繁盛。宋代發展迅速的雕版印刷已爲通俗文學從口傳到案頭閲讀準備了物質基礎，至於元代，由於政治環境的變化，科舉取士制度長期中斷，讀書士子不得已進入以文謀生的文學商品化市場，書會才人促進了勾欄藝術的發展，文人服務於書坊則促進了通俗文學從勾欄藝術向案頭文學的轉化。從明代中期開始，隨著社會轉型，文學朝世俗化、趣味化、個性化方向快速發展，而空前繁榮的出版業更進一步推動了通俗文學的發展，小説戲曲説唱文學大量出版，傳播及於社會各階層，其興盛之勢足以跟詩文雅文學分庭抗禮。

福建地區早期的叙事文學記載不多，六朝時期「李寄斬蛇」和「白水素女」是見諸文獻較早的閩地傳説。至於唐代末年本土文人黄璞所著《閩川名士傳》，是閩地第一部人物志，但注重生平軼事，且偏重故事情節，頗爲婉轉，其中如「歐陽詹」等篇章，頗有唐傳奇風致。由於福建文教發達，讀書士子人數衆多，表現士人雅趣的文言小説一脈，自宋代至於晚清，代有其人。

而福建通俗文學又有唐代以來傀儡戲和民間百戲一源之發展。至於宋代，尤其南渡偏安之後，與政治中心臨安相距不遠的福建經濟文化全面發展，被稱爲東南全盛之邦。經濟文化的繁榮促進了通俗文學的發展，文獻記載，如閩南漳州地區「俗好演劇」，興化「優戲」演出更盛，劉克莊有詩曰：「兒女相攜看市優，縱談楚漢割鴻溝」「大半人多在戲場」。由於閩北建陽從宋代以來即爲全國刻書中心之一，宋元時期的通俗小説刊刻促進了説話藝術傳播從書場到案頭的轉化，建陽從元代的通俗小説刊刻中心發展爲明代的小説戲曲編刊中心，明代建陽湧現了熊大木、余邵魚、余象斗等一批書坊文人，編撰了大量通俗小説。清代，更多文人參與通俗小説創作，其中不乏文化修養較高、有一定身份地位的著名文人，現存清代福建通俗小説二十餘部，著名者如永福金豐與仁和錢彩合作《説岳全傳》，閩南江日昇著《臺灣外記》，侯官魏秀仁著《花月痕》，福州里人何求著《閩都别記》，海澄邱菽園未完稿《兩歲星》等。閩縣林獬則爲近代著名報人，在白話報刊連載《菲律賓民黨起義記》《玫瑰花》《美利堅自立記》等小説。

元明以來有不少福建文人參與戲曲創作，現存明代最早的傳奇刊本《荔鏡記》出自建陽書坊，編劇當爲泉州人，明清文人戲曲現存林章《青虬記》《觀燈記》，蘇元俊《吕真人黄粱夢境記》，陳軾《續牡丹亭傳奇》，陳夢雷《元正嘉慶》《八仙慶壽》，陳烺《紫霞巾傳奇》《花月痕傳奇》，林紓《合浦珠傳奇》《天妃廟傳奇》《蜀鵑啼傳奇》，陳天尺《孟諧傳奇》《病玉緣傳奇》等。

福建的地方戲更是聲名遠播，以其歷史積澱深厚，地域特色濃郁，且劇種品類、傳統劇目、現存文獻豐富繁多，因而素爲藝林學界所重。明代，莆田、泉州等地的戲曲藝術已經非常發達，莆仙戲、梨園戲、竹馬戲逐漸走向定型，表現出獨特的藝術風格和聲腔特點。明中葉，正字戲在粤東、閩南一帶衍變為潮劇，現存嘉靖丙寅（一五六六）刊本《重刊五色潮泉插科增入詩詞北曲勾欄荔鏡記》可見潮調之流行。隨著外來聲腔的傳入，由弋陽腔衍變而來的大腔戲、四平戲流傳各地，四平戲更是一度風靡八閩。至於清代，福建戲曲更爲繁榮興盛，平講戲、高甲戲、閩西漢劇、北路戲、梅林戲、三角戲、小腔戲、打城戲、歌仔戲、南詞戲、山歌戲等劇種紛紛興起。在福州地區，儒林戲、江湖戲、平講戲等於清末合流而成多聲腔劇種，時稱『榕腔』或『閩腔』，一九二四年始稱閩劇，閩劇保留了大量儒林班、江湖班、平講班等班社的傳統劇目。福建地方戲不斷傳承創新，至今仍然具有强大而鮮活的生命力。

清代閨秀創作彈詞，當今學界視爲清代長篇小説創作的一類特殊體裁，稱爲彈詞小説或韻文體小説，閨秀作家自稱「詞客」，稱作品爲「傳奇小説」，强調其不同於面向俗衆的説唱和白話小説，具備明確的文體意識和讀者意識。閩侯浣梅女史題詞《榴花夢》曾道：「寄語深閨諸女伴，莫將俗眼看斯篇。」在清代彈詞中，福州彈詞成就突出，引人注目，現存作品《榴花夢》是清代彈詞高峰的代表作之一，鴻篇巨制，是世界最長韻文小説，《小遊仙》《九仙枕新詞》《蜃樓人影》等，也都是五十萬字以上的長篇，文筆優美，可見福州才女文化和女性教育之水準。

福建説唱藝術深遠的歷史孕育了多姿多彩的地方曲藝，二〇〇六年《中國曲藝誌·福建卷》按照形成時間的順序列表記載了三十四種曲藝，包括南音（弦管）、十番八樂、錦歌（歌仔）、歌冊（東山歌冊、歌仔冊、唱歌冊）、開天官、答嘴鼓、九蓮唱、伬唱（平講伬、伬藝）、講鑒、福州評話、薌曲説唱（歌仔陣）、講古、梆鼓咚、船歌（船燈）、校場伬、颺歌（洋歌）、紹鶴苟（全連傳）、南詞、閩東評話、嘭嘭鼓（閩東蓮花落）、駁邪歌、大鼓曲（唱鐃平）、善書、竹板歌（討食歌）、祝由曲（文飾苟）、道情、盲人彈唱、大廣弦説唱、唱曲子（建甌鼓詞）、龇觚祈（講古時）等。其中，南音於二〇〇九年列入聯合國教科文組織『人類非物質文化遺產代表作名錄』，福州評話、福州伬藝、南平南詞、錦歌、歌冊（東山歌冊）、答嘴鼓、講古等七種曲藝先後於二〇〇六年、二〇〇七年列入國家級非物質文化遺產名錄。曲藝跟音樂關係密切，大部分曲藝還跟小説、戲曲關係密切，不少曲藝從外地傳入，而與當地方言和文化相結合，經過長期的發展，形成了獨具地方特色的表演形式，從説唱文學的角度，則呈現了具有地域文化和族群生活特征的敘事形式。比如福州評話，大約形成於明末，奉柳敬亭爲祖師爺，但獨特的表演形式不同於揚州評話和各地説書，其説表吟誦和鐃鈸運用的方式更明顯表現爲對唐宋唱經和俗講、宋元説話與説唱藝術的繼承和發展。比如歌仔冊，是用閩南語説唱故事歌謡的唱本，大約形成於明代，清代中葉之後更為盛行，流傳於閩南、臺灣、東南亞一帶；歌仔冊的形成和發展借鑒和吸收過潮州歌冊，題材内容主要根據歷史演義小説、戲曲故事和民間傳説改編，現存大量明清刻本。又比如畲族歌言，其形式近於古體詩，經歷了宋元明清長期的發展積澱，至清末民初才較爲成熟，但現存福建地區的畲族小説歌基本是二十世紀晚近文獻。

一個多世紀以來，通俗文學已成爲海内外研究的顯學，小説戲曲與説唱文學在古代文學學科研究中的地位早已得到確認。通俗文學不僅在文學體裁上有其不同於雅文學的語言形式和結構意義，而且跟經史著作所展現的軍國大事、政治倫理不同，跟雅文學所藴含的精英文化不同，通俗文學展現的社會史、文化史，特别是普通民衆的日常生活史，很大程度上拓展了史學研究的視野和現代思想認識的深度與廣度。一滴水反映大千世界，通俗文學經常通過日常生活和個人情感折射宏大歷史鮮活生動的場域和景觀，而福建通俗文學因其明顯的地域特徵更具獨特的文學文化價值。因爲地處海濱，高山阻隔，福建在歷次戰亂中作爲和平綠地接受了中原、江南地區文化精華，延續了中華民族尊儒重教、耕讀傳家之傳統，即使是面向大衆的通俗文學，也多表現出知識性、義理性特點。以歷史叙事爲主的福建通俗文學表現了福建文化的移民性特徵，體現了遷居福建的北方氏族之社會連續和文化記憶，宋代以後福建作爲重要的經貿口岸又且爲道南理窟、海濱鄒魯，海洋文化與山林文化交融碰撞而迸發的奇光異彩亦表現於通俗文學之中。同時，外來移民與本土原住民的交流，也産生了具有詠史詩性質的歷史叙事和社會記憶。多元異質文化結合産生了豐富的宗教形態和民間信仰，福建通俗文學與信仰傳播之間關係密切。而一灣淺淺海峽對岸的臺灣，跟福建長期處於同一行政區域，地緣相近、血緣相親、文緣相承，閩臺通俗文學的一體發展也呈現出重要的價值和意義。

「福建通俗文學彙編」選編一九一九年新文化運動之前閩人著作，包括小説、戲曲、彈詞、説唱等共計二十册，以點校整理形式出版。本叢書盡可能選擇比較有代表性的著作，限於篇幅，有一些名著如四百八十多萬字的彈詞《榴花夢》未能選入。又因「八閩文庫」另設藝術文獻專題，且考慮斷代時限及文獻條件等因素，作為曲藝的説唱文學僅選輯明刊弦管及福州評話和閩南歌仔册的部分作品。選編書目如下：

第一册　明　熊大木《大宋中興通俗演義》

第二册　明　熊大木《唐書志傳通俗演義》

第三册　明　熊大木《全漢志傳》

第四册　明　余邵魚《春秋五霸七雄列國志傳》

第五册　清　江日昇《臺灣外記》

第六、七、八册　清　里人何求《閩都别記》

第九册　清　魏秀仁《花月痕》

第十册　清　張紹賢《北魏奇史閨孝烈傳》　清　洪琮《前明正德白牡丹傳》

第十一册《文言小説選集》

第十二册《明清文人戲曲選集》

第十三册《明清閩南戲曲與弦管刊本選輯》

第十四册《傀儡戲傳統劇目選集》

第十五冊《莆仙戲傳統劇目選集》

第十六冊《梨園戲傳統劇目選集》

第十七冊《閩劇等地方戲傳統劇目選集》

第十八、十九冊 清 倦紅女史《蜃樓人影》

第二十冊《福州評話与閩南歌仔冊選集》

叢書的整理參考了學界已有的文獻整理和研究成果。參加叢書整理工作的學者來自國内多所高校和研究機構，福建師範大學鄧雷、福建江夏學院胡小梅和陳瑜、武夷學院陸莉莉等對叢書選目出力最多。叢書選編和出版工作得到各藏書機構及海峽文藝出版社林濱社長、余明建主任的大力支持。在此一併致謝！

二〇二三年十二月十九日

福建通俗文學彙編凡例

一、本專題選編一九一九年之前閩人著作，包括小説、戲曲、彈詞、評話和歌仔册等代表性作品，共計十七種二十册。

二、小説編排順序主要據其編刊年代，戲曲分類編排。

三、本叢書以點校形式整理出版。所選著作以足本爲原則，殘本一般不選。所選著作一般以現存最早版本爲底本，其他版本作爲參校。底本和校本情况見每部著作的整理説明。

四、點校整理基本遵照古籍整理規則，但由於俗文學文本情况相對特殊，比如小説刊本字形錯訛較爲常見，比較多使用異體字和俗體字，戲曲與説唱本較多使用略筆字、生造字、方言詞等，整理中需酌情處理，詳見每部著作的整理説明。

五、對於明顯因「形近而訛」出現的誤字，根據實際情况徑改，不出校。缺字以「□」代替，必要時加標注。

六、避諱字根據實際情况處理，或保持作者原書面貌，在後世流傳過程中出現的新的避諱字則回改並出校。後代傳刻或引用前代典籍，採用改字、缺筆、空格、墨圍、墨丁等方式避後代諱，一律回改，並在第一處出校，以下徑改不出校。

七、原書按語及引文整段縮進兩格排版。書中正文夾注小一號仿宋字體隨正文附後。正文校勘記每頁隨文標注。

八閩文庫

專題彙編
第三種

涂秀虹 主編

福建通俗文學彙編 1

大宋中興通俗演義

[明]熊大木 著
涂秀虹 譚登思 點校

海峽出版發行集團
THE STRAITS PUBLISHING & DISTRIBUTING GROUP
海峽文藝出版社

本書整理說明

《大宋中興通俗演義》是現存最早演述岳飛故事的小說。作者熊大木，福建建陽人，大約生於明代弘治年間，受書坊之邀編撰小說，現存編纂與校注之作尚有啟蒙讀物與日用類書等。

《大宋中興通俗演義》現存最早刊本為建陽書坊楊氏清江堂、清白堂本，首有明嘉靖三十一年（1552）熊大木序，次為凡例七條，次圖二十四葉，無目錄。正文八卷，卷端署「鰲峰熊大木編輯」「書林清白堂刊行」，卷八卷末有木記：「嘉靖壬子孟冬楊氏清江堂刊行」。附錄《會纂宋岳鄂武穆王精忠錄後集》，署「賜進士巡按浙江監察御史海陽李春芳編輯」「書林楊氏清白堂梓行」，卷末有木記：「嘉靖壬子年秋清白堂新梓行」。卷後附正德五年李春芳《重刊精忠錄後序》。

本書點校以日本內閣文庫所藏嘉靖三十一年楊氏清江堂清白堂刊本爲底本，參校日本內閣文庫藏萬曆雙峰堂萬卷樓刊本、萬曆三台館刊本；附錄《會纂宋岳鄂武穆王精忠錄後集》又參校日本埼玉大學圖書館藏朝鮮李朝英宗己丑銅活字本《精忠錄》。

底本原無總目，現目錄據正文分目整理。《會纂宋岳鄂武穆王精忠錄後集》未標卷次，實分三卷，第一卷為「古今褒典」「古今論述」，第二、三卷為「古今賦詠」，其中律詩單獨成卷，為第三卷。後集目錄據此整理，亦未分卷，以保持底本原貌。

底本殘缺第一卷第四七葉、四八葉，第二卷第九葉，第三卷第四七葉、四八葉、五三葉，第五卷第五十葉，第七卷第十七葉、廿三葉、廿四葉，底本書葉殘損而致部分文字殘缺或漫漶，皆據參校本補。

古今字、通假字、符合古籍整理規範的異體字，保留原貌。小説文本常見的同音字、形近字俗寫，若文義大體可通，一般保留原貌。

明顯因形近而訛的誤字，根據實際情況直接改正，如「兀木」徑改爲「兀朮」，不出校。影響文義的誤字，據參校本改，並出校。疑似誤字而無可參校者一般按原書照錄。對於明顯可判斷的倒誤，如「高宗」誤爲「宗高」等，徑改，不出校。對於明顯的衍字、漏字等，據參校本删、補，並出校。

承擔本書點校整理工作者：涂秀虹，文學博士，福建師範大學文學院教授，博士生導師；譚登思，福建師範大學中國古代文學專業在讀博士生。

目錄

序武穆王演義……一
凡例七條……三
插圖和書影……五
卷之一……一
斡離不舉兵南寇……四
李綱措置禦金人……九
宋欽宗倡議講和……一四
金粘罕邀求誓書……二二
宋徽欽北狩沙漠……二八
宋康王泥馬渡江……三四
岳鵬舉辭家應募……三九
宋高宗金陵即位……四四
卷之二……四九
李綱奏陳開國計……五〇
李綱力劾張邦昌……五四
岳飛與澤談兵法……六〇
岳飛計畫河北策……六五
李綱諫車駕南行……七〇
宗澤約張所出兵……七六
宗澤定計破兀朮……八一
粘沒喝京西大戰……八六
劉豫激怒斬關勝……九一
卷之三……九六
高宗車駕走杭州……九七
苗傅作亂立新君……一〇三
張浚傳檄討苗傅……一〇八
韓世忠大破苗翊……一一三
洪皓持節使金國……一一七
胡寅前後陳七策……一二一

岳飛破虜釋王權……一二六

兀朮大戰龍王廟……一三一

韓世忠鎮江鏖兵……一三六

岳統制楚州解圍……一四〇

卷之四……一四四

劉子羽議守四川……一四五

宋高宗議建東宮……一四九

兀朮兵寇和尚原……一五三

韓世忠平定建州……一五七

劉豫建都汴梁城……一六二

岳飛用計破曹成……一六六

劉子羽分兵拒敵……一七〇

吳璘大戰仙人關……一七四

張浚被劾謫嶺南……一七八

宋高宗御駕親征……一八二

卷之五……一八七

韓世忠鏖戰大儀……一八八

岳飛兩戰破李成……一九二

議防邊李綱獻策……一九六

詔岳飛征討湖寇……二〇〇

岳飛定計破楊么……二〇五

牛皋大戰洞庭湖……二〇九

劉豫興兵寇合肥……二一四

楊沂中藕塘大捷……二一九

鎮汝軍岳雲立功……二二三

岳鵬舉上表陳情……二二七

卷之六……二三一

岳飛奏請立皇儲……二三二

金熙宗廢謫劉豫……二三七

議求和王倫使金……二四一

世輔計擒撒離喝……二四六

李世輔義釋王樞……二五一

胡世將議敵金兵……二五五

王烏祿大驅南寇……二六一

宋劉錡順昌鏖兵……二六五
張琦大戰青谿嶺……二七〇
小商橋射死再興……二七五

卷之七……二七九
岳飛兵距黃龍府……二八〇
秦檜怒貶張九成……二八五
劉太尉疊橋破虜……二九〇
楊沂中戰敗濠州……二九五
秦檜定計削兵權……二九九
吳璘設立疊陣法……三〇四
岳飛上表辭官爵……三〇九
岳飛訪道月長老……三一四
下岳飛大理寺獄……三二〇

卷之八……三二五
秦檜矯詔殺岳飛……三二六
何鑄復使如金國……三三四
和議成洪皓歸朝……三四〇
陰司中岳飛顯靈……三四五
秦檜遇風魔行者……三四九
弑熙宗顔亮弄權……三五五
東陽市施全死義……三六〇
棲霞嶺詔立墳祠……三六四
效顰集東窗事犯……三六七
冥司中報應秦檜……三七一

會纂宋岳鄂武穆王精忠錄後集……三七五
古今褒典……三七五
古今論述……三八〇
古今賦詠……四〇二
重刊精忠錄後序……四九一

序武穆王演義

《武穆王精忠録》，原有小説，未及於全文。今得浙之刊本，著述王之事實，甚得其悉，然而意寓文墨，綱由大紀，士大夫以下，遽爾未明乎理者，或有之矣。近因眷連楊子，素號湧泉者，挾是書謁於愚曰：「敢勞代吾演出辭話，庶使愚夫愚婦，亦識其意，思之一二。」余自以才不及班馬之萬一，顧奚能用廣發揮哉？既而懇致再三，義弗獲辭，於是不吝臆見，以王本傳行狀之實迹，按《通鑑綱目》而取義，至於小説與本傳互有同異者，兩存之，以備參考。或謂小説不可紊之以正史，余深服其論。然而稗官野史、實記正史之未備，若使的以事跡顯然不泯者得録，則是書竟難以成野史之餘意矣。如西子事，昔人文辭往往及之，而其説不一。《吳越春秋》云：「吳亡，西子被殺。」則西子之在當時，固已死矣。唐宋之問詩云：「一朝還舊都，艶妝尋若耶。鳥驚入松網，魚畏沉荷花。」則西子嘗復還會稽矣。杜牧之詩云：「西子下姑蘇，一舸逐鴟夷。」是西子甘心於隨蠡矣。及觀東坡題范蠡詩云：「誰〔一〕遣姑蘇有麋鹿，更憐夫子得西施。」則又以爲蠡竊西子，而隨蠡者，或非其本心也。質是而論之，則史書小説有不同者，無足怪矣。屢易日月，書已告成，鋟梓公諸天下，未知覽

〔一〕「誰」，蘇軾詩原爲「却」。

者而以邪說罪予否。
時
嘉靖三十一年歲在壬子冬十一月望日
建邑書林熊大木鍾谷識

凡例七條

一　演義武穆王本傳，參諸小說，難以年月前後爲限，惟於不斷續處録之，懼失旨也。

一　歷年宋之將士文臣入事未終本傳者，俟續演可見，如事實少者，即於入事中表而出之。如劉光世之類是也。

一　宋之朝廷綱紀政事，係由實史書載，愚不敢妄議，俱闕文。至於諸人入事，亦只舉其大要，有相連武穆者，斯録出。

一　大節題目俱依《通鑑綱目》牽過，内諸人文辭理渊難明者，愚則互以野説連之，庶便俗庸易識。

一　宋之人物、名字、鄉貫未及表出者，緣愚未接《宋史》，無所據考，因闕略，俟得《宋史》本傳續次參入。

一　是書演義惟以岳飛爲大意，事關他人者不免録出，是號爲中興也。

一　句法麤俗，言辭俚野，本以便愚庸觀覽，非敢望於賢君子也耶。

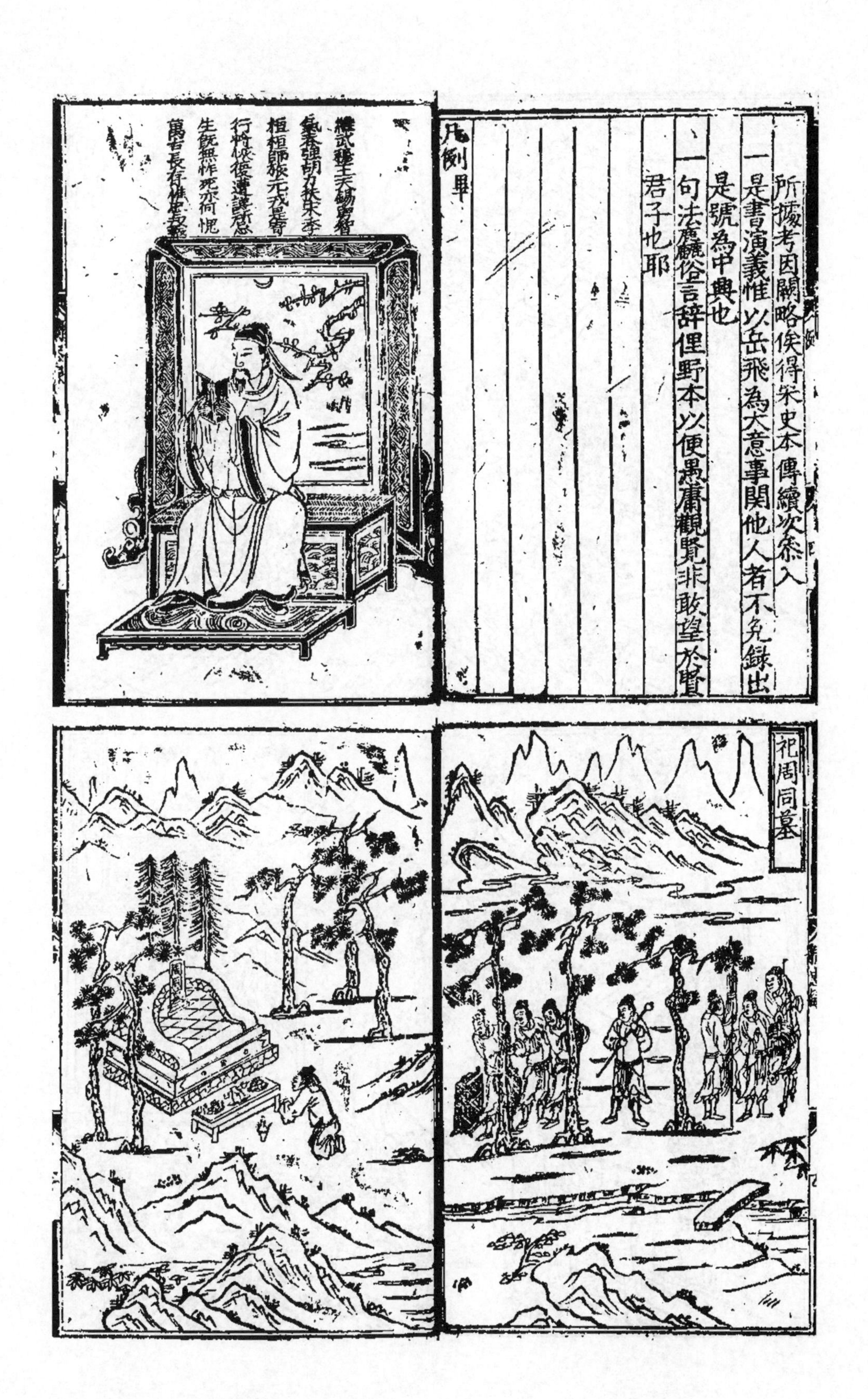
[illegible]武穆王天錫勇智
氣吞強胡力扶宋季
桓桓師旅元戎是寄
行將恢復遭讒致忌
生既無作死亦何愧
萬古長存[illegible]

所據考因關略俟得宋史本傳續次參入
一是書演義惟以岳飛為大意事關他人者不免錄出
是號為中興也
一句法麤俗言辭俚野本以便愚庸觀覽非敢望於賢
君子也耶
凡例畢

戰汜水關
張所問計

戰太行山
戰竹蘆渡

戰南薰門
戰廣德

王
戰承州

次洪州
戰南康

次金牛
蓬嶺大戰

次夏州
復鄧州
捉高仲

復郢州
渡江誓衆
戰勝歸州

襄陽鏖戰
戰廬州

二
岳飛擊走金兀朮于鄭城追至朱仙鎮大破之
湖襄招降
岳飛行次河南軍民痛訴遮道留之
岳飛奉詔班師

詔張俊同岳飛
如楚州閱軍
岳飛辭解兵權
岳飛父子歸田
詔取岳飛就職
大宋

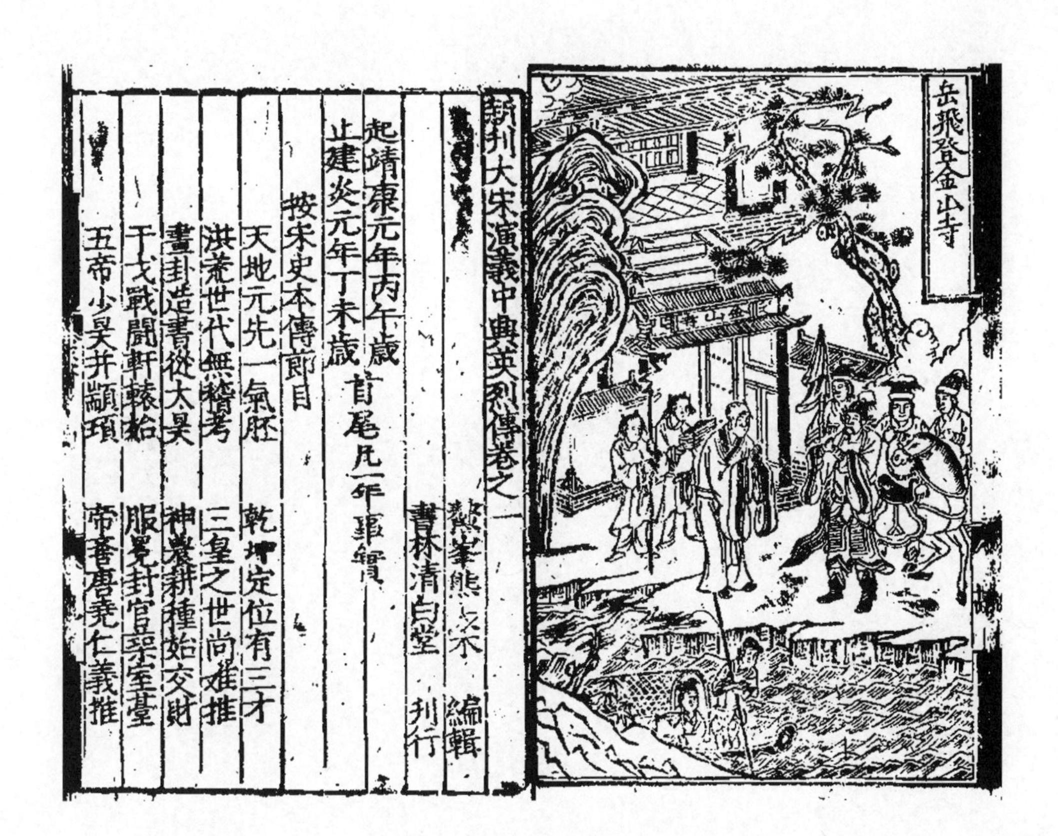

新刊大宋演義中興英烈傳卷之一

鰲峯熊大木 編輯

書林清白堂 刊行

起靖康元年丙午歲

止建炎元年丁未歲 首尾凡一年事實

按宋史本傳節目

天地元先一氣胚 乾坤定位有三才

洪荒世代無稽考 三皇之世尚難推

畫卦造書從太昊 神農耕種始交財

干戈戰鬬軒轅始 服冕封官梁室臺

五帝少昊并顓頊 帝嚳唐堯仁義推

新刊大宋演義中興英烈傳卷之一

鰲峰熊大木編輯
書林清白堂刊行

起靖康元年丙午歲
止建炎元年丁未歲
首尾凡一年事實
按宋史本傳節目

天地元先一氣胚，乾坤定位有三才。
洪荒世代無稽考，三皇之世尚難推。
晝卦造書從太昊，神農耕種始交財。
干戈戰鬬軒轅始，服冕封官築室臺。
五帝少昊并顓頊，帝嚳唐堯仁義推。
孝弟兩全姚氏子，有虞禪位得巍巍。
三王夏禹殷湯繼，滅紂周家民自歸。
離亂七雄侯十二，秦傳一世國多災。
漢王入關楚背約，重瞳雖勇刎于垓。
漢家據蜀分三國，篡魏除劉晋祚輝。
兩晋出於司馬懿，江南接晋宋斉來。
後梁國滅陳家繼，北有胡君作亂階。

北周已被楊堅篡，兩朝歸一國稱隋。
煬帝不仁從李氏，唐家立國用人材。
二十四君哀帝盡，五代梁唐晋漢柴。
周家二姓并柴郭，天氣循環瑞氣回。
甲馬營中生明主，紫氣紅光映玉臺。
受周禪位爲天子，一統山河歸正排。

斡離不舉兵南寇

却說宋朝徽宗皇帝，大興土木，極侈窮奢，寵用小人，誅戮大臣。天下民怨，盗賊蜂起。猶與金人約滅大遼，開邊生事。

未及一年，金太宗完颜晟差斡離不領人馬從東路進，自燕直犯河北；大太子粘罕領人馬從西路進，自河東直犯代、忻等州，徑取太原。宋家無備，如入無人之境。况中原久不知兵，内無賢相，外無勇將，束手無措，坐看中原沒於夷狄，生靈塗炭，不可勝悲。

是時，金兵將至汴梁。邊報猝至，朝廷震懼，不復議戰守，惟日謀避金人之計。始遣李鄴代給事中，至金營講和。降詔罪己，召天下勤王之師。且命皇太子爲開封府牧，以理天下事。

當日衆臣聞賊馬逼近，聚議都堂中，茫然無策，只將各人家屬散之四方，以避禍矣。有太常少卿李綱，素與給事中吳敏相善。及聞朝廷欲以皇太子爲開封府牧，群臣各欲退避，是夜過吳敏家，與敏議曰：「目今金兵臨城，衆人束手無計，事已急矣。陛下以皇太子建牧之議，豈非欲委以留守之任乎？且東宮恭儉之德，聞於天下，當禪以正位，以守宗社是也。今建以爲牧，非也。尚値庶民塗炭，大盗猖獗如此。使宗社難守，中原且無人種，自非傳以位號，使招徠天下豪傑，與之共守，何以能濟？公今從官給事中之列，以獻納論思爲職，何不爲上極言之？使言不合意，不過一死。死有輕於鴻毛者，此其時也。」敏曰：「依公之議，皇太子不宜爲開封府牧。我來日奏知，使君上用之監國，可乎？」綱曰：「不可。昔唐肅宗靈武之事，當時不建號，不足以復邦。而建號之議不出於明皇，後世惜之。今上聰明仁慈，倘感公言，萬有一能行此，金人且將悔禍退師，宗社安能寧，豈徒都城之人得安，天下之人皆受禍矣。此事非發勇猛廣大慈悲之心亡身殉國者，孰能任此？」敏曰：「吾來日當以公言極奏。倘上不允，繼之以死。」綱曰：「君肯如此，天下幸甚。」言罷辭退。

次日早，敏入奏徽宗，具道禪讓之意，且曰：「陛下果能用臣言，則宗社靈長，聖壽無疆。」上曰：「何以言之？」敏曰：「神霄萬壽宮所謂長生大帝君者，陛下也。必有青華帝君以助之，其兆已見於此。」上感悟嘆息。敏又奏：「李綱之論，蓋與臣同。」上意決。是夕，命皇太子入禁中，諭以禪讓意，覆以御袍。皇太子俯伏流涕，不勝悲咽，力辭，因得疾。上即召東宮官耿南仲視醫。夜半，始少蘇。次日，又固辭，不肯接位。上與群臣決議，始登大寶，御垂拱殿，朝會百官，是爲欽宗皇帝。

按《通鑑》，帝諱桓，徽宗長子也，初封定王，會金人入寇，徽宗遂傳以大寶。在位二年，爲金人所擄，紹興末殂於沙漠，壽六十一。

立妃朱氏爲皇后。尊父皇爲教主道君皇帝，移居龍德宮。封敏爲掌樞密院事，李梲同管院事，李綱爲尚書右丞相，蔡懋爲尚書左丞相，李邦彥爲太宰，張邦昌爲少宰。改元曰「靖康」，大赦天下。日與群臣議退金兵之計。

李綱奏曰：「陛下養德東宮，十有餘年，恭儉日聞，海內屬望。道君太上皇帝觀天意，順人心，爲宗社計，傳位陛下。受禪之際，燦然明白，下視有唐，爲不足道也。願致天下之養極所以崇奉太上皇者，以昭陛下之孝。今金寇侵犯，聲勢雖若可畏，然聞有內禪之事，必欲請和，厚有所邀，求於朝廷。臣竊料之，大概有五：欲稱尊號，一也；欲得歸朝人，二也；欲增歲幣，三也；欲求犒師之物，四也；欲割疆土，五也。臣請爲陛下詳陳之。欲稱尊號，如契丹故事，當效以大事小之義，不足惜；欲得歸朝人，當盡以與之，以示大信，不足惜；欲增歲幣，陛下當告以舊約，以燕山、雲中歸中國，故歲增幣於大遼者兩倍，今你既背約自取之，則歲幣當減其數。奈緣國家欲敦示和好，不計校貨財，姑如原數可也。彼欲求犒師之物，當量力以與之。至於疆土，則皆祖宗之地，子孫當以死守，不可以尺寸與人。願陛下留意於此數事，勿爲浮議所搖，可無後患。」并陳禦敵固守之策。欽宗大悅，皆嘉納其言。

却說斡離不率金兵距河而陣，濬州已破。宋將梁方平與戰，其兵大敗，燒橋而遁。何灌部下軍馬，望風逃散。賊遂渡河。聲息報入京城，道君太上皇帝知的時，夜漏下二鼓矣，大驚無措，即出通津門東，欲避乎難。道君太上皇后及皇子帝姬等，相續以行。侍從百官，往往潛遁。尚未啓行，時人報知李綱。綱聞此事，披衣直入見帝，因啓奏曰：「臣聞諸道路執政者欲奉陛下出狩，以避狄人之難。若果有之，宗社危矣。且道君太上皇帝以宗社之故，傳位與陛下。今捨之而去，可乎？」上聞奏默然。太宰白時中曰：「主上不出狩，金人已濟河矣，都城豈可以守？」綱復奏曰：「天下城池，豈更有堅固如都城者？且宗廟社稷、百官萬民所在，捨此欲將何往？若能激勵將士，慰安民心，與之固守，豈有不可守之理？」上猶沉吟。有内侍陳良弼，自内殿出奏曰：「即目京城樓櫓創修，百分未及一二。又城東樊家岡一帶，壕河淺狹，決難保守。陛下詳議之。」上顧謂李綱曰：「卿留朕如此迫切，可同蔡懋、良弼二人往觀樓櫓壕河，若果堅固可守，朕當與卿等再議。卿宜速去，朕於此候卿回報。」李綱即領旨，與蔡懋、良弼逕至新城東壁，遍觀城壕回奏。

時上車駕在延和殿，猶未起行。上問：「卿等觀樓櫓壕河事節如何？」蔡懋奏曰：「樓櫓殘毀，壕河壅塞，誠不可以爲守。」綱叱之曰：「城堅且豪，樓櫓雖未備，然不必樓櫓亦可守。壕河惟樊〔一〕家岡一帶，以禁地不許開鑿，誠爲淺狹。然以精兵强弩占守，可以無虞。」上曰：「爾衆人有何高論？」宰執以下皆無語。綱又奏曰：「今日之計，莫若整飭軍馬，揚聲出戰，固結民心，相與堅守，以待天下勤王之師。」上曰：「誰可爲將以任軍事？」綱曰：「朝廷平日以高爵厚禄蓄養大臣，蓋欲用之於有事之日。今白時中、李邦彦等，雖是書生，未必深知兵法，然陛下與其位號，使之撫馭將士，以抗敵鋒，乃其職也。」白時中在傍，聞李綱奏上欲委之以兵權，怒甚，厲聲曰：「李綱留陛下車駕不宜出狩，莫能將兵出戰。」綱曰：「陛下不以臣爲庸儒，倘使治兵，願以死報。只緣名微官卑，恐不足以鎮服士卒。」上謂執政曰：「目下更闕何職？」趙野對曰：「尚書右丞闕職。」時宇文粹中隨道君東幸，故闕此職。上曰：「即除李綱右丞兼親征行營使，賜袍帶并笏。」綱以時方艱難，不敢辭職，遂謝恩受命。李綱退出。

次早，閤門大使奏金兵聲勢甚緊，百姓無主，各自逃竄。衆百官懷懼不安，猶以去計勸上。上即下命李綱留守都城，以李棁副之。仍令有司備車駕南行。李綱力陳不可去，且言：「唐明皇聞潼關失守，即時幸蜀以避，宗社朝廷隨碎于賊手，累年然後僅能復之。范祖禹以謂其失在於不能堅守以待勤王之師。今陛下初即大位，中外欣戴，四方之兵，不日雲集。虜騎深入重地，必不能久留。捨此而去，如龍脱於淵，車駕朝發，而都城夕亂。雖臣等留守，何補於事？宗社朝廷，且將爲丘墟。願陛下審思之。」上意頗回。會内侍王孝竭從旁奏曰：「中宫國公已行矣，陛下豈可留此？」上色變，降御榻，泣曰：「卿等毋留朕。朕將親往陝西，起兵以

〔一〕「樊」，原作「懋」，據雙峰堂萬卷樓本改。

復都城，決不可留此。」李綱泣拜，俯伏上前，以死止之。帝顧綱曰：「朕今爲卿留。禦敵之事，專責於卿，勿致疏虞。」綱曰：「臣受皇上深遇之恩，今日當以極報也。」宰臣猶請出幸，帝只得從之。

却說李綱正與李棁在尚書省整治軍旅，復傳上有南狩之事。綱即趨朝，至半路，太廟中神主已出寓太常寺。綱大驚，逕進祥曦殿，則禁衛皆已環排列，乘輿服御俱各齊備，六宮僕婢皆將升車矣。綱遑遽無策，厲聲謂禁衛曰：「爾等願以死守宗社乎？願扈從以巡幸乎？」禁衛皆呼曰：「願以死守宗社，不願巡幸。」綱同殿帥王宗濋等入見帝，曰：「陛下昨夕已許臣留，今復戒行，何也？且六軍之情已變，彼有父母妻子，皆在都城，豈肯捨去？萬有一中道散歸，陛下孰與爲衛？且虜騎已逼，彼知乘輿之去未遠，以健馬疾追，陛下何以禦之？」上感悟，始命止行。李綱因出殿曰：「上意已定，敢有異議者，立斬示衆。」六軍聞之，皆拜伏呼「萬歲」，其聲震地。後人有詩贊之曰：

六軍已發乘輿遷，一諫能教動九天。
若使左丞同宰執，宋家宗社已難延。

李綱措置禦金人

且說李綱自車駕輟行已後，方治都城四壁守具，以百步法分兵備禦。每壁用正兵一萬二千餘人，而保甲居民、廂軍之屬，不在其内。脩樓櫓，掛氈幕，安砲坐，設弩床，運磚石，施燎炬，垂檑木，備火油，凡防守之具，無不畢備。四壁各有從官，宗室武臣爲提舉官。諸門皆有中貴大小使臣分地以守。因是兵勢甚張，民心已安。

却説金將蓋斡離不，率領衆兵直抵城下，屯扎于牟駝岡。牟駝岡，京城外西北隅地也。岡勢隱轔如沙磧，然三面據水，前枕霧澤陂，即孳生馬監之所，芻豆山積。異時郭藥師來朝，道君命打毬於其間，故知可以爲寨地。金人兵至，徑趨其所，實藥師導之耳。是夜，金兵大小三軍進攻西水門，以火船數十隻，順汴流相繼而下。城外喊聲大震，火光照耀天地，如同白日。李綱帥諸將臨城捍禦。有驍將霍超，率敢死士二千人，列布拐子弩，從城垛中射下，金兵近城者皆應弦而倒。金兵衆甚，沿流而下者，不可勝紀。火船近城，綱令捷卒即以長鈎摘挹就岸，投石碎之，金兵不能近城。綱恐衆將不肯用命，親自督戰，斬獲金將百餘人。

次日，入奏事，忽報金人統大軍攻打酸棗門甚是緊急。帝聞，謂綱曰：「金兵勢大，卿以何策退之？」綱曰：「臣恐城上兵卒不足用，乞上禁御班直善射者同臣往酸棗門，捍禦金兵，自有機變。」帝即頒詔發下禁軍千餘人，隨綱退敵金兵。綱即辭上出殿。至酸棗門幾二十里，命軍士各於夾道委巷中行，以防賊將登城。綱軍至門，正遇賊衆金鼓連天，鎗刀布密，方以短舟渡濠，豎立雲梯攻城。綱顧左右曰：「誰肯出城，先挫其堅陣？」言未畢，一將應聲而出。綱視之，乃徤將霍超也。綱即令二百善射者付之。超全身披掛，放開南門而出，正遇金將斡離不弟蓋斡强率金兵五百餘人，長鎗短槊，一齊攻入。霍超抖搜威風，一湧殺入。二百班直軍並隨而進，無不以一當百。金兵失陣，望後便退。李綱於城上見金兵小却，仍命班直乘城射下，金兵死者不計其数。將近黄昏，左側始鳴金收軍，金兵退走二十里矣。綱重賞超等，激厲其下。因是，將士皆賈勇而前。

次日，斡離不大聚胡兵，乘筏渡濠而進。綱督戰之際，見金兵近者，以手砲檑木擊下，遠者以神臂弓射之，金兵皆不敢近。主將斡離不怒曰：「宋將止有一旅之師，尚不能取勝，倘四方勤王之衆一集，我輩無遺類矣。」自鳴鼓而前，胡兵從後擁至。綱命馬忠率京西壮士數百人，舉火縋城而下，燒其雲梯数十座。超首迎胡將黑龍大王，超暾聲如雷，一刀揮下，斬于城下。從兵各奪勇争先，斬獲酋首十餘級，皆耳有金環。蓋斡離不終是勢大，復聚兵攻陳橋、封丘、衛州等門。而酸棗門困打尤急，虜將箭射上城如蝟毛。綱督戰，士卒亦有中傷者，皆厚賞之。時帝在祥曦殿，聞報，即遣中使至綱軍中勞問。綱得上御筆褒諭，并給内府酒、銀椀、綵絹等，即頒與將士。人皆歡呼，願以死鬥。自卯至申，殺虜賊數千人。蓋斡離不知守城有備，不可以攻，乃鳴金收軍，退師二十餘里，與其下議曰：「我軍今深入其地，不能得進，此乃大失機也。不如乘宋主初立，因人請與講和，若得滿吾所求，漸且退師。候退機會，又作計較未遲。不然四下兵集，吾何以當之？」衆皆曰：「此計大妙。」次日，遣一能言使者直入都城議和。

却說上在崇政殿與衆臣商議敵禦金兵之策。閤門大使奏知：「有金國遣使來議請和。」欽宗聞奏，即頒詔命侍官引使入對。使者朝拜訖，出斡離不書進呈，道其興[一]師犯中國之意：「聞上内禪，願復講和，乞遣大臣赴軍前，議如何處和。」帝召群臣議之曰：「此事如何處斷？」李邦彦曰：「金兵勢逼，勤王之衆未暇，莫若割地請和，庶救一城生靈。」李綱奏曰：「金兵不識時務，孤軍入我深地，數日交兵，彼屢挫其鋒，正恐四下兵會，故有遣使請和之議。乞聖明鼓勇三軍，再延數日，金兵知吾有備，仍慮勤王師集，是自取其敗也，豈可與之和哉？」上曰：「朕日前因避狄之難，惟恐其不和，因卿力阻不果行。今幸彼自求和，何不可之有？」李邦彦力請議和，帝意遂決。因顧問衆臣：「誰可爲使往金營議和？」衆臣皆未有應者。李綱出奏曰：「臣願往。」上曰：「卿方治兵，不可行。」只命李棁奉使金營，仍令鄭望之、高世則副之。李棁既得旨，即受命出朝，往金營，不題。李綱候李棁出，因奏曰：「臣欲奉使往議和，主上不允，何也？」上曰：「卿性剛直，不可以往。今遣李棁奉使，實因其通朕願和之意也。」綱曰：「今虜氣方鋭，吾大兵未集，固不可以不和。然所以和者，得策則中國之勢遂安，不然禍患未已。宗社安危，在此一舉。臣懼李棁爲人柔懦，恐誤國事也。且今狄之性貪婪無厭，又有燕人狡獪以爲之謀，必且張大聲勢，過有邀求，以窺中國。如朝廷不爲之動，措置合宜，彼當戢斂而退；如朝廷震懼，所求一切與之，彼知中國無人，益肆覬覦，憂未已也。先安然後應安危之機，願陛下審之。」帝曰：「卿言極善，更須整飭三軍，以防不測。」綱承旨退出。

却說斡離不自遣使命入城議求和以後，每日操練胡兵，以候消息。是夜，金營太史官報與斡離不云：「帝星復明，正映都城北隅，宋朝國祚未滅。」斡離不聞説，大不悦。忽報宋欽宗使李棁來至。斡離不聽得南朝有

〔一〕「興」，原爲墨丁，據三台館本補。

使命來，即擺列人馬，却似冰山，安布營壘，猶如鐵壁。斡離不正南面坐下，李棁唬的身不敢舉，頭不敢擡。斡離不端坐帳中喝云：「爾今京城破在頃刻之間，我如今收斂大兵，駐扎於此，不攻城者，因爾主人年幼，才方即位，我欲存爾趙家宗社，其恩不小。爾既來求和，要我退兵，則當送我犒勞三軍之物：黃金伍百萬兩，白銀伍千萬兩，戰馬一萬匹，耕牛一萬隻，五色紵絲一百萬匹。尊我『大金皇帝』，爾稱『宋國主小姪趙桓』，百官皆稱臣。剖中山府、太原府、河間府三鎮與我。仍使一個親王與一個大臣爲質，送我過河。如此，我兵方退。」李棁唬的喏喏而出，不能措一辭。金人笑之曰：「此乃一婦人女子爾。」自是有輕朝廷之心。斡離不就使蕭三保奴、耶律忠、王汭與李棁入城，索取求和之物。

李棁回朝見帝，進呈金人所須之物。欽宗聞奏，憂悶終日。太宰李邦彥勸帝如其數以與之，且解京城之危。尚書李綱奏曰：「若依金人所索之數，括盡天下之財尚且不滿其心，何况一城之内金銀、緞帛、牛馬足其索數？况中山、太原、河間三鎮爲國之屏藩，若割與之，國何以立？至於遣人爲質，宰相當行，親王如何去得？不如且使一舌辯之士，與他議和，延過數日，以待天下兵來。他如今孤兵深入，雖不得足其所求金寶，亦當領兵速回。待他日要去時，却使人與他講和，他則不敢輕我中國，和之則久。」欽宗聞奏，正在猶豫之間，李邦彥復奏曰：「若依李綱之言，臣等皆被金人所虜。即今京城，破在目下，何况執其三鎮之地。城中府庫、民間財物，皆是他有，何足與他較量。」李棁向前奏曰：「事已急矣，陛下何必再思。」欽宗從其所奏，乃避正殿，撤樂減膳，竭盡内府庫藏金銀，括借人家財物，若有藏者斬之。就將在京官吏軍民人家金銀緞匹，及客商樂戶之家，盡取其財，共湊得黃金二十萬兩，白銀四百萬兩。城中人家財物一空。即修誓盟之書，稱「小姪宋國皇帝」，割與三鎮之地，錦緞二百萬匹、馬五千匹、牛五千隻，遣太宰張邦昌，隨御弟康王，爲質於金營。康王者，名構，乃徽宗第九子，韋賢妃所生。爲質者，做當頭也。

却說康王與張邦昌到營見斡離不，邦昌恐懼，只是流泪而已，惟康王顔色不變，言無屈詞，因是金國諸將疑其非〔一〕親王也。及留虜營數日，常〔二〕與金國太子同習射，康王連發三矢，皆中筈，連珠不斷。金太子謂：「此必將臣之良家子，假爲親王來質。」語斡離不曰：「康王恐非真的，若是親王，生長深宫，豈能習熟武藝，精於騎射如此。可遣之，別换真太子來質。」斡離不心亦憚之，復請遣肅王樞代爲質，康王遂得南歸。

〔一〕「非」，原作「恐」，據三台館本改。
〔二〕「常」，原作「當」，據三台館本改。

宋欽宗倡議講和

是時京畿北路制置使种師道及統制官姚平仲帥涇原、秦鳳路兵來會勤王。熙河經略姚古、秦鳳經略种師中、折彦質、折可求等勤王兵至〔一〕二十萬，京師人心少安。欽宗聽得勤王兵來至，喜甚，開安上門，命李綱迎勞諸軍。是時朝廷已與金人講和，欽宗問諸師曰：「今日之事，卿意如何？」師道奏曰：「女真不知兵，豈有孤軍深入人境而能善其歸哉？」欽宗宣諭曰：「業已講和矣。」師道對曰：「臣以軍旅之事事陛下，餘非所敢知也。」即拜同知樞密院事。閤門大使連報金人需求物數不已，一日四屠掠，百姓驚惶無定。帝即遣李綱入議。李綱奏曰：「金人貪婪無厭，兇悖日甚，其勢非用師不可。且敵兵號六萬，而吾勤王之師集城下者已二十餘萬。彼以孤軍入故地，猶虎豹自投陷阱中，當以計取之，不必與爭一旦之力。若扼河津，絕其餉道，分兵復取畿北諸邑，而以重兵臨敵營，堅壁勿戰，俟其食盡力疲，然後以一檄取誓書，復三鎮，縱其北歸，半渡而擊之，此必勝之計也。」帝深然之。即下詔大集勤王之兵，用此機會。

適西陲大將姚平仲請面見帝，上召見福寧殿，厚賜金帛，許功成之日有不次之賞。平仲請出死力夜劫虜

〔一〕「至」，原爲空格，三台館本作「近」，此據雙峰堂萬卷樓本改。

營，生擒斡離不，奉肅王〔一〕以歸。及出，連破兩寨，奈機事已泄，虜已夜徙去，平仲之志未遂。姚古選精鋭五萬人，自滑州進屯虜營之後，克日併力攻擊，有必勝之道。奈李邦彦力主和議，姚平仲憤恨朝廷無用兵意，遂乘一青騾亡命，一晝夜馳七百五十里，抵鄧州方得食。入武關，至長安，欲隱華山，顧以爲淺，奔入蜀，至青城山上清宫，留一日，復入大面山，行二百七十餘里，度采藥者不能至，乃解縱所乘騾，得石穴以居。朝廷屢下詔求之，弗得也。至於乾道、淳熙之間始出，至丈人觀，自言年百十餘〔二〕，紫髯鬱然，長數尺，其行速若奔馬。陸放翁爲題青城山上清宫壁詩云：

造物困豪傑，意將使有爲。功名未足言，或作出世賢。姚公勇冠軍，百戰起西陲。天方覆中原，殆非一木支。脱身五十年，世人識公誰。但驚山澤間，有此熊豹姿。我亦志方外，白頭未逢師。年來幸廢放，倘遂與世辭。從公遊五岳，稽首飡靈芝。金骨換緑髓，欻然松杪飛。

按，姚平仲幼孤，從父姚古養爲子。年十八，與夏人戰臧底河，殺疲甚衆。宣撫童貫召與，平仲不少屈，貫不悦，抑其功賞。睦州方臘作耗，道君曾遣童貫討賊，貫雖不喜平仲，但心服其勇，復取平仲偕行。及賊平，平仲之功冠軍，不願推賞，乃謂貫曰：「平仲不求官賞，但願一見主上耳。」貫愈忌之。

〔一〕「肅王」，原作「康王」，據雙峰堂萬卷樓本改。
〔二〕「百十餘」，原作「十餘」，據雙峰堂萬卷樓本改。

他將如王淵、劉光世者皆得召見，獨平仲不得召，貫忌其功故也。欽宗是時在東宮，知其名，及即位，金人圍京城，平仲以勤王之師來，乃得見。

却說金虜自圍京城凡三十三日，既得許割三鎮詔書及肅王爲質，不待金幣數足，遣使辭宋帝而去。种師道奏曰：「虜賊今去，其志必驕，軍伍不整。臣請以精兵臨河邀之，無不克矣。」李綱亦奏請用寇準澶淵講和故事，用兵護送之。乃命姚古、种師中、折彥質、范瓊領十餘萬兵，數道並進，俟有便利可擊，則併力擊之。時李邦彥恐諸將有邀擊之功，密奏欽宗曰：「吾國祈與金國講和，豈宜聽諸將邀擊之計以阻和議？」乃〔一〕立大旗於河東、河北兩岸，上寫云：「準敕：有擅用兵者，依軍法。」諸將之氣索然矣，金兵因得連夜退去。

京城圍解，君臣上下遂忘前患，各相慶喜。同知樞密种師道聞金兵去遠，厲聲曰：「異日必爲後患。」因見朝廷更不思復用兵，上表乞罷職。欽宗允其請。中丞許翰諫曰：「師道明將，沉毅有謀，山西士卒咸信服之，不可使解兵權。」帝曰：「朕見其老難用，故準其請。」翰曰：「秦始皇因王翦老而不用，只用李信，後兵辱于楚漢。宣帝用一老趙充國，而能成金城之功。自呂望以來，老將收功者，難一二數。以古發今，師道雖老，可用也。」帝不納。翰又言：「金人此去，存亡所繫，當令一大創，使其失利而去，則中原可保，四夷可服。不然，將來再舉，必有不赦之患，宜起師要擊之。」帝亦不聽。許翰嘆息而出。

論曰：康王歸國之後，虜帥爲見种師道、姚古、姚平仲、折彥質、折可求、范瓊、李綱輩勤王之師四集，且爲將取固予之謀，纔得許割三鎮詔書，且班師退去。當時若使欽宗信從种師道邀擊之請，力任

〔一〕「乃」，原脱，據三台館本補。

李綱護送之謀，則金人以孤軍深入，必不得志而返，雖檄召之來，亦無再舉之師矣。惜朝廷群憸用事，李邦彦輩講和之説，以圖偷安目前，正如寢於厝火積薪之上，火未及然，自謂之安；迨其勢焰熏灼，則焦頭爛額而不可救矣。此二聖所以蒙塵於沙漠，九廟之所以淪辱腥膻者。蓋自靖康虜退之後，猶有宣和之遺風，君臣上下，專事佞諛，惡聞忠讜。寇至而不罷郊祀，恐礙推恩；寇至而不告中外，恐妨恭謝；寇迫而不徹綵山，恐妨行樂。此宣和之覆轍可戒也。奈何斡離不退師之後，廟堂方爭立黨論，略無遠謀，不爭邊境之虛實，方爭立法之新舊；不辨軍實之强弱，而辨〔一〕黨臣〔二〕之正邪。粘罕已陷太原，斡離不已據真定，朝廷猶集議棄三關地之便否，尚持論於可棄不可棄之間。金虜所以有「待汝家議論定時，我已渡河」之誚也。

却説金太宗不時遣胡騎打探南朝消息，回報言：「宋朝君臣，自我軍退圍以後，君臣再不談及軍旅。朝中老將解職閑居，全無人馬來往。」太宗聞知大喜，與群臣議曰：「自我退軍以後，三鎮地方又不與我。且彼不知準備，正宜責以失信，復舉大兵，侵犯南朝，奪其天下，豈不快哉？」衆臣皆奏：「正好稱此機會，南朝無我敵手也。」太宗復遣大太子粘罕爲左副元帥，斡離不爲右副元帥，部領精兵二十萬，分路南侵。粘罕、斡離不得命，部領衆將，離了沙漠，直趨南方地界。怎見的：鎗刀密密，劍戟凌空，人如流水急，馬似疾風吹。

〔一〕「辨」，原作「卞」，據雙峰堂萬卷樓本改。
〔二〕「臣」，原脱，據雙峰堂萬卷樓本補。

果是宋[一]朝君臣不知守禦之策，虜賊如直入無人之境。

邊廷消息報入都城來，時李綱諸大臣俱散居于外。欽宗君臣聞奏，各面面相覷，束手無計。聞虜賊直抵太原，太原關報甚緊，中丞許翰奏曰：「陛下速頒詔种師中一路軍進師，以救太原。太原有失，都城亦不可保。」欽宗即下命，令使者逕取种師中，以救太原。使命領詔去訖。

却説种師中與姚古及張顥等諸將正在三鎮議論軍事，聽的金兵大舉入寇，欲分兵守禦。忽朝廷使命詔進師救太原之圍。師中接詔，與下議曰：「都城保障，本在太原。太原有失，都城危矣。諸君有何高見？」姚古及張顥[二]曰：「金兵勢大，難與力爭，只宜深溝高壘，待其衆疲糧盡，一戰可退也。」師中以爲然。即遣使復命，仍令軍士整厲甲馬，以爲備守之計。

却説斡離不將至太原，聞三鎮已有準備，與下議曰：「太原關隘阻阨，誠難逕進。不如撤兵由真定進次雲中，乘其無禦，先襲了此處。乘勝進圍都城，太原兵必不敢離。若得都城，太原自當下矣。」衆然其計。即日退回虜兵，直犯真定等處，望風而下。都城聽的虜賊兵出真定，欽宗大驚，問於許翰。翰曰：「种師中不遵朝廷，逗撓軍機，致有真定之失。陛下可遣人責問，使其能解都城之急，將功贖[三]罪。如不然，兩罪俱罰。」上依其奏，復遣使者詔退金兵。使命直到三鎮，宣讀詔書已畢，師中大驚，曰：「逗撓，兵家大戮也。吾結髮

〔一〕「是宋」，原殘破，據三台館本補。
〔二〕「張顥」，原脱，據雙峰堂萬卷樓本補。
〔三〕「贖」，原作「續」，據三台館本改。

從軍，今近四十餘年，忍受此爲罪乎？」即日嚴整甲士，約姚古及張灝，俱進兵相救。自率精兵二萬，出壽陽縣名之石坑，來救都城。哨卒報斡離不：「三鎮軍出後，來救都城之圍。」斡離不遣金將完颜活玄領胡兵三千於要道截之。完颜活玄引兵去了。斡離不自以大軍邀其前。

却說种師中軍至殺熊嶺，將及黄昏。師中見山路崎嶇，恐有埋伏，令軍士分前後隊而行。將轉過山坳，一將湧身而出，排列三千餘衆，截住山口，金鼓之聲震動天地，乃金將完颜活玄〔一〕也。師中大怒，駡曰：「無端虜賊，敢仍猖獗。若我救兵應援，汝已受擒多日矣。」言罷，挺鎗躍馬，直奔完颜活玄。完颜活玄揮刀來迎。二將戰未數合，完颜活玄抵敵不過，望山後便走。師中生力軍馬不知路徑，乘勝追趕，離太原一百里，欲候姚古及張灝軍馬接應，一日，並不見動靜。師中疑慮，遣哨卒沿路期候。師中之衆殺了半日，金兵散而復合者數番。師中以軍分右前二隊，單立高阜處，以待救至。忽哨軍報知：「姚古及衆〔二〕兵出殺熊嶺，其將焦安節不知虜賊虛實，妄傳我軍大敗。粘罕軍馬大至，來襲其後，姚古及衆皆驚潰逃走，故與張灝俱失期不至。」師中聞此消息大驚，軍士飢又甚。虜賊知之，悉衆攻右軍。右軍崩潰，而前軍亦敗走。師中見勢不利，獨以麾下死戰。虜賊四邊人馬圍住，鼓聲振地，自卯至未，所留纔百人。師中身被四創，力疲鬥死。可憐師中老成持重，爲時名將，既死，諸軍無不奪氣。

是時，金兵既殺師中，其餘死者不可勝計。斡離不因分兵攻圍京城，太原愈急。欽宗君臣聞种師中遇害，

〔一〕「玄」，原脱，據雙峰堂萬卷樓本補。
〔二〕「衆」，原脱，據雙峰堂萬卷樓本補。

深痛惜之，日夕君臣只是預定保守之計。金將選營中能言者，於城下大叫，責宋帝失信，不割與三鎮地界。豎起雲梯火砲，攻城之具悉備。粘罕屯軍青城，復遣蕭慶來講和，堅請帝自出城會盟。帝與宰執商議會盟可否。許翰曰：「虜則狡計難測。祖宗之地，豈可胡亂與人？陛下出城，必無好散，不如不盟之爲愈。」帝然其議，乃詔都水監丞李處權爲報謝使，以書詣金營答粘罕。粘罕怒，却而不受，日夕攻擊。京城被圍凡四十日，城中有卒名郭京者，自言能用遁甲，可以生擒粘罕、斡離不等。何㮚、孫溥與内侍等官皆傾心尊信，於上前力薦之。又有劉孝竭各募衆，或稱六丁力士，或稱北斗神兵，或稱天關大將，各效郭京所爲。是日大開宣化門，出與虜兵接戰，被金兵分作四翼並進，郭京脱身逃遁。只聽火砲振天，箭如飛蝗，殺得宋兵七斷八截，各自逃生。金兵乘勝攻進。時救兵皆爲唐恪、耿南仲遣還，無一人至者。城中唯衛士及弓箭手七萬人。王宗濋見勢頭失利，引殿班下城，傳呼救駕。四壁兵大潰，金人因而上城。統制姚仲友聞此消息，引數百軍從交衢沖奪，以禦金兵，爲軍士所殺。金將完颜活玄首先上城，正遇宋將何彦慶突出，不及交戰，宋兵大敗。彦慶力戰，死于城上。内庭聞知大驚呼，即下敕，召南道都總管張叔夜帥師入衛禁中。叔夜聞召，即日自將中軍，令子張伯奮將前軍，仲熊部後軍，共合三萬餘人，與金師轉戰而前。迎頭正遇完颜活玄，叔夜更不打話，挺鎗直刺完颜活玄。二人戰未數合，被叔夜一鎗刺死，率衆沖開虜兵。又遇金將哈哩，伯奮舞刀向前，斬落馬下。金兵大潰。叔夜父子連與金兵力戰三日，士皆殊死鬥。得至都城下，叔夜從城下大呼，傳報入内庭。帝親與甲士御南薰門見之。遠觀叔夜軍容甚整，即令開城門，放下吊橋。叔夜父子入，對上言：「賊鋒甚鋭，我軍寡不敵衆，請陛下願如明皇之避禄山暫詣襄陽，以圖幸雍州。」時帝親任諸臣皆出於外，無可與謀者，及聞叔夜避狄之請，心下猶豫不決。

次日，金師大合虜衆，攻上城來。守城將士皆披靡，四下鼎沸。金人併殺入城，焚毁南薰諸門。城裏火光耀天，金鼓之聲不絕，百姓大亂，京城遂陷。衛士入都亭驛，捉住金使劉晏亂殺之，恐其爲内攻也。何㮚親率都民保帝巷戰。金人見宋將協力，乃宣言議和。粘罕即退師出城，城中交兵乃止。帝聞城陷，乃慟哭曰：「朕不用种師道言，以至於此。」蓋春初虜之去也，師道勸欽宗乘其半渡擊之，牽於和議，不從。師道厲聲曰：「異日必爲後患。」至是果如其言，故欽宗悔不從其請也。後南儒詠史有一詩云：

陳迹分明斷簡中，才看卷首可占終。
兵來尚恐妨恭謝，事去方知悔夾攻。
丞相自言芝産第，太師頻奏鶴翔空。
如何直到宣和季，始憶元城與了翁。

金粘罕邀求誓書

却說粘罕次日遣使入城，求兩式幸虜營啚議和，必欲得公直宰相，給以割地。使者入城，進見欽宗，起居畢，進上粘罕書，具道所以講和。帝與群臣計議，無可以復金營通使者。叔夜奏曰：「此行非資政殿學士劉韐不可。」帝即召劉韐通使金營。韐領命出城，逕至虜營，來見粘罕。金人報入中軍，粘罕與國僕射韓正商議曰：「吾深愛劉韐之爲人，昔守真定，真定庶民皆德之。今來復使，君若勸得他納降於我，我當以重爵待之。報爾之功，亦不小也。」韓正曰：「國相且勿令見，明日館待之于城南聖壽院，吾試將幾句言動之，且看其人如何。」粘罕大喜，即依其議。次日，韓正遣人迎接劉韐進聖壽院中，二人分賓主坐定。少刻，從人擡過筵席，款待劉韐。韓正舉請韐坐以上賓，韐辭曰：「今乃主憂臣辱之時，安有高坐上位以慢君命？」堅推不肯坐。韓正曰：「國相粘罕以君名節動於朝廷，故令小僕專迎候公，公何必固辭？」韐見韓正意勤，不得已〔一〕就坐。二人行酒禮，至半酣，韓正因謂之曰：「國相知君，今用君矣。」韐曰：「偷生以事二姓，有死不爲也。」正曰：「軍中議立異姓，欲以君爲尚書僕射，得以家屬同行。與其徒死，不若北去取富貴。」韐因韓正言知粘罕

〔一〕「已」，原作「而」，據雙峰堂萬卷樓本改。

欲留之意，仰天大呼曰：「劉韐今日有是事乎。」即辭韓正。歸舍，令從者取過片紙，書之曰：「金人不以我爲有罪，反以我爲可用。夫貞女不事二夫，忠臣不事二君，况今主辱臣死，以順爲正者，乃妾婦之道也。吾必死於此。」書畢，使信者密地將歸，以報知其子子名劉子羽。即自沐浴換衣，酌巵酒而飲。飲畢，遂縊死于長廊下。次日，人報知粘罕。粘罕聞之，嘆曰：「劉相公真忠臣也。」即令其下具衣衾棺椁，葬于寺之西岡。將斂屍之際，死近十日，其顔色如生。

《綱目》斷云：劉韐死義，表表無疑，然何以不書「死之」而書「自經」？徇名責實也。夫以金雖桀黠，不能以威屈韐，受命館伴以善論降。觀其「偷生以事二姓，有死不爲」之言，至今凛凛猶有生氣。沐浴更衣，酌酒自縊，何從容也。故特書「自經于金車」，以著其死節之實。若曰「韐之忠義，爲虜所服，虜不能害，而韐之自經」云爾。

却説粘罕已葬了劉韐，仍遣金兵入城，搬挈書籍，并國子監、三省六部司，或官制天下戶口圖、人民財物。又遣人搬運法物、車輅鹵簿、太常樂器及鐘鼓刻漏，應是朝廷儀制，取之無有少遺。是月，京師雪深數尺，米斗三千，貧民飢餓，布滿街巷，死者盈路。金人又肆兵劫掠富家。粘罕命一將領甲士百餘人，在天津橋駐扎，民不敢過。壯者則剥脱而殺之，婦女美麗者留之。城中百姓皆閉戶不敢出入。金人遣使入城，言國上有命，於京師中選擇十八已下女子一千五百人，以充後宫祗應。金人於逐方巷井四廂集民間女子，揀選出城。父母兒女相顧不肯離別，號泣聲動天地。其女子往往爲金人恣行淫濫，苦不忍言。

靖康二年正月初一日，粘罕遣人入城朝賀，頗不爲禮，宋臣多有懷不平之恨者。金使賀畢，奏稱：「相國請車駕至軍前議事。」欽宗曰：「爾先回復相國，朕與衆臣商議，約赴軍前。」使者辭退出城，見金將，言宋帝議約再會軍前。粘罕怒曰：「宋帝生死在吾手，尚敢如是。」復遣使將北國皇帝所需之物榜文入城，曉諭庶民。金使領命入城，將北國皇帝榜文掛在通衢曉示。牓曰：

> 元帥奉北國皇帝聖旨：金者兵馬遠來，所議事理，今已兩國通好，要得金一百二十萬兩，銀一百五十萬兩，立限支用，不許推延。

却說欽宗每日内庭與一二大臣籌慮其事，又聽得此消息，計無所出，只是悲泣而已。内侍從奏曰：「陛下錦繡都城尚不可保，何况金銀乎？乞照數與之，免生異變。」帝曰：「内帑銀糧支耗已盡，民間不堪再割，此事如何措置？」君臣在禁中商議未畢，忽人報：金人執開封府尹何㮚，分廂拘括民戶金銀釵釧鐶鈿等，星銖無餘，如有藏匿不齎出者，依軍法，動輒殺害，刑及無辜。欽宗聞報，仰天呼曰：「寡人得何罪愆，使下民受如此塗炭。」言罷淚下沾襟，内侍皆來安慰之。次日，出便殿，復奏：「金使持北國皇帝書來，請兩朝皇帝徽宗、欽宗詣軍前面議可否。」帝命宣入。侍官傳詔，金使至便殿，進上北國皇帝書。欽宗與衆臣接過，拆開視之，書曰：

> 今已破汴梁，二帝不可復居，宜於族中別立一人，以爲宋國主，仍去皇帝號，但稱「宋王」，封太上爲天水郡王，少帝爲天水郡公，於東宮外築臺室居止。文字到日，仰元帥府請害不到軍前共議申奏。

宋帝君臣看書意已畢，沉吟半晌無語。金使又言：「國相元帥數數遣請陛下出城同共議事，陛下不肯出。今發北國皇帝手詔，陛下之意如何？」帝曰：「卿且退，容商議。」使者曰：「事急矣。從則福，逆則禍。陛下爲臣所誤，以至于此。尚復取臣下之言，恐禍在不測。况北國皇帝寬慈正直，不比你兩人反復無狀。」頃之，使者辭色俱厲，不拜而退。欽宗曰：「宗社危矣。今以深禍上遺太上皇、下貽於萬民，若更遷延不見，必有重患。爾衆臣所見如何？」侍郎李若水奏曰：「金人不道，大肆猖獗，今禍構已深矣。陛下何惜一行？未必太上皇主意如何，陛下可往更議之。」欽宗猶豫不決，惟長吁而已。内使連報：「金國元帥遣部左統軍郎遊麗將甲兵騎七百餘人至內門，稱有兩國害要見聖上，甚急。」帝命左右宣入。郎遊麗進入，未及內庭，厲聲曰：「元帥遣上，聞國王前日已曾遣人將到北國皇帝聖旨，所議事理，如何更無一言相報，使我元帥無可奏知北國皇帝。今特遣我來見國王，其事如何，兩日不見來意，禍出不測矣。蓋昨日已有盟在前，不欲倉卒。今先此上聞，伏取指揮。」帝曰：「已降指揮，今月十一日出城見元帥，可報知。所有事候面見元帥說及，爾且退。」郎遊麗曰：「陛下十一日若不出城，元帥更不來商議求議也。」復白帝曰：「我衆人馬七百餘人，欲得少犒設。每人要金一兩，望陛下給之。」時左藏庫金帛已罄盡，乃於宮中需索，得金鐶等八百兩與之。郎遊麗不謝而去。

十一日，車駕出幸金營。百姓數萬人扼車駕曰：「陛下不可輕出。若出，事在不測。」號泣不與行，帝亦泣下。范瓊按劍曰：「皇帝本爲兩國[一]生靈屈己求和。今幸虜營，旦去暮返。若不使車駕出城，汝等亦無生理。」百姓大怒，爭罵投瓦礫擊之。瓊以劍殺死數輩，蓋攀輅之人也。車駕遂出城。至軍門，軍吏止帝於小室，曰：「元帥睡尚未起，可俟於此。」容移時，有小黃頭奴至，曰：「元帥請國王。」帝徒行至階下，粘罕下階，執其手曰：「臣遠酋長，不知中國禮義曲折。」乃揖，與帝升階，命左右賜坐。帝面西，粘罕南向，移時不語，左右各執利刃、大刀，所侍帝祇應者，只有王副、周可成二人而已。粘罕使左右以所降北國詔書，使左右白帝。帝曰：「敢不從命，苟利生靈以息兵革，顧何事不可？」粘罕後命左右白帝曰：「既如此，請國王歸幕，等候北朝皇帝聖旨。」乃令介人引帝歸幕。俄有人進酒食，帝不復。移三時間，帝問左右曰：「可白

〔一〕「國」，原作「兩」，據雙峰堂萬卷樓本改。

元帥，令吾歸宮矣。所議事既從，他無餘策。」左右白帝曰：「元帥造表，請皇帝同發，來日早行未晚。」帝默然。左右又進酒食，命伶人作樂，帝吁嘘不能食。夜闌寒甚，帷幕風急，坐不能安，倚案憑坐，左右勸勉，帝泣涕而已。俄五更，有人至帝前，曰：「請國王同元帥發表。」引帝至帳下，旋次升階，惟有一案設香燭，粘罕使左右以其表示帝。帝視之，其詞曰：

臣姪南宋國王趙某〔一〕，今蒙叔北國皇帝聖旨，令某同父退避大位，別選宗中賢君，立以爲君，敢不遵從。今同元帥申發前去。其次居止，及別擇到賢族，未敢先次奏聞。候允從日，別具申請。

書後，復請帝署名，帝從之。緘畢，帳下馳一騎黃旗素馬前去訖。方命左右設椅，粘罕西向，帝東向。少刻，有一紫衣人自外至，粘罕與帝並起身，紫衣人望帳下馬，升階坐西向，相揖，各就坐。粘罕使人白帝曰：「此北國皇后弟也。傳宣至此，催促陛下議論事。」帝唯唯。令進酒。時天氣甚寒，帝連飲二盃。紫衣曰：「陛下且宜止此，晚刻我有面奉北國皇帝指揮事，與陛下言之。」揖退，令左右引帝歸幕。帝回視，粘罕與紫衣尚同坐復飲。帝歸至幕，天尚未明，少憩几上，寒不成寐。左右侍帝有緑衣者，語帝曰：「早間紫衣人乃北國皇后弟也，姓野耶葛，名多被。今爲十七軍都統，位在粘罕上。今暫來此，要往來東京，取選到後宮女子一千五百人，三兩日即北去也。」帝不答。少刻，天明，俄聞報曰：「統軍來相見。」帝迎之，乃早見紫衣人。帝與之接坐，語不可曉，帝但加禮，告以周旋，少不回顔色。命左右指瓶中物，左右因以酒進。紫衣者舉大盃連飲四五盞，帝亦舉一二盃。酒退，顧左右謂帝曰：「安心也。」長揖而去。

〔一〕「趙某」，雙峰堂萬卷樓本作「趙桓」。

上在幕中五日，累欲歸，粘罕止之，且言：「候北國皇帝回命到日，方可歸。」次日，粘罕使人召帝至帳下，升階東坐。坐有吏持文書名案牘者示粘罕，階下刀斧簇一紫衣貴人，帝視之，乃宗正士㑌也。粘罕使人謂士㑌曰：「今命汝入城，可說與你南國宰相，於趙姓族屬中，選擇一人有名望賢德者，同你及合朝大臣保名，密地申發，以準備金國皇帝聖旨到來，别立賢君。」言訖，揮使退去。又擁一皂衣人至階下，粘罕使人謂曰：「汝於東京城内，擇一寬廣寺院可作宫室者，欲於其中作二主宫，宜速置辦。」言訖，指揮退去。帝起，白粘罕曰：「所指揮事，一一從命。容某入城，視太上安否，以報平安，使得盡人子孝道，實元帥之賜也。」粘罕首肯，促左右進酒。帳下有伶人作樂，唱言奉粘罕爲太公、伊尹，粘罕不喜，曰：「太公、伊尹，古聖人也，吾安繼其萬一？」觀其人而語帝曰：「這幾個樂人是大宋人，今日煞好公事。」粘罕言罷，自笑而止。因謂帝曰：「來日教陛下入京城安撫上皇。五七日間，北國皇帝詔到來，請陛下到軍前，不可相推。」良久，遣左右送帝歸幕。早有緑衣者來謂帝曰：「元帥有命，令陛下還宫。」良久，進食。有數人引帝出幕。至軍門，遥見禁衛列于外，車駕入城。金人摽掠尤甚，小民號泣〔一〕，夜以繼日。看後如何。

〔一〕「泣」，原爲墨丁，據三台館本補。

宋徽欽北狩沙漠

帝自金營回，往擷芳園見太上，父子相持泣涕。及太后鄭氏同坐，帝奏太上曰：「臣不孝不道，上貽君父之憂，下罹百姓之毒，殺身不足以塞責。今北兵見迫，日以擇賢爲君，臣與陛下吉凶共之。且以弟康王爲主，不失祖宗社稷，幸之大也。」時韋妃侍側，即康王母也，言曰：「二宮令許以康王繼位，而中興可待。然外鎮須假主盟，陛下可作詔書，召四方兵赴京師。金人狡計，必來止於擇賢，禍有不可勝言者，二宮必不肯留於京師。惟陛下熟計之。」欽宗父子與后妃正在議論未決，忽報粘罕遣人持書，一詣太上皇，一詣帝前，曰：「今日北國皇帝所有施行事件，請車駕詣軍前聽候指揮。」至日中，又遣人促帝及太上皇并至軍前議事。至晚，遣人不絕，又云：「若上皇未出城，不妨請帝先至。」欽宗聞報，若有難色，不肯復行。何㮚、李若水等勸之曰：「陛下初至虜營，而曰彼本有約於我，倘不行而失其信，再何以取伏他人？臣等隨陛下同往，必是無虞。」次日，欽宗不得已，辭太上皇，備車駕，與司馬朴、李若水等出幸金營。至帳下，粘罕坐而言曰：「今北國皇帝不從汝請，別立異姓爲王。」遣人持詔書示帝，遙遠不復可辨。使人降自北道，入小門至一室，籬落路缺，守以兵刃。自辰至申未得食，帝涕泣而已。至暮，番奴持食肉一盤、酒一瓶於帝前，曰：「食之，食之。」帝泣而言曰：「父母不復顧矣。」番奴曰：「父母旦夕與汝相見矣。」其夜，無床席可寢，但有木凳二條而已，亦無燈燭。窗外數聞兵甲聲。時天氣寒凛，帝達旦不寐。天明，有人呼帝曰：「太上至矣。」帝視之，見戎衣數十人，引太上由傍間小道而去。帝欲前，左右止之。帝哭，不勝其哀。後人過龍德故宮，有感而賦詩一首：

萬里鑾輿去不還，故宮風物尚依然。
四圍錦繡山河地，一片雲霞洞府天。
空有遺愁生落日，可無佳氣起非煙。
古來國破皆如此，誰念經營二百年。

却說元帥粘罕既已幽拘欽宗，又遣人入城，催逼皇族、后妃、諸王，纍纍至軍中，日夜不絕。上皇與帝異居，后妃、諸王皆不得相見，惟鄭后、朱后相從。數日，上皇方得與少帝相見，共居一室。時風寒地冰，夜宿竹簟。侍衛人見帝苦寒，取茅及黍穰作焰，與二帝同坐向火。至明，粘罕令左右將青袍迫二帝易服，以常服之服逼二后易服。李若水是時從少帝扈駕至北，見金人以服與二帝易，抱持而哭，大罵曰：「死狗輩，不順天意，辱我大朝衣冠。使若水有寸刃在手，今日肯與你干休。」金人怒甚，將若水拖出，曰：「大朝皇帝且不敢出言語，爾乃一隨侍官，敢出狂言辱吾哉。」言罷，衆金兵以戈杖亂擊之。若水以手格鬥，敗面氣結，仆于地。金國主將粘沒喝令曰：「衆人不得無理。」因扶起，謂之曰：「必使侍郎無恙且寬。」奈若水抱憤，絕不飲食。幾數日，或勉之曰：「事無可爲者，今日順從，明日富貴矣。」若水嘆曰：「天無二日，若水寧有二主哉？」若水從者亦慰解之曰：「公父母年紀高邁，若肯降他，久後必得回去看視，豈不强於不得相見乎？」若水叱之曰：「吾不顧家矣，豈止望見父母耶？忠臣事君，有死無二。然吾親已老，爾等歸家，勿即言我被害之事，令吾兄弟徐徐言之可也。」後旬日，粘沒喝召之計事，若水歷數其過而罵之曰：「我南朝天子仁厚慈愛，天下之人，載宋厚澤未泯。他日勤王師至，使爾輩無噍類矣。唯恨吾不得見也。」粘沒喝令左右擁逼而去。若水反顧，罵益甚。金兵逼至郊壇下，若水知事不免，謂其僕從謝寧曰：「我爲國死，乃人臣職耳，奈何并累爾衆人。可速走，吾不能庇汝也。」又罵不絶口。監軍者撾破其唇，若水噀血罵愈切，至以刃裂頸斷舌而死，年三十五歲。同時司馬朴聞李若水遇害，亦不食，數日而死。謝寧得走歸，言其事，無不下泪者。粘罕謂群胡曰：「遼國之亡，死義之臣甚衆，南朝惟見李侍郎一人而已。」及葬，得一詩於衣襟：

胡馬南來久不歸，山河殘破一身微。
功名誤過等雲過，歲月驚人還雪飛。
每事恐貽千古笑，此身甘與衆人違。
艱難重有君親念，血淚班班滿客衣。

自此以後，二帝、二后每日惟得一食一飲而已。粘罕使張邦昌受僞命，即位僭楚，催促太上皇北狩。粘罕又遣騎吏持書示少帝，言：「上皇已先行矣，元帥令遣汝等起京朝皇帝，來日起行。」次日早，騎吏牽馬三匹，令帝及二后乘之。二后素不能騎，吏遂掖而乘之。路傍見者泣曰：「皇帝父子北去，我等百姓何日見太平也。」因上羹飯二小盂，太上及帝、朱后分食之，粗糲不堪食。騎吏從者約五百人，皆衣青袍。太上皇與少帝迤邐北行，反顧二后，皆不能任驅馳，因而泣下，作《鷓鴣天》詞一闋以自遣云。詞云：

幾年獨占禁宮春，花落閑庭舞袖影〔一〕。宵柝空聞傳騎士，曉籌無復報雞人。離鳳闕，踄胡塵，天涯回首一沾巾。翻思破國忘家恨，眉壓重瞳帶淚顰。

上皇歌畢，父子不勝欷歔。左右皆泣，莫能仰視。金人促之行，道次黄河，憩息于驛舍中，適見壁間有

〔一〕「影」，雙峰堂萬卷樓本作「停」。

詩一律，不知何人作也。二帝拭淚而觀之，詩云：

二紀中原作主人，窮奢極欲正紛紜。
甘心屈辱通金虜，不耻虛無號道君。
費帑勞民成艮嶽，糜兵蹙國望燕雲。
可憐百二山河陷，火烈崑崗玉石焚。

二帝觀之，自覺凄慘，惟俯首長吁而已。

次日，將渡黃河，至信安縣名，有番官澤利者，監押同行。忽見一人身穿衣褐紵絲袍，脚有皂靴，頭帶小巾，執鞭從後趕來。從人報知，乃信安知縣，持酒肉來奉獻二帝。澤利大悦，即在中途設牛酒，與二帝、妃后等同坐，對酌飲食。移時，澤利乘醉命朱后勸酒唱歌。朱后曰：「妾生長深閨，不諳歌唱。」澤利怒曰：「你四人性命在我掌握中，安得如是不敬我？將起歌之。」后不得已，嗚咽涕泣，持盃作歌。歌曰：

幼富貴兮厭綺羅裳，長入宮兮奉樽觴。今委頓兮流落異鄉，嗟紅颜兮命薄如裳。

歌畢，上澤利酒。澤利笑曰：「詞最妙，可更唱一歌，勸知縣酒。」后掩面再歌曰。歌云：

昔居天上兮珠宮天闕，今日草莽兮事何可說。屈身辱志兮恨何可雪，速歸泉下兮此愁可絕。

朱后遂舉盃勸知縣酒。澤利起拽后衣，曰：「坐此同飲。」后怒，欲手格之，力不及，爲澤利所擊。賴知縣勸止之，後舉盃付后，曰：「且容忍，勸將軍酒。」后泣曰：「妾不能矣。願將軍速殺我，死且不恨。」欲自投庭井，左右救止之。知縣曰：「將軍不可如此迫他，倘北國皇帝要四個活人朝見，你如何處置？公事不小，將軍再不宜如此。」言罷自散去。

二帝無如之何，迤邐備極艱險，已到燕京。朝見金主，行藩臣禮。金主令下，令二帝出居驛舍，聽候指揮。二帝退出，居驛舍中。金主以兵守之，所給來飲食，惟酪漿牛脯而已。二帝悲不自勝，朱后泣曰：「陛下昔居汴京，錦衣玉食，奈何不死社稷，偷生至此，其何能堪。」二帝默然。是夕，后自經死於驛中，年二十歲。二帝哀痛極慘。翌日，北國皇帝降旨，封上皇爲昏德公，少帝爲重昏侯。二帝北面拜謝，即仍押赴甘肅軍安置。時盛暑，帝后只是徒行，辛苦萬狀。未幾，金主有旨，又遷靈州。此去漸至沙漠之境。帝后寢食不安，形躰骨立，無復有貴人之相矣。上皇含淚而口占一絕云：

黃雲衰草路漫漫，朔氣凌空透躰寒。
神器飄零家萬里，何人借劍斬呼韓。

二帝經行已久。是夕宿于林下，時月微明，有番首吹笛，其聲嗚咽特甚。上皇愴然，口占一詞。詞云：

玉京曾憶舊繁華，萬里帝王家。瓊林玉殿，朝喧弦管，暮列笙琶。花城人去今蕭索，春夢繞胡沙。家山何處，忍聽羌笛，吹徹梅花。

太上謂帝曰：「汝能賡乎？」帝乃繼韻曰。詞云：

宸傳四百舊京華，仁孝自名家。一旦奸邪，傾天柝地，忍聽搊琶。如今塞外多離索，迤邐遠胡沙。家邦萬里，伶仃父子，向曉霜花。

歌成，三人相執大哭。或日所行之地，皆草莽蕭索，悲風四起，黃沙白露，日出尚煙霧，動經五七里無人跡。時但見牧羊兒往來，蓋非正路，二帝只得經行。至西沔州，居數日，金主又命遷五國城安置。二帝得旨，迤邐又向北行。二日始達五國城下。二帝輕步入城，頗與西沔州相類。城中荒殘，民家皆不成倫次。二帝在城隅驛舍中居止，忽靈州有人公幹來五國城，事完逕來驛中探望二帝。二帝看其俗貌，若漢人規模，因問之。其人下拜曰：「臣本漢兒人也。臣父昔事陛下，爲延安鈐轄周忠是也。元符中，因與西夏交兵，臣父子爲西夏所獲，由是皆在西夏。宣和中，西夏主遣臣將兵助契丹攻大金，被金人所執，臣因降之，今爲靈州總管。臣之地方，近我中國，往往有人來説，大朝自陛下駕離已後，稍有復興之兆。臣聞陛下在此駐蹕，故來報知，願陛下勿泄。」二帝聽此消息，暗喜，問之曰：「爾既是我中華，不忘宋德而來見我，朕有一機密事，與你商量，爾肯應承否？」其人叩頭泣曰：「臣父子實負君之大恩，無由可報，今日就使赴湯蹈火，臣亦不敢辭也。」二帝曰：「我初幸金營之際，朕親書數字藏於衣領中，因金兵監迫緊急，不得帶見康王。爾今肯代朕帶去，報知康王，實見卿之忠義也。」其人曰：「即今河北曹勉在靈州，每與臣議欲逃歸。臣漏夜回去，令此人帶回，必不致誤。陛下可速將來。」二帝即將莽衣一領捲包密封，付與漢人，曰：「慎勿漏泄。」漢人應諾數聲，接過包封，抽身走出驛來，逕回靈州，不在話下。

後來康王得此信息，建位中興，豈非天意耶？使康王不惑於小人，專任岳飛等將，那時金人喪氣，宋室復振，豈有中華淪沒於夷狄、徽欽流喪於沙漠之事乎？惜哉。

宋康王泥馬渡江

靖康三年，北國皇帝降旨，幽二帝於五國城不遣。着令四太子會斡離不復南侵。却說斡離不正在虜營練熟軍馬，又得金主旨來到，令部兵南侵，即與衆將議曰：「稱此秋高馬肥，正好用兵。」即分撥諸胡兵十萬，從太原進發。哨馬報入中華，百姓依前驚亂，四下逃生。斡離不大軍至真定，預先遣人以書報康王：「來軍中議和，方且退兵。不然，大軍直抵汴城，寸草不留。」

却說康王自太上皇北狩以後，每日與一二親臣議論軍旅，定奪復興之計。忽聞邊廷消息，金兵又大舉南侵，憂慮不出。及邊關報急，羽書交馳，有汪伯彥、黄潛善率衆臣入，請康王出都堂議事。次日，康王始出都堂理政，與衆臣議曰：「虜寇勢獗，中國屢困，今領大兵南下，邊廷受圍，百姓驚竄，又遣使人復請議和。此事爾衆臣有何高論？」王雲曰：「賊勢浩大，彼强我弱，往年正因不得親王詣金營立盟誓，致有屢屢反復用兵之故，使天下蒼生不獲寧居。今元帥斡離不遣使來召殿下詣軍前講和，殿下莫惜一行，斯能杜絕後慮。」康王默然。汪、黄二人繼進，亦請康王親行，方有定議。康王曰：「父兄之仇，誓不戴天。若吾再往金營，則天下付之誰人？且國事當決之元祐皇后，豈臣子所得自專。」王雲曰：「殿下此行，亦爲社稷故也。就使奏知皇后，必見聽允。如不然，則宗廟天下決難保矣。」康王本慈仁柔懦無決斷者，因見王雲等言爲社稷蒼生之故，只得依其議。下命王雲爲副，次日逕離汴京，大小官員隨從出城。康王心猶遲疑，未即行。王雲動輒張皇賊勢，又以彼强我弱爲辭，迫脅康王登車，略無君臣之禮，從臣無有不恨之者。康王啓行，道經相州，有宗正少卿宗澤聞康王車駕至，迎候馬首，具問殿下所行之由，康王告以詣虜營議和。宗澤驚曰：「此行誰保殿下往？」康王曰：「王雲同往。」澤曰：「王雲惟一婦人矣，豈識大臣禮躰。」澤於康王前力劾其有辱使命，乞誅之以爲後勸。王雲方欲辨明，而衆軍已交手殺之矣。宗澤力諫康王不可北去：「往時蕭王已爲姦臣所誤，大王可復誤耶？此行必無還理，不如暫留，審視國勢，以圖恢復。」康王遂從宗澤之請，不果使北，將爲潛歸之計。後人讀史至此，有詩斷云：

宋室頃危勢漸離，康王奚忍棄邦基？
臨岐不是忠貞諫，預失中原未可知。

却說斡離不自遣康王歸國後，心甚悔之。既聞康王再使，即遣數捷騎倍道而進催行。是時，康王出，密離相州，欲達京師見元祐皇后，以圖恢復，單騎躲避，不與人知焉。金兵探知其出離相州，率鐵騎日夜追趕。

却說康王自離相州，亦恐金兵後襲，只揀大路逃走。前至磁州地界，行得困乏，見路傍一座古廟，樹木蒼陰。康王仰首看廟門牌額，見大書金「崔府君廟」四字。按，崔府君者，乃是東漢時崔子玉也，封嘉應侯，號曰「應王」。康王逕進廟中，不覺神思困倦，依神厨内假寐。少時，近二更時分，廟門外數十鐵騎搶入廟來，舉起火把，於廟中四下搜究。康王夢寐中，略聞似金兵號令。遍尋片時，鐵騎數十人内有云：「必定走去也，可速追之。」衆人一齊出了廟門。至三更左側，但聽的階下蛩聲唧唧，寂無人語，康王始安心。正欲睡去，忽有人喝云：「速起上馬，追兵復至矣。」康王茫然驚曰：「此去無馬，奈何？」其人曰：「已備馬矣，幸大王疾速加鞭。」康王豁然抽身出外，環顧星光之下，果有匹馬立於傍，將身一跳上馬，加上三鞭，其馬負康王飛騰而走。天未明，已近夾江。遥望江水大浪滔天，拍岸聲鳴。康王見無船渡，心下驚遑，只得搊起馬韁，再加一鞭，其馬湧身而過，即渡了夾江。康王至岸時，見馬僵立不進，天明視之，乃是崔府君廟門外泥塑馬也。康王大驚，遂步行，問鄉人：「此何處？」鄉人道：「此磁州也。」康王暗計其行程，只一晝夜，行七百餘里，始知崔府君神力所助。

即今磁州夾江傍，有泥馬廟，乃宋康王所建，遺跡在焉。愚參考《一統志》，磁州無夾江。及考相州，俱與此說不同。今依來本存之，以俟知者。

後人有古風一篇，單詠泥馬渡江事跡，有感而賦云：

胡馬南來衰宋祚，樓臺歌舞春光暮。
玉人已去酒卮空，一曲當年隨帝輅。
誰想奢華變作悲，龍爭虎鬥交相持。
京城鼙鼓旌旗急，臊風逐入將士離。
親皇妃后俱遭遣，義士忠臣無計轉。
黃雲白草蔽胡塵，促去鑾輿關塞遠。
致令天下勤王心，臨岐懷憤嗟怨深。
欲挽天戈回日月，中原奚忍見傾沉。
金陵氣運留英主，竟產英雄獲相遇。
夾江夜走有神駒，神駒英主今何處？
崔君廟畔樹蒼蒼，行人經過幾斜陽。
中興事業渾如夢，盡付漁歌在滄浪。

却說康王既渡夾江，不敢遲緩。行至一莊，覺肚中飢餒，逕奔入莊中，略求漿飲。俄有一老嫗自內出迎，延康王入草舍中坐定。老嫗曰：「官人少息，待老妾往鄰家乞火即來。」言畢，逕出莊外去。康王坐了片時，不見老嫗回來，心下驚疑。不移時，老嫗復返。因問康王曰：「官人何來？願聞其略。」王曰：「吾爲商於磁、相二州間，因爲金兵劫擄，以至於此。」嫗曰：「官人非商旅也，莫是宮中親王否？前數日有胡騎追趕其人，於路不絕，適早間又有四騎來追，問：『有康王由此經過否？』吾已紿音移，哄也。之曰：『康王已過此兩日矣，你追逐不及也。』追騎聞妾之說，舉鞭擊其鞍道：『可惜，可惜。』遂已回去矣。大王且安心，容進酒飯。」康王因問嫗姓氏，嫗但泣而不言。康王再三詰之，嫗乃曰：「妾世居磁州，止生一子，名李若水，仕宋朝爲侍郎之職，近日因隨太上皇車駕北狩，死於虜軍，吾兒得爲忠臣，妾不恨矣。妾聞磁、相二州留守宗澤在焉，城中食足兵强，天下事尚可爲，幸大王此去勉之。」因出金銀數兩，獻康王爲路費。康王受之，相向而泣。即日辭別老嫗而去。行一日，磁州宗澤遣人迎謁，百姓遮道留康王駐蹕。

話分兩頭。却說元祐皇后自居延福宮，不理朝事幾一年。及張邦昌僭位，群臣議復請元祐皇后垂簾聽政。及聞康王至相州，朝廷方議畫河請和，遣聶昌往河南路、耿南仲往河北路，俱爲割地使。聶昌與金虜至絳州，絳人殺之。耿南仲同虜使王汭至衛州，衛人殺王汭。南仲遂奔相州，來見康王，具道衛人殺虜使之由，「臣聞殿下在相州，逕來投奔」。康王見南仲，本不喜悅，爲其來奔，寬容之。遣其連銜揭榜，召兵勤王。果是河北諸路，聞康王欲圖興復，有榜曉示，人心思奮。

一日，康王坐府中，謂幕屬曰：「吾夜來夢見皇兄脫所着御袍賜吾，吾即解衣而服所賜袍，此何祥也？」官屬各曰：「黃袍加身，乃是佳兆，當主殿下後有九五之分。」言猶未了，報京師有使命來。康王召入問之，乃武學生秦仔齎蠟詔，命康王爲天下兵馬大元帥，汪伯彥、宗澤爲左右副元帥，仍命康王草詔，便宜行事，盡起河北人馬，入救京師。康王捧詔嗚咽號泣，遙望京師拜受。軍民感動，哭聲大震。次日，康王開大元帥府于相州，招集人馬。不數日，四方豪傑爭應，將有萬餘人。康王下令分爲五軍屯扎。

話分兩頭，且看下回分解。

岳鵬舉辭家應募

却說相州湯陰人，姓岳名飛，表字鵬舉，世以農爲業。其父岳和，能勤儉節食，以濟飢者。耕田有侵其地界，和即割與之，亦不與辯。人借錢穀，有負其債者，再不索取。由是鄉人皆感德之。其妻姚氏尤賢，生岳飛時，有大禽若鵠，飛鳴室上，因以爲名。未滿月，黄河内決，大水暴至，飛母抱飛坐在甕中，隨水衝激及岸邊，子母無事，人皆異之。

飛少負氣節，沉厚寡言。家貧力學，尤好《左氏春秋》及孫、吴兵法。生有神力，十二歲時，能拽三百斤弓、八石之弩。嘗學射於豪士周同處。一日，周同聚集衆士，于平野較射。周同自逞其能，連中三矢，指謂飛曰：「若能如此，方可言射。」飛曰：「請試。」同即付其所射弓與飛。飛接過弓來，離紅心一百餘步，左手挽弓，右手架箭，然飛終是力大，初弓一發破其筈，再發而中，亦連中三矢。同悦曰：「觀君之力，較君之射，當以功名顯世也。」飛拜謝。盡得其術，能左右射，隨發隨中，他人莫能及矣。同既死，飛每遇朔望旦，親到其墓，悲哀痛哭。嘗賣衣服與人，旋取酒肉紙燭，到周同墳上祭奠。拜哭罷，挽弓射三矢，後再拜而泣，隨埋其祭肉在墳塚之側，徘徊哀切，片時方歸。每月朔望皆如此。

一日，其父問他要這衣服，飛終不言，以杖責之，亦無抱怨。其父候他出外，暗暗察之，才知其所爲。父問飛云：「爾所從人學射的，多有死者，爲何單只泣祭於周同之墓？」飛曰：「向日周公獨愛我厚，不消幾〔一〕日，盡教我射法。今惜其死，無以酬報，但於朔望日祭之，以盡其禮。」父又問曰：「墓前射三矢者爲何？」答曰：「射三矢者，知吾射法由周君而精。」父又問曰：「埋祭肉者爲何？」答曰：「此祭肉乃周君所享，飛不忍用。」父憐之，撫其背曰：「使爾得爲時用，必作殉國死義之士。」飛對曰：「但將父母遺躰上報國家，有何不敢爲？」其父嘆曰：「我今得子如此，則無後憂矣。」

靖康間，見胡馬縱横，宋兵畏縮，鄉中好漢皆來就他入山爲寇。飛謂之曰：「大丈夫不著芳名於史冊，而爲鼠竊狗盜偷生於世，可乎？」乃令人於脊背上刺「盡忠報國」四大字，以示不從邪之意。後有人來尋他，就將脊字示之，以此相州豪傑多不從盜。及聞知康王在相州招募軍士，其時父和已死，乃留妻李氏侍養老母，自辭家前來應募，因投見劉浩。劉浩看岳飛一表非俗，人材出衆，心中暗喜，因問：「壯士鄉貫、姓名？」飛曰：「離相州七十里湯陰人氏，姓岳名飛。聞康王開大元帥府，招募天下英雄，飛志圖報效，不辭勞苦而來，所期有在，故願投見。」劉浩曰：「壯哉其志也。」因問：「康王招募榜文經掛半月，四方豪傑來應者各專其任。賢士今來，欲得何職？」飛曰：「當今胡馬出入，中原播亂，得人出將入相，奠安華夏，百戰百勝，能掃開沙漠，迎還二聖，取天下如反掌，救黎民於塗炭，此飛之素志矣。至於碌碌卑任，隨時興廢者，非飛之所願也。」劉浩聽罷大驚，急下階，以手携飛于上坐，曰：「素聞閣下擒劇賊陶俊、賈進和之名，未曾識面，今來爲國出力，非獨某一人之幸，實天下社稷之幸也。我明早引見，康王必重用閣下。」飛拜謝。

〔一〕「幾」，原作「已」，據雙峰堂萬卷樓本改。

次日，康王升府堂，衆官僚參見已畢，劉浩引進岳飛。飛拜伏階下。浩曰：「昨日此人不憚馳驅，遠來應募，臣觀其藴，材智充裕，實堪任用，故敢薦來見王。」康王看岳飛果是壯貌魁梧，大悦，謂飛曰：「即目磁、相二州界上盗賊猖獗，與你數百騎前去收捕。候在有功，遂補爾官職。」岳飛得令，即拜辭康王，領軍出離相州。忽哨馬報：「見有賊首吉倩，聚衆數十萬，劫掠州縣。」岳飛見説，遂扎下人馬，分付手下：「不可亂動，待我領四人前去收捕此賊。」言畢，部四騎徑奔賊營。守寨門者支當不住，直到吉倩帳前，下了馬，衆賊驚恐，一時不知誰人。岳飛呼吉倩等謂之曰：「如今胡虜不順天道，圍逼京師，欽宗蠟丸詔旨，命御弟康王爲天下兵馬大元帥，招兵募馬，入救京城，有功者就便陞賞，爾衆人正好輔義立功，留芳史冊，積其富貴，傳于子孫，豈不美哉？如今潛居草莽之間，偷生爲活，豈是長久之計？今我上奉康王令旨天下兵馬大元帥印榜，特來招諭，爾等奮其忠義，同救君父，正是轉禍爲福之秋、反邪歸正之日，衆人何不自省？若不從我所勸，明日康王大發人馬勦捕，爾等得與妻女相守否？」吉倩等素知岳飛之名，且被其志誠所感，即置酒款待岳飛。飛亦盡其情而飲，全無疑慮。吉倩忽然淚下，起謂飛曰：「我等搶掠相、磁二州，作禍深重，今受將軍來招，倘隨將軍去，雖康王見恕，今元帥所招，皆是相、磁二州豪傑，必然殺我，不如且潛身於此，苟延歲月，以盡餘喘矣。」岳飛又曰：「今康王以仁義舉兵，招納四方豪傑，賞罰最明，誰敢違軍令擅自殺人以報私仇者乎？」岳飛對天折箭爲誓：「若有誤殺爾等，上天后土可鑑，予與此箭同。」飛開諭再三，賊皆受命。内有一賊起身大怒，高叫曰：「吉大哥休聽此言，而自送死。」言罷向前，以拳劈岳飛。岳飛大怒，只一拳，正打着賊人左眼，血流滿面，睛珠突出，賊人倒地。岳飛進前，左手扯住吉倩衣領，右手拔劍，謂吉倩曰：「爾等若肯從我反邪歸正，萬事皆休。若道半聲不從，爾今性命只在目下。」吉倩驚恐，雙膝跪下曰：「願隨將軍歸順。」其餘賊黨羅拜於前，乞求寛恕。解甲受降者，凡三百八十餘人，同到相州，進大元帥府拜見康王。康王大喜，就封岳飛爲承信郎，吉倩爲偏校，其餘皆受重賞，此兵就與岳飛管掌。康王遂命延禧草詔，曉頒諸郡。不數日，河北都漕運張慤、京東漕運黄潛善，各領兵來會。惟中山、慶保二處被虜攻圍，不得達元帥府。康王又遣使命招劇賊楊青、常景等，皆來順應，又得萬餘衆。自是威聲大震，中原有復興之勢矣。

康王克日統衆離了相州，欲速救京師之圍。大軍前抵黄河，哨馬還馳報：「黄河未凍，不可渡。」衆軍相顧驚愕。康王即下車，步行至河邊，密禱於天地河神，曰：「康王本爲父兄受莫伸之辱、黎元罹無辜之禍，京師告急，社稷傾危。使祖宗靈氣未泯，天意復回，此河即凍，渡吾諸軍。如其不然，隨受汨沒。」康王禱畢，忽見濃雲布密，朔風競起，吹得岸上人馬寒不可立。片時間，風息雲開，衆人視黄河，盡皆凍合。康王大喜，速令諸軍渡河。不移時，衆兵渡了黄河。將近開德地界，前軍報：「山坡後旌旗飄舞，戈戟如銀，不知何處軍馬。」康王驚疑。彼軍來近，中軍主將逕迎康王，康王一見大悦。且看此人是誰？身懷忠義膽，志敵千人軍，乃磁州留守宗澤是也。因得康王草詔，部兵二千餘人，自磁州來會，正好此間相遇。康王撫慰之曰：「自離相州，已避金人追捕之厄。今日復得與留守相會，實天幸矣。」澤笑曰：「深賀大王脱金人之禍，誠出崔府君之默祐也。」康王亦以爲然。是日，大軍進入開德府，會集各處兵馬。時信州府守臣楊祖募兵一萬、馬一千匹至，潞州知州王麟領兵一千繼至，有張俊、苗傅、楊沂中、田師中皆領兵至。康王大喜，重頒賞賜，犒勞諸軍。

次日，康王車駕離開德府，將抵李固渡。哨軍回報：「李固渡有金家人馬守把，不能前進。」康王聞報失色，問曰：「誰可退金兵，保車駕過李固渡？」言未畢，麾下轉過劉浩，向前言曰：「臣舉一將，可退金兵，以保車駕無虞。」王曰：「誰人？」浩曰：「昔在相州收捕强盜吉倩者，見居承信郎岳飛，此人可去。」王曰：「然。」即遣人宣過岳飛，令將所領人馬前往李固渡勦退金兵。賜飛盔甲、戰袍、鞍馬、兵器。飛受賜，即拜辭康王，領兵出城，依水草屯下大營，分付部將吉倩等曰：「金兵雖是人衆，彼以我南朝無人敵對，其志已驕，你來日初陣，雖[一]用出力，我引兵從後救應，必不致誤。如違吾令者，立斬。」衆人得令，俱各整備出戰，不在話下。

〔一〕「雖」，雙峰堂萬卷樓本及三台館本均作「須」。「雖」寫作「須」，古籍中常見。此處「雖」之用法在本書中出現多次，雙峰堂萬卷樓本及三台館本多作「須」。以下不作說明。

宋高宗金陵即位

却說岳飛次日部領衆軍在李固渡平川間排下陣勢，遙望見金家一座軍營緊靠河邊屯扎，沿河俱列旗幟，各有營寨，只不見金兵來往，不知何意。岳飛曰：「此金將知我軍來，按兵不動，待我兵過了渡，却舉暗號，那時人馬方出，與我敵對。爾等且照各營守禦，待我對敵之時，隨機應變。」岳飛號令未畢，忽沿河甲光映日，旗影翻天，早有一員金將一匹馬跑出營來。飛視其人，黑臉剛鬚，睜開環眼，乃金將完顔帖木兒，大叫一聲：「宋家不怕死的，敢來爭我李固渡，有强者出馬。」只見宋陣門旗開處，一將當先，乃岳飛副從吉倩出馬。吉倩更不打話，舉鎗直刺。完顔帖木兒拍馬舞刀來迎。二騎相交，戰不到十合，完顔撥馬望本陣逃走。吉倩見金兵陣動，勒馬從後趕去。將近金營，完顔放起信砲，只見四下伏兵盡起，把吉倩圍在垓心。吉倩見氣勢不利，撥回戰馬，突圍而出，直奔回宋營。完顔率金兵亂殺將來，正遇岳飛救應軍到，阻住金兵。岳飛怒氣激烈，大罵曰：「臊羯奴，不順天道，興兵侵我中國，苦我生靈。今日早早席捲而退，萬事皆休。如不然，立教爾輩身膏草野，命返黃泉。」完顔帖木兒大怒曰：「爾宋家有甚强將，敢出大言。」舞刀直奔岳飛。岳飛舉鎗來迎。戰上數合，岳飛賣個破綻，虛掩一鎗，往東南便走。完顔帖木兒不捨，一直趕來。岳飛看其來得近，按住金鎗，綽起鋼鞭，望金將當門打下。完顔帖木兒措手不及，翻身便倒，只見眼睛突出，腦髓迸流，死於馬下。岳飛既打死完顔帖木兒，驅動衆軍亂殺，殺死金兵僵屍數里，奪得輜重牛馬無算。岳飛鳴金收軍，遣人報知康王，請車駕過李固渡。

却說康王得岳飛捷音，大悅，重賞其功，轉陞飛爲成中郎，下令大軍過了李固渡，進大名府屯扎。忽羽書馳報東京圍困將危，作急會兵來救。康王聞此消息，與衆將議曰：「目下大軍尚未來到，東京求救仍緊，爾衆人有何高見？」劉浩出曰：「臣願先領兵救東京之圍，大王可會集軍馬隨後赴應。」康王曰：「必須得一智勇之將副之，乃可行。」言未畢，班將中轉過一人出，曰：「臣雖不才，願與劉浩同往。」康王視之，見其人：身長七尺，腰大數圍，面如傅粉，唇若抹朱，鼻似懸膽，眼相刀裁，端的智勇並兼、武文皆會。此人是誰？乃是成中郎岳飛也。康王一見大喜，曰：「得君同往，寡人無憂矣。」賜酒三盃，着與劉浩齊救東京。以岳飛爲前部先鋒，劉浩爲前部主將，點起馬步精兵一十萬，即日起行。

劉浩二人領命，辭康王，出離大名府，部衆軍分作三隊，望東京進發。將到滑州，扎下營柵。劉浩謂岳飛曰：「將軍可乘我戰馬，帶領百餘騎，往黄河邊境上哨探金兵聲息如何，然後我這裏方好進兵。」岳飛即辭別主將，率領人馬前到黄河北岸，暫將人馬休息片時。彼時黄河已凍，金兵忽然大至，衆人驚恐，便欲勒馬奔回本營。飛謂衆曰：「金兵雖衆，不知我之虛實。我若回走，使賊人知我兵少勢虛，乘衆來追，我等死無葬身之地。今趁他人馬纔過黄河，隊伍未定，偶然遇我，不知我有多少人馬，爾等扎住了陣脚，各下馬甦歇，觀我殺之，必然取勝。」岳飛言畢，騰身上馬，單刀匹馬衝入金家營裏來。正遇一員梟將舞刀而前，望岳飛面門砍下。岳飛大怒，更不打話，用神力將刀直砍將去，只一下，不想正中虜將的刀，入刃有一寸多。正在搖拽之間，那岳飛再展神力，把刀拽出來，只一横剛過去，把虜將的頭連甲帶頸砍落塵埃。胡兵見殺了主將，各亂散逃走。岳飛砍了首將，見其陣亂荒，催動戰鼓，衆將一齊向前，殺得胡兵尸横曠野〔一〕，血流成渠，衆軍願倒戈納降者聲振山岳。于是，岳飛鳴金收軍，奪得馬匹輜重不可勝數。回見劉浩，具以破賊之事說遍，且將衆軍功勞逐一記之。犒賞已畢，劉浩將岳飛功勞奏聞康王，康王大喜，陞岳飛爲秉義郎。于是，移前後軍馬屯扎于濟州，不題。

話分兩頭。却說金國遣吳幵音堅、莫儔入京，集百官議立異姓。執僉書樞密院事張叔夜、御史中丞秦檜以去。時推立異姓，衆莫敢出聲。久之，計無所出。王時雍問於幵、儔二人，微言敵意在張邦昌。時雍未以爲然。適宋齊愈至自金營，書「張邦昌」三字示之，時雍乃決，遂以張邦昌姓名寫入議狀。張叔夜不肯署狀，且曰：「今日之事，有死而已。」因移書金師，請立天子以慰民望。金執置軍中。太常寺簿張浚、開封寺曹趙鼎、司門員外郎胡寅，皆逃入太學中，不書名。王時雍諭衆以立邦昌意，衆唯唯，獨太學生難之。范瓊恐沮衆，厲聲折之，遣歸學舍。時雍先署狀，以率百官。御史馬紳乃與御史吳給約秦檜共爲議狀于金師，極言異姓不可立，願復嗣君以安四方。且論：「張邦昌當上皇時專事讌遊，黨附權奸，蠹國亂政，社稷傾危，實由邦昌。」金人怒，執檜去。

丁酉歲，金人奉冊寶至，邦昌北向拜舞，受冊即位，國號大楚。遂陞文德殿受賀，遣閤門傳令勿拜主。時雍率百官遽拜之，邦昌但東向拱立。閤門舍人吳革率內執事官數百人，皆先殺其妻子，焚所居，降義水金門外。范瓊詐與合謀，令悉棄兵仗，乃從後襲之，殺百餘人，捕革併其子皆殺之，又擒斬十餘人。是日，天

〔一〕自「野」至「遣臣迎大王往金陵即」原缺，據雙峰堂萬卷樓本補。

日無光，百官慘然。邦昌亦變色，唯吳幵、莫儔、范瓊等欣然以爲有佐命之功。邦昌心不安。惟時雍每于邦昌前言事，必稱「臣啓陛下」，邦昌斥之。時雍勸邦昌坐垂拱殿以見金使，呂好問曰：「宮省故吏，驟見御正衙，必有不儥之意。倘有不測，奈之何哉。」于是邦昌心中疑懼，恐生後患，尊哲宗廢后孟氏〔一〕爲元祐皇后，垂簾聽政，遣使奉迎康王于濟州。先是，呂好問謂邦昌曰：「相公真欲立邪？抑姑塞敵意而徐爲之圖也？」邦昌曰：「是何言也？」好問曰：「相公知中國人情所向乎？特畏女真兵威耳。女真若去，能保如今日乎？大元帥在外，元祐皇后在内，此殆天意。盍亟還政，可轉禍爲福。且省中非人臣所處，爲今計者，當迎元祐皇后，請康王早正大位，庶獲保全。」癸卯歲，邦昌乃尊元祐皇后爲宋太后，入御延福宮，而遣人至濟州請康王。好問又謂邦昌曰：「天命、人心皆歸康王，相公先遣人推戴，則功無在相公右者。若撫機不發，以致他人聲罪致討，悔可追邪。」邦昌乃復遣謝克家往迎。康王不允，謝克家曰：「張邦昌知天命、人心皆歸大王，遣臣迎大王往金陵即大位。」王意未決。將帥中轉過副元帥宗澤曰：「張邦昌陰與金人結交而即僞位，今日此賊恐天下共誅之，故有此請，其言未可深信。伏望殿下開府於南京，其金陵乃祖宗受命之地，取四方之中，容易漕運。」王允其請，就命宗澤部領各營將士，護駕南行。以辛彦宗爲先鋒統制，丁順副之；祁超爲前軍統制，王澈副之；張瓊爲左軍統制，孔彦威副之；張浚爲中軍統制，趙俊副之；苗傅爲右軍統制，劉浩副之；范實爲後軍統制，張換副之。復命楊惟中都統制，即日整點人馬起行。次日，康王大軍正行之際，鄜州路經略使張深、陝州守臣劉光世領兵從陳州來會。二人拜見康王。康王大悅，即封光世爲都提舉。車駕到虞城，西道都

〔一〕「孟氏」，雙峰堂萬卷樓本原作「王氏」，據下文改。

總管孫昭遠等領兵相會。五月癸未，康王兵到南京應天府。次日，王詣鴻慶宮朝見諸臣，各依序而列。有徐秉哲等送法服冠冕乘輿車駕到，張邦昌亦到，朝見康王，伏地號哭請罪。康王撫諭久之，因曰：「卿之事，吾已知矣，不必再敘。」邦昌拜謝。衆臣復進議，勸康王即位。康王因見衆臣力請不已，以是年五月庚寅朔旦即皇帝位于南京，廟號高宗皇帝。

新刊大宋中興通俗演義卷之二

起宋高宗建炎元年丁未歲
止宋高宗建炎二年戊申歲
首尾凡二年事實

宋高宗皇帝

按《通鑑》，帝諱構，字德基，徽宗第九子也。初封康王，及徽、欽北狩，遂登大寶于南京，遷都臨安，號曰南宋。在位三十六年，崩于德壽殿，年八十一。

李綱奏陳開國計

却説康王因群臣之請，即位于南京，改元建炎，大赦天下。詔曰：

誤國害民如蔡京、童貫、王黼、朱勔、孟昌齡、李彦、梁師成、譚稹及其子孫見流竄者，更不復敘。

又詔云：

民貸常平錢，悉與蠲赦，青苗錢罷去。祖宗上供，自有常數，後緣歲增，不勝其弊，當裁損以紓民力。比來州縣受納租稅，務加概量，以規出剩，可令禁止。應臨難死節之臣，許其家自陳。應違法賦斂與民間疾苦，許臣庶具陳。

辛卯，尊元祐皇后爲元祐太后，詔改宣仁皇后。謗史播告中外，止貶蔡確、蔡子、邢恕等。十月，罷耿南仲，議者謂：「陛下欲進兵京城，爲南仲父子所阻。」高宗曰：「南仲誤淵聖，天下共知，朕嘗欲手劍擊之。」命南仲安置南雄州。又論主和誤國之臣如李邦彦、吳敏、蔡懋、李梲、宇文虛中、鄭望之、李鄴等，各竄嶺南軍州。以黄潛善爲中書侍郎，汪伯彦同知樞密院事。遙尊乾龍皇帝爲孝慈淵聖皇帝，尊哲宗廢后孟氏爲元祐太后。以張邦昌爲太保、奉國軍節度使、同安郡王，五日一赴都堂參决大事。大赦天下，改元建炎。召李綱爲尚書右僕射。

先是，綱再貶寧江。金兵復至，淵聖誤和議之非，召綱爲開封尹。行至長沙，即率湖南勤王之師入援，未至而京城失陷。至是召拜右相。時黃潛善、汪伯彦二人倚有攀附之功，不得爲相，而召李綱，二人甚不悅。

李綱至京，入朝高宗，固辭相位。不允，只得就職。因上疏曰：「興衰撥亂之主，非英哲不足以當之。惟其英，故用心剛，足以臨大事而不爲小故之所搖；惟其哲，故見善明，足以君子而不爲小人之所間。在昔人君，躰此道者，惟漢之高、光，唐之太宗，本朝之藝祖、太宗。願陛下以爲法。」高宗深嘉納之，因問曰：「朕欲因民心奮厲，六軍效勇，直出太原、雲中，掃清胡虜，迎還二帝，卿以爲何如？」綱曰：「陛下初登大寶，遠方之民猶未周知。即今河北，經虜賊殘破，民無適從，正宜班詔，宣示遠近，使兩河百姓知中國有主，各引領而望義旗。那時陛下征伐一行，豪傑響應，親率六軍，直抵沙漠，金兵不患不滅，二聖不患不回，天下幸甚。」高宗大悅。正議論間，忽閤門大使奏曰：「監察御史張所公幹回。」綱曰：「張所深得河北民心，陛下正可與計大事。」高宗即命宣入内殿。張所入見帝。起居畢，帝勞之曰：「近聞卿往河北募其兵士，得幾何？」所奏曰：「臣披罪謫置江州，時河北居民被金兵屢屢打攪，不得安生。及臣以聖德宣布招募之，始知朝廷不棄斯民，來應募者近十七萬人。」高宗大悅，曰：「此卿之功能也。」所曰：「皆出陛下洪福。」因上言曰：「河東、河北，天下之根本。昨者誤用奸臣之謀，始割三鎮，繼割兩河，民兵無所繫望，陛下之事去矣。」帝曰：「執政者每請朕居京城，卿意如何？」所曰：「陛下若居京城，實有五利：奉宗廟、保陵寢，一也；慰安人心，二也；繫四海之望，三也；釋河北割地之疑，四也；早有定處，而一意於邊防，五也。夫國之安危，在乎兵之强弱與將相之賢不肖，而不在乎都之遷與不遷也。誠使兵弱而將士不肖，雖曰渡江而南，安能自保？」帝然之，欲以國事付張所，黃潛善等力譖之，帝遂不果。

却說李綱自入朝後，高宗無日不召之議論國政。時六月己未朔，李綱入對内廷，見帝涕淚交流，帝亦爲之動容。綱因奏曰：「金人不道，專以詐謀取勝中國，而朝廷不悟，一切墮其計中。賊既登城矣，猶假和議已定之說，以款四方勤王之師。凡都城子女、玉帛、乘輿、服御、歷代所傳寶器，下至百工技藝，無不捲擄而去。然後劫遷二聖，併東宮后妃嬪御、親王宗室，凡係於屬籍者，悉驅以行。遣姦臣傳命，廢滅趙氏，而立張邦昌，僞號大楚。在京侍從百官，皆北面屈膝，奉賊稱臣，莫有一能死節者。自古夷之禍中國，未有若此之甚。賴天祐我宋，使陛下總師于外，爲天下臣民之所推戴而承大統，此非人力，乃天授也。然而興衰撥亂，持危扶顛，内修政事，外攘夷狄，以撫萬邦，以還二聖，皆責在陛下與宰相。更得有大過人之智略者，相與圖治，以成中興之業，天下幸甚。」上曰：「朕知卿忠義智略甚久，在靖康時用力爲多。只爲同列所不容，故使卿以非罪去國，致國家有禍如此。那時朕嘗要在淵聖皇帝前言，欲使夷狄畏服，四方安寧，必須用卿方可。今朕眇然以一身託於士民之上，賴卿左右扶持，以濟艱危。朕意已決，卿勿固辭。」李綱頓首泣謝，且道：「臣未到朝，行在數十里間，聞御史中丞颜岐奏臣爲金人所惡，不當爲相，張邦昌金人所喜，宜增其禮，欲使陛下置臣於閑地。然臣愚蠢，但知趙氏，不知有金人，更望聖慮有以審處於此。」上笑曰：「岐嘗有此言，朕告之以『如朕之立，恐亦非金人之所喜』。岐無辭而退。此言卿不足恤。」綱退出。

次日，上與群臣議及李綱忠義，侍臣皆奏：「聖上欲創中興之業，非李綱不可。」帝復宣綱入内廷議政。使臣去不多時，綱披命隨使者入見帝於内殿。同執政奏事訖，留身奏上曰：「自古人主，惟論一相。相得其人，則朝廷正而天下之事舉；相非其人，則朝廷亂而天下之事廢。方承平無事之時，猶當考論其朝，而況艱難多事之際乎？譬如負重致遠，力祇足以勝百斤，而使之荷千鈞之重，則必顛踣於道路矣。以今日國勢觀之，外則强敵凌侮，二聖在其掌握中；内則兵力單弱，四方盜賊竊發，殘破州縣者，不可勝數。朝廷之上，僭僞之臣，方且保崇信任，與聞國政。州縣之間，官吏廢弛，顧望進退，視朝廷號令如不聞。當此之時，雖聖賢馳騖，有所不足，而欲以臣之迂疏，獨任其責，雖三尺之童，有以知其難也。《易》稱：『鼎折足，覆公餗。』

而孔子以謂智小而謀大，力小而重言，不勝其任也。伏望聖慈，博選天下之有材智者爲相，仰佐陛下，共濟艱難。而臣憂患餘生，得以退藏於深渺，不勝幸甚。」高宗曰：「卿素以忠義自許，豈可於國家艱危之時而自圖安閑？朕決意用卿，非在今日，社稷生靈，賴卿以安，卿其莫辭。」綱感泣再奏曰：「臣愚陋無取，不意陛下知臣之深也。然今日之事，持危扶顛，以創業爲法，而圖中興之功，在陛下而不在臣。昔管仲語齊桓公曰：『不能知人，害霸也；知而不能用，害霸也；用而不能任，害霸也；任而不能信，害霸也；能信而又使小人參之，害霸也。』夫知人能信任之，而參以小人，猶足以害霸，况於爲天下而欲建中興之業乎？靖康之初，淵聖皇帝慨然有圖治之意。而金人退師之後，漸謂無事，不能分别邪正，進君子退小人。而賢否混淆，是非雜揉，且和且戰，初無定議。至其晚節，專用姦佞而黜忠良，虜騎再來，遂有宗社不守之變。如臣者，徒以愚直好論事爲衆人不容於朝，使總兵於外，而又不使之得節制諸將。那時臣自度不足以任責，乞身以退，而又百端讒譖，竄逐遠方，必欲殺之而後已。賴淵聖察臣孤忠，特保全之，卒復召用，然已無及矣。不想今日遭遇陛下龍飛，初無左右先容之助，徒採虛聲者，加識擢付以宰柄。顧臣區區，何足以仰副圖任責成之意？然『靡不有初，鮮克有終』。如臣孤立寡與，更望聖慈察管仲害霸之言，留神於君子、小人之間，使臣得以盡志畢慮，圖報涓埃，雖死無憾。昔唐明皇欲相姚崇，崇以十事邀説，皆中一時之病，類多施，後世美之。臣常慕其人。今臣亦敢以十事仰干天聽，望陛下量其可行者，願賜施行，臣乃敢受命。」帝曰：「卿有言許直奏毋隱，朕當審而行之。」綱即出劄子奏陳。且聽下回分解。

李綱力劾張邦昌

一曰議國是。謂中國之御四夷，能守而後可戰，能戰而後可和，而靖康之末皆失之。今欲戰則不足，欲和則不可，莫若先自治，專以守爲策矣。吾政事修，士氣振，然後可議大舉也。

二曰議巡幸。謂車駕不可不一到京師，見宗廟，以慰都人之心。度未可居，則爲巡幸之計。以天下形勢而觀，長安爲上，襄陽次之，建康又次之，皆當詔有司預爲之備。

三曰議赦令。謂祖宗登極，赦令皆有常式。前日赦書，乃以張邦昌僞赦爲法，如赦惡逆及罪廢官盡復官職，皆汎濫不可行，宜悉改正以法。

四曰議僭逆。謂張邦昌爲國大臣，不能臨難死節，而挾金人之勢，易姓改號，宜正典刑，垂戒萬世。

五曰議僞命。謂國家更大變，鮮仗節死義之士，而受僞官以屈膝於其庭者不可勝數。昔肅宗平賊，污僞命者以六等定罪，宜倣之以勵士風。

六曰議戰。謂軍政久廢，士氣怯惰，宜一新紀律，信賞必罰，以作其氣〔一〕。

〔一〕「作其氣」，原漫漶不清，此據雙峰堂萬卷樓本。

七曰議守。謂敵情狡獪，勢必復來，宜于沿河江淮措置控禦以扼其衝〔一〕。

八曰議本。謂政出多門，紀綱紊亂，宜一歸之於中書，則朝廷尊。

九曰議久任。謂靖康間進退大臣太速，功效蔑著，宜慎擇而久任之，以責成功。

十曰議修德。謂上始膺天命，宜監修孝弟恭儉，以副四海之望，而致中興也。

李綱奏陳十事，高宗皆令留榻上，待詳觀有當施行者降出。綱退。

次日，降出議國是、巡幸、赦令、戰、守五事施行，餘皆留中。綱又與執政同奏事于内殿，進呈議國是劄子。上曰：「今日之策，正當如此，可付中書省遵守。」次進呈議巡幸劄子。上促留守司修治京城，祗備車駕還闕款謁宗廟。詔永興軍、襄陽府、江寧府，增葺城池，量修宫室、官府，以備巡幸。餘三事皆依次修舉。

綱復奏曰：「臣愚瞽，輙以管見十事冒瀆天聽，已蒙施行五事。如議本政、久任、修德三事，無可施行，自應留中。所有議張邦昌僭逆及受僞命臣僚，此二事皆今日政刑之大者，乞陛下降處。」上曰：「是二者，衆臣中有與卿議論不同，更待款曲商量，然後行之。」綱曰：「邦昌僭逆之罪，顯然明白，無可疑者。天下皆謂邦昌處虜中歲餘，厚結虜酋，得其歡心，故破都城，遷二聖、東宫，盡取親王宗室以行，邦昌蓋與其謀，此固不可知。然邦昌當道君朝在政府者幾十年，淵聖即位，首擢爲相，奉使虜中，方國家禍難之時，如能以死守節，推明天下所以戴宋之義，以感動其心，則虜人未必不悔禍而存趙氏。邦昌方自以爲得計，偃然當之，正位號、處宫禁者，月有餘日。虜騎既退，四方勤王之師集，邦昌擅降僞詔以止之。又遣郎官分使趙野、翁彦國

〔一〕「扼其衝」，原漫漶不清，此據雙峰堂萬卷樓本。

等，皆齎空名告身數百道以行。及彥國等囚其使，而勤王之師日進，邦昌知天下之不與也，不得已乃請元祐太后垂簾聽政，而議奉迎。邦昌僭逆始末如此，而議者不同，臣請以《春秋》之法斷之。《春秋》之法，人臣無將，將而必誅。趙盾不討賊，則書以『弒君』。今邦昌已僭位號，賊退而止勤王之師，非特將與不討賊而已，其罪爲何如？昔劉盆子以宗室當漢室中衰，爲赤眉所立，其後以十萬衆降光武，待以不死。今邦昌以臣易君，其罪大於盆子。不得已以身自歸朝廷，既不正其罪，而又尊崇之以爲三公，真主又使得以參與國政，此何理也？議者又謂：『邦昌能全都城之人與宗廟宮室，不爲無功。而陛下登極，緣邦昌之奉迎。若無邦昌，則陛下何以自明？』臣皆以爲不然。譬之巨室之家，偶遭寇盜，主人之戚屬悉爲驅虜，而其僕欲奄家室奴婢而有之。幸主人者有子自外歸，迫於衆議，不得已而歸其所有，乃欲遂以爲功[一]，可乎？今陛下之立，乃天下臣民之所推戴，邦昌何力之有？方國家艱危，陛下欲建中興之業，當先正朝廷，而反尊僭逆之臣，何以示四方？」

高宗因李綱劾奏邦昌之奸意切，乃令小黃門宣黃潛善、呂好問、汪伯彥等問之。帝顧呂好問曰：「昔虜騎犯京，卿在城中知其詳，謂當何如？」好問對曰：「邦昌僭竊位號，人所共知。既已自歸，惟陛下裁處。」高宗曰：「吾欲遠竄邦昌，以塞衆議，爾等以爲當乎？」好問復奏曰：「昔德宗幸奉天之時，不挾朱泚以行，後以爲悔。陛下莫如寬貸邦昌，以留左右。」綱奏曰：「呂好問之言，首鼠兩端，且援朱泚以爲詞。且德宗之狩奉天，朱泚蓋未反也。姜公輔以其得涇軍心，恐資以爲變，請挾以行。德宗不聽，而其後果反。今邦昌僭逆，豈可使之在朝廷，使道路人指叫曰：『此亦一天子哉。』」因泣拜曰：「臣不可與邦昌同列，正當以笏擊之。

〔一〕自「欲遂以爲功」至「帝從其請」原缺，據雙峰堂萬卷樓本補。

陛下必欲用邦昌，第罷臣職，勿以爲相。」帝感動。汪伯彦亦曰：「李綱氣直，臣等不及。」高宗曰：「卿欲如何處置？」綱曰：「邦昌之罪，理當誅夷。陛下以其嘗自歸，貸其死而遠竄之。其受僞命者，謫降之可也。」高宗允奏，詔貶邦昌，安置潭州。受僞命臣僚王時雍、吴幵音牽、莫儔、李覿音的等，皆貶遠方，後並賜死。贈劉韐音甲爲資政殿大學士，李若水爲觀文殿學士。詔諸路訪死節之臣以聞。

次日，李綱入對内廷，因言：「近世大夫寡廉耻，不知君臣之義。靖康之禍，能仗節死義者，在内惟劉韐、李若水，在外惟霍安國，願加贈恤。」帝從其請，又贈安國延康殿學士。即日封李綱兼御營使。因謁國勢及靖康以來之得失，綱遂奏曰：「今國勢不逮靖康間遠甚，然而可爲者，陛下英斷于上，群臣輯睦于下，庶幾靖康之弊可革，而中興可圖。然非有規模而知先後緩急之序，則不能以成功。夫外禦强敵，内銷盜賊，修軍政、變士風、裕邦儲[一]、寬民力，改弊法、省冗官，誠號令以感人心，信賞罰以作士氣，擇帥臣以任方面，選監司、郡守以奉行新政。俟吾所以自治者，政事已修，然後可以問罪金人，迎還二帝。此謂規模也。至於所當急而先者，則在於料理河北、河東。蓋河北、河東者，國之屏蔽也，料理稍就，然後中原可保、東南可安。今河東所失者，恒、代、太原、澤、潞、汾、晋恒、代、澤、潞、汾、晋，俱州名，餘郡猶存也。河北所失者，不過真定、懷、衛、濬四州懷州，今懷慶府是也；衛州，今衛輝府是也；濬州，今大名府之濬縣是也，其餘二十餘郡，皆爲朝廷守。兩路士民兵將所以戴宋者，其心甚堅，皆推豪傑以爲首領，多者數萬，少者亦不下萬人。朝廷不因此時置司，遣使以恩慰撫之，分兵以援其危急，臣恐糧盡力疲，坐受金人之困，雖懷忠義之心，援兵不至，

〔一〕「儲」，原作「賊」，據雙峰堂萬卷樓本改。

危迫無告，必且憤怨朝廷。金人因得撫而用之，皆精兵也。莫若於河北置招撫司，河東置經制司，擇有才略者爲之。使宣諭天子恩德，所以不忍棄兩河於敵國之意。有能全一州、復一郡者，以爲節度防禦團練使，如唐方鎮之制，使自守。非惟絕其從敵之心，又可資其禦敵之力，使朝廷永無北顧之憂，最今日之先務也。」帝善其言，問曰：「誰可以任其職？」綱曰：「張所、傅亮二人，材智充足，可當其任。」高宗即封張所爲河北路招撫使、傅亮爲河東路招撫使。是日，二人領職已去。

却說宗澤在襄陽，聞金人有割地之謀，遣人入京上疏奏知高宗。高宗設朝，閤門大使進上宗澤章疏奏，高宗于御案揭開視之。其疏云：

天下者，太祖之天下。陛下當兢兢業業，思傳之萬世，柰何遽議割河之東、西，又議陜之蒲、解乎？自金人再至，朝廷未嘗命一將、出一師，但聞姦邪之臣，朝進一言以告和，暮入一說以乞盟，終至二聖北遷，宗社蒙耻。臣意陛下赫然震怒，大明黜陟，以再造王室。今即位四十日矣，未聞有大號令，但見刑部指揮云「不得謄播赦文於河之東西、陜之蒲解」者，是褫天下忠義之氣，而自絕其民也。臣雖駑怯，當躬冒矢石爲諸將先，得捐軀報國恩足矣。

帝覽其言而壯之，因問李綱曰：「宗澤其人可任否？」綱曰：「陛下欲中振王室，綏復舊邦，非澤不可。」帝笑曰：「澤在磁州時，凡下令一切聽於崔府君。」綱奏曰：「古人亦有用權術假於神以行其令者，如田單是也。澤之所爲，恐類於此。京師根本之地，新經擾攘，人心未安，非得人以鎮撫之，不獨外寇爲患，亦有內變可憂。使澤當職，必有可觀。」帝大悅，即封澤爲東京留守、知開封府事時開封府尹闕，遣使者齎誥命詣襄陽見宗澤。

宗澤正府中議事，聞天朝有使命來到，即出帳迎接。使者宣諭聖諭聖旨已畢，澤叩首謝恩領受。遂排筵席款待使臣，因問：「朝廷衆臣即目誰人秉政？」使臣以「李綱」爲對，澤曰：「靖康之初，若用此人爲政，豈有二聖塵蒙之禍？今李丞相復用，天下百姓蒙福矣。」酒罷，打發使人回朝，自走馬赴任。前至到東京，按視樓櫓盡廢，兵民雖居其中，盜賊縱橫，人情洶洶，並不得安業。澤坐在府堂，召鄉老問之，皆言：「自金兵摽掠過後，敵騎留屯河上，金鼓之聲日夕相聞。城中居民罷乎農桑，幾二年矣。今得相公來此爲民之主，實吾百姓再造父母也。」澤各安慰而遣之。次日出榜文，張掛四門，下令曰：「從今軍民不安生業、仍爲盜賊者，贓無輕重，並從軍法。」澤威望素著，及見其軍令嚴肅，由是盜賊屏息。遠近聞之，無不悅服。澤又遣軍民修治樓櫓，深溝高壘，預備防守之計。

却說河東巨寇王善擁衆七十萬，攻掠傍郡，往來東京地界，官軍莫敢攖其鋒。但遇其出，百姓望風逃避。稱言欲來據奪京城。消息報入東京城來，宗澤即聚幕屬議曰：「此賊本是烏合之衆，迫於時勢，遽爾猖獗，若急之則散於異境，復爲他方之患矣。莫若宣布朝廷威德，撫而用之，則皆精兵也。彼有妻子父母者，豈忍遽爾就誅戮哉？」從官陳良曰：「留守此意雖善，緣王善小人至頑，今因官軍屢挫其刃，彼自以無敵於天下。留守如化之以德，彼爲空言，終無益。不如會知鄰郡，各出精兵，邀其歸路，則彼不暇爲謀，自當滅矣。」澤曰：「不然。方今國家用人之際，是輩皆朝廷赤子，非飢寒所迫，必官府不知存恤，以至於是。若驅之於死地，非惟損皇上之大恩，亦吾輩失撫馭之過也。」遂不聽陳良之言。次日，分付部下軍士謹守城池，自不帶張弓隻箭，單騎馳至善營。且看下回如何分解。

岳飛與澤談兵法

却說王善正在帳中點集衆人，四下排着軍器，整整齊齊。轅前畫鼓三通，聽號令者，各依次而列。忽小校報：「東京留守宗相公來到。」善下令問曰：「有幾多軍馬來？」小校曰：「只一人單騎來到，並無一軍護從。」善曰：「爾衆人列開，待我出去迎接。」王善出的帳來，宗澤一騎已到營前。王善俯於地曰：「犯惡狂徒，有勞相公來到，未及遠迎，罪當萬誅。」澤下馬，以手扶起王善。二人同入中軍。王善請澤坐定，下頭便拜。澤泣謂之曰：「觀君之貌，非類小輩。君之英武，足可顯名。當朝廷危難之時，使有如公一二輩，豈復有敵患乎？今日乃汝立功之秋，不可失也。」善感泣曰：「我輩雖稱盜賊，原係良民，因值世界離亂，金兵犯闕，吾衆不得安生，寧可棲身草莽，苟延性命。近聞相公大人來守東京，衆人意向即欲來歸降，未得機會，是以不果。今相公寬斧鉞之誅，加以恩信招撫，敢不效力。」遂解甲而降。一時歡呼之聲，震動山岳。王善令衆人宰羊殺馬，設大筵席，款待宗澤。是日，大吹大擂，各勸宗澤酒。宗澤亦坦然無疑，盡醉而飲。王善謂其衆曰：「宗相公真吾父母也。你等休得再有異心，今日同歸朝廷，建立功名，誠强於從我爲盜，萬古只作罵名矣。」衆皆應曰：「願隨將軍號令。」

宗澤次日領王善一起衆人，入了東京城。軍民百姓見之，無不悅服。宗澤升府堂，僚屬俱來參賀畢。王善進說曰：「離東京七十里，有吾類楊進者，號沒角牛，聚衆三十萬，與彼處丁進、王再興、李貴、王大郎等，擁衆各數萬，往來剽掠京西，無人敢敵。僕請相公命，前往招諭，同來納降。」宗澤大喜，即與王善空名誥身數道，令其前去招安楊進等。王善接過誥身，逕往京西地界，來見楊進等，諭以宗澤恩信及朝廷威福。衆人皆悦，俱隨王善進東京納降。宗澤各重用之。即遣人奏知高宗，請車駕還京。差人辭了宗澤，逕進南京，奏上宗澤表章。帝覽表，與衆臣商議還京。黄潛善等奏曰：「東京自經虜過之後，六宫殘毁，如何容得聖駕？衙門荒穢，如何居得衆百官？陛下莫若幸荆、襄、江淮，以圖恢復。待天下寧息，京城修整，那時還亦未遲耳。」高宗曰：「卿言正合朕意。」即下詔荆、襄、江淮有司，修整宫苑衙門，以備巡幸。獨李綱堅奏請從宗澤之議，帝竟不決。

却説使者復命來見宗澤，具道：聖上欲幸荆、襄、江淮等處，車駕不復來京。宗澤聞此消息，即具表復遣人奏知高宗。高宗正與大臣在内廷議事，閤門大使奏東京留守宗澤仍有表到。帝命宣入。使者進上表章，其略云：

臣自理開封以來，物價市肆漸同平時，將士、農民、商旅、士大夫之懷忠義者，莫不願陛下亟歸京師，以慰人心。其倡〔一〕爲異議者，非爲陛下忠謀，不過如張邦昌輩，陰與金人爲〔二〕地耳。惟陛下審之。

高宗覽表畢，以示衆臣。衆臣未及對，李綱曰：「臣觀宗澤之語，衮衮〔三〕可聽，發於忠義。陛下可優詔

〔一〕「人心其倡」，原殘破，據雙峰堂萬卷樓本補。
〔二〕「陰與金人爲」，原殘破，據雙峰堂萬卷樓本補。
〔三〕「衮衮」，原殘破，據雙峰堂萬卷樓本補。

慰之，以從其策，庶爲言路之勸。」帝欲從李綱之議，黃潛善力諳車駕幸東南。帝未決，顧李綱曰：「卿知宗澤之爲人，用卿所薦，以爲東京留守，試以澤材智與朕言之。」綱曰：「臣近日訪知真定、懷、衛間敵兵甚盛，方密修戰具，爲入攻之計。澤乃渡河約諸將共議事宜，以圖收復。京城四壁，各置使以領招集之兵。造戰車千二百乘，又據形勢立堅壁二十四所，於城外駐兵數萬，澤往來按試之。又沿河鱗次爲遙珠砦，連結河北、河東山水砦忠義民兵。於是陝西、京東西諸路人馬，咸願聽澤節制。到任未二十日，招安劇賊王善等數十萬衆，東京軍民賴以安。觀此足知澤之所爲，與他人大不侔矣。」高宗聞李綱道宗澤之可任處，大悅曰：「朕得此一二人預守都城，則金人亦不敢屢屢南下，二帝不致遠狩，天下有磐石之固也。」因下詔令宗澤得節制用事，候入京師同議興舉。

使者逕齎王命來見宗澤。宗澤受命已訖，款待使人回朝，遂準備入京師之計。忽轅門外軍人綁過一將入跪階下，澤問其由，軍人曰：「秉義郎岳飛所部之衆於途中强奪民人雨具事發，實犯留守軍令，當刑，故綁來見。」岳飛亦不待辨，仰天大呼曰：「即今胡騎擾亂，中原離黍，留守莫不要中興者乎？」澤笑曰：「爾有何說？」飛曰：「若要宋室中興，何因細故而斬壯士？」澤曰：「爾犯吾軍令，本當誅首以禁其餘。然而三軍易得，一將難求。即目金兵攻打開德府，軍情報急，與你五百精騎兵前去退敵金兵，候在立功贖罪。如此去不勝，二罪俱發。」岳飛慨然請行，遂辭了留守，領着五百人馬，帶部下副將張憲、吉倩等，徑往開德府進發。三軍將近汜水地界汜水，縣名，岳飛下令屯下營寨。次日，排開陣勢，擂動戰鼓，早見對陣中金兵湧出，門旗開處，兩員虜將手執招旗，東指西搖，催趲人馬殺過宋軍中來。岳飛大怒，下令：「衆軍靠住陣脚，看我立誅此賊。」飛下令已罷，拽滿神臂〔一〕弓，指定連發兩矢，正中兩員虜將，四脚騰空，翻身落馬。正是：

都來三寸無情鐵，透甲穿袍兩命休。

岳飛既已射死虜將，揮動人馬殺入金家陣來。金兵大敗，各拋戈棄甲而走，遺下器械輜重不計其數。岳飛鳴金收軍，遂解開德之圍。次日班師回東京，來見宗澤，具上殺退金兵之功。宗澤大悦，奏陞岳飛爲修武〔二〕郎。自是每日與澤議論兵法，深合其意，澤甚敬重之。

時宗澤正在〔三〕府中調度軍務，忽報：「大金人馬近日哨到曹州，聲息甚緊。」宗澤問衆將：「誰可去曹州界上打探金兵消息？」一將應聲而出，曰：「小職才雖不足，願領人馬去退金兵。」衆人視之，乃修武郎岳飛也。宗澤喜曰：「將軍肯去，吾復何憂。」遂與精兵五百付岳飛行。岳飛承了將令，拜辭留守，引兵望曹州來。三軍正行之次，忽見哨馬回報：「曹州金家人馬甚衆，未可前行。」岳飛聽罷，即擺開陣勢，横鎗勒馬，立於門旗下，厲聲高叫：「違天理胡賊，好生退回人馬，免你立見誅戮。」猶未了，見金陣上一胡將持刀躍馬而出。岳飛看其人生的形容古怪，赤髯黄睛，乃斡離蒲盧，更不打話，綽刀直奔岳飛。岳飛挺鎗來迎。二騎戰未數合，斡離蒲盧氣力不加，撥回馬望本陣逃走。岳飛勒馬追去，離金陣數十步間，按下長鎗，拽滿雕弓，望金將背後射來，正中斡離蒲盧脊背上，連衣帶甲，直透前心。既看時，死於馬下。宋軍賈勇而前，無不一當百，

〔一〕「臂」，原殘破，據雙峰堂萬卷樓本補。
〔二〕「修武」，原殘破，據雙峰堂萬卷樓本補。
〔三〕「正在」，原殘破，據雙峰堂萬卷樓本補。

大破金兵，追數十里，殺的屍横遍野，血聚成河，降者不計其數。岳飛大勝，即班師離了曹州。回到東京，來見宗澤，備言殺敗金兵之事。澤復保奏，陞岳飛爲武義郎，其餘將校各依次而賞。

是時宗澤見岳飛屢建奇功，因謂之曰：「爾驍勇智略，弓馬才藝，雖古良將，不能過是。然只好野戰，非萬全計。」因將陣圖一冊以授岳飛，曰：「君當細察於此，方知古人用兵。」岳飛接過，從頭看了一遍，遽還之。澤曰：「陣圖爾曉的麽？」岳飛對曰：「多蒙見愛，賜教陣圖，飛細觀之，乃是死殺之法。古時與今時不同，戰地有廣狹險易，豈用得一定的陣圖？夫用兵大要在於出奇，使敵人不能測我之虚實，方可取勝。若在平地廣闊處，忽有賊倉卒而來，那時怎得工夫排布陣勢與他敵對？况今留守麾下將士知陣法者少，若專用陣法，不知以權濟變，已被敵人知我虚實，彼以精兵四下而來，那時我軍難留一個矣。」澤曰：「據爾之論，古時陣法不必用也。」飛曰：「排了陣勢，然後方戰，此乃兵家之常法。然用兵之法，不可死執於此。其用兵之妙，全在乎一心。仰望留守持正思之。」宗澤見岳飛議論有理，大喜曰：「宗澤自從戎以來，再無人談兵法若此。今聞將軍之言，如醉方醒，使我胸中痛快，不能舍也。」遂選有材幹軍士一千餘人，付飛教學陣法。自是每與岳飛在府中談議終日，不在话下。

岳飛計畫河北策

却說宋高宗自登大寶已後，李綱秉預國政，朝廷一切事務俱有條度，比靖康之風大有不侔。只是專信黄潛善、汪伯彦二人議論。時宗澤累上表請車駕回還東京，高宗意頗回，欲從其請。汪、黄二人力奏曰：「太上皇之子將三十人，今所存者，只陛下一人而已。如何不自保重，而送啖於虎口乎？臣訪得虜寇利於騎射，不習水戰。金陵天險所在，前據大江，可以攻，可以守。東南久安，民力富盛，可以待敵。望陛下駐蹕於此，高枕無憂。」然高宗爲人素畏怯，無大作爲，只依着汪、黄二人之議，再不復思幸東京矣。

東京留守宗澤聞此消息，與武義郎岳飛謀曰：「聖上以吾言不足取，專信黄潛善、汪伯彦之計，天下如何見太平？胡虜如何得勦滅？」岳飛聞其説而嘆曰：「主人全不知我往他亦往之意。駕在楊州，虜寇亦到楊州；駕在金陵，虜寇亦到金陵；駕在臨安，虜寇亦到臨安。一到海濱，彼亦隨至。駕所到處，即爲邊岸。」乃與宗澤商議作表，請車駕復取中原。澤視表，興衰宛然畢見，甚壯其言。飛遣人齎表來朝，見高宗，呈上表文。表曰：

武義郎臣岳飛謹言：今承陛下已登大寶，黎元有歸，社稷有主，今足可伐虜人之謀，而勤王御營之師日集，兵勢漸盛。彼方謂我素弱，未必能敵，正宜乘其怠而擊之。今黄潛善、汪伯彦之輩，不能承陛下之意恢復故疆，迎還二聖，奉車駕日益南，而有苟安之漸，無遠大之略，恐不足以繫中原之望。雖使將帥之臣戮力於外，終不成功。今日之計，莫若請車駕還京，罷幸江南之詔，乘二聖蒙塵未久、虜人未固之際，親率六軍，迤邐北渡，則天威所臨，將士一心，士卒作氣，中原之地指期可復。臣無任瞻天仰聖，激切屏營之至，謹言。

高宗覽表畢，付丞相府議其事。黄潛善等奏：「岳飛官居小職，而乃越職言事，陛下可削罷其官職，放歸田里。」高宗允奏。岳飛見詔至，即將往日所賜金帛散與士卒，各分付之曰：「爾等謹依留守號召，久後必有重用，勿因我去而生異心。」衆人皆垂淚不忍捨别。岳飛逕到幕府，拜辭宗澤。宗澤舉酒執其手送之，且泣曰：「我今職居留守，節制兩河軍馬，上言二十餘疏，皆被奸臣所阻，使我憂憤成疾，何況於爾？幸得還鄉足矣。我觀君才智勇略，異日必爲興復之用。只我病在心腹，那時不得與你會矣。」岳飛亦淚下拜曰：「留守放心保重，待醜虜復作，岳飛挺與留守當先。」言畢，辭了宗澤，離東京，往相州路回。時值秋天光景，車碾塵高，馬啣衰草。絲鞭裊裊，穿紅葉之孤林；駿馬遲遲，越野橋之碧水。不數日來到相州，入家庭拜謁母親，備言因上書被謫，奪去官職，放歸田里。母曰：「用之則行，舍之則藏，此君子之道也。爲人子者，能事君，是爲忠臣；能事親，則爲孝子。既朝廷不用，尚得我在，吾兒若能竭力事親，他日亦不失於令名，有何不可？」岳飛拜謝，在家盡事親之道，不題。

話分兩頭。却説金國右副元帥斡離不病卒，太宗甚傷感之，命有司具棺槨，以優禮葬之。時建炎元年秋八月也，聽知康王即位於金陵，而廢僞楚張邦昌，復遣大太子粘沒喝爲大元帥，領兵四萬，從雲中進發，下太行，由河陽渡河攻河南。四太子兀朮爲左副元帥，領兵四萬，從燕山渡河攻山東。婁室爲右副元帥，領兵四萬，從同州渡河攻陝西。大兵共一十二萬，分作三路而進。邊廷消息報入南京，高宗聞奏大驚，詔陝西、河北、京東、京西各路，招兵入衛京城。就封張所爲河北西路招撫使，招集兩河忠義，以防金兵。賜與銅錢一百萬貫，以充軍用，又給空名誥身一千餘道，有功者許量功授職，一切以便宜行事。張所既受招撫之命，建言乞置司在北京，候措置有緒，乃可渡河招募。帝依其議，張所即在京師招集將佐。北京留守張益謙表奏：「張所議置司北京，河北盜賊愈多，而民間苦擾，不若罷其事。」高宗見奏，以示李綱。綱曰：「張所乞置司北京，候措置有緒方渡河。今張所尚在京師招集將佐未行，不知益謙何以知其騷擾？朝廷以金人攻圍河北，民無所歸，聚爲賊盜，故置司招撫，因其力而用之解河北之急，豈緣置司乃有盜賊？今京東、京西群盜嘯聚，攻掠州縣，豈亦置司所致耶？方胡騎三路而入，朝廷欲有所經略，益謙小臣乃敢非理妄奏。望陛下依張所之議，必有可取。」高宗是其言，下令照原從張所奏，置司北京，仍令持節前往招募人馬。

張所承旨辭朝，持節北行。過相州界，聞本處岳飛因上書被謫，閑居於此，所差人招之。岳飛見説金兵復至，張招撫差人來請，即辭了老母，來見張招撫。張所一見岳飛身貌出衆、動静過人，遂以國士相待，塡與誥身，補陞舊職修武郎、閤門祗候，充中軍統制。岳飛舊日部下將因飛離東京已後漸各散去，及聞飛在張招撫處，依前來相從。時張憲、王貴、任士安、董先、姚政、郝昂、孟邦傑、梁興、董榮、趙雲、李進、牛皋、張峪、王剛、胡青、劉遇、王進，皆在幕下矣。

張所既招得岳飛一起將佐來到，大悦。次日，請過岳飛在中軍，待之以酒。飲至半酣，張所從容問飛曰：「每聞統領在宗留守處勇冠三軍，統領自料能敵幾何？」飛曰：「論勇不足恃也。用兵之法，全在先謀。欒枝曳柴以敗荆，莫敖采樵以致絞，欒枝，晋人，事文公，爲大夫，將下軍，趙衰讓之爲卿。莫敖，楚人。《韻府》曰：『楚有連尹、莫敖，後合爲一官。』故曰『連敖』，事見《左傳》。皆謀定也。使爲將之道而無一定之謀，故戰則不成功也。《兵法》云：『上兵伐謀，其次伐交。』爲將無謀，不足以博匹夫，此之謂也。」張招撫乃是儒生出身，一聞其言，甚是有理，矍然起身，謂岳飛曰：「爾今所言，正合爲將之道，殆非行伍中人也。」因請岳飛分坐共飲。

飮間張所復與岳飛細論時事，岳飛不覺流泪，對曰：「今日只要掃蕩胡虜，迎還二聖，復其舊日江山，以報國家，此乃是我平生之願。」張所因問曰：「今日朝廷差我招撫河北人馬，我心亦願如此，只不知其計何出，未審統領曾有先定之謀否？」飛曰：「前人有言：『河北看天下，猶如身佩珠玉；天下看河北，猶如人之手足。人身所佩珠玉猶可無，人之手足不可一時無也。』今本朝建都于汴京，則無有陝西長安秦關百二之險隘可據。蓋汴京在於平川曠野之地，長河有千里之遠，首尾不能相應，全靠着河北以爲汴京之固。實要選用有謀之將，守把險隘之地，深溝高壘，多則重鎮。假使虜寇南侵我邊疆之上，一城之後復有一城，二城受圍，諸城可救，或出精兵擊其首尾，若能如此，終不敢犯吾之邊境也。虜寇不敢窺我河南，則汴京之地無憂矣。蓋河南得有河北，猶似燕、冀而有居庸等關。若河北之地不守，則黃河迤南之地未可保也；如居庸等關不守，則燕、冀諸州不可保也。常思内侍童貫奉命宣撫河北而取燕山、雲中之事，每發一笑。蓋國家用兵，開闢疆土，若有一尺一寸之地，便將那一尺一寸地土所出，助爲國用。因其地土所産錢糧則可以養兵、養民，因民可以充實其地而無抛荒之地，因兵可以習練成熟守地巡哨而可保民。然後因其地方之人可爲嚮導，得知地之險隘，設關立柵，令人守把，使虜寇則不敢入。今童貫全不想以此爲謀開闢疆土，只是竭盡府庫之財，求及無厭虜寇而取其地。虜寇既得金銀采段數多，而假許其請，他則盡收其地所産錢糧，并搬移居民北行，及將平日操練軍士席捲而去，只丟下空虛無用之城。朝廷只知燕山、雲中諸城真是我有，却竭盡天下錢糧人力以充實己州之地，全不知緊要險隘之處都是虜寇使人守把。他專訪我軍民纔待安業，一呼而入，使我好兒好女盡皆陷没于腥膻，實被胡虜所料。若要取燕山、雲中之地，而不用心於險隘，妄有其虛名，而受其實禍矣。盡將中國錢糧、軍民、家産而資於夷狄，可不痛哉？今看河南、河北，正猶如此。朝廷雖命公爲招撫，今河北多半屬於虜寇，將何以爲招撫之地而得盡招撫之職？今日願明公盡取河北之地而爲汴京之藩障方可。若不如此，是天下手足已去，而汴京根本之地不能保矣。他時虜寇既得河北，又得河南，險隘既失，汴京必其無事乎？及虜寇南侵，那時節只是勸朝廷出幸江海，未可知也。招撫若能許忠於國，則當請命於天子，提兵遠壓燕、雲，使飛爲招撫之偏將跟隨前進，所命到其間，拚一死而報國，實無辭也。」張所聞飛計畫河北之策甚有條理，心中大喜。酒罷，次日即填與誥身，改陞岳飛爲武經郎，分兵付飛統領，跟隨河北制置使王彥渡河招撫。岳飛既受命，與王彥前往河北去訖。且看後來分解。

李綱諫車駕南行

却說高宗自命張所前往河北招撫已後，政令已布四方，潰兵及爲盗者皆從招安。時祝靖、薛廣、党忠、閻瑾、王在之徒凡十餘萬人，俱赴行在。帝與群臣商議處置之計，李綱奏曰：「今日盗賊正當因其力而用之，如光武用銅馬、緑林、下江之屬以定天下，曹操亦用黄巾以破袁紹，顧所以駕馭之者如何耳。乞陛下準其降例：元係良民，願歸業，及有營房兵卒願歸營者，給券遣之。又擇其羸弱不勝兵的放散，獨留强壯願充行立功者，以新法團練。每一軍差大小使臣充部隊將，擇有才略雄偉之士爲統制官以統之。此制之以術，使由而不知則可。」帝允奏。遣去就業、歸營者大半，其屬部曲之衆，無叛去者。獨淮南劇賊杜用、山東李昱、丁順、楊進，皆擁衆數萬，不可招。又拱州之黎驛、單州之魚臺，皆有潰兵數千人作過，往往官府不能制服，地方百姓受害，不可勝言。高宗憂深，以問李綱。綱曰：「方今朝廷外有大敵，而盗賊乘間竊發，擾吾郡縣。其勢不先靖内寇，則無以禦外侮。盗賊雖主於招安，然不震耀威武使知畏懼，則彼無所忌憚，勢難遽平。陛下宜分遣兵將，討殄數處盗賊，則餘者自服。」高宗是其言，乃下命御營都統制王淵率兵抵淮南討杜用，都巡檢劉光世領兵討拱州叛兵，統制官喬仲福引兵討李昱，韓世忠引兵討魚臺賊。衆將官領命，各部兵辭却高宗，在教場中操練軍士，即日分道征進。

且說御營都統制王淵部領精兵一萬，離了京城，望淮南進發。三軍將抵其界，王淵下令札了大營，分付：「如今杜用知我大軍來到，必須準備。爾衆人今夜手不離刃、身不離甲，謹防劫奪之謀。」衆軍得令，俱各自守營寨，不在話下。

原來杜用淮南人最是驍勇，靖康間金兵犯闕，聚五百强輩倚五虎山爲巢穴，往往出入騷亂淮南地方軍民。無賴者皆往投之，衆至數萬人。聽的哨賊報道大朝統軍來征討他，即與部下商議曰：「今宋軍遠來，人馬疲困，不知我之虚實，今夜乘其無備，劫取寨栅，無不勝矣。」部下姚武、章雄等齊道：「此計大妙。」杜用部領數千賊衆下山，留郭興領餘衆鎮守山寨。杜用分撥已定，是夜乘月黑，悄悄離了五虎山。將近宋營邊，正是三更左節，遥望見宋軍中燈火尚明，杜用遣一嘍囉前往打探。嘍囉去了，回報：「宋軍中並無人馬行動，只中軍有明燈一盞。」杜用喜曰：「中吾計矣。」分付衆人前後殺入。自持利刀，隨騎大叫一聲，殺入軍中。衆賊一齊，金鼓喧天，隨後殺進。不知宋兵已有準備，聽的帳外金鼓之聲，四下伏兵齊起，點着火炬，照耀天地，如同白日。杜用與姚武、章雄等知勢頭不好，勒騎拚死殺出。四下喊聲大震，宋軍漫郊塞野而來。章雄正遇王淵部將范越，二騎在火光中交戰數合，被越一戟刺來，章雄措手不及，搠死馬下。杜用見殺了章雄，與姚武迸力殺透重圍。走未數里，忽嘍囉報説：「宋將見大王離寨，纔二時間，於山隘邊湧出一彪軍馬，架起風火大砲，殺上山寨來。主將郭興不知持防，被數十驍騎搶進，一時綁縛了，放火燒着山寨。衆人見郭興被捉，又見四下宋兵大舉，只得盡數拜降。我因傷了一刀，走脱山寨。大王可速奔往他路，前面宋兵阻住，難以過去。」杜用等聽此消息，各驚慌抛戈棄甲而走。後面范越催動大隊人馬一齊掩殺，賊衆自相踐踏，死者不可勝計。杜用不顧其衆，勒回馬望僻路逃走。行未二里，前面火光迸天，一彪人馬攔住去路。爲首一員大將，生的濃眉大眼，聲若巨鐘，乃御營都統王淵也。那時正遇見杜用單馬逃生，大駡：「無端匹夫，苦擾生靈，今日天兵到來，不急早引頸受死，尚爾拒敵。」言罷，舉鎗直奔杜用。杜用雖是獨自，素恃力大，亦抖搜威風，舞刀來迎王淵。二馬相交，戰上二十餘合，杜用不敢戀戰，刺斜殺開血路而走。王淵不捨，勒騎追去。杜用走上一里，不覺坐馬前蹄一半陷在泥澤中。待杜用扯得馬上岸，王淵趕騎已到，一鎗從脅下刺落在地，衆宋軍近前斬了首級。時天色正明，王淵鳴金收軍，及升帳計點將士，被殺死者亦多，記斬獲賊首并得其輜重者無算。淮南官屬各出郭以牛酒犒賞王師，淵各分付遣回。次日下令班師回京。

捷音已報入金陵，高宗聞奏大喜，重封王淵，其下有功將士，各依次陞賞。不旬月間，劉光世討拱州叛兵，喬仲福討李昱，范瓊破李孝忠，韓世忠討魚臺賊，皆破之，得甲〔一〕馬寶貨無算。惟丁順、楊進見官軍屢勝，乃就招撫司投降。

時報到，高宗正與李綱在内殿，以道君皇帝自燕山遣使臣齎來領中有親書八字以示。綱曰：「此乃陛下受命於道君者，宜藏之宗廟，以示後世。道君遠幸沙漠，所望於陛下者如此，臣敢不竭盡駑鈍措置邊事，以副陛下聖孝思慕之意。」綱正留身奏事，聞奏諸路破賊捷音到，高宗喜不自勝，顧謂綱曰：「靖康之初，若有如此破敵，金人其敢再來哉？」綱曰：「今日機會尤不可失，願陛下以靖康爲鑑，審處決斷，不惑衆議，庶幾可以成功。」高宗曰：「今四方麤定，藩鎮之臣屢請朕車駕幸東京，而内臣黄潛善、汪伯彦等勸朕留金陵，卿以何所爲當？」綱曰：「臣嘗建巡幸之策，以關中爲上，襄陽次之，建康爲下。陛下縱未能行上策，猶當適襄、鄧，示不去中原，以係天下之心。選任將帥，屯列軍馬，控扼要害，以折虜人之謀。使今冬無虞，車駕還闕，天下之勢遂定。不然，中原非復我有，車駕還闕無期，天下之勢不復振矣。」高宗曰：「但欲迎奉元祐

〔一〕「甲」，雙峰堂萬卷樓本作「車」。

太后，及津遣六宫往東南耳。朕當每〔一〕卿等獨留中原，訓練將士，益兵聚馬，雖都城可守，雖金賊可戰矣。」綱賀曰：「陛下英斷如此，雖漢之高祖、光武，唐之太宗，不過是也。」因言：「履艱難之運者不宜懷安。昔高祖、光武、太宗皆身將兵，披甲胄，冒矢石，於馬上得之。今陛下固不待如此，但車駕不去中原，則將士思奮，人倍其勇，虜寇不敢覬覦兩河，天下指日可定也。今中外未知陛下聖意，乞降詔以告諭之。」帝即命李綱撰詔文，頒降榜掛于兩京。詔曰：

朕惟祖宗都汴，垂二百年。天下乂安，重熙累洽，未嘗少有變故，承平之久，超軼漢、唐。比年以來，圖慮弗臧，禍生所忽，金人一歲之間，再犯都城。信其詐謀，終墮賊計，盡取子女玉帛，遂邀二聖鑾輿，六宮戚屬，悉擁以行。夷狄之禍，振古未有。四海臣子，孰不痛心？肆朕纂承，求念先烈，眷懷舊京，潸然出涕。思欲整駕還京，謁款宗廟，以慰士大夫、軍民之心。而兵火之餘，民物如故，朕之父母、兄弟宗族，靡有留者。顧瞻宮室，何以爲懷？是用權時之宜，法古巡狩。駐蹕近甸，號召軍馬，以防金人秋高氣寒再來入寇。朕將親督六師，以援京城及河北、河東諸路，與之決戰。已詔奉迎元祐太后，津遣六宮，及衛士家屬，置之東南。朕與群臣將士，獨留中原，以爲爾京城及萬方百姓，請命于皇天。庶幾天意昭答，中國之勢浸强，歸宅故都，迎還二聖，以稱朕夙夜憂勤之意。應在京屯兵聚糧，修治樓櫓、器具，並令留守司京城所、戶部疾速措置施行。咨爾士大夫、軍民，躰朕至懷，無憂疑慮。故兹詔示，想宜知悉。

〔一〕「每」，雙峰堂萬卷樓本作「浼」。

兩京軍民讀者皆感泣思奮。後人有詩贊云：

　　一點丹心立兩朝，忠言懇懇動天遙。

　　高宗不惑謀臣計，從此中原日見牢。

宋帝依李綱所議，乃措置迎奉元祐太后，津遣六宮。以徽猷閣待制孟忠厚爲提舉指揮使，郭仲荀統兵扈衛從行，其餘俱令有司排辦。黃潛善知車駕欲留中原，力陳其不可。帝曰：「朕欲留中原，與卿等議畫兩河之計，有何不可？」潛善奏曰：「中原殘破，樓櫓城郭未完，且又兵甲不利。今兩河盜賊橫行，非一朝之故。況今金陵前阻長江，城郭完固，陛下正宜巡幸東南，聚士馬、儲峙糧、布恩澤，以結民心。不出一年，功績漸備，那時車駕所臨，人效其力，胡虜必不敢正視中原，盜賊寧有竊窺兩河之地乎？」高宗本不欲幸關中，及聞黃潛善所議，即降手詔，欲巡幸東南。李綱極奏：「自古中興之主起於西北，則足以據中原而有東南，漢光武、唐肅宗是也。起於東南，則不足以復中原而有西北，晉元帝是也。蓋天下之精兵健馬，皆出於西北，而中興之主，撥亂定功，以兵馬爲先，一失西北，則二者無自得之。形格勢禁，非特失地利而已。今車駕倘或南幸，委中原而棄之，豈惟金人將乘間以擾吾關輔，盜賊且將蜂起爲亂，跨州連邑，陛下雖欲還闕，不可得矣。況欲治兵勝敵，以歸二聖哉？夫南陽光武之所興，有高山峻嶺可以控扼，有寬城平野可以屯兵。西鄰關陝，可以召將士；東達江淮，可以運穀粟；南通荊湖巴蜀，可以取貨財；北距王都，可以遣救援。暫議駐蹕，乃還汴都，策無出於此者。今乘舟順流而適東南，固甚安便，第恐一失中原，則東南不能必其無事，雖欲退保一隅不可得也。況常降詔許留中原，人心悅服，奈何詔墨未乾，遽失大信於天下？願斷自淵衷，以定大計。」帝乃許幸南陽。令措置合行事件，將以秋末冬初擇日啓行。黃潛善、汪伯彥陰以幸東南之計動上意，其議頗傳于外，僚屬謂綱曰：「士論洶洶，皆謂密有建議者，東幸已決，丞相何不從其議乎？」綱曰：「天下大計，在此一舉。國之安危存亡，於是乎分。倘車駕必欲幸東南，吾當以去就爭之。且君上英睿，必不爲異議所惑。不然，吾可貪冒寵禄爲保身計虚受天下之責哉？」

次日入對内廷，未嘗有改議巡幸之命。忽閤門大使奏河東經制使副王瓊、傅亮具表申奏進呈。帝命當御案拆視之。

一申朝廷以謂河東州縣，多爲金人所陷没，至與陝西接連如河中府解州亦爲所據，與陝府相對，以河爲界。今經制司所得兵纔及萬人，皆烏合之衆。其間多係招安盗賊及潰散之兵，未經訓練拊循，難以取勝。乞於陝府置司，訓練措置，召募陝西正兵，弓箭手之在民間不出者，及將家子弟，不旬月間，可得二萬人，與正兵相爲表裏，其勝可必。且一面結連河東山寨豪傑，度州縣可復即復之，可以渡河即乘機進討，以復河陽、河中、解州沿河一帶，據險以扼其衝。漸議深入，以復潞、澤、太原，願當方面之寄。

高宗見奏，與李綱商議。綱曰：「傅亮所奏，深得治兵之術。陛下可允其請。」高宗即命陝西、京西轉運司悉力應副瓊、亮，使召募西兵。使者領命去訖。傅亮經畫未纔十日，復有旨令東京留守宗澤節制傅亮軍。即日，傅亮得此消息大驚，即具申遣人詣京師奏知。且看後來如何。

宗澤約張所出兵

却說高宗升殿，使命呈上傅亮申奏，大略謂：陛下今欲即令過河，無不可者，但河外皆金人界分，本司措置全未就緒，既過河後，何地可爲家計？何處可以得糧？烏合之衆，使復爲金人之所敗散，何自可以得兵？亮等不足惜，第恐有誤國事。帝見奏，意尚未決。李綱曰：「河東今日之勢不同，河北所失，不過數郡，其餘皆爲朝廷守，王師渡河猶有駐泊得糧之處。河東州縣大半陷沒，沿河一帶自解州、河中至河陽、懷衛，皆爲金人所據。今經制司軍旅未集，陛下即違前議，急之渡河，遂爲孤軍。倘爲金人所敗，不知朝廷主所更得將佐士卒？」黄潛善曰：「若不使之亟渡河，且失機會，傅亮等但欲逗遛不進耳。」綱諍之曰：「兵事不可遠料之下，未見有機會可乘，但當委任將師傳擇利而動耳。今亮受命而行，纔十餘日，豈可傳以爲逗遛？昔趙充國堅執屯田地議，宣帝不以爲罪。願陛下以依前議。」汪伯彦堅執以爲李綱之言未見治躰，傅亮不進，終是怯敵〔一〕。高宗頗惑其言。綱曰：「潛善、伯彦始極力以沮張所，賴聖鑒察之，不得行其志。又極力以沮傅亮，蓋招撫河北、經制河東皆臣所建明，而張所、傅亮又臣所薦。今二人力沮所、亮，乃所以沮臣。臣每鑒靖康

〔一〕「敵」下，原衍「不」字，據雙峰堂萬卷樓本删。

大臣不和之失，凡事未嘗不與潛善、伯彦商議而後行，不想二人設心如此，願陛下虚心觀之。」帝曰：「既傅亮兵少，不可渡河，可罷制司赴行在。」綱曰：「陛下罷經制使，不知聖意所謂？」帝曰：「亮既以兵少不可渡河，不如罷之。」綱曰：「臣論傅亮不宜即渡河有三事：從中制不盡將帥之慮，一也；軍旅未集，驅烏合之衆渡河即成孤軍，必爲金人之所敗，二也；軍敗之後，朝廷未有將佐士卒可以當河東一道之寄，三也。今陛下以臣愚戇，即罷經制司，此以潛善等以私害公，陰有熒惑聖聽以沮臣，使去耳。臣賀陛下特達之知，起自罪謫，付以國柄。方艱難之秋，但知一意以爲國家而圖報稱。不然，臣豈敢尸禄貪冒寵榮，以虚負天下之責哉？」帝曰：「如亮人材，今豈難得？」綱曰：「臣嘗款與亮語，觀其謀略智勇，真可以爲大將。訪之士大夫，亦以爲然。今以爲經制副使，姑試之耳。假以時月，必有可觀。使亮如真所極，臨敵退怯而無成功，臣甘受誤國之罪。今未嘗用而遂罷去，古之御將帥者，恐不如此。昔高祖何嘗自知韓信？亦以蕭何薦之爲大將，設壇場，擇日而拜之。蕭何所以知韓信，亦以屢與之語而已。使高祖不能用何之言而將韓信，則何亦必不敢當相位矣。今潛善所以必欲傅亮，意不在亮，乃以沮臣。陛下不察，則臣亦何敢安職？恐終無以助陛下致中興之功，臣得乞骸骨歸田里，更望陛下留神熟思之。使亮不罷，則臣何敢決去？」帝慰謂之曰：「卿所爭事小，何須便爲去就？」綱曰：「方今人材，以將帥爲急，恐非小事。臣昨議遷幸，與潛善、伯彦異，宜爲所嫉。然臣東南人，豈不願陛下東下爲安便哉？顧一去中原，後患有不可勝言者。願陛下以宗社爲心，以生靈爲意，以二聖未還爲念，勿以臣去而改其議。臣雖去左右，不敢一日忘陛下。」因泣辭而退。綱從者曰：「公決於進退，於義得矣，如衆者何？」綱曰：「吾知盡事君之道不可，則全進退之節，禍患非所恤也。」

《宋鑑》斷曰：自綱之入爲右僕射也，以英哲全德勉人主，以修政攘夷爲己任。抗忠數疏中時膏洞，和守之議決，而國是明，僭逆之罪正而士氣作，幸都之謀定而人心安。他如修軍政、變士風、定經制、改弊法，置檢鼓院以通民〔一〕情，置賞功苟以伸國法，減上供之幣以寬州縣，修茶鹽之法以通商賈，剗東南官田而募民給佃，仿保甲弓箭手〔二〕而官爲教閱。招兵買馬，分佈要害，遣張所招撫河北，王瓛經制河東，宗澤留守京城。西顧關陝，南葺樊鄧，且將益據形便以爲必守中原之計，此朱文公謂「李綱入來方成朝廷」者，正謂此也。

李綱力求去，黃潛善、汪伯彥等復於帝前排譖請帝去之，高宗遂罷李綱丞相職，出爲提舉洞霄宮大學録。陳東上書：「乞留李綱而罷黃潛善、汪伯彥。請陛下車駕宜還京師，然後親率六軍，直抵沙漠，以迎二聖。」潛善、伯彥大怒曰：「不殺陳東，何以塞衆口？」以語激帝曰：「陳東在先朝專事譏諷，今又以狂言惑陛下，若不誅戮之，將復鼓衆。」高宗允其奏，下命將陳東處斬。詔旨一出，不移時押陳東于市曹斬首回報。自是朝廷再無一人敢保李綱而言及汪、黃者。車駕遂東幸，兩河郡縣相繼淪沒，凡綱所規畫軍民之政，一切廢罷。金兵益盛，關輔殘毀，各處盜賊蜂起，中原不可爲也。後人有詩嘆云：

東幸鑾輿不可留，宋君屢挫李綱籌。
中原瓦解猶閑事，忘却當年切齒讎。

宗澤在東京聞李綱去位，陳東處斬市曹，車駕東幸，復上表請帝還京師。不報，撫膺嘆曰：「天下事未可知也。」聽見衛州消息，金人將近新鄉，遣人馳報招撫使張所，令出兵邀擊虜賊。差人辭了宗澤，逕至河北

〔一〕「民」，原作「于」，據雙峰堂萬卷樓本改。
〔二〕「手」，原作「子」，據雙峰堂萬卷樓本改。

來見張所，呈上宗澤文書。張所拆開視之。書云：

即目金兵大驅，入寇懷、衛等處聲息甚緊。招撫速持兵扼其去路，吾以重兵截其後。虜賊知我軍有備，自不敢進。待彼勢疲，乘虛擊之，無不克矣。强弱在此一舉，機會〔一〕莫失。

張所既得宗澤如此文書，即遣小校催制置使王彥與岳飛引兵一同抵衛州險要處，邀截金兵。小校領命去訖。

却説王彥與岳飛自渡河招募軍士，近得二萬餘人，皆兩河强壯民丁，聽得張招撫報書令截阻金兵，與制置使王彥領兵到衛州新鄉縣地界。王彥與武經郎岳飛於石門山下，各安營寨。

次日，飛逕來王彥軍中相約出兵。王彥見胡虜人馬勢大，心下懼怯，與飛議曰：「如今且屯兵於此，觀賊動靜，然後再計較。」飛見王彥有不肯出兵意，抗聲大呼曰：「二聖蒙塵，遠在沙漠，車駕不得回還。目下强虜人馬占據黄河北岸，爲臣子的正當先開清道路，以待鑾輿北討。因何不與虜賊速戰，却乃延緩觀虜動靜？公莫非有二心否？」王彥掩口無言，只不肯進兵。岳飛大怒曰：「公食朝廷爵禄受制置使之職，纔見金兵來到，便欲退縮，倘胡賊鼓衆而進，有失城池，那時公亦得不進兵哉。」王彥猶未對。從將有勸王彥殺岳飛，彥知其意，亦不答。岳飛見事不諧，拔劍抽身而出。回至本營，點集衆將佐，帶領一千餘人去看金兵虛實。正行之間，望見對岸征塵蔽天，湧出一彪胡兵搖旗納喊，長鎗短戟，賈勇殺將來。張憲、王貴等見賊兵勢大，都有怯心，猶豫不敢前進。岳飛曰：「將不在多，在用之有法度。吾觀胡衆雖盛，皆不分隊伍而來，其中必無智將。爾衆人立住陣脚，待我破之。」言罷，勒動戰騎，直殺入虜寇中陣。兩下金鼓齊鳴，岳飛左沖右突，與胡

〔一〕「會」，原作「浄」，據三台館本改。

賊鏖戰數十合。正遇虜將訛里完手執皂纛在陣前耀武揚威，岳飛更不打話，只一鐵簡打下馬來，奪了旗纛在手中，左揮右指，驅動本部人馬。張憲、王貴等見了，納喊率衆爭先，無不一當百，殺的金兵七斷八續，各拋戈棄甲而走。岳飛怒激，一條鎗端的神出鬼沒，追勦胡賊，將近日晡，方且鳴金收軍。生擒萬戶王崇、千戶阿里孛，斬禿髮垂環者三千餘級，僵屍十餘里。降其漢卒千餘人，得馬三百匹，鎧仗旗鼓輜重等物無算。岳飛遂還兵新鄉縣，安堵人民，扎下營寨。是夜，戒其將曰：「我今日雖是小勝，敗兵走報其主將，明日必定併力來戰。我軍雖少，須作必盈之計。值取功名富貴之秋，若能各各捨命向前，有何不勝？如違吾令而致失機者，必斬。」衆人得令，俱準備來日交鋒。

次日天猶未明，只見正北邊胡兵漫山塞野而來，金鼓之聲數十里不絕。岳飛衆將俱各披掛停當，自引五百驍騎直殺入賊陣，張憲、王貴各領人馬分左右翼殺進。從早晨殺到日午，金家人馬又大敗，獲其馬甲兵器不可勝計。岳飛收軍，升帳計點，部下將士多帶重傷，自身上亦中了十餘箭。即於侯兆川安營。到二更時分，寨外喊聲大震，哨馬報：「金家人馬大隊攻入中軍來。」滿營皆驚。岳飛下令曰：「如有亂動者，斬。」自端睡不動，營中漸定。金兵將近宋營，見飛軍中無動靜，恐有計謀，亦引兵退回。因言：「撼太行山易，撼岳家軍難。」自是兩下各不出兵。

數日，岳飛軍中缺糧，方欲起營回就王彥，又怕虜兵躡其後。待欲領兵前進，又見金兵勢大。飛盡將獲來馬匹宰殺以享將士，遣人往王彥處取糧。差人回見制置使王彥，具說：「岳統制近日殺敗金兵，軍中缺少糧草，乞制置使催運赴營。」王彥推以糧草只勾本營支給，皆不許。岳飛見王彥糧草不應，士卒飢困，因與將佐議曰：「今王彥不肯發糧，衆人各當用命，殺入金營，奪他糧草輜重，以養士卒，足有食也。」衆皆大喜，願從出戰。畢竟看岳飛如何調遣，且聽下回分解。

宗澤定計破兀朮

却說岳飛次日部領衆將，與胡賊列兵於太行山下。兩陣對圓，虜將拓跋耶烏躍馬横刀而出，岳飛驅動一班戰將殺過陣來。拓跋耶烏舞刀還戰，二騎纔交，岳飛輕舒猿臂，只一合，早將金將活捉馬上。張憲、王貴乘勢殺進中軍，殺的金兵落荒四下逃走，獲其馬匹、乾糧不計其數。岳飛大軍遂屯於太行山下，將乾糧、馬匹盡散與士卒。士卒得食，各歡呼願效死鬥。

且說殺敗金家小卒報與主將黑風大王：「即今大宋有一枝人馬，勇不可當，近日壘連與吾軍放對，已生擒了萬戶王崇、千戶阿里孛。拓跋耶烏領去人馬，都被殺盡。」黑風大王聽的大怒，即引三萬慣戰胡兵，前抵太行山前擺開陣勢，欲與宋將放對。宋陣中門旗開處，岳飛挺鎗躍馬而出，大罵：「勦不盡胡蠻，又敢來哉。」舉鎗直取黑風大王。黑風大王舉兵器交還。二人戰上數合，黑風大王措手不及，被岳飛一鎗刺於馬下。正是：

不知壯士歸何處，只見征鞍染血紅。

岳飛既刺死金將，驅動部下人馬四下追殺。殺的胡兵猶如風捲秋林，横屍十里，解甲抛戈納降者不可勝數。岳飛鳴金收軍，欲就王彦，致恐王彦疑忌，乃引兵徑往東京，再投奔宗留守。

岳飛一行人到汴京，進見宗澤，備言：「近日與金兵交戰連贏數陣，河北制置使王彦不肯相容，故得來投奔。」宗澤喜曰：「自將軍奪官離東京後，各處報胡虜入境，殆無閑日。嘗約張招撫出兵截擊，未見捷音。今將軍殺敗胡賊，衛州漸紓其急，實將軍之功也。吾當奏知。」飛曰：「我等願從留守指揮，補報朝廷，豈敢專望賞功。」澤曰：「賞功懲過乃朝廷盛典，非澤所得私。」即具表，遣人詣京師奏陞岳飛功績。

高宗見奏大悅，差使命齎官誥到東京，加陞岳飛爲留守司統制。使者承旨，逕來東京見宗澤，宣讀陞岳飛誥命。岳飛拜受已畢，澤設酒禮款待使人，因問曰：「近日朝廷有何急切消息？」使者曰：「近日聖旨令有司豫備儀仗車駕，欲幸揚州。士論洶洶，惟此事實急切。」澤聞之驚曰：「車駕如幸揚州，中原隨即陷沒矣。」因遣人隨使抵京師上疏曰：「京師，天下腹心，不可棄也。昔景德間契丹寇澶淵，王欽若江南人，勸幸金陵；陳堯叟閬中人，勸幸成都；惟寇準毅然請親征，卒用成功。陛下今正當以澶淵之事爲鑑，駕回東京以繫中原之望。乘天下戴宋之德未泯，義旗一呼，豪傑響應，親御六龍，直抵沙漠，悖天之胡虜必能勦滅矣。何堂堂天朝無一二大臣倡爲興舉，惟識今日駕幸揚州明日駕幸金陵，專爲退避狄人之計？臣老病，死不足惜，第恨二聖未還，疆土未靖。願陛下留神審察於斯。」高宗覽疏，以示黄潛善、汪伯彥。汪、黄見疏，皆笑以爲狂。樞密張慤獨曰：「如澤之忠義，若得數人，天下定矣，何畏乎金賊哉？」汪、黄無語，而帝竟幸揚州。

是時大金皇帝聞高宗車駕幸揚州，即遣人令粘沒喝、訛里朵、兀朮等進兵。使者領命，頒知各路去訖。

却說兀朮自燕山由滄州渡河，分兵趨河南，謀侵東京。邊廷消息報入汴京來，宗澤聞之，聚集諸將佐劉衍、劉達、閻中立、郭俊民、李景良等，商議退金兵之策。時岳飛澤差往救河南之圍，不在軍中。劉衍進曰：「兀朮乃金國最驍勇者，今部兵遠來，利在速戰。願留守假衍奇兵二萬，趨滑州從間道絕其輜重，更得一將趨鄭州以分其勢，留守深溝高壘，堅壁勿與戰。彼深入吾地，欲前不得鬥，欲退不得還。吾以奇兵絕其後，使野無所掠。不出十日，而兀朮數萬之衆盡爲鬼也。」澤曰：「此計甚妙，只是無人敢部兵趨鄭州以分其勢。」

言未畢，一將應聲而出曰：「某雖不才，願與劉將軍同退金兵。」衆視之，乃宗澤帳前偏裨將劉達也。澤曰：「劉顯忠一行，必能成功。」顯忠，劉達字也。即付以二人各精兵二萬。劉衍、劉達辭宗澤，領兵去訖。澤遣小校會各處附近人馬，戒諸將保護河梁，以俟大兵之集。

却說兀朮離燕地渡河，將近淮南，與粘沒朵、斡離及在軍中點集諸胡兵，克日進攻汴京。哨馬報：「宋將兵出滑、鄭二州，扼吾首尾，元帥須作持備，宗留守之兵不比他人。」兀朮大驚曰：「人傳東京宗留守深得民心，部下將佐甚有調度，吾未信。今日觀其行兵，果不虛也。」即下令軍中：「將人馬由鄭州從白沙進發，若遲緩，吾軍難以進退。」衆胡兵得令，正欲起行，斡離及曰：「河梁近岸俱是宋兵把守，彼知吾軍深入，日夜持備。倘過去，宋軍從後趕來，誰人可敵？」兀朮驚慌無計。粘沒朵曰：「元帥不必重慮，我這裏千軍萬馬，豈懼一河梁哉？乘今夜將衆分作二隊，密密而去。再遣人將河梁拆斷。待宋軍知吾離了河南，部兵來追，一時無橋梁可渡，焉即趕及我哉？」兀朮從其計，分付軍中今夜準備離營。衆胡兵各披掛，掩旗息鼓，悄悄沿北岸而去，隨後將河梁盡行拆斷。果是其夜黑霧遮天，不辨東西，兩岸宋軍並不知胡賊離了大寨。兀朮行及數里，哨軍報宋營並無動靜，以手加額曰：「此天賜吾功也。」近天明，日出霧散，對岸宋軍平空一望，河梁俱被拆斷，胡虜不見一個。衆軍來報知劉達〔一〕，達曰：「此必兀朮知吾屯大軍於此，恐襲其後，故乘夜斷河梁而去，猾虜定從白沙進攻汴京。」即遣人持書至滑州，會知劉衍進兵。差人接了文書，連夜來見劉衍。劉衍即整點甲士，從鄭州路進控兀朮來兵，不在話下。

〔一〕「劉達」，原作「張達」，據雙峰堂萬卷樓本改。

却說兀朮引衆胡兵抵白沙地界，去汴京不遠。都城軍民聞知兀朮兵到，各懷震恐。聲息傳入府堂，僚屬慌入與留守計議。時澤正對客圍棋，及聞金兵近城，衆僚屬無措，笑曰：「何事張皇？吾已豫遣劉衍等部精兵在外，必能禦敵。曉諭都城百姓，不必驚恐。」乃召過何賢曰：「與你精鋭數千，于白沙狹道三十里，止候敵人深入，聞信砲響，可將兵續出敵後斷其歸路。」何賢領計去了。又喚過郭俊民，密誡曰：「你領輕騎二千，從旁道小路潛在山口，遥望兀朮營寨，以觀動静。待劉衍大兵與胡虜對敵，爾從山坡後鳴金擂鼓。彼未知虚實，不必與戰而自慌亂也。」俊民聽令，引兵去訖。又遣人以密計授劉衍〔一〕。宗澤一一分撥已定，自與一班衆僚屬登城觀敵。

却說兀朮率領五萬金兵與粘没朵、斡離及長驅繞鄭州抄白沙而進，將近東京地界，哨馬回報：「宋軍並無人馬迎敵。」兀朮懷疑，與衆議曰：「往常攻别郡，無將迎敵可信。東京宗留守，吾聞其人足智多謀，今日不放軍敵對，莫非有計策？」衆胡將亦以爲然。言未畢，忽滑州路口一彪軍馬旌旗展捲，鎗刀布密。爲首一員大將，口方面圓，金盔銀甲，乃東京有名將家劉衍是也，大駡：「逆天臊奴，不識時勢，屢次侵擾中華，今日先將這匹夫試吾利刀。」兀朮靠住陣脚，手持長鎗躍駿騎而出，大叫：「今日早早獻了東京城池，駐吾人馬，令爾大朝皇帝尊我金國爲主，割地與吾講和則休。若不允，教爾中華寸草難留。」劉衍大怒，舉刀直取兀朮。兀朮挺鎗來迎。兩騎戰未十合，劉衍勒馬望東路而走。兀朮見劉衍戰敗，揮動胡兵，乘勢殺入。宋軍遺下輜重乾糧遍滿郊野，胡衆各相爭取。劉衍停住馬，又戰數合，復走。兀朮戰得怒激，不捨趕去。將追二十里地，

〔一〕「劉衍」，原作「張衍」，據雙峰堂萬卷樓本改。

見前面盡沙石路，兩邊俱是亂山，兀朮勒轡，與粘沒朵曰：「宋軍莫非計否？」粘沒朵曰：「此處乃係陷地，必是圈套。元帥可令後軍速退。」兀朮驚慌不迭，撥馬殺出原路。前軍劉衍見兀朮人馬紛亂，放起號砲，引本部精兵掩殺將來。金兵大敗。兀朮走回十里，忽峽道邊金鼓齊鳴，數千精鋭宋兵截出，爲首一員勇將何賢大叫：「兀朮早下馬受擒。」兀朮不敢戀戰，與粘沒朵、斡離及迸力刺斜殺出。何賢勒馬後追。兀朮等且戰且走，部下人馬損折大半，急領衆騎望平山而逃。纔行一里，山坡後喊聲大震，金鼓不絕。兀朮又驚又疑，奔出小路，望鄭州逃走。畢竟看後來如何。

粘沒喝京西大戰

却說宋軍殺敗金兵，見兀朮走去遠，亦不追趕，掠得輜重馬匹無算，降其番漢兵五千餘人。是時宗澤已令人打探劉衍等得勝消息，豫備下賞功簿册，迎候諸將。宗澤正與衆僚屬在府中相慶，忽報劉衍等回，澤令召入。劉衍、何賢、郭俊民進見畢，具説殺退金兵之事。澤大喜，遂録諸將功績于簿，以候申奏。計點將校，惟有鄭州一路劉達〔一〕持兵保護河梁未到，其餘軍士各依次犒賞。澤下令設大筵席款待諸將。正飲間，忽哨馬報：「粘沒喝軍自雲中下太行，以攻河南，近日被岳統制殺敗，不敢向河南。從懷州來進據西京，沿路胡兵不絕，聞説指日要來取東京，留守作急定奪。」澤與衆議欲分兵救之。劉衍曰：「賊勢浩大，難以遽戰。今既攻據西京，兀朮聞知竟有合從之勢。若再以重兵救應，則東京勢孤，非長策。莫若待其衆疲糧竭，進退莫得，乘虚而擣之，則一戰可以成功。」閻中立曰：「劉主將之言非也。今西京有燒眉之急，東京有唇亡則齒寒之勢。兵法云：十則圍之，倍則戰之。今粘沒喝之衆雖稱號萬，其實不過數千。况又千里遠來，亦極疲勞矣。我兵操練日久，藏鋒養鋭，正當急擊勿失可也。若避而不與之戰，倘兀朮復來，則何以禦之？」中立自歸留守，未

〔一〕「劉達」，原作「張達」，據雙峰堂萬卷樓本改。

曾立得寸箭之功，今日願假吾壯兵一萬，往救西京。如不勝，甘受罪戮。」澤曰：「劉衍之論見理亦明，若此去有失，吾軍定休矣。」閻中立曰：「胡虜自來送死，尚不能勝，要作何用？」堅志請行。澤只得付兵一萬與之，又撥郭俊民、李景良相助。三人拜辭，領軍而去。宗澤尋思，只恐閻中立有失，又喚何賢曰：「京西四十里有一地名小鷲嶺，左右山僻小，足可屯軍。汝將五千軍在此埋伏，遇急可引兵救之。」宗澤又思何賢一支軍難以成事，又喚張撝分付曰：「你將本部人馬抄出京西背後屯扎，倘金兵來，汝可迎之，接應閻中立。」張撝拜辭而去。宗澤分撥已畢，下令軍中整飾器具，豫備胡虜臨城。

却說閻中立與郭俊民、李景良等部兵望京西進發，遣人打探粘沒喝消息從何路來。哨馬回報：「金兵由京西左道出石鼓寨而來。」閻中立曰：「兵貴神速，乘衆軍銳氣前進，勿被敵人制於我也。」郭俊民曰：「金兵勢大，主將宜靠水草爲營，見機而動，可保無虞。」閻中立不依其說，長驅直進。衆將佐諫阻不聽，只得引兵隨助。行五十里遠，遥望見胡兵搖旗納喊，金鼓之聲震動天地。中立正待擺開陣勢交鋒，見一員金將熊腰猿臂鐵臉黃鬚，手執牙棍，乃驍騎王策也。按《本傳》，王策乃遼將，粘沒喝出兵侵中國，請來相助。一匹馬早近面前，更不打話，舞棍直奔中立。中立綽刀來迎。兩馬相交，戰數十合。胡兵報入中軍，粘沒喝驅動大隊人馬，放出二十座拐子馬。其拐子馬不避刀箭，一直衝上來，四下金兵漫山塞野而進。胡兵從拐子馬座上，長鎗利刃一直搠來，宋軍莫能抵敵，望後一湧退走。拐子馬已將宋陣中軍分爲兩截，衆兵各不相顧，部曲大亂。閻中立見勢不利，急待勒馬殺出，見滿野盡是胡兵，重重疊疊，中立圍在垓心。王策傳令：「休教走了宋將。」中立只得死戰。四下箭如雨落，中立用刀撥之，左頰已着兩箭，右脅又被傷一鎗，自料不能得脫，仰天嘆曰：「吾負宗留守之仁也。」遂拔所佩劍自刎而死。

郭俊民部領敗兵正殺將出，後面喊聲大震，又圍繞上來，見四下胡兵，無計得脫。粘沒喝教虜騎大叫：

「宋將快降，饒汝一死。」郭俊民下馬扎鎗，高呼曰：「勢窮力迫，情願投降。」眾胡兵近前，將郭俊民拿了，盡降其衆。

李景良率部下三千騎從僻路走去。粘沒喝見宋兵戰敗，與王策乘勢追襲。王策曰：「宗留守足智多謀，恐有埋伏。」粘沒喝曰：「可分前後隊而進，庶知救應。」王策即分人馬一萬在後，粘沒喝部金兵二萬前趕。衆胡兵趕到三十餘里，前面一隊軍到，乃張撝也。驟馬横刀，抵住粘沒喝交鋒。戰不數合，粘沒喝勒回馬便走。張撝引軍趕來，欲復報讎。趕到十五里，忽山坡後金鼓兢鳴，兩彪軍截出，上首大將兀朮，下首副將粘沒朵。原來兀朮屯兵滑州，聽得哨馬報粘沒喝據京西與宋兵交戰，同粘沒朵抄出東京背後，是日正遇本處兵與宋將對敵，二騎將張撝圍住垓心。張撝死戰不得脱，折兵大半。正危急之間，正北喊聲大起，一彪軍殺來，乃是何賢也。與張撝夾攻兀朮。兩處酣戰間，王策、粘沒喝催回人馬迸來。賢曰：「賊衆寡不敵，請少避之。」撝曰：「避而偷生，何面目見宗公？」乃奮呼力鬥，不持防粘沒朵一箭射來，正中其馬膛，將撝掀於地下，兀朮一鎗早刺透咽喉。何賢見張撝已死，殺開血路而走。兀朮合兵一處，亦不來追趕。

何賢引敗殘軍馬奔回東京，來見宗留守，具説閭中立貪戰，被胡兵圍逼自殺，郭俊民勢窮，以所部投降，李景良逃走。張撝力戰而死，我等特來請罪。宗澤曰：「此予無遠慮之過也，與汝等何預。」既而聞閭中立自殺、張撝戰死、郭俊民納降，嘆曰：「失郭俊民不足惜，閭中立、張撝膽力壯大，堪任將職，今爲王事而死，深可痛也。」又恨李景良不即救援逃走，致折許多人馬，即喚過劉衍、何賢分付曰：「兀朮復來，滑州將危。今與粘沒喝合，勢必有襲東京之意。汝二人各帶三千軍，分二部於小路而行。如見金兵，可用力擊之，吾自引大兵隨後救應。彼兵若退，亦不可追。」又差王宣引五千精兵埋伏於東京左道山谷中，以防金人襲鄭州。遣汪泰引兵一萬屯扎于西安橋〔一〕迎敵，候金兵已過，即將橋拆斷。

澤分撥已定，忽轅門報：「粘沒喝遣胡將史儀與郭俊民來見留守。」澤令召入。俊民進見宗澤，拜伏階下。澤曰：「爾既降虜，復來見我何謂？」俊民曰：「不才誠負主恩。日前隨閭中立出兵，未遇敵時，曾諫其見機而動。主將自貪戰功，不恤吾言，致有折兵自損之失。當下與胡兵交鋒一小日，未甚挫刃，及因部伍衆無鬥志，各惜性命，那時俊民前戰不得，退走莫及，勢窮力盡，只得解甲投降，今存微軀於虜幕下，實爲同列羞也。」澤曰：「汝手所捧何物？」俊民曰：「乃粘沒喝奉來幣書也。」澤令軍士接其書，拆觀之。書曰：

金國大元帥粘沒喝書奉東京留守麾下：蓋聞「天命靡常，惟德是歸」，今哀宋大臣誤國、君上闇弱，致我大金天子奮整干戈、削平叛亂。因命沒喝佩將軍之印，統領部伍，自雲中而下太行。鼙鼓一震，所聞風靡，罔不順服。獨爾汴京未附，寧知命之所歸乎？況留守素著忠勇，爲時名臣，若能倒戈納款，憫恤民命，高爵厚祿，我主何愛焉。咫書到日，留守其熟思之。

宗澤看書畢，裂之擲於地下，大怒曰：「汝乃反覆小人，狗彘不若。使當日戰失利而死，尚爲忠義兒，更乃曲膝降賊，弗思報效，今反爲金人持書相誘，何面目見我乎？留汝終爲後患。」下令推出斬之。不移時衆軍士將郭俊民簇出轅門斬首回報。澤又指史儀曰：「宋君以東京付吾，知我足能堅守。既受此土，有死而已。汝爲人將，不能以死邀敵，乃欲以兒子語誘我乎？」亦令斬之。澤既已斬了郭俊民、史儀，謂諸將曰：「粘沒喝知吾斬了二人，必長驅大衆而來。汝等各依吾計而行，勿致有失。」諸將皆領兵去了。

〔一〕「于西安橋」，原爲墨丁，據雙峰堂萬卷樓本補。

却說粘沒喝與兀朮一起正在帳中議論，小校報知：「郭俊民、史儀持書去見宗留守，留守毀書將二人斬之。」粘沒喝聞說大怒，部領十萬人馬飛奔汴京來。且聽下回分解。

劉豫激怒斬關勝

却説粘沒喝與兀朮大驅人馬來到西安橋，遥望見橋邊撞出一彪軍來，爲首一將乃汪泰也，大叫：「胡羯奴，吾在此等候多時。」舞刀躍馬直奔兀朮，兀朮舉鎗來迎。二人戰上六七合，汪泰撥回馬引兵從橋畔走去。兀朮催動人馬，殺過雞籠山。忽山後鼓聲兢起，喊殺連天，左邊劉衍，右邊何賢，二支軍殺出。兀朮大驚，謂粘沒喝曰：「吾若不退，中宋將之計也。」衆胡兵皆棄甲倒戈而逃。粘沒喝走回，西安橋已被宋軍拆斷。隔岸汪泰令軍士放起箭來，胡兵被矢死者無數。兀朮不敢向京西路走，引衆望渭州而遁。宗澤率大隊抄出山谷。胡賊不知宋軍多少，且戰且走，安敢久停，盡棄輜重而去。劉衍、何賢皆受將令不敢追襲，掠獲軍器糧食不可勝計。兀朮見山谷中有軍，將出大路，前面金鼓震天，王宣一彪軍馬截出，大叫：「胡賊早下馬就戮。」兀朮大驚，與粘沒喝等拚死殺開血路奔走。王宣趕去至九龍河，王策勒回馬抵住一陣，被王宣只一合捉于馬上。胡衆大敗，不敢出滑州，連夜走入雲中。

宋軍獲全勝，解縛王策來見宗澤。宗澤急出帳，以手解其縛，命左右設坐。王策拜伏在地曰：「亡國之俘，受擒麾下，幸不加誅，已爲再生矣，豈敢與留守行賓主禮耶？」澤曰：「公乃遼之大臣，非胡人哉。小將誤捉將來，望乞恕罪。公從大金來，必知二聖消息，金國虚實，願與澤詳言之。」策曰：「天朝道君太上皇帝即今淹禁五國城不遣。金主近來荒淫無度，專事兵革，國中虚耗，大臣各不和睦，又數次出兵失利，以策所料，中原應當興也。」澤重用王策，遂決大舉之計。召諸將謂曰：「王策道金國虛實，必如其言。汝等有忠義心，當協謀勦敵，期還二聖，以立大功。」言訖泣下。諸將皆咬牙嚼齒，鬚髮豎立，拔劍砍石大呼曰：「吾等皆願直抵沙漠，迎還二聖，雖一死無憾也。」澤遂以王宣鎮守滑州，其險隘處俱撥將守把，以備金人復來。人報岳飛已回。澤召入，問出兵之事，飛一一具對，復陳金人可取之勢。澤甚喜，仍遣子宗穎詣行闕上疏，請車駕還京師。自是澤威聲日著，敵聞其名，常尊憚之，對南人言必曰「宗爺爺」。

却說宋高宗以國政付之汪伯彥、黄潛善，綱紀日紊。所在盜賊蜂起，二人皆匿之不以奏聞。内侍邵成章劾二人：「專事諂媚，必誤國事，乞陛下早正之。」帝怒，竄貶成章于南雄州去訖。閤門大使奏：「東京留守宗澤遣子奉表詣行闕。」高宗當御案開視之。疏曰：

天下之事，見幾而爲，待時而動，則事無不成。今收復京洛而余酋渡河，捍蔽滑臺而敵國屢敗。河東、河北山寨義兵引領舉踵，日望官兵之至。以幾以時而言之，中興之兆可見，而金人滅亡之期可必，在陛下見機乘時而已。若規規爲偏霸之謀，豈非可鄙之甚乎？臣近日招得兩河劇盜，有丁進數十萬衆，願守護京城；李城願扈從還闕，即渡河勦敵；楊進等兵百萬，亦願渡河同致死力。臣願陛下及此時還京，則衆心翕然，何敵之足憂乎？又言聖人愛其親以及人之親，所以教其孝；敬其兄以及人之兄，所以教其弟。陛下當與忠臣義士合謀肆討，迎復二聖，使天下知孝弟。

高宗得疏，又聞馬擴聚兵奉信王將渡河入汴，近來澤屢勝胡虜，乃降詔擇日還京，賜遣宗穎。宗穎回見父澤，具知其事，澤大喜，操練將佐，以待車駕北征。

是時，河北制置使王彦治兵，克日大舉，約會于宗澤。澤復遣人上疏曰：「臣欲乘此暑月，遣王彦等自滑州渡河，取懷、衛、濬、相等州；遣楊進等各以所領兵分路並進。既渡河則山砦忠義之民相應者不止百萬，契丹漢兒亦必同心殲殄金人。事方就緒，乞朝廷使聲言立遼天祚之後，講吾舊好，以攜虜情。遣知機辨博之士，西使夏國，東使高麗，諭以禍福，必出助兵，同加掃蕩。如此則二帝有回鑾之期，兩河可以安帖矣。」帝與汪伯彥、黃潛善議之。汪伯彥曰：「宗澤治戎以來，疏奏不息，此皆狂者迂闊之論。凡事審勢而行，方無後患，陛下自當主之。」高宗遂不由澤請。澤前後一十餘奏，每爲黃潛善、汪伯彥所抑。今欲大舉，聞帝又不從，舊疾復作，遂不能起。次日，諸將皆入問疾。澤矍然曰：「吾如今不能與諸君復議討賊也。」岳飛曰：「願留守善保貴躰，何遽出此言。」澤曰：「吾以二帝蒙塵，憤憤至此，致成痼疾。汝等能殲敵以成吾志，則就死無恨矣。」衆皆流涕曰：「敢不盡力以副留守之望。」諸將既退，澤嘆曰：「出師未捷身先死，長使英雄淚滿襟。」明日，無一語及家事，但連叫「過河」者三而卒。壽七十，時建炎二年秋七月也。都人聞其死，號慟之聲遍滿街市。

劉後村《詠史》詩云：

炎紹諸賢慮未情，今追遺恨尚難平。
區區王謝營南渡，草草江徐議北征。
往日中丞甘結好，暮年都督始知兵。
可憐白髮宗留守，力請鑾輿幸舊京。

宗澤已死，僚屬俱表奏知。高宗聞奏嘆曰：「值國家離亂之秋，謀臣早喪，何日得睹太平？」降詔以杜充爲東京留守代澤，其將佐各居原職。都人以澤子穎居戎幕素得士心，請使襲父任，不許。却說杜充爲人酷虐又無智謀，至東京將宗澤規矩全改了，於是豪傑離心，舊日歸降盜賊依然叛去摽掠矣。

金撻懶聞澤已死，南朝無甚勇將，復引十萬金兵南下，圍了濟南府。是時鎮守濟南府乃劉豫，聽的金撻懶部兵攻打城池，喚衆人商議。驍將關勝曰：「兵來將對，水來土掩。願明公假吾輕騎五千，殺教他片甲不回。」劉豫依其說，以精壯五千付之。關勝引兵去了。又喚子劉麟曰：「與汝人馬三千，從西門繞出敵後，會合關勝兵。」劉麟拜辭而去。劉豫亦率衆登城守護。遥望見金撻懶自坐中軍，督胡兵攻城。忽南門金鼓齊鳴，一彪軍從内湧出，爲首將乃大刀關勝，躍馬持刀，如天崩地裂之勢殺出。金國先鋒斡里訛抵住交戰，不兩合，關勝手起刀落，斬於馬下。五千騎乘勢殺來，無不一當百，金兵大敗，金撻懶撥回馬落荒便走。劉麟一支軍截出，又殺一陣。撻懶不敢戀戰，刺斜殺奔東鄉，走離濟南府五十里。關勝奪得馬匹車仗無數，回見劉豫。劉豫大喜，重賞之。

却説金撻懶引敗殘人馬屯扎東鄉，與副先鋒黄朵兒議曰：「關勝只五千軍，殺敗我四萬人馬，斬了先鋒斡里訛。倘遇宋家大隊軍來，我等不勾殺也。」黄朵兒曰：「關勝昔乃梁山泊之徒，最驍勇，曾隨童貫征方臘，多有戰功，莫非正是此人？」撻懶曰：「嘗聞其勇，果的不虚。」黄朵兒曰：「吾觀劉豫易以利動，主將可遣人齎金帛華麗之物啖之，更許以歸降則用王爵加封。彼既得金帛等物，又説有王爵，必率衆來降。衆若不允，自亦納款。」撻懶喜曰：「此計甚妙。」即遣人以金帛等物言稱欲來與劉府君講和。守城軍報知府中，劉豫令開門放入。差人進見劉豫，具上金寶曰：「金主將多多拜上府君，别無敬意，聊奉金帛些須，少慰訪勞之意，外有書一角，亦令奉與府君。」劉豫最是貪財者，即令人受了金帛，接過書拆觀之，備知書内來意，遂藏於袖，打發差人曰：「爾回見主將，吾自有主張。」差人拜辭而去。豫喚其子麟，與之議曰：「金撻懶齎奉若干金寶送我，具書來招我降，許封高爵。吾每恨初選濟南府時，因見金兵南侵不欲行，告改選東南别府，執政官不准。今日莫若以城降，久後不失封侯位矣。」麟曰：「只恐部下不肯從。」豫曰：「他人無妨，惟有關勝恃驍勇不從，吾以便宜殺之。」父子商議已定。次日關勝入禀曰：「明公不乘金兵挫刃長驅勦敵，倘胡虜復聚人馬

「吾軍以逸待勞，來到，一時豫備未齊，何以禦之？」豫曰：「金人遠遁，不可輕襲。不如堅守爲上。」勝曰：「吾軍以逸待勞，何故避之？吾手下自有三千人馬，願去東鄉與金撻懶交鋒。如不勝，當受罪誅。」劉豫不從。關勝曰：「劉府君固不示兵，莫與金人通謀乎？」劉豫怒曰：「吾令不從，安制諸將？」令衆人簇下關勝斬之。關勝未及分辨，部下已押出轅門，臨刑大叫曰：「關某自幼從戎，身經數百餘戰，豈惜死耶？第恨不能恢復中原，削平胡虜，少伸吾志也。」言罷，群刀斧手斬訖回報。後人有詩贊云：

南來鼙鼓逐腥膻，降虜堪羞不丈夫。
海内小臣知取義，甘心就戮志吞胡。

劉豫既已斬了關勝，即揚聲曰：「目今朝廷政出佞臣，中原日蹙，我將投降金國，免爾百姓三軍鋒鏑之苦，願從者同開城出降。」豫言罷，無一人應聲肯從者。劉豫父子恐軍民生變，是夜收拾家小，從北門縋城而下，詣金營納降。金撻懶大悅。次日部領人馬抵城下，城中始放下吊橋開門。撻懶入了濟南府，以劉豫復原職。畢竟後來如何。

新刊大宋中興通俗演義卷之三

起建炎三年巳酉歲
至建炎四年庚戌歲
首尾凡二年事實
按實史節目

高宗車駕走杭州

却說金撻懶自取了濟南府，大驅胡兵入寇，遣將攻打胙城縣，聲息甚緊。東京留守杜充遣岳飛持兵救之。飛至胙城縣，與鞏宣贊合兵戰之，大破其衆。又戰黑龍潭，皆大捷。飛追襲金兵到汜水關，正遇金家大隊人馬。當頭一員虜將，鐵盔銅鎧，手横巨斧，勒住馬大叫：「宋將慢來。」岳飛挺鎗躍馬直取虜將，虜將拍馬來迎。二騎戰不兩合，岳飛佯輸，撥回馬望本陣而走。虜將趕來，約離一百步，飛按下金鎗，拽滿八石重弩，指定虜將射來，正中咽喉而死。金陣大亂。宋兵追擊至竹蘆渡屯扎，與金家營壘相對。岳飛唤過董榮、王貴、岳亨曰：「汝三人各領三百騎，於山坡後作三處埋伏，每一軍用葦柴兩把，如十字樣縛在鎗頭上，五騎作一隊，稀稀擺開，近半夜，將葦柴於四頭點着，殺入金營。我自引兵來救應，不許有誤。」董榮等領計去了。

且說金家戰敗人馬走回，報知撒里幹言：「宋兵勇不可當，主將雖用持備。」撒里幹分付部下嚴守寨壁，持防宋軍來到。將近二更末，董榮、王貴、岳亨各引兵悄悄出了山坡，下令點起葦柴，一齊納喊前進。虜營聽的帳外金鼓喧天，驚慌不迭。虜將撒里幹殺出來，滿營火光迸天，不知幾多人馬。董榮領三百騎衝突而來，正迎撒里幹，被董榮一刀砍之。岳飛部兵隨後掩殺，金兵自相蹂踏，死者甚衆，奪其所遺馬駝、糧草、兵器無數。飛回見杜充，杜充即將岳飛等功績奏知高宗。高宗覽奏，龍颜大悦，下詔加陞岳飛爲武功郎，張憲等各依次陞賞。

自是每日只的信黃潛善、汪伯彥所奏，朝廷政事盡決於此二人。高宗復加封黃潛善、汪伯彥爲尚書左、右僕射。次日，潛善、伯彥入謝。帝曰：「潛善作左相，伯彥作右相，朕何憂國事不濟。」因是二人專事諂媚，以迎上意。高宗愈敬信之，全然不以外患爲憂，只是苦死那邊廷忠義士也。

話分兩頭。却說汴京左近有賊首王善、曹成、張用、董彥正、孔彥舟等，招聚五十萬賊衆來攻汴京。只聽的南薰門外鑼鼓喧天，喊聲震地，叫道：「杜留守早獻城池與我等鎮守，免被金人所據。」杜充聞此聲息，即部軍上城守護。只見城外賊黨四下圍城數匝，水泄不通，心下大驚，撫岳飛背曰：「京師存亡，全賴統制今日此一舉，須當盡力。」岳飛對曰：「留守放心，只須我本部人馬與留守退之。」杜充大喜，將所騎戰馬雕鞍盔甲盡付岳飛，令出兵退敵。岳飛欣然請行，率部下八百餘人，放下吊橋，開了南薰門。城上杜充搖旗納喊助戰。岳飛領兵出城來，部下看見賊衆勢大，皆有懼怯意。飛謂諸將曰：「賊人雖多，都是烏合之衆，人心不一，各自統率。若一隊得勝，別隊亦來相助；若一家戰敗，則各自逃生。爾等暫駐於此，待我與爾衆人破之。」言畢，岳飛領了牛皋等五六人，綽鎗上馬，直衝入賊陣來。賊衆驚亂，各不相顧，抛戈棄甲而走。張憲等見前軍已勝，領部下一時殺入。王善、曹成見宋兵英武，不敢交鋒，撥回馬殺開血路而走。岳飛只八百壯士，殺的王善等五十萬强徒星飛雨散，各自逃生。岳飛見賊兵去了，收回人馬進城。滿城士女、大小官員盡皆舉手加額，相謂曰：「前日虜寇圍城，若得此人退敵，我城中子女如何北去，二帝亦不蒙塵矣。」岳飛入見杜充，杜充設席賞勞其軍士，即錄奏岳飛退賊之功。高宗仍陞岳飛爲武略大夫，授英州刺史。

自是岳飛受職，以屢破賊有功，杜充甚禮之，而不能專用其言。每日與杜充軍中談論興復之計。正言間，忽哨馬報：「金國大太子粘罕統領大軍二十餘萬南侵，四太子〔一〕兀朮領兵二十萬已克破開德府，即目人馬來侵東京。」杜留守聽的大驚，欲與衆人棄汴京退回建康。岳飛揣知其意，立諫曰：「此一去，中原不可保也。今中原之地，社稷宗廟在京城，皇陵在河南，難比别處城池。况留守手握重權，名高爵重，尚不肯守，若使他人，如何守得？今欲棄此而奔建康，其中原之地，我朝皆不得矣。他日欲要復取中原，若無數十萬兵，不可復也。留守當熟思之。」杜充爲人懦怯，聽說金家人馬大驅而來，終是畏懼，竟不聽岳飛之諫，遂退兵，夜遁建康。岳飛無計，只得與部下將士泣而隨之。杜充到了建康，預備戰守之具，遣人沿路躲探金人虚實，不在話下。

却說金粘罕兵至大名府，鎮守大名府知府張益謙聽的金兵來到，與僚屬裴億、郭永等商議退敵之計。提刑點獄郭永曰：「金兵遠來，利在速戰。一面差人往楚州求救，府尊隨即調軍迎敵。」裴億曰：「虜衆勢大，只宜堅壁而守待，救兵若到，首尾夾攻，則一戰可破。」益謙從其計，傳令軍士深渠高壘，緊守不出。粘罕見宋將不出，堅閉城門，催督衆胡兵悉力攻擊。城上擂下木石弩箭之類，金兵所傷亦甚，不敢十分近城。一連困了一個月有餘，城中懸望救兵到，並無消息。原來楚州近日因金撻懶屯兵界口，以致音問不通。益謙等糧食將盡，軍士往往有投下城納降者。金將斡里朵攻擊愈急，城中無計。有勸益謙歸順，免一城軍民受困。益謙欲往之。郭永曰：「公乃一府之尊，朝廷以重任付君，知君能爲大名之藩障也。今臊胡播亂，正宜激厲將佐，同心協力，與朝廷保守其土地。况城中糧草尚勾支一月，若一月糧盡，密遍郡鄰知吾久困於虜，豈無一

〔一〕「四太子」，原作「二太子」，據雙峰堂萬卷樓本改。

人仗義者乎？願府尊堅其守志，勿聽佞人之言而輕屈膝，萬古之下，不得爲大丈夫耳。」益謙默然不語。僚佐裴億曰：「救兵又不來，府尊若不早爲計，我等皆休矣。」益謙主意不定，察其部下皆無鬥志，遂不聽郭永之言，在城上插起降旗。

次日，大開南門，納降於金斡里朵。金兵入取了大名府，守臣張益謙率僚屬裴億等參見金將斡里朵。斡里朵問曰：「我軍到城下一月有餘，爾等待城破乃降，何也？」益謙曰：「衆人皆欲即降，惟官屬郭永願守，致延至今。」里朵笑曰：「郭永何等人，敢阻我大軍？」即遣人去拿來。是時郭永見益謙等開門納降，遂閉私第不出，聽得有人拿他，即分付家下，自整冠帶來見斡里朵，昂然而入，端立於階下。里朵曰：「吾足知郭先生忠義士也，今日若肯委心歸降，不失原職。」永竪目大罵曰：「我中原人物，由科第進身，着大朝衣冠，遵大朝禮法，豈比爾無知犬羊，侵肆我邦國，毒患我生靈，恨不臨爾以報國，何說我以降乎？」言罷，於袖中拔短劍欲刺斡里朵。斡里朵大怒，令左右簇下，遣人捉其家屬，一同戮之於市。郭永臨刑全無懼色，可憐一家俱被斬首，傍人觀者無不下淚。後人有詩贊云：

金將南侵急困城，惟君誓志待來兵。
因他屈膝甘降虜，遂顯男兒烈烈名。

却說金粘罕取了大名府，驅兵至天長天長，縣名，即今盱眙也，招捉盜賊。制置使劉光世帥師禦之，與金兵戰敗走還，天長遂陷。此時高宗車駕在楊州，有內侍鄺詢訪知金兵陷了天長，奏知高宗：「金家人馬將到楊州。」高宗聞奏大驚，慌披甲上馬，亦不顧從官，只單騎走出楊州。到瓜州，遇小船，渡過楊子江，保護聖駕軍卒惟數人，及王淵、張俊、張選、康履等從行，日暮至鎮江府。

是時黃潛善、汪伯彥二人，正領衆官員聽僧人克勒在那裏說法，纔下法席往齋堂受齋，忽相府守門小吏走報曰：「金兵來到，聖駕已往南走矣。」潛善、伯彦聞説，唬的痴呆，四眼相看，計不知所出，只得披甲上馬，南馳去趕聖駕。楊州城裏居民爭門而出，自相蹂踏，死者不計其數，無不怨恨汪、黄二人。司農卿黄鍔趕車駕至江上，正遇隨駕軍士，以爲潛善，駡之曰：「誤國害民，皆汝之罪，致有今日之禍。」鍔驚慌，方欲與軍士辨其非是潛善，衆軍已向前將鍔首斷下矣。衆軍士殺了黄鍔，遂追趕聖駕去訖。

且説金粘罕人馬到楊州城下，聞知高宗已自南渡，即率諸胡兵直趕到楊子橋。哨馬報高宗車駕去遠，粘罕始下令就在瓜州屯扎。次日長驅入楊州，將一城生靈盡皆勦殺，放起火來，不分官府衙門、軍民人家，盡行燒毀。可惜繁華宫闕，一旦盡成灰燼，城中號痛之聲徹於内外。太常少卿季陵見金兵入城，自楊州奉太廟神主以行，被金人追逼緊急，太祖神主失亡，所有朝廷儀物皆委棄之。陵丞取神主以走，未及數里間，回望楊州煙焰燭天，已知宫室民家皆被金人所焚矣。

史評曰：高宗惑於汪、黄和議之説，而拒宗、李還京之謀，坐致金師，遷延南渡，中原於此不可以復望矣。

後人有詩譏高宗君臣云：

門外飛塵諜未歸，安危大計類兒嬉。

君王馬上呼船渡，丞相堂中食未知。

却説高宗走到浙江駐驊，太后、王妃及隨從官員陸續皆到。太常少卿季陵奉帝神主來見，具奏楊州城闕被金虜焚毀，軍民不留一個。高宗聽説，君臣各痛哭，不勝之情。因改州衙爲行宫，差五軍制置使劉光世守鎮江，把截江口；楊惟忠節制江東軍馬；朱勝非節制平江府秀州軍馬，命侍郎張浚副之；王淵守平江府；呂頤浩領兵屯京口；張俊領兵八千守吳江。駕在杭州，下詔召天下豪傑起兵截殺虜寇。在廷文武與中丞張徵上方疏，論黄潛善、汪伯彦二人大罪有二十餘件，以致陛下蒙塵於外，天下怨懟，乞加罪斥，激勸忠臣義士，肯用命。是時汪、黄二人自知不爲衆所容，亦聯疏求退。高宗不得已，乃降黄潛善爲江寧府知府、汪伯彦爲洪州知州。二人得旨，遂辭帝去訖，不題。

評曰：建炎之初，汪、黄二人專恃國柄，嫉害忠良，貶逐李綱，而阻守京，皆遭黜貶。中外切齒恨之，惟有高宗不覺，而有今日幸杭州之患矣。

苗傅作亂立新君

却說黄潛善、汪伯彦既罷政，帝以葉夢得、張徵爲尚書左、右丞，襲汪、黄之職，頒詔赦死罪以下，還士大夫被竄斥者。惟李綱罪在不赦，更不放還。因先用黄潛善計，罪李綱以謝金也。知樞密事王淵屢以李綱曾忠義於先朝，乞聖上寬宥放歸，以爲臣勸。帝不從。然淵善迎上意，捷於應對，凡諸將宣制皆出乎淵，帝乃命淵自後百官進呈，俱令簽押於本院。由是王淵寵遇日隆，又與内侍龔文、韓碩、康履等互相交結，所言於帝，無有不從，内外皆忌憚之。

當三月望日，百官朝會，一齊於樞密院集候。王淵簽點各僚屬，惟有統制苗傅未到。淵怒曰：「諸人皆遵法令，苗傅何等人，敢違帝旨？」即上疏劾奏其不遵約束，故違朝廷法令。高宗見奏亦怒，下詔奪去官爵，謫之於外。左丞葉夢得奏曰：「苗傅雖一時有誤朝會，罪本當責，看其出於世將，且有勞於王室，聖上可赦其罪。」朱勝非亦爲力説，帝怒乃解，免其罪謫。百官朝退。

苗傅歸至私第，深根王淵，欲報其劾奏之仇。思量一小日，不得其計。正在憂悶間，堂吏報：「副軍劉正彦來見相公。」傅即令請入。正彦進見苗傅禮畢，傅引正彦入後堂分賓主坐定。正彦見苗傅面帶憂色，因以言挑之曰：「統制近來名望誰不仰知，昨因失於朝期，被王樞密所奏，得遇葉左丞力奏，聖意頗回，獲其原職，實爲幸耳，更有何憂乎？」苗傅聽罷，豎目揚眉，指謂正彦曰：「苗某若得一二人相助，率吾所部斬王淵之首於東市，方能雪吾此恨。」正彥起，密謂傅曰：「尊公休出此言，倘王樞密知之，君定休矣。」傅亢怒曰：「大丈夫志在沙場，一死非所惜，第恨不得報此仇也。」二人正言間，有總管黃大昇亦來到，曰：「二人言得好事，吾聽之多時。」正彥請入，一一將苗傅之事告知大昇。大昇曰：「君家屢有戰功，勤勞王室，尚止得一統制之職。王淵有何功績，得秉大權？只是主上不明，聽信其媚言，驟遷顯職，吾心甚不平。日前朝期，挾天子之令，更不把我等爲意，吾懷恨數日。統制若有用黃某之處，惟命是從。」傅大悅，曰：「二公若肯相助，富貴共之。」正彥曰：「事不宜遲，若漏此風於外，必受奇禍。我有一心腹人，昔曾爲劇盜，英勇無比，吾招之來降，南昌人姓王名世脩，可令人請來相助，事必成矣。」苗傅即遣人去請。不移時，王世脩來見。苗傅等三人各訴平生。世脩曰：「主上闇弱專信，內侍恣橫。皇子魏國公旉仁慈好禮，不如乘此機會，廢高宗而立皇子，仍請隆祐太后臨朝秉政，將宦官盡行誅戮，移檄天下郡鎮，知吾等廢立有名，自可以保無後患矣。」大昇、正彥等皆稱：「此計極妙。」苗傅謂世脩曰：「後三日乃三月下旬，吾聚集本部人馬，候百官入樞密院聽宣制後，爾可領三千精壯埋伏於城北橋，待王淵入奏退朝出，可即擒之。我與劉正彥、黃大昇率軍後應，勿致失誤。」世脩欣然領諾去了。苗傅等商議已定，各回家整點軍馬，及時行事。

且說樞密院王淵入朝退出，引從騎數百將過城北橋，忽從騎報知，前面有伏兵擁至，不知何處軍馬。王淵聽說，正待遣人探問，王世脩引三千壯軍，手執利刃，一迸向前。世脩踏進王淵車前，淵護從一齊格鬥，被世脩掣〔一〕出短刀，砍死數十軍人，其餘〔二〕等皆四散奔走。王淵見勢頭不利，勒馬望北門逃躲，世脩趕近前，一把手捽下馬來，大叫：「王淵不道，挾天子之勢以令諸侯，今結宦者欲謀反，吾因誅之。」言罷，一刀斬淵首於東市。引壯軍殺出南街，正遇苗傅、劉正彥、黄大昇等軍馬，會合衆人，擁兵繼至行宫。各官皆驚惶逃匿，不知所爲。苗傅等分梟淵首于行闕，喊聲大震，入宫收捉内侍龔文、韓碩等。龔、韓聽的闕外作亂，引親軍從後宫出來，與苗傅厮殺。傅提劍直取龔文，文抵敵不住，慌走入後御園。傅一直趕至面前，一劍割下頭來。苗傅殺出後宫，韓碩恰荒，措手不及，亦被斬之。

康履知事急，慌入告知高宗曰：「苗傅等懷憤作亂，陛下可速降詔安撫之。」帝大驚，即遣朱勝非趨樓上問苗傅作亂之故。朱勝非領旨，急趨樓上，見苗傅、黄大昇、王世脩等各部精壯軍殺過樓下來，内外之聲喊動山岳。勝非從樓上高聲曰：「聖上有旨，爾等何得無禮？」苗傅等見勝非樓上宣傳聖旨，齊聲應曰：「王淵交結内侍，欲謀害我衆人，今日收而殺之，與天子無預。待殺盡其黨，然後伏闕請罪。」言罷，喊聲殺入。中軍統制吴湛排門不甚阻擋，引傅黨入内奏曰：「傅等豈敢作逆，皆是中宦龔文、韓碩結黨王淵故也。今日衆人合兵誅之，止爲天下除害耳。」帝見湛奏，自登樓撫諭之曰：「龔、韓、王淵不仁，既已伏誅，卿輩何更擾攘？」傅等舉頭見黄羅蓋，始知天子在樓上，即山呼而拜。傅曰：「陛下信任中官，賞罰不公，軍士有功者不賞，内侍所主者得官。黄潛善、汪伯彦誤國至此，猶未遠竄；王淵遇賊不戰，首先渡河，因交結内官康履等，

〔一〕「掣」，原作「制」，據雙峰堂萬卷樓本改。
〔二〕「餘」，原脱，據雙峰堂萬卷樓本補。

乃除樞密。臣自陛下即位以來，功多賞薄，臣已將王淵斬首，龔文、韓碩誅滅，更乞康履、曾澤誅之，臣甘心伏罪。」帝曰：「既誅王淵等，事亦極矣。康履、曾澤二人，豈能專爲卿害，不必再計斬也。」王世脩、劉正彦齊聲曰：「今日不斬草除根，終久必爲喪身之本，臣必欲誅之。」帝諭不得已，命吳湛執履、澤與之。傅執康履、曾澤於樓下數之曰：「汝倚人君之勢，結黨欺辱吾等，今日何不教天子保汝哉？」言罷，即將履、澤二人腰斬梟首，與王淵首級相望。苗傅既誅了康履、曾澤，尤不肯退，樓下爭鬥之聲不絕。帝曰：「卿等尚不歸營，更有何意？」傅復奏曰：「陛下輕逐忠良，重用奸佞，不當即其天位。皇子魏國公慈仁好禮，宜承大統，則天下可安矣。不然，吾等不敢退。」帝聞此言懷懼，復命朱勝非縋樓下，委曲諭之曰：「昔者太甲不明，伊尹放之桐宮，昌邑有罪，霍光廢之，皆得其當。今上富於春秋，未有不善，汝欲廢之而立皇子，欲爲反耶？倘天下知之，入問廢立之罪，若等安乎？」傅曰：「須請隆祐太后垂簾佐皇太子同聽政。」勝非諭勸不從，以傅言白帝。帝曰：「朕果失德當退，亦須太后手詔也。」乃遣颜岐入宮内請太后御樓，有政事商議。颜岐領旨，逕入宮中，請太后乘肩輿下樓，出門見苗傅等，諭之曰：「自道君皇帝任蔡京、王黼以來，更變祖宗法度，童貫起生邊事，所以招致金人，養成今日之禍，豈關今上皇帝事？今既誅戮樞密王淵、中官龔文、韓碩、康履、曾澤十餘人，可謂極矣，更欲爲亂，豈不懼惹諸郡之刀兵哉？」傅曰：「臣等必欲太后爲天下主，奉皇子爲帝。」后曰：「今强敵在前，吾以一婦人於簾前抱三歲兒決政事，何以令天下？敵國聞之，豈不轉加輕侮？」傅等不從。后顧朱勝非曰：「今日國政須大臣果決，相公可無一言乎？」勝非曰：「傅輩鋭意欲奉皇太子，太后不允其議，恐致大變。姑從之，再得計議。」后乃遣勝非回覆帝。勝非還告帝曰：「臣適遇王鈞甫，乃傅等腹心，密語臣云：『二將忠有餘而學不足。』二將，謂苗傅、劉正彦也。此語可爲後圖之緒。太后手詔命陛下曲從之，以安其黨。」帝允奏，遂禪位與皇太子。

傅等得禪位詔旨，揮其軍退出宮門。次日，率百官於内廷奉皇太子魏國公旉即位，請隆祐太后臨朝聽政，尊帝睿聖仁孝皇帝，居顯寧寺。大赦天下，改元明受。内外僚屬望者震動，誰敢不遵其命。傅既立新君，官員各依原職，自掌尚書左、右丞權，劉正彦、黄大昇同簽樞密院事法令，與王淵職同。王世脩、吴湛爲尚書左、右[一]僕射，其心腹將佐各秉重任。自是朝廷内外軍民皆震懼。

不半月日間，聲息傳於諸郡。鎮守平江府禮部侍郎張浚、江南東路安撫制置使吕頤浩聞此消息，文書互相會知，各起兵勤王。探聽軍報入杭州，苗傅與劉正彦等議曰：「外郡諸侯知吾等驟立新君，各懷疑心，會集軍馬勤王，何以制之？」正彦曰：「事慮不周，禍患難免。諸侯一入禁庭，難明我等廢立之由。來日尊公可奏知太后，移檄諸郡，明示奉皇太子之故，斬淵等以謝天下。諸侯見太后手詔，必知君上有讓位意，方雪吾自專之罪矣。」苗傅喜曰：「此計大妙。」且聽下回分解。

〔一〕「右」，原脱，據雙峰堂萬卷樓本補。

張浚傳檄討苗傅

却説苗傅次日帥群臣朝帝於顯寧寺，傅奏將改元赦書頒知天下，又奏移檄諸郡示明尊立之意，以安藩外諸鎮。帝皆准奏。傅令侍郎朱遷作赦書檄文，頒示遠近。詔曰：

朕惟祖宗，創業守成，以仁治天下。重熙累洽，與古匹休。肆朕纂承，祗遹先烈。宵衣旰食，勵精爲治。立政造事，所以利安元老者，一以寬恤爲先。兹者皇上推位，朕繼大寶，改元建號，先以刑罪減赦，次將百廢脩舉，中外臣僚各揚乃職，應將前後事件，竭力遵承，毋致違戾。使四方百里之遠，知新邦國，以稱朕意。其或不恭守令，固生異疑，仰監司按察糾舉以聞，邦有常刑，朕不汝貸。故兹詔諭，想宜知悉。

檄文云：

朕以幼沖，繼承大統。尚書左右丞苗傅，忠攄於内廷，德服於諸僚，削平王淵交結之謀，芟定宦官恣黨之禍。皇上退養深宫，朕已進登大寶。朕本無能，不足以位天位也，然而推戴之勤，實出上意。今日恐爾外藩諸臣，一時不躰朕志，妄加疑貳，致惑軍民，兹者布告中外，示諭遠近。各宜奮乾綱之運，振肇中原，掃犬羊於不規，興祖皇於有靈，再光餘烈，復睹至明。勒若功居千載之下，綿爾爵享永休之祚。非惟少快朕不共戴天之憤，實天下生靈之幸也。檄書到日，早爲施行，不宣。

却說苗傅遣使臣齎赦書、檄文，布告中外。使臣齎赦書已到平江府，守臣湯東野得赦書，遣人報知張浚。張浚曰：「此非出上意。」復差人回報，令湯東野將赦書藏匿府中，候有的實消息，然後宣行。東野從其議，遂祕了赦書不宣。未數日而得苗傅等檄文到，浚觀之，謂僚屬曰：「朝廷致干戈擾攘之秋，內先不靜，何以服外？倘金人知此消息，乘亂而入，我衆人更何施展？一死非所惜，徒作無名之鬼也。」言罷，捶胸慟哭。衆僚佐察其檄文出苗傅之手，知皇上被幽禁，各豎髮眥目，皆願死鬥。張浚曰：「事不宜遲，即須起兵入討，以救天子。」衆人正在商議，張俊得檄文、赦書，亦知其僞，引所部八千餘人，至平江來見浚。人報浚，浚即出帳迎接。二人攜手入軍中坐定，二人各出檄文語其故，相持而泣。浚曰：「將軍可仗忠義，興兵問罪。」俊泣拜曰：「苗傅罪貫天日，不可不先討以除剝床之患。須賴侍郎濟以機術，無驚動乘輿也。」乘輿，高宗鑾駕也。浚曰：「我這裏一面調集軍馬，再遣人會知各處起兵。將軍仍往吳江整理軍旅，以候出師。」張俊即辭浚，自回吳江，不在話下。

却說江寧呂頤浩亦遇赦書、檄文來到，與子杭議曰：「是必內廷有兵變，苗傅假此赦文鼓惑諸侯之計矣。」杭曰：「主上春秋鼎盛，二帝蒙塵沙漠，日望拯救，其肯遽遜位於幼沖乎？灼知兵變無疑也。」頤浩曰：「張侍郎總大軍於平江，可令人會知，必有端的。」杭曰：「大人所見極明。」頤浩即修書，差人漏夜來到平江，見張浚，呈上呂頤浩書。浚拆開觀之。書曰：

內廷兵變，苗傅播亂。侍郎手握重兵，作急爰整其旅，入正罪逆，浩挽戈惟命是聽。

張浚得頤浩書，不勝之喜，與部下曰：「吾知頤浩爲人有威望，能斷大事，今來相應，事可定也。」乃答書覆來人，約共起兵日期，且令告知劉光世，一同征討。差人接了書，一逕回江寧，呈上張浚約書。書曰：

天子幽禁，望日爲歲。正待命人來會，適獲寓書見知，實皇上之洪福也。且閣下忠義素著，軍民仰服，若號令一出，苗傅等不足戮矣。幸以此舉爲急，勿使内賊知風，得以從容行事也。謹依日期征進，不宣。

呂頤浩見回書約共起兵日期，的知内廷事實，即與子整點人馬赴期，仍遣人告知劉光世於鎮江。

却説張俊回至吳江，在軍中點集人馬。忽哨卒報韓世忠因赦書、檄文到日，知皇上有内變，由海道將赴行在。張俊聞之曰：「世忠來，事濟矣。」即遣人將浚書白知之。世忠見書，壯懷激烈，舉酒酹地曰：「誓不與此賊共戴天。」率所部連夜至平江，見張浚，相抱慟哭，曰：「今日之事，世忠願與張俊任之，公無憂也。」浚設酒禮款待世忠。未及數巡，世忠起曰：「皇上幽辱，非臣子貪盃之時，世忠即當行矣。」張浚壯其志，於是令世忠帥兵赴闕，臨行戒之曰：「投鼠忌器，須不可急，亦不可緩，在審勢而圖之。閣下部衆，宜趨秀州據糧道，以俟吳江張俊軍至。」世忠承令，即發平江至秀州，稱病不行，而密地大修戰具。

聲息傳入内廷，苗傅等聞之，集諸人議曰：「外鎮知皇上推位非出其意，各部兵勤王。即目韓世忠軍屯秀州，倘入内來，我等必難免禍。爾衆人有何高論？」劉正彦曰：「事已暴露，不得不早爲計。韓世忠文武全才，深得衆心，看來無一個是他對手。若先制了此人，其餘不足慮也。即今世忠妻子俱在城中，可遣人拘來爲質。彼若知之，必緩師不入也。」苗傅曰：「此計甚妙。」正待遣人去拘世忠妻子，朱勝非聞之，入紿詐，哄之也傅曰：「世忠兵屯秀州不進，正爲妻子在城故也。丞相如拘禁之，彼必懷憤亟來，非善計也。不若遣使迎世忠而慰撫之，則平江諸人益安矣。」傅從之。勝非出，即差人將世忠妻梁氏並其子疾驅出城，世忠妻子連夜走奔秀州去訖。勝非知之，喜曰：「二兇真無能爲也。」二兇，謂苗傅、劉正彦也。却説梁氏走至秀州，會見世忠，以朱勝非之事達知世忠。世忠喜曰：「内有勝非主意，此賊握在手中矣。」遣人會平江張浚出兵。張浚得世忠來約，即持調合屬克日起行，先差人報書於劉正彦。

且說苗傅聞大兵將集，每日只是與劉正彥、黃大昇〔一〕等聚議此事。忽報張浚差人致書來，苗傅拆開觀之。書曰：

自古言涉不順，謂之指斥乘輿；事涉不遜，謂之震驚宮闕；廢立之事，謂之大逆不道。大逆不道者，族。頃者因奸臣同惡，政由己出，權柄下移，以天位爲傳席，立君上如兒戲，致使豪傑見疑，海內寒心。今建炎皇帝睿謀神聖，不聞失德，一旦遜位，豈所宜聞。又聞危者安其位，亡者保其存，亂者有其理。今諸君所計，綱紀紛綸，外藩臣子莫不欲奮整天戈，正討有罪，安社稷於已危，拯黎庶於將溺。即今會兵平江，諸君信能安不忘危、存不忘亡、理不忘亂而速改其前尤乎？某恐驚動乘輿，因逗遛方鎮。咫書到日，諸君其熟思之。

苗傅、劉正彥見書大驚，與部下商量，乘世忠未發，乃遣弟苗翊、馬柔吉領精兵一萬扼臨平臨平，湖名，在杭州，以阻外軍。苗翊二人領軍去了。傅又欲陰奪世忠等兵柄，次日入奏帝，誣俊、世忠欲危社稷，乞除二人節度使之職。帝允奏，即降詔謫之。時劉光世得呂頤浩書，亦部兵至平江會浚。浚見各鎮軍馬皆到，乃草檄聲苗傅、劉正彥之罪，布告天下。檄曰：

苗傅不道，劉氏大逆。梟王淵而以誅亂爲名，廢皇上而以奉立藉口。加以惡黨虺蜴爲心，豺狼成性，近狎邪佞，殘害忠良。人神之所共嫉，天地之所不容。是以部鎮臣子氣憤風雲，志安社稷。因天下之失望，逆海內之推心。爰舉義以清叛逆，南連百越，北三河鐵騎成群，玉軸相接。海陵紅粟，倉儲之積靡

〔一〕「黃大昇」，原作「黃文昇」，據三台館本改。

窮；江浦黄旗，匡復之功何遠？班聲動而北風起，劍氣沖而南門平。喑嗚則山岳崩頹，咤吒則風雲變色。以斯制敵，何敵不摧？以斯攻城，何城不克？公等或仗忠義，或葉連啣，或膺重寄於成牙，或受顧命於宣室，共起勤王之師，無廢大君之命。凡諸爵賞，同指山河。若或眷戀窮城，徊征岐路，坐昧先機之兆，必貽後至之誅。請看今日之域中，竟是誰家之天下。

中外得張浚檄文，各引兵來會。浚以韓世忠爲前軍，張俊副之，劉光世爲遊擊，自與呂頤浩總中軍，劉光世分兵後應。丙午旦，大軍發平江，望杭州進發。且聽下回分解。

韓世忠大破苗翊

却説苗傅等聞知張浚大軍起發，憂恐不知所爲。謀於朱勝非，勝非謂之曰：「事有先機而昧之者，是自取其辱也。日前張公致書於諸君，是使丞相等自反正耳。不然，勤王之師會集一月有餘，至今猶未至哉？公何不率百官六軍，請少帝還宫，復皇上天位，則公等可轉禍爲福，以保後計矣。若待諸侯一入禁闕，那時君欲明辨之，其可得乎？」傅從其議，遂率百官朝於睿聖宫。傅奏曰：「今外鎮浚等會合屬引兵赴闕，欲盡誅臣等，乞聖上憐憫。」言罷痛哭。帝慰勞之曰：「朕本不當承統，因爾等推戴之勤，權居九五以靜其亂。於今當讓還皇上天位，以保卿等。」遂命顔岐請太后手詔，即日還位與皇上。苗傅等退出，喜以手加額曰：「聖天子度量如是也。」傅黨張逵聞之，嘆曰：「趙氏安而苗氏危矣。」

夏五月，帝復位，尊隆祐太后爲隆祐皇太后，加封苗傅爲淮西制置使、劉正彦爲副使，復以建炎紀年。

却説吕頤浩、張浚大軍至臨平，苗翊、馬柔吉知得，即遣驍將雷春領兵一萬出湖口下寨，以防世忠，自率二萬精卒，離臨平二十里控截浚軍。遥見塵土起處，吕頤浩大衆到來。苗翊領兵出馬，對陣中門旗開處，吕杭挺鎗躍馬近前，高叫：「逆黨早早受降，免爾立見誅戮。」苗翊大怒，舉手中方天戟徑奔吕杭，吕杭挺鎗來迎。兩下金鼓齊鳴，二馬相交，戰上三十餘合。張浚一彪軍刺斜殺進，馬柔吉勒騎出陣助戰，吕頤浩揮動後軍，一齊掩殺將來。苗翊抵敵不過，繞陣而走。馬柔吉見苗翊殺敗，無心戀戰，放馬逃回。張浚驅三軍大殺一陣，苗翊、馬柔吉望湖口奔走，與雷春相合，負山阻水下寨。

却說張浚秉勝兵直抵湖口，遣人催韓世忠出秀州絕賊走路。韓世忠得令，率所部順流而下，遙見湖口殺氣彌空，征雲四起，知浚等兵已大集，即鼓勇向先。人報苗翊、馬柔吉負山阻水爲陣，中流俱是鹿角，梗礙行舟，實難前進。世忠怒曰：「此賊若不能破，尚望振中原哉？」即捨舟登岸，催動後軍，蕩起征塵向前，正遇雷春手揮利斧來迎，世忠更不打話，舉鎗交還，一來一往，戰五十合不分勝敗。馬柔吉跑馬舞刀助雷春夾攻世忠，世忠奮呼力戰。不移時，上流頭金鼓喧天，一彪軍馬來到，旗號上却是大將張俊，引一萬精兵，從吳江逕出湖口，正遇交戰，與世忠首尾擊賊。雷春見衆寡不敵，引本部刺斜殺出吳江鎮。正走間，坡後喊聲大震，劉光世一路軍截出，雷春舞斧與光世又鬥數合。部下見勢敗，先自逃走。雷春措手不及，被光世一鎗刺於馬下，降其衆無數。前軍報知世忠，劉光世已刺死雷春，世忠曰：「破竹之勢不可失也。」復舍馬操戈而前，下令諭將士曰：「今日當以死報國耳。面不被數矢者皆斬。」於是士卒各用命，奮力爭先。苗翊見世忠勇敢難敵，引神臂弩持滿以待世忠。世忠瞋目大呼，挺刃突進。翊衆不戰自亂，矢不及發，被世忠一刀砍下頭來。馬柔吉見苗翊殺死，棄坐下馬望湖口奔走，被張俊趕上，一鎗刺落湖中而死。張浚會集勤王兵入北闕。苗傅、劉正彥聽知苗翊等戰死，擁精兵二千，夜開湧金門以走。

次日，呂頤浩、張浚率師入城。王世脩正待要密出北門逃匿，人報知世忠。世忠軍從北門入，手執世脩以屬法吏。呂頤浩、張浚入見高宗，伏地涕曰：「臣等總戎在外，致皇上遭厄，未即入聲罪討賊、早舒陛下宵旰，臣之過也。」帝問勞再三，謂浚曰：「曩在睿聖，兩宮隔絕，一日啜羹覆手，念卿等被謫，此事誰任？」言罷，解所服玉帶賜之。帝握世忠手慟哭曰：「卿在外，中軍統制吳湛佐逆爲最，尚留朕肘腋，久必爲患，卿當先誅之。」世忠曰：「陛下無憂，臣即捉下，以正其惡。」浚等退出。世忠次日來訪吳湛。湛握手與語，世忠曰：「人言閣下助苗傅作亂，信有乎？」湛見世忠顏色變異，恐懼不敢對。世忠怒折其中指，令部下捉歸，入奏知帝。帝下詔與王世脩俱斬於市。復令世忠檢錄官屬，但是苗傅逆黨，皆誅貶有差。

尚書右僕射朱勝非，自以嘗出入苗傅府中，恐禍及身，見帝言曰：「臣昔遇變，義即當死，偷生至此，正欲圖今日之事耳。幸惡罪已竄，叛黨服誅，臣乞罷政，投閑歸老，苟全餘喘於終年，實出陛下之盛德也。」帝曰：「朕遭內變，僕射扶持之功不爲不多。且朕今得復位，卿等正宜輔佐國政，共成大業，享爵祿以遺子孫，何遽以退閑爲辭？」勝非力奏曰：「非臣固敢違天顏而圖安逸，緣臣才不足以涖政，武不足以撥亂，徒食君祿，侍朝竟無益也。」帝見勝非陳奏剴切，遂准其請，因曰：「僕射已退，誰可代此職？」勝非曰：「呂頤浩、張浚二人得一可代臣職。」帝又問二人孰優，對曰：「張浚喜事而疏，頤浩練事而暴。然頤浩民望素著，陛下宜任之。」勝非既罷政，帝即以呂頤浩爲尚書右僕射，以劉光世爲御營副使，韓世忠、張浚爲御前左右軍都統制，詔韓世忠、劉光世部兵追勦苗傅、劉正彥，立魏國公旉爲皇太子。自是朝政日以就緒，禁庭內外百僚肅然。

話分兩頭。却說韓世忠、劉光世承詔旨，分兵趕捉苗傅、劉正彥二賊。傅聞知官軍搜捕緊急，與正彥走入閩地躲避。韓世忠連夜追襲，捉苗傅於浦城。劉光世亦得劉正彥。即將二人檻車監囚，遣人送詣行在。高宗大悅，下詔將苗傅、劉正彥戮於市曹，全家老幼皆棄市，復命梟二兇首號令闕下。

帝既誅苗傅、劉正彥，因謂群臣曰：「苗傅等乘機倡亂，屈辱寡人，今被捉送闕下，全家誅夷，是徒自取其禍耳，與人何預？以今卿等各宜協力匡朕，慎圖名節，以保善後計，苗氏之事可鑒也。」衆臣拜曰：「誠如聖諭。」自是高宗頗勤政事，因下詔以四失罪己：一曰昧經邦之大略，二曰昧戡難之遠圖，三曰無綏人之德，四曰失馭臣之柄。

且說司勳員外郎趙鼎見帝下罪己詔，上疏曰：「自王安石用事，變祖宗之法，而民始病。假闢國之謀造生邊患，興理財之政窮困民力，設虛無之學敗壞人材。至崇寧初，蔡京托紹述之名，盡祖宗安石之政。凡今日之患，始于安石，成于蔡京。今安石猶配享神宗，而京之黨未除，時政之缺莫大于此，乞陛下速宜改正，天下幸甚。」疏進，詔下，着中書省行之。

越三日，中丞張守上疏曰：「陛下處宮室之安，則思二帝、母后穹廬毳幕之居穹廬，毳帳也，其形穹窿，故名「穹廬」；毳，細羊毛也，胡人製之爲幕。；烹膳羞之奉，則思二帝、母后膻肉酪漿之味；服細暖之衣，則思二帝、母后窮邊絕塞之塞否；操予奪之柄，則思二帝、母后語言動作受制於人；享嬪御之適，則思二帝、母后誰爲之使令；對臣下之朝，則思二帝、母后誰爲之尊禮。思之又思，兢云栗云。聖心不倦，而天不爲之助順者，萬無是理也。」疏上，高宗覽之，涕然淚下，即頒詔着令洪皓充大金通問使，前至金國，躰問太上道君皇帝消息，許爲大臣之中薦有能達君命者副行。洪皓奏曰：「臣舉薦一人，可與臣同往金國通使。」且看洪皓保着誰來，下回便見。

洪皓持節使金國

高宗曰：「卿所保者是誰？」皓曰：「此人素著愚直，有敢言之風，靖康時爲殿中侍御史，姓崔名縱字廷直。」帝大悅，即宣過崔縱，諭之曰：「朕煩卿佐皓一行，勿惜間關，見道君皇帝，須躰朕意訴之。」縱曰：「臣食君禄，志在效報。既承命召，行不俟駕，敢以驅馳辭哉。」即日受節，辭帝出朝，與洪皓離了宫闕，帶數十從人前往燕京進發。

二人於路上，正值夏末秋初天氣，西風驟起，極目黄雲白草，不勝凄慘。時所在賊盜梗阻，道路難通。皓與縱艱難百端，將達太原地界，從者喪失殆盡，止留他二人而已。二人又行了數日，纔到太原府。洪皓着令胡人通報金元帥粘沒喝。粘沒喝聽有中國使命到，令唤入。皓與縱入見粘沒喝，長揖不拜。粘沒喝怒曰：「汝誠不畏死邪？」皓曰：「死生有命，安得爲懼？」縱曰：「死即死耳，決不偷生爲他人屈。」粘沒喝欲斬之，左右皆勸以爲中國大使，未奉金主命而殺之，恐有不測。粘沒喝曰：「既不殺他，吾亦流逐之也。」遂遣逼往雲中見斡離沒斡離不之〔一〕弟也。皓、縱只得來雲中見斡離沒。斡離沒拘留之。或勸斡離沒使二人仕劉豫時劉豫

〔一〕「之」，原作「及」，據雙峰堂萬卷樓本改。

嘗厚結金主，金主信任之，但有中朝使臣到，即遣仕豫，豫委曲勸之降，因是亦使皓、縱見之，斡離沒從之。皓曰：「萬里銜命，不得奉兩宫南歸，恨力不能磔逆豫，忍事之耶？留亦死，見劉豫亦死。不願偷生狗鼠間，願就鼎鑊無悔。」斡離沒怒，叱令殺之。傍一校目止劍士，爲其跪請曰：「此真忠臣也。他各爲主，殺之何益？」斡離沒怒未息，乃迫之使仕劉豫。皓、縱至濟南府見豫，斥曰：「汝爲宋臣，賣主降讎，何面目以見中原士大夫乎？吾頭可斷，吾膝不可屈也，汝欲殺即殺。」聲色俱厲。劉豫默然莫對，遣人送回斡離沒。斡離沒遂將皓、縱流遞於冷山胡人監押。

出離雲中，過平陽驛，皓作《滿江紅》詞一闋，以伸其志云。詞云：

萬里尤荒，塵土染，堅持旌節。憑仗着，忠肝義膽，鎗唇劍舌。滿躰遍傷嵇紹箭，一腔盛積長弘血。莫等餒了浩然心，存貞烈。　戴天恨，終未雪。吳越怨，何時絕？奮筆鋒，戳破燕然山缺。鼙鼓敲殘塞上霜，雁聲叫落關河月。待他時，回去覲天顔，重歡悦。

崔縱誦之而贊其妙。二人始至冷山，但見陰風颯颯，衰草離離，塞雁鳴霜，怪禽啼月，縱亦長吟一律以自遣，云：

漠漠穹廬絕塞行，胡笳聲裏旅魂驚。
君臣異域同屯蹇，朋友他鄉共死生。
一旦拔刀尤鄭衆，十年持節效蘇卿。
冷山寂寞荒涼地，風景何如五國城？

洪、崔自到冷山，飲食不充，北地風霜凜肅，衣裘幣壞，二人艱苦萬狀，不可勝言。却説金主御弟陳王谷神，聞皓、縱近爲大金通問使，被流冷山，谷神遣人以禮召之。斡離沒着胡卒送至金國，二人來見谷神。

谷神欲使之降己，皓、縱辨論風生，略無少沮。谷神曰：「汝爲和事官，而口硬如此，謂不能殺汝耶？」皓、縱曰：「臣將命出國門，已置死生於度外，今日正是臣死所也。但大國無受殺行人之名，投之於水以墜淵爲詞可也。」谷神見二人志不可屈，義而釋之，復令人送還冷山。皓泣謂縱曰：「受命於君，不得目睹兩宫，吾輩身膏草野，臣之分也，奈老母何？」縱曰：「爲人臣者，公尔忘私，國尔忘家，今日非顧私親之時也。」由是二人節操愈厲，以死自誓。金人數月不給衣糧，盛夏尤衣裘羯，三餐惟飲酪漿，皓、縱以馬矢煨麵食之。崔縱憤恨不能竭盡君命，憂積成疾，瘦削骨立，日漸彌留。皓扶持調理，憂形於色。縱曰：「生之有死，譬尤晝夜之必然，從古至今，固未嘗有超然而獨存者。人臣苟利社稷，死生以之，今日正吾死之日也。但與兄將命北來，不得終事爲憾焉。」皓泣曰：「倘兄有不諱，何以教我？」縱曰：「惟確持清節，勿背初心而已。」皓曰：「尊兄靈輀或留此或帶回，請決一言。」縱泣曰：「故鄉迢遞，安能歸葬？但得馬革裹屍，掩埋淺土，題曰『宋行人崔縱之墓』，足矣。」言訖，目微瞑。皓復呼曰：「崔兄更欲何言？」縱瞋目大聲曰：「『忠義』二字，尚其勉之。」遂卒。皓哭之盡哀，一遵治命措置喪事。乃以酪漿灌地，長吟一律以吊之，云：

沙漠間關契愛情，一朝痛念隔幽明。

君仇不與戴天地，交義自甘同死生。

吳水渺茫鴛侶拆，楚山迢遞雁行輕。

尤荒持節全忠藎，竹帛流芳萬古名。

後來洪皓得還，以崔縱遺表進見高宗，高宗詔贈封謚。

却說胡校報知斡離沒：「行人崔縱已死冷山。」斡離沒乃遣人遺之衣衾喪禮，仍命移洪皓在平陽驛閑住，以候大金皇帝聖旨。皓即將崔縱靈輀葬於冷山，淺土立碑以識之，遂與一行胡人到平陽驛。歸數日，會中國杜時亮因致書於粘沒喝將回本朝時金人將渡江，遣時亮請和，致書于粘沒喝，洪皓握手與語及崔縱物故之由，二人悲愴情切。皓曰：「歸見天顏，爲皓傳奏，必得二聖消息，然後回也。」又謂：「即目斡離沒、粘沒喝大修戰具，文書下各處會兵南侵，尤須持備。」時亮一一領諾，辭了洪皓，連夜離燕京回杭州時升爲臨安府。入見高宗，復命訖，將洪皓所陳俱奏知。高宗聽罷，始知崔縱盡節死於沙漠，不勝哀感。高宗問洪皓消息，時亮曰：「洪皓近日拘收平陽驛，以候金主發落。訪知二聖駐驛尚在五國城，目下金兵欲大舉出雲中，乞陛下於險要去處調兵守把。」高宗聞金師將至，即以韓世忠爲浙西制置使守鎮江，劉光世爲江東宣撫使守太平、池州，仍召諸將議移駐蹕之地。張俊、辛企奏曰：「長沙郡阻山帶河，城郭完固，陛下請自鄂、岳而下，直趨長沙，可以待金人也。」韓世忠曰：「國家已失河北、山東，若又棄江、淮，更有何地？」呂頤浩曰：「金人之謀，以陛下所至爲邊。而今當且戰且避，奉陛下於萬全之地。臣願留常、潤二州死守。」帝曰：「朕左右不可以無相，今與卿等同還長沙，預備戰守之計。」乃以杜充守建康，王瓔副之。帝與衆百官移蹕長沙，自是不復議防淮矣。

起居郎胡寅上疏諫曰：「陛下以親王介弟，受淵聖皇帝之命，出師河北。二帝既遷，則當糾合義師北向迎請。而乃亟居尊位，偷安歲月，略無捍禦。及虜騎乘虛，匹馬南渡，一向畏縮，惟務遠逃，軍民懷怨，恐非自全之計也。」因進七策。

胡寅前後陳七策[一]

一曰罷和議而修戰略。蓋和之所以可講者，兩地用兵，勢力相敵，利害相當是也，非强弱盛衰不相謀所能成也。而其議則出於耿南仲，何也？淵聖皇帝在東宮，南仲爲東宮官，歸依右丞相李邦彦。邦彦時方被寵眷，又陰爲他日之計。既而淵聖嗣極而邦彦爲次相，金賊遽至城下，遂獻和議。南仲因附邦彦而沮种師道擊賊之謀，於是覆邦之患滋蔓而起，分朋植黨，必欲自勝。主戰伐者，李綱、种師道兩人而已。幾會一去，國論紛然。中原塗炭，至今益甚者，本緣南仲、王時、邦彦以報私恩不爲國慮之所致。其朋徒附合，根株膠結，寧誤趙氏，不負耿門之所爲也。若以爲强弱之勢絕不相侔，縱使向前，萬不能抗，則自古徒步奮臂，無尺寸之地而爭帝王之圖者，彼何人哉。伏望陛下明照利害之原，罷絕和議，刻意講武。以使命之幣爲養兵之費，斷而行之，堅確不變，庶幾貪狄知我有含怒必鬥之志，沙漠之駕或有還期。所謂乞和，必無可成之理也。

二曰置行臺以區別緩急之務。既定議講武，則有餘庶常有日力不暇給者，當置行臺以區別之。今百司庶府，其必不可闕者，惟吏部、戶部爲急，誠使江、淮、兩浙、湖北並依八路法慎擇監司而付之，則吏部銓事，

〔一〕該回目原置於第二策末、第三策前，此據三台館本改。

亦復城省戶部所以治天下財賦也。今四方供貢久不入下王府，往往爲州郡以軍興便宜截用。經常一壞，未易復理。竊觀行在支費，每月無慮八十萬，惟以榷貨鹽利爲無窮之源耳。故臣謂宜置行宫，或建康，或南昌，或江陵，審擇一處，以安太后、六宫、百司。以耆哲諳練大臣總臺諫、守成法，從事郎吏而下不輕移易，量留兵將以爲營衛，命戶部計費調度以結之。陛下奉廟社之主，提兵按行，廣治軍旅，周旋彼此，不爲宸居。至於餽餉之權，自宜專責宰相，而選委發運以佐行於下，如漢委蕭何以關中，唐委劉晏以東南。經制得人，加以歲月，量入爲出，何患無財。

三曰務實效去虛文。夫治兵必精，命將必賢，政事必脩，誓戡大憝不爲退計者，乃孝弟之實也；遣使乞和，廣損金幣，不恥卑辱，冀幸萬一者，爲孝弟之虛文也。屈己致誠以求天下之士，博訪策略，信而用之以期成功者，乃求賢之實也；未見賢若不克見，既見則不能由之，或因苟賤求進之人，遂乃例輕天下之士，姑爲禮貌，外示美名者，爲求賢之虛文也。聽受忠鯁，不憚拂逆，非止面從，必將心改，苟利於國，即日行之者，乃納諫之實也；和顔稱善，泛受其說，合意則喜之，不合則置之，官爵所加，人不以勸，或内惡其切直，而用他事遷徙其人者，爲納諫之虛文也。將帥之才，智必能謀，勇必能戰，亡必能守，忠必不欺，得是人而任之，然後待以恩，御以威，結以誠信，有功必賞，有罪必刑者，乃任將之實也；庸奴下材，本無智勇，見敵輒潰，無異於賊，與之親厚，等威不立，賜予過度，官職逾涯，將以收其心，適足致其慢，聽其妄誕張大之語，望其樸實用命之功者，爲任將之虛文也。簡汰其疲老病弱，升擇其壯健驍勇，分屯在所，置營房以安其家室，聚粟帛以足其衣食，選衆所畏信者以董其部伍，申明階級之制，以變其驕恣悍悖之習，然後被之以精甲，付之以利器，進戰獲酋虜則厚賞，死則恤其妻孥，退悔則誅其身，降敵則戮其族，令在必行，分毫不貸者，乃治軍之實也；無所別擇，一切安養姑息之，惟恐一夫變色不悅，幸無事則曰「大幸矣」，教習擊刺，有如聚戲，紀律蕩然，雖其將帥不敢自保者，爲治軍之虛文也。愼選部刺史三千石，必求明惠忠智之人，使久於其官，懲革弊政，痛刈奸賊，以除民害，雖軍旅騷動，盜賊未平，必使寬恤之政，實被於民，固結百姓將離之心，勿致潰叛，乃愛民之實也；詔旨出於上，虐吏沮於下，誑以出力自保，則調發其丁夫，誘以犒設贍軍，則厚裒其錢穀、弓材弩料、竹箭皮革，凡干涉軍需之具，日日征求，物物取辨，因緣奸弊，民已不堪，乃復蠲其税租，載之赦令，實不能免，苟以欺之者，爲愛民之虛文也。若夫保宗廟、保陵寢、保土地、保人民，以此六實者行乎其間，則爲天子之實也；陵廟荒圮，土宇日蹙，衣冠黔首爲肉爲血，以此六虛者行乎其間，陛下戴黄屋，建幄殿，質明輦，出房雉，尾金鑾，夾侍兩陛，仗馬衛兵，儼分儀式，贊者引百官以次入奉起居，既退宰相大臣早早而前，進笏出奏，司晨唱辰正，則駕入而仗出矣，此則爲天子之虛文也。

四曰大起天下之兵以自强。今宿衛單弱，國威稍挫。臣嘗言乞於諸路抽棘禁軍充御營正兵，厚其月廩，精加訓閲，陛下自將之。天下之軍既强，則中國之變自弭。則又命福建團結鎗仗，各擇其土豪，使部督之，以俟興發。命兩浙募水手，并起諸州撩湖捍海等兵，盡付水軍。江東西、湖南北募弓手，以在官閑田給養。命廣西及辰沅鼎靖，於見教峒丁中簡其精鋭，分番起之，屯戍襄漢。以京西、淮南荒廢無主之田爲屯田，招集兩河、山東諸路流徙之人，略依古法均節之，擇强壯者訓習武藝，使且戰且耕，文武臣中有明習營屯之事肯自奮者，因以任使。於是時而兵不强、敵不畏、盜不息，然後可以歸之天命，無使復爲矣。

五曰都荆襄。自古圖王霸之業者，必定根本之地而固守之，而非建都之謂也。按南渡六朝之遺跡，則舍建康不可。雖然，欲謀進取，則非堅坐不動之所能，臣切謂惟荆襄爲勝。誠能屯唐、鄧、襄、漢之田以養新兵，出廣西、武陵峒丁，並施黔撩軍，築堅壘列守漢上，阻以水軍，經以正軍，緯以弓手、民軍，率制江、黄，呼吸廬、壽，則進取之業立，然後從陜西以聲氣血脈通達，而騎卒可至。川廣富皆猶外府，易以拱把。

臣願陛下先命呂頤浩、杜充分部諸將過江，廣斥堠，治盜賊，自以精兵二三萬爲輿衛。陛下提此兵渡江而北，按轡而上，遣使巡問父老，撫綏挺刃之餘民，至於荆襄，規模措置，爲根本之地。猶漢高之於關中，光武之於河內，雖巡歷往來，征伐四出，而所固守必爭而勿失者，以荆襄爲重任。能堅忍聳厲，坐薪嘗膽，悠久爲之而不能濟，則書傳所載周宣王、漢光武之事，皆爲妄言以欺後世矣。

六曰選宗室之賢才者封建任使之。帝王爲治之道，惇睦宗族，强本弱枝，所以鞏固皇圖，緒延祐命。原其用心，蓋以天下爲公，而不以爲私分也。今宜於同姓中，不問親疏，選擇賢才，布之中外，廣加任使。其望實傑然出衆者，陛下宜留之宿衛，夾輔王室。其有克敵戡難之功者，宜漸爲茅土之制，星羅而棋列，以慰祖宗在天之靈，以續國家如線之緒，使讎虜知趙氏之居中國者，尚此其衆，則其僕炎火之横心、立異姓之逆謀，庶其少息之。

七曰存紀綱以立國躰。夫創業垂統之君，必立紀綱以遺子孫；繼世承序之君，必守紀綱以法祖宗。一君子進，衆小人未必退；一小人進，則衆君子必退矣。勢不兩立，而於君子爲難。仁宗在位最久，得君子最多。小人亦時見用，然罪著則斥之；君子亦或見廢，然忠顯則收之。故其成當世之功、貽後人之輔者，皆君子也。至王安石則不然，斥絕君子一去而不還，崇信小人一任而不改。故其敗當時之政、爲後世之害者，皆小人也，所以誤國破家至毒至烈不知已時。陛下土地金帛能有幾何，豈堪此輩大言輕捨盡輸之夷狄耶？

胡寅策上，高宗以示呂頤浩。呂頤浩惡其切直，奏曰：「此儒者迂闊之論也。乞上罷其職。」帝允之，遂罷去胡寅起居郎。

許浩曰：「寅之七策，中興無遺策也。人皆以爲高宗不能用寅，而吾獨以爲寅不能用高宗焉。當時徽、欽北轅，天下鼎沸，自非高宗御極號天下，天下之人孰知有宋？而亦孰肯爲之用哉？而寅謂帝以親介弟，但受淵聖之命出師河北，不當亟居尊位，豈有已即尊位而可遜避哉？是非惟昧於事幾，且拂高宗意矣。寅將行其言，而先拂高宗之意，言得行乎？使寅有此策能異其辭，而婉導之，高宗雖怯，而砥礪之餘，因以講求，未必止此。惜乎，寅不能也。」

却説高宗已罷胡寅，以趙鼎代之。及聞金兵至江上，手敕遣人着令杜充用心防守。岳飛聞朝廷命下，嘆曰：「東京尚不肯守，而能守南京乎？」杜充正與王瓊在軍中議論，哨馬報：「金元帥粘沒喝以兀朮爲先鋒，部領胡兵十萬，渡江至建康，即目與賊首李成攻擊烏江縣。」杜充聽的此消息，遂緊閉了城門不出。幕下諸將請出戰，皆不聽。岳飛到寢處見杜充，曰：「今虜寇大兵在於淮南，窺取長江，包藏禍心，猶如臥於積薪之上，下有火起，其禍無過於此時矣。相公終日閉門閑坐，不理兵事，倘或虜寇知我怠惰，舉兵來取建康，留守既不肯親臨兵陣，如何使得諸將肯用命乎？諸將既不肯用命，建康失陷，那時留守還得高枕無憂於此乎？縱使岳飛這些人肯向前，亦無補報於國矣。」言畢號泣，固請杜充出兵。充良久乃曰：「來日我往江口視兵。」雖如此説，終不肯出。忽報：「金兵從馬家渡過江，江南軍民士庶各驚散奔走。」杜充纔使岳飛引二萬人馬，與大將王瓊同往迎敵金兵。王瓊出戰，遇着虜兵，兩下正在撕殺，瓊見金兵勢大，引本部軍先遁。岳飛人馬只得死戰，殺到黄昏，不見接應兵來，遂鳴金收軍。所有輜重糧草，皆被王瓊領還。岳飛人馬乏糧，乃駐兵鍾山。且看如何。

岳飛破虜釋王權

却說岳飛次日又率部下與虜寇大戰于江口。岳飛鼓勇而前，部下隨之殺敗金人，斬首數百級，奪其馬駝無數。岳飛下了寨，重賞將士。部下見金兵勢大，長江又被兀朮所據，杜充閉城不出，内有尋思欲叛去者。岳飛知其意，泣謂衆曰：「我與爾等感國厚恩，當施忠義，上報朝廷，建立功勛，著于國史，身雖死時，名亦不朽。今若降虜，或散爲盜，不爲反臣，則爲賊寇。雖是偷生於世，身死而名壞，遺臭於萬世，豈爲子孫長久之計耶？今建康乃江左形勝之地，若使金家得了此城，我宋朝將何以立國於江南而復中原之地乎？今日之事，我若輩但知有死而無二心，若有思叛去者，許諸人出首以軍法處之，多得酋首者而受上賞。」衆將士皆感其言，曰：「並不敢有别心，從統制號令。」

却說金兀朮人馬來攻建康，宣撫使杜充不敢出戰，一連被兀朮困了二十日，城中恰荒。充與守臣陳邦光、戶部尚書李棁商議：「不如投降。」通判楊邦義號哭諫曰：「邦義與諸君共守此城，有死無二。今奈何欲屈身於虜而受不義之名乎？」充曰：「不然，事已極矣。不降何待？」邦義苦諫不從，充率官屬開門迎接金兵，拜於兀朮馬前。兀朮入了建康，獨楊邦義不肯屈，刺血大書衣裾曰：「寧作趙氏鬼，不爲他邦臣。」有人言：「邦義勸杜充休降，可斬之。」兀朮曰：「此人守義，不可斬之。」乃使人誘他來降，封之大官。邦義大罵曰：「臊狗種，我只要一死，豈願降哉？」兀朮大怒，遂殺之。虜將嘆曰：「此真忠臣也。」後人有詩贊云：

中原侵擾動風塵，倡義嬰城誓一心。
瀝血衣詞甘就殺，史書千古重高名。

兀术既取建康，着杜充往見金元帥粘沒喝。沒喝薄其爲人，久後始付與官職。

却說高宗聞知建康不保，大江爲金人所有，謂呂頤浩曰：「今日事急矣。卿有何高論？」頤浩奏曰：「不如乘舟入海爲上。虜騎不能駕船追我，浙江地熱，彼必不肯久留於此。待他兵退，聖駕復返浙江。他來我去，他退我回，此亦兵家之妙策也。」高宗准其奏，遂駕往明州明州，今之寧波府也。兀术聽知高宗奔明州，差阿里蒲盧渾[一]領軍馬追趕。阿里蒲盧渾引着二萬胡兵，追趕高宗至童安，與高宗只爭一舍之地。高宗望見後面塵埃蔽日，金鼓喧天，無限人馬來到，帝大驚，問：「誰可迎敵？」言未絕，保駕張公裕奏曰：「臣出馬退金兵。」帝即遣行。張公裕部一萬兵來迎，正遇阿里蒲盧渾大叫：「好將車駕送來，免爾一死。」公裕大怒，挺鎗躍馬直取蒲盧渾。蒲盧渾舞刀交還，二人戰有二十合，不分勝敗。張公裕只要保護車駕，只得死鬥，又鏖戰數合。忽一派鼓聲從山後出，當先一面大旗上書五字「大宋楊沂中」。元來沂中知的阿里蒲盧渾渡曹娥江，因屯兵於西山，特來保駕。沂中手揮大斧，驟驊騮夾攻阿里蒲盧渾。蒲盧渾見宋兵勢大，勒馬刺斜逃回。公裕、沂中直殺入陣中，劈死無數，金兵大潰。殺退二十餘里，公裕與沂中合兵一處，來見高宗。帝執沂中手曰：「卿救朕躬，當銘肺腑。」沂中頓首稱謝。頤浩曰：「金人敗回，兀术必長驅而來，陛下可速乘舟入海。」帝乃領群臣乘船到定海縣。是時從駕官多，船狹不能容，頤浩奏曰：「海上船少，合無使隨駕官員，從他取便避虜。」帝

[一]「阿里蒲盧渾」，原脱「渾」字。下文多次出現「阿里蒲盧渾」和「蒲盧渾」，據補。

曰：「爲士夫的當知義理，豈可不護從車駕？若從取便避虜，則朕所到無百官，亦同寇盗耳。」言訖淚下。以此郎官以下多從車駕，不肯棄去。

次日，高宗船到昌國縣，下詔勤王，令各處出兵邀截虜寇。有英州武略大夫岳飛，見建康已被金人所據，又及聞車駕避難于海，乃聚集部下將士勤王。原飛部士皆西北人，平日感岳飛恩信，雖有反復之意，不敢叛去。內有報飛者曰：「今衆人見中原淪於金虜，皆欲投統制做主，領我等降金，必有重用。」岳飛見説，佯許之。次日，在中軍會衆人，誓之曰：「爾等隨我與朝廷立功，克復中原，迎回聖駕，身受官爵，光顯門庭，豈不爲榮？今爾等若不從我之言，寧先殺我，然後歸投虜寇，吾決不往。」言訖放聲而哭，乃脱衣以背示衆，背上刺有「盡忠報國」四大字。衆人見了，皆伏地拜曰：「我等一從統制號令，再不敢有異志也。」皆泣下。岳飛再三撫慰[一]之曰：「今兀朮領兵深入追逼，聖駕出居海中。我今聚兵於江邊截其歸路，復取建康，迎回天子，以圖恢復中原，爾輩富貴不患無也。」衆皆歡喜。

飛遂引部下出廣德廣德，軍名，今爲州截殺兀朮哨兵，一日六戰皆得勝，斬首數百級，擒金將王權，到營以義釋之。王權感恩拜曰：「人傳岳統制民之父母，果然也。王權何以報德。」飛謂之曰：「爾金將兀朮不識時勢，屢屢侵犯中國。近日建康府若遇我在，擒之碎屍萬段，方雪吾恨也。今日與汝等無預，若回營，夜間縱火爲號，殺退兀朮兵即是爾功。」王權曰：「小人決不失信。今夜舉火裏應，將軍可從外攻入。」岳飛大喜，即放王權等回營。內有捉得不肯回的，飛察其可用者，結以恩義而留之。

〔一〕「慰」，原作「謂」，據三台館本改。

却說王權回了虜營，候夜半于中軍放起火來，霎時間煙焰燭〔一〕天，滿營火紅。岳飛見虜營火起，縱兵於外擊之，王權於内接應。兀朮兵大亂，自相蹂踏，死者不計其數，燒其輜重殆盡。天明，飛引衆回，鞍中拔出一枝箭，觀號頭乃是部下將戚方箭也。飛自思夜間廝殺，未知是誤射故射，乃取其箭藏於囊中，待後日審知故射，擒此賊必令折之以就戮。

飛既大破金兵，遂駐軍於中村《傳》作「鍾村」，軍中無見音現糧，將士懼岳飛紀律，忍飢不言，秋毫無犯。忽報：「金將王權引本部軍馬奪得糧草馬駝來見統制。」岳飛大悅，即將王權所得分賜將士，重賞王權。權部下自相謂曰：「岳爺爺軍也。」爭降附者約有萬餘人。飛各以恩撫之。

金人既退，飛出帳前觀廣德地勢，遥見中山頂一座樓臺，蒼松遮蔭，修竹圍繞，飛問部下曰：「前面樓角是何所在？」部下曰：「乃金沙寺也。」飛曰：「可偷暇一遊，以覽其勝。」與一二從軍沿溪越澗，攀藤附葛，行了半日，始到寺門。飛進入寺中，僧人請入法堂。待茶畢，縱步遊觀，果是好個清幽去處。飛素懷感激，命從人取過筆硯，于西廊之下大書數行，以記其事，云：

余駐大兵宜興，治幹王事過此，陪僧僚謁金仙，徘徊暫憩，遂擁鐵騎千餘，長驅而往。然俟立奇功，殄醜虜，復三關，迎二聖，使宋朝再振，中國安强，他時過此，得勒金石，不勝快哉。建炎四年四月十二日河朔岳飛題。

岳飛題畢，與一二從人離了金沙寺，回至中村，即便整理軍馬，前去救駕立功。

〔一〕「燭」，原作「觸」，據雙峰堂萬卷樓本改。

却說高宗駕到溫州，泊于港口。彼時勤王將有張浚、韓世忠、牛皋、劉光世、楊沂中、吳玠、岳飛等，各領兵邀截金虜歸路。兀朮聞知宋朝四方兵集，乃收拾所搶寶貨、金帛、子女，從明州回走北去。報到溫州，高宗聽知金兵退去，下詔還越州駐蹕。

高宗駕到越州，改州衙爲行宮，以朝百官，命盧益奉迎隆祐太后于虔州。臨行，帝謂輔臣曰：「朕初不識太后，自迎至南京，愛朕不啻己出。今在數千里外，兵馬驚擾，當亟奉迎，以慰朕朝夕慕念之意。」盧益奉命去訖。高宗躬問近日金兵消息，御史中丞趙鼎奏曰：「兀朮已退兵北去，近日報到金兵攻擊常州甚急，宜興一路被賊所據，惟有御營使司統制岳飛保障一方無虞。乞陛下復降詔旌獎之，命解常州圍，必能成功。」帝從之，即頒詔着令岳飛持兵解常州圍，及安撫宜興一路。詔下，岳飛即開幕府招集人馬解圍。轅門小校來報：「見有宜興縣賊首郭吉聚衆搶掠，居民驚擾，縣令錢諶令人請統制拯救。本縣現有積下糧儲，可充二十萬軍馬勾十年支用。」岳飛聞之大喜，與其下曰：「宜興既有此多糧食，我等宜就之，撫養士卒，以待截金兵歸路而迎聖駕，豈不美哉？」即日將本部軍馬望宜興進發。哨軍來報：「宜興糧儲已被賊首郭吉搶去百餘船，搬入湖中矣。」岳飛大怒，遂差手將王貴、傅廣領二千餘人去追。貴、廣二將領兵逕往湖中，正遇郭吉賊黨將糧草搬上船。王貴大叫：「狂賊慢走，好將糧儲送還，饒你輩殘生。不然，盡教汝爲魚矣。」郭吉擺開戰船，率衆賊黨一齊殺過來，被王貴、傅廣分作兩翼奮前夾擊。岳家兵誰不知名？郭吉抵敵不過，各自奔走。王、傅乘勢殺入湖口，奪其裝載糧草，回見岳飛。岳飛將糧草依前搬入宜興。兵行之際，人報部下戚方方，江淮軍校也仍舊叛去爲盜。且看後來如何。

岳飛聽得戚方叛去，大怒曰：「前日廣德陣上射吾一箭，果有殺我之意。他日捉來，必手刃之。」次日，岳飛已至宜興縣。縣令錢諶接見，不勝歡悅，謂飛曰：「百姓望君侯猶大旱之望雲霓，今日得遇，實快平生也。」飛曰：「金兵梗道，何地非皇上赤子？岳某到處，皆願拯之矣。」錢諶請岳飛入衙中。駐兵數日，遠近聞知岳飛駐兵宜興，皆來歸順。是時金兵與賊寇四下剽掠，只不敢犯宜興。其縣居民安生，各相謂曰：「爺娘生我者易，岳相公保我者難。」

岳飛兵屯宜興，遣人躲探常州消息，回報：「金人攻擊緊急。」飛遣王貴、張憲、傅廣分兵救之，自率部下合後。岳飛傳令離了宜興，軍馬抵至常州界，擺開陣勢。金兵見宋軍來到，兩下對敵，張憲出馬大罵：「死羯奴，不退何待？」金陣中女真萬戶少主孛堇驟馬舞棍直取張憲，張憲亦提鎗來迎。兩馬相交，戰了數合，張憲詐敗，萬戶少主從後趕來。轉過臨水門，岳飛一軍從河口湧出，聲如巨鐘，大叫：「虜賊慢來。」萬戶少主孛堇吃了一驚，措手不及，被飛一把手捉歸馬上。飛又驅動本部來殺，胡兵退走不迭，擁死于河中者疊積。金兵大敗，退走常州五十里遠，奪其輜重糧食不可勝數，生擒女真王撒哥。王貴、張憲、傅廣合兵攻擊漢兒李謂等十一名，常州圍解。岳飛將女真萬戶少主孛堇及漢兒李謂等遣人齎表解送越州行在。使人逕上越州，呈進岳飛表章。表曰：

武略大夫英州刺史御營使司統制軍馬臣岳飛狀奏：恭依聖旨，將帶所部人馬邀擊金人。至廣德見陣，共砍到人頭一千二百一十六級，諭降女真漢兒人王權等二十四人，並遣差兵馬收復建康府溧陽縣，得俘五百餘人，生擒女真漢兒軍僞同知溧陽縣事渤海太師李撒八等十二人。金兵回犯常州，分遣兵馬截殺，只一陣間擁掩入河，棄頭不砍，生擒女真萬戶少主孛堇、漢兒李謂等一十一人。委是屢獲勝捷。謹錄奏聞，伏候裁旨。

高宗覽表大悅，方知江左有忠義之士奮志勤王。乃頒敕命，使岳飛招募人馬，先復建康，以爲兩浙之固，次則掃清江南賊寇，以待鑾輿北還。岳飛得詔，即抄謄四下張掛，招兵募馬。不數日間，應募者衆。岳飛此時便有掃清河北之志。訪知兀朮從明州濟江，護送輜重回金，遣人以書告知韓世忠出兵截之。世忠得岳飛書，知此消息，與部下商議，將人馬分作〔一〕三處守把，以前軍駐青龍鎮，中軍駐江灣，後軍駐海，俟兀朮師還擊〔二〕之。

却說兀朮人馬濟江，次于六合六合，縣名，屬應天府，亦恐宋師前後追襲〔三〕，沿路令人打探虛實。哨馬報：「青龍鎮等處韓世忠俱着精兵守把，欲截金人歸路。」兀朮大驚，即分付衆人速趨平江。衆人得令，遂不向青龍鎮一路，逕由秀州出平江而去。韓世忠差人探聽兀朮從那條路來，務要哨探停當回報。去人數日回

〔一〕「將人馬分作」，原殘破，據雙峰堂萬卷樓本補。
〔二〕「師還擊」，原殘破，據雙峰堂萬卷樓本補。
〔三〕「襲」，原殘破，據雙峰堂萬卷樓本補。

說：「兀朮不由青龍鎮行，徑趨秀州出平江而去。」世忠聞之，嘆曰：「狡虜任的機關也。」遂移師鎮江，先以八千人屯於焦山寺待之焦山寺在鎮江府東北。兀朮人馬已出秀州，欲濟江，遥見鎮江口旌旗蔽日，戰船排如「一」字。兀朮知世忠着人把守，將本部屯扎江口，遣使齎禮物送書來見世忠。世忠正在軍中持調人馬，忽報：兀朮遣使來見。世忠令召入。使人進帳中，呈上兀朮通問禮物及約戰期書一封。世忠受了禮物，拆書視之。書曰：

中原、金國，本同一家；皇上、金主，猶如兄弟。吾仗劍南下，正欲討不恭而誅叛逆。今江南播亂，賊寇生發，非吾討之，海内奚獲清寧？今爰整歸旅，已出平江，前列大軍，未審何意。閣下欲修盟好，即開鎮道，護送北行；欲動聲勢，乞示戰期。次不宣。

世忠看書畢，批回來人，約以出戰日期。來人將回書去了。世忠急召蘇勝等，謂之曰：「吾昨日審視地勢，是間形勝無如金山龍王廟者金山在鎮江府江中，山有龍王廟。兀朮亦乃智將，彼必引騎登此，以覘我軍中虚實。與你二百壯軍，用百人伏廟中，百人伏廟下岸側。敵人若來，不可便出。聞江中鼓聲響，側岸兵先入，廟裏兵繼出合擊之，兀朮可擒矣。」蘇勝領計，引二百軍去了。世忠又喚過霍武曰：「你部二千軍埋伏南岸，待蘇勝得贏，爾即繞出北岸以截兀朮歸路，勿致失誤。」霍武亦引兵去訖。世忠各分遣已定，自部大軍合後接應。

却説差人將書回見兀朮。兀朮見書約交戰日期，與部屬孛堇阿赤、王鐵兒、張醜漢等議出兵。孛堇阿赤曰：「宋軍屯隘口以便戰鬥，營寨分爲三壁，彼以江口一壁爲重，必實兵守之。此間金山龍王廟視高瞰下，無不在目，主將可密引一二騎登此窺其虚實，然後出奇兵先奪其空壁，乘勝攻江口，世忠之衆可破也。」兀朮大悦，曰：「此計甚妙。」下令王鐵兒、張醜漢列重兵于江岸以待敵，孛堇阿赤看守寨柵，自與親隨遼將黄炳奴、何黑闥三騎出中軍，至龍王廟來。

時值秋九月，草木凋落，天開野闊。將近黃昏之際，兀朮上到金山遠望，見世忠營壘軍伍齊整，皆有法度。兀朮顧謂黑闥曰：「宋朝不可謂無人物矣。」黑闥曰：「主將不宜久留在此，恐敵人知之，繞出追襲，吾等難以進退。」兀朮曰：「無妨。」又轉過山坳，引五騎趨龍王廟。韓世忠知之多時，於江中放起號砲，聲震山岳。兀朮恰荒，即引衆騎出離龍王廟。廟中一百騎聽的江上砲響，先鼓而出，大叫：「兀朮休走。」兀朮見宋兵有備，與黑闥、炳奴勒馬亟走。走至半山，岸側蘇勝引一百軍直殺上來。兀朮進退無路，只得死戰。四下喊聲大震，金鼓連天，宋兵分頭而至。黑闥曰：「主將可取傍路而走，吾抵住宋軍。」黑闥揮鞭來敵蘇勝，蘇勝大怒，舉刀交還。二人鬥上十合，蘇勝部下壯軍一齊向前，黑闥措手不及，被宋軍捉了。黃炳奴與兀朮正走出江口，南岸霍武一軍截住，大罵：「死羯奴，尚不即降，欲走何地？」兀朮大驚，繞岸逃走。霍武趕來，兀朮勒轉騎復戰。二人纔交數合，韓世忠大隊軍來到。黃炳奴曰：「主將可速往北岸以待救兵。」兀朮策馬逃向北岸，其馬失足，將兀朮掀於馬下。世忠趕近前，一鎗正待刺落，兀朮奮勇搭住鞍轡一跳，復上馬而走。隨來黃炳奴一彪軍走來，世忠回馬與炳奴交鋒，戰兩合，世忠一鎗刺落馬下，衆軍一齊捉縛了。世忠見兀朮走遠，鳴金收軍。

回鎮江，日已晡矣。蘇勝等押過何黑闥、黃炳奴，世忠問曰：「適間戰于江口，一人紅袍玉帶，既墜馬而復跳走去者是誰？」二人曰：「此正是金大將兀朮也。」世忠曰：「吾屢戰金兵，未見兀朮一面，今日觀其對敵，誠亦勇也。第措與其走脫。」世忠曰：「爾二人肯降，免爾一死。」炳奴曰：「情願納降。」世忠免其誅。轅門報說：「兀朮走回江口，部領十萬胡兵欲來報仇。」世忠聞知，即分付部下曰：「兀朮勇而性剛，易以勝動。可引入中流，分兵前後擊之，無不克矣。」蘇勝、霍武等各分兵去了。世忠遂領六千軍，開了營壁，排列江口對岸。兀朮人馬捲地而來，世忠挺鎗躍馬，跑出陣前。兀朮門旗開處，一少年胡將舞刀出戰，乃兀朮婿龍虎大王，更不打話，持刀直奔世忠。世忠舉鎗抵住，兩下金鼓齊鳴。二將鏖戰十餘合，世忠賣陣逃回，部下盡棄衣甲旗鼓渡江而走。龍虎大王忿怒，催動人馬亦渡江。方渡一半，只見上流頭無數宋軍，搖旗納喊前後攻來。且聽下回分解。

韓世忠鎮江鏖兵

却說宋將蘇勝、霍武引五千兵從上流殺出，將龍虎大王四面圍住，金兵慌亂，龍虎大王力戰不能得出。蘇勝以一千知水性軍士，跳入龍虎大王船來，虜兵不會水戰，殺死於江中者不計其數。龍虎大王見失利，正待棄船投江，被蘇勝一把捉住，持上北岸。韓世忠大驅軍士一齊掩殺。兀朮喪膽，引孛堇阿赤、王鐵兒等拚死殺奔平江。霍武、蘇勝兩下截擊，掠得馬駝輜重無數。世忠鳴金收軍，將龍虎大王斬之。

却說兀朮走到平江，計點部下折了一半，奪去軍器糧食殆盡，謂衆將曰：「吾自南侵以來，未有如此挫刃。今世忠截住江中，吾等如何得脫？倘併力攻擊，無遺類矣。」孛堇阿赤曰：「世忠所恨惟在大王奪其中國金帛子女而去，大王可將所掠盡還之，問其借道出鎮江，世忠必允矣。」兀朮從其議，即遣人送還金帛子女，復添名馬數匹，差人來見世忠，曰：「金主將送還所掠金帛子女，乞將軍假道以出，久後不失講和之好。」世忠怒曰：「兀朮死在目下矣，敢以利啖予哉？失此機會，虜賊得志，中原幾時可復？二聖如何得還？」叱謂來人傳語兀朮：「願降即降，願鬥即鬥，他事無容議矣。」差人回，以世忠言報知兀朮。兀朮見世忠不許其請，奮勵其衆曰：「困獸猶鬥，寧肯束手就戮哉？」次日復整集人馬，出鎮江溯流西上，與宋軍交鋒。韓世忠引精兵邀戰，兀朮自揮戈而前。宋將蘇勝徑出迎敵，兩下喊鬥，金將孛堇阿赤率胡兵一擁攻進，霍武從北岸繞出敵後殺來，世忠妻梁氏親執桴鼓，部下軍士各要爭功，莫不奮勇向先。世忠艨艟大艦出金兵前後數里，擊柝之聲達旦。兀朮軍四下受敵，死者無數。王鐵兒、張醜漢見宋兵勢大，駕小船與兀朮死戰，殺奔黃天蕩。紅日將落，世忠下令收軍。

兀朮領敗殘人馬屯扎黃天蕩，見四下盡是宋軍把截，窘促甚，因募本地人問更有何處出得鎮江。或謂之曰：「老鸛河故道原達鎮江，與建康大路相通，如今湮塞難行，若鑿之透接秦淮水，即可出矣。」兀朮聽的有此個去處，即令衆人鑿開老鸛河。虜寇齊用力，一夕渠成，凡三十里。兀朮引本部連夜走出秦淮，趨建康而走。比及韓世忠知之，虜寇離去七十里遠。部下欲促兵追之，世忠曰：「窮寇勿追，兵家所忌，可只四路絕之，兀朮自不敢渡江矣。」衆人得令，各分兵守把不題。

却說兀朮既出了鎮江，趨建康，見路上並無人馬攔當，放心回還。不知哨軍已先報知岳飛，遣王貴、趙雲領三百人馬埋伏牛頭山等候。兀朮大衆來到牛頭山下，扎營寨，殺牛宰馬，犒賞番將，因謂曰：「若非彼人教吾計策，如何與若等得至此哉？」是夜無月，燃點燈燭，盡歡而飲。飲至夜半，兀朮諸將皆醉，各回帳幕歇息。王貴、趙雲引着手下俱穿青皂衣服，各有暗號，偷入營中，齊聲納喊，復出寨外立定。兀朮醉中驚起，慌亂不迭，自相蹂踏，死者無數。近天明，遥聽牛頭山上金鼓喧天，喊聲震地，岳飛引兵從外殺將入來。兀朮急披掛上馬，提刀迎敵。岳飛怒罵曰：「不順天道虜賊，今來送死。」挺鎗直取兀朮。兀朮舞刀交還。兩馬相交，鏖戰十餘合，兀朮力怯，撥回馬便走。岳飛驅兵掩殺，孛堇阿赤抵住一陣又敗。兀朮正走間，山坡後一彪人馬擁出，爲首一員少年將，面如付粉，唇若朱塗，手執八十斤鐵錘，乃是岳飛長子岳雲也。方一十二歲，勇冠諸軍，軍中呼爲「贏官人」。岳雲一匹馬跑出，截住兀朮。兀朮大驚，番將王鐵兒曰：「主將勿慌，待吾擒之。」即舞棍躍馬，直取岳雲。岳雲拍馬與王鐵兒交鋒，戰上數合，岳雲賣個破綻，勒轡繞山脚而走。番將欺岳雲年幼，策馬趕去。轉過一坳，岳雲綽起鐵錘，望王鐵兒當門打落。王鐵兒番身落馬，腦髓迸流，死在沙場。岳雲復兵殺出，兀朮大敗，引部下踰山逃走。岳飛收軍下寨，衆將各上其功，斬番將耳帶金環者一百七十五級，生擒女真渤海漢兒將士四十五人，奪獲輜重馬甲甚多。岳飛重賞將佐，下令邀擊虜寇，勿與之再來。

却說兀朮人馬折了大半〔一〕，疾忙便要渡江，忽前面征塵蔽天，一彪軍馬來到。兀朮驚嘆曰：「前有阻兵，後又追迫，皇天何滅吾之速也？」正欲自爲死計，早有數十哨卒近前，內有認得是自家人馬，兀朮乃安。遣人探之，乃金撻懶聽知兀朮戰敗，自濰州遣孛堇太一引一萬胡兵特來救援，不想在此相遇。兀朮見了孛堇太一，訴前後與宋將交兵失利，辭語悲憤，衆人莫不動容。孛堇太一曰：「韓世忠、岳飛鋒不可當，莫若出龍灣趨淮西而去。」兀朮曰：「江中進雲中，道路無阻。若趨淮西而去，各處宋兵邀截，幾時能達燕地？不如復引兵北渡，循建康而去，庶可前也。」孛堇阿赤曰：「世忠恃其武勇，我衆屢戰不利，今日人懷內懼，孰肯捨死交戰。」兀朮曰：「勝敗兵家之常，豈可逆料？今日與若等倍加用心，歸到金國，應受上賞。」衆番將只得進黃天蕩屯扎。

韓世忠聽知兀朮復欲渡江北去，即操練將士隄防。時兀朮將兵分作南北安營，太一軍屯江北，兀朮軍屯江南。世忠分付部下：「兀朮此來，志在死鬭〔二〕，諸將若遇示敵，彼敗不可遠追，彼勝四面救援，緩緩困之，待彼食盡，一戰可破矣。」諸將皆曰：「敢不如將軍號令。」於是，世忠喚過蘇勝曰：「與爾二千健卒，以海

〔一〕自「折了大半」至下回標目「岳統制楚州解圍」原缺，據三台館本補。

〔二〕「鬭」，三台館本原作「閫」，據雙峰堂萬卷樓本改。

艦進泊金山下，預備鐵練數百條，每條貫大鈎于上，待兀朮舟進，可引健卒出其背，每縋一綆，將其舟曳沉之。」蘇勝領計而去。又喚霍武曰：「爾領兵三千，埋伏江北岸，俟金兵交戰出，襲其營寨。」霍武領兵埋伏去了。世忠分撥已定。

次日，兀朮鼓譟而出。江中韓世忠擺開戰船，分海舟爲兩路攻擊。只見金兵漫江填岸，鳴金桴鼓來到。宋軍江上船如箭發，與兀朮鏖戰中流。蘇勝引二千軍，將鐵練放連江中，大鈎順撞着戰舟，便搭住不行。胡兵船重者，湍流滚入船内，船遇水滿即沉溺。番將慌亂，各跳上北岸奔走，墜落水中死者甚衆。蘇勝乘勢掩殺，兀朮又大敗，棄舟走回黄天蕩。霍武截出，又殺一陣，奪其軍器旗鼓之類無數。自是虜寇喪膽，再不敢出戰。兀朮窮蹙，引孛堇太一等隔江遥謂世忠曰：「君豈不聞『天時不如地利，地利不如人和』？吾初到鎮江，即以厚禮相遺，本以中國與金朝兄弟之邦，吾與將軍亦有同寅之義。何故相逼，屢窘吾軍，結成深隙耶？將軍收回大軍，偃旗息鼓，使吾得歸雲中，足見將軍恩義兼盡矣。」世忠曰：「欲待收回人馬，放爾等渡江，還我兩宫，復我疆土，則可以相全。不然，今日之事乃王事也，肯容私乎？」兀朮語塞。孛堇太一曰：「將軍休恁的小覷吾衆，以謂無寸鐵在身乎？果不容渡江，亦在死戰，以決雌雄耳。」世忠聽其言不遜，引弓欲射之。兀朮見勢不敵，引軍亟馳去。回顧世忠海舟乘風使篷，往來如飛，謂部下曰：「南軍使船如使馬，豈奈彼何哉。」孛堇太一勸兀朮出重金募破海舟之人，兀朮從之。且聽下回分解。

岳統制楚州解圍

却說兀朮以重金募有能破海舟者，許以高爵。忽有閩人姓王者入見兀朮，曰：「某有策可破海舟，使世忠一籌莫展，將軍穩出鎮江也。」兀朮見其人循循如書生，言有此奇謀，矍然曰：「足下有何高見？願聞其詳。」其人曰：「今將軍之船輕浮不穩，一觸巨浪，必致翻溺，人且不可保，尚望克敵哉？所用戰船必須多載實土，上以平板鋪之，則行之穩重，冗船板以擢槳，俟風息則出，有風則勿出，海舟無風不可動也。且以火箭射其箬篷，則不攻自破矣。」兀朮大喜曰：「此天助吾成功也。」重賞其人，下令將戰船俱依裝點，分付衆人多造火箭及乾燥之物，準備火攻。正值秋末冬初，雲霽天開，兀朮與部下殺白馬祭天。

是日風恬浪靜，兀朮將人馬分作三隊，乘小舟出江。韓世忠引兵絕流擊之。海舟無風不能動，而舟上五纜皆斜。蘇勝見舟不行，急欲撑入海口。胡兵前後漫江而來，霍武大叫曰：「風色失利，將軍可登小舟。」世忠即砍下舟纜，登小舟迎敵。兀朮令善射者以火箭射入海舟，五纜皆自焚，煙焰蔽天，惹着蘆葦乾燥之物，海舟火勢迸烈，滿江通紅。兀朮乘勝殺出，胡兵拚死爭先，莫不一當百，宋軍大潰，溺死者不可勝數。蘇勝一軍殺到，保定世忠下了小舟。兀朮一箭矢來，正中蘇勝左脇，墜落江中。孛堇太一驅後隊夾攻，霍武死戰，救了世忠，奔還鎮江。兀朮大衆遂濟江屯六合縣。是役也，世忠以八千人拒兀朮十萬之衆，凡四十八日而敗。然金人自是亦不敢復渡江矣。後人有詩云：

胡騎南來帝輦遷，孤臣罄志欲回天。
中原士馬迷紅道，江上旌旗拂紫煙。
兀朮勢窘兵刃折，英雄氣壯海舟連。
誰知識破閩人策，百戰功勞付枉然。

却說兀朮既濟江離六合，恐宋兵追襲，引本部人馬連夜趨建康，剽掠城中一空，放火燒了倉庫，與漢兒反臣李稅、守臣陳邦光、宣撫使杜充，自靜安鎮靜安鎮在應天府東北渡宣化而去。岳飛知之，分兵前後邀擊，大敗之，金兵溺水死者不可勝數，搶去物件委棄于岸者山積。岳飛遂引兵入建康，安撫人民，修葺官府衙門，遣人四下搜索虜寇，並無遺留一騎在城。次日，岳飛拜謁于五岳廟，因作《盟記》題寫于壁間云。記曰：

自中原板蕩，夷狄交侵，余發憤河朔，起自相臺，總髮從軍，歷二百餘戰。雖未能遠入夷荒，洗蕩巢穴，亦且快國讎之萬一。今又提一旅孤軍，振起宜興，建康之城，一鼓敗虜，恨未能使匹馬不回耳。故且養兵休卒，畜鋭待敵，嗣當激厲士卒，功期再戰。北踰沙漠，蹀血虜廷，盡屠夷種，迎二聖歸京闕，取故地上板圖。朝廷無虞，主上奠枕，余之願也。河朔岳飛題。

岳飛既復建康，遣使齎表押解女真渤海兒金將共五十餘名，送往行在，使人到越州進上岳飛表章。表曰：

武德大夫〔一〕臣岳飛上言：臣今看得建康，實爲國家形勝要害之地，當選精兵固守。今張浚欲使臣守

〔一〕原作「武得大夫」，據雙峰堂萬卷樓本改。三台館本作「武略大夫」。

禦鄱陽，以備虜寇之擾江東、江西者。臣以爲虜寇若是渡江，必先侵浙東、浙西之地，其江東、江西地方偏僻，虜人亦恐重兵截其歸路，此江之東、西非虜所向也。伏乞加兵與臣，前去守淮，謹護建康腹心之地，而可恢復中原，臣不勝感激之至，謹言。

高宗覽表，嘉納其言，及詢問解來虜將二聖消息，皆言：「近日有人傳來說道，金主徙二帝離五國城，去金東北有千里遠，其地喚作鶻里改路。」彼時洪皓自雲中密遣人奏書，以桃、栗、梨、麪等獻二帝于五國城，始知康王即位焉。高宗聞之，慟哀不已。仍遣使命送鎧甲一百付、金帶一條、錦袍一領，賞賜岳飛，及手詔令征勦叛將戚方時戚方陷廣德軍。詔下，岳飛即點集三千人馬，望廣德進發，前抵苦竹嶺地名扎營。

且說賊首戚方已差賊黨守把官橋，阻截官軍來路。岳飛人馬到官橋，聽知有賊守把，矢着一根箭於橋柱，遂下令領回人馬。守橋賊衆見橋柱矢箭一枝，扯下送與戚方。戚方見了大驚，知是岳飛人馬來到，即與其黨逃離官橋。哨軍報知岳飛道：「戚方聞統制軍到，連夜逃去。」岳飛遣手將傅廣領兵追之。傅廣得令，即引二千人馬來追戚方。戚方正走之間，望見後面征塵蕩起，知有軍馬來趕，令手下探追將是誰，哨卒回報：「乃岳飛部將傅廣。」戚方喜曰：「不足畏也。」勒回馬，整衆以待。傅廣近前罵曰：「賊奴休走。」戚方更不打話，挺鎗直奔傅廣。傅廣舉刀交還。二人戰上數合，傅廣力怯，撥回馬便走，部下大亂，戚方驅衆掩殺。敗兵走報岳飛，岳飛大怒，自領精兵一萬前來策應，正遇傅廣被戚方追趕來到。岳飛一軍向前，戚方見是岳飛旗號，退走不迭。岳飛下令：「不要走了此賊。」衆人盡力追逼。戚方生路將盡，恐被岳飛所殺，正遇朝廷差着江淮路招討使張俊來與岳飛會兵，方即棄了賊衆，潛逃投拜張俊，乞救性命。張俊曰：「爾爲岳統制將，何故又叛？」方曰：「小人一時感亂叛去，今後願立功贖過，補報朝廷。再不敢如是也。」俊曰：「吾見岳統制爲與解說。」遂納之。

次日，大軍與岳飛相會，二人握手甚歡，各訴款曲，俊設酒禮待岳飛。正飲之間，張俊令戚方來拜見岳飛。戚方拜畢，跪在階前，痛哭乞命。岳飛大怒，喝之使退。張俊見岳飛怒，不敢解，起身捧酒勸飛曰：「國家用人之際，統制看下官分〔一〕上饒他此一次。」岳飛起謂曰：「招討鈞命不敢不從，只是他跟我在建康時，無故背了朝廷反將出去，聚衆剽掠村落。我曾再三使人勸他攄忠報國，勿爲賊盜偷生，他全不聽信，恣意放肆，搶奪州縣。然後朝廷差人齎榜前去招諭，彼亦拒命不降。此賊處心不忠，難與別賊比。昔我在廣德與虜對敵之際，他暗射吾一箭，即今不令人知，藏之囊中，待彼有逆意必令折之以就戮，今日果然。」即令人取過箭，付與張俊。看的有戚方名字〔二〕，俊曰：「汝既叛主將，復爲盜賊，罪不容逭矣。」又謂飛曰：「請統制依軍令發落。」飛曰：「非某不從尊命，第軍中若留一戚方，則衆軍皆視以爲例，故方尊命。」于是，岳飛叱左右推出戚方斬之。不移時獻上戚方首級，岳飛且分付衆軍曰：「汝等各宜奮力盡心，以圖報效，毋學戚方，致有今之禍。」衆軍喏喏連聲：「願從統制鈞旨。」忽報金兵圍楚州，高宗降手詔，命岳飛即日起兵解楚州圍。岳飛既得手詔，即與張俊相別。且看後來如何。

〔一〕「官分」，原殘破，據雙峰堂萬卷樓本補。

〔二〕自「名字」至回末「且看後來如何」原缺，據雙峰堂萬卷樓本補。

新刊大宋中興通俗演義卷之四

起建炎四年庚戌歲
止紹興四年甲寅歲
首尾共五年事實
按實史節目

劉子羽議守四川

建炎四年秋八月，高宗既命岳飛解楚州之圍，岳飛承詔，即領本部人馬起程望楚州進。正值金風驟起，鼓角悲鳴，岳飛大隊人馬抵泰州界，將朝廷所賜衣甲各關與將士，遣人探聽楚州消息。哨馬回報：「日前鎮撫使趙立與金兵交戰，趙立被殺死，勢已危矣。」岳飛大驚，即促兵救應。

金撻懶正在攻城，遥見前面旌旗蔽日，戈戟横空，知的宋軍有人來救援，即下令衆人擺開待之。岳飛部將王貴、傅廣分左、右翼殺來，番將高太保急出迎敵。兩下渾戰，高太保使一隻流星鎚，放無虚落，正門間，賣陣便走。傅廣不捨，一直趕去。未及百步，高太保勒住馬放出流星鎚，望傅廣面門打來，傅廣眼快躲過，正中左臂，負痛墜落馬下。金兵正待向前，中陣岳飛一軍已到，大叫：「臊羯奴慢來。」高太保拍馬復戰岳飛。岳飛抖搜威風，舉鎗來抵。未數合，虜將力怯，措手不及，被岳飛一鎗刺透咽喉而死。宋軍救了傅廣，王貴催動後隊殺入金營。撻懶見宋軍勇猛，彼衆失利，連忙退走於泰州。岳飛引軍入楚州城，安撫人民。

楚州圍已解，殺死大將高太保，生擒虜將阿主孛堇并里真、阿主里及白打里等七十餘人，差人押送行在所。高宗甚喜，頒詔奬諭岳飛。詔曰：

敕：岳飛節義忠勇，無愧古人。所至不擾，民不知有兵也。所向必克，寇始畏其威也。朕甚嘉焉。方今國步艱難，非卿等，朕孰與圖復中土者耶？奈何江表尚多遺寇，卿可竭力措置，擒獲必期淨盡，無使越境，爲朕之憂。姑賜卿金注椀一付、盞十隻，聊以示永懷也。故敕。建炎四年八月日付岳飛。

岳飛承詔，望帝闕謝恩畢，與天使正在陪話間，只見報到：「江東宣撫使劉光世領兵出泰州來策應，正遇金撻懶人馬，遣偏將王滿德於半路邀擊之，屢戰屢勝，金兵退去。」岳飛具本奏聞。高宗覽表，復差人賫敕與岳飛。岳飛拜而受之。詔曰：

敕：近據劉光世差王滿德等協率軍馬，過江之後，屢奏戰捷，殺獲金人甚多。賊寇久駐江淮，即漸抽退。其未去者數雖未多，若不乘勢勦除，終作腹心之患。當國步艱難之際，正諸將立功報國之秋也。岳飛奮命許國，忠勞甚著，朕嘗嘉之。今可與劉光世所遣將王滿德等協並進往衛州等處，殺伐金賊，期於勦撲，當議不次推賞。故敕。建炎四年八月日付岳飛。

却說金撻懶數十萬人馬，被岳飛、劉光世前後截殺，折去了大半，亟引殘衆趨延安與婁室相合，取了保安軍逕出富平富平，縣名，屬陝西而來，鋒刃精鋭，兵勢復振。消息傳入秦州，張浚知之，檄召熙河劉錫、秦鳳孫偓、涇原劉錡、環慶趙哲四路經略使及吳玠之兵合四十萬，以劉錫爲統帥，迎敵決戰。前軍統制王彦諫曰：「陝西兵將上下之情皆未相通，若少不利，則五路俱失，不如且屯利、閬、興、洋利、閬、興、洋，四州名以固根本。敵人入境則檄五路之兵來援，萬一不勝，未大失也。」浚不從。劉子羽亦力言：「敵〔一〕人尚未深入，而先動四路之兵，倘衆心不一致，失機會則方鎮諸〔二〕人解躰，關陝未可保也。」浚曰：「吾寧不知此？顧東

〔一〕「敵」，原殘破，據雙峰堂萬卷樓本補。
〔二〕「方鎮諸」，原殘破，據雙峰堂萬卷樓本補。

南事方急，不得不爲是耳。」吳玠、郭浩皆曰：「敵鋒方銳，宜各守要害，俟其兵弊而乘之。彼不暇爲謀，一戰可以成功。」浚亦不聽，遂進兵于富平。時劉錫、孫偓等各引兵來到，張浚大開牙帳，集諸將議戰。玠曰：「兵以利動，今地勢不利，未見其可，宜擇高阜據之，以備敵人深入。」諸將皆曰：「我衆彼寡，又前阻葦澤，敵有騎亦不能施，何用更徙他處？」趙哲曰：「金虜未深入，欲延遲以挫吾軍鋭氣。明公當鼓噪迎敵，勿成敵人之謀。」張浚曰：「趙哲之言是也。即遣其引本部人馬屯澤口地名，截虜寇來路，切須用力戰守，若爾一路有失，則吾軍皆休矣。」趙哲領兵去了。又令劉錡引精騎出富平，撓撻懶寨柵，統帥劉錫爲先鋒。張浚分遣已定，衆人各依令而行。

却説金撻懶與婁室等聽知宋軍會合，出富平邀戰，自相謀曰：「宋兵遠集，利在急戰，可將人馬分作兩處，一從富平迎敵，一從澤口攻擊，宋軍前後救援不及，必勝之道也。」婁室曰：「此計正合我意。」遂與撻懶分作兩路而進。

且説撻懶一支軍馬逕從富平隘口，盡是蘆葦亂草水濕之地，不堪前進。左邊山勢峻險，虜寇恐有埋伏，悄悄而進。令衆人砍下柴木，帶葉囊土，籍淖平行。將近宋壁，嚴整隊伍，多張旗幟，金鼓大作。前鋒劉錫見虜兵薄諸營，即引本部人馬抵敵。金撻懶身披銅鎧，手執金鎗，一匹馬直衝過來。劉錫舞刀交還。二人戰上數合，只見虜騎四下併擊，劉錫與之力戰不能取勝。右壁軍劉錡策馬來應，撻懶部將撒里麼哥舉鎗接住劉錡交鋒。劉錡揮動步騎，鼓勇爭先，在軍中左右衝突，殺死金兵頗多，與撒里麼哥鏖戰數十合，勝敗未分。忽報：「澤口金兵以鐵騎二萬直擣趙哲寨柵，趙哲軍潰，胡兵捲地殺來。」劉錡大驚，棄了番將，部一支軍殺奔澤口來援。壁壘已爲敵人所破，趙哲先自離伍逃走。劉錡復殺出。比及吳玠知之，亦部兵來到，將校望見塵起，遂驚而遁。劉錫見諸軍皆潰，不敢戀戰，亦自逃回中軍中軍，劉錫寨壁也。虜衆縱火燒劫寨柵，南軍大敗，焚去輜重衣甲不可勝計。婁室乘勢追殺，劉錡與吳玠爲後殿，抵住追兵，因是衆軍保全而回。張浚聞諸軍失利，嘆曰：「悔不聽王彦等之言，致有喪敗，吾之咎也。」金兵自富平之捷，兵勢愈壯，關陝大震。張浚恐敵人深入，復引衆退保秦州。張浚召趙哲入，責之曰：「吾令汝守澤口，乃吾軍之本也，領此重任，遇敵人而先部下逃走，致今敗兵失地，皆汝之過。」叱左右推出斬訖，獻頭於階下。又喚劉錫曰：「爾爲統軍，如何不前後救援？致有疏失，罪同趙哲。」令斬之以正軍法。劉錫曰：「某自領兵與敵人死戰，虜寇作二路而進，比知賊擊哲營，又被金兵衝殺。恐失中軍，急回保守，非錫之不救也。」浚怒不解，免其誅而安置于合州合州在重慶府城北。下令命諸將各還本路，遣人上書待罪。帝手詔慰勉之。詔下秦州，張浚見上不允其請，因命吳玠守和尚原，自引親兵退守興州。時浚輜重焚棄，將士散亡，惟親兵千餘以隨，人情大沮。或請浚曰：「興州險阻，敵人未敢深入，莫若徙治夔州參軍事，庶便戰鬥。」劉子羽叱之曰：「孺子可斬也。四川全盛，敵人欲入寇久矣，直以川右有鐵山棧道之險鐵山棧道皆在漢中府東北，未敢遽窺。倘今不堅守，縱使深入，而吾僻處夔峽，遂與關中聲援不聞，進退失計，悔將何及？今幸敵方肆掠，未逼近郡，宣司但當留駐興州，外繫關中之望，内安全蜀之心，急遣官屬出關，呼召諸將，收集散亡，分布隘險，堅壁固壘，觀釁而動，庶可以補前愆耳。何以徙夔州以爲退縮之計哉？」張浚然其言，謂子羽曰：「只軍中無敢出關以收集衆者。」子羽曰：「身任國事，寧自惜哉？子羽願往召之。」浚大喜，即遣子羽行。子羽乃單騎至秦州，召諸亡將。時諸將不知宣司所在，及聞子羽至，大喜，悉以其衆來會，凡十餘萬人，軍勢復振。子羽因請吳玠扼險于鳳翔大散關，以斷敵之來路，關師古聚熙河兵屯岷州大潭大潭，縣名，孫偓、賈世方聚涇原、鳳翔兵于階、成、鳳三州以固蜀口，浚皆從之。

却說撻懶知浚召集諸將于險隘守把，難以前進，與衆議曰：「川蜀棧道峻聳，今四下俱有軍把，倘延留日久，川兵乘虛襲之，何以爲計耶？」衆人皆曰：「若宋軍扼此不出，後有岳家軍馬，進退失利，吾等決難保矣。」撻懶甚恐。忽參軍秦檜見撻懶憂惶無措，大笑曰：「元帥初出雲中何其勇也，今日又何怯乎？吾有一計，可使宋朝人馬盡遭荼毒，金國皇帝能一匡天下耳。」撻懶聞秦檜之言，拱手稱服，曰：「閣下有何計能致此撥天關本事？吾當奏知金主，重爾封爵而報也。」秦檜密謂：「雖令左右皆退，可以陳之。」撻懶即屏去衆人各出帳外，延檜入後軍問之。檜曰：「欲破人之家國者，必先內攻，而後外人得以施其謀，猶毒人先戕其五臟，五臟絕而後大命隨之也。我初五人入使金國，重感金主不殺之恩，初，秦檜爲宋御史中丞，與何㮚、孔傳等五人同使金國，皆被拘執。其四人皆不食而死，獨檜降之，金太宗着令事副元帥撻懶。撻懶任用秦檜爲心腹，四太子兀朮與撻懶南征楚州時，以檜爲參軍，計議軍事隨行。誓以死報，第恨無由耳。如元帥肯放檜歸於本朝，但是那裏有的消息，便先暗暗說將來，使這裏預先知道。這裏有事若傳將去，都奏依行。那時衆將欲邀功者，吾竟阻之，必使爾國坦入中原無慮也。」撻懶聽之，半晌乃曰：「爾的有此心否？」秦檜恐其疑彼欲脫身之術，曰：「吾本傾心以報金國保全一家之恩，豈有虛意？如元帥致疑，則事不就緒矣。」撻懶曰：「於是，可留君妻孥爲質，庶可憑信。」秦檜笑曰：「胡人恁的不曉道理，若拘吾妻孥，宋人決知吾回自金國必與爾處通謀也。正宜與妻屬等同歸，取信本朝君臣，待吾立脚已定，然後自可施展。」撻懶大喜曰：「君若幹得事而回，吾當奏金主以中原三分之一以封君。」檜曰：「只待要成得秦某此一場大功，非敢望報。」即日辭了撻懶，帶妻屬等一行人還到越州，詣行在所求見高宗。

時建炎四年冬十月也。高宗有旨，着令秦檜先見衆官員，根問回來緣由。秦檜對曰：「金國使人監我在沙漠之地，被我一夜將監守人殺了，方纔得脱，走到海邊，奪船就從海上走到此間。」衆官聽了各有疑，謂：「其既與何㮚等五人皆被金人起發北去，今如何止有秦檜一家獨還？况燕京到此有二千八百餘里，如何過黄河、出海口都無一處巡海官軍拿住？便是金國縱放他回，亦當留其妻小爲質，豈得與妻孥同行？察其情由，必受敵人之計。」高宗亦疑之。右僕射范宗尹、樞密使李回二人曾與秦檜交好，於高宗前立薦：「秦檜以前曾與金家爭存趙氏，勿立異姓，因此有忤於粘罕，把他一家起發北去，其實盡忠於宋也。」高宗信之，引檜入内殿，問二帝及母后消息。秦檜奏曰：「建炎二年八月，二帝到金國上京。建炎四年七月，二帝徙五國城，離金國上京往東北去有一千里遠。已説，見前。九月，太后鄭氏崩於五國城。二帝及太后韋氏、皇后邢氏聖躰皆安。」高宗聞奏，龍颜大悦。又問秦檜曰：「即今如何便得天下安寧？」檜奏曰：「若要天下安妥，須當南自南、北自北，兩國息兵講求和好，自得寧息。非惟天下無事，且得聖父、聖母、皇后車駕北還矣。」高宗爲人懦有餘而剛果不足，聽得秦檜奏講求和好得車駕回朝，即賜宴内廷，甚禮敬之。是夜，高宗喜而不寐。次日早朝，謂群臣曰：「秦檜忠義誠然過於别人，朕今日又得一佳士也。」因封檜爲禮部尚書。

評曰：那時爲頭差人與金國講和者，一邊雖與他講和，一邊選任將帥、調取人馬屯守邊境，伺便擊之，還有克復中原之意。自秦檜回來，首倡和議，專與金國解釋舊日之讎，取回邊上征進人馬。抛棄中原與虜者，實由秦檜所謀也。

話分兩頭。却說大金皇帝與衆臣議欲立宋之異姓有名望者爲中原主，以鎮南羌，似立宋大臣張邦昌故事。時兀朮北還，乃與大太子粘罕奏曰：「欲立異姓爲中原主，推之宋臣中間，皆不足以當此任。惟濟南府知府劉豫，其人有意爲我大金，若立此人，足爲江南藩障也。」時劉豫盡將金寶買求副元帥撻懶，撻懶爲之轉知四太子兀朮，故有是命。太宗允其奏，遂差人齎金冊玉璽來。立劉豫爲子皇帝，置都東平府，號大齊，改年號爲章昌元年，以舊河爲界。立妾趙氏爲皇后。封張孝純爲丞相，李孝揚爲左丞相，張東爲右丞相，王瓊爲汴京留守，開設衙門，選任百官。其子劉麟爲提鎮諸路兵馬大元帥。

消息傳入越州，高宗聞知金國冊立劉豫爲中原主，謂侍臣曰：「朕自元懿太子卒後尚未有後。劉豫異姓，金人因而立之，是使中原有二天子也。朕聞此事，實重感然。」右僕射范宗尹曰：「陛下之念及此，社稷之福也。金人所謀，正欲立異姓而梗趙氏。陛下宜建太子，期永宋祚矣。」帝曰：「太祖以神武定天下，子孫不得享之，遭時多艱，零落可憫。朕若不法仁宗爲天下計，何以慰在天之靈？」於是詔知南外宗正事，令廣選太祖後，將育宮中。因是上虞縣丞婁寅亮上書，乞選太祖後以備儲嗣。書曰：

先正有太祖舍其子而立弟，此天下之大公。周王薨，章聖取宗室育之宮中，此天下之大慮。仁宗感悟其說，詔英宗入繼大統。文子文孫，宜君宜王。遭罹變故，不斷如帶。今有天下者，獨陛下一人而已。屬者椒寢未繁，前星不耀，孤立無助，有識寒心，天其或者深戒陛下追念祖宗公心長慮之所及乎。崇寧以來，諛臣進說，獨推濮王子孫以爲近屬，餘皆與之同姓。遂使昌陵之後，寂寥無聞，僅同民庶，藝祖在上，莫肯顧歆，此金人所以未悔禍也。望陛下選太祖諸孫有賢德者，視秩親王，俾牧九州，以待皇嗣之生，退處藩服，庶幾上慰在天之靈，下繫人心之望。

書奏，高宗讀之大感嘆，以示衆廷臣。左僕射趙鼎奏曰：「寅亮所陳，見理極到，陛下正須從之。」再遣人以詔令張浚益增關陝戍兵，絶虜寇來路；岳飛屯荆、襄，以孤劉豫之勢。此萬全策也。」帝允奏，下詔選秦王德芳五世孫子偁之子伯宗，命張婕妤婕妤，婦官也鞠養之。親王分牧諸鎮。仍下詔興、洪二處，以示張浚、岳飛。

時張浚因金人破福津、蹂同谷以迫興州，聞帝命下，遂遣張深、劉子羽趨益昌益昌，福津縣名以備金兵。自率所部退守閬州，遣人往萬安軍召還曲端浚自富平之敗乃思端言，故召之，稍復其官，將任用之。王庶〔一〕從而間之曰：「曲端恃勇自驕，宣司若倚重之，必不保終矣。」浚曰：「曲端亦明兵事，吾悔不用其策，致有富平之役，豈可久置于外。」遂不聽庶言。庶退以見吴玠，曰：「宣司欲專任端，君以爲如何？」玠曰：「端深刻矜傲，昔與吾同戰興元，彼以功自歸，恨尚未消。候宣司出視事，當以言沮之。」王庶曰：「吾之事，君足知矣。王庶被其所逐，故恨，欲報之。來日見宣司，亦雖説明。」二人商議已定。次早，吴玠寫「曲端謀反」四字于手心，浚出視事畢，吴玠舉以示浚，且曰：「此語出曲端心腹人張廣説知，以玠揣度，端爲人的有是意也。」浚哄曰：「端志吾知久矣。常察其行，曾許忠於國，豈有此？君休聽謠言自惑。」玠曰：「彼恨宣司劾奏被置于外，故叛。安得無之？」王庶力前説曰：「曲端逆情已曾顯露，宣司不信，嘗作詩有斥乘輿意，道『不向關中興事業，却來江上泛漁舟』。證之此語，足知其爲人矣。」浚素知王庶與曲端不可並立，且不倚恃吴玠爲用，乃遣人送曲端于恭州獄，候審問發落。曲端無以自明，只得銜冤〔二〕就獄。且看如何。

〔一〕「王庶」，原作「王彦」，據下文「遂不聽庶言」可知「彦」爲「庶」之訛。

〔二〕「冤」，原作「之」，據雙峰堂萬卷樓本改。

兀朮兵寇和尚原

有武臣康隨者，嘗以事忤曲端，曲端怒鞭其背，康隨深恨之。王庶知康隨欲報端讎，只未得機會，因復譖端於浚曰：「曲端若不早除，恐縱虎自遺患也。」因薦康隨提點恭州刑獄鞫審之。浚從其請。

却說曲端在獄中聞浚以康隨爲恭州提點刑獄，仰首嘆曰：「康隨若來，吾其死矣。」未數日，隨至恭州，將有罪之人一一鞫問過，至於曲端，命獄吏將重刑拷掠，令其招出反情。獄吏取過重刑加之，曲端無一撓辭，隨怒曰：「不怕爾不招。」仍令獄卒苦拷之。時端兩腿皮開肉綻，鮮血迸流，終是不肯自招，惟高聲呼曰：「皇天后土，可鑒此心。」隨見不招，欲致之死地，令人縶維端，以紙糊其口，脅之以火。端口乾渴，亟求水飲。康隨竟與之酒，端飲下，受結不過，大叫一聲，七孔流血而死。陝西士大夫聞端死，以其屢立大功，死非其罪，莫不痛惜之。軍士悵恨有反去者。曲端已死于恭州獄，張浚聞之，嘆息不已，亦深追悔信讒而陷其死，只是不正出言，因問自恭州來者：「曲端死，曾有何言？」來人道：「端並不肯招反逆情由，唯指天自誓。」并將康隨苦拷之事一一告知。浚怒曰：「康隨何等人，敢專重刑？」即令將校執隨杖殺之。吴玠自知與庶力執端罪，恐禍及己，因請出屯和尚原以備金人。

時報兀朮軍馬大隊出興元府，浚即遣玠行。玠引衆立營於和尚原東壁，積粟繕兵，列柵爲死守計。部將安雄曰：「原上芻糧不充，且又士卒新集，莫若退屯漢中，以就其儲積，撫養餘衆，此以逸待勞之策也。」玠曰：「我與若等保此，敵決不敢越我而進。堅壁臨之，彼懼吾躡其後，是所以保蜀也。糧食雖不繼，鳳翔民耕獲者衆，身已屈於金而心必不服也。若以恩義結之，彼自有報效矣。」因遣雄出關抵鳳翔，告以張宣司恩德，并以重物遺惠之，使其預通敵人消息。雄逕出鳳翔界上，告知欲與金人放對，以玠所遺分惠衆人，鳳翔民皆大悅，曰：「我曹皆宋民也，逼於虜勢不得已而降之，自是朝廷音問不通，鳳翔民不復知宣司用兵矣。今有吴將軍不棄於我，若等必當以死報也。」雄各盡誠慰諭，仍令：探聽金人虛實，密傳將來與吾預作持備。衆人皆領諾，相與夜送芻糧助之，將有二千餘斛。雄密地帶回，見吴玠，説鳳翔之衆各願報效。玠得許多糧料，甚喜，遣人齎銀帛賞之，鳳翔民益歡，輸增芻粟者愈多。金人聞知大怒，埋伏軍馬于渭河，待鳳翔民輸芻糧過者邀殺之。且出令禁其保伍，不得私越渭河。許各相首，如一家得罪，連坐保伍。然民感玠恩惠，冒禁如故。兀朮恐宋軍因鳳翔民知其虛實，遂遣金將沒立部兵自鳳翔進，烏魯折合引兵自階成出散關，約日會于和尚原，不得有誤。二人領兵去了。兀朮自以大軍從隘道進發。

且説烏魯折合部領二萬人馬，先期到和尚原，金鼓喧天，列陣於北山索戰。哨馬報知吴玠，玠着諸將預備迎敵。先喚安雄分付：「虜賊不知路徑，爾領一支軍從北山抄出，以襲金人之後。遣湯威出營示兵誘入山峪中，吾自從傍擊之。」二人各帶軍出了和尚原。

却説湯威引五千軍搖旗納喊呼戰，金將烏魯折合拍馬向前來戰湯威。二馬相交，戰不數合，湯威詐敗退走。烏魯折合趕將來，北軍掩至。未數里，山峪中鼓聲震響，從傍一彪軍馬截出，爲首一員猛將，濃眉大眼，虎臂熊腰，乃川中保障吴玠也，大喝：「臊奴賊，早下馬受吾快刀。」烏魯折合勒回馬來戰吴玠，吴玠綽刀交還。二將鬥了十合，湯威引兵復殺出，將虜兵圍在山峪中。金副將孛堇哈哩持鎗拍馬來鬥吴玠。吴玠揮起鋼刀，與孛堇哈哩戰未數合，連人帶項斬于馬下。烏魯折合見斬了副將，不敢戀戰，拚死衝出峪中。宋軍乘勢掩殺，金兵大敗。烏魯折合正走間，又遇安雄一支生力軍馬從後殺來。烏魯折合首尾受敵，落荒奔前亟走，路狹多石，馬不能行，乃捨其馬，與衆人踰山步走。宋軍奪得馬駝輜重不可勝數。烏魯折合引敗殘胡兵移砦黄牛黄牛，山名，在漢中府西南。吴玠與衆將議曰：「金人窘促，莫縱之與兀朮兵合，勢重難擊。金没立兵出鳳翔，方攻箭筈嶺箭筈嶺，在鳳翔府東北，安雄可領兵從間道而出。金人知烏魯折合戰敗，又聞吾軍出箭筈嶺，必驚遁。爾可乘勢追之，奪其糧食。」再遣湯威引三百軍埋伏獅子山，多張旗幟，設爲疑兵計，金人自不敢進也。二人領計去了。

却説金没立聽的烏魯折合失利，督胡兵急攻箭筈嶺。嶺上只有五千軍守把，金兵不能得過。忽半嶺金鼓齊鳴，喊聲大舉，没立正不知何處軍馬，見旗上書着「宋將安雄」，大驚，率胡兵前來抵敵。與安雄戰不兩合，嶺上五千精兵前後夾攻，没立大敗，棄箭筈嶺而走。安雄率兵追襲，遺下輜重衣甲無算，俱着令部下取回。没立引敗殘人馬欲與烏魯折合兵會，至獅子山口，見峪中旗幟無數，路傍草木叢雜，恐有埋伏，不敢前進，復退出隘道。

是時，金人自起海角，狃于常勝，及與吴玠交戰輒敗，哨馬報知兀朮，兀朮大怒曰：「不取和尚原，誓不回金國也。」乃下令會諸帥之兵，共有十餘萬，造浮梁，跨渭河，自寶雞結連珠營壘石爲城，沿途數十里烟火不絶，與吴玠夾澗相拒，遂進薄和尚原。吴玠聽知兀朮率十萬大兵水陸並進，與弟吴璘衆將等議曰：「兀朮被吾四下阻截，殺敗數陣，今懷憤會集人馬進薄和尚原，志在死鬥，你衆人有何妙策？」璘曰：「胡人所恃者，長刀駿騎。彼今深入蜀道，糧餉必載後軍。散闗山路險峻，不消五千人選，角弓勁弩埋伏兩道，候敵人逼近營柵，命諸軍分番迭射，縱他有數十萬精兵，亦難出也。任遣一二千健卒出和尚原東闗，焚其積聚，遇敵稍却，則以奇兵從旁攻擊，此必勝之道矣。」玠大喜曰：「弟言正合吾意。」即分付諸將各依計而行。吴玠分調以定，哨馬報：「兀朮在和尚原布列陣勢，欲與宋將誓決雌雄。」吳玠全身披掛，領八千精兵，開壁而出。對陣中兀朮金盔銀甲、紅錦戰袍，勒馬于門旗下，舉鞭言曰：「爾宋主皆失盟約，許吾貢物屢不進。至今統大兵來到，汝當束手歸降，乃敢抗拒，閉關攔阻。日前不知路徑，殺敗吾衆幾陣，今日定與爾拚個輸贏。」吳玠怒罵曰：「殺不盡死羯奴，今日休走。」拍馬提刀直取兀朮。兀朮舉鎗而出。兩騎交戰三十餘合，勝敗未分。背後沒立副將張漾飛馬挺鎗出陣，要來雙鬥。玠軍中吳璘倚住手中鎗，扯弓搭箭，正射中張漾面門，應弦落馬。沒立見張漾墜地，一匹馬跑出陣前。吳玠掙起威風，力戰兀朮二將，並無懼怯。正戰間，忽報：「後面煙焰蔽天，莫非宋人燒絕山峪歸路？」兀朮大驚。且聽下回分解。

韓世忠平定建州

却說兀朮聽的宋軍燒絕歸路，即分兵防救糧草。時近黄昏左側，晚風驟起，一時火遂發作，焚着山谷樹木，滿天通紅，延及金人糧草。番將斡離球領胡兵來救糧草，安雄一軍殺出，將金人衝作兩截，各不能相顧，爬山逃走。比及兀朮知後軍有失，勒回馬殺來救護，吴玠已驅動宋兵鼓勇爭先，金陣一動，隊伍紛亂。沒立、烏魯折合只保得兀朮逃走。正行間，人報：「糧草盡被宋軍所焚，前路燒絕棧道，不可前進，元帥速走渭河。」兀朮恰荒，即引衆人殺回渭河。吴玠引兵急追。兀朮走出和尚原二里，盡是峭壁。只聽得兩下一聲梆子響，山上五百弓弩手一齊放下箭來，兀朮身中二矢，即棄坐下馬而逃。沒立拚命殺向大路，一矢飛到，正中後頸，沒立墜馬而死。十萬大兵在此折了一半，僵屍數十里，委棄旗鼓衣甲之類填滿山峪。烏魯折合亟走至渭河，奪得馬匹與兀朮。浮梁已被宋將湯威盡行截斷，樹木流塞河中，金兵又不能渡。四下喊聲大震，霍武、吴璘傳令：「休得走了兀朮。」兀朮與烏魯折合上下無路，殘兵皆喪膽，只待要走，烏魯折合曰：「元帥亟去了頭盔鎧甲，鬄音替，亦作剃其鬚髯，使宋人難認，可脱此厄。」兀朮即拔所佩刀削去其鬚髯，復棄馬沿河與烏魯折合走出寶雞。將近一更末，前面火光迸天，一隊人馬攔路，兀朮嘆曰：「吾合休矣。」前軍不是别人，乃番將斡離球被宋軍殺敗，屯扎于此。兀朮心始安，與衆人出得寶雞縣，傳食飛鳳山下，仰面大慟。衆人曰：「元帥於天羅地網中已逃得出，何故悲慟？」兀朮曰：「吾自南侵始敗於鎮江之時，未有如此折衄，鬄鬚去袍，軍馬喪盡，深以爲愧也。」衆將皆勸：「勝敗不可必致，回至本國，復整人馬來取讎。」兀朮恐宋人追襲，連夜引衆回雲中去了。吳玠收軍，集諸將于和尚原。衆人各上其功，斬獲耳帶金環者三百級，降渤海漢兒二萬餘，掠得輜重芻糧積如山丘。

初，金人之至也，吳玠與璘以散卒數千駐原上，朝廷隔絕，人無固志，有欲謀劫玠兄弟北降者，玠知之，召諸將歃血誓盟，勉以忠義，皆感泣，願盡死力，故能成功焉。後人有詩云：

胡馬南來羯鼓諠，中原日以見摧殘。
羽書原上旌旗急，血戰關前日月寒。
畫角哀鳴金虜遁，凱歌聲奏蜀民安。
高宗不惑和戎策，二帝鑾輿竟可還。

吳玠探聽金人已出寶雞縣，退回雲中，乃遣湯威屯鳳翔，安雄守散關，弟吳璘屯箭筈嶺，以防兀朮復寇。差人以捷音詣奏行在。高宗覽奏，謂近臣曰：「川蜀道路遙越，聲勢不聞久矣。今吳玠以數千衆殺退金人十餘萬，關陝一路，朕無憂矣。」因下詔獎諭之。

時建州賊范汝爲作孽猖熾，辛企宗討之，官軍喪折。帝召衆臣議之。趙鼎曰：「知水戰者莫如韓世忠，陛下若召之進討，克服必矣。」高宗乃手敕召韓世忠助辛企宗討建州賊。韓世忠得旨於鎮江，即部領蘇勝蘇勝戰鎮〔一〕江，被金人矢落水中，而彼深知水性〔二〕，得不死、霍武等一萬人馬前抵建州，與衆人議曰：「建居閩嶺上流，若賊沿流而下，七郡皆血肉矣。」遂令蘇勝引兵乘舟出中流，自率步卒三萬出鳳凰山，水陸並進，直擣賊營。范汝爲引賊黨列營待之。韓世忠一軍先至，隊伍整肅。賊衆望見，不戰自亂。世忠乘勢殺過賊營，汝爲衆寡不敵，大敗，落荒而走。至半路，霍武一支人馬截出，大叫：「逆賊慢來。」揮起鋼刀，來戰汝爲。汝爲驚慌，措手不及，被霍武斬落馬下。衆人皆伏地請降，世忠下令：「休得殺之。」汝爲弟范岳、范吉見官軍精鋭，二人拚死殺奔溪口，渡舟逃走。忽上流蘇勝戰船衝來，將岳、吉舟打翻，賊黨溺死者甚衆。蘇勝搶入賊舟，將岳、吉擒上船來。韓世忠大軍已合，蘇勝押過岳、吉，世忠大怒，數其罪斬之，梟首號令。世忠既已平復劇賊，入建州城，以建民從賊已久，將盡誅之。李綱聞知，自福州馳見世忠，曰：「建民衆矣，如盡殺之，恐多及無辜。然事賊非其本心，屈於勢也，乞宣司憐之。」世忠大悟，與李綱議論終日，皆言：「中原淪於胡虜，比之靖康又不侔矣。」綱曰：「都閫之任有如宣司數人，不患金人再來，疆土亦可復矣。爭奈聖上不以興復爲意，忘其不共戴天之讎，專求講和，受無窮屈辱，使忠臣義士懷憤於外，良可慨也。」世忠曰：「提舉國之元臣，廣識施爲，可念生民之故，出而維持宋運可矣。」綱曰：「某雖處海隅，受先帝大恩，敢一日忘朝廷哉？第恨鬢鬚蒼白，不能復睹鑾輿北還。」即日辭世忠，復歸福州，世忠送出建城三十里方回。次日，世忠下令軍士駐城上莫下，聽民自相分別。居農者給以牛穀，爲商賈者弛廢也其征禁，脅以從賊者濫遣各去，獨取附賊者

〔一〕「蘇勝戰鎮」，原殘破，據三台館本補。

〔二〕「中而彼深知水性」，原殘破，據三台館本補。

誅之。建民感德再生，歡聲洋溢，合家爲立生祠。李綱離建州，由汀（州名）趨閩，過顯應廟題詩云：

不愁芒屨長南謫，滿願靈旗助北征。
酹徹一杯揩淚眼，煙雲何處是三京？

題畢，遣人詣建州以示世忠。世忠見詩意，嘆曰：「仁人君子遇顛沛流離之中，亦不忘乎君也。」世忠駐兵數日，遣人詣行在奏知克服范汝爲，因上書言李綱智識深遠，可以大用，請帝建都臨安數事。高宗聞世忠捷音到，曰：「雖古名將何以加。」下詔旌奬，仍令與岳飛進討江西、湖廣諸盜。允其舉薦〔一〕李綱，以綱爲湖廣宣撫使。帝召群臣議遷都臨安，呂頤浩曰：「臨安南望交、廣，北睨淮、浙，陛下正宜建都。其地民多魚鹽之利，以資士馬，足可以興復中原矣。」帝從之，即下詔遷都臨安。

高宗駕到臨安，陞府爲行宮，以秦檜參知政事。起居郎王居正奏曰：「秦檜初與臣論天下事甚銳，說中國人穿衣喫飯亦當常，說恢復中原不可忘也。此時臣心甚服其言。檜又謂：『若爲相數月，必聳動天下。』今既已居丞相位多時，全無一句言語說及恢復，施設不過如是，願陛下以臣所言問檜所行。」帝曰：「待檜入朝，朕當以卿言問之。」居正退出。秦檜聽得此消息，切齒恨之，遂背地貶居正出知婺州。數日，秦檜奏事便殿，帝問曰：「卿常言有兩件策可以聳動天下，未見施行，可與朕言之。」檜奏曰：「若是依臣兩策，天下可以息兵，聖父聖母可以回鑾。」帝欣然謂之曰：「卿當備細陳之。」檜曰：「今日天下不得安寧者，全在金虜常年舉兵南侵故也，未審是否？」帝曰：「果如卿言。」檜曰：「陛下若依臣二策，天下自然無事，二聖管取北還也。」

〔一〕「舉薦」，原漫漶不清，此據雙峰堂萬卷樓本。

帝曰：「如何行得如此，朕心之所望也。」檜曰：「天下干戈不息，只是金國與齊國爭人口耳。」帝曰：「何謂？」檜曰：「若是我這國中有黄河透迤，北人還金，中原人還劉豫，以大江險阻爲界，各守自家國土，則自然不起干戈相爭奪矣。」高宗聽畢，默然良久，謂檜曰：「若是依卿二策，南人還劉豫，北人還金虜，朕亦是北方人，將還誰家？」秦檜語塞。轉過殿中侍御史黄龜年糾劾：「秦檜職居相位，全無恢復中原之計，單只主與金國求和，且樹結奸黨，專秉國權，私地貶黜不從己者。伏望聖明除去奸邪之漸，不可容其長也。」高宗准其言，遂格去秦檜相位。且看後來如何。

劉豫建都汴梁城

話分兩頭。且説劉豫，大金既立爲大齊子皇帝，大金爲父皇帝，治中原陝西之地皆屬焉，都于東平府。劉豫與衆臣商議欲遷都汴梁。衆臣皆以汴梁昔乃建都之地，山川形勝宜爲大金藩鎮。豫大喜，即準備起行。有河南鎮撫使翟興聽的劉豫欲來汴梁建都，即部領五千人馬屯扎于鳳牛山，截其去路。劉豫車駕并官軍大隊正行間，人報：「鳳牛山有人阻攔，不能前進。」豫大驚，遣人躰探，回報：「乃河南鎮撫使翟興部兵守把。」豫曰：「翟興文武全材，不可與敵，只宜遣人誘之來降，許以王爵。」即遣人以書來見翟興。書曰：

書奉河南鎮撫使翟大閤下：自別颜數載風霜，與初年又有不同矣。君忠義之志，區聞知亦久。勢運如此，君觸明時務者，豈不識哉？近受冊爲齊位號，將建藩鎮於汴，君以重兵屯于鳳牛山，其意若何？如肯棄撫鎮之職，同歸金主，王位必進，決不君矢。肔書呈覆，謹待回音。

翟興看書畢，裂之擲地而罵曰：「逆賊背義降虜，今又敢以書惑吾哉。」叱令左右將持書人斬訖，即領本部人馬直出鳳牛山。人報知劉豫：「翟興將書扯裂，斬了差人，即日領人馬殺奔鳳牛山來。」劉豫大怒，擺開陣勢，自着黃金鎧甲，手執鋼刀，勒馬出向陣前。對陣中翟興見黃羅傘下一人横刀勒馬，知是劉豫，指定罵曰：「背國逆徒，食君之禄，不思報本，今日要往那里？」豫曰：「素與君無怨隙，吾自欲都汴京，與爾何預，苦來相逼？」興怒曰：「汴梁乃中原之咽喉，使爾賊得而都之，縱金人來路，侵大國封疆，我宋朝何時獲都太平？」言罷，反顧曰：「誰人出馬先誅此賊？」一人應聲而出，興視之，乃裨將楊偉，拍馬舞刀殺過陣來。對陣中劉麟挺鎗躍馬接住交鋒。兩下金鼓齊鳴，二人戰上二十合，劉麟力怯，撥回馬便走。翟興見楊偉贏了初陣，驅動人馬掩殺。劉豫落荒而走，部下大敗，殺死者甚衆。豫軍連退五十餘里，翟興得勝，收回人馬不追。

劉豫走至胡鎮地名，劉麟等隨後引敗兵來到，皆言翟興之軍勇奮，難以抵敵。有從事張汝弼曰：「楊偉近爲翟興副將，此人與吾舊相識，當以言動之，彼必來降，翟興亦可圖也。」豫曰：「若得來降，當重用之。」汝弼即辭劉豫，密密至鳳牛山來見楊偉。時楊偉與翟興分作兩營屯扎，防劉豫劫寨。人報知偉有故人相訪，偉令喚入。汝弼進，見了楊偉，大喜曰：「閣下近來無恙？」偉曰：「蒙福已獲清安。」即請汝弼入後營，分賓主坐定。汝弼曰：「夜間不必敘禮。」汝弼見他部下不在身傍，起以劉豫言告之曰：「豫以將軍英傑過人，令我來勸閣下納降，當以重任付君，必不爽信。」偉曰：「納降無妨，翟興爪牙皆在部下，倘知之追來，何以保全？」汝弼以口附偉耳道如此如此。偉曰：「君先行，吾隨後便至。」汝弼即出營回去。偉身藏短刀，逕入翟興營來。衆人見是楊偉，亦不防問。進入帳中，守帳者曰：「楊將軍夜入有何說？」偉曰：「有機密事報知。」直至床榻邊，興正待要問，楊偉掣出利刀刺殺之，割其首級以出，大叫曰：「翟興自恃其能，不以我爲意，今殺之以歸劉豫，願隨者同往。」部下知楊偉英勇，皆不敢動手。然興善撫其衆，在河南累年，軍少食乏而能激以忠義，士卒莫不自奮，金人畏之，諸陵力保無侵犯，時感其德者多，遂散去一半。偉攜翟興首級奔見劉豫。劉豫大喜，遂封楊偉爲兵馬副元帥。

次日，車駕過了鳳牛山，望汴京進發。不則數日，到了東京，冊尊父祖皆爲皇帝，安慰神主在宋朝太廟中。當日暴風大起，吹倒樹木，刮折旗竿，東京人家房屋盡皆震動，滿城官員百姓無不恐懼。這劉豫又使劉麟開設皇子府，籍民間壯丁十餘萬爲軍，屬皇子府管轄。將東、西兩京人家墳墓盡皆掘起，搜取賻葬之物。

庶民被其侵擾，莫能安生，愁苦不可勝言。有詩爲證：

滿野干戈處處屯，城墟村落不堪論。
因供寨木無桑柘，爲點鄉兵絕子孫。
甃砌毁殘唯是骨，田園荒盡尚科文。
誰憐雞犬皆星散，悍吏來鄉日打門。

却說岳飛駐兵洪州，得高宗詔命，與韓世忠進討江西、湖廣諸盜。時有曹成擁衆十餘萬，由江西歷湖湘攻破賀州、道州，殺死官軍無數。岳飛與衆議曰：「曹成劇盜也，不亟除之，必趨交、廣地界，爲害尤深。」即欲調兵征進。忽有詔至，封岳飛爲荆湖東路安撫都總管，權知潭州；又調廣東、廣西兩路峒丁刀弩手官軍士馬皆聽岳飛節制，會兵殺賊。又付與金字牌十面，黄旗十張，前去察探曹成，若肯受招則從其降，不可妄殺。岳飛承詔，謄録版牓，爰集軍馬，從洪州起行。時紹興元年夏四月也，軍士在途中，怎見的：

馬唧衰草樹林黑，兵遶灣溪村路斜。越山嶺，則有林間野鳥迎人語，叫道：「不如歸去麼。」更有一般凄切處，聲聲叫道：「行不動也，哥哥。」途中炎熱，行旅辛勤。

岳飛大隊人馬至衡州茶陵縣，將招諭文榜遣人四遠張掛，宣布朝廷好生之意，許其自首即貸其罪。曹成恃衆自强，不從朝廷招安。岳飛乃具表上聞。表曰：

親衛大夫、建州觀察使、神武副軍都統制權知潭州兼荆湖東路安撫都總管臣岳飛謹言：臣竊惟内寇不除，何以攘外？近郊多壘，何以服遠？比年群盜兢作，朝廷廣德，多使招安，故盜亦玩威不畏，力强則肆掠，力屈則就招。若不略加勦殺，蜂起之衆，未可遽殄。臣昨奉詔撫曹成之命，深爲陛下好生之意如此，爲臣子者患不能廣推行之，故先宣恩以期改行。今臣屢遣探報知，其賊衆已離道州進趨廣西。此寇所爲，未肯遽屈，意欲侵犯二廣，肆毒生靈。待其力盡勢窮，然後徐爲服降之計。臣今領兵進發，自彬州、桂陽以往，即行措置，用兵掩殺，務速除蕩，以安彼民。伏候進止，謹言。

貼黄：照對臣所統本軍官兵一萬二千人，除存留二千人吉州看守老小，并隨軍輜重火頭占用三千人外，實出戰只有七千人。吳全所統官兵二千人，除輜重火頭外，實出戰只有一千五百人。韓京所統官兵三千人，除留看寨輜重火頭外，實出戰只有一千人。吳錫下二千人，堪出戰只有一千人。張中彦人馬見在廣東未到。今來共計見有實出戰官兵一萬餘人，所有曹成賊寇僅十萬衆。臣已竭力措置外，伏望聖恩速令後援並進，庶使臣無反顧之憂，得濟其事。伏乞睿照。

岳飛大軍征進，糧草不充，即遣人於漕運使趙子璘處催督。趙子璘以爲未得朝廷指揮，不肯應付，差人回報岳飛。飛曰：「糧料一事，軍人大命所關，若不足，何以爲計？」乃具劄子上奏。具劄：

近奉聖旨，於漕運内撥米五千石應付大軍，臣與士卒，同被如天之賜。昨其差人催趲，人回：據運使趙子璘稱，未曾承得朝廷指揮，不肯應付。伏望聖恩行下諸路漕運，即依已降指揮裝發，庶得前往，以脩靜寇之職。謹具劄子奏聞，伏候敕旨。

使臣齎表於行在，高宗覽表大怒，復頒敕命與岳飛。詔曰：

敕岳飛：朕已親敕諸路漕臣應付卿軍馬錢糧，有誤者，坐貶嶺外之罪。卿當躰國，疾速統率精鋭人馬前去，務要招捕靜盡，無使滋漫。罪有所歸，仍將沿路所至去處，逐款以聞。故敕。紹興元年四月日付岳飛。

岳飛接了敕諭，開讀罷，即便統率諸軍前往賀州路上進發。

岳飛用計破曹成

却説曹成大聚賊衆，在太平塲橫列寨壘數十里，堅兵固守。岳飛人馬對着賊寨下營，有伏路軍拿住曹成打探人，綁縛送到中軍。岳飛佯推不知，出到幃幕外邊喚過管糧諸軍吏，謂之曰：「今隨軍糧料尚勾支否？」軍吏對曰：「糧已盡矣，明日無從支給。」岳飛謂之曰：「如何不差人前去趲將來？」軍吏又曰：「程途遙遠，沿路盜賊邀截，雖是差人催促，終不得應三軍之急。」岳飛又曰：「既如此，即今天氣炎熱，疫癘生發，士卒不服水土，多有中濕病，暗暗分付各營將帥，收拾人馬，三更造飯，四更起程，且回茶陵縣屯扎，就彼糧草，休息人馬，待張招討兵來再作計較。不可泄出機去，被賊人截殺。」分付已畢，回身偶見曹成打探人，岳飛慌把雙手搓其兩耳，跌脚。回至帳中，暗分付收監者放鬆，使打探人得脱。那細作慌忙走報曹成道：「岳家營中糧盡，北人不服水土，又兼暑熱，生病者多，明旦起營退回茶陵，去就糧草。」曹成聽了大喜，即遣郝通、楊再興等分兵前去埋伏，截其歸路。自引衆賊黨晝夜追趕。

且説岳飛見打探人去了，喚過張憲、岳雲：「爾二人領着五千人馬，先去曹成上流近寨處埋伏，瞭看火箭爲號，多張旗幟，令本軍即運輜重車輛脚力先起。」二人領計去了。又着吳全、韓京、吳錫、張中彥等各領所部人馬，盡夜前去退處埋伏，以火箭爲候，四下殺出。衆人各依令而去。岳飛分撥已定，自帶領王貴、牛皋等所部人馬起營，退往茶陵。曹成探知岳飛人馬起營了多時，率其賊衆來趕。岳飛見曹成來追，慢慢與衆人前往。正行之間，只見曹成伏兵齊起，金鼓喧天，將岳飛前後圍了。岳飛於馬上連放了三支火箭，那吳全、韓京、吳錫、張中彦伏兵四起，將曹成賊黨圍在垓心。曹成知岳飛計策，引衆人衝殺回本營。正走間，哨報：「營寨已被宋將焚燬，糧草一時皆被奪得去了。」曹成聽的大驚，舉頭時望見彼營煙焰蔽天，火光照得數十里通紅，賊大亂，殺死者不可勝數，乞降之聲震動山岳。曹成見巢穴已破，只得拚死殺出重圍，望桂嶺而走。忽一彪人馬從山坡後截出，曹成嘆曰：「吾合休矣。」殺近前乃是賊黨劉興，因埋伏在此，見宋兵勢大，不敢截出。曹成與興相幫，且戰且走。後面金鼓不絕，喊叫：「休要走了曹成。」曹成聽得魂飛魄散，慌亂無措。興曰：「大王可速奔走，我當抵住追兵。」曹成跑馬不迭去了。韓京一支兵趕到，劉興舉鎗來戰。二馬相交，韓京手起刀落，將劉興斬於馬下，勒兵復追來。

曹成亟走到桂嶺屯扎。桂嶺地方上有北藏嶺，又有上梧關，又有蓬嶺，號爲「三關」，連控隘道。若有一人守之，萬夫不能前進。曹成占了北藏嶺與上梧關二處，多着賊兵守把，自喜以爲先得地利，宋軍不能攻也。只見岳飛部領四下官軍趕至桂嶺，聞曹成既已占據北藏嶺、上梧關二處，飛下令曰：「賊人恃險以拒我軍，不可使之立足。立足則難攻拔。」即躬率步騎數千人乘勢攻擊。嶺上賊黨以木石弓矢一齊滾射下來，步兵被傷，不敢近前。飛怒曰：「爾等何其怯哉。」乃手執抵箭牌首先登嶺，衆軍亦各鼓勇繼至，少頃已上了桂嶺。曹成占據不定，棄衆單馬遁去。岳飛得了三關，招降賊衆，計兩地斬首一萬三千餘級，降卒三萬餘人，獲到弓箭、盔甲、鎗刀、旗鼓無數，生擒賊將郝通、楊再興，收爲手將。其三關以重兵守把，遣張憲、王貴領一萬人馬追究曹成所在，自引大軍退回茶陵縣屯扎。

且說曹成自上梧關走出半嶺，驚虚了膽，連人帶馬跌下山崖，頭面皆損傷，掙得起來，漏夜奔出湖湘，投入豫章賊内。賊知曹成名目，推爲首領，成與賊衆連營江濱數十里。哨報：「岳飛遣張憲、王貴引一萬人馬來到，列陣于東下岸。」曹成驚曰：「岳家兵非他人比，若一出必敗矣，莫若堅守寨壘，以待朝廷招安。」衆以爲然。時韓世忠既平了范汝爲，正回軍永嘉府休養軍士，由處州逕出豫章，前阻曹成寨壘。世忠遣董收往招之。曹成見世忠着人招撫，以手加額曰：「此天賜吾活路也。」即率衆詣世忠軍所納降。世忠大喜，得其衆士百萬，遣詣行在。張憲、王貴知曹成已與豫章賊就韓世忠招安，遂率領軍馬至茶陵回報岳飛。岳飛遂大宴將士于茶陵。嶺表既安妥，部引得勝人馬回過永州祁陽縣，駐兵大營驛，岳飛于壁上題記其事云。記曰：

權荊湖帥岳飛被旨討賊曹成，自桂嶺平蕩巢穴，二廣、湖湘悉皆安妥。痛念二聖，遠狩沙漠，天下靡寧，誓竭忠孝。賴社稷威靈，君相賢聖。他日掃清胡虜，復歸故國，迎兩宮還朝，寬天子宵旰之憂，此所志也。顧蜂蟻之群，豈足爲功。過此，因留于壁。紹興二年七月初七日記。

是日岳飛遣人奏報捷音，高宗大悅，詔陞岳飛爲中衛大夫武安軍承宣使，依前神武副軍都統，其餘將士皆受重賞。

岳飛兵至筠州，捕殺賊首李宗亮、張式等，降其衆一萬八千人，分遣各處隨操，防禦江漢。仍具本差人報捷于行在所。高宗覽表，隨頒詔付岳飛。詔曰：

敕岳飛具省：卿奏殄滅群寇，安靜一方，朕甚嘉之。今特召卿赴行在，可即日就道，勿憚暑行。紀律嚴明，秋毫無犯，卿之所能也，朕不多及。故敕。

岳飛受詔，方欲單馬詣行在面帝，值江西宣諭劉大中奏曰：「岳飛提兵素有紀律，人情恃以爲安。今召赴行在，恐民不安，盜賊復起。近日報來，李成乘金兵殘亂後聚集各處强盜，約有三十餘萬，佔據江淮十餘州，稱號『李天王』，竟有席捲東南之意。聖旨已差江淮路招討使張俊領兵征勦，頗見失利，具本奏請岳飛人馬同去殺賊，陛下可允其請，敕令岳飛同張俊征進，庶可成功。」高宗准其奏，即下詔令岳飛討李成。岳飛得詔，領兵從筠州起行，來到鄱陽，與張招討會。

却說賊首李天王分遣其衆於西山，連營列寨守把，張俊人馬不得前征。官軍見賊勢大，各有懼意。張俊請岳飛議曰：「我曾與李成對敵，皆不得勝，將軍有何高見？」岳飛曰：「愚以李成不足爲懼。此賊至貪，不肯慮後。我只用馬軍三千抵上流從生米渡過去，出其不意，必能擒獲此賊。招討須領大軍後來策應。」張俊然其計。岳飛即帶部下張憲、王貴、岳雲等數將，逕從上流過了生米渡，殺死把守賊衆數十人。岳飛着令偃旗息鼓而進。賊黨馬進營寨靠山扎下，岳飛人馬呼譟攻入，賊衆不知幾多人馬，揭營奔走，張憲等乘勢追殺。官軍趕到河邊，馬進搭下一座土橋走了，餘賊解甲歸降者二萬餘人。岳飛收了降卒，復引兵馳過土橋追趕。時河口山水泛漲，橋道不堅，纔過却一半軍馬，土橋已躧塌，餘軍不能進。馬進遥見土橋躧塌，引五千人復回邀殺岳飛。岳飛大怒，拽滿神臂弓，指定盡命處矢來，馬進翻身落馬，死于橋側。賊兵大敗。招討使張俊統領大兵後來策應，岳飛令衆軍砍木架起飛橋，人馬漸渡。却有馬進從弟馬雄見大兵繼至，領着敗衆徑往筠州奔走。岳飛下令曰：「除賊必須勦其巢，捉得李成者受上賞，放賊走路者處斬罪。」衆軍得令，各奮勇爭先。馬雄與趙萬正走之間，山坡後金鼓齊鳴，轉出一彪軍馬，爲首一員少年將乃岳雲也。岳飛已料賊人必趨筠州進建昌報知李成，先着岳雲、張憲領一支兵在朱家山埋伏等候。岳雲見賊衆已來到，拍馬舉八十斤重鐵鎚直奔馬雄。馬雄舞刀來迎，戰上數合，馬雄抵敵不過。趙萬躍馬挺鎗助戰，張憲一騎跑出，抵住趙萬交鋒。岳雲展出神力，綽起鐵鎚望馬雄當門打落，馬雄躲避不迭，墜死馬下。趙萬驚慌手脚，被張憲連頭帶項辟作兩截。隨後岳飛人馬追到，殺得賊人屍横遍野，血流成渠。岳飛駐兵朱家山。且看如何。

劉子羽分兵拒敵

早有人報知李成，李成大怒，領十萬賊衆，離建昌出樓子莊列營而待。張俊與岳飛合兵前來抵敵，兩陣對圓，岳飛親自出馬，大罵：「李成狂賊，今日好就馬前納降歸正，朝廷免爾一死。如恁恣兇狠，決無輕放。」李成更不打話，拍馬舞刀直奔岳飛。岳飛挺鎗抵住交戰。未十合，李成力怯，撥回馬便走。張俊見岳飛得勝，驅動後隊官軍掩殺，賊兵大敗，抛戈拜伏馬前乞降者八九萬人。李成單馬拚死殺奔中原，投劉豫去了。岳飛鳴金收軍，將降衆着人送回筠州附籍爲民，給與房屋地土耕種，勿令失所。岳飛入見張俊，俊以岳飛收賊功偉，甚敬禮之。俊曰：「江淮已寧，吾與統制收回軍馬，某當具本奏知行在，用旌統制大績。」飛曰：「賴招討威風所及，岳某何能？只今江西餘孽未盡克服，有張用作亂尤猛。待吾平靜此一路，與招討一同回軍。」俊曰：「合用多少人馬？」飛曰：「只雖本部足矣。」俊又添步兵三千。岳飛辭了張俊，領張憲、王貴等到金牛鎮屯扎，修下簡書一封，着一能言者逕送至張用寨中。

却說張用正在寨中聚集衆人商議攻守之計，忽寨外來報：「岳統制遣人送書欲見大王。」張用令喚入。來人持進簡書，曰：「岳將軍多多拜上。」張用接于案内拆開視之。書曰：

武功大夫相州岳飛端肅奉書鄉契張將軍足下：自別丰姿，不覺踰歲。思慕大德，頃刻未忘。正在企仰之間，忽見江西報至，方知足下聚衆剽掠良民而成寇盜之名，予甚疑之。想我鄉里皆出攄忠報國之士，豈有偕妻小而爲鼠竊之事乎？若果如斯，予則以忠告報足下。昔日東京南薰門外鐵路步之戰，皆汝所知也。今區區自將至此，足下欲戰則出與戰，不欲戰則看鄉情來我營中拜見張招討，奏達朝廷，以錄足下，爲國大用，其餘各受恩寵。若聽令政之言岳飛知其妻勇悍，故以此言激之，拒遏官軍，則使足下即目身殞鋒鏑，或組繫歸朝，裂尸于市，雖悔無及矣。伏惟心照，不備。

張用看書念與其妻聽，自相議曰：「此事如何？」妻曰：「我與君本躲避金兵，被人逼迫至此，豈肯冒盜賊之名哉？既岳統制有書來勸，正當返邪歸正，衛國立功，豈不爲美？」張用大喜，謂來人曰：「岳統制果是我再生父母也，敢不順從。」遂勸衆人一齊來降岳飛。岳飛引見張俊，俊大喜，謂諸將曰：「岳將軍驍勇智略，我與衆人皆不能及。」岳飛以所降衆願充軍役者分撥部曲，以候出征；願爲民者，着令附近州縣立籍。岳飛各分撥已定，與張俊大軍班師歸本鎮。俊具表奏詣行在，論平寇功岳飛第一。高宗覽表大悅，賜岳飛金酒器一付，令駐兵江州，撫慰甚至。

是歲八月彗星見，帝下詔令廷臣上言時政得失。中書舍人胡安國因上《時政論》二十一篇，其言以爲：「保國必先定計，定計必先建都，建都擇地必先設險。分土必先制國，制國以守必先恤民。夫國之有民，猶人之有元氣，不可不恤也。除亂賊、選縣令、輕賦斂、更弊法、省官吏，皆恤民事也。而行此有道，必先立政。立政有經，必先覈實，而後賞罰當。賞罰當，而後號令行，人心順從，惟上所命。以守則固，以戰則勝，以攻則服，天下定矣。然欲致此，顧人主志向如何耳。尚志所以立本也，正心所以決事也，養氣所以制敵也，宏度所以用人也，寬隱所以明德也，具此五者，帝王之能事畢矣。」論入，高宗覽之稱旨，改陞給事中。帝以初召胡安國爲給事中，黃潛善惡之，遂罷，復召爲中書舍人兼侍講。安國上《時政論》，入對内廷，始得見帝。帝謂曰：「聞卿大名，渴於相見，何如累召不至？」安國辭謝，居官十日，再見高宗，以疾力求去。帝曰：「聞卿深於《春秋》，方欲講論，何以遽辭位？」遂付安國《左氏傳》，命之點句正音。安國奏曰：「《春秋》經世大典，見諸行事，非空言比。方今思濟艱難，《左氏傳》繁碎，陛下不宜虛費光陰，耽玩文采，莫若潛心聖經。」帝以其言有理，命安國兼侍講，專講《春秋》。安國退出。

帝日於內廷追憶舊臣，每與百官擬議陞奪。起復朱勝非爲尚書右僕射兼知樞密院事；以韓世忠爲江南東西路宣撫使，守建康，他帥臣稱宣撫使者並罷；以王似爲川陝宣撫副使。有侍御史黃龜年奏曰：「張浚在關陝三年，訓新集之兵，當方張之敵。以劉子羽爲上賓，任趙開爲轉運，擢吳玠爲大將，皆適其宜。劉子羽慷慨有才略，趙開善理財，吳玠每戰輒勝，故張浚以材授職。西北遺民歸附者衆，故關陝雖失而全蜀按堵，且以形勢牽制東南，江淮亦賴以安。若以王似再爲川陝副使，則張浚不能專其任，而彼民亦見多擾。乞陛下裁詳之。」帝疑張浚殺趙哲富平之戰趙哲見殺、曲端誣死于恭州獄爲無辜，任子羽、玠、開爲非是，不允其奏。却說張浚聞朝廷以王似爲川陝宣撫副使，心大不安，遣人以書召子羽。子羽馳見浚，浚以王似事告之，子羽曰：「皆朝廷臣，宣司何以過慮？目下金撤離喝取金州，有燒眉之急。守臣王彥悉力拒戰，遣人求救宣司，如大旱之望雲霓。宣司當以國事爲重，勿生退志也。」浚然其言，即以專命付子羽，令持兵救應王彥。子羽即辭了張浚，回至興元，調集諸軍商議救應金州。聞王彥兵敗奔石泉，撒離喝乘勝而進，子羽亟命田晟謂之曰：「爾可引精卒二千守把饒風關，阻住敵人來路，吾隨後調軍策應。」田晟領兵去了。子羽復遣人往和尚原召吳玠引兵自河池河池，縣名逕至饒風關，策應田晟。子羽分調已定，自與三千兵堅壁而守。

却說差人遞書漏夜至和尚原報知吳玠，令趨河池出兵保饒風關。吳玠得子羽消息，與弟吳璘議曰：「和尚原離饒風關三百餘里，若策應遲緩，與金人占之，則興元一路都休矣。爾可緊守和尚原，我當亟往救之。」吳璘然其議，玠即引四千兵離和尚原，日夜馳奔饒風關。只作一日行到，與田晟兵會，探知敵人尚離關五十里遠。吴玠遣人以黄柑送撒離喝曰：「大軍遠來，聊用止渴。」撒離喝見了大驚，以杖擊地曰：「爾來何速耶？」即下令軍中悉力攻打饒風關。番將劉夔引步騎二百餘首先攻擊，一騎先登，使二騎擁後。先者既死，後者代攻。吴玠與衆軍在關上强弓硬弩亂發，又木石火砲之類一齊滚下，如是者七晝夜，吴玠、田晟併力拒守金兵，死者不計其數，番將各帶重傷，不能立脚。撒離喝見攻不破，于關下裝起雲梯、木架、蠻子牌、抵箭甲，務在攻拔。吴玠射下火箭燒絶雲梯，胡騎跌落死者屍如山積。撒離喝無計可施，詢鄉導：「更有何處可渡此關？」内有識地勢者教之：「關左有小路通祖溪關，出了此關便繞出饒風關，望興元府只有一百里程途。」撒離喝聽了大喜，曰：「此天賜吾成功也。」乃更募敢死士數百，由間道自祖溪關繞出吴玠後，乘高以瞰，饒風關便在目前。吴玠與田晟在關内見金兵略無動静，玠曰：「敵人無奈我何。此有小路出得關後，可分兵截其來路，庶可保全。」二人正議間，忽哨馬報：「虜寇已出祖溪關，乘高據險以扼吾軍之前。」吴玠大驚，謂晟曰：「君堅守此勿出，吾當退保興元。」即引兵出洋州洋州，今漢中府洋縣是也。來會子羽。撒離喝率胡兵掩至洋州，宋兵大潰。玠輕騎馳入興元，見子羽曰：「敵人已近郊矣，我軍衆寡不敵，可速退西縣以作後圖。」子羽曰：「興元不可保，西縣尤不能全。虜寇四下攻掠，西縣非駐兵之所，莫若與君同守定軍山，倚險堅壁以待敵。」玠曰：「定軍山雖險，糧草難運。西縣若使敵人有之，一年儲積盡已空也。我引一軍屯西縣保護糧草，待制一軍屯三泉截敵人來路，遇有警急，兩下得以相援。」子羽然其計，即焚興元，退保大安軍之三泉縣。畢竟且看如何。

吳璘大戰仙人關

却說撒離喝大衆遂入興元，駐兵金牛鎮即金牛峽也，聲勢甚盛，四川大震。撒離喝遣劉夔攻打三泉急切，子羽從兵不滿三百，竭力拒戰，糧食已盡，與士卒取草芽木甲充飢，遣人遺書與吳玠訣別曰：「君不來，吾當以死報國。」玠得書，未有行意。統制張彥曰：「敵人困子羽已危矣。三泉若破，必席捲而至，西縣其能保乎？節使不往救之，欲何主意？」傍有楊政政，吳玠愛將也大呼曰：「節使不可負劉待制。不然，政輩亦捨節使去矣。」玠見衆志奮鋭，乃從間道會子羽。子羽曰：「三泉，川之要道。吾與共守此地，遣人取張宣司救兵，可退虜寇。」玠曰：「關外，蜀之門戶，不可輕棄。復往守仙人關，足能待敵。」子羽從之，與吳玠殺出三泉。虜寇重疊圍定，玠首先衝擊，楊政、子羽奮呼力戰，殺透重圍。已到仙人關，子羽審視山勢，以覃毒山形如斗拔仙人關在漢中府鳳縣南，覃毒山在保寧府廣元縣北，其上略平有水，可容衆汲。子羽乃與吳玠分二壁屯扎。吳玠屯仙人關，自與部下屯覃毒山。子羽命將士築壁壘，以爲必盈之計。築方成，而金兵四下掩至，喊殺連天。距營十數里，子羽據胡床坐于壘口下瞰敵兵，諸將泣告曰：「矢鏃如蝟，此非待制坐處。」子羽曰：「子羽今日死于此耳。」撒離喝駐兵久困不能下，與部下商議進攻之策。遼將武從龍曰：「吾衆人深入其地，道路險阻，甚不便於進退。梁津積聚，宋人俱預先徙移，今野無所掠，進而莫得，軍中餽餉不繼，近日已殺馬及兩河所僉軍士以食。而子羽、吳玠屯兵于腹背之間，吾衆料不能保全，不如退去，休養甲士，預備糧草，爲後圖之機。」撒離喝亦因北人不服水土，疫癘且作，遂聽從龍之言，引衆自斜谷北去斜谷，關名，在郿縣西。張浚聞知金兵深入，已將出斜谷，欲移軍守潼川潼川，府名。遣人報知子羽，子羽着人回書，言：「吾已在此，金人必不敢南，宣司慎勿動軍。」張浚得子羽回書乃止。

却說子羽探知金人退去，約吳玠分道追之。吳玠即引部下繞出褒谷，阻截其歸路，子羽引兵隨後追襲。撒離喝與衆將正出了斜谷，忽山峽邊金鼓齊鳴，一彪軍馬攔住，爲首一員大將乃吳玠也，大叫：「虜寇下馬受戮。」金兵大驚，武從龍持刀拍馬直取吳玠，二騎相交，戰上十餘合。後面喊聲大舉，劉子羽追兵襲到。虜寇首尾受敵，曲部大亂，墮落溪澗死者不可勝計。武從龍不敢戀戰，殺出重圍，保定撒離喝，盡棄輜重而走，餘兵不能自拔者悉降。子羽與吳玠收兵，復還興元，裒集諸將，分作二處戍守。吳璘守和尚原，自退保興元府。三泉、西縣俱着人把截，以防金人再來。是役也，金人始謀，本謂吳玠在西邊，胡涉險東來，不意玠馳至，雖入三州，而失不償得。

却說金撒離喝走出斜谷，既回鳳翔府，聚集衆人，折去三分之一。與武從龍、劉夔等議曰：「宋將守川、陜，可慮者惟吳玠、劉子羽二人而已。若能除之，蜀地竟可圖也。」劉夔曰：「吳玠善撫其衆，部下皆爲之死戰，我軍如何能勾取勝？劉子羽忠毅過人，實勁敵也，此一路決不可入。」撒離喝曰：「吾脩書一封，遣人持與子羽，誘之以重爵，招彼來降，爾衆人以爲如何？」武從龍曰：「只恐其人難以屈致。元帥姑試之。」撒離喝即脩書封定，遣十人善能專對者逕詣興元府，持見子羽。子羽拆開視之。書曰：

金國大元帥撒離喝書奉劉待制閣下：近者吾軍深入，破三泉，掠西縣，攻饒風關，圍覃毒山，席捲之勢，君以孤軍，退走不暇。吾以軍馬不服水土，漸且退離，休養甲士，俟秋高馬肥，必復大舉南下。第以君忠義過人，不忍亟困，奚以驅衆窘迫斜谷？除已往之愆不咎，許將來之意自新。倘以所部棄宋投金，吾當奏爾上封，食祿千邑，決無虛負。此實區之至望，未審待制志願否？咫櫝具聞，伏候裁音。

劉子羽看書畢，即裂於地下，叱令左右將持書人盡斬之，而留其一放之還，曰：「爲我語賊，欲來即來，吾有死耳，何可招也。」其人抱頭鼠竄，走回鳳翔，見撒離喝，告知子羽之事。撒離喝大怒曰：「不取了川、陝，誓不回軍也。」即着人會集兀朮軍馬由和尚原進攻，我軍從鐵山策應，俱約合于仙人關。」兀朮得撒離喝指揮，即部領十萬胡兵，與大將韓常分道而進。消息傳入仙人關，吳玠聽的金兵二路入寇，兀朮進逼和尚原，即遣人謂之曰：「爾可漏夜至和尚原，報與吳璘知會：目下金人必復深入，且其地去蜀遙遠，餽餉不繼，可棄之移師殺金平（殺金平在仙人關右），以邀敵人來路。」小校逕至，說與吳璘。吳璘遂移軍，棄和尚原而屯殺金平，不在話下。

却說兀朮人馬大驅破了和尚原，直抵仙人關，令人會撒離喝軍馬。撒離喝以步騎十萬自鐵山而進。棧道甚險，原被宋兵燒絕去處約有二百餘里。撒離喝令衆人鑿開崖道，循嶺東而下，與兀朮合兵數十萬，進攻仙人關。吳玠于關上遙望金兵旗幟無數，胡騎重重疊疊圍遶關下，因與楊政等議退敵之計。楊政曰：「乘金人遠來疲弊，因其營壘未定，可出奇兵逼之，虜賊可破矣。」玠曰：「金人勢重，衆寡不敵，我與君等深溝高壘，坐守不戰。彼今深入，費用不貲，豈能久住？俟其困而後示兵，此萬全策也。」軍校王俊曰：「敵人已近關下，川蜀震駭，豈可久不出戰？爲今之計，莫若遣人約吳璘引兵繞出敵後，以絕其餽餉，吾以精兵攻其前。彼首尾受困，人懷內懼，此必盈之策也。何用自爲退守計哉？」玠從其議，即遣人會吳璘出兵。

却說吳璘着人探聽兀朮虛實，忽得玠令其出兵檄書，已知金人進攻仙人關。璘着副將汪凱以重兵守殺金平，謂之曰：「此處最當其衝，君只在堅守，雖萬夫莫能過也。我當自救仙人關。」汪凱領諾之。璘引本部五千兵，自武階路入援。兀朮與撒離喝合兵，連營數十里，金鼓之聲震動山峪。吳璘冒圍殺入。早有二番將截住去路，乃撒里幹、孛堇真白。吳璘拍馬挺鎗，直取二將。撒里幹手執利刀來迎，不二合，璘一鎗刺於馬下，殺散餘衆，衝開一條路。孛堇真白隨後趕來，吳璘倚住手中鎗，拈弓搭箭，指定孛堇真白矢來，孛堇真白墜馬而死。璘從騎漸漸損折，只得罄力殺進。正走之間，前面一彪金兵擺開，爲首一員大將，旗號分明，乃大金副元帥兀朮也。吳璘更不打話，來戰兀朮。約鬥十餘合，吳璘料不能勝，奪路而走。胡兵漫野趕來，吳璘手揮短刃，砍死無數。已殺透重圍，離金陣十五里遠，身上血污袍鎧，只剩得二千餘騎，吳璘無半點退心，只顧衝殺。正行之間，忽兩路兵截出，精騎掩至，勢不可當，乃撒里喝人馬。當時吳璘以五千步兵，轉戰七晝夜，便是鐵人亦困乏矣。吳璘拚死而戰，正在危急間，關前喊聲大振，一將衝殺而來，乃吳玠也。吳玠因見關下殺氣凌空，知有救援軍來，故引兵衝出接應。吳玠殺開金圍，救出吳璘，進了仙人關。兀朮與撒離喝追逼關下，督令衆人以雲梯攻其壘壁。關下金鼓振天，關中築起土城，以示重壘。驍將楊政令軍士以撞竿擣碎其雲梯，更用長矛刺下。金兵傷折甚衆，各有退意。兀朮一連困了十數日，關益不能下。兀朮與撒離喝、武從龍、劉夔、韓常、劉長吉等計議曰：「仙人關久不能下，爾等有何良策？」撒離喝曰：「雖將人馬分作二陣，前後攻擊，關必破矣。」兀朮依其計，以韓常人馬陣于西，自與衆將陣于東，連營征鉦之聲達旦。關中統領王喜、王武，統制張彥、王俊等將截髮請戰，吳玠因衆心鋭於戰鬥，即喚過王喜、王武謂之曰：「虜賊連營數十里，首尾一時不能相應，爾二人領步兵四千，從關頂半嶺抄出，多設金鼓旗幟，雜以紫、白二色，候黃昏左側，直擣金兵東陣。吾隨後遣人策應。不得有失。」二人領計去了。再令洪威、王俊：「爾二將領一支兵埋伏河池，候敵人戰敗，扼其歸路。」俊、威依令去訖。又召張彥曰：「與你精卒五千，出關前劫奪橫山砦以當敵人之衝。」張彥欣然而去。吳玠分撥已定。且看下回分解。

張浚被劾謫嶺南

却說吴玠次日近申時候，開了仙人關，引驍騎五百飛下關來，大喝：「胡賊休走。」番將大耳兒急待退避，吴玠手起刀落，斬於馬下。兀朮見關上出戰，自引大隊迎敵。正遇吴玠與弟吴璘殺入中營，兀朮綽刀跑馬當住吴玠。吴玠舞刀直取兀朮。二人交馬數合，兀朮陣後先自紛亂，乃王喜、王武一支人馬從關左抄出，將兀朮軍衝作兩截。哨卒報知，兀朮恐後軍有失，勒回馬自來救護。吴玠乘勢殺進，金兵大敗。兀朮見旗幟無數，金鼓連天，正不知幾多軍馬，不敢交鋒，刺斜殺奔西陣。韓常望見征塵兢起，正待引部下來應，忽報宋軍從横山砦殺出，將胡人糧草盡行燒燬。韓常大驚，即勒兵拔砦〔一〕殺奔横山砦。當頭一將，面赤鬚黄，手執銅鞭，乃川中驍騎張彦也，拍馬舞鞭，來戰韓常。韓常舉鎗交還。二將戰上十餘合，宋兵四下齊出，韓常不敢戀敵，殺回本陣。張彦驟馬追來。韓常走出，正遇兀朮人馬，常曰：「元帥可亟出黄牛峽而走，吾敵住追兵。」韓常勒回馬復戰張彦，張彦扯起硬弩矢來，正中韓常左目，墜馬而死。張彦引兵掩殺，胡虜死者不計其數。兀朮與撒離喝、武從龍、劉夔等引敗衆亟走黄牛峽，日已沉西，正走間，峽中金鼓震天，楊政一支軍馬殺出。兀

〔一〕「砦」，原脱，據雙峰堂萬卷樓本補。

朮驅衆將混殺一陣，又敗之，折兵大半，劉長吉戰荒墜崖而死。撒離喝連夜走出河池，未及數里，洪威、王俊兩下伏兵齊出，截住去路。兀朮心驚膽碎，只得拚死而戰，衝開血路，走出和尚原而去。遺棄金鼓旗幟馬駝輜重堆滿河岸，覓子尋妻者哭聲載道。王俊見夜黑，亦不追趕，合兵來會吴玠。吴玠點集諸將，折損勁卒亦多，計斬獲胡兵耳帶金環者五千餘級，降其番漢人四萬，糧草輜重三百車。吴玠謂衆將曰：「勿以金人退爲可賀，更須防之。」遣王喜、王武守和尚原，張彦、王俊守横山砦，弟吴璘仍守殺金平。吴玠分撥已畢，自率兵守仙人關，以爲久計。是役也，兀朮以下皆攜妻孥而來，劉夔乃劉豫之腹心，本謂蜀可圖，既不得逞，度料也玠終不可犯，乃還據鳳翔，休息甲士，屯田爲久留計，自是不妄動矣。

却說張浚知金人入寇仙人關，吴玠得捷音至，即具表詣行在。前後稱：「吴玠用兵有術，敵人屢來挫刃，況今人材難得，乞陛下重加旌獎，庶以激勵將士，緩急有仗。」因請求解兵柄，且論「王似不知軍旅，恐難稱職，乞更選精練兵事者代之」。帝覽奏以示朱勝非。勝非與張浚有宿怨，因奏曰：「陛下可准其解兵權，且内廷多事，召之入朝理政，亦重事也。」帝允奏，陞王似爲川陝宣撫使，封吴玠爲副使，召張浚知樞密院事，即赴行在。張浚承召，自興州由閬州至臨安見帝。帝思浚往日功績，慰勞甚至，曰：「不見卿又數年矣。」浚頓首稱謝。居朝數日，僕射朱勝非諷臺臣常同劾奏之。常同率中丞辛炳彈奏：「張浚秘劉子羽之罪不發劉子羽戰敗於金撒離喝，退走三泉，喪師失地，跋扈不臣，乞陛下以國法爲重，明其黜陟，庶爲臣子之勸。」高宗不得已，出張浚居之福州。浚入見帝，帝曰：「不久取卿矣。」浚辭帝出，逕往福州去了，不在話下。

評曰：張浚安撫川、陝，民賴以安，其功與韓世忠相上下矣。高宗既罷其任，召赴行在，入内見之，猶曰：「不見卿數年矣。」及被常同、辛炳劾奏，即出之居福州，見辭又勉之：「不久取卿。」噫，如是，則奪予之權，並不由乎高宗矣。如何不起秦檜自殺岳飛之釁哉？謚法以其懦弱有餘、剛果不足，信哉。

却說張浚既罷去，帝以趙鼎有宰相才，即陞趙鼎知樞密院事，都督川、陝、荆、襄諸事。鼎辭曰：「臣以匪才，如當此任，恐負陛下望也。」帝曰：「四川全盛，半天下之地盡以付卿，黜陟專之可也。」鼎乃條陳治安之策數事，朱勝非忌其防己，從中抑之，鼎志竟不得行，乃上疏曰：「頃者，陛下遣張浚出使川、陝，國勢百倍于今。浚有補天浴日之功，《列子》云：「女媧氏煉五色石，以補天闕。」《淮南子》曰：「日出暘谷，浴于咸池。」陛下有礪山帶河之誓，君臣相信，古今無二，而終致物議，以被竄逐。夫喪師失地，浚則有之，然未必如言者之甚也。大抵專黜陟之典，受不御之權，則小人不安其分，謂爵賞可以苟求，一不如意，便生觖望。是時蜀士至於醵金醵，居御切，醵金，合錢飲酒也募人，詣闕訟之，以無爲有，何以自明？故有志之士欲爲國立事者，每以浚爲戒。今臣無浚之功，當此重責，去朝廷遠，恐好惡是非，行復紛紛於聰明之下矣。伏望閔臣孤忠，使得展布四躰，少寬陛下西顧之憂。」疏上，高宗詔下，允其舉措事宜得專行之。

話分兩頭。却說金國遣李永壽、王翊朝見高宗，備奏：「大金皇帝遣臣來與陛下議和。」帝曰：「講和欲要何議？」永壽曰：「大金謂中原士民有在江南者以還劉豫，黃河西北士民在於江南者還我大金。只以長江爲界，江之南則爲宋地，大江迤北則爲齊地。」高宗曰：「待朕與臣議之，使命且回驛舍停止。」使者既退，帝召廷臣議和戰二策。或曰：「衆寡不敵，强弱已分，與之和漸可舒生靈之困，軍士亦得以解息也。」帝善其言。呂頤浩奏曰：「昔太祖取天下，兵不過十萬人。今有兵士六七萬矣，比年韓世忠、張浚、陳思恭、張崇屢奏人有戰心，願決策北向。今之精鋭皆中原人，恐久而消磨，他日難以舉事。」帝意方主和議，不從。呂頤浩因辭免，帝允其請。

評曰：自帝即位，屢遣使如金，多見拘留，而金未嘗遣一介之使報聘。至是粘沒喝使李永壽、王翊來請還劉豫之俘及西北士民之在南者，且欲畫江以益劉豫，與秦檜前議吻合，議者益知檜與金人共謀矣。

是時，虔、吉二州盜賊蜂起。吉州賊首彭友手下有李動天等十人號爲「十大王」，虔州賊首陳顒手下有羅閑十等，連衆數萬，循梅嶺分路剽掠廣、惠、英、韶四州，南雄、南安、建昌、邵武四府，聲息甚緊，報到臨安行在所，高宗乃頒詔專委岳飛征討。詔下江州，紹興三年夏四月也。岳飛奉詔，不辭炎暑，引張憲、徐慶〔一〕、王貴等共一萬人馬前到吉州。

却說吉州賊彭友聽知岳飛部兵欲來征他，悉衆飛奔來迎，列成陣勢待之。遥望見大隊人馬，岳飛身披鎧甲，手執利鎗，立於門旗下，謂彭友曰：「觀君一表，非賊類耶，何不返邪歸正，以圖善計？」彭友更不打話，躍馬舞刀直殺過來。飛曰：「誰先擒此賊？」張憲應聲而出，策馬舉刀抵住彭友。二人戰了數合，未分〔二〕勝敗。岳飛見張憲勝不得彭友，一騎馳出，只兩合，將彭友捉於馬上。張憲揮兵掩殺，賊衆大敗，退保固石洞。岳飛將彭友囚之，下令軍中曰：「賊勢已離，不可緩攻，當乘勝勦除之。」遣敢死士疾馳登山。陳顒、李天王等占據不定，驍將楊再興騰湧上來，一刀砍死陳顒。李天王驚慌不迭，被衆軍士併前殺之，賊黨大潰，皆降。二州賊盜悉平，獲其降卒有老弱者二萬餘人，放歸田里，選其精壯者盡編入伍從軍，檢其金帛盡行給賞戰士。班師回江州，差人報捷于朝。高宗大悦，仍下詔命岳飛赴行在。岳飛得詔，令張憲、王貴等總戎事，自與子岳雲赴闕。且聽下回分解。

〔一〕「徐慶」，原作「余慶」，下文多出現「徐慶」而再未出現「余慶」，故此處改「余」當爲「徐」。

〔二〕「合未分」，原残破，據雙峰堂萬卷樓本補。

宋高宗御駕親征

却説岳飛入朝，見高宗於内殿。高宗問其前後平賊之事，岳飛頓首拜謝，終不敢自矜其功，朝廷愈加敬重，封岳飛爲鎮南軍承宣使、神武副軍都統制、江南西路沿江制置使，封子岳雲爲武顯大夫、遥郡刺史。賞賜岳飛朝服、公服、戰袍各一套，又以大紅旗一面，帝手書「精忠岳飛」四字賜之，凡出兵許用此旗豎立軍前，以警夷狄，激厲將士。岳雲亦有賜賚。岳飛父子謝恩退出。

次日，岳飛連進二表，辭還岳雲封職，朝廷不准。飛又進表辭。表曰：

神武副軍都統制、江南西路制置使臣岳飛上言：臣先三具表文，辭[一]免官職岳雲武顯大夫、遥郡刺史恩命事[二]，奉聖旨：已降指揮不允，不得再有陳情。臣聞正己然後可以正物，自治然後可以治人。臣冒寵恩榮，夙夜惶懼，惟恐檢飾修省有所未至，不足以服衆。如臣男雲，始就義方，尚存乳臭，雖累經於行陣，曾未見於事功。比者荷蒙聖恩，遽遷優秩，在臣私念，實不遑處。臣庸懦無能，方將勉竭駑鈍，仰圖報稱，而自使其子受無功之賞，則飛臣不能正己而自治，將何以率人哉？伏望陛下憐臣魯直，察臣

〔一〕「表文辭」，原殘破，據雙峰堂萬卷樓本補。

〔二〕「命事」，原殘破，據雙峰堂萬卷樓本補。

愚聲，早賜諭旨，收還誥命。容臣男他日大立戰功，然後命之以官，亦未爲晚，此實爲臣父子之幸也。臣不勝激切震汗之至，伏取進止，謹言。大宋紹興三年七月日岳飛上言。

又有表文上進。表曰：

神武副軍都統制、江南西路制置使臣岳飛上言：臣今年率領將士，討捕虔、吉州界盜賊山寨數百餘座。其吉州盜賊彭友等，其徒數萬侵犯江西、湖南，其虔州盜賊陳顒等，其徒亦有十餘萬衆，結爲表裏，拒敵官軍〔一〕，恃賴山險，侵犯廣東、江西、江東、福建，沿邊郡縣皆被攻劫，縱横往來者數年。臣奉聖旨提兵討之，雖正當盛暑，炎瘴交侵，而一時將士奮不顧身，爭先用命，以獲平蕩。首領雖衆，並就生擒，一無遺類。向非賞罰明均，何以使人盡力如此？伏望朝廷特頒恩賞，庶使有以激勸兵將，緩急可以倚仗。謹具奏聞，伏候睿音。大宋紹興三年七月日岳飛上言。

高宗覽表，深嘉其忠義，收回岳雲誥命，改授武翼郎。而賜白銀二千兩，給賞所部將士。

高宗以臨安府爲行宫，前後只是一殿。早晨朝見百官，謂之外朝；朝退，臣宰會議政事，謂之後殿；飯後引見言事者，謂之内殿；遇是雙日，講讀經書，謂之講殿。其實只是一殿。高宗樂居於此而忘失宗仁。起居郎胡寅見朝廷常差使臣去金國屈節講和，心甚不平，於内殿伏闕言事：「臣思虜寇奸詐百端，請絕講和之議。脩德養民，挑兵選將，以圖恢復中原，報前日之恨。却將累年使臣齎去金銀緞匹，將來賞賜三軍，庶使奸虜還知我朝雪憤必爭之志。若能如此，皇陵可掃，二帝可還；不能如此，甘心僻居東南一隅，只是求和納

〔一〕「軍」，原作「中」，據雙峰堂萬卷樓本改。

款，欲使中原恢復，二聖北還，决不能得矣。想此虜賊，昔日震我皇陵，除我宗廟，遷擄二帝，劫辱后妃，占據二京，殺戮百姓，實爲陛下痛恨之讎也。自建炎元年至紹興三年，陛下每每卑辭厚禮，或指問安，或指迎請爲名，而遣去使臣不知該幾多人矣。去的使臣曾有知二帝在于何處否？或曾見二聖之龍顔否？或曾探的賊情之真假否？或曾因求和的力而能息兵不南侵否？伏望陛下斟酌，果能如是否？自從求和之後，使臣還往於路無有虚日，則我邊關險隘可守去處皆以失矣，陛下猶且不醒。今虜賊知我中國所重者在於聖父聖母，所恨者在於劫辱后妃，所怕者在於用兵，以此虜人得肆奸詐，然後常許講和，使我加添金幣，則平我常年所恨之恨〔一〕，穩我平日所怕之意，却指地使我中國坐受其患。似這等事既已長久，天下人皆以朝廷從此必定改前所行，豈知陛下還出這等計。或者對陛下説：『暫依此行。』臣見識雖淺，豈有大國之君厚費百姓脂膏而屈己奉表稱臣於羯狗，而行此暫且之事乎？又或有對陛下説『只要求得聖父聖母回京，不得不如此』者。臣雖愚，不想此五六年間差了多少使臣去了，至今二聖不曾見他放將回來。這等奸詐，陛下亦可知矣。况今歲月既久，虜情越密，必定無有可通之理。若還只依秦檜之謀，在廷衆議，則忠臣義士失志，而釀成後日之患，陛下不可不憂。」高宗見奏，下詔候衆臣議之。胡寅見帝鋭於求和，不聽其諫，乃辭求外住，除邵州知州。

却説齊國劉豫差太子劉麟往金國乞兵南侵，金太宗見其所奏，與大太子粘罕計議，正遇着四太子兀朮征西回來，再三説道：「南宋未可征伐。」太宗問：「爲何未可征伐？」兀朮奏曰：「臣觀南宋帝星復明，况江南之地低濕，此幾年東征西討，人馬困乏，又曾沿路糧草未曾積趲，人馬雖去，只怕不得成功。」粘罕奏曰：

〔一〕「恨」，雙峰堂萬卷樓本作「忿」。

「俺兄弟這幾年辛苦，意在偷安，不肯出兵，故如此說。」太宗曰：「天時不如地利。吾軍久駐南方，多生疫疾，兀朮所陳亦善。」遂不發兵，着令劉麟回本國見父皇，備言其事。劉豫見金國不肯出兵，又聞知岳飛人馬勢大，沿江堆積糧儲，則有復取中原之意，心中恐懼。又使其姪劉猊齎表進奏金國父皇，備言：南宋有岳飛父子驍勇，其鋒不可當。見今練兵選將，海運糧儲，不日過江來爭故地。父皇若不早爲堤備，明日河南、河北不可保也。伏願上國父皇以臣子力孤兵少，難爲迎敵，乞命一將領兵從密州入海，抄昌國去奪海運糧船，再往明州去搶御船，直至錢塘江口扎住。臣却領兵進奪江口，燒其戰船，徑奔臨安，與上國會兵圍臨安府，捉了宋主，方得江山一統，而無後慮。金太宗准其所言，乃遣粘罕充左元帥，撻懶充右元帥，調發渤海漢兒軍五萬，前去會兵滅宋。四太子兀朮曾知江南地勢險易，着令領前哨人馬，當日點選七萬金兵，離北地望密州進發。次日辭朝，兀朮與其兄粘罕議曰：「不要聽劉豫說。我北方人只會騎馬射箭，不曾習學水戰，只從汴京路去。」粘罕依其議，以此不投密州，徑往汴京來會劉豫人馬同進。齊主設宴管待粘罕諸將，就命太子劉麟爲左副元帥，其姪劉猊爲右副元帥，領兵十萬，與大金人馬分路南侵。金家粘罕領兵從泗州進發，來攻滁州，先使兀朮領兵前哨。齊家劉劉麟領兵從楚州進發，來攻衛州，先使來降賊首李成領兵往襄陽一路上以抵岳飛。兩家人馬離了本地，但見鎗刀耀日，旗幟漫空，人馬隨處駐扎。

沿江守將飛報臨安來，高宗大驚，與廷臣議曰：「金兵與逆臣劉豫分兵南下，聲勢如此緊急，爾衆人有何良策？」或奏：「金兵勢大難敵，陛下莫若將鑾輿漸歸福建以避其鋒，候勤王之師勝，然後復回臨安。」高宗將從之，班部中轉過張浚時浚福州召還奏曰：「伏惟陛下未審前者避兵，何處可安？驗之在前，警之在後。今日只可命將提兵，分頭抵殺，君臣協力，將士同心，方可免難。何又以走避爲計？」高宗聞奏，心下猶疑。又轉過趙鼎奏曰：「張浚所言是也。車駕駐此，待臣與諸將領兵前去抵之。兵若不勝，陛下避之未晚。臣雖庸懦，亦當死報國家。」言訖，兩淚交流，仰天嘆曰：「今我大宋堂堂之天下，豈無一個忠臣義士出力，而使君父無處潛身者乎？切思列聖撫養臣等將有二百年，閑居無事之時坐享富貴，今日朝廷有事，而無一人肯死君難，而與鳥獸何異？他亦人也，我亦人也；他亦命也，我亦命也。若能人人捨命忘生，有何不勝哉？」高宗聽了不覺淚下，謂鼎曰：「朕因二聖遠留沙漠，以此只得求和而望二聖還朝。今日豈想逆虜放肆侵凌，朕當親率六師到于長江之上，與賊決一死戰。卿與張浚便與朕整點人馬，大開庫藏賞賜官軍，不可遲誤。」趙鼎只是數句衷腸，激動九重天子。趙鼎心中暗喜，又奏曰：「只因我國累年怯懼，使此虜賊恣逆兇惡。今日得蒙聖斷親征，將帥必然奮勇，此去無不成功。臣當願效區區〔一〕以圖報國。」於是帝付趙鼎專征之權，以張浚知樞密院事，先去江上整理諸路官軍。詔下，滿朝大小官員、臨安老〔二〕幼，無不相慶。且看後去如何。

〔一〕「區」，原爲墨丁，據雙峰堂萬卷樓本補。
〔二〕「老」，原作「元」，據三台館本改。

新刊大宋中興通俗演義卷之五

起紹興四年甲寅歲
止紹興六年丙辰歲
首尾凡三年事實
按實史節目

韓世忠鏖戰大儀

紹興四年冬十月，趙鼎與張浚出於教場，操練諸軍。浚執趙鼎手曰：「此行舉措，皆合人心。」鼎笑曰：「喻子才之功也。」子才，張浚字也。鼎計有二十萬人馬，奏報朝廷，高宗謂群臣曰：「朕今養兵數年，已勾二十萬，則不畏懼敵人。」旁有侍御史常同奏曰：「臣雖愚昧，未聞有二十萬兵而怕人者也。」高宗大喜，決意前征。張浚受命辭朝，奏曰：「伏願陛下星火差人去召岳飛領兵渡江，入淮會兵退虜。臣自往鎮江，督召劉光世、韓世忠等與兀朮決日交兵。陛下以大軍出平江取齊。」高宗准其奏，即差内侍齎書疾忙前去宣召岳飛。一邊差官領兵護送後宮妃后盡去溫州，上船入海，投奔福建泉州，暫且停止。趙鼎又怕高宗親征之意有變，又奏曰：「陛下養兵將有十年，用他正在今日。聞知聖駕親征，無不欣悅用命。陛下之心若有少懈，即使人心離散，大江之險則不能保。此江若被虜賊得了，我這江南之地無可靠也，陛下當熟思之。先年只因失了大江之險，聖駕直到海濱，無可歸矣。」高宗聞其所言，泣謂鼎曰：「非惟朕無所歸，累及隆祐太后、妃嬪皆不知下落。今朕決意親征，卿當激勵諸將盡忠爲國。」趙鼎再拜以謝。

時高宗駕起臨安府，諸將各擁重兵，分道而進：

江東淮南路兵，命劉光世率領；

鎮江建康淮東路兵，命韓世忠率領；

荆南岳、鄂、潭、鼎、澧、黄[一]六州併漢陽兵，命張俊領；

江西路舒州、蕲州兵，命岳飛率領；

利州路兵，命吴玠率領；

明州沿海兵，命郭仲荀率領。

趙鼎分調以定，内廷一班文武並隨御駕親征，高宗曰：「可先遣魏良臣使金，陳兩國利害，然後示兵。」胡松年奏曰：「既與決戰，何必再通使命？」帝曰：「二聖在彼，若猶如前不悛，朕決與卿等直抵沙漠，勦絕醜類，而迎回車駕也。」竟遣行。帝又以「惟韓世忠一路，朕當以手敕命之駐兵楊州，以候迎朕。」趙鼎曰：「世忠兵屯鎮江，正當金人來路，豈可移之？聖上更宜裁詳。」帝不從，下詔遣使馳報世忠。

却説韓世忠在鎮江得高宗駐楊州手敕，感泣曰：「主憂如此，臣子何以生爲？」遂聚部下議曰：「君上御駕親出，兀术約金聶兒孛堇兵出江上，若吾大軍進駐楊州，長江必爲虜得，則江南之地何以爲計？」正猶豫間，忽報：「朝廷遣魏良臣通使金國，逕由鎮江。」世忠聞此消息，以手加額曰：「此天賜吾機會也。」衆將問：「計將安出？」世忠曰：「近日金聶兒孛堇屢欲窺睨鎮江，以吾屯扎在此，不敢即來也。世忠預畫此策，使子牙再出，諸葛復生，金人亦逃不出吾圈套也。」衆皆未信。世忠因命部下撤去軍中炊爨，待良臣至，以乾

〔一〕「黄」原作「責」，雙峰堂萬卷樓本作「貴」，皆文意不通。按劉時舉《續宋編年資治通鑒》卷三記載：「江東淮南路劉光世領之，鎮江建康淮東路韓世忠領之，荆南岳鄂潭鼎澧黄州漢陽軍領之，江西路舒蘄州岳飛領之，利州路吴玠領之，明州兼沿海制置郭仲荀領之。」故改。

糧給之。衆人得令，盡去其炊爨，示以匱乏之意。良臣入見世忠。世忠與之交論片時，因謂曰：「近來與金兵交戰，儲積已空，未有甚禮供給。且目下君命移師駐楊州事急，使臣寬容。到金國雖決，君上欲激勵示師江上，勿以朝廷自屈爲辭，實社稷幸也。」魏良臣不悅，即辭世忠，亟上馬馳去。又報趙鼎奏准：「即目金人入寇，詔世忠暫停駐楊州，命移守長江，以扼虜兵來路。」世忠見旨，度良臣已出境，即喚統制解元分付曰：「承州高郵縣北門當敵人之衝，爾可領三千軍守于此，以候金人之步騎。」又喚董收曰：「與你鐵騎二千，屯扎天長縣鴉口橋，敵人戰敗必然奔走那條路，等他人馬過一半，令兵截出，可獲全勝。」解元、董收各領計去了。世忠分撥已定，自提騎兵二萬，揚言移師楊州，其實駐大儀以當敵騎，伐木爲柵，斷其歸路。令蘇勝列五陣於江口，設伏兵四千，多張五色旗幟，金兵來到，從中擊之。着霍武領二千勁卒，各持長斧利刃，背嵬埋伏，聞鼓聲即起。二人依計而去，不在話下。

却說魏良臣逕至金軍中，先見聶兒孛堇，具知使金陳說利害，「令爾國罷兵息爭」。聶兒孛堇問曰：「爾從中國來，宋師動靜如何？」良臣對曰：「近日過鎮江，已見韓世忠軍中乏食，甲士略無鬥志，朝廷又命之移師駐楊州，良臣來時，彼亦準備起行矣。」聶兒孛堇聞世忠退，大喜，即起兵至江口，距大儀五里，旗幟漫江，聲勢甚鋭。聶兒孛堇遣驍將撻不野、副將撒孔兒領鐵騎擁過五陣東。時值冬初，侵早大露迷空。世忠探知敵人薄陣，傳小麾（旗也）鳴鼓。蘇勝聽的，引四千精兵截出江口，旗色與金人旗雜出，喊聲大舉。撻不野正不知那裏軍來，情知中計，急引衆騎退回。蘇勝一匹馬突入中軍，霍武從山嵬引勁卒殺來，兩下夾攻，金兵大敗，首尾不能相救。聶兒孛堇引大衆殺回原路，被韓世忠騎兵截住，金兵慌亂，陷于泥澤中者不可勝數。世忠驅勁騎四面蹂躪之，人馬俱斃。聶兒孛堇死戰殺出，正遇撻不野，不野曰：「江淮四下難出，大王可速奔承州而走。」聶兒孛堇引敗衆亟走承州。霍武部下各持長斧利刃邀擊，上砍步騎，下斫（音著）馬足。撻不野力抵霍武，戰未數合，撻不野戰騎先倒，墜於馬下，宋軍向前捉了。聶兒孛堇殺出重圍，走到高郵地界，日已當午。解元已設伏水軍，夾河而陣。聶兒孛堇與撒孔兒走來到，忽一派鼓聲，河口伏兵齊起，聶兒孛堇驚慌不迭。解元一騎突來，撒孔兒跑馬挺鎗直奔解元。二馬相交，只一合，斬撒孔兒爲兩段，殺死金兵於河中者無數。聶兒孛堇刺斜而走，解元揮兵追殺。聶兒孛堇走出天長，被董收一軍攔住去路，又殺一陣。聶兒孛堇止剩得五千騎，漏夜亟走北去。韓世忠大軍直追至淮而回。是役也，金人驚潰相蹈藉溺死者六七萬人，俘撻不野驍虜以下二百餘人，掠獲輜重衣甲不可勝計。世忠收集各處人馬，衆將俱問：「撫鎮以二萬步騎當金人方張之勢，如何料敵若是審也？」世忠曰：「虜賊屢遣人探吾虛實，未知其的，不敢動兵。魏良臣爲人最恡，不忠於朝，今使金國，必先見敵，以我軍中罄闕及移師事報知聶兒孛堇。孛堇的信之動兵，吾預備幾路皆敵人所必走，是以勝也。」衆皆拜服。世忠遣人以捷報。高宗聞捷音大喜，群臣入賀，帝曰：「世忠忠勇，朕知其必能成功。」沈與求奏曰：「自建炎以來，將士未嘗與金人迎敵一戰。今世忠連捷，其功不細。」論者以此舉爲中興武功第一。

評曰：自虜寇再至，藉累勝之威憑陵中夏，其勢甚鋭。世忠駐兵大儀，出奇設伏，伐木爲柵，自斷路，以爲戰之不勝誓以必死，其忠君之心至矣。由是虜兵甫進，伏軍夾擊，虜兵敗退，追躡至淮，則其義勇之氣有以貫徹胸中云爾。論者以此舉爲中興武功第一，豈不誠然乎？使高宗委任之專，不惑群議，則中興之業可運於掌。惜乎，不足以語此。

岳飛兩戰破李成

却說岳飛聞劉豫欲順流而下，李成既陷襄陽等六郡，又欲自江西陸行趨浙江與楊么會，具本奏：「襄陽等六郡爲恢復中原根本，今當先取六郡，以除心膂之病。李成遠遁，然後加兵湖湘，以殄群盜。」帝以謂趙鼎，鼎曰：「知上流利害無如飛者。」朱勝非亦言：「襄陽，國之上流，不可不急取。」帝即下詔江西路，命岳飛進兵。飛承詔，提兵至蘄州，聞知齊將京超以兵占據，其人驍勇，號爲「萬人敵」。岳飛人馬渡江，船至江心，謂諸將曰：「我若不擒此賊，再不過此江矣。」岳飛兵到，京超知岳飛名聲，只閉城堅守。岳飛躍馬遶城遠遠看了一遭，到城東北角，見了大喜。轉過來城下，見京超在於城上，岳飛乃使張憲於城下問之曰：「爾本受我聖朝厚恩，爲何跟着叛臣劉豫造反？」京超無言可對，他部下劉揖向前對曰：「今日各爲其主，不必多言。」張憲回，以劉揖言告知岳飛。岳飛正怒間，有軍正管糧官也來說：「過了江來，後運未至，軍中缺糧。」飛問曰：「糧料還有多少？」軍正曰：「只勾一日支應。」飛曰：「明日打開城便有糧。」次日黎明，謂諸將曰：「我等人馬渡江北來，後運未至，前有敵兵固城以拒，後有大江，爾衆等今日各當奮力，攻開此城，方纔得食。用命者賞，不用命者誅。」言畢，揮兵鼓噪而進，着令敢死士五百徑奔東北城角，士卒皆累肩而上，一時間把城奪了。京超見城陷，無處可逃，投崖身死。殺戮虜卒，屍與天王樓俱高。出岳飛行狀。生擒劉揖，到于帳下問之。劉揖乞命，飛曰：「我與爾各爲其主，不可恕。」腰斬於市。遂復蘄州，分兵前去克復郢州、隨州。

岳飛人馬到襄陽，遇着齊將李成引兵出城四十里迎戰，人馬俱靠江岸立營。岳飛勒馬於門旗下，見之，顧謂諸將曰：「此賊比先常輸與我，我今料他離我一二年，想必見事頗多，與先前必不同，豈知此賊今日動靜還只如舊。且如步兵利在險阻之地，騎兵利在平川之地，今日此賊却將騎兵擺在江岸險阻之地，步兵擺在平川曠野之地，他便有十萬之兵，何足懼哉？」乃舉鞭指與張憲、岳雲：「爾二人領着步兵二千，各執長鎗，攻其右之騎隊。」又指與牛皋、王貴：「爾二人領着騎兵二千，攻其左之步隊。」岳飛自領人馬來攻中軍。又戒衆將曰：「今日攻李賊比前日不同，他有虜寇慣戰人馬在內，須當謹慎。」張憲等領了軍令，分頭前去。三處兵喊聲兢起，一齊攻入。李成支當不住，大敗而走。岳飛驅動後軍追殺，投入江水死者不知其數。李成敗走，遂克復襄陽府。岳飛具奏：「金賊所愛，惟子女金帛，志已驕惰。劉豫僭僞，人心終不忘宋。如以精兵二十萬直擣中原，恢復故疆，誠易爲力。襄陽、隨、郢地皆膏腴，苟行營田，其利爲厚。臣候糧足，即過江北勦戮敵兵。」時方重深入之舉，高宗悅，允其請，而營田之議自是興矣。是時，韓世忠田金陵，紹興二年，詔左氏、張綱等條具陳䟦及臣僚獻議屯田，畫以閒中書門下，言建康府江南北岸流田甚廣，詔令孟庾、韓世忠措置爲屯田之計。王之奇田兩淮，紹興九年，令知楊州。王之奇措置兩淮屯田。岳飛田鄂州，岳飛任宣撫使日，爲諸陣軍發老弱不堪披帶兵甲者七十餘人，立爲擡軍名額，專使營田於鄂州。吳玠田梁、洋。紹興五年，詔吳玠於梁、洋等州，措置官莊屯田。

却說岳飛大軍進鄧州屯扎，聞知李成投奔金營，乞兵來取鄧州，粘罕使副將劉合孛堇領西番人馬與李成來到，列陣於西地，上下距營三十里，迎敵宋軍。岳飛喚過張憲、牛皋謂之曰：「爾領本部兵從光化路進，抄出敵人之後。」二人引兵去了。又使趙雲、李寶：「爾引兵從橫林埋伏，候敵人過半，從中截殺。吾自引兵策應。」趙雲、李寶領計去了。着令徐慶、岳雲部鐵騎五千，橫衝其陣。次日，岳飛擺開陣勢，策馬持鎗跑出陣前，大罵：「背天狂逆，今日休走。」番將高仲舞刀躍馬逕取岳飛，岳飛約退數十步，只一合，將高仲生擒馬上。徐慶、岳雲一支鐵騎兵從橫衝出，將金陣分作兩截，前後各不能相顧，大敗四散而走。宋軍喊聲追殺，李成、劉合孛堇抵敵不住，拚死殺奔横林，被張憲、牛皋抄出，又殺一陣，金兵死者不可勝數。李成、劉合孛堇正走間，兩下伏兵齊起，金鼓喧天，大叫：「虜賊早早納降。」劉合孛堇、李成驚慌無措，棄了坐下馬，扒山逃走，降其番兵無數。岳飛鳴金收軍，克復鄧州。襄、漢悉平，川、陝路道方得進通貢税。差人賫本報奏行在。

此時高宗駕至平江府，聞岳飛捷音，龍颜大喜，謂樞密胡松年曰：「朕雖素知岳飛行兵最有紀律，猶不知能如此料敵。」松年對曰：「只因行兵有紀律，然後可以破敵。三軍懼我者必贏，畏敵者必敗，古有是言也。」帝乃遣内侍賫銀合茶藥賞岳飛，并給賞軍士銀兩幣帛，及賜御札，催促岳飛提兵東下，解廬州圍。詔曰：

勑岳飛：近來淮上探報緊急，朕甚憂之，已降指揮督卿全軍東下。卿夙有憂國愛君之心，可即日引道兼程前來。朕非卿到終不安心，卿宜悉之。故勑。十一月十七日付岳飛。

岳飛承詔，領兵逕到廬州。虜將烏撒孛堇催督二萬番兵正在攻擊城池，聽的岳飛統人馬來到，即列開寨壁而待。岳飛先遣牛皋領數百騎悄出陣前，以精忠旗竪起，大喊：「虜賊有强者，早出對敵。」金兵見精忠繡旗展開，大驚，不戰而退。岳飛看見陣動，謂衆將曰：「虜情多狡，乘其人無鬥志，可以追之，明早不敢來也。若縱其去，明日復來，又費力矣。」牛皋得令，與張憲、董先引鐵騎追殺。金兵大敗，自相蹂踏躧死及斬首者約有數千人，奪獲馬匹兵器無數。岳飛兵勢大震，遂解廬州圍。岳飛奏：「襄陽等六郡人戶闕牛糧，乞陛下量給官錢。其欠官私錢帛者，悉免之。自金兵殘破後，百姓流離失所，各散爲盗者處處如是。聖明可頒詔，着令州府縣官至誠招撫。朝廷以其多得流亡者，優之以重賞。庶使黎民得以就業，盗賊亦可屏息也。」高宗允奏，陞岳飛清遠軍節度使、湖北路荆襄潭州制置使、神武後軍都統制，封武昌縣開國子。出岳飛行狀。差内侍賫御札到軍前撫〔一〕問岳飛。詔曰：

敕岳飛：卿義勇之氣，震怒無前。長驅濟江，威聲遠暢。宜奮揚于我武，務深得於敵情。既見可乘之機，即爲擣虚之計。眷兹忠略，豈非朕言。深念勤勞，往加撫問。故敕。十二月二十日付岳飛。

岳飛接詔謝恩，不在話下。

却説金師聶兒孛堇戰敗於韓世忠，渡淮北歸。時撻懶兵屯泗州，兀朮屯竹塹鎮，被世忠阻扼。兀朮會撻懶，遣人以書幣見世忠約戰。世忠得兀朮約戰檄書，與衆將議曰：「兀朮雖屢挫吾軍，其人驍勇，亦勁敵也。彼衆本不利於水戰，是以不能取勝。今欺我衆寡莫敵，長驅欲出鎮江，爲中國深寇。爾諸將各宜謹慎，把截江口險要去處，金人決難以濟。」衆將曰：「宣撫軍令，誰敢怠慢。」世忠又唤過麾下王愈及兩伶人伶人，樂人也，謂之曰：「兀朮常先禮而後兵，吾付爾三人黄橘、苦茗答之。若見兀朮，且言張樞密督兵鎮江，未暇以甚〔二〕情勞慰。」王愈與兩伶人辭世忠，逕至兀朮軍中，呈上黄橘、苦茗，具知張樞密留鎮江視師鎮撫，未有盛禮報謝。兀朮聞張浚在鎮江調兵，謂來人曰：「張樞密謫貶嶺南，何得乃在此？」出《通鑑》。王愈於袖中取出張浚所下文書示之。兀朮變色，着令王愈等回，與部下議曰：「韓世忠機變百出，張樞密親臨鎮江，吾此一回必不利矣。莫若退師歸金國，另作良圖。」即令躲探虚實起行。且看下回分解。

〔一〕「撫」，原爲墨丁，據雙峰堂萬卷樓本補。

〔二〕「甚」，三台館本作「盛」，雙峰堂萬卷樓本作「其」。

議防邊李綱獻策

是時高宗在平江，因虜兵來近，欲渡江親自決戰。趙鼎奏曰：「敵人遠來，利在速戰。當時便與爭鋒，雖是上策，然劉豫不親自來，只使其子劉麟領兵到此。即目張浚催督四路兵出，敵人自不暇爲謀矣，何勞至尊與其決戰耶？」高宗依其奏，即手敕令岳飛引兵東下。兀朮聞知岳飛提兵東下，韓世忠把住江口，計無所施，與大太子粘罕商議回兵。正遇十二月天氣，連日陰晦，彤雲四合，不覺落下大雪。怎見的：

彤雲密布，撒梨花、柳絮飛舞。樓臺誚似玉，向紅爐暖閣，院宇深沉，廣排筵會，聽笙歌猶未徹。漸覺輕寒，透簾穿戶，亂飄僧舍，密灑歌樓，酒簾如故。

想樵人、山徑迷蹤路，料漁人、收綸罷釣歸南浦。路無伴侶，見孤村寂寞，招颭酒旗斜處，南軒孤雁過，嚦嚦聲聲，又無書度。見臘梅、枝上嫩蕊，兩兩三三微吐。右調詞名《女冠子》

大太子粘罕見營中雨雪交積，輜重衣甲皆濕，又值四路盡是宋軍邀截，餽道不通，野無所掠，與衆人殺馬而食，蕃、漢軍各生怨憤，因謂兀朮曰：「兵法云：盛暑嚴寒，皆不出兵。值此大雪，軍士乏食，且又餽餉不繼，吾察部下各無鬥志，決難駐留。可將人馬分作前後二隊退回，免被宋人制也。」兀朮正在猶預間，忽金國使命來到，報說：「金主病篤，着令大太子、四太子等作急回兵，囑付後事。」粘罕、兀朮聞此消息，即下令漏夜起營北回。衆人得令，拔寨出離泗州而去，不在話下。

齊太子劉麟、劉猊探知粘罕退去，自度孤兵不能獨留，亦棄輜重而遁。哨馬報知行在，高宗聞虜兵已退，謂趙鼎曰：「近來將士致勇爭先，諸路帥臣亦翕然自效，乃朕用卿之力也。」鼎謝曰：「皆出聖斷，臣何力之有焉。」帝復問曰：「金人傾國南侵，衆臣無不恐懼，卿獨言不足畏，何也？」鼎對曰：「金兵雖大，皆劉豫告討將來，非其本心，戰必不肯用命，以是知其不足畏也。」會張浚來見，帝語浚曰：「趙鼎真宰相也。此天使來助朕中興，實爲宗社之福也。」鼎奏曰：「乘今虜寇已退，陛下須頒詔廣採天下之言，預爲恢復中原之計。」高宗允其奏，下詔以先前宰相議攻戰備禦措置綏懷之方以聞。

是時，提舉臨安府洞霄宫李綱上書曰：「陛下勿以敵退爲可喜，而以仇敵未報爲可憤；勿以東南爲可安，而以中原未復、神州赤縣中國名赤縣神州陷爲敵國爲可恥；勿以諸將屢捷爲可賀，而以軍政未修、士氣未振、尚使强敵得以潛逃爲可虞，則中興之期可指日而俟。議者或謂：『敵馬既退，當遂用兵爲大舉之計。』臣竊以爲生理未固而欲浪戰以僥倖，非制勝之術也。今朝廷以東南爲根本，將士暴露之久，才用調度之煩，民力科取之困，苟不大修守備，痛自料理，先爲自固之計，何以能萬全而制敵？議者又謂：『敵人既退，當自保據一隅，以苟目前之安。』臣謂祖宗境土，豈可坐視淪陷，不務恢復？若今歲不征，明年不戰，使敵勢益張，而吾之所糾合精鋭士馬日以耗損，何以圖敵？唯宜於防守既固、軍政既修之後，即議攻討，乃爲得計。其守備之宜，則當料理淮甸、荆襄以爲東南屏蔽。夫六朝之所以能保有江左者，以强兵巨鎮盡在淮南、荆襄間也。今當以淮南東西及荆襄置三大帥，屯重兵以臨之，分遣偏師進守支郡。加以戰艦水軍，上連下接，自爲防守。敵馬雖多，不敢輕犯。東路以楊州爲帥府，而以江東財用給之；西路以廬州爲帥府，而以江西財用給之；荆襄以襄陽爲帥府，而以湖北財用給之。徐議營田，使之贍養。假以歲月則藩籬成，守備之宜，莫大於是矣。然後可以議攻戰之利。亦當分責於諸路大帥，如淮東西之帥，則當責以收復京東西路；荆襄之帥，則當責以收復京西南北路；川陜之帥，則當責以收復陜西五路。此事雖若落落難合，落難合，言不相入也。然在陛下聖意先定於中，而以至誠不倦，決斷行之，蓋無不可成之理。至於擇將之方，治兵之政，車馬器械之制，號令賞罰之權，兵家皆有成法，無待於言。而戰陣之間，因敵決勝，臨事制度者，兵無常刑，又不可預圖也。臣願竊以爲獻者，在勿失機會而已。若夫措置之方，則臣願先定駐蹕之所。今鑾輿未復舊都，莫如權宜且於建康駐蹕，控引二浙，襟帶江、湖，運漕錢穀無不便利。然淮南有藩籬形勢之固，然後建康爲可都，願陛下與二三大臣熟計之。綏懷之略，則臣願先爲自治自彊之計，使中原陷溺之民知所依，先益堅戴宋之心。」又曰：「臣竊觀陛下臨御，迨今九年，國不闢而日蹙，軍不立而日壞，將驕而難御，卒惰而未練。國用匱而無贏餘之畜，民力困而無休息之期。使陛下憂勤雖至而中興之效邈乎無聞，則群臣誤陛下之故也。陛下觀近年以來所用之臣，慨然敢以天下之重自任者幾人？平居無事，小廉曲謹似可無過。忽有擾攘，則錯愕無所措手足，不過奉身以退，天下憂危之重委之陛下而已。有臣如此，不知何補於國，而陛下亦安取此？夫用人如用醫，必先知其術業可以已病，乃可使之進藥，而貴〔一〕成功。今不詳究其術業而姑試之，則雖日易一醫，無補於病，徒加疾而已。大概近年間暇則以和議爲得計，而以治兵爲失策；倉卒則以退避爲愛君，而以進禦爲誤國。上下偷安，不爲長久之計。天步艱難，國勢益弱，職此之由。今天啓宸衷，悟前日和議退避之失，親臨大敵，天威所臨，使北軍數十萬之衆震怖不敢南渡，潛師宵奔，則和議之與治兵、退避之與進禦，其效概可見矣。然敵兵雖退，未大懲創，安知其秋高馬肥不再來擾我疆埸，使疲於奔命哉？且退避之策可暫而不可常，

〔一〕「貴」，三台館本作「責」。

可一而不可再。退一步則失一步，退一尺則失一尺。往時自南都退而至維揚，則河北、河東、關陝失矣。自維楊退而至江浙，則京東、西失矣。萬有一敵騎南牧，將復退避，不知何所適而可乎。航海之策，萬乘冒風濤之險，此又不可之尤者。惟當於國家閒暇之時，明政刑、治軍旅、選將帥、修車馬、備器械、峙糗糧、積金帛，敵來則禦，俟時而奮，以光復祖宗之大業，此最上策也。臣願陛下自今以往，勿復爲退避之計。夫古者敵國善鄰，則有和親；仇讎之邦，鮮復遣使。今金人造釁之深，知我必報，其措意爲何如？而我方且卑辭厚帛，屈躰以求之，其不推誠以見信決矣。器幣禮物所費不貲，使軺往來，坐索士氣，而又邀我以必不可從之事，制我以必不敢爲之謀，是和卒不成而徒爲此擾擾也。非特如此，於吾自治自彊之計動輒相妨，實有所害。臣願自今以往勿復遣和議之使。二者既定，擇所當爲者一切以至誠爲之。俟吾之政事修、倉廩實、府庫充、器用備、士氣振，力可有爲大議大舉，則兵雖未交，而勝負之勢決矣。惟陛下正心以正朝廷百官，使君子、小人各得其分，則是非明、賞罰當，自然藩方協力，將士用命，雖強敵不足畏、逆臣不足憂，此特在陛下方寸間耳。」帝賜詔褒諭之，而不能用。

岳飛上疏曰：「即今二寇不戰而退，國中必有內難。臣願以妻李氏、長子岳雲、次子岳雷送赴行在爲質，臣乞會合諸將，乘此機會掩殺劉豫，收復兩京，庶快平生之志，以盡臣子之職。」上覽其言，不聽。

話分兩頭。

詔岳飛征討湖寇

却說粘罕、兀朮人馬回至金國，太宗病已將危，命人召入内寢，近臥榻前囑付後事。粘罕、兀朮入拜於榻邊。太宗曰：「吾爲金國皇帝一十二年，與中國屢年交兵，目下雖通使命，猶未見於成敗。所慮者，惟契丹也。吾今病勢沉困，料應難療。今以大事囑汝二人：吾弟完颜亶篤厚恭謹，可任大事，汝等宜輔佐之，各懷忠義之心，以圖悠久之計。勿自相疑忌，有生異志。」粘罕、兀朮哭曰：「父皇所命，誰有乖違？」太宗言訖而卒。衆人扶立完颜亶爲皇帝，廟號熙宗。亶乃太祖之嫡孫，金太宗以位讓之，則不失其正緒，可謂之難其德，比宋太宗自不同矣。

金熙宗既立爲皇帝，遵舊元，是爲天會十三年，令諸將修甲兵，復將大舉南侵。忽使臣奏：「宋太上道君皇帝崩于五國城年五十四歲，臨終遺言，欲歸葬内地。」金主聞奏不許，惟下命以衣衾棺槨依帝儀殯之。時宋兵部侍郎司馬朴與奉使朱弁在燕山，聞帝訃音至，二人痛哭幾絕。朱弁曰：「吾與君啣命，不得通問。既上已薨，當詣金國請命制服，庶不失臣子之禮。」司馬朴曰：「爲臣子聞君父喪，當致其哀，尚何請？設請而不許奈何？」遂服斬衰，朝夕哭泣。金人義之而不責。消息傳於平陽驛，洪皓聞之，北向泣血，操文以祭，其詞甚哀。乃爲詩吊之曰：

紫微俄頃墜瑶空，晏駕驚傳尺素封。

塵世未歸周穆駿，碧天先返鼎湖龍。
梓宫寥落經千里，鳳輦沉深隔九重。
絕塞孤臣懷仰切，不勝哀感暮雲濃。
洪皓既聞太上殂于五國城，密地遣人以書遺何蘚，送歸中國報知，不在話下。
紹興五年二月，高宗班師，駕回臨安府，從溫州迎回后、妃，奉安神主在臨安新建太廟。殿中侍御史張絢上言：「去年建明堂，今年建太廟，必以臨安府爲久居之地，再無恢復中原之意。」帝皆不聽。以趙鼎、張浚爲尚書左、右僕射兼知樞密院事，都督諸路軍馬。以韓世忠爲淮東宣撫使，帥師次「次」當作「屯」于鎮江。劉光世爲淮西宣撫使，帥師次于太平。張俊爲江東宣撫使，帥師次于建康。各措置防邊。岳飛爲荆湖南北襄陽路制置使，帥師討楊么于洞庭湖。詔下襄陽，岳飛承命，即率部下張憲、徐慶、牛皋、王貴、楊再興等二萬人馬，前往洞庭湖征討楊么。
却説洞庭湖先有賊首鍾相，以妖術作亂敗死，部下賊將楊么聚其餘黨，自稱「大聖天王」。立鍾相少子鍾儀爲太子，與楊么俱僭稱王號，據洞庭湖。手下驍黨有楊欽、劉衡、周倫、黄佐、黄誠、陳滔、高老虎、夏成、全琮、劉銑等數十人，皆健勇善戰者。聚兵數萬，戰船數千隻，東搶岳州，西搶澧州，北據江陵，南占潭州，爲各州之害不小。是時楊么躲探得高宗復命岳飛征進，聚集衆賊黨商議曰：「岳統制非王璦比，他胸中自有數十萬甲兵。如彼到處，無有不服。吾與爾等靠連洞庭湖一帶，甚得地利，只衆人謹防營寨以戰，互相往來，前後救應，宋軍自不能攻矣。」衆賊皆領諾。么唤過黄佐曰：「與你精卒一萬，屯立水寨於湖口，拒住岳飛大軍，我隨後調人策應。」黄佐引數員頭目前往湖口去了。又唤周倫、劉衡、黄誠等曰：「與爾各二萬步騎，列營東西岸，多具戰船，分設水門，以候救應。」黄佐、周倫等數員賊將亦引兵去了。楊么分遣已定，自統十萬之衆於洞庭湖上流，艨艟巨艦，前後布擺鎗刀旗幟，沿湖數十里往來督戰。以夏誠看守湖側大寨。哨馬報知岳飛。岳飛與衆將從潭州進發，大軍經過去處，肅然不擾。民皆簞食壺漿以迎王師，部下懼岳飛軍令，照價給還其錢。事聞於朝，高宗頒詔到軍前奬諭之。詔曰：

敕岳飛：卿連萬騎之衆而桴鼓不驚，涉千里之途而樵蘇無犯。至發行齎之衆貨，用酬迎道之壺漿，所至得其欣心，斯以寬予憂顧。念爾勤勞，往加撫問。故敕。三月十四日付岳飛。

岳飛在途接了詔書，望闕謝恩已畢，即日促兵來到潭州。與衆將議曰：「近年楊么爲洞庭湖深寇，皇上先差宣撫王𤫉部領十萬大軍征討，將有二年，未能平服，費損朝廷幾多軍糧。爾衆將此回出征，不比尋常，各要用心與朝廷出力，必獲重賞。」衆將齊曰：「統制軍令，誰敢違失。」岳飛隨喚過本州經府王忠，謂之曰：「爾齎此牓文前往湖中招諭。若從招諭，則與同來；不從，爾可自回。」王忠恐懼不敢前去，再三哀泣，告曰：「前者鼎州差劉醇、邵州差劉珂、荆湖宣撫司差朱寔、湖南宣撫司差朱詢、荆南鎮撫司差史安、湖南軍差趙通等共一十七人前去招撫，俱被楊么殺了。節使若遣王忠去招撫，必被所害。王忠雖死，亦何益于朝廷？」岳飛曰：「楊么之衆雖是賊黨，内亦有知順逆者在焉，爾但去無妨，回來重有陞賞。」王忠欲再辭，恐違其令，只得領牓前去招安。先到湖口，令人通報黄佐。黄佐聽得岳節使遣人齎牓來此招〔一〕諭，即喚小校開寨門召進王忠。王忠入至帳中，見黄佐衆黨齊齊擺列，部下健壯，各有殺伐之氣，驚的星節門戰，不敢仰視。黄佐謂之曰：「王經府休要恐赫。」令小校賜之座，王忠始放心，就于懷中取出招降牓文，遞與黄佐。黄佐接過牓文，

〔一〕「來此招」，原殘破，據雙峰堂萬卷樓本補。

起問曰：「岳節使近來安樂否？」王忠曰：「且幸清安。」黄佐欣然揭開牓文，看畢，謂其衆曰：「我知岳節使號令如山之重，不可輕褻。曾在東京南薫門外只八百人破王善五十萬衆，我等若不從招安，而與他戰，萬無生理。不如就王經府同去投降。吾聞岳節使誠實君子，必然重用我等，豈不爲美？」衆皆然之。黄佐即與數頭領隨王忠至潭州，投見岳飛。飛執黄佐手，喜謂之曰：「黄將軍真丈夫也。今來護我，楊么其能久乎？」待之甚厚。黄佐拜於帳下曰：「久聞節使大名，如雷灌耳，今得拜識，實契平生。第以久冒賊名，得罪貫盈，幸蒙招諭大恩，佐等罄志歸降。如今願出力補報朝廷，雖使肝腦塗地，亦無憾也。」飛曰：「觀君輩非賊類。今中原淪没於金人，大駕不獲寧居，爾等正宜攄忠戮力共扶王室，久後遺名汗簡，子孫受無疆之禄，千載一遇也，何以摽掠爲計哉？」佐泣曰：「小人辭節使，回至本寨，悉以其衆來歸。」岳飛大喜，給與誥命，填陞黄佐爲武義大夫、閤門宣贊舍人，其餘各受重賞。遂令黄佐回寨，王忠亦得賞賜。

次日，岳飛與王忠隨行一二人，逕往黄佐寨中回慰。岳雲曰：「新降賊寇，不知心腹，只恐其中有詐，大人不宜輕出。」岳飛叱之曰：「爾小兒輩焉知我爲？」雲曰：「亦須帶人馬相隨，以防不測。」岳飛曰：「爾與張憲等謹守城郭，只用數人去足矣。」岳雲再不敢言。岳飛出了潭州，直來到黄佐寨門外，王忠謂守門者曰：「今有岳節使親來回望。」小卒慌入帳中報知黄佐。佐問曰：「岳節使帶多少人馬來？」小卒曰：「只有數人跟隨而來，全無兵器。」黄佐聽了，舉手加額，謂衆曰：「岳節使誠哉君子也。」即出寨門，接至帳中。佐領衆人羅拜于帳下，岳飛各安慰甚至，賊人無不悦服。黄佐備酒禮款待岳飛，岳飛使黄佐列坐，佐推辭再三，方敢坐于席末。岳飛謂佐曰：「某初能飲酒數斗，因見君上，戒我以勿飲。今遇足下待我甚厚，不得不飲。」飲將醉間，撫黄佐背曰：「君知逆順禍福，若能扶持江山，救濟民苦，他日富貴當共之。」黄佐拜謝。岳飛大喜，盡歡而飲。酒闌，飛因謂佐曰：「我欲煩足下親入湖去勸其可招者，説與利害，以牓招之，引他來降。有不從招者，察其可乘之機，就擒而殺之。未審足下肯去否？」黃佐泣拜曰：「我受節使重恩，便使佐赴湯蹈火，則當以死報，何況使我去招人乎？」飛又曰：「將軍但有一次功，則陞一級，二次功則陞二級，必不爽信。」黃佐再拜曰：「謹當受命。」岳飛離了黃佐水寨，與從人回還潭州。不在話下。

岳飛定計破楊么

却說黃佐次日駕船入湖中賊衆內，宣以岳節使息信，不數日，有賊三萬自湖中來降。岳飛封其首領官職以下皆賞銀絹，着令入湖中各自立功。有不來者，亦不查問。又過數日，復有賊二千來降，岳飛照前陞賞。會樞密使因提督軍事來到潭州，參政席益迎謂浚曰：「吾觀岳飛所行，似有玩寇怠事。今其部大軍至此，並不與賊對敵，必有異志。今欲奏聞朝廷，未知可否？」張浚嘆曰：「岳侯忠孝人也。足下焉知其用兵之機？度其後去必成偉績矣，何以奏爲？」席益慚愧而退。人報知岳飛，岳飛曰：「席益弄筆書生，豈識兵家妙算。」因遣人以書約黃佐招降餘衆。黃佐得書，與部下宋傑議曰：「岳侯命吾往湖中招安么黨，其他皆從招安，惟周倫列寨東岸，恃强不服，當用何計降之？」宋傑曰：「可乘其無備，夜間去劫營壘，周倫必破矣。」佐曰：「此計甚妙。」即傳下軍令，準備劫營。將近二更時候，黃佐與宋傑共數千精壯悄悄離了水寨，約至周倫寨外，金鼓齊鳴，火炬照天，衆人斬寨而入。周倫於帳中驚慌，人不及甲，馬不及鞍，各四散奔走。黃佐驅動部下，殺的賊衆擁入湖中，死者不可勝計。周倫正待走出湖口，當頭遇着黃佐，一刀砍下頭來。宋傑領衆殺入賊壘，斬賊首凡九人，奪其衣甲兵器戰船無數，焚燒寨壁殆盡。黃佐差人馳報岳飛，岳飛大喜，着小校齎持誥命填陞黃佐爲武經大夫，所部將士皆照功陞賞。黃佐等已得陞賞，皆歡悅，願再立功。

却說王瓊每日與楊么副黨劉衡交戰，未得勝機。岳飛部將王貴戰敗，王瓊怒責之，貴〔一〕曰：「非吾戰罪，皆因宣撫無致勝之術耳。」王瓊遣人報知岳飛，具王貴有慢軍令。岳飛大怒曰：「軍令不齊，何以克敵？」將王貴打了一百大棍，仍令領兵前去殺賊贖罪，因謂之曰：「限汝三日，若不殺獲賊人，定斬首示衆。」王貴只得負痛引兵前去迎敵。岳飛又喚過董先、王剛、楊再興、張用四人領兩支軍馬，多備〔二〕弓弩，於永安寨樹木叢雜處埋伏，候賊敵出寨，先着一支軍堆起葦蘆乾燥之物，焚其壁壘，賊敵殺敗走過，弓弩齊發，必獲全勝。董先等領計去了。岳飛自部精騎來攻永安寨。王貴一支軍先至寨外請戰，劉衡聽的岳家軍到，領衆賊黨出寨，立馬於門旗下，大叫：「王貴，爾前日戰敗，今日尚敢來哉。」王貴曰：「今有岳節使領二十萬大軍來到，你等若就招安，不失封侯之職。如不降，一寨生靈死在目下。」劉衡欺王貴兵少，挺鎗躍馬直取王貴。王貴舞刀交還。戰無數合，王貴撥回馬便走，劉衡驅兵後追。岳飛觀見賊敵已過伏兵之處，自勒馬向前迎戰，正遇劉衡副賊趙炳，只一合，刺死趙炳於馬下。劉衡挺鎗來戰，岳飛即放起號砲。劉衡回望本寨，看見煙焰逼天，四下葦蘆皆着，驚慌不迭，殺開血路，與衆賊黨望湖中而走。轉過樹林叢雜處，兩下鼓聲雷動，矢如雨下。劉衡前後無路，被亂箭射死於林邊。部下走得出者，俱就岳飛馬前投降。岳飛受錄之，以願爲軍者充入行伍，不願者散爲良民。重賞部下。因遣人請張樞密於軍中計議討楊么之策。正話間，忽朝廷遣使臣齎金字牌來召張樞密回朝，有機密事商議。張浚得旨，因謂岳飛曰：「我今承旨回朝，未知節度謀畫湖賊曾有定策否？」岳飛即於袖中取出一小圖，

〔一〕「貴」，原爲墨丁，據雙峰堂萬卷樓本補。

〔二〕「備」，原爲墨丁，據雙峰堂萬卷樓本補。

曰：「下官已有滅賊定策，請樞密一視。」即將小圖遞與張浚。浚看圖中俱有破楊么寨柵前後攻擊之機，如視諸掌。浚看罷，謂飛曰：「今楊么依湖靠險，未有可乘計策。況今朝廷促召回還計議北邊防秋之事，節度且於附近有糧草城内練兵養士，只勿使賊人滋蔓，待我明年來與節度再作計較。」岳飛曰：「都督能少留八日，待岳某掃清湖寇，那時回朝未遲。」浚曰：「王宣撫領兵征進將近二年，尚且不得成功。今節度要在八日除滅湖寇，何言之易。」飛曰：「王四廂以王師攻水寇則難，今飛以水寇攻水寇，是以易成功耳。」浚曰：「願聞水寇攻水寇之術。」飛曰：「楊么巢穴深險，不可測度。他倚着此湖，乘船拒敵，則是彼長於我矣。方欲攻其巢穴，又無鄉導之人，此乃以我所短，攻彼所長，實爲難事。若因敵將攻敵兵，奪其手足之助，離其腹心之托，而使强賊孤立，然後以王師乘其敗亡之機，八日之内當俘諸酋。」張浚許之，即辭飛而出，具表奏聞。表曰：

尚書右僕射兼知樞密院事、都督諸路軍馬招討使臣張浚謹狀奏：五月初八降到指揮，取臣回還行在，計議防秋之事。即今湖湘之寇未除，乞容臣副六月上旬收捕水賊，方可回朝。今臣調岳飛人馬前往鼎州，計畫殄除水寇去訖。臣欲遵命回朝，誠恐有失機會。謹具奏聞。紹興五年五月初九日張浚謹言。

張浚具表奏聞，不在話下。

且說岳飛下令軍中，以大軍徑往鼎州屯扎。轅門外報：「有楊么賊黨楊欽從黃佐招諭，領本部三千餘人駕着戰船八百餘艘前來投見。」岳飛聞知大喜，謂張憲衆將曰：「今黃佐可託爲心腹用矣。吾知楊欽乃賊中最驍勇者，今日來降，楊么心腹去矣。」張憲曰：「誠不出大人之料。」岳飛令人請入軍中，楊欽自綁縛着人押至岳飛麾下，首其從逆之罪。岳飛一見，慌下階親解其縛，攜手與之入帳中賜坐。欽辭曰：「罪當誅戮，何得有坐？」飛曰：「足下非爲岳某而來，實與朝廷出力也。」欽推阻再三，方敢就坐。岳飛即以朝廷所賜戰袍盔甲鞍馬付與楊欽，填給誥身，封爲武義大夫，禮遇甚厚。轉陞黃佐爲武德大夫。令人齎表奏報朝廷。表曰：

荆湖南北襄陽府路制置使臣岳飛狀奏：某奉聖旨措置荆湖盜賊，臣遂先分人馬把截要路，斷其糧道，嚴行禁止，不許與賊交易，使其乏食。復遣人分頭齊執旗牓，開論禍福，說誘招安，去其腹心，并欲誘致賊首以爲鄉導。今據武義大夫閤門宣贊舍人黄佐等招安水寨首領楊欽等，將帶本寨徒衆老少一萬餘人、大小舟船八百餘隻、牛五百餘頭、馬四十餘匹並到軍前，臣已優加存恤，及支錢糧養贍，并將空名誥身填陞武義大夫給付楊欽了當。緣勘楊欽係賊之密黨，今已服從，正宜掩獲巢穴。臣一面措置進兵外，謹錄奏聞，伏候敕旨。紹興五年五月十五日臣岳飛謹言。

岳飛既已着人進表行在，復遣楊欽回湖中。帳前轉過董先，曰：「不可再放楊欽入湖，他乃賊之腹心，恐中間有詐，枉費錢糧以資賊寇。」飛曰：「楊將軍忠義人也，爾輩安知？」仍遣之招諭餘黨。楊欽拜辭，引本部逕入湖中。不兩日，領全琮、劉詵衆賊來降，岳飛照例陞賞。知其賊黨尚有數萬，乃詭駡欽曰：「賊人不曾盡數來降，爾却先來何幹？」怒令手下杖之。楊欽發憤，帶領本部人衆，依然反回湖中去了。岳飛知楊欽已去，即喚過張憲、岳雲、董先、王貴，引三百戰船，分作三路進發，候楊么賊寨有動靜，隨後接應。仍遣黄佐、全琮、劉詵爲鄉導。衆人領計去了。且看下回分解。

牛皋大戰洞庭湖〔一〕

却說楊欽入湖中，駕起船隻，逕往投見高老虎，備言：「岳飛使人賺我歸降，被其痛責四十脊杖監收，欲候捉了楊么，一同解赴行在，被吾夜間把監收人殺了，逃回湖中。今願與足下戮力抵敵官軍。」高老虎曰：「足下放心，仗我兩個驍勇，殺教他如王宣撫片甲不回。」欽曰：「我若不被黃佐哄誘，依着我厮殺，他如何敵得我過。」高老虎曰：「且將兩家戰船纜作一處屯扎，明早再作計較。」一邊安排酒席，款待楊欽。楊欽曰：「老兄疾寫書去，報兩位大王前來策應。」高老虎寫了書，差人〔二〕駕一小快船漏夜飛報楊么去訖。二人於寨中飲酒，將至二更，只見三面船隻順風而至，金鼓喧天，火光迸紅，將到賊人船傍，箭如雨點。高老虎驚慌，正待開船迎敵，被楊欽一把手擒住，令衆人綁縛了，撑開船隻，放官軍一湧殺入，衆賊黨死於湖中者無算。近天明，楊欽押解高老虎至鼎州見岳飛。岳飛大喜，轉陞楊欽、黃佐等官職，犒賞三軍，將高老虎斬訖，梟其首級于鼎州界上，以警將來。

岳飛遣哨卒往湖中躲探楊么虛實，回報：「楊么於湖中催督戰船，甚是利害。」岳飛問：「所造戰船如何

〔一〕「牛皋大戰洞庭湖」，原作「皋大戰洞庭洞牛」，據雙峰堂萬卷樓本改。

〔二〕「了書差人」，原殘破，據雙峰堂萬卷樓本補。

施展?」報軍曰:「楊么戰船,一名『望三州』,一名『和州載』,一名『五樓』,一名『九樓』,一名『大得山』,一名『小得山』,一名『大海鰍頭』,一名『小海鰍頭』。每一名爲一號,每一號有一百餘艘。兩旁遮陽版内俱安水輪,使人如扳轆轤,待撑進,其疾行如飛。船兩邊前後俱置撞竿,官船迎之輒碎。況官船低小,賊船高大,從上矢發下石、箭來,官軍如何抵當?我船若使兵器,都要仰面,只見其船,不見其人,以此王宣撫兩年征進,無計可施。」岳飛聽了,隨即帶領黄佐、楊欽、張憲數十騎,於湖口高阜處觀望。見楊么戰船在湖中往來如飛,顧謂張憲曰:「此賊倚湖中之險,誇船勢高穩,王宣撫書生矣,豈能敵此劇寇?枉費朝廷兩年糧料,損折許多軍馬,未能成功。待吾略施一籌,將此賊一鼓而擒。」憲曰:「大人神算,非我輩所能測。」飛回至軍中,差人伐君山木扎爲巨筏,上駕生牛皮以避箭石。大小共有數百筏,埋伏在湖中。又遣牛臯引一千軍各帶布囊,滿盛圩沙塞諸港汊,又以腐木亂草浮上流而下。揀三千能厮駡健卒於水淺處挑戰。岳飛分遣已定。次日,引一班戰將在湖上流與楊么對敵。楊么扯起征篷,鳴金擂鼓,放出數千員賊黨列於戰船上。岳飛令人駡之以激其怒,淺水畔健卒撑小船且行且駡。楊么不勝怒發,催起衆賊船一齊趕來,矢石如蝟。官兵船隻旋抵旋退,引的賊船將到水淺去處,中流腐木亂草一至,將賊船水輪盡皆纏住,扳搏不動[一]。岳飛於上流看見,隨遣張憲、岳雲各引五千軍分頭攻擊。衆官軍見賊船不動,皆要爭功,都上大筏順風而下,近賊船邊,架着大木撞破其船。賊衆大潰。牛臯、黄佐、楊欽首登賊船,砍死其黨不計其數。楊么見官軍圍遶上來,無處逃走,知事不濟,先將鍾儀推落水中,自亦望湖中一跳。筏上將跳下水,生擒楊么。筏上擒楊么者,乃岳飛健將牛

〔一〕「不動」,原殘破,據雙峰堂萬卷樓本補。

皋。其餘賊衆殺死洞庭湖中者，水爲之紅。其會水者得命亦無去路，乞投降共二萬餘人。牛皋押將楊么來見岳飛，岳飛斬其首級，遣人送到張樞密處。人報：「賊將陳滔領所部奪了鍾太子坐船，得其寶貨、金銀器皿、金校椅、金鞍轡、珍珠簾、錦幃幔、龍鳳輦、八寶床、紫金爐、沉香座等物來降。」岳飛喚至帳前，附耳低言如此如此，陳滔即辭了岳飛而去。飛又遣楊欽、黃佐引兵隨後進攻，楊、黃二人引兵去訖。

却說湖側大寨夏誠等尚不知二大王消息，正在憂悶間，守寨門賊人見陳滔領本部數千，身上染有污血，走到寨門外高叫不迭：「今有大聖天王戰敗回來，作急開門。」賊人報知夏誠，夏誠大驚，慌交開門放進。陳滔部下一齊併入，楊欽、黃佐相繼而進。夏誠正待閉門守險，已被楊欽、黃佐分人守定。岳飛大兵繼至，將楊么老營團團圍住，夏誠、黃彪等束手就縛，其餘賊衆解甲投拜者聲動山岳。岳飛方欲受降，傍有牛皋曰：「今楊么手下賊衆，爲各州之害不小，殺戮官軍甚多，數年之間，勞民動衆。今日勢敗，方肯投降。若不盡行勦滅，將何以示軍威？」飛曰：「楊么所部本是農夫，先被鍾相以妖術扇惑，事發懼死，以致相聚爲盜。鍾相敗死，又被程吏部欲盡殺之，因此依舊潛躲，偷竊求生。於中有楊么以推戴鍾儀爲名，復起嘯聚，燒劫州縣。往年王宣撫無有收捕之方，日就月將，養成大患。我想他衆人只是要全性命而已。今日賊首楊么、鍾儀既誅，其餘皆是國家赤子，安得不允其降乎？」牛皋等再不敢言。岳飛選强壯有力願從軍者編入行伍，老弱不堪願爲民者放歸田里。將楊么所積金寶財物盡賞有功將士，放火焚燬大小賊寨三十餘座、戰船數千艘。湖襄之寇悉平。

初楊么據依洞庭湖，恃其營寨險阻，遇官軍自陸路襲之，則入湖中；以水攻之，則登岸上。因曰：「欲犯我者，除是飛來。」至是，人以其言爲讖云。

按，洞庭湖，《長沙志》曾說：洞庭之水渚爲七百里，日月出入于其中。有詩爲證：

湖光秋月兩相和，
潭面無風鏡未波；
遙望洞庭山水翠，
白銀盤裏一青螺。

紹興五年六月末旬，岳飛掃蕩楊么，遣人以捷書報知張浚。書至潭州，果八日克服劇寇。張浚嘆曰：「岳侯神算也。」即日差人奏捷行在。高宗大喜，遣內侍齎御札褒獎之。詔曰：

敕：比得張浚奏知，湖湘寇賊悉已肅清。寬紓朕憂，良用欣愜。非卿威名冠世，忠略濟時，先聲所臨，人自信服，則何以平積年嘯聚之黨於旬朝指顧之間？不煩誅夷，坐獲嘉靖，使朕恩威並暢，厥功茂焉。或有陳情，可具奏來。故敕。七月初一日付岳飛。

陞岳飛武勝定國軍節度使、京西路宣撫使、河南北諸路招討使兼營田大使，其有功將士俱授陞賞。岳飛承恩已畢，上疏進師恢復中原，不許。

帝詔張浚回朝。浚還自潭州，入見高宗，具奏：「藩外巨職，唯韓世忠、岳飛可倚以大事。」帝大悅，曰：「召卿回欲議防邊計，卿可專任視師于襄、漢、川、陝，仍以劉子羽參議軍務〔一〕，以席益爲四川制置大使，用副卿行。」浚辭帝，前往襄、漢、川、陝督理軍務，不在話下。

高宗以張浚所陳，陞韓世忠爲京東淮東路宣撫處置使，屯楚州，岳飛爲京西湖北路宣撫副使，屯鄂州。

〔一〕「務」，原作「益」，據雙峰堂萬卷樓本改。

詔下，鎮江韓世忠承命至楚州。時楚州城郭被金人殘破已後，官府荒蕪，民庶凋落。世忠披草萊，立軍府，與士民同力役。夫人梁氏親織箔爲屋。庶民見其自勤，亦不敢辭艱苦。大家營成，不半年，軍府樓櫓爲之一新。將士有怯戰者，世忠遺以巾幗巾幗，婦人孝冠也，設鼓樂大宴將士，酒後使婦人出筵中數以耻之。故人人知所奮勵，壯氣百倍。世忠又遣人撫集流散，通商惠工於山陽郡。自是遠近懷威，依附者殆無虚日，遂爲重鎮焉。事聞，高宗喜曰：「信如張浚所舉也。」因下詔褒之。

且説岳飛亦承詔旨，引本部人馬逕還鄂州屯扎。

按，鄂郡一名武昌，先爲三國爭衡之地，有詩爲證：

二龍爭戰決雌雄，

赤壁樓船掃地空；

烈火漲天明碧漢，

周郎於此破曹公。

宋高宗以鄂州爲重鎮要地，因詔岳飛屯焉。詔曰：

敕岳飛：武昌控制上流，淮甸只隔一水。命卿屯兵於此，須要多方措置。遣人間探，無使虜寇窺伺，即今動息如何，莫謂未有令報，而援圖之謀不素定，難以應倅。卿其用心躰國，萬一有令，當極力捍禦。事勢掃戮，無少疏虞，即卿之功。日具的實，動息奏來。故敕。紹興五年十月日付岳飛。

十二月，加陞岳飛爲檢校〔一〕少保武昌郡開國公，仍賜衣服、金帶、銀盒、茶藥并鞍馬。詔下鄂州，岳飛不敢受命，上表以辭。表曰〔二〕：

河南北諸路招討使臣岳飛劄子奏：臣伏蒙聖恩，除臣少保，臣已四具劄子辭免。今月初十日伏奉詔旨不允，毋得再有陳請者。臣聞爵以馭其貴，禄以馭其富。爵禄者，人君馭天下英豪而使之貴富也，人孰不欣受而願享之。然名器假人，爲《傳》所譏；無功受禄，爲《詩》所刺。則君不可以輕與，臣不可以妄受。臣性質樸魯，久叨寵榮，每懼滿盈，弗克負荷。若更無功輒受貪冒，臣賦分淺薄，竊恐別招譴責。伏望陛下憐臣勤懇，特降諭旨，追還恩命。庶使臣稍安愚分，別效寸長，仰報陛下天地生成之德。干冒斧鉞，臣不任戰慄，俯伏俟命至，取進止。紹興六年正月十六日臣岳飛謹言。

岳飛復具表辭衣帶、鞍馬。表曰：

劉豫興兵寇合肥

〔一〕「校」，原作「教」。

〔二〕自「表曰」至「岳飛不敢領受，仍具表以辭」原書錯簡，據雙峰堂萬卷樓本改。

臣岳飛劄子奏：臣於紹興五年十二月二十六日伏蒙聖恩，例賜臣袍服、冠帶、魚袋、鞍馬。竊念臣一小寒微，遭遇宸眷之厚，近年累蒙賜金帶等物，今更循例錫予。在臣無能，實爲過分。伏望睿慈特賜寢罷，庶使蠢愚不致冒濫，干瀆天聽，臣不勝惶懼之至，取進止。紹興六年正月十六日臣岳飛謹言。

表進行在，朝廷不准。自是岳飛於鄂州操練軍士，措置糧料，欲圖復興之舉。其魏國夫人姚氏病篤，岳飛侍奉湯藥，不離左右，致戎事無人統理，甚是憂慮。只得具表陳情，乞暇養親。表曰：

太保臣岳飛劄子奏：臣輒具危懇，仰瀆睿聰。臣近奉命收復襄漢，去家遠涉大月餘日。臣老母姚氏年已七十，侵染疾病，連月未安，近復腿脚注痛，起止艱難。別無兼侍，以奉湯藥，人子之心，實難安處。伏望聖慈察臣悃愊，無地竄避，暫乞許臣在假，以全侍奉之養。將本軍人馬，暫委別官主管。候臣老母稍安，依舊管幹戰事，恭聽驅策，結草啣環，擔圖報效。冒犯雷霆之威，臣無任戰懼激切之至，取進止。紹興六年四月日臣岳飛謹言。

岳飛既具表文，遣人齎送行在。母之病日重一日，岳飛每夜焚香禱告天帝，乞願身代。是月，母魏國夫人姚氏以疾薨，岳飛哀戚過情，兩目皆瘇，與妻子李氏、岳雲修辨喪事，一遵其禮。不待朝廷詔下，與子發母靈輀，赤脚步行，歸葬江州廬山之下。在於途間，不避泥水，天氣炎熱。經過去處，官吏軍民而有願替扶持靈柩者，岳飛泣而謝之曰：「吾母懷我一身，更望誰替。」見者無不感傷。歸葬已畢，乃於墳側立草廬一所，同子守親之墓，晨昏一如生事禮儀。事聞朝廷，高宗命下，遣廷臣弔問諭禮。又敕江、鄂二州官府營辨喪事，比常例外加賜銀一千兩、絹一千匹、布五百匹、米五百石，送至墳所。岳飛不敢領受，仍具表以辭。表曰：

草土臣岳飛狀奏：准御前金字牌遞到尚書省劄子二道。奉聖旨：岳飛母魏國夫人姚氏身亡，已降指揮於格外特賜銀絹一千兩匹、布米五百匹石，命戶部支給差人送去。所有葬事，令鄂州、江州協力措置施行。臣上荷聖恩，惟知感泣。臣今扶護母喪，已至江州瑞昌縣界營葬。臣以月俸之餘，粗足辨集。所有上件恩數并格外賻贈，伏望聖恩併賜寵罷，庶安愚分。謹錄奏聞，伏候敕旨。紹興六年四月二十日臣岳飛謹言。

岳飛累具奏，力辭其賜，朝廷方准。

話分兩頭。却說大齊僞主劉豫探知岳飛因母喪守制廬山，密地訓調人馬，將有南侵之志。消息傳入臨安，高宗召廷臣議建都以防之。宣撫使張浚奏曰：「東南形勢，莫重於建康，實爲中興根本。且使人主居此，則北望中原，常懷憤惕，不敢自暇自逸。今臨安僻居一隅，内則易生安肆，外則不足以號召遠近繫中原之心。請陛下即幸之，以撫三軍而圖恢復，指日可成其功耳。」帝在遲疑間，尚書趙鼎建議以爲：「平江都勝之會，便於漕運，陛下莫若都此，足能以制敵也。」帝從之，預備巡幸。遣張俊理兵盱眙，候迎車駕，以秦檜爲行宮留守，孟庾同留守並參決尚書省樞密院事。秦檜自被斥，會與金議和，稍復其官。又以張浚薦，授体泉使〔一〕，至是漸用事。

九月，高宗大駕至平江府。劉豫知之，及聞張浚會諸將於江上，牓其罪逆，將進兵討之，恐懼。遣人告急于大金國主，請允出師南侵，而乞師救援。差人領表，逕至金國去訖。

且說金主熙宗皇帝自接位後頗勤政事，以粘沒喝、斡本、蒲盧虎並領三省事，國之大政皆決於此三人。追其先祖，函普曰始祖，烏魯曰德帝，跋海曰安帝，綏可曰獻祖，烏古迺曰景祖，劾里鉢曰世祖，頗剌叔曰肅宗，盈哥曰穆宗，烏雅東曰康宗，妣皆爲皇后。復定景祖、世祖、太祖、太宗廟，皆不祧。自是國事日以

〔一〕「体泉使」，疑爲「醴泉觀使」。

就緒。忽報：「大齊遣使乞兵南侵，仍請救援本國。」熙宗聞奏，召諸將相議之。蒲盧虎奏曰：「先帝所以立劉豫者，欲其開闢疆土，保守邊境，使我得安民息兵也。今劉豫進不能取南宋半寸之功，又不能守其疆境，兵連禍結，無有休期。陛下若又從其請，兵常勝則豫受其利，兵若敗則我受其弊。況前年因劉豫出師，嘗不利于江上矣，奈何更許之。」金主從其議，遂不許劉豫所請。使臣回見劉豫，備言金主不允乞師援兵之請。劉豫於是與子劉麟商議，簽鄉兵共得三十萬，號七十萬，分爲三路南侵。遣劉麟率中路兵，由壽春趣廬州，以犯合肥；姪劉猊率東路兵，取紫荆山，出渦口以攻定遠；孔彦舟率西路兵，趣光州，以攻六安。劉豫分遣以定，劉麟等各引兵南侵，不題。

大金聞知劉豫兵起，差四太子兀朮帶領五萬人馬屯黎陽以觀釁。朝廷聞此消息大懼。時張俊屯盱眙，楊沂中屯泗州，韓世忠屯楚州，岳飛屯鄂州，劉光世屯廬州，而沿江上下無兵。趙鼎深以爲憂，遣人以書報張浚，令其着張俊與楊沂中合兵以保合肥。張浚得趙鼎來書，深然之，乃遣楊沂中、張宗颜各引精兵五千，分道以禦劉麟軍馬。且令沂中趣濠州以與張俊兵合。因謂沂中曰：「上待統制恩厚，正宜及時立功，以圖報效。」沂中曰：「朝廷事，吾當與君任之，安敢以勞辭耶？」即引兵趨廬州而去。張浚於軍中持調拒戰，會邊日急。張俊、劉光世羽書來報：「賊勢甚大，人馬精鋭，吾軍難以迎敵，乞都督速宜措置。」張浚即差人以書戒張俊等曰：「反賊劉豫之兵以逆犯順，若不勦除，何以立國？朝廷平日亦安用養兵哉？今日之事，有死戰無退保而已。」張俊與劉光世得張浚戒文，自相議曰：「盱眙、廬州二處，近逼賊敵，竟難以拒守，莫若具奏朝廷，乞召岳飛起復，前來一同禦虜，使之獨當其鋒，庶可得退保。」劉光世曰：「此論甚高，即須具表奏知。」張俊修下表章，差人逕詣行在，奏知高宗。高宗覽表，遇邊報劉麟進逼合肥，聲勢甚緊，帝慮張俊、光世不足任，下詔令岳飛起復，以兵東下，而手札付浚，令張俊、劉光世、楊沂中等引兵還保江。張浚聞知，上言：「若令俊等渡江，則無淮南。而長江之險，與賊共有。淮南之地，正所以屏蔽大江。如使賊得淮南，因糧就運以爲家計，江南其可保乎？今正當合兵掩擊，可保必勝。若一有退意，則大事去矣。且岳飛一動，襄漢有驚，何以恃乎？願朝廷勿專制于中，使諸將有所觀望也。」帝見奏，手書報浚曰：「非卿識高慮遠，何以及此？今付卿以專任，沿邊將士如有不肯用命殺賊而退縮者，即便斬首示衆，然後奏聞。一應軍務，便宜行事，如朕親行。」張浚承上命，宣布各處將士知之，仍令楊沂中速進兵禦賊。沂中引兵至濠州會劉光世，光世已舍廬州，將趨采石采石，山名。淮西大震。浚聞之，令呂祉馳往光世軍中，諭其衆曰：「若有一人渡江者，即斬以徇。」光世不得已還駐廬江，與張俊、沂中兵相應。畢竟看後如何。

楊沂中藕塘大捷

且說劉猊引一十萬人馬至淮東近楚地，韓世忠聞之，以重兵屯於鳳山。劉猊人馬不能前進，偏校嚴尤曰：「韓世忠部下精健，若與對敵，必無勝理。不如引兵趨定遠，乘其無備，或可以成功也。」劉猊然之，即引兵望定遠進發。哨馬報知楊沂中，沂中以兵五千進禦，與劉猊前鋒遇于越家坊。兩陣對圓，沂中横刀勒馬於門旗下，大罵曰：「逆天狂黨，無故侵擾疆境，今日教爾死在目下。」劉猊大怒，舉刀直取沂中。沂中舞刀來迎。二馬相交，兵刃並舉，戰到二十餘合不分勝敗。對陣嚴尤見劉猊戰沂中不下，拍馬挺鎗特來助戰。沂中背後閃出統制吴錫，躍馬挺鎗，抵住交鋒。兩下金鼓齊鳴，喊聲振天。混殺了一陣，近黄昏，各鳴金收軍，歸至營中，彼此俱有損傷。自是兩下一連放對二十餘日，未決雌雄。劉猊因餽餉不繼，與部下議曰：「我孤軍深入，倘沂中知吾軍士乏食，以兵襲之，何以當敵？不如今夜乘月黑引兵趨合肥，與劉麟會合而後進，斯保善後計也。」衆皆然之。劉猊與嚴尤、杜習分前後隊退回。探軍報知沂中：「今有劉猊因軍餉不贍，恐王師攻襲，今夜拔寨退去。」沂中即下令軍中曰：「劉猊退去，必與劉麟兵合。若縱之去，其勢愈大。」分付吴錫曰：「此賊定由藕塘而去，爾可領精兵一千于藕塘中路，據山列陣，分二百人，各帶弓弩，埋伏樹林中前五里，候敵人來到，可佯敗引入灣路。吾以大軍截出，彼若死鬥，爾當急擊之。信砲起，着令二百弓弩一齊放矢。縱不能擒獲劉猊，亦須殺其大半人馬。」吴錫領計引兵前去預備，不在話下。沂中分調已畢，只留下空營，自率四千步騎，乘夜出藕塘追襲。

却說劉猊引本部人馬拔寨離了越家坊地界，逕趨藕塘而去。將近平明，正抵藕塘中路。劉猊軍遥望見靠山旌旗捲舞，知有軍攔阻，即拍馬舞刀向前。正遇沂中部下統制吴錫，劉猊更不打話，舉刀直奔吴錫。吴錫舉鎗交還。戰不兩合，吴錫勒馬望後便走。劉猊驅兵力追近五里，兩邊樹木叢雜，嚴尤曰：「吴錫武藝不出公子之下，藕塘路徑交雜，追至此，俱是山隘，倘有伏兵，何以當之？」劉猊亦大疑。纔待令前軍退出，當頭一聲砲響，閃出一員大將，面如棗色，紫髯剛鬚，乃楊沂中也。舞刀躍馬，直取劉猊。劉猊不敢戀戰，刺斜殺出。嚴尤從後助戰。沂中引兵急追。劉猊走至樹林邊，一聲梆子響，林中二百弓弩一齊矢來，射死戰將杜習，人馬折其大半。劉猊與嚴尤、姚琮引敗殘軍馬望泗州而走。不十數里，路傍塵埃起處，二千軍攔住，爲頭大將挺鎗躍馬而出，乃宋將張宗颜，自泗州來乘背擊之。大殺一陣，死者不計其數。劉猊奪路而走，後面楊沂中與張宗颜兵合迤邐追襲。姚琮曰：「公子快走李家灣，吾敵住追兵。」劉猊引衆望李家灣逃走。姚琮勒回馬來戰沂中，只一合，措手不及，被沂中斬於馬下。沂中傳令曰：「賊人勢解，不可縱留。三軍有能擒獲賊首者，授以上賞。」衆人得令，各鼓勇爭先。劉猊望見後面喊聲不絕，與謀主李愕曰：「適見鬚將軍鋭不可當，果殿前也？」愕曰：「此正是宋將楊沂中，公子可速走，不然禍及矣。」道尤未了，沂中一軍躍馬而至，叱之曰：「賊將早降，免受快刀。」劉猊驚慌不迭，與衆軍併力死戰。沂中以精騎衝其脅，大呼曰：「賊破矣。」齊軍大敗，殺的屍横滿野，血流成渠，遺棄盔甲旌旗無數。餘衆怖，請降者一萬人。劉猊不敢更向合肥，望汴京逃走。沂中探知劉猊去遠，與張宗颜收回軍馬，進次于濠壽之間，與張俊軍會。是役也，沂中以五千之衆，退劉猊一十萬精兵，猊僅以身免，其功不在韓世忠下矣。後人有詩爲證：

羯鼙聲振動征塵，社稷微危厭用兵。

喜見守臣全鎮宇，痛聞時主失汴京。
旌旗指北英雄出，劍戟凌空虜寇平。
莫謂羽書長奏捷，須憐父老望中興。

且說劉麟部兵從淮西繫三浮橋而渡，進逼濠壽。張俊以書約沂中屯兵廬州，邀其歸路。自以本部兵控連盱眙，深溝高壑堅守。劉麟大隊人馬進圍濠州，連營合肥境界，聲勢甚盛，人懷內懼。張俊羽書報於行在。高宗連日得報，見有光州逼於孔彥舟亦急，又聞劉麟攻擊濠州等處，張皇無措，因手敕命張俊催督沿邊軍馬於二處解圍。詔下，趙鼎奏曰：「近日報到楊沂中有藕塘之捷，彼軍決不宜離淮泗。張俊非劉麟敵也，陛下雖詔岳飛以兵乘東而下，則可以救各處急矣。」高宗准奏，即以敕書召岳飛起復，提兵東下。詔曰：

敕岳飛：知卿奄遭内艱，倚注之深，良用震怛。然人臣大義，爲國忘家，移孝爲忠，斯爲兩得。已降敕命，趣卿起復。宜躰國事之重，略其常禮之煩。無用抗辭。即祗舊服，乘吏士銳氣，念家國世讎，建立殊勳，以遂揚名，顯親之義，斯孝之至也。故茲親筆，諒悉至懷。故敕。紹興六年六月初一日付岳飛。御押。

岳飛在江州母墳所接了御書，焚香拜讀罷，嗚咽盡哀，復修表章，差人詣行在乞終母喪。表曰：

草土臣岳飛劄子奏：臣於四月十八日至江州瑞昌縣界，准樞密院奏「勘會岳飛丁母憂，已降指揮起復」。臣已具辭奏乞終制外，今月初三日，准御前金字牌，遞到尚書省劄子：奉聖旨不允。令學士院降詔，仍不得再有陳請。依已降指揮，日下主管軍馬措置邊事者。伏念臣叨荷聖眷，過於山岳。惟期盡瘁，庶圖報稱。緣臣老母淪亡，憂苦號泣，兩目遂昏，方寸亦多健忘。自度餘生，豈復尚堪器使。非敢獨孝於親，而於陛下不竭其忠，正謂災迍如此，不能任事。况臣一介武夫，若學術稍優，謀略可取，亦當勉强措置調發。臣於二者，俱乏所長。今既眼目昏眊，又不能身先士卒，賈作勇氣。苟不罄瀝血誠，披告陛下，則他日必致排擠，上辜委寄。伏望睿慈，研察孤衷，許臣終制。取進止。紹興六年六月初六日臣岳飛謹言。

奏至行在，高宗盡將奏章封還，遣廷臣再三安覆，又累降詔命催起。岳飛不得已，泣辭母墓，委人掃祭，與男岳雲回至鄂州，整理人馬，望淮西進發。初，岳飛自收曹成、楊么，凡六年皆盛夏行師，爲炎瘴所侵，遂成目疾。又遭母喪，哭泣太過，及是疾愈重，所居用重絹遮明，不勝楚痛。因承詔起行，朝廷遣醫官皇甫知常、醫僧中印馳驛繼至，與岳飛療治，又遣內侍齎御札至軍前慰勞之。詔曰：

敕：近張浚奏知卿病目，已差醫官與卿醫治。然戎務至繁，邊報甚急，累降詔旨，使卿提兵東下。卿宜躰朕至懷，善自調攝。其他細務，委之僚佐，而軍中大計，須卿決之。想卿不以微疾，遂忘國事。朕將親臨平江，卿併悉知之。故敕。紹興六年六月日付岳飛。

岳飛接詔，不憚艱苦，方欲引兵北行，有統制張憲近前稟曰：「今麾下王俊，小名王雕兒，前者平楊么時推病不出，及聞大軍得勝，皆有陞賞，獨無彼分，因口出怨言。有人傳來，被憲責之。今欲來招討處告我，乞大人示下。」飛曰：「既責了亦罷，若再推不肯出征，則以軍法按之。」張憲退出。岳飛以久息戎事今又欲征進，遂大開筵席，犒賞諸軍，獨不與王俊即坐而飲。王俊受辱懷恨，自思：若我後日得半分權勢，必殺這匹夫。畢竟看後如何。

鎮汝軍岳雲立功

却說岳飛大軍離了鄂州，遣人躰探僞齊軍馬近在何處。哨馬報：「僞齊人馬於何家寨置鎮汝軍屯兵聚糧，欲爲窺唐、鄧唐、鄧，二州名之計。」岳飛聞報，即遣牛皋、王貴、董先等引兵一萬，前攻毀之。傍邊轉過岳雲，曰：「兒願與牛皋同去立功。」岳飛曰：「僞齊軍馬精鋭，張俊尚不敢迎敵，爾豈能近之？」岳雲曰：「小兒還要隨父親恢復中原，諒此小敵不能勝，將作何用？」於父前堅執要行。岳飛曰：「爾既要去，若能披甲上馬連矢三箭透紅心，方准爾去。如不中，先斬汝首以徇。」岳雲得令，欣然取過神臂弓，披甲挽上銀鬃馬，跑出教場，將玉勒搖動。不想其馬近日朝廷所賜，未曾習練，走得一緊，前足已失，將岳雲連人帶馬掀在塵埃。岳飛見了大怒，拏下責之曰：「今使爾習騎射于無事之時，尚然如此。倘前遇大敵，何以馭衆？」令左右推出斬之。帳前張憲等三十九員統制官一齊跪下，曰：「小將軍因新馬未慣驅馳故也，非其材力不足，乞招討恕其罪，候立功贖之。」岳飛忿氣不息，衆人苦苦哀告，飛曰：「若不看衆官面上，決斬汝首。速與牛皋領五千人馬去鎮汝軍破敵。若再無功，休得生回見我。」岳雲拜謝出帳，與牛皋引兵前往鎮汝軍，不題。此岳飛戒其子者，恐其倚父之勢不伏牛皋，故以是禁之也。

且說牛皋兵行前望何家寨界屯扎，忽南風驟起，旗幡指北，岳雲入軍中謂牛皋曰：「今日此風，莫非上天賜吾成功乎？」牛皋曰：「願聞小將軍妙策。」岳雲于地畫之曰：「即今彼衆我寡，我軍不利平川，只可依山背澤爲陣。敵人見吾初到，未知虛實，于林間多設岳家旗號，設爲疑兵計。然後則出奇夾擊之，取勝必矣。願足下籌之。」牛臯大喜，曰：「此正合吾意。」即於平川山谷中多張岳家旗號，頭一隊歸前，用一人騎一馬而牽兩馬，於馬上縛置草人，着以盔甲，脊上插着旗號，以王貴領之。第二隊歸後，用牛騾駕來，每一輛用二人吏車，車上列插旌旗，車後多拴樹木枝梢，順風而進，推起塵土，齊兵難認真假，以董先領之。牛臯整備以定，與岳雲引精騎出戰。僞齊探知宋軍來到，於大標木依山而陣。齊將五大王徐文出馬立於陣前，遥望宋兵陣中湧出一少年將，身跨紫驊騮，兩手各執四十斤銅鎚，乃岳飛長子岳雲也。大罵：「逆天賊奴，昔朝廷委汝水軍都統制，何乃背君投賊，仍來侵奪父母之邦？今日若改〔一〕邪歸正，則復爾前職。不然，教汝喪在目前。」徐文詞窮，正欲舉刀出戰，偏軍劉復雄驟馬而出，曰：「主將看吾擒之。」復雄挺鎗來戰岳雲。兩馬相交，約戰數合，復雄遮攔不住，撥回馬望本陣便走。岳雲揮兵拍馬趕出。徐文見復雄輸了，遂驟坐下馬，舞手中鋼刀來迎。兩騎馬就陣上厮殺，岳雲獨戰二將，精神倍加。約鬥二十餘合，岳雲殺的性激，綽起銅鎚，望復雄腦後横過。眼前一道電光，復雄頭落屍倒。牛臯縱兵掩殺，齊兵大敗。徐文見折了劉復雄，部衆殺奔鎮汝軍來，遥見山林中鼓聲大振，旗幟遮天，俱着岳家字號，王貴、董先各引兵殺出，齊兵叫曰：「岳爺爺軍到矣。」各奔走不迭，自相蹂踏，死者横屍蔽野。出岳飛行狀。徐文引敗殘人馬，逃往東山地名，盱眙屬，欲接劉麟救兵。岳雲、牛臯縱兵乘勢追襲。徐文走上五里，忽山後鼓聲大振，一彪軍馬阻住去路，爲首一員大將乃宣撫使張俊也，大叫：「逆賊，欲走何處？」舞刀躍馬，直取徐文。徐文戰力已乏，與俊纔交兩合，措手不

〔一〕「改」，原脫，據雙峰堂萬卷樓本補。

及，被張俊一刀斬于馬下，餘衆皆被張俊手下軍士生擒。原來張俊探知岳飛提兵東下，先引本部人馬埋伏東山，邀截齊軍歸路，正此遇着。張俊既斬了徐文，梟其首級，與岳雲前軍會合。岳雲入軍中見張俊，張俊喜曰：「將軍破敵之功不小，吾當奏聞朝廷。」雲曰：「皆仗宣撫威力，小人何功焉。」因辭張俊出，遂領兵回。張俊亦部衆歸於本鎮。時劉麟在濠州，聞猊敗走，又聞徐文戰死報到，已知難保，連夜拔砦遁去。過廬州，被楊沂中與王德率鐵騎乘勢追襲，劉麟軍馬喪折殆盡，沂中亟追至壽春而還。孔彦舟〔一〕聞岳飛東下，亦解光州圍退走。

却說牛臯與岳雲引得〔二〕勝人馬回見岳飛，岳飛止賞衆將之功，岳雲所建功績並隱而不錄，遣人以捷音報知行在。都督諸軍樞密使張浚已知岳飛兵勝，探得近日破賊皆其長子岳雲功勞，因嘆曰：「岳侯畏避恩榮，其子功居第一，皆隱而不紀，廉則廉矣，似未得其公也。」乃具表奏聞朝廷。表曰：

岳飛數年之間，復建康，討曹成，平楊么，其子岳雲之功，實居第一，皆被其父隱而不錄，實非朝廷大公至正激勸人臣之道。伏乞聖明，特賜加恩寵異，庶使邊疆將士能奮厲建功以自責效。取進止。紹興六年月日臣張浚謹言。

表進行在，高宗覽之大悅，謂廷臣曰：「朕知岳飛父子忠勇，近日捷音來到，正當以優禮遇之。」即差内侍齎誥敕陞岳雲爲左武大夫、忠州防禦使。詔至，岳飛不與受命，乃具表以辭云。表曰：

〔一〕「還孔彦舟」，原殘破，據雙峰堂萬卷樓本補。
〔二〕「引得」，原殘破，據雙峰堂萬卷樓本補。

河南北諸路招討使臣岳飛劄子奏：臣於今月二十六日准誥授臣子岳雲左武大夫、忠州防禦使。臣聞：君之馭臣，固不吝於厚賞；父之教子，豈可責以近功。臣昨恭依睿算，與賊決戰於湖湘之間，雲隨行迎敵，雖有薄效，未曾立到大功。遽陞横列，仍領郡防，賞典過優，義不遑處。所有誥命，臣不敢令雲祇受。伏望聖慈，俯垂天鑒，追還異恩，庶使雲激勵懦庸，别圖報效。取進止。紹興六年八月二十九日臣岳飛謹言。

岳飛三次具表辭男岳雲官職，朝廷皆不准。

且説金國兀朮兵屯黎陽，聞知岳飛提勝兵東下，大驚，即差細作來岳飛軍前躲聽消息。却被巡綽軍所縛，押入帳中見岳飛。岳飛知其奸細，乃佯責之曰：「汝非吾軍中人張斌乎？我差汝幹事去，原何被吾軍捉來？」諜者怕死，即詐認之。岳飛喝退左右，引近前謂之曰：「我前日使爾送蠟書去齊國，約定誘引四太子人馬來，使兩下合兵攻之。爾去了便不回報，我復遣人會知齊主，並不見書下落，原來是爾作事不機密矣。汝罪該萬死。吾今貸汝，復遣至齊問舉兵日期，宜以死報。」諜者連聲許諾。岳飛即修了書，納于蠟丸中，將其人於股上肉刲開，以蠟丸填于股内，即將金鎗藥塗之，外用綿帛縛定，又賞與銀數兩遣行，叮嚀之曰：「再不許有悮。待殺了兀朮，與齊主成得事後，我當重保爾官職。」諜者唯唯拜謝而出，漏夜走回黎陽見兀朮，取出蠟書遞與兀朮。兀朮看了大驚，誠恐軍中有變，就夜領兵北去。歸至本國，將岳飛與劉豫約書奏聞金主。熙宗大怒，遣人前至汴京，詰問劉豫用兵無功之罪。劉豫恐懼，進表伏罪。自是始有廢豫之意。

岳鵬舉上表陳情

却說高宗以齊兵已退、兀朮復歸金國，乃賜御書止岳飛兵東下，且勞問眼目之疾。詔曰：

敕岳飛：比屢詔提兵東下，今淮西賊遁，未有他警。已諭張浚從長措置，卿之大軍未可遽發也。如聞卿果以目疾爲苦，不至妨軍務否，近差醫官疾馳往卿所看視。卿宜省思慮，慎服餌，安靜調養。故茲親筆，以示眷懷。故敕。紹興六年九月日付岳飛。

岳飛承詔。時人馬已到九江，上疏欲乘機征勦、復取中原。疏進，高宗復降御書嘉獎。詔曰：

敕岳飛：聞卿目疾少愈，即提兵東下。委身徇國，竭節事君，於卿見之，良用嘉嘆。今淮西既定，別無他警，卿更不須進發，且回軍鄂州屯駐。故茲親詔，卿宜知悉。故敕。紹興六年九月日付岳飛。

岳飛接詔書讀罷，嘆曰：「今日不乘此機會取復中原，何時能雪君父之讎而安靖天下也耶？正是奸臣誤國，志士失心。」言罷泣下，因作《小重山》詞一律題于壁云。詞曰：

昨夜寒蛩不住鳴，驚回千里夢，已三更。起來獨自遶階行，人悄悄，簾外月朧明。白首爲功名，舊山松竹老，阻歸程。欲將心事付瑤琴，知音少，弦斷有誰聽？

紹興六年九月下旬，岳飛復上表，乞終母服。表曰：

草土臣岳飛劄子奏：九月初五日，臣領兵至九江府，奉御書令臣領兵回鄂州屯駐。伏念臣孤賤之迹，幼失所怙，鞠育訓導，皆自臣母。國家平燕雲之初，臣方束髮從事軍旅，擔期盡瘁，不知有家。自從陛下渡江以來，而臣母淪陷河朔。凡遣人相繼道路，始能搬挈得脫虜禍，因驚悸致疾，遂以纏綿。臣以身服戎事，未嘗一日獲侍親側，躬致湯藥之奉。今者遭此大難，荼毒哀苦，每加追念，輒欲無生。而陛下恩眷有加，即命起復提兵東下。今淮西既定，別無他警。臣重念爲人子者，生不能致菽黍之歡，死不能終衰绖之制，面颜有覥，天地弗容。且以孝移忠，事有本末，如内不克盡事親之道，外豈復有愛主之忠？伏望聖慈，矜憐餘生，許終服制。取進止。紹興六年某月日臣岳飛謹言。

岳飛表上，朝廷不允其請。

忽張浚遣呂祉入奏邊事，高宗召進内殿。呂祉奏曰：「樞密近來措置邊防，一應便宜行事就緒，因遣臣具奏以聞。」帝喜，顧謂尚書趙鼎曰：「朕可謂得人矣。今張浚治兵於外，甚得其宜，豈中原興復有望乎？」鼎奏曰：「此非專出浚力，皆忠臣義士戴宋恩渥，齊願報效所爲也。依呂祉所陳，得非掩他人之績而獨居功於浚耶？」帝手詔遣呂祉於鎮江獎諭張浚。呂祉領詔，至鎮江見張浚。張浚問呂祉曰：「見君上曾有何語？」呂祉一一以趙鼎對高宗言白之。浚曰：「趙宰何以小覷我哉？」因懷恨之，每具表奏他事，則内語意微侵趙鼎。高宗遇覽張浚疏奏，謂鼎曰：「他日張浚與卿不和，必呂祉所致也。」鼎奏曰：「臣初與浚同政事，蒙陛下恩寵並隆，猶如兄弟。因呂祉離間，遂爾睽異。今張浚成功，當使之展盡底藴，維持國運。浚當留，臣當去位。乞允臣骸骨歸鄉，此陛下之盛賜也。」帝曰：「卿志何以遽促哉？如的願歸休，須亦待召浚還議之。」即下詔召張浚回朝。張浚承詔，率師還自鎮江，按《通鑑》：「十二月，張浚還自鎮江。」入見帝。帝曰：「召卿回，欲議趙鼎去就計。」浚奏曰：「趙鼎，國之元臣，多知舊政。陛下宜優詔留之以理朝廷。」高宗從張浚奏，遂寢其事。

十二月，集群臣復議遷都。趙鼎與折彥質請帝回蹕臨安，以據天下之勝，而擊中原之望。張浚奏曰：「天下之事不倡則不起。三歲之間，陛下一再臨江，士風百倍。今六飛一回，人心解躰。乞乘勝攻河南，而車駕幸建康。進則可以恢復故疆，退則以示金人不敢來寇也。」又言：「劉光世沉湎酒色，驕惰不戰，不可爲大將，請罷之。」趙鼎復執於帝前曰：「擒劉豫而得河南固易然耳，能保金人不内侵乎？且光世累世爲將，將卒多出其門，今無故而罷之，恐人心不安。」浚滋不悅。高宗止從張浚所議，大駕幸建康；罷劉光世淮西宣撫使職，降爲萬壽觀使，以其兵隸都督府，命呂祉節制之。趙鼎因與浚不合，求退益力。帝允其請，罷知紹興府。

按，鼎與浚爲相，政事先後，及人才所當召用者，條而置之座右，次第奏行之，故列要津者多一時之望，人號爲「小元祐」。鼎嘗尊程頤之學，一時學者皆聚于朝，然鼎未及見頤，故有僞稱伊川門人以求進者亦蒙擢用。帝嘗親書「忠正德之」四字及《尚書》《書經》也一帙賜之，曰：「《書》所載君臣相戒飭之言，所以賜卿，欲共由斯道。」鼎頓首謝。

却說通問使何蘚還自金國，入朝高宗，以洪皓之書奏聞，高宗始知太上皇帝及太上皇后崩。帝得書，痛哭不勝情。下示諸臣曰：「朕不能奉太上皇帝生事之道，薨不能盡終葬之儀，誠天地罪人也。卿等何以見議？」張浚奏曰：「太上皇帝既已崩矣，陛下雖當嘗膽圖報，請遵以日易月之制成服，得預以爰整干戈，駕征北漠矣。」高宗詔外朝從之，中宫仍循古禮，致喪三年。詔下，諸鎮咸知道君皇帝及寧德皇后鄭氏相繼而崩，皆發奮思致復讎雪耻。百官齊上表請遵以日易月之制，惟知嚴州府事胡寅上疏請致喪三年，乞上衣墨臨戎以化天下。帝覽疏，欲遂終服。張浚奏曰：「天子之孝，不與士庶同。欲終三年之喪，必思所以奉宗廟社稷。今梓宫未返，梓宫，天子之喪，以梓木爲之，襯身之棺也。天下塗炭，願陛下揮淚而起，斂髪而趨，一怒以安天下之民。」帝從之，乃命浚草詔，告諭群臣。浚又請命諸大將帥三軍發哀成服，使中外感動。帝皆從之，隨以王倫爲奉迎梓宮使如金。次日，張浚上疏〔一〕，乞求退位。疏曰：

陛下思慕兩宫，憂勞百姓，臣每感慨，旬期誓殲敵讎。十年之間，親養缺然，爰及妻孥，莫之私顧。其意亦欲遂陛下孝養之心，拯生民于塗炭。昊天不弔，禍變忽生，使陛下抱無窮之痛，罪將誰執。念昔陝蜀之行，陛下命臣曰：「我有大隙于北，刷此至耻，惟爾是屬。」而臣終隳成功，使敵無憚。今日之禍，端自臣致。乞賜罷黜，取進止。

疏上，高宗不許。且看下節如何分解。

〔一〕自「上疏」至回末「且看下節如何分解」原缺，據雙峰堂萬卷樓本補。

新刊大宋中興通俗演義卷之六

起紹興七年丁巳歲
止紹興十年庚申歲
首尾凡四年事實
按實史節目

岳飛奏請立皇儲

紹興七年正月，有徙都建康之命，作太廟。帝謂輔臣曰：「宣和皇后春秋高邁，朕思之不遑寧處，今屈己講和，正爲此耳。」言罷，號慟甚戚。翰林學士朱震奏曰：「陛下可循唐建中故事，請遙尊爲皇太后，亦盡陛下孝思之意。」帝從之。廷臣有舉議北征者，高宗召岳飛赴行在。

春三月，岳飛扈從至建康，帝陞岳飛爲湖北京西宣撫使，進拜太尉，以王德、酈瓊兵屬之。詔德、瓊曰：「卿聽飛節制，如朕親行。」時韓世忠、張俊皆久貴立功，而飛少曾事俊爲其列將，一旦拔起，爵位與齊，俊深忌之，始與之有隙矣。岳飛每朝見，數音朔以恢復爲意，以爲劉豫者，金人之屏蔽，必先去之，然後可圖。帝詳問其進取之機，飛因慷慨手疏上言。疏曰：

臣自國家變故以來，陛下於戎伍，實有致身報國復讎雪耻之心。仗社稷威靈，粗立薄效。陛下錄臣微勞，擢自布衣，曾未十年，官至太尉。一介賤微，寵榮超躐，有踰涯分。又蒙益臣軍馬，使濟恢圖。臣實何人，敢不報稱。臣謂金人立劉豫於河南，蓋欲荼毒中原，以中國而攻中國，粘罕因得休兵觀釁〔一〕。望陛

〔一〕「釁」，原漫漶不清，此據雙峰堂萬卷樓本。

下假臣日月，得便提兵直趨京洛，據河陽陝府潼關以號召五路叛將。叛將既還，王師前進，彼必棄汴而走河北，京畿陝右可以盡復。然後分兵濬、滑，經略兩河，則劉豫成擒，金人可滅。社稷長久之計，實在此舉。」帝覽疏大悅，曰：「有臣如此，顧復何憂。進止之機，朕不中制。」復召至寢閣，命曰：「中興之事，一以委卿。」飛退出，遂圖大舉。

會帝以秦檜爲樞密使，欲專主和議。及聞岳飛陳北伐之計，深忌之，言於帝曰：「岳飛所志，宏略過人，陛下可詔之詣都督府措置邊務，必見成效。」秦檜所言實欲間離岳飛也。帝從之，即下詔着令岳飛詣都督府參贊軍事，自是岳飛見上有常也。飛因至都督府來見張浚，張浚與之握手極歡。二人依次序坐定，交論邊務事。浚謂飛曰：「副統制王德總戎已久，淮西軍所信服，吾欲以爲淮西都統制，命呂祉以督府參謀領之，足下以爲如何？」飛曰：「昔劉光世所部之兵，俱淮西反叛逃亡之徒，若調治制馭非其人，致變作亂如反掌之易耳。況王德統制酈瓊，並列輩也，豈肯相讓？一旦使居其上，必然不服，致生爭端，悔之晚矣。且呂尚書終是書生，未曾慣習軍旅，不足以服衆。若依飛論，當於大將中選名高望重能服諸將者委任之，方得妥帖。」浚曰：「既王德、呂祉不足任，然則張俊、楊沂中其人如何？」飛曰：「張宣撫，飛之舊帥也，飛足曉其人，暴而寡謀，酈瓊平昔所不信服。沂中比王德才相上下，豈能御此軍哉？」浚艴然曰：「浚固知非太尉不可受斯任也。」飛曰：「都督以正問飛，飛不敢不盡愚情以對，豈以得軍爲念哉？」張浚不悅。岳飛即辭而出，自度有忤張樞密意，乃再上表乞終母制。表曰：

草土臣岳飛劄子奏：乞終守服，奉聖旨不允。伏望聖旨檢會所奏，特許臣終制。取進止。紹興七年某月日臣岳飛謹言。

表上，朝廷見其哀切再三，准其終服。詔下，岳飛以張憲於鄂州總攝軍事，即日與子岳雲回至江州廬山，仍守母喪服，不在話下。

却說張浚見岳飛辭解兵柄，大怒，上書奏：「岳飛所請終母之制者，實欲併領劉光世淮西之軍，因失望乃推終母喪服求去，其意實在於要君也。」因保舉兵部侍郎張宗元監管岳飛人馬。雖是監領，實使管之矣。仍擢王德爲淮西都統制，領劉光世人馬，以都督府參謀軍事兵部尚書呂祉節制之。高宗皆准其奏。張宗元到鄂州，見岳飛所演部伍井井有法，繩然不亂，嗟嘆不已，因諭衆將曰：「岳招討真將材也。爾等一依其法操習，不可更改。」張宗元即具奏曰：「鄂州軍馬上下相和，將士鋭氣，人懷忠孝，皆岳飛教養而成，乞陛下優詔復任之。非惟朝廷倚仗爲重，雖襄漢一路亦賴之以安矣。」奏聞，高宗大悦，即下詔召岳飛入朝。

岳飛承詔，當日起離江州，逕趨建康朝見。高宗傳旨，令侍官引入便殿賜坐，因謂之曰：「張宗元甚稱卿才，朕亦知之。卿宜早定大計，以紓朕憂也。」岳飛避座，叩首流血奏曰：「陛下欲恢復，必先正國本以安人心，幸甚。」帝曰：「前日婁寅亮亦言其事，意與卿同。遂敕戶部官廣搜太祖之後有福氣聰明出衆者，送至朝廷。先選到趙伯琮秦王德昭五世孫也，是爲孝宗皇帝，已見建炎中。留養宮中，稍長，學業於資善堂。」岳飛辭出，逕詣資善堂，見孝宗皇帝英明雄偉，退居私第而喜曰：「中興基本，其在是乎。」家人問其何如，飛曰：「適見聖天子社稷得人矣。」

次日，高宗召岳飛入朝問軍旅，謂飛曰：「卿在軍中曾得良馬否？」飛奏曰：「馬不論其有力，在有德者，是爲良馬也。臣昔有兩馬，甚愛其能，每一日料用數斗，清水飲一石。水草不潔淨者，終不濫用。臣按重鎧而乘之，初不甚疾，行有百里之上，纔見其能。自午至酉，還能行二百餘里，縱鞍甲不卸，亦無汗出。是馬受用雖多，却不濫用，氣力雖大，却不逞先，乃致遠之材也。因征楊么，此二馬相繼而死。臣今所乘之馬，一日料豆不過數升，水草皆不揀擇。臣方上馬，攬轡未定，便欲跑嘶而走。行無百里之許，力盡汗出，再不能動。此馬濫用雖少則易滿，氣力好逞則易乏，乃駑鈍之材也。」高宗喜曰：「卿之議論甚高。」乃加以岳飛食邑五百戶，遣還江州駐扎。岳飛既退，次日上表辭解太尉之職。表曰：

草土臣岳飛劄子奏：五月二十五日進奏官報，內降白麻一道，除臣太尉。臣聞命震驚，莫知所措。臣三具奏乞追寢恩命。今月初二日，准尚書省劄子。五月三十日，三省同奉聖旨，依累降詔旨不允，不得再有陳情者。伏念臣本無寸長，誤應器使。且陛下方以太上梓宮未還，作興文武，雪恥群狄。高名大爵，正當謹與，以激勵天下。而臣何功，率先濫及？伏望聖慈特垂天鑒，察臣悃愊，元非飾辭，退還大命。庶己微分少安，不陷清議。臣仰冒天威，不勝惶懼隕越之至。取進止。紹興七年六月初十日臣岳飛謹言。

岳飛四上表，朝廷皆不准。

却說淮西都統制王德與副統制酈瓊初同爲劉光世列將，因見王德位在其上，懷不平意，入告兵部尚書呂祉曰：「王德之才與吾等耳，今張樞密以重任付之，彼便不把我爲意。如遇立功，吾當手刃之以雪其憤。」呂祉勸諭之曰：「張樞密但喜人向前殺賊，足下倘能立功，自有重賞，何以位之上下爲嫌哉？且今干戈擾攘之時，君等正宜各相和睦，出力朝廷。愼勿以自軍中致隙，使外寇知之，非良計耶。」酈瓊感其言，拜謝而出。呂祉意瓊久後與王德必有反復，暗具表奏知：「酈瓊不修軍政，惟以未得重位爲嫌，若不早除，恐生後患。」呂祉已遣人送詣行在，有書吏曾受酈瓊賄賂，知此消息，密來報知瓊等。瓊聞之大怒，即差人於路上截將回來。次日，與諸將參謁呂祉。呂祉正在府堂議事，酈瓊入見，於袖中取出呂祉奏章，揭開以視中軍統制張璟，曰：「我等得何大罪，今日呂尚書其奏，欲致我於死地，何哉？」呂祉見了大驚，方欲抽身而走，被酈瓊踏進座前一把手執住，驍將趙文掣出利刀，大叫曰：「呂尚書欲害我等，我將捉之解見劉豫，敢有不遵者，即斬之帳前。」軍士見趙文勇猛，皆不敢動手。酈瓊將呂祉促上馬，與趙文引本部四萬人馬叛投劉豫。瓊等疾渡淮河，行三十里，祉下馬曰：「劉豫逆臣也，爾輩自叛，我豈可見之？」瓊令衆人逼之上馬。祉罵曰：「死則死於此，誓不與爾狗類同行。」瓊大怒，拔劍斬之。後來贈資政殿大學士。時有得呂祉括髮之帛歸吳中者，其妻吳氏持帛自縊以殉葬，聞者哀之。慶元間詔立廟賜額以旌其忠。

金熙宗廢謫劉豫

却說酈瓊既殺了呂祉，恐宋兵追襲，連夜奔投僞齊去了。此一節與史書不同，止依小說載之。呂祉已遇害，事聞行在，高宗怒曰：「張浚所保舉有如此哉。」即削去其樞密使官職，仍取趙鼎爲尚書左僕射兼樞密使。以張俊爲淮西宣撫使，屯盱眙。楊沂中爲淮西制置使，劉錡副之，屯廬州。張浚既去位，言者論之不已，至引漢武帝誅王恢爲比，欲遠竄之。會趙鼎入見，帝曰：「浚失便宜，以致大變。朕當遠竄之，以警內廷諸僚。」鼎奏曰：「浚已落職，加罪亦當矣。其母高邁，無人侍奉，如使遠去，何堪？且有勤王功，乞陛下寬宥之。」帝曰：「功過自不相掩，朕決難恕。」鼎既退，而內批隨出，以張浚謫貶嶺南。鼎留其批不下。次日朝見，約衆百官救解張浚。高宗怒未釋。鼎力懇曰：「浚罪不過失策耳。凡人計慮，豈不欲萬全？倘因一事之失便置之於死地，後何可謀秘計，誰敢復言者？此事自關朝廷，非獨私浚也。」中丞張守亦請曰：「浚罪雖有，經營國政之功居多。惟因一失，陛下竟欲竄之，則無以勸將來。」是時惟秦檜憾浚，不出一語。初，浚罷都督府事，帝問：「誰可代者？」且曰：「秦檜何如？」張浚對曰：「秦檜近與共事，方知其闇。」帝又問曰：「然則用趙鼎？」浚曰：「得之矣。」檜因是恨張浚也。帝意乃解，遂以秘書少監永州居住。李綱聞之，馳奏曰：「浚措置失當，誠爲有罪，然其區區徇國之心有可矜者。願少寬假，以責來效。」朝廷置之不報。

却說金國因兀朮具劉豫與岳飛通謀之故，欲議廢之。尚書省奏劉豫治國無狀，當廢其位，免生後患。金主從其請，即遣元帥撻懶、四太子兀朮引兵數萬，詐稱前去伐宋以襲之。其詔有曰：「建爾一邦，逮茲八稔。尚勤兵戍，安用國爲？」撻懶承詔，部兵離了金國，與兀朮分兵而進。到汴京時，劉豫不知準備，一鼓擒之，遣人解赴金國見熙宗。熙宗大怒，曰：「立與爲齊王，本以戮力相助，同取大朝天下。今乃先通岳飛，欲謀金國，罪實難容。」下詔斬之。衆臣皆奏：「劉豫罪本該誅，乞聖上以其亦受王爵，今未見實迹而斬之，恐貽笑於中國也。」金主然之，即降爲蜀王，監守在相州閑住，其子姪劉麟、劉猊俱發配異州，縱宫人出嫁，散却簽點鄉兵。揭開庫藏，得黄金二十餘萬兩，白銀一千六百餘萬兩，糧草九十餘萬石，銅錢絹匹等物不計其數，俱令盡數搬送會寧。復立行臺尚書省于汴京。

岳飛在江州聞此消息，大喜曰：「劉豫既廢，又除河南一大患也。」張憲等曰：「大人神機妙算，非金人所能測。」飛具表奏聞行在，高宗覽表，不勝其悦。群臣皆進賀，以爲中興可望。惟秦檜不喜，立主與金國求和。會王倫爲使金國已回，高宗召入問之。王倫具奏：「臣至金國，達以陛下盛意，熙宗大悦，許還太上皇帝及太上皇后梓宫，并送韋太后歸朝，又還河南疆境。」高宗大喜，而謂秦檜曰：「若是金國許還朕父皇梓宫及母后回朝，但彼有所求，朕俱從之。」秦檜奏曰：「此誠爲陛下之孝也。」帝復遣王倫充奉迎梓宫使，詣會寧見金主，專議是事。臨行，趙鼎謂倫曰：「公承君命，若見金主，先具書謝廢去劉豫，次請太上皇梓宫及韋太后還朝。遇問禮數，則答以『君臣之分已定』；問地界，則答以『大河爲界』。二事使者之大指，或不從則已。」王倫受命，即辭帝而行。迤邐至會寧，朝見金主，道以高宗之意。金主聞奏未決。會撻懶從河南回，奏曰：「既中國與陛下講和，請以廢齊王舊地與宋。至於梓宫及韋后，尚容再議。」金主命群臣證之，斡本言曰：「若還河南故地，宋若得志，他日雖有數十萬雄兵，亦不可得也。」力陳不可。東京留守完宗雋曰：「我以地與宋，宋必德我，何以不可？」完颜宗憲折之曰：「我俘宋人父兄，怨非一日，君復資以土地，是助讎也，何德之有？勿與爲計之善。」蒲盧虎與撻懶、宗雋執議以河南、陝西地還宋，必有厚報。金主從之，遂遣太原少尹烏輪思謀及太常少卿石慶與王倫同來宋國，先議歲貢定分之禮，然後歸其故地，不在話下。

紹興八年春正月，高宗與廷臣復議定都之所。或言：「臨安天下之勝，真帝王都也，請車駕幸此。」參知政事張守言：「建康自六朝六朝，謂吳、東晉、宋、齊、梁、陳也。爲帝王都，氣象雄偉。且據都會以經理中原，懷其險阻以捍禦强敵。陛下席未暖，今又巡幸，百司六軍有勤動之苦，民力邦用有頗費之憂，願少安于此，以繫中原民心。」帝以問趙鼎。鼎曰：「依臣所擬，臨安爲上，建康次之。」帝遂從鼎等所奏，即日下詔巡幸臨安。衆百官一齊隨大駕至臨安，自是以爲定都矣。張守遂力求去。帝以劉大中參知政事，王庶爲樞密副使，以張宗顔知盧州，徙劉錡屯鎮江，秦檜爲尚書右僕射兼樞密使。檜既相，詔命下，朝士相賀，獨吏部侍郎晏敦復有憂色，曰：「奸佞之人爲相，國事壞矣，忠臣死矣。」聞者皆以其言爲過。

忽閤門大使奏金國遣人來復命，帝召入。王倫與烏陵思謀及石慶朝見高宗，備奏來意。高宗謂群臣曰：「若是先帝梓宮果有還日，便遲數年無傷。只母后韋氏年高，朕朝夕思念，願得早歸國以愜快也朕懷，是望和議早成也。」趙鼎、劉大中力陳不可。帝着令金國使臣暫於館驛停止，仍遣王倫如金。次日，復與諸僚商議其事。秦檜奏曰：「陛下屈己稱臣而專主和議者，此人主之大孝也。群臣見主上稱臣於外國而憤怒不平，乃人臣之至忠也。今臣僚畏首尾，多持兩端，此不足與斷大事。若陛下決欲講和，乞專與臣議，勿許群臣得預，則事斯成矣。」帝曰：「朕獨委卿主行。」檜曰：「臣恐未便。望陛下更思三日，容臣別奏。」又三日，檜復留身奏事。帝意欲和甚堅，檜奏，猶以爲未也，復進前說。又三日，檜復留身奏事，知帝意不移，乃奏曰：「臣如今爲陛下主和議之策，容臣退思以具奏。」帝許之。檜即退出，與中書舍人勾龍如淵議曰：「廷臣不預和議者，惟趙鼎、劉大中二人執堅，君有何計排之？吾當重報於汝。」勾龍如淵曰：「相公爲天下大計，而邪說橫起，盍不擇人爲臺諫，使盡虆去之，則事定矣。」檜大喜，次日奏帝，即擢如淵爲御史中丞。如淵隨劾奏異議者，帝遂罷趙鼎出知紹興府，劉大中罷參知政事職，卒成檜志矣。畢竟看後如何。

議求和王倫使金

却説金主竟遣右司侍郎張通古、簽書宣徽院事蕭哲爲江南詔諭使，同王倫使中國，許歸宋河南、陜西地。張通古承詔，即辭熙宗，與一行人離了金國。所過宋州郡，挾要官守以臣禮迎接。至泗州，守臣向子諲見之，言論自若，不肯拜。通古怒曰：「爾何等人，見使命不下禮？」子諲曰：「大國衣冠，豈屈爾小邦？」通古令左右執之。王倫曰：「使君若執守臣，恐惹不測，望侍郎恕之。」通古怒未息。子諲亦不辭，昂然而出。即具表上言和議之非，遂乞致仕。

通古至臨安駐扎，先遣人宣傳金主詔書，要帝待以客禮。帝與廷臣商議用何禮待使客。秦檜奏曰：「金國來傳詔旨，未見國書，當有封冊敕命，乞陛下屈己以受之，金行人必以來命實告矣。」帝曰：「朕嗣守太祖、太宗基業，豈可受金人封冊？卿等當徐議之。」於是朝論籍籍，内外軍民洶洶。有楊沂中、解潛、韓世良一班官員相率詣尚書府見秦檜，曰：「金使以熙宗命，欲屈至尊受其詔諭，丞相國之重臣，所見若何？」檜曰：「適見天子，聖上不允。吾議可同公等見諫臺中丞勾龍如淵商議，必有定見。」楊沂中與解潛等既退，次日詣都堂，與檜議於勾龍如淵。如淵遣人召王倫至都堂，責之曰：「公爲天子使，通兩國和好，見金主當爲彼中反覆論定，然後復命。今事未定，安有同使至而後議者？致至尊受制於金人，爾之罪也。」倫泣曰：「倫受君命，不俟駕而行，萬死一生往來虎口者數四，本欲息中原士民免冒鋒鏑之苦。今日中丞乃責倫如此，倫復何堪。」

言罷，淚滴衣袖。檜恐王倫害於和議，解之曰：「中丞此言無他，亦欲激公了此事耳。」倫曰：「此則不敢不勉。倫豈有意辱君命哉？」如淵謂檜曰：「但取金國詔諭書納之禁中，則至尊受禮不行而事定矣。」檜曰：「至尊若不親行，恐難取信於金人。」給事中樓炤〔一〕曰：「明言至尊守太上皇喪制，諒陰三年，今以大事決於丞相。丞相率百官詣館驛中受詔，金人自不疑也。」檜意未決，衆人皆以樓炤所議可行，如淵即遣王倫先達知通古。王倫退出，逕至館中見通古，謂之曰：「聖上守制不出，以秦丞相攝冢宰事，今與衆百官來受詔諭。」通古信之，即許秦檜來見。王倫復命，秦檜率衆官員至館中見通古。遣人報知，通古曰：「吾受君命而來，豈得自專？」下命欲百官備如臣見君之儀。檜聞命屈從之，使省吏朝服導從接金詔書，納于禁中。於是，中外人情始安。

越二日，王倫引通古入見高宗。朝參畢，高宗命賜座，通古堅辭不敢當禮。高宗曰：「朕以太上皇憂服在制，未及親見侍郎。既承君命而來，朕對公猶金主也，何必固辭？」通古頓首，始坐于堦側。帝召諸臣與通古擬議盟好。通古奏金主來意，先歸河南、陝西地，徐議餘事。帝聞通古道金主未還太上皇梓宮及韋太后，惟以詔諭江南之名，不悅，即下詔着令通古等還金，候與衆臣議禮答之。通古即辭高宗退去。

會王庶自淮南回，入見高宗，具對：「江南之民望宋如赤子之望父母。金人詔諭江南之說，正欲緩我恢復之計也。乞陛下斷自淵衷，勿被奸人所誤。」帝頗悟，嘆息謂庶曰：「使五日前得金此報，趙鼎豈可去邪？」庶奏曰：「趙鼎兩爲相，於國有大功。昔贊陛下親征，皆能決勝。又鎮撫建康，回鑾無虞。他人所不及。」帝

〔一〕「樓炤」，原作「婁炤」，下文皆作「樓炤」，據改。

然之，因下詔與外鎮諸侯，知金使詔諭江南意。韓世忠聞此消息，四上疏言不可從，「願舉兵決戰，兵勢最重處，臣請當之」。且言：「金人欲以劉豫相待，舉國士大夫盡爲陪臣，恐人心離散，士氣凋沮。」高宗覽疏不報。世忠見帝意不從，乃與諸將議曰：「君上堅於求和，不知金人詭詐以計延緩我師。今張通古使還，必由洪澤而去。」着令蘇勝曰：「爾可引二千步騎，埋伏洪澤，候張通古來，併王倫殺之，以絕其患。」蘇勝得令，即引兵前去。數日來報：「金使張通古等已出洪澤二朝矣。」世忠聞之，嘆息不已，與諸將修甲兵，儲餱糧，欲圖後舉。

却說高宗以和議一事不決，寢食俱廢，詔侍從臺諫詳奏和金得失以聞。於是從官曾開、張燾、晏敦復、魏矼、李彌遜、尹焞遜、汲嘉、樓炤、蘇符、薛徽言，御史方庭實，館職胡珵、朱松朱子之父，時爲校書郎、張擴、凌景、夏常明、范如圭、馮時可、許忻、趙雍，皆極言不可和。李綱亦上疏云。疏曰：

朝廷使王倫使金國奉迎梓宮，往返屢矣。今倫之歸與虜使偕，乃以「詔諭江南」爲名，不著國號而曰「江南」，不云「通問」而曰「詔諭」，此何禮也？臣在遠方，不知其曲折，然以愚意料之，虜爲此名以遣使，其邀欲有五：必降詔書，欲陛下屈躰降禮以聽受，一也；必有赦文，欲朝廷宣布頒示郡縣，二也；必立約束，欲陛下奉藩稱臣稟其號令，三也；必求我賂，廣其數目，使我坐困，四也；必求割地，以江南爲界，五也。此五者，朝廷從其一則大事去矣。金人變詐不測，貪惏無厭愛財曰「貪」，愛食曰「婪」，「婪」與「惏」通也。縱使聽其詔令，奉藩稱臣，其志猶未已。必繼有號召，或使親迎梓宮，或使單車入覲，或使移易將相，或使改革政事，或竭取賦稅，或朘削土宇。從之則無有紀極，一不從則前功盡廢，反爲兵端。以謂權時之宜，聽其邀求可無悔者，非愚則誣也。伏望陛下思之。

高宗覽其疏，置而不問。樞密院編修胡銓抗疏言曰。疏曰：

臣謹按：王倫本一邪狎小人、市井無賴，頃緣宰臣無識，遂舉以使虜，專務詐誕，欺罔天聽，驟得美官，天下之人切齒唾罵。今者無故誘致虜使，以「詔諭江南」爲名，是欲臣妾我也，是欲劉豫我也。夫天下者，祖宗之天下也；陛下所居之位，祖宗之位也。奈何以祖宗之天下爲金虜之天下，以祖宗之位爲金虜藩臣之位？陛下一屈膝，則祖宗廟社之靈盡污夷狄，祖宗數百年之赤子盡爲左衽，朝廷宰執盡爲陪臣，天下士大夫皆當裂冠毀冕，變爲胡服。異時豺狼無厭之求，安知不加我以無禮如劉豫也？今倫之議曰我一屈膝則梓宮可還，太后可復，淵聖可歸，中原可得。嗚呼，自變故以來，主和議者誰不以此說啗陛下哉？然而卒無一驗，則虜之情僞已可知矣。而陛下尚不覺悟，竭力膏血而不恤，忘國大讎而不報，含垢忍恥，舉天下而臣之甘心焉。就令虜決可和，盡如倫議，天下後世謂陛下何如王？况醜虜變詐百出，而倫又以奸邪濟之，梓宮決不可還，太后決不可復，淵聖決不可歸，中原決不可得。而此膝一屈不可復伸，國勢凌夷不可復振，可爲痛哭流涕長太息矣。今内而百官外而軍民，萬口一談，皆欲食倫之肉。謗議洶洶，陛下不聞，正恐一旦變作，禍且不測。臣竊謂不斬王倫，國之存亡未可知也。雖然，倫不足道也，秦檜以腹心大臣而亦爲之。陛下有堯舜之資，檜不能致君如唐虞，而欲導陛下如石晋。孔子曰：「微管仲，吾其被髮左衽矣。」石晋，謂晋高祖石敬塘也。夫管仲霸者之佐耳，尚能變左衽之區而爲衣裳之會。秦檜，大國之相也，反驅衣冠之俗而爲左衽之鄉。則檜也，不惟陛下之罪人，實管仲之罪人矣。孫近傅會檜議，遂得參政。天下望治有如飢渴，而近伴食中書，漫不敢可否事。檜曰可和，近亦曰可和；檜曰天子當拜，近亦曰當拜。臣嘗至政事堂，三發問而近不答，但曰：「已令臺諫侍從議矣。」嗚呼，參贊大政，徒取充位如此，有如虜騎長驅，尚能折衝禦侮耶？臣竊謂，檜、近亦可斬也。臣備員樞屬，義不與檜等共戴天。區區之心，願斷二人頭，竿之藁街藁街在長安城南門内。然後羈留虜使，責以無禮，徐興問罪之師。則三軍之士，不戰而氣自倍。不然，臣有赴東海而死，寧能處小朝廷求活耶？

疏上，高宗讀之不悅。秦檜以銓狂妄兇悖，鼓衆劫其短處，持詔除去官職，編管韶州隨住，仍降詔播傳中外。范如圭同給舍臺諫及朝臣交章救之，曰：「胡銓奏疏，惟知有君而已，其他非所恤。今其所論，忠言也。陛下降詔中外，欲遠竄之，後日誰復有言爲陛下開陳？是陛下欲求和議得失，終無以應之者矣。乞聖慈寬其謫貶，以爲言路勸。」高宗見奏，下詔再擬之。秦檜迫於公議，次日改銓監廣州都鹽倉。時宜興進士吳師古刊其疏章於木，金人募之者至上千金。朝士陳剛中聞胡銓改謫廣州，以啓書賀之曰：「相公此去，可保後計矣。」秦檜恨師古、剛中，即謫剛中知虔州安遠縣，師古坐流袁州，後皆死焉。晏敦復謂人曰：「頃言秦檜奸佞，諸君不信。今方專國，便敢出入人罪，他日何所不至耶。」自是諫和議者皆被貶黜。

帝以韋后將還，命作慈寧宮以待之。

世輔計擒撒離喝〔一〕

紹興九年春正月，帝意決於和議，命直學士院樓炤草赦文大赦天下，使民間知之。其略曰：乃上穹開悔過之期，而大金報許和之約。割河南之境土歸我輿圖，戢宇内之干戈用全民命。

張浚在永州聞之，上疏云。疏曰：

燕雲之舉，其鑒不遠。虜自宣和以來，挾詐反覆，傾我國家，蓋非可結以恩信、事以仁義者。借令虜中有故，上下紛雜，天屬盡歸，河南遂復，我必得其厚賜，謹守信誓，數年之後，人情益解，士氣潛消。彼或内變既平，指瑕造釁，肆無厭之欲，發難從之請，其將何辭以對？顧事理可憂又有甚於此者。陛下積意兵政，將士漸孚。一旦北面事虜，聽其號令，比肩遣使，接武求盟接武，足跡相接也，小大將帥，孰不解躰？陛下方經理河南而有之，臣知其無與赴功而共守者也。蓋自堯舜以來，人主奄有天下，非兵無以立國，未聞委質夷狄可以削平禍難。遠而石晋，近而叛豫，著人耳目，歷歷可想。戰國之時，楚懷王入覲于秦，一往不返，逮今千載之下爲之痛心，由辨之不早也。漢高祖知項羽之寡恩少義，其和不可

〔一〕「喝」，原作「唱」，據雙峰堂萬卷樓本改。

恃，故雖再敗固陵固陵，地名，甘心不悔。玆二事足爲今之戒矣。

前後凡五上疏，皆不報。岳飛在鄂州聞金將歸河南地，上言：「金人不可信，和好不可恃，相臣謀國不臧，恐貽後世譏。」高宗以浚疏示秦檜。檜曰：「此書生見矣，豈識國之大躰。陛下宜自主之。」檜因是銜於浚也。

及赦至鄂州，岳飛上表賀赦，寓和議未便之意。表曰：

婁欽獻年於漢帝，魏絳發策於晋公，皆盟墨未乾，顧口血猶在，俄驅南牧之馬，旋興北伐之師。蓋夷虜不情而犬羊無信，莫守金石之約，難克谿壑之求。圖暫安而解倒懸，猶云可也；顧長慮而尊中國，豈其然乎？臣幸遇明時，獲睹盛事。身居將閫，功無補於涓埃；口誦詔書，面有慚於軍旅。尚作聰明而過慮，徒懷猶豫以致疑。謂無事而請和者謀，恐卑詞而益幣者進。願定謀於全勝，期收地於兩河。唾手燕雲，終欲復讎而報國；誓心天地，當令稽首以稱藩。

疏入，秦檜益怒，遂成讎隙。

吳璘在熙州見赦下，其幕客欲擬爲賀表以進。吳璘愀然曰：「在朝廷休兵息民，誠天下慶。但璘等叨竊俸禄，不能宣國威靈，亦可愧矣。爾諸將既欲上賀，但當待罪稱謝可也。」衆皆然之。知廣州連南夫、監明州今寧波府也比較務楊偉上書，極言和議之失，秦檜深怒之。帝雖數音朔覽諫疏，而意終不回。

初，史館校勘范如圭以秦檜力建和議，用書責秦檜曲學倍師、忘讎辱國之罪，且曰：「公不喪心病狂，奈何爲此？必遺臭萬世矣。」及金人歸河南地，檜自誇以爲功，如圭入對內廷，言：「兩京之版圖既入，則九廟八陵瞻望咫尺。今朝陵之使未遣，何以慰神靈萃民志乎？」帝泣然淚下曰：「非卿不聞此言。」即遣判大宗事士㒟、兵部侍郎張燾詣河南修奉陵寢。士㒟、張燾領命，辭帝出蔡、潁地界，傳高宗復理河南詔旨。河南百姓歡迎夾道，以喜以泣，曰：「久隔王化，不想今日復爲宋民矣。」因各具羊酒以迎。士㒟遂入栢城，遍視陵寢故址，爲金人所過，盡爲廢地，㒟與燾嗟呀不已。乃召集當地軍民，披歷榛莽，隨宜葺治。不半月間，陵寢爲之一新。士㒟治禮畢，復宣以天子恩澤於士民而還。入見高宗，具表奏知。高宗大悅，詔封士㒟爲齊安郡王。張燾奏疏曰：「金人之禍，上及山陵。雖殄滅之，未足以雪此耻、復此讎也。必不可恃和盟而忘復讎之大事。」帝曰：「朕遣卿前往修奉陵寢，其諸陵寢何如？」燾愀然莫對，唯言：「萬世不可忘此賊。」帝黯然，命之退。秦檜聞而患之，出燾知成都府。

斷云：觀燾所奏之言，所謂直氣吐而星斗寒也。高宗寧不爲之動心哉？其不忘者，特幸焉耳。

話分兩頭。却說青澗人李世輔，自唐以來，世襲蘇尾隘名九族巡檢。宋建炎中，世輔年十七歲，隨父李永奇出入行陣，勇健善戰。金人陷鄜延府名，宣撫使王庶募勇者，世輔應募起，屢立偉功。庶大奇之，遷副將，命守延安府名。金人陷延安，永奇父子被執。兀朮聞世輔驍勇，授永奇父子官，令之歸順。永奇聚衆泣曰：「我宋臣也，世襲國恩，今不能爲主守故疆，乃爲彼用耶。」戒世輔曰：「汝若得乘機，即歸本朝，無以我故貳其志，事成我亦不朽矣。」會兀朮遣人授世輔同州知州，永奇僞受命，與世輔由同州入南山，乃金人往來驛路。永奇謂子曰：「汝可於此擒其酋賊，疾渡洛、渭二水名，從商虢歸朝。若出此地，雖密報我知，我當以兵復取延安而歸。不然，吾以死報宋君矣。」世輔辭了父，單騎逕赴同州，入府視事，遣黄士成謂之曰：「爾爲我持書申蜀至吳，報知中國，吾父子欲復延安歸朝，可遣兵於吳中接應。」士成接書逕出吳中去了。忽報：「金撒離喝因侵宋地失利，回軍經同州。」世輔與部衆議曰：「撒離喝既來，吾當以計擒之。」即分付五百壯騎埋伏於廊下，「候其至階，吾舉手爲號，爾衆即出捉之。吾自以步騎抵其部下。」衆人得令，各準備去了。

世輔分調已定，出城迎撒離喝入府，進階尚未就坐，世輔謂之曰：「元帥引兵南下，勝負如何？」撒離喝曰：「南朝韓世忠、岳飛、吴玠等勁敵也，此回出兵大失利。」世輔正待回言，廊下搶出五百壯軍，一時將撒離喝捉住，世輔大叫曰：「敢有近前者，立斬之。」酋衆見世輔發作，各四散而走。世輔將撒離喝縛而囚之，即領五千餘軍馳出同州城。至洛陽府，河邊船隻已後期，不得先渡。撒離喝部下走報兀朮，兀朮領兵隨後趕來。將近洛陽，世輔望見後面塵土蔽日，殺氣凌空，知〔一〕有追騎來到，謂部下曰：「彼衆我寡，若先走必被所擒。爾等當戮力而戰，敵人自不敢近也。」然世輔素得衆心，而人樂爲之用，是以皆無退志。世輔列陣而待，兀朮引胡騎早近面前。虜將張黑鬼躍馬舞刀直取世輔，世輔勒騎挺鎗來迎。戰數合，世輔一鎗刺黑鬼落馬而死。金將黄彪牙拍馬來戰，世輔按住鎗，勒戰騎退數十步，拈弓搭箭，射死黄彪牙。部下將士鼓勇助戰，殺死胡騎頗多。世輔與衆人屯於高崗，見追騎益多，謂其下曰：「兀朮人馬尚未來到，我等終難抵敵。」令押過撒離喝，折箭與之誓曰：「吾今饒爾一命，回見兀朮，不得殺同州百姓及害我骨肉。」撒離喝曰：「將軍如放吾歸，即當保之無傷。」世輔怒激，將撒離喝不去其縛，推之下山崖而去，追兵爭救得免。

世輔攜老幼長驅而北，至鄜城縣，急遣人告知父永奇。永奇即挈家疾馳出城，與世輔會于馬翅谷。兀朮與撒離喝率鐵騎連夜追襲。世輔曰：「父可領家小速走吴中以待救兵，吾當抵住追兵。」永奇曰：「吾老矣，死亦可也。爾可亟走夏國，再圖歸朝計，勿以我爲念也。」世輔父子正在相推間，胡騎卷地來到。世輔泣曰：「父若不即行，追騎至矣。」永奇挺鎗躍馬，衝奔鐵騎而鬥。撒離喝欲報讎，匹馬向先，與永奇戰上十合，四下金兵圍遶將來。永奇手誅數騎。世輔欲待殺進相救，胡騎重疊，衝擊不入。永奇已戰死，家屬二百餘口皆

〔一〕「知」上，原衍「豈」字，據三台館本删。

遇害。世輔身被數鎗，僅以二十六人投奔夏國。見夏主，具言：「父母妻子被金人所殺，切齒疾首，恨不即死，願得二十萬人馬，生擒撒離喝，取陝西五路歸於夏，世輔亦得報不共戴天之讎。」言罷，俯伏階下哭泣不勝情。夏主聞之，謂群臣曰：「世輔，義士也。吾當以兵借之報讎。」文臣王樞奏曰：「近有牛背夾山名，其處最險酋豪號爲青面夜叉者，聚戎羌數千人，殺戮生民，久爲夏國患。近聞李世輔宋之虎將，主公可令世輔征討，若得勝回來，即借與兵馬。」夏主然之，因謂世輔曰：「吾欲令君往征牛背夾酋賊，爾若肯去，能成功則不吝借兵矣。」世輔曰：「得國主肯與世輔報讎，雖赴湯蹈火亦不辭也。」夏主大喜，即遣大將曹桓以三千騎同世輔出征。且看下節分解。

李世輔義釋王樞

却說世輔辭了夏主，與曹桓部兵前望牛背夾進發。世輔至葫蘆山屯扎，謂曹桓曰：「酋賊性頑，勇而少謀，可用計擒之。」曹桓曰：「足下計將安出？」世輔曰：「青面夜叉自恃其巢穴險固，久不知兵，若遇交鋒，須引之入葫蘆山。其地交雜，山高路小，吾以精騎斷其後，彼衆必敗，青面夜叉可擒矣。」曹桓曰：「此計甚妙。」次日，搖旗納喊，曹桓部二千鐵騎殺奔牛背夾來。酋衆報知青面夜叉，夜叉即領羌衆，鳴金擂鼓，一湧殺出夾口。夏兵見其勢猛，約退一里地位。曹桓勒住驊騮，手綽金鎗，抵住青面夜叉。夜叉舞刀交還。二人戰上數合，羌衆漫山塞野，長弓硬弩一齊矢來。曹桓抵當不住，拍馬望葫蘆山而走，下令軍士丟棄牛羊乾糧之類，沿路皆是。青面夜叉與酋衆從後趕來，各爭奪所遺。引得青面夜叉進葫蘆山，夏兵將樹木亂草塞住山口，放起火。正值秋末冬初，晚風大作，一時間煙焰衝天。酋衆望見後面火起，大驚，即殺出山口。火勢正着，曹桓引兵從半山截出，羌衆死者不可勝數。青面夜叉望夾石奔走，忽一千騎殺出，大叫：「酋賊休走，吾在此等多時矣。」乃宋將李世輔也。挺鎗直奔青面夜叉，只兩合，於馬上擒之，盡降其衆。與曹桓兵合，曹桓驅部下殺入牛背夾來，焚蕩巢穴，得其馬騾軍資器械不計其數。

世輔大勝，引兵回夏國。見夏主，押進青面夜叉。夏主大悅，將青面夜叉梟首號令，即出二十萬騎，以文臣王樞、武臣哆訛爲陝西招撫使，世輔爲延安招撫使，前往與世輔報讎。王樞等即引兵前抵延安界屯扎。

次日，世輔入見王樞，曰：「將軍以大衆爲後隊，吾自引舊部八百餘騎前往哨敵。」王樞許之。世輔即引所部至延安城下瞰敵，守城軍有認得李世輔者，即入府報知總管趙惟清。惟清部下登城守護，見世輔勒馬於城下，往來馳騁，大叫曰：「好將延安還我宋朝則休，不然，打進城池，寸草不留。」惟清城上呼曰：「鄜延、封、墇今復歸朝，已有赦書在此。」世輔於馬上求赦文視之，趙惟清命庫吏取赦文投堞下與世輔。世輔觀之，的實大朝與金國講和赦書，因與官屬列拜大哭，謂惟清曰：「吾在夏國借兵復取故疆，今既歸矣，待辭了夏將，然後來會。」惟清曰：「將軍宜以宋爲父母邦，勿生貳心。」世輔當惟清面折箭爲誓曰：「世輔若負南朝，當同此箭。」誓畢，即引所部往見王樞、㖡訛，諭之曰：「世輔已得延安府的見講和赦書。招撫可以本部軍歸國，煩爲轉奏夏主，世輔當期後報也。」武臣㖡訛不從，曰：「初經略乞兵來取陝西以歸夏主，今既引兵到此，乃令我歸耶？」世輔知勢不可，乃出刀斫㖡訛。㖡訛抽身便走，斫之不及。王樞正待躲避，世輔部下一齊向前，將王樞縛之。世輔曰：「敢有亂動者即誅之。」夏兵雖衆，知世輔勇猛，皆不敢動手。世輔捉王樞入延安府，來與趙惟清相會。惟清大喜，曰：「足下真義士也。」世輔曰：「夏兵已去，若知吾擒了王樞，夏主必引兵來困延安，吾當以奇兵勝之。」乃遣賈雄引五千人伏於延安之南，令驍將關岳領二千兵伏於延安之北，「來日平明，夏兵必到。吾自引兵去迎，佯敗引入中路，放砲爲號，三路夾攻，必獲全勝矣。」二將聽令，各引兵於僻處埋伏去了。

却說夏將㖡訛回見夏主，奏知世輔背逆，捉去文臣王樞。夏主聞奏大怒，即遣大將張暹領鷂子軍二萬人往取延安。張暹得命，即部兵前望延安征進。將近其境，只見塵埃起處一彪軍馬來到，張暹靠住陣脚，拍馬舞刀來迎。正遇宋將李世輔人馬，張暹怒罵曰：「背義狂賊，今日休走。」世輔曰：「我宋臣也，豈事夏國哉？今何故加兵來此？」暹曰：「爾捉我大臣王樞，言而無信，夏主故遣兵來誅汝等。」言罷，舞刀躍馬，直取世輔。世輔跑馬望本陣便走，暹驅動鷂子軍如飛翼追來。趕上數里，副將趙綽曰：「世輔勁敵也，今敗莫非有謀？主將可持備之。」暹大悔曰：「吾中敵人之計也。」即令後軍速退。言未了，延安中路號砲連天，南路軍賈雄部兵抄出，正迎着趙綽，只兩合，被賈雄一刀砍於馬下。殺出中路，與世輔兵合。世輔揮雙刀，所向披靡。張暹逃走北路，被關岳伏兵又殺一陣，復奔回本路。正遇世輔，躍馬近前，將張暹斬落馬前。夏兵大潰，鷂子軍被殺死蹂踐者無慮萬人，獲馬駝四萬匹。世輔全勝，入延安府，重賞部下，令人押過王樞，曰：「吾初至夏國借兵，亦重德君，今日豈敢加害。放爾歸國，見夏主，當結爲唇齒，休得妄生異端而致喪敗也。」王樞拜謝而去。自是夏人喪膽，再不敢侵犯延安矣。

世輔揭榜招兵，每得一人，與馬一匹。旬日間得驍勇少壯者萬人，乃擒害其父母弟姪者，斬于東市，瀝血以祭。因謂趙惟清曰：「吾讎人已報，今聖上泥於講和，不測金兵奸詐百出。吾守鄜延，足知其爲人也。今當與君募集馬騎，以爲恢復之舉。」惟清然之。即大開幕府，招募人馬，數月間得馬步軍四萬餘。

吳玠在四川聞之，遣張振至延安，撫諭世輔等曰：「兩國見議和好，不可生事。」世輔謂趙惟清曰：「吾當與張振見吳玠，以陳愚見。」惟清曰：「足下見吳玠，必有高論。」世輔即辭惟清，與張振見吳玠於河池（地名。）吳玠一見世輔，偉雄壯健，材力可稱，私喜曰：「中興得人矣。」因令世輔往長安見樓炤（時樓炤爲陝西宣諭使，）待詔詣行在。世輔辭玠，逕詣樓炤于長安。樓炤曰：「近得鄜延消息，甚稱君忠勇貫於日月。吾當保奏封爵。」世輔曰：「多賴衆士齊心，世輔有何功，敢望封贈焉？」炤曰：「此朝廷盛典，非吾所得私。」即具表，錄奏行在。高宗下詔，以世輔爲護國軍承宣使、樞密行府前軍都統制。樓炤承詔封世輔，送入朝見帝。世輔乃率部下三千人，南來朝見高宗。高宗大悅，曰：「未度遠鎮而有忠義士若是始終爲宋也。」世輔叩首稱謝，帝撫勞再三，賜名顯忠。是年五月，四川宣撫使吳玠卒。

斷云〔一〕：吳玠善讀史，凡往事可師法者，録置座右，積久至於墻牖皆格言也。用兵本孫、吳，務遠略，不求近小利，故能保必勝，御下嚴而有恩，虚心請受，雖身爲大將，卒伍最下者得以情達，故士樂爲之死。選用將佐視勞能爲高下先後，不以親故權貴撓之。卒年四十七，贈少師，謚「武安」。自富平之敗，金人專意圖蜀，使無玠身當其衝，無蜀久矣。故西人思之，立祠以祀。

後人有詩贊云：

將軍豪氣重乾坤，爲國丹心一點存。
制勝晝謀全險蜀，盡誠勤撫保斯民。
用兵髣髴孫吳亞，攘狄經營衛霍倫。
未復故疆星墜没，川中風景幾黄昏。

又京兆姚子章有廟贊云：

頻覼英烈傳，吳玠宋人豪。
決策能抗敵，行兵自不搔。
猖胡因遠遁，蜀鎮賴堅牢。
殁後民懷慕，巍巍廟宇高。

〔一〕「斷云」二字據雙峰堂萬卷樓本補。

胡世將議敵金兵

却說王倫至汴京見兀朮，復高宗講和命。兀朮因割東、西、南三京，壽春府宿、亳、曹、單等州，及陝西京西之地與宋，自引衆從祁州渡河而去。朝見金主，以歸河南、陝西地爲非計，奏金主曰：「撻懶、蒲蘆主割河南與宋，必有陰謀。今宋使王倫在汴，主公可止之，勿令踰境，候再圖中原也。」熙宗從其議。王倫在汴聞之，即遣人奏知高宗，言：「金人奸詐不可信，臣當赴金國再議講和一事。若無異論，然後歸奏。」帝下詔允行。王倫即離了汴京，迤邐至金國。行及中山，會金撻懶等謀反，被金人所執。倫見金主于御子林，奏曰：「臣倫領上命通兩國和好，今既交割宋、金封界，結爲唇齒，事已定矣，何復詔倫無得踰境，莫非有他意乎？」金主不答，而令翰林待制耶律紹文爲宣勘官問王倫。紹文承命出衙府，詰王倫知撻懶罪否，倫對以不知。紹文曰：「當日欲和盟好，雖定宋之進貢歲幣，今爾無一言及貢禮，反求割地，必與撻懶通謀，但知有元帥，豈知有上國耶？」倫曰：「比日蕭哲以國書許歸梓宮及韋太后，并割河南地，天下皆知上國尋海上之盟，與民休息，遣人奉使通好兩國耳。倫安得與撻懶私哉？」紹文復曰：「卿留雲中時，已無還期。今我主放汝歸國，曾無以報，反間貳我君臣哉。」即令左右將王倫拘于河間以待報，衆人即將王倫押赴河間去了。紹文乃遣副使藍公佐還見高宗，議歲貢、正朔、誓命等事，及索河東士民之在南者。藍公佐受命去訖，不題。

紹文以拘倫奏知熙宗，熙宗大喜曰：「卿真能了公事也。」忽報張通古爲使回，熙宗命召進。通古入見熙宗，朝禮畢，熙宗問曰：「卿爲使中國，言許歸河南地，曾議貢禮回報乎？」通古奏曰：「宋之君臣以梓宮未還、河南本其故疆，多有不肯屈己受詔諭者。歲貢之命，臣所未聞也。」熙宗怒曰：「不取河南，難雪吾恨矣。」通古復奏曰：「主公欲取河南地，即今宋置戍兵防守，尚及其部置未定，當議收復。」熙宗然之，命斡本爲都元帥，大閱國中兵於祁州。着令兀朮引兵十萬，自黎陽趨河南。右監軍撒離喝部兵十萬，出河中趨陝西，分道入寇。詔下，撒離喝等承命，各領去訖。時紹興十年五月也。

却說兀朮部十萬人馬，離了金國，望黎陽進發，自是旌旗蔽日，殺氣凌空。至洪鎮駐扎，次日陞帳，大小三軍，十班擺列。兀朮喚至驍將孔彦舟，部衆逕取汴京去了。又喚驍騎烏禄、裨将李成近前，曰：「汝二人各引精兵二萬，烏禄攻襲歸德，李成攻取河南。若得勝回來，吾當重保爾等官職。」烏禄、李成得令，即分兵攻擊諸郡。兀朮分撥已定，遣人以書約撒離喝進兵。聲息傳於諸鎮，孔彦舟、烏禄、李成驅兵四出。於是，東京留守孟庾、南京留守路允迪見金兵勢大，皆以城降。兀朮乘勝南下。

哨馬報至西京，權西京留守李利用聞金兵來到，棄城而走。河南州縣皆望風納款，惟拱州守臣王憺、亳州提轄魏經會兵欲戰。王憺謂魏經曰：「天子以封境付吾等，今日有死而已。此膝不可屈，城決不可降。」魏經深然之。因募集精壯，欲爲死守計。數日報來，兀朮大勢人馬已到。王憺與魏經部軍迎敵，遥望塵頭起處，金鼓喧天，無數胡衆來到。王憺排下陣勢，横刀勒馬立於門旗下對陣。兀朮金盔銀甲，跨烏龍駿，大叫：「宋將尚不早降，而欲邀兵迎戰，莫非尋死路乎？」王憺怒指兀朮罵曰：「爾乃背信豬狗，敗盟而來，天地鬼神亦不容汝也。」兀朮顧謂部下：「誰敢出擒此輩？」言未畢，一將應聲而出，乃金將律耶哥舒也。律耶哥舒拍馬挺鎗直奔王憺，王憺舞刀交還。二人戰上數合，胡騎衆盛，宋兵先自奔走。王憺力戰律耶哥舒，不爲少退。

兀朮見哥舒戰王慥不下，於馬上拈弓搭箭，望宋將當門射〔一〕來。弦響箭到，王慥不知持防，正中左頰，墜於馬下。魏經正待救應，哥舒一鎗刺透咽喉而死。可憐二將俱喪於金人之手。兀朮已取了拱、亳二州。是時，撒離喝人馬亦取同州趨永興軍，權知軍事郝遠開城門納之，陝西州縣所至迎降，遣人會兀朮兵進據鳳翔府。初，關陝新復，朝廷分軍屯熙、泰、鄜延諸路。撒離喝既至鳳翔，陝右諸軍皆隔在虜後，及聞金兵南下，遠近震恐。

聲息傳入臨安，秦檜以其專主和議，至見金人敗盟，甚懼，謂給事中馮檝曰：「金人背盟，實我主之。今彼舉兵入寇，我之去就未可知。前此大臣皆不足慮，若君上以戎務任張浚，則事可憂矣。公其爲我探上意如何？」檝許之，入見帝曰：「金人長驅犯順，勢必興師，如張浚者，且須以戎机付之，可敵金人也。」帝正色曰：「寧至覆國，不用此人。」檜聞之喜。越二日，邊廷飛報：「胡馬已渡淮，近取了東京、南京，河南等路州縣盡皆陷沒。」高宗大怒，因謂廷臣曰：「羯虜背盟，朕與之誓不兩立。」樞密院韓肖奏曰：「陛下既測金人反覆無常，勿專於和議。親御六龍，戎衣而起，則士氣百倍，何患敵不可滅、中原不能復耶？」高宗即命東京副留守劉錡疾赴邀截金人來路；鄜延經略使郭浩領兵從西路抵殺虜寇；吳璘節制陝西諸軍，嚴守津要。遣人賫御札金牌前去江州，召岳飛爲江北諸路招討使，專主征伐。詔下，各路去訖。

忽福州報到李綱卒，高宗聞報，因哀慟曰：「朕自承位以來，前後得綱總理，甚有條緒。近因不爲衆所容，謫居於外，遇覽其疏奏，忠義凜然，如言猶在耳不忘。日前吳玠已卒，朕念之未置。今李綱繼亡，胡寇

〔一〕「射」，原作「天」，據雙峰堂萬卷樓本改。

日亂，莫非天意不與朕得整太平乎？」群臣聞之，亦各悲戚。

斷云〔一〕：李綱負天下之望，以一身用舍，爲社稷生民安危，雖身或不用，用且不久，而其忠誠義氣凛然動乎遠邇。每使者至金，金人必問：「李綱、趙鼎安否？」其爲遠人所畏服如此。

後人有詩贊云：

景星夜夜照樵城，竟産明良傑俊英。
雙手擎天扶社稷，一身衛地保蒼生。
拳拳效志陳宏略，悃悃輸忠建大經。
何事鑾輿南渡後，故教賢宰遠朝廷。

史臣曰：「以綱之賢，使得畢力殫慮於靖康、建炎間，莫或撓之，二帝何至於北行，而宋豈至爲南渡之偏安哉？」

却說陝西諸將因得高宗詔，着令嚴守關隘。金撒離喝兵至河池，哨馬回報，四川宣撫副使胡世將聞金兵將近，倉卒召諸將商議。時吳璘、孫渥已在計畫守敵策，適楊政、田晟二人繼至，因謂世將曰：「金人精鋭，吾軍衆寡不敵，請少退清野以挫其鋒。」孫渥亦曰：「撒離喝勢大，河池不可守，莫若從楊政所議。」吳璘厲聲折之曰：「懦語沮軍，可斬也。今天子詔下諸州，命截金人來路。我等正當戮力拒守，惟在死鬥，何以退避爲計？」因謂胡世將曰：「璘願以家眷百口保河池以破敵，如不勝，甘就誅戮。」世將壯之曰：「微將軍，則

〔一〕「斷云」二字據雙峰堂萬卷樓本補。

敵人愈肆兇狠也。」即遣諸將分據渭南，着令吳璘屯陝西之北砦，自與楊政、田晟屯蜀口。吳璘即辭世將，引所部一萬人馬，前抵陝西路邀敵金人。哨馬報：「近日撒離喝攻破扶風，築城以據我軍，即目分遣胡騎大隊犯石壁砦，聲息甚緊。」吳璘問：「誰可前往迎敵金兵？」川將姚仲應聲而出。吳璘與兵三千，交姚仲去迎敵。璘又問曰：「金兵衆盛，石壁砦最是關要所在，倘有疏虞未便。誰敢再去？」帳下統制李師颜曰：「小將願往。」吳璘亦與驍騎二千。兩枝軍馬去了，吳璘下令將未遣軍馬且撤退二十里，恐防金人衝突之患。

且說姚仲引軍前抵石壁砦，遙望胡騎人馬喊殺震天，正與宋軍相遇。姚仲橫鎗立馬指撒離喝而駡曰：「背約反賊，尚敢犯寇中國哉。」撒離喝大怒，使鶻眼郎君出馬。鶻眼郎君以三千騎直衝過來，姚仲挺鎗抵戰。兩馬相交，鬥不數合，胡將烏龍先鋒拍坐下馬跑出助戰。姚仲力敵二將，並無懼怯。又鏖戰數十合，胡兵以連座軍其座上每五人爲一座，上用皮蓋人身，中開孔以視敵，内用長弓硬弩射出，敵不能當，如返矢之，其皮堅實不可透，號爲連坐軍。如拐子馬之類，金人俱以此勝敵。攻入，宋兵皆遁。姚仲正在危急中，忽雁頭砦一彪軍馬殺出，乃李師颜也。兩下夾攻，金人尚不肯退。姚仲激怒曰：「若不能勝，何以見吳節使？」勒騎衝入金陣。烏龍先鋒不捨復鬥，被姚仲一鎗刺於馬下。李師颜以驍騎繼至，將連座軍馬脚砍倒，金兵大敗而走，死者不可勝數。撒離喝奔入扶風拒守。

姚仲與李師颜合兵，回見吳璘〔一〕，報金人走入扶風。吳璘笑曰：「兵法云：『敵近而靜者，恃其險也。』量扶風小小城池，雖填滿其兵，焉能拒我哉？」遂下令衆軍速攻之。於是，軍中裝起雲梯，乘勢攻擊。城上矢

〔一〕「吴璘」，原作「吴玠」，據下文「吴璘笑曰」改。

石如雨，宋兵不能前進。吳璘曰：「金人性暴，莫如城下罵挑之，彼必激怒而出，一鼓可擒矣。」衆軍即於城下遙罵之：「數以糧草不繼，則爾群羯奴盡爲死鬼。」撒離喝怒甚，謂鶻眼郎君、孛堇哈哩曰：「吾當親出，與宋將以決雌雄。」孛堇哈哩曰：「吳璘勇而多謀，大王只宜堅守，候四太子兵集，然後出敵，可保必勝也。」撒離喝不從。次日，爰整胡兵，出扶風與宋兵陣于百通坊。兩陣對圓，吳璘立於門旗下，見撒離喝出戰，心中暗喜，顧謂李師颜曰：「爾可部兵二千，從左路抄出扶風埋伏。若見山後火起，便殺入城中，自有兵接應。」師颜於陣後領兵去了。對陣中撒離喝鼓衆鳴金殺入，宋軍中吳璘約兵望後齊退，胡騎乘勝趕來。不數里，望見後面火煙大起，喊聲不絕，撒離喝與鶻眼郎君等恐中計，回身殺出。將近火邊，鼓聲響處，兩壁廂二軍齊出，左有姚仲，右有潘勝，山上箭如雨發。撒離喝大驚，不敢戀戰，刺斜殺回原路而走。吳璘勒兵掩殺，金兵蹂踏死者不計其數。撒離喝殺開一條血路，將近扶風，城壕邊一將截出，爲首領兵將乃李師颜也，大叫：「胡賊速下馬受降。」撒離喝欲待死戰，後面姚仲軍馬繼至，與鶻眼郎君、孛堇哈哩併力奪路奔鳳翔。吳璘進拔扶風，捉獲金將三員及女真一百七十人，掠其馬駝輜重無算。由是金人不敢度隴，分屯之軍得全師而還。捷聞行在，高宗大悅曰：「川陝一路，朕不足憂。惟東京近逼金人，尤可慮。」因敕劉錡疾速進兵，仍詔岳飛沿邊接應。使臣領詔去訖。

王烏禄大驅南寇

却說兀术在汴京，聞鳳翔哨馬報：「撒離喝戰敗于扶風，着令元帥火急攻襲河南諸郡，勿被宋軍邀截。」兀术得報，即分調諸將，鼓震南下，次于順昌地界。時有劉錡將赴東京據敵，率所部王彦八字軍三萬七千人及殿司卒三千，自臨安沂江絕淮至渦口。衆軍正在會食，忽狂風驟起，將劉錡帳前「帥」字旗吹折。錡曰：「此賊兆也，主暴兵。」即下令軍中兼程而進。哨馬回報：「金人敗盟南下，勢莫可當，人馬將至順昌界矣。」錡驚曰：「東京必陷，若使金人復得順昌，則吾軍無靠足之地，何以爲計哉？」乃與將佐捨舟陸行，先趨三百里至順昌城中，與金兵止曾五十里，果得諜報東京已降。劉錡正在軍中分遣進據，忽知府陳規入見錡，曰：「虜賊勢大，敢問太尉去就之計。」錡曰：「三軍之命，在乎足食，然後可以却敵。城中有糧，則能與公守。不然，另作良圖。」規曰：「見有米數萬斛，未度足軍支否？」錡曰：「可矣。候在殺退敵兵，就其食未遲。」乃與規議斂兵入城，爲守禦計。金人飛報大隊已四出攻襲，傍郡無城郭者皆瓦解連陷，士民震恐。時八字軍以將駐于汴，皆攜妻孥以行。劉錡大集諸將統制官趙樽、韓直，偏裨耿訓、閻充、許清等，商議迎敵。諸將皆曰：「金兵鼓勇而來，不可敵也。請以精鋭遮護老稚軍民之老少也，順流還江南，伺其疲乏乘之。」錡曰：「吾本赴官留司，今東京爲金所陷，幸吾全軍至此，有城可守，糧食足支，奈何欲棄之？吾意決矣，敢有言去者即斬。」惟步將許清奮曰：「太尉奉命副守汴京，軍士扶攜老幼而來，正在相與努力一戰，於死中求生也，反以退避自謀哉？」議與錡合。錡喜曰：「得足下數人，金兵不足患矣。」乃鑿舟沉之，示無去意。置家眷於寺中，積薪門外，戒守者曰：「倘有不利，即焚吾家屬，勿使辱敵手也。」分命諸將守諸門，深溝高壘，明斥堠，與士人爲間探相警計。於是，軍士皆激奮，男子備守戰，婦人礪磨也刀劍，爭呼躍曰：「平日人欺我八字軍，今日當與國家破賊立功。」劉錡於城上躬自督厲將士，取劉豫時所造癡車，以輪轅埋城上，撤民戶扉周匝蔽之，以防敵人攻擊。城外民居數千家，悉令移入城中，將其舍屋盡焚之。凡六日，守備之具粗畢。又報：「金兵大隊已涉潁河，將近城矣。」劉錡聽的，即分付耿訓、閻充曰：「爾二人各引兵五千，埋伏城壕邊，候敵人圍城，兩下抄出，吾自有兵接應。」耿訓、閻充領計去了。劉錡又戒諸將偃旗息鼓，瞰誘敵兵來攻。

且說金將阿里、黃達引一萬鐵騎，直哨至順昌城下。近黃昏左節，並不見城中動靜。阿里自謂曰：「城外居民廬舍既皆焚蕩，吾兵到此，城上又不見旗幟，莫非無將鎮守？」黃達亦疑間，忽城壕邊一聲砲響，兩翼軍前後截出。金兵大驚，情知中計。阿里揮鞭勒馬殺奔城南，一將阻住，乃耿訓也，挺鎗拍馬，直取阿里。二將戰了數合，劉錡引精騎從南門衝出，與耿訓夾攻阿里。阿里措手不及，被耿訓擒于馬上。黃達一騎正奪路而走，被閻充乘勝趕上，一鎗刺落馬下。殺死金兵無數。耿訓、閻充將阿里、黃達押入軍中見劉錡。劉錡詰之曰：「爾今人馬近有多少？誰爲首領將官？從實言之，吾則寬汝誅戮。」阿里曰：「金四太子大隊人馬見屯汴京。即目韓將軍駐營于白沙窩，距城三十里。三路都統葛王烏祿屯黎陽渦砦，龍虎大王屯鹿角鎮。三路通合女真番漢人馬共有十二萬，部下戰將有撒哈虎、孛堇郎君、律耶越吉等。」錡笑之曰：「斗筲人矣，何足算也。」即令將阿里、黃達監下，待擒了兀朮一齊解赴行在。一邊戒諭諸將曰：「金人初敗，回報韓復雄，必會合三路兵前來。爾衆人各宜戮力建功，勿生退志。」因喚韓直、吳端曰：「汝二人各帶三千軍，分二路於順昌南北小路而行。如見金兵，不可急擊，只鼓噪納喊，以爲疑兵計，彼自退走也。」韓直、吳端得令，即引兵去訖。錡下令軍士於城中上築羊馬垣穴，垣中開爲門，着許清選善射者蔽垣而陣，防金人用弓弩。大開諸城門待敵。

是時金副元帥韓復雄正在白沙窩計議征進，聽的敗騎回報大將阿里、副將黃達俱被宋軍捉去，復雄大怒曰：「吾自歷兵南下，未有敢當抵者，順昌何如人，能首擒吾偏裨？」遂傳令約三路兵葛王烏祿、龍虎大王急攻順昌。金兵已薄城下，見諸門大開，懷疑不敢近前。哨馬報知韓將軍，將軍曰：「宋人必有謀，爾等且莫攻城，惟以强弓硬弩射之。」胡人得令，各取弓弩矢上城壕。其箭皆自轅端軼着於城，或止中垣上，而不能及人。劉錡交許清用破敵軍翼，以神臂彊弩自城上垣門射下，敵無不中，死者甚衆。胡騎見城上箭如雨落，稍却一望之地。劉錡自以勁兵開城而出，宋兵無不一當百，殺入金陣。當先一將攔住，爲頭大將乃金環沒朵，劉錡綽起鋼刀，斬於馬下。殺金兵溺河死者不可勝計。許清引步兵繼出，前後邀擊，破其鐵騎數千。韓復雄欲整陣再戰，人報：「南北角上鼓聲不絕，疑有伏兵。」劉錡得斂軍而回，金人不敢近。

次日，韓將軍下令曰：「諒順昌宋軍不滿數萬，吾以十二萬衆不能取勝，倘遇大敵如此，則我輩皆爲泉下人矣。」着三路兵裝起雲梯四十乘，每梯上可容數十人，周圍用板遮護發矢，下以輪推之。每一門各用雲梯十乘，梯上軍以箭射之，下者各抱短梯軟索，只看四門鼓動，乘勢上城。此時，韓將軍與葛王烏祿、龍虎大王合兵圍攻順昌已四日。城中劉錡激厲部將，令八字軍預先辦下火箭分守四門，待雲梯近城一齊射下，果是火箭齊發，雲梯皆着，燒死金兵墜地者屍首枕籍。胡兵不能得進，無計可施。錡於城上遙望見胡騎連營數十里，金鼓之聲徹於晝夜，因令閻充曰：「兵不在衆寡，在人善用之爾。可募壯士引來見我，自有調度。」閻充承令，即募集城中壯士，二日間得五百人，引見劉錡。劉錡喜曰：「就吾機也。」時夏初間，是夕天欲雨，電光四起，將遣壯士乘夜劫奪金營。閻充曰：「初選輩未知約束，請各啣枚而進，庶掩金人知覺也。」錡笑曰：

「無用枚也，吾自有良法。」因教軍中折竹爲嘂音舅，軍中所用物，吹之則聞高聲也，如市井兒童以爲戲者，人各持一嘂爲號，直犯金營。「遇電起時，則四下奮擊；電止，則藏匿莫動。吾以精騎從傍夾攻，金人自亂矣。」許清等曰：「太尉真妙算也。」錡準備停當。至二更鼓，悄開城南門，放出五百壯士，遶逼金營，隨電光所燭，喊鬥連天。敵衆驚亂殺出。電光止，即躲匿不見。宋人聞吹嘂聲復聚，金人恐懼不能測。劉錡與許清、閻充引鐵騎兵前後衝突，吹嘂壯士乘勢抄出。金兵慌亂，終夜自戰，壯士隨電光，見辮髮者輒殲之。劉錡勒駿直犯左營，正遇金將孛堇郎君出敵，劉錡舞刀直奔之。黑影裏戰未數合，被劉錡砍落馬下。又遇韓將軍引胡兵落慌來到，劉錡復回馬與戰。許清從後尾來，兩下夾擊，韓將軍奪路而走。行二里，風雨大作，東西兩廂竹嘂之聲不絕，又是夜裏，韓將軍拚死殺出。前與葛王烏禄相遇，烏禄曰：「元帥可速走，宋兵前後皆是，恐遭其圈套。」韓復雄率三路敗兵，望老婆灣退走。及平明，胡騎已退五十里。殺死金兵積屍盈野，奪其馬駝輜重無算。韓將軍與都統葛王烏禄、龍虎大王等屯扎老婆灣，計折人馬甚多，連夜遣人詣汴京求救。且聽下回分解。

宋劉錡順昌鏖兵

却說兀朮在汴，哨馬來報：「金人大敗於順昌，折去大將孛堇郎君等二十員，糧草盔甲掠出殆盡。」兀朮聽了大怒，令左右取靴來着了，整備戰馬，即日與孔彦舟、趙榮等帥十萬胡衆來援。過惟寧府，留一宿，令軍中治戰具、備糗糧，兵勢甚鋭，不七日至順昌。

劉錡于城中聽的兀朮親引兵來攻，會諸將商議。步將吴端曰：「今屢捷金兵，莫若乘此勢具舟全軍而歸。今兀朮合兵來攻順昌，難必保矣。」陳規折之曰：「朝廷養兵十五年，正爲緩急之用。况已挫敵鋒，軍聲稍振，雖寡衆不敵，然有進無退，何得以此言慢軍心哉？」錡諭其衆曰：「陳府公文人也，猶誓死守，况汝曹耶？且敵營甚邇，而兀朮又來，吾軍一動，彼躡其後，則前功俱廢。使敵侵軼兩淮，震驚江浙，則我等平生報國之志反成誤國之罪耳。」衆聞其言，皆感動思奮，曰：「惟太尉命是從。」錡召過曹成，謂之曰：「吾欲遣汝建立大功，爾肯去否？」曹成曰：「吾自在太尉幕下，思欲立功，恨無由耳。今太尉所命，正當就吾志也，豈有不肯去哉？」錡曰：「吾將交汝行反間計，事成必有重賞。只依我教，見敵人必不加害。來日兀朮兵至，置汝于綽路騎中，遇厮殺則佯輸墜馬，與金人捉去。兀朮如問汝我何如人，則對之『劉某太平邊帥子，喜聲伎輩，無能爲也。朝廷以兩國講和，使守東京，圖逸樂耳』。依我言具對，待彼來，吾自有計擒之。」曹成欣然領諾。錡與之步騎一千。

次日，曹成開了南門，引衆騎哨入兀朮陣中。遥望見胡將律耶翰一騎馬來到，曹成更不打話，挺鎗拍馬直奔金將。律耶翰舞方天戟抵敵。二人戰上數合，曹成跑回馬便走。律耶翰趕來，曹成詐慌墜落馬下，被胡兵一齊近前捉了，餘騎各四散奔走。金人將曹成綁縛，押入中軍見兀术。兀术問其順昌中將何如人，曹成並無懼色，以劉錡言一一對之。兀术喜曰：「此城易破耳。」即令軍中置鵝軍砲具，以備攻擊。正待監了曹成，忽胡騎來報：「宋人以金將阿里、黄達來問元帥贖還曹成。」兀术曰：「可從其請。」即令將曹成押出陣前，與宋軍贖轉阿里等。曹成回見劉錡，以兀术所問告知。劉錡喜曰：「敵人可破矣。」召過耿訓曰：「與爾文書一角，前往兀术處約戰。」耿訓得令去了。錡又謂衆將曰：「吾昨審順昌之潁河，兀术所經由處也。吾預造浮橋以誘其衆，值今暑熱天氣，金人無飲水處，必趨潁河求飲。先於上流放毒及藏草中，汝衆人交戰時，雖渴死勿飲于河。縱敵人飲之，遇中毒病困，吾以大軍隨後掩之，無有不克。」衆將得令，各相戒備，不在話下。

却説兀术人馬至老婆灣，韓將軍等接着。兀术責之曰：「順昌之軍未及我衆十分之二，原何屢出輒敗，折了許多人馬？」衆皆曰：「南朝用兵，非昔日之比，元帥臨城自見。」兀术正在計畫攻戰策，轅門外報劉錡遣人約戰，兀术令放入。耿訓進至帳中，呈上戰書，兀术拆而視之。書云：

大宋劉錡手書付金元帥麾下：往者遣使海上，通兩國之歡，信誓昭然，誠謂世守兹盟，無有攜貳。而皇子郎君乃捃拾細故，敗棄舊約，以兵内嚮，虔劉邊陲，深入畿甸，乘中國之不備，遂肆憑陵，致使生靈身冒鋒鏑。今者聖天子震怒，已測胡人弗足取信，詔下諸鎮，各出兵邀截。將士憤怒，咸欲背城一戰。旌旗連野，兵馬俱集。若能不渝前好，仍復退去，歸太上皇帝梓宫并還中原故地，是使望於善鄰也。不然，請陣兵城南，試決雌雄。吾因順昌士民皆出死力，爲國堅守，雖朝廷號令，有所不從。此乃軍前失信之所致也。具書到日，元帥其察之。紹興十年夏五月日大宋劉錡再拜。

兀术看書畢，大怒曰：「劉錡何敢與我戰？以吾力破汝城，直用靴尖趯倒耳。」訓曰：「太尉非但請戰，且謂太子必不敢濟河，願獻浮橋五所，以濟汝衆。」兀朮批回戰書，約其交鋒日期。耿訓領書回訖。兀朮乃下令準備出兵。葛王烏禄進軍中曰：「適報劉錡果造五浮橋於潁河，莫非有計？元帥若深入重地，如勝則可，倘有蹉跌，目今天氣暑蒸，吾衆資潁河而飲，彼如後絶其浮梁，則我無處屯兵，復何以爲計哉？」兀朮曰：「劉錡爲人，吾聞知久矣，爾等不必過慮。」遂召集衆兵明旦府治會食，次日遲明征進。着令龍虎大王與撒哈虎以鐵騎隨拐子馬女真爲之，號長勝軍，專以攻堅陣，分左右翼而進，候兩軍戰酣，從中軍衝擊。又令韓復雄與律耶越吉引鐵車軍一萬，各帶彊弓硬〔一〕弩，伏射敵將馬脚，交葛王烏禄部大隊後應。兀朮分遣以定，自領牙兵三千，皆披重鎧，號爲鐵浮圖兵，各戴鐵兜牟，周匝綴長簷，三人爲一伍，貫以韋索。每進一步，即用拒馬擁之。交鋒際衝入敵陣，退不可却，最爲難敵者。兀朮預備戰具，專待對陣。

且說耿訓回見劉錡，具以金人用兵之術。錡曰：「虜賊鋭氣正猛，且少避其鋒。」戒軍士，修甲兵，築壕塹，令部伍休番守護。兀朮大衆遲明間過潁河而來，旌旗連城，鼓鉦之聲遠聞數十里，將順昌圍了三匝。縱彼攻擊，城中只是堅守。近困了二日，金兵益盛。劉錡乃率衆將登城，瞰見敵兵皆用長勝軍即拐子馬也嚴陣以待，諸酋各居一部，攻擊不息。錡隨機制之，或以矢石發下，金兵亦多損折。時大暑，虜寇遠來疲弊，晝夜不解甲，人馬飢渴，食水草者輒病，往往困乏。劉錡士氣閑暇，軍皆番休，方晨氣清涼，按兵不動。逮未申時，窺敵兵力疲氣索，謂部下曰：「可以戰矣。」因遣統制官趙樽、韓直分左右翼，引敢死士出西門接戰，與之約曰：「候火砲起，可遶出南門，吾以親兵來應。」趙、韓即領敢死士二萬餘人，開西門直犯虜營。兀朮見

〔一〕「硬」，原作「右」，據雙峰堂萬卷樓本改。

宋兵到，令三路兵合戰。韓將軍、龍虎大王等引兵來戰，衆勢精鋭，將趙、韓二人圍在垓心。趙樽與韓直於虜陣衝突，身中數矢，戰不肯已，部下士各殊死鬥。遶過城南，劉錡與閻充、許清率健騎從金陣攻入。陳規於城上擂鼓，聲如雷動。兩下納喊震天。閻充一騎，正遇金將撒哈虎，驟馬舞大斧直取閻充，閻充手起鎗到，刺於馬〔一〕下。金〔二〕兵敗散。劉錡乘勝直入重圍，又遇一將攔住，爲頭牙將阿哩摩王，使三尖刀喝問：「宋兵何在？」劉錡奮怒，一刀揮爲兩截。是時，金兵雖衆，見宋人勇猛不可當，只顧得奔走，無心戀戰。兀朮見劉錡一軍在陣中如入無人之境，自披白袍，乘甲馬，以牙兵三千督戰。龍虎大王繼後放出拐子馬，趙樽、韓直以步騎斫其馬脚，拐子馬先倒，被宋軍乘勢殲之，喪折殆盡。東營韓將軍且戰且走，見兀朮，大叫曰：「宋人已破吾軍矣，元帥可速退，吾以鐵浮圖截住敵兵。」兀朮奪路殺出陣西而走。宋兵見鐵浮圖衝擊，許清所部以長鎗摽去兜牟，着步軍用大斧斷其臂，利刃碎其首，虜賊崩潰。是夕遇大雨，平地水深尺餘。平明，兀朮靠陣不住，拔營走退數十里。宋兵戰酣欲息，劉錡曰：「剖竹之勢，數節之後，迎刃而解。爾等休失此機會。取封侯，在其時也。」衆皆感厲，復兼程追襲，沿路金鼓不絕。宋軍尚未早食，錡恐其攻之，乃出飯羹，坐餉戰士如平時。兀朮喪膽，敵衆披靡，不敢近。宋人食已撤，錡以拒馬木障，金兵無備，深入追擊。閻充、許清、趙樽、韓直繼進，又大破之。殺的金兵棄屍斃馬，血肉枕籍。兀朮不敢復留，連夜走去。劉錡全師而還，獲其馬駝餱糧不可勝計，車旗器甲積如山阜。

〔一〕「馬」，原作「西」，據雙峰堂萬卷樓本改。

〔二〕「金」，原作「食」，據雙峰堂萬卷樓本改。

劉錡既大敗兀朮于順昌，捷聞行在，高宗大悦，下詔優賞劉錡部士，封級各依功之大小陞擢。使臣領詔去訖。

《綱目》斷云：大抵人徒知劉錡順昌之捷，而不知錡之取是捷者其要有六。蓋公心以赴急難，一也；示死以堅衆志，二也；因天變以致敵，三也；以忠義感人，四也；示弱以驕敵，五也；以逸而待勞，六也。議者以諸將不協心追討而失此機會，似矣。嗚呼。當是時也，兀朮擁衆而來，敝城難守，危如一髮，將士有必死之理，順昌爲必陷之城，幸而勝之，則心願滿足，何暇窮追？人情然也，何足怪哉？臣謂劉錡順昌之捷，周瑜赤壁之勝，同一機也。昔者曹瞞志欲吞吳，擁兵臨江，旌旗艫艫，一望千里，吳人爲之膽落矣。幸而周瑜乘此東風，決策一戰，而老瞞逃遁不暇，幾乎不免。吳人之意，以爲退此掠敵，不猶愈於君臣被俘耶？由是歡呼凱旋，莫不相慶。至今以爲美談。順昌之事，何以異於是哉？君子待人以恕而無求備之心，不當如議者之所云也。

張琦大戰青谿嶺

却說洪皓自金密奏：「順昌之捷，金人震恐喪魄，所遺燕地重寶珍器悉徙而北，意欲棄燕以南。」朝廷中外聞洪皓之奏，皆上賀，以爲中興在即。

却說兀朮至陳州，憤怒不息。其平日所恃以爲强者，因順昌之戰，十損七八。數諸將罪過，皆鞭之。遂還汴京，遣酈瓊與葛王烏禄屯亳州，以備宋兵追襲。約撒離喝出涇州，分劉錡之勢。自與一班胡將屯汴京，將報順昌之役。

却說撒離喝在鳳翔，聞兀朮戰敗約以出兵，即與部將鶻眼郎君、孛堇哈哩寇涇州。吴璘聽的撒離喝兵出涇州，與楊政議曰：「近日哨報順昌之捷，金人挫刃，兀朮又會胡衆復出。我同君駐兵大蟲嶺，候敵虜來寇，一鼓破之。」楊政依其計，與吴璘夾山而營。撒離喝與衆從渭河而進，聞宋兵屯大蟲嶺，即率步騎登高覘吴璘寨柵，因謂所屬曰：「善戰者立於不敗之地，此難與爭也。」乃引兵趨邠州。邠州守將田晟知的，即遣驍將張琦引兵五千，拒之於青谿嶺，仍差人會胡世將來援。田晟自守在涇州。

却說撒離喝人馬前抵青谿嶺，張琦交軍守寨門，自引三千騎迎敵。正遇撒離喝，張琦驟馬横刀來戰撒離喝。交馬不數合，忽嶺側兩彪軍殺出，上首孛堇哈哩，下首鶻眼郎君，率胡兵却抄在張琦背後，把琦圍在垓心。琦死戰不得脱，折兵大半。正危急之間，喊聲大起，西北角一彪軍殺來，乃胡世將遣來救援王彦、楊從儀也，與張琦夾攻金兵。撒離喝不知地理，恐中宋人計，與衆將乘勢殺奔鳳翔。至涇州，又遇田晟據山爲陣，逮虜壁未定，奮兵擊之。金人前後受敵，大敗落慌逃遁。田晟奪其兵馬甚衆。撒離喝拔寨，連夜走還鳳翔。時岳飛亦以其軍長驅以闞中原，糾合兩河忠義，東援劉錡，西援郭浩，又遣李實、牛皋相繼出敵。張憲敗金將韓常於潁昌，遂復淮寧府。郝晟復鄭州，張應、韓清復西京，楊遇復南城軍，喬握堅復趙州，金府尹李成棄河南遁走，他將所至皆捷。自是宋軍大振，虜寇不暇爲謀矣。

斷云：是時，金虜渝盟，憑陵諸夏，其禍慘矣。然吴璘有扶風之勝，劉錡有順昌之勝，岳飛有京西之勝，田晟有涇州之勝，可見中國之兵猶足攘狄也。而賊臣秦檜力主和議，詔諭班師，則是自失其機會耳。前以和自愚，而金乃叛盟；今以和自守，而縱虜攻略。嗚呼。金人南侵如故，宋人斂兵勿爭，而且卑屈講解之，檜之罪可勝誅哉。《綱目》比事而書之于册，則其義蓋可見矣。

却説金將韓常戰敗於張憲，遣人詣汴京取救。兀朮遣遼將苗酋應之。苗酋辭了兀朮，領數萬人馬來援潁昌，遇張憲于滑州。兩陣對圓，張憲横鎗勒馬立于門旗下，罵曰：「反復羯奴，今日將來送死。」苗酋大怒，舞刀直取張憲。張憲舉鎗交還。二人戰上數十合，城北一派鼓聲，韓常抄出陣後，兩壁夾攻，張憲不能抵當，跑馬望城西而走。金兵乘勢追襲，張憲率衆走上大楓嶺屯扎。苗酋以精兵圍之。

次日，嶺上宋兵看時，見胡騎漫山塞野，隊伍甚是整齊。宋兵不敢下嶺。憲密遣人求救於張俊，張俊聽知張憲被困，即遣統制王德引兵援潁昌。王德引兵二萬人，前抵潁昌。正值金人圍逼張憲，王德喊聲而進，苗酋勒馬來迎。兩下混戰，王德以步軍往來衝突，殺死金人無數。張憲在嶺上望見救兵來到，以敢死士憑高殺下。韓常兵大敗，自相踐踏，死者不可勝數。苗酋引衆急退，王德遂復了潁昌。將引兵還，又得張俊檄文到，着令提兵援宿州。王德謂張憲曰：「足下權且守住潁昌，須候岳侯來會，我提衆前救宿州。」張憲許諾，王德即率所部兼程自壽春馳至蘄縣。前與金遊騎相遇，王德以勁卒衝破之，遂入蘄城。戒令軍士偃旗息鼓，遣人於城壕俟敵。遊騎遶逼城下，見內略無動靜，自相謂曰：「宋人莫非有謀，勿墜其穽也。」即撤圍引去。平明，王德遙望見金人退去，因潛師趨宿州。約束部士，候夜半薄金營。金兵正不知何處軍到，自相驚亂。王德乘亂擊之，死者相籍。平明，金將高統軍、手將馬秦帥衆騎阻汴水邀戰。王德嚴陣，策馬先濟，步騎從之。德遙謂金人曰：「吾與爾大小百戰，雖爾國有名王貴酋來戰，亦莫不糜碎，汝何爲者，敢來邀戰？今日若卸甲倒戈納降，尚留殘生，不然，目下必誅。」高統軍久聞王德英雄，遂投兵納降。德大喜，令人勸諭馬秦。馬秦已馳入城，閉門固守。王德怒叱其子順曰：「爾若取不得宿州，休來見我。」王順得令，與部將花雲疊囊砂于城下，令軍士攀垣而上。城上矢石如注，宋軍不能近前。王順手執蠻牌，首先登城，部下相繼而進，遂拔了宿州。馬秦進退無地，只得解甲歸降。王德平了宿州，着令高統軍與花雲鎮守，自以勝兵乘勢趨亳州，與張俊軍會于城父。張俊見王德一路報捷，甚喜，謂之曰：「足下真能克敵，待復取亳州，吾當重保君爵。」德曰：「惟願立寸功以報朝廷，封賞非所望。」即日與俊分兵攻西南二門。城裏葛王烏禄聽的王德攻打亳州，謂酈瓊曰：「夜叉驍勇，未易當也。」初，德以十六騎徑入隆德府，縛金守臣姚太師獻于朝，欽宗問狀，姚對曰：「臣就縛時，止見一夜叉耳。」由是，人呼爲「王夜叉」。乘夜引本部人馬開東門遁去。王德入亳州，請于俊曰：「稱兵威已振，宜乘勝進取。」俊曰：「今諸郡新復，人心未安，待岳少保兵到，進兵未晚矣。」王德然之，遂引兵還鎮江。

秋七月，諸鎮連以捷音奏聞。帝下詔，罪狀兀朮失信，着令西河忠義用心勦戮，仍差人賫詔催促岳飛領兵前進。詔曰：

敕岳飛：金賊背約，兀朮領兵南來。劉錡在順昌雖有捷奏，然孤軍不易支梧，已委卿發騎策應。續報撒離喝犯同州，郭浩會合諸路人馬，掩其奔衝。卿之一軍，兩處形勢相接。況卿忠義武略，志慕古人，若銳師擊其中，左可圖復京師，右可謀援關陝，外與河北相應，乃中興大計。卿必已有所處，唯此機會不可不乘。付此親札，想宜躰悉。故敕。付岳飛。

使臣接詔已去，不題。

有中丞王次翁，近爲秦檜互黨，故凡可以爲檜施設者，無不盡力爲之。及聞金人南寇，恐秦檜得罪，因奏曰：「前日國是，初無主議。事有小變，更用他相。後來者未必賢，而排黜異黨，紛紛累月不能定。願陛下以爲至戒。」帝深然之。秦檜感德之，由是益安據其位，公論不能撼搖矣。

却說岳飛承詔，留大軍于潁昌，令王貴守之。召回張憲，命諸將分道出戰。自以輕騎駐郾城，兵勢甚銳，將直擣汴京，以檄文示中原兩河官吏。檄曰：

契勘僞齊僭號，竊據汴都。舊忝臺臣，累蒙任使。是宜執節效死，圖報國恩。乃敢背棄君父，無天而行。以祖宗涵養之澤，翻爲仇怨；率華夏禮義之俗，甘事腥羶。紫色餘分，擬亂正統。想其面目，何以臨人？方且妄圖襄漢之行，欲窺川蜀之路。專犯不韙，自速誅夷。我國家厄運已銷，中興在即。天時既順，人意悉諧。所在皆賈勇之夫，思共快不平之忿。今王師已盡壓淮、泗，東過海、沂。騆騎交馳，羽檄疊至。故我得兼收南陽智謀之士，提大河忠孝之人，仗義以行，乘時而動。金洋之兵出其西，荆湖之師繼其後。雖同心一德，足以呑彼國之梟群，然三令五申，豈忍殘吾宋之赤子？爾應陷沒州縣官吏兵民等，元非本意，諒皆脅從。屈於賊威，歸逃無路。我今奉辭伐罪，拯溺蘇枯。惟務安集，秋毫無犯。儻能開門納款、肉袒迎降，或願倒戈以前驅，或列壺漿而在道，自應悉仍舊貫，不改職業，盡除戎索，咸用漢條。如或執迷不悟、甘爲叛人，嗾桀犬以吠堯，詈獵師以哭虎，議當躬行天罰，玉石俱焚，禍並宗親，辱及父祖。掛今日之逆黨，遺千載之惡名。順逆二途，蚤宜擇處。兵戈既逼，雖悔何追。謹連黃榜在前，各宜知悉。

岳飛傳示檄文去後，其太行山忠義壯士及兩河豪傑皆會合來歸，以此備知金兵聲息并地理險易矣。

小商橋射死再興

却說四太子兀朮聽知岳飛大勢人馬將抵汴京，大驚。會集龍虎大王、蓋天大王三路番漢人馬，欲併力一戰。飛聞之，聚諸將，謂之曰：「金人計窮矣，將會兵齊來與我決一死戰耳。汝等皆當用命，恢復中原，迎回二帝，取富貴在此一舉。若有遇敵退怯者，全隊皆斬。」衆軍齊聲曰：「將軍所令，誰敢有違。」飛喚過岳雲曰：「爾與張憲、孟邦傑領背嵬騎兵五千，直衝其陣。若戰不勝，則先斬汝首。」岳雲得令，即與張憲、孟邦傑引兵去了。又遣善罵軍士出與兀朮挑戰，數其過以激其怒。飛自以精騎後應。

却說岳雲與張憲、孟邦傑率背嵬騎兵，分爲左右翼，至平川，正遇兀朮人馬搖旗納喊來到。岳雲排下陣勢，跨着紫驊騮，手執兩柄銅鎚，立於門旗下，上首張憲，下首孟邦傑。隔陣蓋天大王挺鎗躍馬而出，上首韓常，下首孔彥舟。蓋天大王遙見岳雲端的材貌出衆，威風凛凛。軍中認得者曰：「此岳侯長子岳雲，日前殺敗我兵，正是此郎君。」蓋天大王看了半晌，謂部下曰：「莫要與他厮殺，就使立於陣前，亦不敢近之也。」岳雲馬上指罵曰：「殺未盡死羯奴，何不下馬受擒？」蓋天大王曰：「我待來梟汝首級矣。」岳雲大怒，勒馬舉兵器直取蓋天大王，蓋天大王舉鎗來迎。兩下金鼓齊鳴，二騎戰上十餘合，岳雲精神越倍，蓋天大王鎗法已亂。金陣中韓常一匹馬驟出助戰，宋軍張憲一騎搶出抵住韓常交戰。孔彥舟、孟邦傑二騎齊出，納聲大震，兩下混戰一處。蓋天大王氣力不加，勒馬跑回本陣。岳雲綽起銅鎚後追，馬尾相接，只聞一聲霹靂，岳雲望蓋天大王腦後打落馬下。孟邦傑、張憲以背嵬兵乘勢衝入。孔彥舟、韓常大敗，殲死胡兵不計其數。後陣兀朮見宋兵追擊，遣婿夏金吾驅出拐子馬，奔衝南陣，宋兵不能抵當。岳飛於後隊看見兀朮馬勢甚銳，即令徐慶、楊欽、趙雲分領三千步兵，各執麻扎刀迎敵拐子馬，教其勿仰視，惟望脚底斫進。徐慶等得令，近前見拐子馬三馬相聯，猶如山壓之勢，將宋軍衝的四分五落。徐慶引步兵望馬脚砍去，一馬倒墜，二馬俱不能行。岳飛以精騎橫衝其陣首，殺金將夏金吾，遂大破之。兀朮見勢不利，從陣中潰圍而走。殺死金兵僵屍數十里，鎗刀盔甲塞滿道衢。

兀朮奔回舊營，計點人馬折了一半，殺却蓋天大王及女婿統兵大將軍夏金吾等六員，失去帥兵金印七顆，副將粘汗傷重送至汴京而死。兀朮因大失利，慟謂龍虎大王曰：「我自海上起兵，皆用此拐子馬取勝。今被岳家所破，吾誓與君等再決一戰，以雪其憤。」因手書令撒離喝引兵來應。復召集李成、趙榮等，合衆數十萬，次于臨潁。哨馬報知岳飛。岳飛曰：「兀朮復來，志在死鬥，雖用伏兵擒之。」因問軍中：「誰敢引兵前往小商橋拒敵?」言未畢，一將應聲而出。衆視之，乃岳侯幕下健騎楊再興也，近前曰：「小將願往。」飛曰：「小商橋路徑險阻，必須知地理者敢當此任。爾不可去。」再興曰：「往常小將出征，君侯無有不許。今日遇立功處，弗允再興去，何也?」飛曰：「爾堅要去，當依吾戒。若戰敵人小却，不宜深襲，我自有兵來援。」遂以三百騎付再興。再興即辭岳飛，逕往小商橋拒敵去了。岳飛放心不下，又令岳雲引人馬五千，埋伏臨潁北岸，候有動靜，急出救護，岳雲亦領計去訖。岳飛分調已定，自與張憲、徐慶、楊欽等整陣待敵。

却說兀朮人馬鼓勇而來，先遣萬戶撒八、千戶張朵領二千人前哨，又着番漢渤兒蓋五十引鐵騎抄從小商橋合擊宋軍。蓋五十引兵自去不題。萬戶撒八與千戶張朵部胡兵哨進小商橋，正遇宋將楊再興騎軍擺列橋頭，大叫：「虜賊休走。」撒八、張朵大怒，勒馬雙出。楊再興手揮雙刀，驟馬乘勢與戰。方數合，金將力怯，兩騎馬望後退走。楊再興不捨，砍陣而入，金人大敗。忽橋後喊聲大起，一彪人馬殺來，乃番將蓋五十也。宋兵恰荒。金將撒八、張朵見番人旗號，復勒騎殺回，將宋軍圍在中間。原來其地止有一條路，中間是小商橋隔斷。楊再興雖勇，前後皆是金人，進退不得，部衆各望橋上跳下。再興大叫曰：「今日當以死報岳將軍也。」從騎衝突。金人兩下弓弩亂放將來，再興身披數十矢，忍痛不住，墜死馬下。忽北岸鼓聲雷動，一彪軍馬截出，乃岳雲也。金兵望見岳家旗號，大驚曰：「岳爺爺兵到也。」各四散奔走。岳雲驟騎已到，迎頭遇着萬戶撒八，岳雲手起鎚落，打死馬下。從騎一湧殺入，蓋五十與千戶張朵棄馬涉水而走。岳雲與衆騎始得楊再興屍首，身無完膚。因令軍士焚之，得其箭鏃二升。岳雲嘆息不已，回見以再興被金人射死事告知。岳飛問走回騎兵的實，騎兵皆曰：「楊統制初殺敗金兵，將軍令其勿入深敵，彼貪戰追襲，不持防後面已有金人抄出，兩下夾攻，當下統制猶自奮鬥，誓以必死。及因兩下放箭如雨，進退莫得，身被亂矢而死焉。」兵飛聞之深慟，哭曰：「再興健勇克敵，隨吾屢立奇功，部下無有出其右者。未度遭死鋒鏑之下，惜哉。」忽報兀朮人馬大至，飛因遣張憲、楊欽出敵，復令徐慶曰：「爾將一軍伏於橋側，候敵人過，放火燒絕之。」徐慶引軍去訖。兀朮前鋒李成、趙榮將次偃城，刺斜裏一彪軍殺到，爲首宋將乃是張憲也。李成不能當抵，折其兵大半。兀朮見前陣殺敗，自引大隊衝過小商橋來迎。岳飛部軍從城北殺來，與兀朮兩騎相交，戰上二十餘合，張憲、楊欽復殺回[一]，兀朮遮攔不住，勒馬衝出。岳飛驅部下掩殺。兀朮走至小商橋，已被宋人燒絕，與敗騎涉水而走。徐慶引兵從半渡擊之，金兵大敗，死於水中者無數。兀朮連夜遁奔，宋軍追五十里方回。飛至軍中，謂

[一]「復殺回」原書作「復宗殺回」，衍「宗」字。

岳雲曰：「虜賊屢敗，必還攻潁昌。汝宜引步騎一萬，速援王貴。」岳雲得令去了。

且說兀朮果引兵往襲潁昌，王貴率游奕軍與戰于城南。兀朮分龍虎大王兩翼而出，王貴孤軍難敵，被圍在垓心。兀朮復遣韓常攻城東門，王貴前後莫救。正在危急間，忽中路旌旗亂滾，一彪軍馬殺來，乃岳雲也。雲以背嵬騎兵與兀朮戰于城西。金兵見岳家軍又到，各自驚亂。王貴乘勢攻擊。兀朮見部下先遁，無心戀戰，帥衆將奪路走保汴京。岳雲與王貴合兵一處，全城回見岳飛。岳飛曰：「兀朮勢已促，若復逐之，彼再不敢正視偃城矣。」使人告知梁興，會太行忠義，斷截金人山東、河北之路。遂進軍屯朱仙鎮，距汴京只曾四十五里，與兀朮對壘而陣。

兀朮聽知岳飛駐兵朱仙鎮，大恐，與龍虎大王、馬陵思謀、乞查、崔慶、李覬、崔虎、華旺等議曰：「岳少保勢銳，吾軍屢挫其鋒。今又駐兵在邇，部下皆膽落矣，誰肯復戰哉？爾衆人有何計策可退？」龍虎大王曰：「不如撤兵，棄汴去之，少避其鋒，伺後觀釁而動，亦權宜一策也。」衆皆請兀朮退去。兀朮將從衆議，下令各營人馬準備渡河而去。有書生入見兀朮曰：「太子不須走矣，岳少保且將退去。」兀朮曰：「岳少保以五百騎破吾十萬之衆，今汴城士民日夜望其來，何如可守？」書生曰：「自古未有權臣在內而大將能立功於外者。岳少保自身且不能免，況欲成功乎？太子且暫駐兵，以審岳家動靜，那時退去未遲。」兀朮以手加額曰：「此天使執事來導開吾機也。」遂拱手稱謝，復下令留兵不去矣。因修書納於蠟丸中，遣着帳前一機密者，謂之曰：「爾將此書帶往南宋臨安府見秦丞相，問他如何背負前盟，全不依我言語。着他用意謀了岳飛父子，方是報我國之恩。」差人領諾，兀朮即將蠟書藏于其人頭髻中。臨行再囑：「勿致露泄事情，回來當重賞爾。」差人即辭兀朮，逕往南來。且聽下回分解。

新刊大宋中興通俗演義卷之七

起紹興十年庚申歲
止紹興十一年辛酉歲
首尾凡一年事實
按實史節目

戰場聞說亦消魂，萬古茫茫日色曛。
殘骨未收餘士卒，高牙新拜上將軍。
河冰初合胡兵集，沙草先衰野火焚。
向晚無人山鬼哭，沙塵風起亂紛紛。

岳飛兵距黄龍府

却説宋朝秦檜自秉丞相重權以來，惟思撥弄高宗，專爲金國之謀。不理政事，終日與妻王氏在西湖賞玩景致，極其歡樂。怎見得西湖好景，前賢有詩云：

水光瀲灩晴方好，山色空濛雨亦奇。
欲把西湖比西子，淡妝濃抹也相宜。

秦檜令歌童妓女在筵前奉觴旋舞，因製《西平樂》詞以勸。詞曰：

川岸晴明，西湖歇雨。笙歌每日在，山光水色邊。筵前紅袖輕籠，纖細堪誇。嘆征人，勤王已去，身與鼓笳共晚。爭知向此，在途區區，佇立塵沙。追念朱顔翠髮，曾到處，故地使人嗟。干戈滿目，蜂屯四野。帝輦依前，臨路欹斜。重憶想，中原離黍，多少英雄，惹起壯懷激烈。憤惋無依，何况風流鬢未華。又謝故人，親馳鄭驛，時倒融樽，勸此淹留，共過芳辰，翻令倦客思家。

秦檜大悦，與王氏暢懷飲間，忽兀朮來人逕近席邊拜見。秦檜驚問曰：「爾何人？不在府中見我而逕到此間？」差人密曰：「奉金國四太子命而來。」檜知之，復問：「有書否？」其人即于髻中取出蠟書一丸，度與秦檜。秦檜揭開，取書看畢，命左右賞來人銀一錠，着令回覆四太子道：「吾自有主意，不必掛懷。」差人受了賜，即拜謝回去，不在話下。

秦檜復以書與王氏觀之，備具其事。檜曰：「四太子令吾殺害岳少保父子，眼前未有機會，如之奈何？」王氏笑曰：「相公位居宰輔，職掌百僚，謀此一小事有何難哉。」檜曰：「計將安出？望夫人從實教我。」王氏曰：「明日丞相在早朝可奏言：『金國欲來議和，送還韋太后，近因邊廷諸將貪功，爭鬥不已，以此和議不成。宜召回岳飛，令諸將各自領兵復回本鎮。使人前去議和，迎取太上皇梓宮及聖母鑾輿。』上必准奏，其事成矣。若岳飛不肯班師，他見各處軍馬抽回，只有他一枝孤軍在外，亦雖領還。如彼部下待勸其鼓戰前驅，仍連用金牌去召。我知岳飛忠孝心切，不敢抗命，必定班師。待他回日，復奏進位三公，奪其兵柄。然後尋個風流罪擬之，將彼父子害了，猶如反掌易耳。」秦檜大喜曰：「此計深合我意。」遂罷筵，歸至府中。

次日朝見高宗，奏請：「臣知金國意在講和，送回梓宮及國母，的還河南等郡。乞陛下差人前去召回岳飛，命衆將班師，各領所部軍馬歸鎮。且從和議，候在太上皇梓宮併太后車駕回日，再復計較。」高宗大悅，准秦檜所奏，遂差司農少卿李若虛前往朱仙鎮見岳飛，諭令班師。岳飛曰：「金人銳氣已失，我所部鼓舞用命，時不再來，機不可失。願司農回朝奏知朝廷，今日恢復中原，雪國之耻，在此一舉。若聽奸臣之言，取回本部軍馬，把我十年之功一旦俱廢。」李若虛聽飛言激切，只得回朝去了。即日岳飛戒令將士曰：「克復兩京，收復故地，只在目下。爾等各自奮勇，取功封侯，是其時也。若有怠吾軍令者，罪及妻孥。」將士聽了軍令，無不歡呼，願效死鬥。於是岳飛簽集諸將，指日渡河。

張憲　周真　梁興　孟邦傑　姚政　呂榮
黃欽　徐慶　李忠　宗迪　王剛　董先
牛皋　士安　岳雲　楊宣　王清　趙秉淵
郝晟　杜彦　范榮　李寶　劉得　張裕

郭進　楊珍　薛密　李進　王進　鄭得
趙雲　劉遇　張彥　張立　張用　張應

岳飛所部三十六員統制官，共計前領并新集人馬三十萬，軍聲大振。磁、相、澤、潞等州諸郡豪傑守臣皆使人來，約在何日與官軍會合。岳飛遣人與之旗號。是時，各處父老百姓引着子姪，拽車牽牛，送運糧草，皆頭頂香盤迎接，塞滿道路。自燕京迤南，金家號令不行。岳飛分騎前後擊之。兀朮輒敗，人馬損折將盡，欲復簽點民兵以抗岳飛，河北一路並無一騎應者。兀朮乃嘆曰：「我自北方以來，未有如今日之挫衄。」密囑部下，各準備走路。有金副將韓常，因與兀朮女婿夏金吾領兵南下，在郾城遇宋軍，被岳侯斬於陣中，怕兀朮見罪，不敢回營，乃駐兵于長葛，見金人勢促，密遣小騎來見岳飛，願將所部之兵五萬來降而爲內應。岳飛許之。金將馬陵思謀，最驍勇者，夜來巡視，聞的軍中號叫之聲，馬陵思謀潛聽之，皆曰：「我等皆是宋朝士民，被兀朮拘迫爲軍。今岳少保大兵來到，兀朮出戰即敗，虜賊早晚休矣。所怕金將馬陵思謀素强悍，我每何不暗用計策，殺此賊去見岳侯，功勞不小。」數內一個道：「不要走透，我每看個空便下手。」馬陵思謀聞之大驚，自思曰：「軍心已變，莫如做個人情，同去歸降岳家，又且自保其患，豈不美哉？」次日至其軍中，但諭之曰：「爾衆人毋自輕動，待岳家軍來到即降。」衆人大喜，各備候迎接官軍。金將王鎮、崔慶、李凱、崔虎、華旺等，皆率所部降飛。金龍虎大王部將忔查等亦密受岳飛旗牓，自本國來降。岳飛大喜，語其下曰：「雖待大軍直至黃龍府，與諸君痛飲耳。」是夕，岳侯歡悦不自勝，出帳外仰觀星象，見紫微垣奸星近逼，知朝廷有人蔽惑聖聰矣。因作《滿江紅》詞一闋以見志云。詞云：

怒髮衝冠，憑欄處，瀟瀟雨歇。擡望眼，仰天長嘯，壯懷激烈。三十功名塵與土，八千里路雲和月。莫等閑，白了少年頭，空悲切。靖康恥，猶未雪，臣子恨，何時滅？駕長車，踏破賀蘭山缺。壯志飢飡胡虜肉，笑談渴飲匈奴血。待從頭，收拾舊山河，朝天闕。

次日，岳飛復遣統制官李興領着五百精兵，同陵臺令朱正甫前去修理永安、永昌、永熙三陵，令之芟除荆棘，栽植松柏，遣官致祭而還。一面犒賞軍士，約在克日起營，欲先復汴京，乘勝以復中原，不在話下。

且說司農李若虛回見高宗，具岳飛進兵以奏。高宗聞奏，欲從其議。秦檜出班立諫曰：「陛下欲使韋太后早還，正須在講結盟好，豈可與邊將邀功而失大謀乎？乞再遣使，命齎金字牌遞到劄子，催促張俊、楊沂中、韓世忠、劉錡、郭浩各領人馬還本鎮。」高宗允奏，即遣使召回諸路官軍。只有岳飛人馬不回，復具表奏曰：「金將家小盡聚在東京，即目兀朮累戰累敗，銳氣已喪。探事人報，兀朮老小盡夜渡河北去，輜重皆棄。况今豪傑向風，士卒用命。天時人事，强弱已見。時不再來，機會難得。臣實謂恢復中原，在此一舉。今若召臣回還，挫了十年之功，一旦而廢。若不乘時，必留後患。願陛下圖之。」高宗得奏，因與秦檜專主和議，遂不允。秦檜恐岳飛成功，則背金人之約，禍及己身，乃暗使臺臣王次翁等力請于朝曰：「即今諸帥皆將領回鎮，只有岳飛孤軍在外，不可久留，誠恐有失，乞促班師。」高宗准其議，連發金牌前去召還岳飛。

是時，岳飛在朱仙鎮盡力謀畫克復兩京之計。只一日之間，金字牌遞到劄子一十二道。岳飛不勝憤激，東向再拜曰：「臣十年之力，廢于一旦。非臣子不能稱職，實在廷奸佞之誤陛下矣。」拜訖，嗚咽流涕。軍中將士無不切齒。後人有降箕仙者，得鍾、呂聯句題吟宋鄂王墓云：

金牌十二促還軍呂，黃霧遮天白日昏鍾。
大厦何人支一木呂，腥風從此污中原鍾。
青泥尚染萇弘血呂，東市猶啣蘊古冤鍾。
欲斫當年奸檜首呂，南枝樹下祭忠魂鍾。

岳飛與衆將憤惋未已，又見丞相府差田思中齎金字牌遞到尚書省劄子，到於軍前，催促岳飛即速領兵回還鄂州，聽候加官受賞，其邊廷軍務朝廷自有處置。若有稽遲，即是抗違宣命。岳飛見劄子，默然莫對。帳前轉過岳雲、張憲告曰：「今日兀朮計窮，取東京只在眼下。豈不聞『將在軍令，君命有所不受』？伏望大人暫停數日，待擒了兀朮，修理宮闕，迎取聖駕回京，那時以功贖罪，未爲晚矣。」田思中見岳飛部下不肯回，因謂飛曰：「招討父子忠孝人矣，豈不知君臣禮哉？今朝廷連召招討回軍，欲擬封爵，實報功臣之盛典也。今若弗隨詔而回，久後朝廷見罪，功過自不相掩耳。招討其熟思之。」岳飛沉吟半晌，謂岳雲等曰：「我父子與部下盡忠報國，今如抗違君命，反爲逆臣矣。況朝廷十二次金牌來到，如何到得不回兵？爾等勿再猶豫。」下令各營準備起行。先令使臣田思中回奏，臨岐飛謂之曰：「切不可漏泄我回軍機事。」思中曰：「謹當受教。」即辭了岳飛，馳驛回還臨安，不在話下。

秦檜怒貶張九成

且説岳飛喚過張憲、王貴二人近前，密與之曰：「我今所領三十萬兵，内分一半與爾二人，領回淮南駐扎。其餘人馬，吾帶回鄂州，以待朝廷之命，此雖不可令外人知覺。」張憲、王貴密受令而去。此時岳飛探知兀术已渡河北走，因交大小三軍拔營，離了朱仙鎮，自郾城引還。其附近州縣士民聽的岳侯班師，各遮馬痛哭而訴曰：「我等因相公檄文傳到，欲復兩京，以此父老士民皆頭頂香盤、簞食壺漿迎接官軍，金人悉知之。今相公復引兵離此，我等必遭虜騎所殲，無噍類矣。乞相公暫停數日，待取了汴京，委將鎮守，方能保吾家屬，免被金人苦虐。」言罷放聲大哭。宋軍見之無不心酸。岳飛在馬上亦泣下，即令人捧將金字牌一十三面、尚書省劄子十三道與衆人看，曰：「非我遺棄汝等，今因朝廷連降金字牌到此，促我班師，此時不敢擅留也。」因謂之曰：「我當駐兵五日，爾等可速遷徙，以免金人禍也。」衆人聞其説，哭聲震野，各攜妻孥而南者，猶如墟市。岳飛亟奏以漢上六郡閑田給處所徙士民。

斷云：嗚呼。宋事至此，浸不可爲矣。是時諸將進取，所向有功；金虜敗亡，心喪膽落。而中原之民簞食壺漿，以迎王師，誠應天順人、機不可失之際也。苟能假以歲月，莫或撓之，如《易》云：高宗伐鬼方，三年克之。則不惟[一]舊疆可復，而幽燕亦可復；不惟讎耻可清，而沙漠亦可清。惜其功業粗布，沮抑復生，使忠臣義士徒有黍離之嘆，終不能過河與之一決，可哀也已。由是飛甫班師，河南隨陷，是則宋人知有江南而不知有江北。噫。固天所以限南北也。雖然，班師之計皆秦檜所尸，其欺君誤國，擢髮難數，是固萬世之罪人也。或以飛雖被詔，違而前進，克復舊物，以功贖罪，不亦可乎？《曲禮》：君命召，不俟駕。違而前進，則是有跋扈不臣之心，况十二金牌一日迭至，雖功蓋天下，罪亦難贖，君子其肯蒙首惡之名哉。《綱目》據事而詳書于策，則惜之之意爲可見矣。

兀朮在汴探聽的岳飛回兵，知是秦檜之謀，大喜，欲分兵追擊之，左右曰：「岳侯機深智足，太子未可輕動。若追之，恐墜其計也。」兀朮從其言。不數日而河南新復府州皆爲金人占去。兀朮猶[二]慮中原士民有懷貳心，與龍虎大王等計議，龍虎大王曰：「元帥宜置屯田法以處之，自能制其去，又可以充足軍餉也。」兀朮曰：「其法安出？」龍虎大王曰：「略效古制，凡女真及契丹之人，令其將本部徙居中州，與當地百姓雜處，計其戶口，以官田付之，使自播種，至春秋量給其衣服，如此重養之。若遇出兵時，則又給與錢米，安其室家。着令于界上築起壁壘，使村落間庶防宋人侵擾。此策正宜行在今日也。」兀朮聞之大喜，遂著其令以行。果是未數年間，屯田之所，自燕地至河南，及淮、隴以北，俱有之矣。

却說田思中回奏高宗曰：「即今岳少保隨金牌御札，引軍還自郾城，令臣先回覆奏。」高宗未下命，秘閣

〔一〕「惟」，原作「爲」，據雙峰堂萬卷樓本改。
〔二〕「猶」，原作「由」，據雙峰堂萬卷樓本改。

修撰張九成率廷臣喻樗、陳剛中、凌景夏〔一〕、樊光遠、毛叔度等奏曰：「岳少保指揮所部，克日恢復兩京，陛下正雖手敕勉厲，使之得就此舉，深讎可雪，故疆可取。而信讒言，詔其班師，致使兩河忠義知朝廷不復用兵，將士解躰，竟爲南渡之偏安，可勝惜哉。」秦檜廷詰之曰：「昔公曾與趙尚書即趙鼎也言金實厭兵，而張虛聲以撼中國，因奏聖上，道彼誠能從吾所言，則與之和，使權在朝廷。公此言衆皆知之，今日何不成前言乎？」秦檜是問，欲九成就其和議也。九成曰：「九成何爲異議？特不可圖苟安耳。」檜復曰：「立朝須優游委曲，方可保其位也。」九成曰：「未有枉己而能直人者。」高宗見檜與九成交論不已，因問九成曰：「朕今決意以和，卿可證其是非。」九成對曰：「敵情多詐，陛下不可不審。」高宗默然。秦檜尤惡之，乃生支節，奏貶九成爲邵州知州。同時諫和議爲非計者亦貶之，喻樗貶知懷安縣，陳剛中知安遠縣，凌景夏知辰州，樊光遠爲閬州學教授，毛叔度爲加州司戶參軍。由是中外緘口，再不復有諍者矣。

話分兩頭。且說撒離喝自涇州之敗屯鳳翔，及聞兀朮復失利于郾城，亦不敢出兵救應。哨馬報：「岳飛因朝廷降詔班師，諸路官軍亦將退回。」撒離喝聞之，謂部下曰：「四太子日前手書約出兵分岳飛之勢，今又被其所敗。既宋軍各抽回，正宜乘此機與四太子合兵，覰釁而動。」因遣鶻眼郎君等部領十萬人馬，從慶陽府名而出，直趨河池，至汴京不遠矣。即日旌旗遮天，盔甲鮮明，人馬望慶陽進發。慶陽知府宋萬年聽的金兵來到，一面遣人往河池求救，自與幕賓蘇欽深溝高壑，預備拒守計。是時，撒離喝率衆抵延安府，將城圍了，令部下努力攻擊。總管趙惟清引軍士登城守護，見金兵連營數十里，勢不可當。撒離喝遣牙將張兆奴至城下

〔一〕「凌景夏」，原作「凌景」，脫「夏」字。

招諭惟清。兆奴一騎馬至城下，問曰：「趙總管何在？」軍士報知惟清。惟清從敵樓上見之，曰：「金將有何高論？」兆奴曰：「副元帥令某來勸總管，目今大衆臨城，量爾一旅之師，焉能抗敵？不如開城納款，一旦免生靈身死鋒鏑，總管必有重用也。」惟清笑曰：「我宋臣矣，豈順胡人哉？」兆奴曰：「豈不聞漢之王陵乎？勢窮而降匈奴，得居大位，以保終身之計，漢人不以爲怯。今公之强弱，比王將軍試以爲何如？」惟清沉吟半晌，因謂之曰：「報知元帥，且緩攻城，待我與所屬議之。」兆奴領諾去了。

惟清至府中，與安撫使忠植等商議曰：「金人勢大難敵，吾孤軍在此，鄰郡聲勢不聞，莫若舉城降之，以保士民。」忠植怒曰：「總管是何言哉？朝廷以重任付君，遠邊之責，君宜自效。今撒離喝以逆犯順，直在我而屈在彼也。總管正雖激厲部下，諭以忠義之志，出與交鋒，殺退金人。使不幸而有失，亦當背城一戰，與國共爲存亡可也。何得自爲屈膝謀哉？」惟清默然。忽堦下轉過步騎彭虎，厲聲曰：「忠撫使欲陷我等乎？」手執利刃，近前欲刺之。忠植亦抽劍來迎。二人正要相鬥，惟清起而勸之。忠植怒曰：「吾死誓不與爾逆賊兩立。」言罷，踏步而出。彭虎恨之，是夜開城南門，詣金營納降。金兵乘勢入城，城中大亂，火光照天。彭虎引本部軍殺入忠植府中，正遇忠植走出，兩騎在東街廝殺。金兵四集，忠植不能支撑，被彭虎捉了，押來見撒離喝。撒離喝勸之同降，忠植罵曰：「逆天醜虜，吾撫使官也，肯降賊耶？」撒離喝叱令斬之。張兆奴勸曰：「元帥且寬其誅，可帶往慶陽城下招諭宋軍。」撒離喝從之，即將忠植監候了。

次日，人馬離延安，直抵慶陽界駐扎。宋萬年與蘇欽在城上觀望，見胡騎漫郊塞野而進。不移時，金陣中令胡將押過忠植，近至城下招諭。萬年與蘇欽見城下監着安撫使忠植，因大驚曰：「延安已陷矣。」二人面面相覷，計無所出。忠植即于城下大呼曰：「我太行忠義也，爲虜所執，恨不能噬啖其肉。今使來招降，願公等督率將士，勿負朝廷，堅守城壁，以待郡鄰救援。」撒離喝聞之，怒詰曰：「吾意令汝招降，則免誅戮，尚敢出是言哉？」令胡兵劅其口。忠植乃披襟曰：「當速殺我，誓不從賊也。」遂遇害。撒離喝督令衆人攻城。城中困迫，萬年與所屬計議曰：「内無强兵，外無救應，雖固守無益也。」遂開城歸降。後人有贊忠植之死節，詩云：

草色初黄秋氣多，腥風特地動干戈。
龍蛇翻影旌旗列，霜雪凝光劍戟磨。
志士赤心凌碧落，胡人黄犬逐林阿。
慶陽城下英雄盡，千古忠魂聽鳥歌。

按，忠植本河東步佛山忠義人，以克復石、代等十一州功授河東路經略安撫使。死難事聞，後贈奉國軍節度使，謚節義。

劉太尉疊橋破虜

却說撒離喝據了延安、慶陽，兵勢精鋭，欲乘勝進襲河池。鶻眼郎君禀曰：「河池宋軍壯健，且胡世將、楊政、田晟、吳璘、姚仲等勇不可當，元帥莫如駐兵慶陽，資其糧食，休養甲士，候四太子有消息，約之兩下出擊，使宋人不暇爲計，則河池諸路一戰可下也。」撒離喝深然之，遂按兵不動。

却説兀朮自留屯汴京後，出入許、鄭之間，簽兩河軍士與舊部凡十餘萬，乃攻陷壽春，遂渡淮入廬州，聲息甚緊。報入行在，高宗尋詔張俊、楊沂中、劉錡引兵往救。詔下，各路得旨，分遣人馬，四出邀截金兵。哨馬報知兀朮。兀朮曰：「宋軍復來，吾當以精騎趨歷陽，從後出擊之，敵人可破矣。」即下令軍中，將人馬自合肥趨歷陽而去。游騎報至江口，張俊知金人出歷陽，與部下商議分軍守南岸以待。王德曰：「淮者，江之蔽也。棄淮不守，是謂唇亡齒寒。賊虜千里遠來，餉道決不繼。主帥宜以伏兵陣兩岸，及其未濟急擊之，虜賊可以奪氣。若遲之使少安，則淮非吾有矣。」張俊猶懷疑未決。德曰：「此行勝敗優分，主帥更何疑焉？」俊乃從其請，令王德部兵二萬渡采石，張俊督三軍繼之。

是日，王德駐江中，因下令曰：「明日虜賊人馬必出歷陽，吾軍雖嚴陣以戰，候殺敗敵人，然後得會食。」衆人得令，各摩拳擦掌，等待交鋒。忽張俊手書令王德疾赴和州，據城迎屯官軍。王德謂汪雄曰：「主帥令取和州，爾與衆軍駐此，待吾拔和州後，可合大軍而進。」汪雄領諾。王德引輕騎疾馳，夜拔了和州。平明，張俊大軍已進和州。兀朮遣諜哨探宋軍動靜，回報：「宋人已據和州，與吾等只爭六十里程途。」兀朮驚曰：「宋軍既得和州城，以截吾去路。倘以重兵扼於後，何以當之？」即遣人會韓常出含山縣分其勢，自引衆退保昭關，着交金將龍虎大王與馬陵思謀率人馬五萬來爭和州。龍虎大王得令，即提兵至和州城下搖旗納喊，圍了城池。張俊於城中分付軍士堅守諸門，欲待挫其銳氣。胡兵一連困城三晝夜，見城中無人出戰，各有怠志。王德進曰：「稱金人疲弊，今夜可劫其營，必獲全勝矣。」俊許之。王德即與汪雄分前後翼，近夜開城南北兩路殺出。金人不知持防，聽的宋軍出戰，又是夜裏，衆人連日困倦，各驚慌不迭，被王德一騎斬塞而入。正遇金將張旺，交馬只一合，刺殺張旺於馬下，割了首級，餘衆潰散。汪雄一半軍抄北門來，將龍虎大王圍住，金兵大敗，自相蹂踏，死者不計其數。龍虎大王與馬陵思謀二騎乘夜潰圍殺出。將近天色微明，正東一派鼓聲，爲首一員胡將乃韓常，部一萬人馬前來救應。王德自率驍騎衝殺，韓常抵當不住，復敗，與龍虎大王亟走。馬陵思謀奮勇敵住宋軍。汪雄見金兵喪折，謂王德曰：「敵人敗去，兀朮必驅大隊〔一〕而來，可斂兵入城。」王德曰：「乘此銳氣，直到昭關，擒了兀朮，免得屢生邊患。」汪雄曰：「雖稟知張撫使乃可。」德曰：「殺賊處何用稟覆。」即引本部追襲，分汪雄步騎出北山抄進近昭關。正值金人力疲氣索，王德引軍先到。日尚未出，大霧迷空。關下納〔二〕聲震天，金人正不知幾多軍馬，只顧得走。昭關南旗幟無數，鼓聲不絕，汪雄一軍殺來。內外攻擊，胡衆亂竄，兀朮死戰得脫，殺死金兵屍首相疊。王德遂復了昭關及含山縣。張俊聞之大喜，

〔一〕「隊」，原作「來」，據雙峰堂萬卷樓本改。
〔二〕「納」，雙峰堂萬卷樓本及三台館本均作「喊」。

遣人探聽兀尤走路，約劉錡、楊沂中出兵截擊。兀尤引敗兵走回廬州，憤氣不息，復聚兵寇石皐，欲與宋軍決一雌雄，即日大驅南下。

却說劉錡自太平渡江，欲與張俊、楊沂中會。諜報兀朮人馬已出石皋，錡乃與關師古議曰：「虜兵遠來，不識地勢。此間離石皋五十里有東關，最是險要。遇兀朮由此經過，公可引步騎八千據此以遏之。彼雖有十萬大兵，不能近矣。」關師古慨然引兵去訖。錡自與步將閻充、統制趙樽、韓直〔一〕等，部軍士出清溪，前近兀朮人馬屯石皋，劉錡遂下了寨柵。次日，兀朮見宋軍薄陣，分付龍虎大王等曰：「吾觀石皋之地坦平，利於用騎，爾可部二萬驍騎從〔二〕石皋南岸抄出宋人之後，吾以前隊夾石梁河而陣。遇戰酣，爾兵即出。」又遣李成、趙雲二人引兵一萬，從巢湖截住宋人後援。龍虎大王與李成、趙雲各領計去了。兀朮自亦準備交鋒，不題。

哨馬軍報入劉錡軍中來，劉錡聽的笑曰：「平川之地，只宜車戰，步騎不足用也。」衆將曰：「車戰何取用？請太尉言其略。」錡曰：「製車之法，取用常車，接其衡扼，駕以一牛，布爲方陣，四面皆然。車上置鎗二枝，以蔽車面。後設水器，以防火攻。士卒前行，各置鎗盾。士卒後行，各持弓弩。如賊至，令士卒上車。每車載四人，皆持弓弩。車陣之内數十步，相連六車。或駕四牛，上爲重屋，以施勁弩。賊至，擊鼓爲號以射之。况一車能當十騎，十乘能敗千人。用車戰以便軍勢，行則可以載糧，止則可以爲營衛。或衝其陣，敵人必潰。或塞險隘，必致難逃。平坦之地，故宜用車戰，可以制勝也。金人安識此哉？」閻充曰：「太尉既有

〔一〕「直」，原爲空格，據雙峰堂萬卷樓本補。
〔二〕「從」，原爲空格，據雙峰堂萬卷樓本補。

此克敵之術，何不預備之以破其衆？」錡曰：「彼今先得地利，吾復用之，徒費精神矣。今敵人衆鋭，吾軍只可堅陣休養，以待張俊兵來，併力擊之，虜賊自成擒。今若即戰，必墜其計也。」趙樽曰：「今兀朮以疲散之衆深入吾地，雖號稱數十萬，亦何能爲哉？且我兵操練日久，藏鋒養鋭，正當急擊，勿失可也。」錡曰：「爾等既要迎敵，亦雖分前後而出，庶防金人之抄截也。」閻充即分一萬人馬出浮橋，趙樽引兵一萬向石梁河。

平明，金兀朮引人馬列陣於石梁河北岸，宋將趙樽來迎，指罵之曰：「無義之徒，屢屢戰敗，今又來此，欲尋死路乎？」兀朮怒激，飛騎挺鎗直殺過來，趙樽拍馬舞刀交還，二匹馬戰在一處。鬥二十餘合，忽南岸一彪人馬抄出趙樽背後，乃龍虎大王所部也，將趙樽回路截住，中間是河隔了。趙樽前後受敵，宋兵驚亂，被虜衆殺死者無數。趙樽正危急間，閻充一隊軍馬從東南急來接應，衝開金陣，救出趙樽，合兵乘勢殺回本陣。兀朮見宋壁嚴整，恐有埋伏，亦鳴金收軍。趙樽回營，入軍中見劉錡請罪。錡曰：「吾以虜兵衆盛，令汝等勿出。今果敗，敵人愈驕矣。爾且去，待吾另作計議。」樽遂退出本營。劉錡引數騎出寨外審視地勢，問土人要津，已得詳悉，回軍中諭韓直曰：「石梁河水通巢湖，廣二丈，兀朮自恃其險，兩岸令人防守，以吾軍必不能濟。爾可引五百壯軍，曳薪木串作大牌，每一牌横頭相接，中用架木安之，疊成橋而渡。看敵人何以制我。」又令甲士數隊踰橋臥鎗而坐，防上流伏兵，仍遣人會合張俊、楊沂中之師。韓直得令，即部壯士前抵石梁河，依法爲之。其橋須臾而成，宋軍即能渡矣。兀朮知得，出壘觀之，見宋人渡橋如走馬，訝曰：「何神速耶？」遂以其營撤退二十餘里。

次日，楊沂中及王德、田師中、張子盖諸軍俱至，與劉錡相見畢，惟張俊軍馬後期。錡大喜，各依次序坐定，因設酒禮款待諸公。飲至半酣，錡曰：「今兀朮大衆不時南侵，公等有何高見，可一征之，使彼不復敢來，誠天下幸也。」田師中曰：「兀朮爲邊患雖久，其實未嘗得利。只彼虜賊衆多，儘勾誅殺。莫若與太尉併力一戰，窮迫之，一鼓可擒矣。」錡曰：「此計非善。原兀朮金之勁敵也。鬥勇非吾所長，吾欲以奇勝之〔一〕。令諸將分左、右、中三路，並渡河以擊之：左路出石梁河，右路出巢湖，中路出鳳岐。吾以後隊繼進，必能成功。只不知有人敢任中路之職否？」師中曰：「當中一路軍，惟張俊可以領之。」俊即起曰：「事當乘機遘會，尚復何待。」即上馬與王德引本部軍而行。楊沂中曰：「吾願以所部人馬相助。」錡喜曰：「得諸公出力，朝廷之福也，何憂事不濟哉。」因各起行。錡自以部下將士，多置旗幟，出東山接應。且看下回分解。

〔一〕自「以奇勝之」至下回「吾有以屈之」原缺，據三台館本補。

楊沂中戰敗濠州

却說兀朮探知宋軍分三路而來，分付軍中以鐵騎十萬餘，分爲兩隅，夾道排下陣勢。張俊軍馬出鳳岐，遥見金兵征塵驟起，鼓聲不息，金兵一齊擺開。宋陣中王德曰：「賊右陣堅完，我當先擊之，主帥提兵繼進。」俊許之。王德一騎馬麾部下渡河，首犯其鋒。金陣中一酋乃金環茶奴〔一〕，披甲躍馬而出，手執三棱簡來迎。與王德交鋒數合，王德詐敗，勒騎沿岸而走。金環茶奴不捨，放馬追趕。王德視其將近，按住金鎗，引弓一發，金環茶奴應弦而倒，餘衆潰散。張俊見王德贏了金將，驅動衆軍，乘勝大呼馳擊。楊沂中諸軍鼓噪從之，三軍莫不死戰，無不一以當十。兀朮靠陣不住，自引輕騎邀敵，正遇楊沂中，兩馬相交，戰二十餘合，勝敗未分。龍虎大王以拐子馬兩翼而進，勢不可當，將宋軍圍遶猶鐵桶相似，四下矢如雨注，人馬不能得出。王德率衆鏖戰不已。沂中潰圍衝突，揚令軍中曰：「虜恃弓弩，吾有以屈之。」使萬人持長斧，如牆貯而進，矢不能及。又令隨砍其拐子馬之脚。宋軍併力戰之，虜遂大敗。

王德與沂中正尋兀朮擒之，兀朮領本部人馬且戰且走，王德亟追之。忽湖口船如箭發，一彪人馬來到，爲

〔一〕「金環茶奴」，三台館本原作「金環茶奴」，據雙峰堂萬卷樓本改，下同。

首二將，李成、趙雲也。正見兀朮被宋軍追趕，二騎率所部跑上岸來，大叫曰：「元帥可走上船，吾敵住來將。」兀朮拍馬刺斜而走。李成、趙雲奮怒，舉兵器直取王德。王德勒騎挺鎗交還。三匹馬正戰間，王德手起鎗到，刺死李成於馬下。趙雲見折了李成，不敢戀戰，匹馬望東岸而走。楊沂中繼至，與王德曰：「前去盡路，兀朮必難復出，可乘勝逐之。」王德曰：「然。」復引兵追趕。是時兀朮不敢上船，恐宋軍絕岸追之，止與部下數萬騎迤南僻路走去。見後面征塵遮日，宋軍追來，兀朮與衆將只顧奪路而走。正行間，東山角上金鼓齊鳴，坡後風捲出一面繡旗，大書數字，乃宋太尉劉錡之號。兀朮望見，大驚曰：「此順昌旗幟也。」虜賊膽落，各拋戈棄甲，慌亂逃竄，自相蹂踏，死者不可勝計。劉錡一騎飛來，宋軍繼之，勢不可當，將兀朮困在垓心。龍虎大王曰：「若不奮力，元帥如何得出？」揮動胡衆，捨死近前，殺入陣中，救出兀朮。忽向南一彪人馬來到，乃韓常也，乘勢衝開一處，向南且戰且走。又遇趙雲領敗殘兵隨至，劉錡方引衆追襲，兀朮令韓常與趙雲後殿。劉錡近前揮刀來戰韓常、趙雲，三匹馬混戰一處。金隊中一將落馬，乃趙雲也，正戰中，被劉錡一刀斬死。韓常無心戀戰，亟走，與兀朮退保紫金山。劉錡見虜兵去遠，亦不追，勒騎斂衆，回與楊沂中、王德、張俊兵合一處。王〔一〕德曰：「今賊兵喪敗，可乘勝逐北，以取廬州。」劉錡然之，會田師中、張子盖併力逐北。果是兀朮不暇爲謀，遂復了廬州。是役也，兀朮失將士九百人，金人死者以萬計。宋軍奪得器械輜重，猶如山積。王德、劉錡之功居多。

兀朮提敗衆至店步地名，諜報廬州被宋人取了，兀朮深憤恨，與龍虎大王等曰：「宋將屢困吾衆，今却又取去廬州，使吾無駐立之所。不若協力整戈復戰，以雪其恨。」龍虎大王止之曰：「不可。劉錡變詐百出，金

〔一〕「王」，原爲墨丁，據雙峰堂萬卷樓本補。

人屢敗，已挫鋭氣，若復迎敵，先自畏怯。兵法云：『畏敵者亡。』况宋兵勢重，徒喪兵馬，恐無益也。不如撤退延鄜，約撒離桀撒離喝之弟，爲金將軍出濠州。待他得了濠州，我衆南侵，可以安止。仍遣人詣南朝，着令秦檜催還邊上宋軍。候有動靜，元帥親兵復來未晚也。」兀朮從其言，遂引衆退入延鄜。一面約撒離桀出攻濠州，復差人帶書往南朝見秦檜，不在話下。

却説秦檜正在府中發放公文，忽得兀朮遣人送來密書，即分付來人回去，私地遣司農李若虚將以前詔書催回劉錡等軍馬，各領還本鎮。李若虚齎詔去訖。張俊、楊沂中、劉錡奉詔，商議班師。或有言：「乘金人勢窮，宜整兵以圖恢復。」劉錡曰：「君命不可抗違也。縱成功，亦得不恭罪，莫若奉詔班師，再作計議。」王德曰：「恐天時、人事不可再得。那時使金人立得脚定，宋人任有十數萬軍馬，亦不能到此地步。」張俊不從，委官守鎮廬州，即日奉詔班師，大小三軍一齊起行。正是：馬敲金鐙響，人唱凱歌回。

大軍行纔數里，忽諜報：「金人撒離桀從劉家寨，出攻濠州甚急。」張俊曰：「金人攻濠州，公等宜復兵救之。」沂中曰：「既金人侵寇吾地，安得不救？即日須行，勿致延慢。」俊因下令軍中速趨濠州而行。抵黄連埠地名，距濠州只爭六十里，哨馬回報：「金人已攻陷濠南城矣。」俊大驚，召諸將計議。沂中曰：「金人新得濠城，乘彼人心未安，我等協力一戰以挫其刃。」錡曰：「不可。本來救濠，今濠已失，進無所依。不若退師據險，徐爲後圖。」諸將皆然之。即與張俊、沂中分三軍，鼎足立爲營壘。

越二日，探軍報：「敵兵已退去，城中大開諸門，並無動靜。」俊曰：「可令大軍入城。」劉錡曰：「狡虜得城遽退，必有謀也。宜嚴兵備之。」俊不聽，曰：「孺子何怯乎？」且欲自以爲功，不令錡往，而遣沂中與王德率神勇步騎六萬，直趨濠州。沂中與王德引兵至城下，列陣未完，望見城中火烟併起，鼓聲雷動，金人伏騎萬餘，分兩翼而出。金驍將李鐵牛從南門殺來，沂中恰慌，顧謂德曰：「中敵人算也。足下如何抵之？」

德曰：「吾小將，安敢議事？今在主帥出矣。」言未畢，鐵牛一騎馬徑奔王德，王德提鎗交還。正與金將鏖戰間，虜騎兩下箭如雨點，宋人大亂。沂中見勢不利，以策麾軍曰：「可速退走。」南軍遂潰，復無紀律，自相踐踏，落坑填塹者無數。王德死戰不得脫，正在危急間，正南一彪軍馬殺來，旗幟乃韓世忠也，乘勢衝入，救出王德。撒離桀〔一〕與宋降將戚方引鐵騎分路追之。宋兵大敗，沂中等遂退入滁州。撒離桀部下乘勝追襲，胡騎漫山塞野而進。比及劉錡人馬到藕塘，方在軍中會食，忽張俊引輕騎遽至，見錡曰：「悔不用公之言，果有此敗。敵兵已近矣，今復如何？」錡曰：「楊宣撫兵安在？」俊曰：「已失利，退還滁州矣。」錡謂俊曰：「毋用驚恐。請以步卒禦之，敵人自不敢近，宣撫試觀焉。」劉錡麾下皆曰：「兩大帥（謂沂中、世忠也）人馬已渡淮去矣，我軍何苦獨戰？決難支持，請宣撫可速行。」錡折之曰：「昔守順昌孤城，旁無赤子之助，吾提兵不滿二萬，猶足取勝。今得地利，又有鋭兵，何敵不能抵耶？」遂下令軍中，以所部設三覆陣以待之。俄而諜報曰：「金人退去，不來追矣。」俊正疑間，見沂中、世忠、王德軍馬皆至，俊心始安。次日，躲探〔二〕金人消息，果撒濠州而去。乃班師還鎮，張俊歸建康，劉錡歸太平，沂中歸臨安。

游騎報入鄂州，岳飛知的金人復陷濠州，嘆曰：「使詔命遲下數日，不容虜賊如是猖獗也。」即喚過其子岳雲，謂之曰：「爾且訓練兵馬，準備器械，吾當躬詣行在，有機密事奏知。」岳雲領命去訖。

〔一〕「撒離桀」，原漫漶不清，此據雙峰堂萬卷樓本。
〔二〕「探」，原脫，據雙峰堂萬卷樓本補。

秦檜定計削兵權

却説岳飛輕騎至臨安朝見高宗，奏道：「金人舉國南來，巢穴必虛，若以吾軍長驅京洛以擣之，彼必奔命，可坐而斃〔一〕。」帝不從。秦檜尤惡之，背地奏高宗，以爲陛下既詔各路班師，不久太上皇梓宫及韋太后消息至矣，今濠州雖失，乃小忿耳，請陛下以大孝自躲，勿聽臣下之言也。高宗因見金人屢失盟好，遲疑未決。岳飛既退私第，身沾宿疾苦寒，咳嗽不已。然其志圖報效，又恐高宗急於退敵，次日又具奏曰：「臣如領兵擣其虛國，勢必得利。陛下若以敵方在邇，未暇遠圖，欲乞親至蘄、黄二州名以議攻敵，庶幾爲後計也。」帝見岳飛意切，乃下詔着飛會兵蘄、黄。飛承命，即日辭帝回鄂州，收拾人馬，望蘄、黄進發。

時值春盡三月間，天氣暄暖，人馬精神，所過秋毫無犯，隴道中耕夫皆荷鋤而觀。岳侯遣人探濠州消息，哨馬回報：「濠州日前被金人陷了，今退去二朝矣。」岳飛得諜報，即以人馬進濠州，安撫軍民，修理府庫，令軍士築壕垣，委官鎮守，具表遣人遞奏行在。遂還兵屯舒州，以俟朝廷之命。

高宗得岳飛條陳濠州表疏，差内臣齎于尚書府發落。内臣領詔，逕至秦檜府中呈報。秦檜見了奏疏，着

〔一〕「斃」，三台館本作「斃」。

人請過給事中范同到府有事商議。差人去不多時，范同隨入府。參見秦檜畢，檜引入後堂，與之分賓主而坐。同曰：「小官何得有坐？」檜曰：「有事與執事計議，但坐無妨。」同始敢坐于堂側。檜曰：「吾意力主和議，岳飛諸人往往奏上欲圖恢復。近日庫中接到疏章疊積，誠恐諸將難制，今欲盡收其兵權，足下有何良策？」范同曰：「此易事矣。且朝廷封爵出由丞相，何不奏上請除韓世忠、張俊、岳飛樞府之職，則兵柄自解。」檜大喜曰：「公言深合我意。」因設酒禮待同。飲至半酣，檜問及朝中某人可進某人可退，同一一爲之開導〔一〕。檜見同阿己，甚悦。酒罷，范同辭檜退去。

次日，秦檜密奏：「張俊戰石皋之捷，遂復廬州；韓世忠鎮守江淮，金人不敢南下；岳飛兵駐朱仙鎮，兀朮徙家遠遁。是三將者，偉績昭著，望陛下降詔，召赴行在，論功陞賞，庶使朝廷中外，以陛下重報功臣之盛德，諸人知所勉厲，干城則皆赳赳之武夫也。」高宗大悦，遂允其請，即日頒詔，遣内臣齎於各鎮去訖。且説一路使臣齎詔到建康，召張俊。張俊正在府中議事，聽的朝廷有使命來，即降堦迎候。使臣逕至堂中，宣讀聖旨。詔曰：

朕承中葉，遭家不造，天步艱難，人心騷動。氐羌蠹侵於西土，獫音險狁音允蜂擾於中原，生靈荼毒，朕寔憫焉。所賴文武同心，將士戮力，内平禍亂，外靖邊庭。兹者宣撫使張俊，狥國無家，護兵有法。智謀深博，可以運籌帷幄之中；聲名隱隆，可以折衝廟堂之上。朕心所屬，輿論攸歸，卿宜疾赴行在，論功授封。嗚呼。盡忠匡國，惟臣子之至誠；崇德報功，乃朝廷之通典。欽予時命，想宜躰悉。

〔一〕自「一一爲之開導」至「帝下命召岳飛入内廷有機密」原缺，據雙峰堂萬卷樓本補。

張俊接詔，謝恩已畢，即分付軍中，戎務委能將總理，自隨使臣逕赴行在。次日朝見高宗，高宗大悦，謂曰：「卿爲國勤勞，多聞捷報，朕嘗欲一見，因卿總戎在外，未可遽離。今召赴行在，實以卿克理内政也。」俊頓首稱謝。

俊既退出居府，第二日，韓世忠、楊沂中、王德等，皆隨詔來到，獨岳飛未至。秦檜問於參知政事王次翁，次翁曰：「岳飛一軍最爲關要，明日再奏，仍遣使促之。待衆人聚于京師，權柄不一，自生猜忌，此正鎖諸侯法也。丞相慎勿失此。」秦檜然之。遇早朝，檜復奏：「岳飛兵屯舒州未至，陛下再差内臣召入，則可以擬封爵。」高宗允奏，復遣司農李若虛同内官黃順齎詔催促岳飛速赴朝廷。李若虛、黃順領詔，逕往舒州見岳侯，宣讀上意。岳飛俯伏聽命。詔曰：

提七萃之旅，入則拱衛於巖除；建六纛之威，出則撫臨於邊塞。克備爪牙之寄，聿資心膂之臣。誕敷顯命，播告治朝。廼者諸路招討使岳飛，偉量沈雄，英資果毅，早膺勇爵，備歷戎行。懷干城禦侮之材，著斬將奪旗之績。屢得捷聞，甚契朕意。今將頒詔於諸鎮，即日咸聚于京師。欲擬封賞，惟卿未至，故兹詔示，指不多及。

岳飛拜受詔書，請使臣李若虛、黃順入後堂坐定，問曰：「有勞使臣遠來，近日頒詔諸鎮，出於上意或由廷臣主之？」若虛曰：「不瞞君侯説，吾二人實上命所遣，其擬封賞級，皆從秦丞相之請也。」飛曰：「二使臣先回，岳某隨後便至。」黃順曰：「聖旨候君侯與諸鎮會朝，若復後期，則吾二人亦有罪也。望君侯一同赴朝。」岳飛只得以軍事付岳雲掌理，自與使臣逕赴行在。

至京師幾越七日，遂同韓世忠、張俊、楊沂中、王德等，會朝見高宗皇帝。帝下命，召岳飛入内廷，有機密事商議。飛即承命，進見高宗于拱德殿，拜伏堦下。高宗曰：「朕嘗思内閣之語，以中興一事專委任卿。

廷臣多有議論與金講和者，朕亦緣太上皇梓宮未還、韋太后車駕耗焉，是以切於尋盟，欲得應成此事。目今遣使往返道路，金人屢有此請，朕不得已而從之。是使卿班師還鎮，用賜封賞，居列朝廷，分理諸政事。候在金人的有太上皇及韋太后消息，與卿等又作遠圖。何屢屢詔至，卿未即赴以慰朕懷耶？」岳飛頓首流血，徐奏曰：「臣非敢抗違君命而不果行哉。初，臣駐兵郾城，距黃龍府只曾七十里。那時金人之氣銷沮殆盡，正待會集兩河忠義，指日渡河，誅兀朮如砧上之肉，復汴京猶反掌之易。陛下連齎到御札金字牌一十三道，臣遽離朱仙鎮，河南百姓苦遭金人所荼毒者，遮道而留，哭聲震野，切不忍聞。彼時臣逗遛於進退莫得之間。仰思君命，俯視民情，是班師歸鄂之旨，臣甚不得已之意也。」言罷血披堦墀，嗚咽似不出聲。高宗亦爲之慘焉，復諭曰：「卿之勤勞，朕足知矣。日已晏，且退，來早詣尚書省聽候指揮。」飛拔命而退。

次日，降出聖旨，拜韓世忠、張俊爲樞密使，岳飛爲副使，並宣押至樞府治事；加楊沂中開府儀同三司，賜名存中；王德清遠軍節度使；准秦檜奏而進范同爲翰林學士。世忠等既承封爵，各具表會同謝恩。惟張俊懷不平，退居府中，自以爲岳飛年少於我，初只列在將校之中，今日職位拔起，居我上，必須謀陷之，方雪此憤。乃與心腹人胡居正商議陷岳飛之計，居正曰：「樞密近來知朝廷封爵之事乎？」俊曰：「不知也。」居正曰：「秦檜力主和議，恐難制諸將，故用此鎖諸侯法盡收樞密等兵權。今聖上擬定陞職，猶使並宣押詣樞府治事，非秦檜之本意。樞密何不以罷兵首請秦檜，將所部隸御前，庶示不復用兵意，且力贊和議，重結於秦檜。那時何患官職弗進於岳侯之上，而乃區區欲陷之乎？」張俊聞居正之言大喜。次日，逕往秦府中見檜，請以所部隸御前。且言邊將貪功，阻其和議，致使干戈不息，毋以舒內寢之宵旰也。檜見俊首開罷兵之端，深合其意，喜曰：「張樞密果有心對秦某，終當不負公也。」俊曰：「丞相爲天下蒼生也，俊安得不贊其成？」檜尤悅之，留府中議論終日。自是秦檜有所爲，必謀於俊，俊圖得高位，亦盡心爲之措置矣。檜因奏帝：「乞罷三宣撫司，以其兵俱隸御前。遇出師之際，臨時取旨調發。」又奏：「置三總領所於湖北、淮東、淮西，以統諸軍。」帝皆允其請。詔下，即日罷三宣司，以收其兵。凡朝廷一應政事，皆出秦檜門矣。以後軍需錢糧，因時改變，中外騷動，將士多不安。淮東舊屬韓世忠部下之軍，因罷宣撫司後暴悍無統，欲生邊釁。消息傳入御前，高宗召廷議曰：「軍制之初，即聞變亂，以其無大將統之也。朕於衆諸侯中擇其素有重望者領之，惟宣司職不預焉。爾衆臣試舉誰能任此職？」諫議大夫万俟卨奏曰：「陛下之論極善。大將之中素有重望者，惟開府儀同三司楊存中即沂中深得士心，其人可稱此任。」高宗曰：「存中雖有小才，而非大器，終不足以濟大事也。據朕所論，大將才無如岳飛者，若委任之，必能服衆矣。」是日即下詔着岳飛往淮東安撫韓世忠之軍。岳飛承詔，逕往淮東地界。軍士聞知朝廷差岳侯來到，無有不悅。岳飛至鎮所，宣以威信，部伍肅然，內中有反去者，依前來歸。事聞行在，高宗悅曰：「岳飛的不負朕委任也。」廷臣舉賀，不在話下。

吳璘設立疊陣法

却說岳飛既靖淮東，以爲聖上知人之明。惟秦檜憾之，退謀於中丞何鑄。何鑄曰：「丞相着令張俊分其軍，則岳飛自當讓退也。」檜從其計，次日具奏高宗曰：「世忠所統多有離叛，且外患未靖，乞陛下復委張俊與飛預爲謀畫，鎮守淮東，不失根本，此萬全之策也。」高宗允奏，仍命張俊同領淮東軍。張俊得旨，輕騎逕詣淮東，會見岳侯。岳侯大喜。自是與俊條陳軍政，凡一切事，必禀俊而後行。遇俊不允，飛未嘗自專。俊雖有驕凌飛意，飛亦屈己下之。

未數月，飛與俊在軍中交論，俊因曰：「戎務誠重事，今聖上已罷宣撫，世忠所統，未有總理，其最難制者，惟背嵬軍，我與公分而管領，斯可以銷其不靖志也。」飛曰：「不可。君與世忠皆朝廷命官，且世忠職居樞密，雖罷宣撫，將士皆遵其令。今一旦分之，非處同列之宜，復如公義何？」俊聞飛言，大不悅。忽諜報金人閱兵柳河，將睨窺楚州。飛謂俊曰：「某同公提背嵬軍往楚州觀敵。」俊從之。岳飛即離了淮東，率背嵬軍既至楚州。俊見楚州城郭不完，壕塹頹廢，與飛議曰：「敵人在邇，糧餽不及，難與爲敵也。莫若修理城郭，以爲備禦計。」飛曰：「虜賊知吾等在此，未敢即南侵也。正當與君訓練甲兵，戮力以圖恢復，豈可爲退保謀哉？」俊變色，甚不平岳飛所言，遂退居別府。守門小校報知世忠部下來見樞密，張俊令召入。二人逕至堂上拜見，乃世忠舊軍吏景著、總領胡紡也。俊問曰：「汝二人來，有何見議？」景著曰：「近聞樞密與岳副使欲分韓樞密軍，吾二人特來禀知，若樞密的有是意，恐致衆情不協而生禍亂矣。」俊大怒曰：「吾尚未主行是事，孰交汝來禀覆？」意必岳侯所使也。叱令二人退出，乃具書遣人告知秦檜。秦檜見俊書道「韓世忠部下每來根究分軍一事，是必世忠未欲罷兵柄也，丞相可理會之」。檜大怒，差步騎數十人至楚州捕捉景著及胡紡。步騎疾馳楚州，捉二人回見秦檜。檜令下大理，命司刑官拷勘，令以扇搖誣世忠。

岳飛部下報知：秦檜遣步騎臨楚州，捕捉世忠軍吏景著、總領胡紡下大理。飛詢得乃張俊所謀，大驚曰：「韓世忠誠實君子也，張樞密亦有是意陷之乎？」即修書，遣小軍馳告世忠。小軍接了書，漏夜走到臨安，入韓府見世忠，呈上岳侯書。世忠拆封觀之。書曰：

事將起於未度之後，君子亦有晦吝之災。行若失於往事之徵，智者有所不爲。近日張樞密有分足下背嵬軍之請，予義不肯。未度所部軍吏總領來質是事，致秦丞相繫捕，下于大理。必於聖天子前奏足下有違君命，而欲自專兵柄矣。足下宜先於御前自明，庶使玉石克分，勿使冒罪。切毋苟簡因循，自蹈其咎，此非智者之所爲，足下其自亮之。餘不多及。

世忠得岳侯書觀之，驚遑無措。侵早會朝，入奏高宗曰：「臣本庸質，誤蒙擢用，今居樞密之職，權柄不爲不重，政事不爲不繁。臣朝夕惕懼，恐有負陛下之委任，安敢復有過望，欲再得總理兵戎之意？今職同樞密使張俊，陛下敕命以之安撫臣軍，近日與副使岳飛分臣背嵬軍。臣正恐軍勢一分，必致紛爭。未度臣前所領軍吏景著、總領胡紡即先告之，尚書省遣騎捕下大理。臣世忠懼復得罪於陛下，是以不避斧鉞之誅，冒奏丹墀，伏候敕旨。」高宗覽奏，下命諭世忠曰：「卿之志，朕素知矣，勿以外事自亂心曲。特降詔知尚書省，放出景著、胡紡。」世忠謝恩退出。

俊在楚州，知岳飛以書馳告世忠，於是大憾飛，曰：「誓不與豎子同立。」遂密遣人以飛報世忠事告於秦檜。檜大怒，奏高宗召俊、飛還朝檜此意使岳飛不得理兵事也。數日，有詔下楚州。飛聞詔，嘆曰：「吾於此知朝廷不復用兵矣。二帝之耻，幾能肯雪？中原之地，竟不可復。」只得領兵還至行在。遂不復出掌兵，其僚屬多乞宮祠而去。俊每獨出視師。

楊存中因僚屬多去者，見劉錡驟貴，爲淮北宣撫判官，心甚嫉之，與張貴言于朝曰：「淮西之役，金人氣鋭，岳飛若不救援，劉錡戰亦不力。是順昌之捷，其功非錡獨有。」秦檜信之，遂罷劉錡及劉光世兵權。錡以知荆南府，光世以爲萬壽觀使。

斷曰：諸將不協，敵國之利，而姦人得計也。自此便覺南宋氣脈蕭索矣。

已踰月，光世尋卒。光世在諸將中最先進，律身不嚴，馭軍無法，不肯爲國任事，嘗入對言：「願竭力以報國，他日史官書臣功第一。」帝曰：「卿不可徒爲空言，當見之行事。」比之韓世忠、岳飛，不及遠矣。

秦檜復奏欲罷遠鎮宣撫司兵，而及四川胡世將。高宗曰：「四川封守，方隅阻越，屢被金人騷擾，士民不得寧居。近有世將、吴璘孤軍在外，豈宜罷之？寡人當下詔獎諭之，卿勿多生釁端也。」秦檜語塞而退。使臣齎詔往川陜去訖。

却説同節制陜西諸軍吴璘，近日進兵拔秦州，既與世將得高宗獎諭詔書，戰之益力。諜報金統軍胡盞與習不祝合兵五萬屯劉家圈地名，欲來與宋軍放對。璘入見世將時世將守四川，曰：「金人合犬羊之衆，乘鋭而來，氣驕意惰。吾兵已得地利，只一陣要破虜賊片甲不回，生擒獻俘於堦下。」世將曰：「足下有何良策能如此決勝？請言其略。」璘曰：「有新立疊陣法，足可殲敵人矣。」世將曰：「疊陣法何以取用？」璘曰：「其法每戰以長鎗居前，坐不得起。次取彊弓，又次彊弩，令將士跪膝以俟。次用神臂弓，約賊相搏，至百步內，與〔一〕之號令，則神臂弓先發；七十步，彊弓併發。次陣亦依此行。凡陣以拒馬爲限，鐵鈎相連，遇有見傷，則更代之。若代，則以鼓爲令，出騎兵兩翼以蔽於前。待陣成，騎兵復退。此謂之疊陣法也。」世將善之，即下令軍中依吳璘所言。諸將竊議之，曰：「若依吳將軍疊陣法，遇敵人，將士未知約束，不利戰鬥。非惟難以制勝，抑且殲於此耳。」璘曰：「此乃古制束伍令也。兵家嘗曰：平坦之地，可用車戰；山險之地，可用步戰；攻擊追襲，可用馬戰。隨地利而作用各有不同。今吾據沃野之地，正宜用此法，得車戰餘意，諸君不識耳。必在戰士心定則能持滿，敵雖銳不能當也。」衆人然其言。璘即依法布定，率部下進次剡家灣。

且說金統軍胡盞、習不祝與裨將撒不吪、斡朵思人馬屯于〔二〕鹿角砦，據險自固。前臨峻嶺，後控臘家城。胡盞與習不祝謀〔三〕曰：「吾衆人占得此個所在，璘不敢輕犯。」正議間，哨馬報〔四〕：「宋軍已出剡家灣，將近鹿角砦矣。」習不祝曰：「吳璘新復秦〔五〕州，今又輔以胡世將，乘勝來鬥，其鋒不可當。今鹿角砦止有兩條路而入。東北上一條路，川平野曠，人馬可行，若以木石疊斷砦口，雖有數百萬之衆，亦不能攻。我與統軍深溝高壘，堅營勿與戰。彼欲前不得鬥，驕其軍心，銷其銳氣，然後分左右翼戰之，宋人可破矣。」胡盞笑

〔一〕「百步內與」，原漫漶不清，此據雙峰堂萬卷樓本。
〔二〕「屯于」，原漫漶不清，此據雙峰堂萬卷樓本。
〔三〕「習不祝謀」，原漫漶不清，此據雙峰堂萬卷樓本。
〔四〕「哨馬報」，原漫漶不清，此據雙峰堂萬卷樓本。
〔五〕「新復秦」，原漫漶不清，此據雙峰堂萬卷樓本。

曰：「吾合兵本來與宋人決一雌雄，今又據險不戰，則是怯敵也。且吳璘智將，非庸俗之比。若依公策，適足以老吾軍，勝負竟難分也。」遂不聽習不祝之計，下令整〔一〕兵〔二〕甲以戰。

游騎報入吳璘軍中來，璘與部下議曰：「賊恃險不出，爾衆人有何策攻之？」健將姚仲曰：「敵人寨柵據高而立，若以步騎遶出其後，戰于山上，吾令之片甲不回。」璘曰：「戰于山上乃絶地也。倘敵人絶其後，我軍不戰自亂矣。公只宜誘其來戰，金人一至，即可擒之。」姚仲從其計，乃于山頂立營。胡盞聞之，笑曰：「吳璘不足懼也。今于絶地連營，此死牒矣。」習不祝曰：「吳璘有謀，亦不可料敵，且宜堅守。」斡朵思曰：「願借三千精兵擊之，無不克也。」胡盞即與斡朵思人馬出戰。吳璘知的虜賊來近，堅壁不出。寨外金鼓大振。近黄昏，吳璘乃遣人約姚仲，多置火炬，候宋軍來到，然後舉火。又喚過王彦曰：「爾引五千精鋭軍士，頭裹赤幘，各帶鮮明器械，扣備鞍馬，人各銜枚，渡河陟峻嶺截坡上，待與姚仲軍馬會合，聽吾號砲而後發〔三〕火。」王彦領計去了。璘又選五百砲手各帶火砲隨後，臨時聽令〔四〕。先差劉浩出敵金兵。吳璘分撥已定，自以陣軍與世將後應。且看如何。

〔一〕「計下令整」，原漫漶不清，此據雙峰堂萬卷樓本。
〔二〕「兵」，原作「干」，據雙峰堂萬卷樓本改。
〔三〕「後發」，原漫漶不清，此據三台館本。
〔四〕「臨時聽令」，原漫漶不清，此據三台館本。

却說劉浩引着五千精兵，于平川曠野擺開陣勢索戰。只見虜陣搖旗納喊，金將斡朵思驟馬舞狼牙棍直取劉浩，劉浩舉方天戟交還。二將兩馬相交，戰數合，劉浩佯輸，撥回馬便走。斡朵思不捨，掩衆追來，鬥聲連天。山上胡盞望見金兵得勝，將分騎而出，時紅日已沉西矣，習不祝諫曰：「統軍且勿出，恐宋人謀也。」盞曰：「璘智謀吾見之矣。古人順時而動，見機而發。今宋人勢敗，何又不戰？」史稱「習不祝善謀，胡盞善戰」，於此可見矣。言訖，哨鼓大振，引三萬人馬斬寨而下。吳璘見金將親出，搶鎗拍馬來迎。胡盞勒騎舞斧，與吳璘鏖戰二十餘合，不分勝負。二人精神愈倍，各無退志。兩下金鼓齊鳴，又戰數十合。宋軍中以疊陣法更休迭戰，輕裘肥馬亟麾之，士殊死鬥。金人皆遠涉勞困，不能抵敵。胡盞未知地利，即抛了吳璘，勒馬望鹿角砦而走。習不祝引人馬接應。將近一更初，璘下令放起火砲，虜兵大驚，奔走鹿角砦。忽聞山頂大喊，火光兢天而起，上下通紅。撒不吪提兵殺來，正遇大將姚仲，手起刀落，撒不吪死於非命，餘衆潰散。姚仲與王彦以精騎抄出鹿角砦，金人兩下受敵〔一〕，遂大敗，死者不可勝計。胡盞與習不祝潰圍衝出，又遇前軍胡世將攔

〔一〕「敵」，原爲墨丁，據雙峰堂萬卷樓本補。

住，大殺一陣，降者以萬人。胡盞乘夜襲餘光，且戰且走，退入臘家城。璘見金人去遠，又是夜裏，遂收軍，據了鹿角砦，得其馬駝糧食無算。

平明，躲探胡盞屯駐臘家城，璘下令曰：「金人勢窮矣，可乘勝攻之，二酋可擒。」姚仲曰：「宜相連營壘，屯四門困之。不過一月，使虜賊盡死城中矣。」璘然之，即令衆將領所部分門攻擊。果是金人困迫，城將垂陷。忽朝廷方主議和，秦檜恐邊將邀功，遣使以驛書詔璘班師。璘得詔，與世將議曰：「破虜賊功在即矣，朝廷詔來班師，何以處之？」世將曰：「君命也，豈敢抗違？此必金國有人在朝議和，只得奉〔一〕詔班師。」姚仲等曰：「機會難再，不若打破城池，擒了金將胡盞、習不祝，解赴行在，從朝廷發落，然後班師未遲。」世將曰：「不可。岳侯功蓋天下，聖旨到，亦且回軍，何況我等乎？衆人勿復猶豫。」即日下令軍中拔營撤圍而去。胡盞在城上望見宋軍退去，知的金國有人議和，詔取班師。盞甚喜，與習不祝議之。不祝曰：「統軍宜速退臘家城。吾國講和不常，恐宋人復來，難以支撐。」胡盞從之，連夜率所部退回函谷關，不在話下。吳璘自臘家城引兵還河池。胡世將見朝廷屢挫邊將之功，惟浩嘆而已。

却說高宗自夏四月間，與廷臣議論講和，秦檜力主成之。至十一月和議既成，金兀朮以蕭毅、邢具瞻二人爲審議使，與宋魏良臣偕來，議以淮水爲界，求割唐、鄧二州及陝西餘地，要歲幣銀絹各二十五萬，仍許歸梓宮及太后。高宗悉從其請，命宰臣具誓表告祭於天地宗廟社稷。詔下，宰執領命而行。誓表略曰：

〔一〕「奉」，原爲墨丁，據三台館本補。

臣構[一]言：今來畫疆，以淮水中流爲界，西有唐、鄧州割屬上國。自鄧州西四十里并南四十里爲界，屬鄧；四十里外并西南盡屬光化軍，爲弊邑。沿邊州城，既蒙恩造，許備藩方。世世子孫，謹守臣節。每年皇帝生辰并正旦，遣使稱賀不絕。歲貢銀絹二十五萬兩匹，自壬戌年爲首，每春季差人搬送至泗州交納。有渝此盟，明神是殛，墜命亡氏，踣其國家。臣今既進誓表，伏望上國，早降誓詔，庶使弊邑，永爲憑焉。

宰執既具誓表，殺黑牛白馬，告祭天地宗廟社稷畢，奏知高宗。高宗以何鑄簽書樞密院事，奉表稱臣于金。何鑄領表將行，蕭毅亦進辭帝。帝諭毅曰：「若今歲太后果還，寡人自當謹守誓約。如今歲未成朕志，則誓文爲虛設。」毅再拜領旨，與何鑄離了臨安，逕至汴京見兀朮，具知宋帝所以講和之意。兀朮曰：「此金主重命也。使臣雖再詣會寧候旨，然後可以復表。」何鑄遂如會寧，聽候指揮。兀朮具表，遣使詣金國奏知熙宗，請問宋求商州及和尚、方山二原。熙宗降詔，從兀朮之請。兀朮得旨，復遣人往南朝，求割京西界要鄧、唐二州；陝西要割商、秦之半，止存上津、豐陽、天水三縣及隴西、成紀，餘棄；和尚、方山二原，以大散關爲界。使臣入京師奏知高宗，高宗俱從其請。於是宋僅有兩浙、兩淮、江東西、湖南北、西蜀、福建、廣東西十五路，而京西南路止有襄陽一府，陝西路止有階、成、和、鳳四州，凡有府州軍監一百八十五，縣七百三。金既畫界，建五京，置十四總管府，凡十九路。其間散府九，節鎮三十六，守禦郡二十二，刺史郡七十三，軍十有六，縣六百三十二。

[一]「構」，雙峰堂萬卷樓本作「檜」。

高宗將於廷臣内推有善達君命者爲使。秦檜奏曰：「金兀朮最要官職尊隆、名望素著者來見，伏望陛下復遣魏良臣爲使，則不煩於往返矣。」帝允之，下詔遣魏良臣齎封界交割使金。韓世忠深以爲非，乃諫曰：「中原士民淪于腥膻，其間豪傑莫不延頸以俟弔伐之師。若自此與和，日月侵尋，人情銷弱，國勢委靡，誰復振之？北使之來，乞與面議，如臣理屈，甘受誅戮。」高宗不聽，竟遣良臣以行。世忠憤惋而出。岳飛聞帝不允世忠諫，自思曰：「韓樞密以和議爲不然，飛豈肯附和議哉？若久立朝廷，必不爲檜、俊所容。」即日具表，辭還官爵。表曰：

太尉開府、儀同三司、武昌郡開國公臣岳飛奏：臣竊謂事君者，以能致其身爲忠；居官者，以知止不殆爲義。伏念臣受性愚戇，起家寒微。顧在身官爵之崇，皆陛下識拔之賜。苟非木石，寧不自知，每誓粉骨糜身，以圖報稱。然臣叨冒，已踰十載，而所施設，未效寸長。不惟曠職之官奏，況乃羸軀之負病。蓋自從事軍旅，疪耗精神，舊患目昏，新加脚弱。雖弗辭於黽勉，恐有誤於使令。願乞身軀，遂於退休，庶養痾漸獲於平愈。比者，修盟漠北，割地河南。既不復於用兵，且無嫌於避事。伏望陛下明昭誠悃，曲賜矜從，令臣解罷兵務，退處林泉，以歌詠陛下聖德，爲太平之散民，臣不勝幸甚。他日未填溝壑，復效犬馬之報，亦爲未晚。臣無任激切戰慄伺命之至。取進止。

高宗覽奏，下命付丞相府議之。秦檜見了岳飛辭還官爵表章，大喜曰：「正遂吾意。」乃勸朝廷准其所奏。遂罷岳飛官爵，充萬壽觀使。岳飛見允奏命下，遣人往舒州取回岳雲時岳雲理兵於舒州，即日解還印綬，輕騎歸鄂州，與子姪耕鋤隴畝，再不言兵家事矣。

會兀朮遣人以書與檜曰：「汝朝夕以和議來請，岳飛方爲河北圖。必殺飛，始可和。」檜得兀朮書，亦以飛不死終梗阻也和議，禍必及己身。故力謀殺飛之計。乃奏帝以張俊如鎮江措置軍務。俊披詔臨行，檜謂之曰：「公如往鎮江，雖代吾了一件大事。」俊知其意，曰：「丞相不必掛懷，俊自有主張。」即辭檜。至鎮江，一應軍務，且自隨時，專爲檜來淮上搜尋岳飛舊日有仇之人。訪知岳飛手下舊有副都統制王貴，比先因征小賊，違犯岳飛軍令，免其死罪，被痛打一百刑杖。俊暗思此人必然懷恨岳飛，着人尋將王貴來，謂之曰：「汝曾受岳飛苦虐，還欲思報其恨乎？」貴曰：「樞密何謂？小將實不知也。」俊笑曰：「爾若能告發岳飛罪過，則我爲汝雪讎，且保爾之官職，使子孫永受富貴矣。」王貴叩頭泣曰：「岳侯昔居大將之權，統兵三十餘萬，若使賞罰不明，則三軍何肯用命，殺賊焉能成功？小將因違其軍令，得不誅，幸矣。被鞭笞，分之該也。豈敢逆天理而以私忿報之哉？」俊見王貴忠言剴切，不能誘動，乃令其退去。俊思了一夜，次日又暗使人採訪王貴私事來告。却喚王貴至樞府，謂之曰：「人告爾私下有這幾條違法事，若不從我結果了岳飛，定先拏爾問罪，全家遷徙嶺南。」王貴莫禁其苦逼，只得許之。張俊大喜曰：「若得獄成之後，保奏重封爾官。」着令且回。雖待用爾處，即來聽候。且看張俊裝此計較，畢竟後來如何。

岳飛訪道月長老

却說張俊又打聽的岳飛部下有總制官王俊，平昔在行伍中專一放刁告狀而得官職，以此人號爲「王雕兒」，以前亦被張憲〔一〕責打，岳飛嘗羞辱之。張俊交人喚來，激之曰：「爾若能告首岳飛，有機會殺之，吾當稟知秦丞相，舉保公高位。」王俊喜曰：「下官所恨者，惟張憲最深。先年收楊么之時，被他打了八十，又著岳招討於衆將前羞辱一頓，曾自誓曰：『後但得一步進達，必雖殺此匹夫。』至今無由快我志願。今日樞密之意，係與下官能報夙昔之仇矣。若得殺此二人，則志願滿足，何更希望高位？」張俊見王俊所言實就其機，甚悅，即賞王俊黃金一錠，着着回去，分付：「切不可漏此消息，明日早到樞府聽候。」王俊得賜，領諾去了。張俊即調下詞狀一張。次日，王俊到於樞府，俊將詞狀交與王俊，着令詣統制官王貴處首告。詞曰：

首告人王俊，年三十五歲，係東平府人氏，見任統制官職。狀首紹興十一年九月間，有都統制官張憲，因見本管恩官岳飛被朝廷革去官爵，在於鄂州閑住，不得人馬管轄，怨恨朝廷。今欲謀還岳飛兵柄，

〔一〕「張憲」，原誤作「張俊」，雙峰堂萬卷樓本及三台館本亦誤作「張俊」。王俊被張憲責打之事見卷五「楊沂中藕塘大捷」一回，據改。

同爲不軌。又有岳雲手書，送與張憲，務要用心整理。後岳飛差于鵬、孫革齎書來與張憲，着他虛報邊廷消息緊急，朝廷必然還他兵柄。有此不測事機，具狀來首副都統制官處，詳狀施行。

王貴接了首狀，抄詞粘連申文，密交王俊來會都統制張憲去見張樞密。憲不知圈套，與俊、貴入到帥府衙內。參見畢，王貴於懷中取出申文抄詞，遞與張樞密。樞密看了首詞，怒曰：「汝等何得通同岳飛父子謀爲不軌？今被首出，罪弗容誅矣。」張憲、于鵬、孫革正不知來意，面面相覷。俊不待其分辨，着令左右將張憲、于鵬、孫革一齊拏下，與原告王俊一同解去鎮江行樞密院內監問。其舊制，樞密院並無設置推問罪人牢獄，亦無鞠問犯人刑法。張俊預先設立下獄具停當，即將張憲等打入牢中，裍在匣床上，委着首領官王應求拷問其事。應求來見張俊，告曰：「自來樞密院未曾設有牢獄推勘罪人事例，何況行樞密院而擅置牢獄乎？合該解送行在大理寺獄，依例推問，庶不變亂朝廷舊制矣。」俊大怒，謂之曰：「其餘罪犯當送法司，今王俊所首事干謀反，則當推出實情，庶免激變。」俊即親到獄中，將張憲綁弔苦拷，務要招稱岳飛差于鵬、孫革送書着他虛張聲息，又招有岳雲手書使他多方設計，謀還其父兵柄，得到邊上，則可通同謀反，送來書信皆已燒毀不存。張憲被其拷打，皮開肉綻，鮮血迸流，終不肯招。張俊乃自揑成招詞，差人解送丞相府申呈秦檜。秦檜見了招詞，喜不自勝，將張憲等押送大理寺牢獄監勘，一連審問十三日，不得實情。檜遂朦朧具奏帝前曰：「岳飛父子謀爲不規，近干連張憲等，乞召岳飛父子來證其事。」高宗曰：「夫刑者，所以止亂也。岳飛父子忠貫日月，豈有此反逆事乎？今若亂提彼來追證，只恐動搖人心，不可輕召。」秦檜見朝廷不准其奏，乃詐傳詔旨，仍委心腹人田思中齎金字牌前去鄂州，宣召岳飛父子詣行在論功授爵。思中臨行，檜囑之曰：「君到鄂州見岳飛，雖深躰上意，命之疾赴。若得事成後，吾當厚報於君也。」思中領諾，齎詔逕往鄂州去訖。

却說岳飛正領着子姪耕鋤隴畝，樂守天命，忽報朝廷齎到金字牌來召父子赴朝論功授爵。岳飛回至府第，俯伏聽候宣讀詔旨，一門望闕謝恩畢，因設酒禮館待田思中。飛謂使臣曰：「天使先一日回朝，我父子明日登程。」思中曰：「相公不可遲緩，聖上專待君侯赴闕授封。」飛曰：「不在叮嚀。」思中辭別，逕上馬先回，不題。是夕，秦國夫人李氏備酒與岳侯餞行。飛謂夫人曰：「我今赴闕見聖上，果有陞賞，亦雖辭了便回。汝在家教訓諸兒女，令之各事其業，不得有荒歲月。」夫人曰：「相公但行，家事吾自主理。」次日，岳飛同子岳雲準備車馬，辭家逕望臨安而行。是晚，飛宿於驛中，夜作一夢，醒來悚焉，驚出一身冷汗。次早與岳雲曰：「吾夜得一夢，甚是不祥，未知吉凶如何。我今卸却車馬，與爾從楊子江去，原江心金山寺有道月長老，神慧人也，善知過去未來禍福，可往以是夢卜之。」岳雲曰：「大人所見極善。」飛即著人備了船隻，渡過楊子江，來到金山寺，日尚未出，大露迷江，正是：

　聞鐘始覺山藏寺，到岸方知水隔村。

其時道月長老正在禪定之中，已知岳招討宣召回朝，預遣行童早到山門迎接。到於方丈，敘罷寒溫，茶湯畢，長老曰：「貧僧久聞招討大名，如雷灌耳，每恨緣薄，不及會面。今日希幸到此，實慰渴想。」岳飛曰：「嘗聞上人屏慮養性，明燭[一]萬里。今蒙詔旨，宣我父子回朝，夜來驛中偶得一夢，未卜吉凶，特來請謁仙丈，望指引前程，飛之甚幸也。」長老曰：「招討得何夢？請詳言之。」飛曰：「夢見兩犬抱頭言語，傍有二人赤身裸躰而立。」長老曰：「此明白事矣，招討何未解其意？二犬中間着一『言』字，乃是箇『獄』字。傍立裸躰二人，同受其禍者。招討今此一去，必有牢獄之苦，須宜謹慎。」岳飛笑曰：「長老放心，我父子爲

〔一〕「燭」，原作「觸」，據雙峰堂萬卷樓本改。

國家東盪西除，南征北伐，朝廷多有功勳，目今聖上宣召我父子，將論功授爵，安有牢獄之事乎？」長老曰：「但恐患難可同，安樂難共，而罹鴟夷之慘鴟夷，伍子胥之事。不如潛身林野，隱跡江湖，庶幾可免矣。」飛曰：「蒙仙丈指引，誠乃善路。若是神天有眼，必不使忠臣義士陷之於不義也。」岳飛不悅，即便辭別而去。長老送出江邊，飛將登舟，長老再三囑付云：

風波亭下浪滔滔，千萬留心把舵牢。
謹防同舟生意歹，將人推落在波濤。

囑付畢，長老辭別回寺。岳飛在舟中與子云：「長老之言，豈足深信？」岳雲曰：「天機至理，容或有之，宜加三省，勿履虎尾而致咥也。」岳飛不聽，交疾開船而去。

按《通鑑》：冬十月，秦檜矯詔下岳飛于大理獄。

却說田思中回見秦檜，報知詔岳飛父子將至。秦檜大喜，即分付思中領了心腹人前去迎接岳飛父子。次日，岳飛來到臨安，入得城中，並不見有宣召動靜。未數日，秦檜矯詔降出，道岳飛父子通同張憲等謀反，令下大理獄。岳飛接得詔旨，嘆曰：「皇天后土，可表此心。」遂與子岳雲就獄。秦檜仍命中丞何鑄、大理卿周三畏鞠勘岳飛招詞。周三畏聞命，自思：「岳侯忠孝人也，豈有是事哉？此必有人謀陷之，待吾審問其情，必知端的。」次日與何鑄引飛至庭，詰其反狀。飛於庭前逐一開具招狀：

取狀人岳飛，見年三十九歲，祖貫是河南相州湯陰縣永和鄉孝悌里人氏。不合於宣和四年間，方年二十，前往真定劉宣撫下應募，立爲鄉兵長。當年因擒强寇陶俊等有功，陞承信郎。宣和六年殺獲强徒張超。靖康元年歸投天下大元帥府，招撫賊首吉倩等，陞承信郎。與金兵戰于侍御林，陞保義郎。又戰于滑州，殺敗金兵，陞秉義郎。建炎元年，殺退金兵於開德，陞修武郎。復敗金人于曹州，陞武翼郎。隨侍親王至建康，因上書諫和議奪官，復歸田里。又該張所保奏，復還前職，充中軍統制，從王彥戰金人于新野，陞武經郎。在侯兆川敗王索，于太行山殺黑風大王，歸副元帥宗澤，奏充東京留守司統制。建炎二年，與金人戰于胙城縣及黑龍潭，又戰于官橋及蘆竹渡，擒殺虜寇，陞武功郎。建炎三年，領八百騎大戰于京師，破王善等五十萬衆，陞武經大夫。擒杜叔五等，陞武略大夫、英州刺史。解陳州圍，陞武德大夫。與金人戰于鐵路步，又戰于盤城，生擒虜將馮道。復戰馬家渡及鍾山并廣德，擒王權等。戰溧陽，生擒渤海太師李撒八等。建炎四年，弭群盜于常州，擒少主孛堇等，克復建康府，獻俘行在，收叛將戚方，陞武功大夫、昌州防禦使、通泰州鎮撫使。戰承州，擒高太保。戰北炭村、柴墟鎮及南霸塘，皆得勝。紹興元年，征討李成，戰生米渡及筠州朱家山，斬趙萬等。戰樓子莊，殺馬進，降張用及一丈青，充神武副軍統制，陞親衛大夫、建州觀察使。生擒姚達等，充神武副軍都統制。紹興三年平李宗亮。勦虔州寇，生擒彭友等，敗固石洞，入虔州斬十大王，擒高聚、張成，充江西沿江制置使，賜精忠旗，改神武後軍都統制。紹興四年，克復郢州，斬京超，克復隨州，斬王嵩。戰襄江，復襄陽府。戰新野市，改劉合孛堇，降賜得勝。復鄧州，擒高仲。復信陽軍，充清遠軍節度使、鎮南軍承宣使、江南西路制置使，陞武昌縣開國子。紹興五年，充神武後軍都統制，陞武昌縣開國侯。戰洞庭湖，降黃佐、楊欽等，生擒陳貫，斬楊么、鍾儀。紹興六年，充湖南北襄陽府路招討使，兼營田使，易武勝、定國兩軍節度使，宣撫副使，陞少保，武昌郡開國公。克復虢州、襄州，戰業陽，斬孫都統，生擒滿在。戰孫洪澗，焚蔡州，援淮西，戰金兵于何家寨，擒薛亨等。戰白塔、牛蹄，皆捷。紹興七年，設計間廢僞齊劉豫，充宣撫使、營田大使，加陞太尉。紹興八年，還軍鄂州，備金表，論講和非計而於主和奸臣。紹興九年，因講和授開府儀同三司。紹興十年，金人叛盟，奉命率兵克復西京諸郡，駐兵郾城，大敗金帥兀朮。戰五里店，斬虜將阿里孛堇。大戰潁昌，殺蓋天大王，斬上將軍夏金吾，生擒王私壽等。屯兵朱仙鎮，大破兀朮走退汴京，修葺皇陵。兀朮北遁，日奉一十三道金牌，宣召班師。紹興十一年，辭官爵，解兵權，授萬壽使致仕。這便是我一生的罪過。」

岳飛取供狀罷，復將衣裳裂開，轉過脊背，與周三畏看，有舊刺下「盡忠報國」四大黑字，深入皮膚，而仰面大呼曰：「吾父子爲國多着勤勞，內閣之語，銘心刻骨，未嘗不以恢復爲意。豈知今日把我父子性命而報仇虜耶?」言訖，放聲大哭。庭下獄卒，慘不忍聞，周三畏亦爲之泪下，指秦檜罵曰：「都是此奸賊有意金人，懷異心，陷殺忠良，不由天子指揮，任意所爲。今日聽岳侯訴出實情，便是鐵石心腸，也須感傷。似這等冤屈，交我如何問擬?且將岳飛送入牢中，明日再理。」獄卒仍押岳飛等於獄中監禁。且看後來如何。

下岳飛大理寺獄

却說周三畏回到家中，悶悶不悅，背叉兩手，仰天嗟嘆：「常言道：『得寵思辱，居安慮危。』看那佐〔一〕官的，豈謂之榮？如岳太尉，似這等大功勞，天下人仰望他，今日反遭斯辱。量區區只是個大理寺丞，微如螻蟻。且如韓信、伍子胥，這等大功不能自保其身，却不如張良、范蠡歸山泛舟而去。今我只是屈勘岳飛，上逆天心，下悖人理，朋惡相濟，遺駡於萬年矣。若是不從奸賊之謀，必被其害。不如棄職休官還了朝廷，歸山辦道，脫了是非，豈不保全殘喘。」就解下束帶，換上麻條，脫下羅袍，穿上道服，幞頭、象簡安在中堂，潛身走脫，不在話下。

次日早晨，吏卒報與秦檜曰：「夜來有大理寺丞周三畏勘問岳飛，因見事有冤枉，晚夕回家，脫下冠袍束帶，盡夜走了。」秦檜大怒曰：「如今便要差人捉去，奈有這樁事未了，且待殺却岳飛父子，然後捕他未遲。」乃使人去催何鑄鞫斷。何鑄正在府中，自躰岳飛一事，亦察其冤，又見秦檜遣人來催問，鑄即往秦府見檜，白知：「岳飛謀反事情，實無證驗，丞相休得屈人。」檜曰：「此出上意也，非吾所得專。岳飛本有通謀，

〔一〕「佐」，雙峰堂萬卷樓本作「做」。

王俊首狀已具明白，中丞何謂屈之？」鑄曰：「鑄豈區區爲岳飛者？强敵未滅，無故戮一大將，失士卒心，非社稷之長計。」檜語塞。何鑄已退去。

秦檜知鑄不爲問理，乃改命御史大夫万俟卨同大理寺評事元龜年，「他兩個平日在我門下往還謀些私事，我不曾阻他，如今着他兩人問這樁事，必然不敢違我主意」。一時呼召二人來到相府，謂之曰：「岳飛父子與張憲謀爲不軌，我委周三畏勘問，他元來與岳飛有同謀之心，怕死走了。今特委你兩個，問成這樁事，加你大官。」万俟卨曰：「丞相放心，我與岳飛舊有讎恨。此事只在下官身上要了，不必憂心，只要丞相與我二人做主。」二人入到大理寺獄中，只取出岳飛來，看他一一招成謀反事情。這兩賊非法用刑，將岳飛渾身拷打，皮開肉裂，死了用水噴活再打。又用檀木攢指，傍立二人用杖敲打，然後二人拏住攢指厮扭，左扭右扭，扭得岳飛頭髮撒開，就地打滚，指骨皆碎。如此酷刑，他只管眼下，不顧折害，滅門絕戶。他本無反情，難以屈招。苦打將有兩箇月日，不成其獄。忽有人對元龜年說道：「可把策應淮西不即提兵東下之事問他。」龜年到第二日，將這言語與万俟卨商議，万俟卨大喜，就取出岳飛來問：「你在鄂州，朝廷不次宣召你提兵東下，策應淮西，你却在途遷延不進，意在窺伺朝廷勝負。兵勝則進，兵敗則反。明有是情，何得抵賴不招？」岳飛對曰：「承詔領兵東下，沿途追殺金兵，累有御札止我人馬不須前進，見存御書可照。」那万俟卨無事可證，乃以其言稟白。秦檜就遣人前去鄂州岳飛家下，詐取他前後頒降詔敕，盡數取回，入於內庫，無可稽考。万俟卨又取出岳飛問曰：「你與諸將同領大兵北討，你所部人馬屯在朱仙鎮。朝廷宣召諸將回兵，其劉錡等即日領兵還鎮，爲何只有你一枝人馬不肯班師？前後一十三道金牌召你，你亦不肯回兵。這的必懷異心，好好逐一從實招承，免得皮肉受苦。」岳飛曰：「我一生立心務要恢復中原，雪國之恨，用了十年之功，追趕兀朮到於朱仙鎮，離去京師只有四十五里。那時兀朮怕我兵勢，棄了汴京北走。兩河豪傑，守臣父老，頭頂香盤，待我兵到。此時朝廷若寬我三日限期，必定克復汴京，迎回聖駕。然後進取燕雲，直擣黃龍，報復國讎，迎取先帝、太后回朝。此乃是我平生之願，有何異心？皇天后土，可表我心。」言畢，呼天叫地，氣堵咽喉。兩行吏卒無不動情。万俟卨亦無言可問，喝令獄卒：「不要聽他胡說。快寫招服便罷，若是不招，性命只在目下。」岳飛被他刑苦不過，謂万俟卨曰：「與我紙筆，待我親供，死當瞑目。」万俟卨、元龜年大喜，即令吏典遞與飛紙筆墨硯。岳飛接了，從頭至尾寫下一張，遞與万俟卨。招詞曰：

武勝定國軍節度使、神武後軍都統制、湖北京西路宣撫使兼營田大使、節制河北諸路招討使、開府儀同三司、太尉、武昌郡開國公岳飛狀招右：飛生居河北，長在湯陰。幼日攻書於河內，壯年掌握軍馬於淮西。聞知明主中興，草萊後進。正值宣撫版蕩藝祖之洪基，復遇靖康飄散皇都之大業。三千粉黛，一日遭胡狗之凌；八百胭脂〔一〕，霎時被臊狐之賤。萬民切齒，群宰相依。幸獲聖主，龍飛淮甸，虎據金陵。帝室未完，乾坤絕造，就不想二帝埋沒於荒〔二〕沙，却乃縱奸臣擅施於威福。丞相專主通和，將軍必爭用武。因斯宣回四鎮諸侯，故以罷去八方守將。位雖進至三公，權却退歸兩府。其韓制置畏權而懼勢，張樞密惜命而顧身，劉錡志守江南，沂中心抛淮北。岳飛折矢有誓，與衆曾期東連海島，學李勣跨海征遼；南及滇池，倣諸葛七擒七縱。南延葱嶺，習班超鬬土開疆；北平流沙，似平仲添城立堡。先俘胡虜〔三〕，于廷拜舞。次迎帝母，內殿

〔一〕「胭脂」，原作「姻脂」，據雙峰堂萬卷樓本改。
〔二〕「荒」，原作「芳」，據三台館本改。
〔三〕「胡虜」，原爲墨丁，據雙峰堂萬卷樓本改。

安然。方表中原一統，始爲天下獨尊。乃滿飛心，可全于志。昔者群雄並起，胡馬縱横。區區奮身田野，擒草寇於鄰州；注藉戎行，殺張超於近郡。王索樹兵於太行，兵臨即便擒來；女真驅衆入金陵，馬到就皆遁去。戚方本吾家叛將，鞭指看人馬荒奔；王善乃我土群雄，旗揮處狼烟自息。覷楊鷂子如手中之物，睹張莽蕩如脚下之塵。四太子不敢正視中原，十大王焉能偏居一水？鄜城厮殺，砍番虜將屍積堆山；汴水相持，戳倒胡兵血深似海。北方聞我兵進，人人身搖膽破；南嶺見吾旗至，個個手亂脚忙。朱仙鎮上，百千鐵甲奔逃；虎將麾前，十二金牌召轉。我則辭兵退職，予乃入隴耕耘。因非和議，有賊權奸；爲復故疆，乃誅忠直。誘人告吾謀反，將飛賺入監牢。千般供辨，並無抱怨朝廷；萬種思量，豈敢辜忘聖主。飛今死去，閻羅殿下，知我忠心，速報司前，本無反意。天廷不昧，必有相府奸臣，難分皂白；地府有靈，定取大理寺官，共證是非。右飛所供，並係的實。如有虛詐，願伏具刑。不詞。紹興十一年十二月岳飛供狀。

万俟卨、元龜年二人觀其招狀不是服辨言詞，喝令獄卒：「須下無情拷問。」岳飛被其百般吊打，無處伸冤。父子各在一監，三人俱不得相見，各另拷打，此苦何當？似這等冤枉，誰人不知，只無一個敢向前説一「屈」字。那時奸賊秦檜專國威權，欺君罔聖，但有一事分付，誰敢不從，生死徒流，只在眼下。因此王貴、董先、于鵬、孫革等怕死，從他所使，來證岳飛，誰敢出一言，説他無此事者？時有大理寺卿薛仁輔、寺丞李若樸、何彦猷衆人到於相府，告秦檜曰：「岳飛之事多有不明，伏望丞相與其辨之，庶不冤枉。」檜曰：「汝衆人安知其有冤枉？」仁輔曰：「朝廷中外皆知之，何獨我數人乎？」檜大怒，拂袖而入。次日，薛仁輔等皆被貶黜。判大宗正寺趙士㒟謂秦檜曰：「我躬訪岳飛之事，委的冤枉。今日中原未復而殺忠臣義士，此實棄忘二聖於塞北，而不欲恢復中原之故地也。我今願將家下百口性命保之，若果有此事，我之一門情願受死。」秦檜不聽其言，復奏貶之。

按史傳所載，以其救岳飛，秦檜怨之，貶判大宗正寺、齊安郡王趙士㒟于建州死。以此可見秦賊權傾人主矣。

却説樞密韓世忠知岳飛父子之冤，乃親至丞相府，謂檜曰：「我素知岳飛父子心實無此事，休要屈人。」檜曰：「岳飛之子岳雲與張憲畫謀還其父兵柄，事雖不明，觀其事躰莫須有。」世忠曰：「只這『莫須有』三字，如何服得天下人口？」因大怒而還樞府。次日，復抗疏言：「秦檜通情金國，專主和議，每自欺壓人主，政事紛紛出其門者，殆無虚日。陛下若不早正之，恐致誤國，悔無及矣。」疏上，秦檜知之，使臺臣劾奏其非，高宗不聽。世忠見不容於檜等，連疏求罷去官爵。高宗見其切於乞退，乃允其請，遂罷爲醴泉觀使，封福國公，進封咸安郡王。世忠自此閉門絶客，再不言兵事，每日乘驢攜酒，引着兒奴，遊於西湖，澹然自樂，平日相知將帥，罕得會面。又有一個不怕死的民人劉允升，上言訴岳飛之冤。狀入丞相府，秦檜大怒，將劉允升拿送大理寺獄勘問，與岳飛同謀反，死于獄中。

《綱目》斷云：金人所忌者惟飛，而秦檜所忌者亦飛，以爲不早驅除終梗和議，是以必欲害之也。誣以謀反，矯詔下獄，秦檜主之，張俊、万俟卨又從而成之，妄掣張憲，株連岳飛，身受非刑，羅織抵罪。嗚呼。檜何讎於飛，飛何負於檜耶？此誠天地之大變，人心所不容。檜之罪又可得而粉飾之哉？故書「矯詔」，所以著其無君之罪；書「下岳飛大理寺獄」，所以明其誣累之非。即《綱目》之所書，驗當時之政治，則宋事之興廢可知矣。

新刊大宋中興通俗演義卷之八

起紹興十一年辛酉歲
止紹興廿五年乙亥歲
首尾凡十五年事實
按實史節目

秦檜矯詔殺岳飛

按《通鑑》：冬十二月二十九日，秦檜殺萬壽觀使岳飛于大理寺獄。

話說秦檜將岳飛父子并張憲拷問兩箇月，而飛竟無服辭。又見多人說他寃枉，會年除日，檜自都堂出，在於暖閒中獨坐，悶悶不悅。其妻王氏來與同坐，向火於東窗之下。偶有使女捧上柑子一盤，秦檜取一箇在手中相視，心下憂疑不決，將柑子用指甲掐開，那柑子皮掐將盡，王氏問曰：「丞相只把柑子旋掐，莫非有事思忖否？」檜曰：「前者詐傳聖旨，將岳飛父子拏送大理寺獄中，今着心腹人万俟卨、元龜年用重刑法拷問，要其獄成。近將有兩箇月光景，他不肯招認反情。只怕朝廷知道。我今待要放出他來，又怕不好，以此心下憂疑不決。」王氏見說，心中大憂，就於火爐中將火筯於灰上畫六箇字：「捉虎易縱虎難。」秦賊喜而謂曰：「賢妻言者當也。我意已決。」一不做二不休，即寫一小票封記了，交與一箇老吏送去大理寺，遞與万俟卨。是夜，有一大流星如牛，帶二小星落下，其聲如雷。將到二更時分，万俟卨令獄卒將岳飛拏在亭下。岳飛舉頭看見牌上是「風波亭」，乃仰天嘆曰：「皇天，皇天。我若早信道月長老之言，必不遭此風波之難。」那一大獄卒不由分說，用一條麻索將岳飛勒死在風波亭下。蓋十二月二十九日也，年三十有九歲。次日，將岳雲、張憲皆棄市，于鵬、孫革等從坐者六人。岳雲死年二十三歲。是日，黑霧四塞，宇宙皆昏怠，午後霧捲雲收，而起狂風，風聲悲切，拔樹拆屋。城中内外聞者無不流涕。有舊跟隨岳飛部下官軍在臨安者，皆具素服而立神主牌位，在家祭奠。

飛事親孝，家無姬侍。吳玠素服飛，願與交驩，飾名姝〔一〕遺之。飛曰：「主上宵旰，豈大將安樂時邪？」却不受。玠益敬服。帝欲爲飛營第，飛辭曰：「金虜未滅，何以家爲？」或謂：「天下何時太平？」飛曰：「文臣不愛錢，武臣不惜死，天下太平矣。」卒有取民麻一縷以束〔二〕芻者，立斬以徇。卒夜宿，民開門願納，無敢入者，軍號「凍死不折屋，餓死不鹵掠」。卒有疾，飛躬爲調藥。諸將遠戍，飛遣妻問勞其家。死事者，哭之而育其孤，或以子婚其女。凡有頒犒，均給軍吏，秋毫不私。凡有所舉，盡召諸統制與謀，謀定而後戰，故有勝無敗。倅遇敵不動，故敵爲之語曰：「撼山易，撼岳家軍難。」張俊嘗問用兵之術，飛曰：「仁、信、智、勇、嚴，闕一不可。」飛好賢禮士，覽經史，雅歌投壺，恂恂如書生。每辭官，必曰：「將士效力，飛何功之有。」然忠奮激烈，議論持正，不挫于人，卒以此得禍。

按，春秋斷法，罪之不以其理，故不書「誅」，而書「殺」也。只觀「秦檜殺」三字，則知無朝廷而自殺之也。

呂東萊先生評曰：飛之死，尤不厭衆心。飛忠孝出於天性，自結髮從戎，凡歷數百戰，内平劇賊，外抗强胡，其用兵也，尤善以寡勝衆。其從杜充也，以百人破群盜五十萬衆於南薰門外。其破曹成也，以八千人破其十萬衆於桂嶺。其戰兀朮也，於潁昌則以背嵬八百、於朱仙鎮則以背嵬五百，皆破其衆十

〔一〕「姝」，原作「妹」，據《精忠錄》改。

〔二〕「束」，原作「乘」，據《精忠錄》改。

餘萬。虜人所畏服，不敢以名稱，至以父呼之。自兀朮有「必殺飛而後可和」之言，檜之心與虜合，而張俊之心又與檜合，媒孽橫生，不置之死地不止。「莫須有」三字以傅會。欲加之罪，其無辭乎？千載而下，每念岳武穆之冤，直欲籲天而無從也。

岳王著述

愚以王平昔所作文跡，遇演義中可參入者，即表而出之。有事不粘連處未入本傳者，另錄出于王之終傳後，以便觀覽。

御書屯田三事跋

臣聞先正司馬光有言：「德勝才謂之君子，才勝德謂之小人。」論人者能審於才德之分，則無失人矣。曹操募百姓屯田許下，所在積粟。諸葛亮分兵屯田，而百姓安堵。羊祜懷遠近，得江漢之心，亦以墾田獲利。若三子者，知重本務農，使兵無艱食，其謀猷術略，皆不在人下，才有足稱者。然操酷虐變詐，擥申商之法術，雖號超世之傑，豈正直中和者所爲乎？許劭謂「清平之奸賊，亂世之英雄」，其德有貶云。亮開誠心，布公道，邦域之内，畏而愛之。祜增修德言，以懷柔初附，則德過於操遠矣。觀亮素志，欲龍驤虎視，包括四海，以興漢室，天不假以年，遽有渭南之恨。祜輔晋武，慨然有并吞之心，後平吳，身不及見。二子有意於功名，而志弗克伸，惜哉。臣庸德薄才，誠不敢妄論古人。伏蒙陛下親洒宸翰，鋪述二三子屯田足食之事，俯以賜臣，臣敢不策駑礪鈍，仰副聖意萬一。夫服田力穡，乃亦有秋，農夫職爾。用屯田以足兵食，誠不爲難。臣不揆頋遲之歲月，敢以奉詔。要使忠信以進德，不爲君子之棄，則臣將勉其所建焉。若夫鞭撻四夷，尊强中國，扶宗社於再安，輔明天子以享萬世無疆之休，臣竊有區區之志，不知得伸歟否也。

紹興十年正月初一日，武勝定國軍節度使、開府儀同三司、湖北京西路宣撫使兼營田大使、武昌郡開國公、食邑四千戶實封一千七百戶臣岳飛謹書。

東松寺題記

余自江陰軍提兵起發，前赴饒郡，與張招討會合。崎嶇山路，殆及千里。過祈門西約一舍餘，當途有庵一所，問其僧，曰「東松」。遂邀後軍王團練并幕屬隨嬉焉。觀其基〔一〕址，乃鑿山開地，創立廟廡，三山環聳，勢凌碧落，萬木森鬱，密掩烟甍，勝景瀟洒，實爲可愛，所恨不能欵曲。進程遄速，俟他日殄滅盗賊，凱旋回歸，復得至此，即當聊結善緣，以慰庵僧。

紹興改元仲春十有四日，河朔岳飛題。

〔一〕「基」，原爲墨丁，據雙峰堂萬卷樓本補。

律詩

題翠巖寺

秋風江上駐王師，暫向雲山躡翠微。
忠義必期清寨水，功名直欲鎮邊圻。
山林嘯聚何勞取，沙漠群兇定破機。
行復三關迎二聖，金酋席卷盡擒歸。

寄浮屠慧海

湓浦廬山幾度秋，長江萬折向東流。
男兒立志扶王室，聖主專師滅虜酋。
功業要刊燕石上，歸休終伴赤松遊。
丁寧寄語東林老，蓮社從今著力修。

送紫巖張先生北伐

號令風霆迅，天聲動北陬。
長驅渡河洛，直擣向燕幽。

馬蹀閼氏血，旗梟克汗頭。
歸來報明主，恢復舊神州。

話說提牢獄卒將岳飛、岳雲、張憲三個尸皆拖出牢牆之外。有重義者暗想：岳太尉是個將帥，他父子多有功於世，天下人皆感戴。他今被奸賊所害，若棄了他尸首，久後倘或根尋，那時何處取討？且擡在九曲偏巷中，多多搬取螺蛳殼，將三人尸首埋壓着，休使人知。那岳飛腰間繫一條紫絨條，解下收着，以爲日後照證。聞者流涕，見者悲哀。

霞城聞益明詩云：
遺恨高宗不鑒忠，誠斯墓木撼天風。
赤心爲國遭讒沒，青史徒修百戰功。

錢塘姚震有詩云：
宋朝社稷類東周，南渡扶持賴岳侯。
豈料竟遭奸佞計，忠魂千載恨悠悠。

浦城張琳有詩云：
金人鐵騎混風塵，南渡安危繫此身。
二帝不歸天地老，可憐泉下泣孤臣。

金華洪兆作挽詩云：
十二牌來馬首東，偃城憔悴哭相從。

千年宋社孤墳在，百戰金兵寸鐵空。
徑草有靈枝不北，江潮無恙水流東。
堪嗟詞客經年過，惆悵遙吟夕照中。

浙之衢州徐應鑣〔一〕宋太學生也有《祭岳王文》云：

嗚呼。維王生焉義烈，死矣忠良。恒天心以攘黠〔二〕虜，每鋭志以復封疆。奇勳未入乎淩烟之閣，姦計先成乎偃月之堂。含冤泉壤，地久天長。中原塗炭，故國荒涼。嘆狐奔而兔逐，恨狼競以鴟張。王如在也，必能保全乎社稷；王今沒矣，伊誰力挽乎頹陽？鯫生才譾，事類參商。方徙薪乎曲突，奈禍起於蕭牆。立身迥異於禽獸，含污忍入於犬羊。捨生取義，扶植綱常。來今往古，人誰不死？轟轟烈烈，萬古流芳。嗚呼。罄南山之竹，而書情無盡；決東海之波，而流恨難量。王之名，與天地同大；王之德，與日月爭光。嗚呼哀哉，敬奠一觴。從兹永訣，于王是將。尚饗。

却說秦檜既交殺了岳飛，自知己過，恐留萬載罵名，乃使其子秦熺檜無子，取妻兄王煥孽子熺養之。領修國史，凡有詔書、章疏稍有干連檜者，並皆焚燒。檜又怕天下士大夫之清議，乃具奏曰：「訪知天下有意之人，窺伺朝廷動作，而成私史，中間多有邪說，而亂國史。乞給牓禁絶之。」高宗准奏，給牓天下禁革。仍奏陞王俊爲觀察使副總管，謝其訴告岳飛父子也。陞万俟卨爲樞密使，謝其故勘岳飛也。此時但從秦賊之意者，則

〔一〕「鑣」，原作徿，雙峰堂萬卷樓本作「鹿」。按：徐應鑣，字巨翁，衢之江山人。傳見《宋史》卷四百五十一。
〔二〕「黠」，原作「點」，雙峰堂萬卷樓本作「黔」。

有陞用；但忤其意者，輕則貶黜，重則處斬。在前，秦檜與樞密使張俊相謀共殺岳飛父子，曾許他若得事成，以諸將兵權付之，因是二人交情甚密。檜見岳飛已死，俊無求退之心，仍舊貪掌大權，乃使臺臣江邈等糾劾張俊之過。張俊懼得罪，即日上表求退。朝廷准其辭，削去官職兵權，充醴泉觀使。這張俊怏怏不悅，悔〔一〕無及矣。

〔一〕「悔」，原爲墨丁，據雙峰堂萬卷樓本補。

何鑄復使如金國

却說岳飛之妻夫人李氏在鄂州，自從岳招討〔一〕父子離家一月光景，朝廷來取御札、詔書，言説「論功陞賞，用此爲照」。自去之後，又經一月，並無音信。幾〔二〕日心神恍惚，睡臥不寧，又兼夜來夢寐不祥，因喚過女兒銀瓶小姐，謂之曰：「我夜來夢見你父親回來，手中架着一隻鴛鴦，未審吉凶好不。」小姐道：「我夜來亦有一夢，夢見兄與張將軍各人抱着一根木頭回來，此夢亦不知如何。母親且寬心，只待金安回來便知端的。」夫人曰：「吉凶雖未見，夢想早先知。想爾父兄在帝闕，必有着不明之事，致使我母子心神遑惑。今可同爾去天上堂燒香，着王師婆請下神來，問他吉凶。」小姐曰：「母親所言極善。」夫人即日交王師婆請下神來，連叫：「無事，無事，只有些血光灾，見了便罷。快收拾，快收拾，我回去也。」此神降之語也。神既退去，夫人謂王師婆曰：「我夜來夢見相公回家，手中架着鴛鴦一隻，不知此夢如何?」師婆曰：「此乃拆散鴛鴦也。」小姐問曰：「我夜來亦夢見兄與張將軍，各自抱着一根木頭回來，不知此夢如何?」師婆曰：「人邊抱一木，

〔一〕「討」，原爲墨丁，據雙峰堂萬卷樓本補。
〔二〕「幾」，原作「已」，據雙峰堂萬卷樓本改。

是箇『休』字。『休』，休矣。」娘兒兩個聽罷，心下驚慌。王師婆向前曰：「只才神道說無事，何必心慌？即今春夢，有何定准？請老夫人、小姐且寬心。」言尤未了，只見家僕金安從外走將來，報說：「老夫人，禍事來矣。速準備起行。」夫人慌問其故。金安曰：「今有老相公、小相公與張將軍三人，都被朝廷壞了，未知家下如何。」老夫人、小姐聽說，諕倒在地。王師婆慌扶起，叫了半晌纔醒。夫人與銀瓶號哭不勝情。金安曰：「夫人且回家計議，前往臨安，收拾相公屍首。」夫人回至室中，銀瓶告曰：「父兄與張將軍一處受刑，其實不明。初張將軍屯兵于淮上，我父兄隨使臣宣詔而行。日前又將御書詔敕盡皆取去，必中奸人計也。母親宜自往臨安，以躰父兄實跡。」夫人依其言，喚過岳雲妻〔一〕鞏氏、次子岳雷，謂之曰：「爾兄年方十二歲跟父出征，同心報國。爾今十一歲矣，頗知人事，凡有家務，雖與嫂商議而行。我同爾姐銀瓶前往臨安，收斂父兄屍首即回。倘或朝廷事干一家，爾徑來臨安尋我。」夫人分付已畢，即日令金安預備船隻，從楊子江而去。

不數日，已至臨〔二〕安，居止于城南驛所。次日，交金安根究相公屍首，金安領命而去。不移時，引着掩埋岳侯者來見夫人。夫人詳悉問之，其人備說：「岳招討被秦檜謀殺之時，係舊年臘月二十九日夜，在大理寺獄中勒死。其子岳雲與張將軍，次日斬于市曹。提牢者將三人屍首去棄暴露牆下。吾因思岳侯名震海宇，誰不欽仰？今日被冤陷而死，安忍暴其屍而不收？乃將三人屍首掩於一處。見收得岳招討所繫絨條一條，可爲憑信。」夫人接過絨條視之，嗚咽哭泣，淚如珠落。夫人重賞其人，一同前往九曲巷，果有螺螄殼壓蓋岳侯三

〔一〕「妻」，原爲墨丁，據雙峰堂萬卷樓本補。

〔二〕「臨」，原爲墨丁，據三台館本補。

人屍首。夫人交去了所掩螺螄殼，看見岳太尉形容如生不變，夫人抱而痛哭。因解去其項下繩索，脱却血衣，背上「盡忠報國」四字昭然不沒，只是皮膚杖痕遍身，腥血鮮紅。夫人即令將三人屍首換上新衣服，移屍於別處卜葬。銀瓶見父兄死之極慘，乃仰天嘆曰：「我父兄一心爲國，南征北討，無有休息，至今日不想被奸臣苦陷殺之。生我女兒，不能爲其雪冤，要作何用？」言罷，見道傍有一小深井，背向井邊，叫一聲苦，只一跳，投落井〔一〕中而死。夫人聽得井中水響，回頭不見銀瓶，已知投入井中，向前抱井哽咽悲哀。金安與衆人見者，亦皆流淚，曰：「可憐岳侯父子一門皆受冤〔二〕死，皇天后土，其亦念之哉。」

銀瓶死年一十三歲，即今杭州是臨安府在，城有銀瓶小姐廟，立在按察司東，其廟前有井存焉。城外西湖精忠廟燕寢殿中，有銀瓶娘子并張憲夫人小像在焉。

夫人因銀瓶投死井中，痛哭不已。金安勸曰：「死者不可復生，夫人且自養息。可令人撈起小姐屍首，與相公一同埋葬，再得計議。」夫人依其言，即着人撈起銀瓶屍首，面不改容。夫人見之又哭，金安與從人再三勸之方止。即日將其父子擡出，埋於西湖之北山栖霞嶺下，將〔三〕張憲埋於東山神壽巷。夫人既收埋了屍首，設祭拜奠訖，與金安一行從人逕回鄂州。其婦〔四〕引岳雷、岳霆等半路迎接。歸至宅中，立岳侯靈位以祀。

〔一〕「井」，原作「興」，據雙峰堂萬卷樓本改。
〔二〕「冤」，原作「屍」，據雙峰堂萬卷樓本改。
〔三〕「將」，原作「養」，據雙峰堂萬卷樓本改。
〔四〕「婦」，原作「妻」，據三台館本改。

未數日，只見秦檜差着親黨王會前來鄂州〔一〕，抄扎岳飛、張憲二家。王會至岳侯家，錄其財産，有每年朝廷欽賜之物，一一皆記某年月日某人送至，俱封記在庫。其有□〔二〕産器皿，盡行入官。兩家人口解到江州。抄其住宅，將秦國夫人李氏并子岳雷年十歲、岳霖年九歲、岳震年七歲、岳霆年五歲，岳雲長子岳甫年七歲、次子岳申年四歲，男婦鞏氏及家下人口，與張憲家屬，編發嶺南去訖。

話分兩頭。却說金國熙宗皇帝近日聽得南朝消息傳入燕都，說道岳飛父子於舊年十二月被秦檜誣以謀反，委的矯詔下大理寺，至二十九日勒死於獄中，其子岳雲及部將張憲皆被斬了。熙宗聞之，喜曰：「躰檜所謀，不負吾國也。」彼國諸酋聞知岳飛父子已死，無不酌酒稱賀，云：「和議自此堅矣。」忽兀朮亦上表云：「南朝所可畏者，惟岳飛一人而已，其餘不足慮也。請再遣人詣南朝講和，以躰中國之强弱。」熙宗允奏，仍下詔遣蕭毅復如中國議和。蕭毅領詔，離了燕地，逕到臨安。次早會朝，入見高宗，進上講和詔書。高宗覽罷，謂毅曰：「寡人有天下，而養不及親。道君皇帝龍升漠北，今無及矣。朕因和議，遣使馳奔驛道，殆無虚日。爾金國皇帝立信誓，明言歸我太后。朕不耻和，凡北國有所需求，弗吝與之。及此尚未見太后的實美音，爾金主果有何意？不然，朕跨江臨淮，躬御六龍，乘兩河忠義之鋭氣，罄東南屢年漕運之儲積，整甲戈，嚴士馬，誠不憚於用兵矣。」蕭毅聞高宗之語，心志遑遑，惟領命而已。次日，高宗降出聖旨，著命何鑄、曹勛往金國復命。何鑄披詔，遂入辭高宗而後行。高宗召至内殿，諭之曰：「朕北望庭闈，無淚可揮。卿見金主，當曰

〔一〕「鄂州」，原作「岳州」，據雙峰堂萬卷樓本改。

〔二〕「□」，原爲墨丁，三台館本作「財」，雙峰堂萬卷樓本作「田」。

慈親之在上國，一老人耳，在本國，則所繫甚重。以至誠說之，庶彼有感動。」鑄叩首領命而出，與曹勛、蕭毅一同離臨安，迤邐望北地進發。

及至金國，鑄朝見熙宗，首以太后爲請，後及復命之辭。金主曰：「先朝基業已如此矣，豈可輒改？何必固以歸太后爲請？」何鑄奏曰：「吾主以韋太后春秋既高，太上皇龍已遐升，是其欲盡安養之道，無由而致也。且吾主富有天下，而奉颜順意不及其親，每退思之暇，遙瞻北庭，春樹暮雲，晨寢荒涼，未嘗不汲汲於衷矣。譬如士民有切於奉養者，或因事而他出，或羈繫於異鄉，亦思馳省其親之面而盡一日之歡也。何況貴爲天子，錦衣玉食，崇瓊瑤華麗之高居，列中官内侍之使令，而經年不獲睹其親者乎？」曹勛亦再三懇請，曰：「陛下若以慈仁之心推及於人，使吾主得以近侍皇太后，非惟佩德不淺，抑且金國有所取用，無不允從矣。」蕭毅亦爲之請曰：「臣通使中國，宋帝再三致意，以陛下蒙允講和，深感盛德。每念太上皇及韋后久質在金，今既講和，須令還國，使梓宮得安於永陵，母子完聚乎内廷，此陛下推及仁愛之至。天下諸侯聞之，皆以陛下不拘人之母，所以廣其孝也；不留人之柩，所以昭其信也；爲質而復還，所以明其義也。三者盡，而聲名洋溢乎中國矣。」金主聞蕭毅、何鑄、曹勛之言，乃許之。謂何鑄曰：「既已講和事定，即將太上皇并鄭后、邢后三梓宮及韋太后車駕還國，汝可傳與宋帝知道。」何鑄曰：「臣之命，實懸於陛下一言之下。今回朝，就將陛下玉音傳知宋君。宋君必以陛下之言如綸如綍，金石不易也。倘復更變，是臣等不能以達上意，難免藁街之戮矣。」金主曰：「誓書已有許歸太后之語，如壁立萬仞，豈復有失信之意？汝可回奏知，勿多煩聒。」何鑄、曹勛即辭金主而回。金左丞相耶律德諫曰：「陛下雖當與宋講和，且未可將梓宮及太后還國。宋臣機謀百出，恐有更變，則陛下無復管束矣。」金主曰：「久縻皇后在金，使命往來不息，今既講和，而又不歸之太后，則諸侯聞知，皆以我爲無信義主也。况一言已出，豈可復追？」蕭毅曰：「太后留金將二十年矣，陛下今若放釋，宋君深感陛下之德，自無更變之理。」金主然其言，即遣左宣徽使劉筈，以袞、冕、圭冊帝爲大宋皇帝，歸徽宗皇帝、顯肅皇后鄭氏及懿節皇后邢氏三梓宮及韋太后車駕。劉筈領命而出。且聽下回分解。

和議成洪皓歸朝

却説何鑄、曹勛回至臨安，朝見高宗，曰：「臣領詔書通兩國講和之好，見金主，深達陛下至誠之意，金主允臣許歸太上皇梓宮及韋太后車駕。着臣先回奏知陛下，金主隨即遣大臣送到皇太后矣。」高宗聞奏大悦，曰：「若果金主肯歸吾皇太后及三梓宮，朕當永懷至德，所謂生死而骨肉者也。」何鑄、曹勛既退。

次日，金宣徽使劉筈齎金主所賜衮、冕、圭冊帝爲大宋皇帝，仍傳遞送韋太后還國。高宗受冊已畢，設宴款待劉筈，因問之曰：「金主許歸太后，約在何日？」劉筈起而對曰：「金主遣臣先傳與陛下，皇太后車駕與臣同日離燕地，不久亦至矣。」高宗聞筈所言，喜不自勝。宴罷，次日與廷臣議見太后當行何禮待之，何鑄曰：「金主既歸皇太后，陛下雖用出郭迎接，以示所重。」高宗然之。即準備鑾駕，率群臣出離臨安。行至臨平地界，使臣傳着韋太后車駕將近。帝聽的，遂出鑾駕迎候。衆百官齊齊擺列道邊。遥聞前面鼓樂諠譁，車聲轔轔，一行從人擁着皇太后車駕來到。衆百官拜迎路傍，高宗親入接見韋后，母子歡悦不自勝。高宗復登鑾駕，隨太后車駕，一同進入臨安。中外軍民百姓各排門迎接，無不踴躍歡呼，皆言：「皇太后復還，朝廷社稷之福也。」高宗迎入内殿，率衆百官朝賀罷。衆臣見太后因久留金國近二十年，北地風霜不常，而后鬢髮蒼白，各嗟呀不已。高宗再拜曰：「寡人以太后之故，屈耻求和，不吝中國所有，悉從之。今已見慈顔，是寡人之心志滿於此矣。」太后愀然不悦，既而泣下，曰：「王以吾車駕南還，遂言滿是心志，其如父兄之耻辱何？吾近在金國，時聞的本朝兵勢大振，四方從風，其成敗勝負之機實在於王。若今專憑講和，分天下爲南北，權各有歸，又不知久後孰爲君孰爲臣，使中原士民無所專主，禮樂征伐不統於一人。失先帝創立之洪基，忘不共戴天之讎恨，非英明剛斷之主哉。若今不即報復，却使金人養成鋭氣，鼓勇南來，則王又能安處一隅而滿其心志乎？」高宗聞后語默然，惟曰：「待寡人與群臣議之。」是日，因奉太后入居慈寧宮。時紹興十二年秋八月也。

后有智慮，初聞金人許還三梓宮，恐其反覆，呼役從者畢集，然後起攢宮。是時方暑月，金人憚行，太后慮有他變，乃詐稱有疾，須待秋涼進發。復問金主借貸黃金三千兩，以賞衆人。由是途中無虞，得還中國矣。

越三日，金行人傳到：「徽宗皇帝及鄭、邢二皇后三梓宮將到臨安，乞聖旨預行措置。」帝聞此消息，即下命中外宰執沿途迎接梓宮。喪至，帝更易緦服迎候，安奉三梓宮于龍虎別殿。仍命廷臣倣舊制，執喪哀臨三日。至冬十月，帝下詔葬徽宗及鄭后于永固陵，以邢后祔之。尋改陵曰「永裕」，在會稽。

高宗以和好成，復遣使臣沈昭遠、楊願二人詣金國謝恩，及請歸宋行人。交沈昭遠賀金主生辰，楊願賀正旦，賀禮俱用金茶器千兩、銀酒器萬兩、錦綺千匹。曹勛諫曰：「陛下遣使詣金謝恩，禮之本。然若以二使爲辭，必使外國諸侯聞之皆以我無制金人之策，惟將竭中國財物以奉承之，似太怯矣。止宜遣一使通命可也。」高宗不聽，竟遣二人而行。沈昭遠辭帝，逕赴金國，進上賀生辰及正旦禮物。金主大喜，謂衆臣曰：「我知宋帝不負吾國之恩，今遵誓書依期進來禮物，此不失其盟好也。寡人亦雖重報之。」耶律德奏曰：「陛下受賀禮，亦在酌宜處之。如踰禮接受，恐中國有譏吾主專意於財物也，非示威於外國計。可循契丹例，不用兩接其禮，遣還使人，照依常歲受賀。則諸侯聞之，皆以陛下重於德義，而無有不悅服者矣。」金主從其諫，即遣還使人，不受賀禮，仍以宋行人洪皓、張邵、朱弁還國。詔命已下，適兀朮自汴京渡淮北回，朝見金主。金主以其久勞師在外，甚撫慰之。兀朮奏曰：「臣自領兵南下，不能占寸土以歸陛下，甚致損折兵馬、耗費糧草，臣之罪不容掩矣。」金主曰：「勝敗兵家之常，非爾之不盡心，皆緣未得地利故也，何罪之有？」遂封兀朮爲太師，領三省事。兀朮謝恩畢，既聞詔已歸宋行人，復奏曰：「中國既成講和，息爭罷戰，休養軍士，誠亦善事也。主人既歸以梓宮、太后，德之至矣。復許歸宋行人一起，甚非其利。蓋聞洪皓等動有經天緯地之才，如縱之歸，是放虎入山，自遺其患，陛下宜早圖之。」金主嘆曰：「孤失計較矣。」時報宋行人已出了燕地，金主即下命遣七騎漏夜追之。騎兵亟追至淮西，皓等已在舟中矣。騎兵不及捉獲，自回金國，不在話下。

却說洪皓與沈昭遠等歸至京師（自建炎以來，奉使如金被拘囚者三十餘人，多已物故，惟皓等三人以和議成得歸），朝見高宗。沈昭遠復奏知金主不受禮物之意，高宗深服其論，召洪皓、朱弁、張邵入内殿見之。帝親慰皓曰：「朕以太后未歸之時，得卿遺書，着李微持歸，寡人甚喜，以爲太后在金二十年，未知寧否，雖遣使百輩，不如卿一書。今卿留金十五年而還，忠貫日月，志不忘君，雖漢之蘇武不能過是。」洪皓頓首奏曰：「臣在金國，頗知聲勢。金人所大畏服者，惟有岳飛，至不敢以名呼之，惟曰『岳爺爺』。及聞其死，諸酋皆酌酒相賀。陛下雖念先帝受無窮之辱，乘其未及禦備，早定大計，不可失也。」帝曰：「割地之約，已有盟誓。今太后車駕纔歸，即若變更，不足以取信於天下也。」皓曰：「拘小信而失大義，明智者不爲也。昔湯武之得天下，若拘小信，則桀、紂不當誅，天下終不能定也。陛下今以盟誓自拘，而忘切齒之讎，倘洪基爲金人所得，陛下竟爲南渡之偏安。臣等辛苦半生，亦無益矣。」朱弁亦曰：「陛下與金人講和，上返梓宮，次迎太后，此皆知時知機之明。然時運而往，或難固執。機動有變，宜鑑未兆。盟可守，而詭詐之心宜嘿以待之；兵可息，而消弭之術宜詳以講之。金人以黷武爲至德，以苟安爲太平，虐民而不恤民，廣地而不廣德，此皆天助中興之勢。

若時與幾，陛下既知於始，願圖厥終。」高宗見二人陳論剴切，甚稱善。皓等已退出，次日降下聖旨，以皓、弁所論下丞相府議之。秦檜見詔下，深惡皓等，曰：「老儒輩纔得歸國，便有許多話說。」即奏朱弁以初補官易宣教郎，直秘閣，除洪皓徽猷閣直學士，提舉萬壽觀。皓自知忤於秦檜，連疏求退，乞終養老母。帝曰：「朕得卿回，正將講論治道，豈可捨朕去耶？」不允其請。後被檜安置英州，徙袁州，卒。洪皓樂平人，少負奇節，有學强記，宋政和間舉進士。

斷云：按《綱目》直書「行人洪皓、張邵、朱弁還自金」，嘉不辱也。〔一〕高宗建炎初，遣洪皓等使金，至是凡十五年，書「還自金」，則其全節可知矣。

却說高宗以太后回鑾，和好既成，深加秦檜之功，進封檜爲秦、魏兩國公。詔下，檜自思封兩國是與蔡京職同，辭不受。然檜雖辭，而權柄不下矣。凡是朝廷政令，出其府中，誰敢或違之。時樞密使万俟卨因事入見秦檜，檜與之交論片時，因問卨曰：「岳飛臨死時，曾有何言？」卨曰：「曾道：『早信道月長老之言，不落風波之難。』」檜曰：「道月長老何如人？」卨曰：「居金山寺，乃通靈和尚也。」檜曰：「岳飛謀反，必是此人指教。」即差手下提轄官何立，齎信牌前去楊子江金山寺提取道月長老，解來問罪。何立領了批文，即日離了臨安，從楊子江逕往金山寺。到於山門之外，只聽得鐘聲隱隱，磬韻錚錚，正遇着道月長老升堂說法。何立纜下船隻，帶領一二人，走在衆僧群内侍立，「且聽說了佛法，然後捉他未遲」。只見那長老到於法座前，整頓袈裟，燃香問訊，皈依三寶已畢，合了掌，大道一聲問訊，遂上法座，盤足結跏而坐，瞑目少刻間，吟

〔一〕「嘉不辱」，原作「加不耻」，據四庫全書本《御批續資治通鑑綱目》卷十四改。

出一偈云：

吾年三十九，是非終日有。

不爲自己身，只爲多開口。

何立自東來，我向西邊走。

不是佛力大，幾乎落人手。

道月長老說偈畢，在法座上奄然而逝。衆僧齊合掌道：「師父已圓寂去了。」何立見長老坐化而死，吃了一驚，乃取出秦檜帖文與衆僧看，曰：「今蒙秦太師差牌，要拘長老，有事究問，不想已坐化而去。只恐其中有詐，使我如何回覆太師？」衆僧曰：「我師父已知太師差人來拘，故登座說偈而逝。此明白事耳，有何詐僞？」何立曰：「爾衆僧雖將長老尸骸燒化了，方可回覆。」有執事僧曰：「此亦不難。」即令架起柴棚，將長老法身擡上，舉火燒之。不移時，飛焰凌空，一聲震響，衆僧人近前視之，見道月長老化成幾根白骨。何立看見，只得與衆人回臨安去了。衆僧將道月長老骸骨翕於寺之後塔，不在話下。

陰司中岳飛顯靈

且說臨安城中有二達者，一名王能，一名李直。因見岳飛父子銜屈而死，家口遷徙嶺南，那兩耒子秦賊，位至三公師保，官居兩國公，一門享福，並無報應。王能心懷不平，嘆而謂李直曰：「天地之間，果有鬼神否？」直曰：「有。」能曰：「如何見得是有？」直曰：「壯士死於國事，精神强良，魂爽不散而爲豪傑之鬼；忠良死於冤枉，精神銜恨，魂爽不散而爲冤屈之鬼。爾不聞杜詩有云：『新鬼還冤舊鬼哭，天陰雨濕聲啾啾。』」王能聞其言，乃從而問之曰：「夜間有聲嘯於梁上者，執燈照之而不見，此乃謂之鬼乎？」直曰：「此不是鬼，鬼無聲也。」能又問曰：「夜間有形現於堂上者，疾往視之而不見，此謂之鬼乎？」直曰：「此不是鬼，鬼無形也。」能曰：「夜間有執物而觸人者，用力奪之而不見，此謂之鬼乎？」直曰：「此不是鬼，鬼無聲無形，安有氣而執物乎？」能曰：「鬼既無聲無氣無形，則是無鬼矣。」李直曰：「天地之間，有形而無聲者，玉石之類也。無聲而無形者，鬼神之類也。然鬼神之事，有常有反常。漠然而無形無聲，此乃鬼神之常也，而無妖孽矣。從人所爲，上違天命而不知怨，下逆人心而不知報，謀殺人命，死於無辜，啣冤吞恨，而無伸理。此人雖死，則其神精不散，魂爽猶存。於是鬼神反其常，有成於形，有憑於聲。應其所作，而興妖孽，以此鬼神實有之矣。汝不聞《左傳》有云：『匹夫匹婦强死，其魂魄猶能憑於人，以自淫厲。』如此之言，豈無鬼神乎？」王能曰[一]：「如今岳飛之死，秦賊之奸，天下共知。既有鬼神，爲何不加報於奸臣者乎？吾聞在城有伍員之廟，至有靈感。他曾諫吳王，被太宰嚭暗中害之，賜劍而死。此神之事，與岳飛相倣。神若有靈，必與岳飛父子雪怨。我今與爾齎一炷香，往其廟而告之。」李直曰：「可則可，只不可直言其事。常言『隔牆須有耳，門外豈無人』。賢友則當仔細，休落奸人手。」二人言畢，乃往廟中拈香，拜而祝之曰：

嗚呼。神若有知，則能禍人，亦能福人。神若正直，則不加禍於君子，而當加禍於小人可也。神乎神乎，有爲臣不忠，爲子不孝，入爲逆子，出於賊臣。天未降刑，尚欲偷生。神宜先懲，以表有靈。有專於禄位，而不知退，上弄國柄，下戮同類。天未降刑，尚欲偷生。神宜先懲，以表有靈。有賣權取福，交結朋族，一言不善，禍發如鏃。天未降刑，尚欲偷生。神宜先懲，以表有靈。令美之色，媚于君側，巧笑未足，已亡其國。天未降刑，尚欲偷生。神宜先懲，以表其靈。受托之勤，而蔽主人，矯傳宣命，陷害忠臣。天未降刑，尚欲偷生。神宜先懲，以表有靈。見冤不解，問禍樂成，含羞取貴，忍垢求榮。天未降刑，尚欲偷生。神宜先懲，以表有靈。神乎神乎，爾曾受枉，爾曾無伸。如何來之所陳，何不施禍於其身？若忠者必有厄，義者必有窮，爾見忠義而獲祐，遇奸佞而伸冤。非惟去其民患，抑亦有代於天工。神乎神乎，首依吾言而若是，須當上達於天聰。

王能、李直祝畢，不覺眼中迸血，衝冠咬牙，切恨而退。顯神伍員聽其所祝，心中大怒，而躰自家冤抑相同，即時駕起雲端，上表天庭，乞與岳飛父子伸理冤枉。常言：

〔一〕「王能曰」三字原無，據下文補。

人心生一心，天地悉皆知。

善惡若無報，乾坤必有私。

是時，岳飛、岳雲、張憲三個冤魂，在於幽冥之中，清清冷冷，襲襲冷冷，於黄泉之下，昏昏黑黑，切切淒淒。岳飛手挽着一條繩索，岳雲、張憲手提着己頭，叫屈聲冤，無從伸訴。其銀瓶小姐自撇了母親，投井而死，時來陰府，尋覓父子。四面無人，幽魂哽咽，只見空中淒風淅淅，苦雨霏霏。正在悲哭，忽見父兄三個。其父認得女兒，向前扯住問着：「爾如何獨自來到此地哭哭哀哀？」銀瓶認得是父親音容，而告之曰：「我與母親同到臨安，尋見父兄尸首，抛了母親，投井而死，欲來尋覓父兄，一處完聚。」飛謂銀瓶曰：「爾如何不在陽間侍奉母親，却捨了一命，來此尋我？」二人抱頭痛哭。那張憲英魂向前說道：「我等受如此屈死，何不去尋一條路哀告上帝，索取奸賊之命？」四人正論間，只見前面一陣黑雲來到，駕着一位天神，頭戴三叉紫金冠，身披銀鎧茜紅袍，手中撚丈八神鎗，腰間帶三尺寶劍，身騎白馬，駕着黑雲，駐于空中，高聲叫道：「岳招討，爾父子聽着：我乃吴國行人伍員，知爾等冤屈，我已敷奏天廷，今將秦檜絕其宗嗣，他夫婦不久亦死，交永墮地獄，受諸苦楚，無有出期。爾父子一門與張憲，且受世間王爵，血食萬年，護國庇民，遇功成行滿，佐正天真。爾今即便前去尋他索命。」言訖，隱而不見。岳飛四人拜謝神明，一齊前去尋此奸賊。

話說秦檜在相府回來，纔登德格天樓消遣片時。恰到樓上，便覺眼花撩亂，面前親見岳飛猶如活時，手挽繩索，走向前來，把秦檜頭髮揪住，傍有岳雲、張憲兩個，手持着頭，血淋淋的，把秦檜亂打，連聲叫着：「老賊，快還我四個人命。」後面轉過一女子，渾身是水，叫屈連聲，把秦賊往前只一推，從樓梯上直滾

正是：

莫道冤愆無報日，只爭來早與來遲。

到地下，未知性命如何。忽有使女因捧茶，正見太師死在地下，慌叫老夫人來到看了，諕得魂不護躰。與婢妾向前扶起，到寢室中，待一更時分醒來。夫人問其緣故，秦檜道：「我纔到樓上，只見岳飛先在樓上，將我揪住，隨後岳雲、張憲怒恨亂打，聲聲叫道：『還我命來。』忽後面轉過一女子，年近十二三，將我只一推，滾下樓梯來。今吾遍身骨肉疼痛，恰似刀割，如之奈何？」王夫人見說，心中戰慄，但曰：「丞相雖寬心休養，久當平復。」自此之後，秦檜精神不在，每日恍恍惚惚，似醉如痴，寢食俱廢。不拘晝夜裏，但合眼，便見岳飛三四人向前討命。有時如鐵索之聲，有時如刀鎗之響。一回叫「爹爹」，乃是女子之音；半晌喚「孩兒」，却似將軍之語。驚雞打狗，閉戶開門。或吹燈而滅燭，或點火而揚灰。或撤東而轉西，或挪南而移北。寂怕着更深夜靜，長愁是驟雨狂風。嚇得那秦檜睡處不敢息燈，行處不敢獨走。乃與其妻計較：「如此怎生是了？」夫人曰：「太師放心養病。嘗聞佛家有解冤釋結之門，薦拔升天之路。離城不遠有靈隱寺，乃吳浙第一名山，三寶皈依所在。我同相公預辦香燭齋供，往靈隱中供佛齋僧，修理法事，懺我夫妻所作罪業，拔他父子早登仙境，自能消其愆矣。」秦檜聞之大喜，曰：「若果有是處，僅仗佛力能消吾夫婦之尤，誠幸事也。」即分付何立安排車馬，明日早詣靈隱寺。何立領鈞旨，預整車馬伺候，不在話下。

秦檜遇風魔行者

却説秦檜與王氏一行侍從，逕往靈隱寺。將近山門，寺中僧官已先有人報知，領着衆僧，各執香出十里外迎接。秦檜與王氏隨路觀翫景致。怎見得好景，有詩爲證：

鷲嶺鬱岧嶢，龍宫隱寂寥。
樓觀滄海日，門對浙江潮。
桂子月中發，天香雲外飄。
捫蘿登塔遠，接竹引泉遥。

秦檜與王氏車馬已到寺門，出轎從東廊而入，見壁上俱是明賢騷客留題。檜甚好文墨，其詩從一讀過，看至後有一新題云：

縛虎何難縱虎難，無言終日倚闌干。
三人眼内銜冤泪，流入襟懷透膽寒。

秦檜看罷，忙然自失，慌問住持曰：「此詩何人所題？」住持曰：「近日本寺中新來一個風魔小行者寫來，實未識其主意。」秦檜暗想：頭一句是我夫人在東窗下寫出，再無他人知道。今觀此詩，甚實奇怪。乃謂住持曰：「爾可交此行者來見。」住持禀曰：「此人風顛不常，言語鄙野，丞相若召來見，恐有衝觸，則一寺僧行皆及罪矣。」檜曰：「既道風魔，吾豈深責之？速宜叫來。」住持不得已，逕進厨下，尋得行者，來到法堂前參見秦檜。檜問曰：「東廊下從末一題，是爾記寫得來？或是自作？明言之，吾重賞汝。」行者曰：「這詩是爾做來，却是我寫來。」檜與王氏聽了，心下悚焉。又問曰：「既是爾寫來，緣何將『膽』字恁〔一〕的放大寫？」行者咲曰：「我『膽』字大，又不如你膽更大，上不怕天，下不怕地。」夫人王氏見行者言語誑遁，謂檜曰：「此人張狂風勢，丞相何必泥問之。」檜默然，惟點頭而已。頃間，衆僧請丞相行香。檜遂與王氏行到殿上，參拜諸佛。但聞香風靄靄，鐘鼓鏗鎗，行禮畢，復轉到方丈。茶湯已罷，遂進上齋供。衆僧拜跪階前，請丞相、夫人入後堂受齋。檜已進於後堂，坐立不安，心下只猶豫行者言語，仍令人喚過行者。衆僧俱進前稟曰：「適間風行者見太師于法堂，胡言亂語，不識忌諱，望太師寬恕，不必再召他。」檜曰：「只引的來，吾自有事問之。」衆僧不敢再告，復來尋，見行者正在厨下，向竈燒火。住持責之曰：「纔間秦太師敬來寺中脩設齋醮，見爾風顛亂語，要問汝之罪。今又着來喚汝，亟前去伏謝，不得再有狂言。」行者惟呵呵含笑不已，手挾着火筒，逕走到太師面前跪倒。檜令何立以齋賞之。何立領命，將過兩箇大齋，賜與行者。行者接過手來，將兩箇饅頭用手劈開，把裏面餡都傾在地。檜怒，責之曰：「吾之所賜，行者何得將餡都傾了？」行者曰：「我傾餡，趕不上爾傾餡。」言其傾陷岳飛父子也。檜曰：「壞却一箇則可，何得兩箇都壞了？」行者曰：「我壞兩箇，更强似爾壞了三四箇。」秦檜聽了，愈加不悅。夫人王氏問之曰：「爾風魔証候，從長而得，或幼少沾受？」行者曰：「夫人問我如何？」王氏曰：「若是從長染此証候，則可調理。吾令丞相請人爲爾醫治。」

〔一〕「恁」，原作「任」，據雙峰堂萬卷樓本改。

行者曰：「不瞞夫人說，小行者此証候，實長大因在東窗下傷涼得來。」傷涼，實與「商量」二字同音。王氏驚懼莫對。檜曰：「若果如是，吾即召人醫汝。」行者曰：「我這病如今醫不得了。」檜曰：「既非幼少沾疾，如何醫不得？」行者曰：「今來無了藥與「岳」字同音，家無了附子與「父子」同音，如何解得此病？」附子，治風之要藥，取意，言無了岳家父子，是難醫也。夫人王氏曰：「丞相不須再三問此風狂人，任從其去矣。」秦檜曰：「雖是顛魔言語，其實寓有譏諷深意。某心下如何不詳問之？」檜疑貳莫決。又謂行者曰：「爾有法名否？」行者曰：「小人法名守一。」檜曰：「爾委的自能詩，或人教爾寫得來？」行者曰：「我因風得了胡言胡語，纔能佐出來。」初，秦檜得胡人言語，着他害岳飛。檜曰：「既是爾能吟詩，指我爲題，當面前做得一篇，即與披剃爲僧，給與度牒。」行者合掌拜謝，將火筒於地上吹開，畫出詩來：

久聞大德至公勤，佔奪朝中第一勳。
都總忠良扶聖主，堂宣功業庇生民。

行者寫了四句，下韻不湊。檜曰：「爾既能題詩，如何不做全篇？」行者云：「若見詩與「施」字同音全，爾之死期近矣。」左右叱之曰：「丞相根前休得亂道。」檜曰：「我不怪汝，即宜湊起下韻。」行者又將火筒於地畫寫云：

有謀解使諸方用，閉智能令四海遵。
賢相一心調國政，路行人道感皇恩。

秦檜看詩罷，交何立在會司部給與度牒，着他剃頭爲僧。行者道：「我不去，我不去。你殺了人，却着我去剃與「替」同音頭。」檜倚住倚屏，半晌間心下躊躕。瞧見行者將火筒在手中戰戰兢兢執之，因問曰：「爾手所執火筒，原何不放于厨下？」行者道：「此火筒有些歹處，雖戰戰兢兢執之，亦不敢放下。」檜曰：「只是一節竹，有何歹處？直說將來我聽。」行者曰：「有人吹着他，便送得一火鬼灰飛煙滅。是語猶言將着岳飛全家遷徙嶺南如灰飛煙滅也。雖是一節竹，他兩頭相通，若不是我拏住他阿，少時引得狼煙來，壞了人家舍「社」同音積「稷」同音。」王氏因見行者言語有在，亦自驚疑，阻檜曰：「丞相只顧問此風魔之人，得何因由？觀其言語題詩，都寓着藏頭繼意，又省不得，問之重交惑亂心曲也。」行者曰：「詩「事」字同音既省不得，只怕不是順理做的。爾看那横行麼？」秦檜聞其說，將其詩横看，乃寓八字：久佔都堂，有閉賢路。檜大怒，曰：「吾乃朝中宰相，誰不懼仰？爾這小秃，敢如是無禮。」即令左右推出堦前杖之。左右領令，將行者纔待拏下，行者扯住案脚，大叫曰：「我觸犯丞相，只是無禮，不曾殺了大臣，如何便要杖我？」左右只管亂拖將去。夫人王氏勸之曰：「他本是風顛之人，太師何必深怒之？丞相可以寬容。」檜從其勸，遂交放了。夫人曰：「令此風行者去西廊下吃飯，休使再在丞相面前亂語。」衆僧人恐懼，一齊向前，把行者推向西廊下。行者連叫：「慢推着，夫人令我去西廊下吃飯，他却要往東窗下飼「事」字音同飯「犯」字音同。」言罷，一直走往西廊下去了。秦檜與夫人心下怏怏，自相謂曰：「好怪哉，我此一來，本待設齋供佛，懺解罪尤，不想遇着這風行者，說出我平昔所爲，不由我心中不展轉也。」夫人曰：「如今佛事完成，丞相雖回府，又作計較。」檜即分付何立，備奉僧人經錢，整車轎回府。何立領諾措置去了。寺中僧行各拜謝送出山門外。秦檜歸至臨安後，其病稍愈。每陞堂，日晏乃出，百官伺候起居，必待檜有命然後敢退。時岳州賫到公文，檜聞說「岳」字，即懷畏懼，因奏將「岳州」改作「純州」。

話分兩頭。昔者大理寺丞周三畏，因屈問於岳飛，乃棄職歸山。自知秦檜後必根究捕獲，嘗密遣人於臨安躲探消息。近日，人報秦檜於靈隱寺修禮佛事，言欲懺釋罪愆。周三畏聞之，嘆曰：「天作孽猶可違，自作孽不可活。秦賊之謂也。懺悔其能免耶？」即與一二童僕，欲爲遠遁之計。行次鄂州，坐息郵亭中，于壁上題詩一首云：

自古高官必有危，全忠全孝豈全局。

武昌門外千株柳，只見楊花不見飛。

周三畏題罷即行，入於丹霞山之絶頂，修煉自養。人罕見之，後不知所終。

却説金主自講和以後，日與大臣議論國政。忽報廢齊王劉豫死，金主曰：「劉豫初事朕，即封爲齊王，以爲南朝藩鎮，那時朕甚愛重之。及因敗折本國人馬，不能承朕志，罷黜之，數年間寥寥，無能爲矣。今聞其死，寡人不覺傷感。」左丞相耶律德奏曰：「陛下懷及遠人，德之至矣。以是推於天下，何所不服哉。」金主曰：「中國使臣王倫見留本國未遣，寡人欲封爲平滦二路都轉運使〔一〕，爾衆臣以爲可乎？」耶律德曰：「只恐其人重義，不肯就職。」金主曰：「朕以劉豫禮待之，彼必肯從。」即下詔往河間召王倫入見。金主以其至，謂之曰：「寡人甚愛行人文學，今將封爾平滦二路都轉運使，宜即就職。」倫奏曰：「臣奉命而來，非降也。今以是職授臣，何所謂哉？」金主曰：「行人若肯委心歸順，就領是職，久後當重用爾。不然，難以歸中國矣。」倫曰：「臣未離京師時，已將此頸付於度外，今因不受他國封爵見殺，名亦正也，復何恨焉？」金主怒曰：「爾道我國無利刃乎？」倫曰：「刃雖利，非殺行人者耶。」金主益怒，命武臣將帛勒之於堦下。倫知難免禍，遂冠帶南向再拜，慟哭曰：「先臣文正公以直道輔兩朝，天下所知。今臣將命被留于金，金主欲污以僞職，臣

〔一〕「平滦二路都轉運使」，原作「平滦一路都轉運使」，據雙峰堂萬卷樓本改。按，金欲以王倫爲平滦二路都轉運使，參見《續文獻通考》卷六十三。

敢愛一死以辱君命哉。」武臣令左右用刑，一時間將王倫縊死於堦下。金主命曳出之，後葬於燕山。於是金都地震〔一〕雨雹三〔二〕日。《通鑑》：「河間地震，雨雹三日。」聞者哀之。河間消息傳入京師，高宗聞的金主殺了行人王倫，大怒，欲起傾國之兵與金主決一雌雄。樞密使万俟卨奏曰：「陛下勿以小忿而損國計。朝廷以初議和，軍士終得休息。今因殺行人之故，又復勞動士馬，未見其利也。縱金主失盟，陛下正在守德以待，候府庫財充，糧料贍足，乘久養之銳氣，干戈一臨，醜虜可滅矣。」高宗怒未息。忽報提舉太平觀劉子羽卒，前中丞何鑄亦奏曰：「邊廷將士日已喪亡，陛下且寬征伐，以待天命也。」高宗允奏，遂寢其事。

子羽，字彥脩，崇安人。韐之長子。天性孝友，慷慨，自許每有損身狥國之願。當事之難，衆人惶撓失措，子羽色逾厲，氣逾勁。每事立斷，凛不可犯。尤長於兵，料敵決機，殆無遺算，得將士心，皆願爲盡死。其爲政，發姦擿伏，若神所治，不畏强禦。輕財重義，緩急叩門，無愛于力，振人乏絕，傾貲倒廩，闢家塾，延名士，以教鄉之秀子弟。吏部郎朱松疾病，以家事托，子羽築室居之舍旁，教其子熹與己子，均卒以道義成立。平生再貶徙，處之怡然，不以介意。而其許國之誠，則至于沒而不懈也。

〔一〕「地震」，原漫漶不清，此據雙峰堂萬卷樓本。
〔二〕「三」，原作「二」，據雙峰堂萬卷樓本改。

弑熙宗颜亮弄權

冬十二月，有星孛于西南，高宗下詔求言。時張浚被貶連州，聞帝有求言之詔，欲上疏論時事，以母太夫人許氏年高，恐言之必被禍，累及其親，惟怏怏悵然而已。每臨席坐，必出奮怒之聲。其母問之曰：「有何激切而若是哉？」浚具言告母曰：「兒因星變諫上，已被謫黜。今聖上有詔求言，吾將具疏陳論時事，恐累及吾親而不敢言之故也。」許氏笑曰：「吾兒所慮，有愧先人多矣。昔爾父在紹聖初，舉制科策有曰：『臣寧言而死于斧鉞，不忍不言而負陛下。』至今，此策使人讀之，見其忠義凛然。爾食朝廷俸禄，欲言時事以遂乎志，被一婦人所掣，非大丈夫也。」浚聞母言，意遂決。即上疏言：「當今事勢，如養大疽於頭目心間，不決不止。遲則禍大而難決，疾則禍輕而易治。惟陛下謀之於心，謹察情僞，使在我有不可犯之勢，庶幾社稷安全。不然，後將噬臍。異時以國與敵者，反歸罪正議。此臣所以食不下咽，而一夕不能安也。」高宗覽疏，以示於秦檜。檜奏曰：「天下已太平矣。張浚所陳，意欲陛下復用兵，以毒下民也。乞再貶之，以爲懲戒。」高宗曰：「疏章所論，其亦時政之大綱，不允則已，何必仍謫之哉。」遂不聽。檜語塞而退。次日，不由上知，降出矯詔，貶張浚于郴州。群臣莫敢言者。

清遠軍節度副使趙鼎聞知浚上疏復被貶，乃嘆曰：「吾與浚同列于朝，政事相親，猶如兄弟。今吾二人因忤於秦檜，兩遭謫出。今浚拳拳忠於朝廷，連被遠放，吾且病羸，其能久任乎？」鼎因感慨深切，得疾愈重，自知不能起，先書墓中石，記其住居鄉里及朝廷除拜歲月，且題銘旌云：「身騎箕尾歸天上，氣作山河壯本朝。」遺言囑其子汾曰：「秦檜必欲殺我，我死汝曹無患。不然，禍及一家矣。但我死後，乞請骸骨歸葬。」遂不食而死，年五十九歲。時十七年冬十月也。

鼎爲相，專以固國本爲先，以爲本固而後敵可圖，讎可復。惜其見忌于檜，齎志以沒。然中興賢相，則鼎爲首稱焉。死之日，天下聞而悲之。

高宗聞趙鼎卒於清遠軍，傷悼不已，因謂廷臣曰：「鼎忠貞事朕，雖唐之魏徵亦不過是。初曾決策北伐，中外諸臣不及者遠矣。值國事倥偬之日，而遂物故，朕實重感之也。」簽書樞密院事樓炤奏曰：「鼎之雄才，舉國莫及。爲不附和議，貶卒於外。然其忠心貫於日月，誠不愧古之賢相也，致使陛下稱羨不已。臣等亦當退思補過，以慰陛下之萬一。」高宗大悅，即下詔以趙鼎靈柩歸葬。樓炤復奏曰：「此鼎之初志耳，陛下若成之，則鼎九原感戴也。」詔下清遠軍，當道官司優具喪儀，將趙鼎靈柩歸鄉里以葬，不在話下。

却說金國司天臺官律耶禮奏知熙宗：「臣昨觀天象，見南北二顆星，一主將位，一主相職，其大如斗，從天上墜下，流光四散。應南朝本國損一將相，又且近北帝星不明，更防本國有賊臣竊盜神器之禍。」熙宗聞奏，正猶豫間，忽邊廷有文書來到，「中國前左丞相趙鼎已卒」。熙宗聞報嗟呀，自謂：「臺官所奏不差，實未知吾國所喪者是誰。」未數日，又報金太師領三省事兀朮卒。衆臣皆驚，熙宗涕然淚下，曰：「兀朮既死，吾國勢孤矣。」

金自粘沒喝死，撻懶、蒲蘆虎等皆有自爲之意，斡本獨立不能如之何。使無兀朮，則金國日就衰弱矣。故其國論功，以爲粘沒喝後，惟兀朮一人而已。

兀朮既卒，熙宗與衆臣商議：「誰可復居重任總理國事？」衆臣皆以「完顏亮太祖之孫，是人名望素重，陛下若委任之，可保金國無事也」。熙宗曰：「卿言正合孤意。」副左丞宗賢諫曰：「完顏亮爲人標急，性忌殘忍，非國之瑚璉也。陛下宜再擇有德者任之。若用完顏亮，必起蕭牆之禍矣。」史稱宗賢之明。熙宗不從其諫，即封完顏亮爲平章政事，進爲右丞相。亮既得政，諂譽金主，引用有勢望子孫，漸黜退其違己者。熙宗大悦，復陞完顏亮爲太保，領三省事，職與兀朮同矣。完顏亮寵遇日隆，立朝益無忌憚。衆百官緘口，莫有敢言之者。自是熙宗退朝，日與完顏亮宴於後池，極其歡樂，必完顏亮醉，方許退出。亮離後池，嘗值日晡之際。完顏亮或醉不能舉動，熙宗則命宮妃扶掖而出。因是完顏亮遂有篡逆之意，只是未得機會也。國之政事，委於裴蒲皇后聽理。熙宗坐朝日少，惟思飲酒縱樂。朝官以裴蒲后理政，往往因之以取宰相。

金皇統九年五月，熙宗與衆臣議曰：「寡人欲繼嗣備承大統，爾衆臣以爲可否？」宗賢諫曰：「國既有嗣，東宮德譽日聞，足可以代天位。陛下如再立之，適以起其爭端也，非善後計哉。」熙宗曰：「上國有四五王者，亦使鎮領封疆，各守其位。遇有一登大寶，則衆心自服矣，何爭之有？」耶律德復諫曰：「昔者封王爵各酋一方，非立繼嗣之謂，實使居藩鎮以輔翼王室也。今陛下若復立一東君，則權柄不一，必有後患矣。」熙宗見衆臣諫之意切，遂退入後宮，與裴蒲后商議。后曰：「此事出陛下意。據臣妾論之，極悖理也。」熙宗心不能平。

過數日，后每以言激之。熙宗怒，嘗欲殺后，恐衆臣議論，故銜心下。朔日，熙宗臨朝罷，退入後宮。宮妃奉進宴席，熙宗縱酒自遣。適裴蒲后朝見，勸熙宗飲，酒至半酣，后曰：「陛下屢日縱飲，中外皆以太保完顏亮將起叛逆意，陛下雖謹慎之。」熙宗曰：「完顏亮是寡人親信之臣，豈有是事？爾休聽衆臣所言。」后曰：「大詐似忠。正是諂譽陛下，得近侍左右，而起謀意也。」熙宗默然，后亦不敢再諫。金主將就寢，忽大風驟雨，雷電震壞寢殿。見鴟尾有火，飛入金主寢內，霎時間四處通紅，將熙宗龍床幃幔皆燒着。宮人大驚，忙扶熙宗趨出別殿避之。熙宗被酒未醒，宮中烈焰迸天。裴蒲后恐奸人乘勢作亂，不開宮中門鑰，惟令衆侍官即時救滅其火。近三更，火勢方滅，止是燒了後宮寢殿。次日又大風壞民居官舍五十所，瓦木人畜皆飄颺十數里，死傷者數百人。熙宗以天變特異，肆赦重罪，因問廷臣曰：「天變若是，誰使爲之？」副丞宗賢奏曰：「完颜亮專權自恃，横行中外。又日前臺官奏，北邊帝星失明。今颜亮每有不軌之謀，故天示大變以警陛下也。」熙宗不悦，即放颜亮於雲中，以修天譴，不題。

却説完颜亮被奪去官職，放逐出雲中，怏怏不已，自曰：「他日若得大位，當以宗賢骨爲泥粉，方雪吾恨也。」因與心腹人堇孛太濟番漢人也、完黑豹亮之族弟議曰：「吾以得大位在掌握中，誰知已被放出。是謀之不成，反得其禍也。」堇孛太濟曰：「金主荒淫，縱酒無度，不久必取於公也。」亮曰：「汝焉知後當復取？」堇孛太濟曰：「金主之側，皆公昔日所引用之人。彼深感公德，豈肯忘之而致公於度外不報哉？吾是以知公必復取也。」亮未信，密地遣人于金國躲探消息。越兩月，人報曰：「金主日前因縱飲宫中，裴蒲皇后言激其怒，被金主以手刃殺之，復立胙王妃撒卯納于宫中。每要取用太保，衆臣力阻之，未果。又殺其左司郎中三合，即今要取太保代其職矣。」亮聞之大喜，曰：「若果如是，足遂吾志也。」言未畢，忽使臣賫金主詔命來雲中，復召完颜亮爲平章政事。亮得詔，望北謝恩畢，着使臣先回，與堇孛太濟議曰：「事不宜遲，遲則有變。稱此機會，大位可圖也。」堇孛太濟曰：「公可隨詔入朝，吾以精壯士傍立，遇金主迎候公，即刺殺之。復交完黑豹部領軍馬一萬，埋伏城外，候内有動静，乘勢殺入。金主近臣皆公之故舊，必無不從者矣。」亮大悦：「此計甚妙。」即日準備停當。

次日，離雲中，徑詣燕京，入見金主。金主聽的完颜亮來到，親出御堦前迎候。亮先入，堇孛太濟與侍從壯士一湧而進，中官阻當之，曰：「禁闕中豈許諸人亂入？」堇孛太濟叱曰：「金主有召，誰交爾阻攔？」完颜亮近金主前，掣出短刀，金主見勢不利，大叫曰：「完平章果有謀意，吾未信，今日做將來也。」即叫：

「文武何在？」言未畢，完顏亮一刀刺透咽喉，熙宗血噴而倒。武臣劉嘉遠撞出，曰：「謀君賊休走。」舉銅鎚望完顏亮打來，顏亮躲過。堇孛太濟喝曰：「匹夫敢無禮也。」一戟刺中嘉遠胸膛而死。中外鬧動，欲來救護。完黑豹一彪人馬從城外殺入，金主前後侍臣盡完顏亮所薦，皆不動手，誰敢再出放對者？亮即下令曰：「金主荒淫無度，縱酒殺了裴蒲皇后及忠貞之臣左司郎中三合。今吾殺之，復立賢君以安金國。敢有異議者，以劉嘉遠爲例。」衆臣緘口，中外恐懼，只得聽允也。亮即以撒真太后臨朝，自於外殿聽政。封堇孛太濟爲左丞相，完黑豹爲金吾大將軍，以宗室蕭裕爲尚書左丞，蕭玉爲禮部尚書。其金主近侍親臣，各就原職。搜羅致讎臣僚殺之。惟宗賢、耶律德知機，預先備下走路，及完顏亮入燕都，宗賢與耶律德逃往中國，隱匿江湖不出，竟能免於禍矣。時完顏亮誅其親屬，復殺太宗子孫七十餘人、粘沒喝子孫三十餘人、諸宗室五十餘人。太宗、粘沒喝後皆絶矣。

瓊山丘氏曰：嗚呼。孰謂天道無知哉？吳乞買執宋徽、欽二帝而辱之，而害及其戚屬。當時之臣，爲之致力者，粘沒喝即粘罕也。夫中華之主，奉天子民，乃天之子也。以裔夷之賊而凌天子之尊，是不知有天矣，天豈容之乎？宋人力微，不能報之，天乃假手於其子孫，俾自殺其子孫，以代宋人報讎焉。自歲丁未至此，僅二十有四年，欽宗猶及見之。出乎爾反乎爾，其受禍之慘，蓋亦相當矣。嗚呼。天道果無知哉。後之夷狄，恃其强力，以爲中國害者，亦可以鑒已。

東陽市施全死義

却說邊廷消息飛報入中國，近臣奏知，高宗聞之大喜，曰：「金主已被弒，朕無憂矣。」衆臣請曰：「乘其國中無主，起兵伐之，可以報先帝恥也。」秦檜諫曰：「金主雖亡，必完顔亮理政。其臣僚俱是親信，皆傾心竭力，以扶新主亮也。且兼北方士馬精强，屢年豐熟，廪有陳積，陛下不可倉卒伐之。」高宗允檜議。自以金國兀朮、熙宗已亡，無敢有犯南朝者，每日幸秦檜第宅取樂，賜檜銀萬兩、絲絹萬匹、錢萬緡、綵色千匹及出入車駕。加封檜妻王氏兩國夫人，子秦熺學士承旨，熺妻郡夫人，孫秦塤、秦堪、秦坦並除直秘閣，賜三品服。自是秦檜恩遇日加，横行朝廷，再無忌憚矣。出入城中，百姓望見，一許之地，即要躲匿。若遲了手脚，即將眼睛去之。人畏懼其來，猶如猛虎也。

有後軍施全，見其威勢獨壓，心懷不平。自念岳太尉父子功勳甚著，亦遭屈陷死，全家遷徙嶺南。若使蒼天有眼，肯容此之極惡哉？昔春秋時趙襄子殺智伯，漆其頭以爲飲器。智伯之臣豫讓欲爲之報仇，乃詐爲刑人，挾短刃入襄子宮中塗厠，待襄子來而行刺。襄子至厠心動，令人四下搜捉，乃得豫讓。左右欲殺之，襄子曰：「智伯死無後，而此人欲爲報讎，真忠義士也，吾謹避之耳。」因放豫讓。讓又漆身爲癩，吞炭爲啞，使人不及識也。後伏於橋下俟殺襄子。襄子將過橋，其馬先驚，因令左右搜尋，復得豫讓，襄子斯殺之矣。且豫讓爲人臣，而爲君報讎，誠大義也。吾與岳侯，本非同僚親族，只想着高宗南渡，汴京失守，若非岳侯父子，豈有今日？所恨被奸臣秦檜伺其成功之日，連發十三道金字牌召回軍馬，又構陷張憲，連詞害死於獄中。以此等冤屈，使我衷腸如何不激烈哉？來日往臨安城中，伺着秦賊出入朝時，盡我氣力戮之，少快平生志也。施全次日早進于城中僻處等候。不移時，五花頭搭已過，導聲秦檜趨朝。施全遙望見秦檜未曾乘馬，止坐一小轎，轎之三面皆用布板遮閉，前後盡是氈簾圍遶，手下隨從者不計其數。施全自忖：「此賊原來亦知防人暗算，先自如此謹慎。吾主意至此，若殺得此賊，一以爲蒼生除害，二以報岳侯冤極。事不成，亦做着奇男子也。」言罷，秦檜擡轎近前，施全拔出利刃，望轎幔直刺進去。不想轎氈厚密，緣何及得檜身，被侍從提轄官一齊將施全捉住，解往秦府來。秦檜令押過施全，問其姓名。施全並無懼色，曰：「吾乃東平人氏，姓施名全，官授後軍之職。」檜曰：「誰交爾來行刺？說出那人，我便饒汝。」施全厲聲叱曰：「汝乃罔君敗國之賊，天下誰不欲殺之，豈獨我乎？」檜怒曰：「必有人唆令他來，不打不認。」交獄卒痛打。施全大叫曰：「我想起岳家父子與天下之人皆欲勦滅虜寇，以報國讎，獨有爾暗通金國，專主講和，却乃謀殺岳家父子，以快金人之憤，致使中原不可再復，虜賊任是猖獗。只今普天之下，莫不欲生啖爾肉，爲岳侯報讎也。今事不成，有死而已，老賊何固問我是誰交來乎？」秦檜聽了莫對，惟交拿送大理寺獄，取招罪，押赴雲陽市斬之。

後人有贊施全仗義云：

烈烈轟轟士，求仁竟弗難。
春秋稱豫讓，宋代有施全。
怒氣江河汰，忠言星斗寒。
東陽甘就戮，千載史班班。

自此，秦檜出入每用五十餘人，長刀短劍，前後隨行。檜退入燕居，悶悶不悅，王氏問之：「丞相幾日嘗有憂色，其實何故？」檜曰：「日前因趨朝，半道偶被一小軍官將行刺於我，爲提轄官所捉，押歸府中，躰問其名目，乃具東平人施全。吾以重刑拷勘，問其是誰唆令，甚被其赫厲一頓，竟令押赴大理寺獄取招，斬于雲陽市中。自斬施全後，自覺神思疲倦，舊疾復作，竟不知所以也。」王氏曰：「昔與丞相往靈隱寺修齋，曾交風行者題詩，未得全韻，及丞相責令湊之，風行者道：『若要詩全，不利於丞相矣。』今此人名爲施全，莫非風行者唆指來謀丞相？」秦檜聽罷猛省，曰：「夫人言者是也。」即喚何立近前，謂之曰：「爾可帶領提轄官數人，前往靈隱寺捕獲風行者，不可失誤。若恁前如道月長老事，二罪俱發。」何立領了鈞旨，與提轄官逕到靈隱寺來。尋見風行者，何立一把手捉住，曰：「秦丞相令來拏爾，即宜赴行。」風行者笑曰：「何恁性急，只吾一人，身不滿四尺，手無縛雞力，豈能走脱此寺乎？日前小人因言語觸犯丞相，自知罪過，正待沐浴更衣，敬詣秦府中叩首請死，何用固執之。爾衆人且放手立于居舍外，待我入僧房中更了衣服，即同爾赴府中見丞相，決不連累汝也。」何立等曰：「此言亦是。終不然爾會騰空而去哉。」即放了行者進入房中。何立與一起提轄官圍住舍外等待行者，過了一個時辰，尚未出來。何立疑惑，與衆人搶入房中，不見了風行者。四下搜尋，並無下落。只近床邊桌几上有一小匣，封記上寫云：「匣中之物付秦檜收拆。」何立不免將此小匣與衆提轄官回報太師。太師拆開封，匣内有小帖子，題詩一首云：

脱下袈裟起了參，懶於塵世守山庵。
三時齋飯無心戀，百歲功名沒意干。
性若白雲穿冷袖，心如皓月浸寒潭。
太師問我家何處，只在東南第一山。

秦檜看詩罷，大怒，謂何立曰：「日前拏道月長老，既已賣縱，今又放走風行者，却將此匣來搪塞於我。

爾今即往東南第一山，捉還風行者，饒爾罪過。若捉不來，本身處斬，全家發配嶺南。」何立聽罷，驚遑無措，連聲應諾，領鈞旨出。歸宅中，與妻子議曰：「我之一命懸於風行者矣。丞相發怒，責吾放走此人，今復令往東南第一山尋討。我想着東南第一山實神仙居止所在，世人如何到的？且風行者，日前在靈隱寺中見他，其人言語不常，非塵俗僧行，終是莫得。今無奈只得領旨前去根究，若空回來，則我一家不免受禍。莫如乘此機而走，庶救一家之遷徙也。」妻子皆號泣而別。次日，何立於相府取天下地理圖視之，東南第一山在盱眙軍，〔一〕城東有山名曰「第一山」。怎見得，米元章有詩云〔二〕：

莫論衡霍撞星斗，且是東南第一山。

何立視地理圖畢，省得路程，遥望盱眙軍城而去，不在話下。後聞秦檜死，復還。

〔一〕「盱眙」，原缺「盱」字。

〔二〕「米元章」，原作「宋元章」。

棲霞嶺詔立墳祠

却說秦檜自差何立往東南第一山捉捕風行者後，心懷疑懼，白晝間嘗聞凄慘冤抑之聲，因是病染漸深，日重一日，不能復起視事。時百官有所指揮，亦雖禀過然後施行。高宗聞其病体轉加，親幸其第候問之曰：「朕以卿屢日未造朝，知卿染疾莫起，卿之後事欲何，雖當朕面陳之。」檜扶病倚於床屏，無一語囑後事，惟涕泣而已。久之，乃曰：「願陛下益堅鄰國之懽盟，謹國是之搖動，他無所請也。」高宗曰：「此事實寡人盟誓，卿不必過慮，但自善保其体矣。」其子秦熺伏拜於御前，曰：「臣父若有不幸，望陛下念父之辛勤，以位襲於臣也。」高宗曰：「爾之父居丞相職，尚有不足於衆臣。卿今或襲其位，必不能久安。寡人自有處之。」熺見高宗弗允其請，大懼而退。

帝駕已出，檜命執政官各具其經由事呈報。檜能書押者，照在府時依例發遣之。惟一德格天樓西壁上，寫張浚〔一〕、趙鼎子汾、李光、胡寅、胡銓五人名字，必欲殺之，示不忘也。及檜病危不能書押，而得不死矣。是夕，秦檜死。臨死時，口中噴出舌頭上肉，掙挫呼救命之聲，不勝哀苦。童奴皆遠遠避之。頃間，嘔血數升而絕。未數日，其妻王氏偶在庭前，見秦檜身荷巨校如重囚，悲哀求救，後有數十鬼形者，各執刀斧逐之。

〔一〕「張浚」，原作「張俊」，據雙峰堂萬卷樓本改。

王氏凝目觀視，見秦檜返顧謂曰：「東窗事犯矣。」言罷，鬼類重打之而去。王氏驚昏在地，衆婢妾見，忙扶入房中，氣絶身死。後人有七言八句斥秦檜云：

宋祖明良值太平，高宗南渡起胡塵。
奸臣進幸專和議，志士沉埋失用兵。
排逐忠貞居别墅，暗通讎虜秏朝廷。
臨危期有天垂報，咬舌誰憐痛楚聲。

秦檜既死，次日，事聞於朝。高宗隨即下詔，黜其子秦熺罷職閑住，其親黨曹泳等三十二人皆革去官職，全家遷發嶺南去訖。此小説如此載之，非史書之正節也。

評曰：觀秦檜秉尚書之重權，朝廷政事皆由己出，孰敢阻之？及其死，即奪去官爵，不賜祭葬，竄其親黨於嶺南。可見檜在日，威震人主也。

高宗仍下詔取還岳侯、張憲家屬，命有司塋造岳王墳墓，創立祠宇以享之，官其子孫十二人。

理宗朝封贈王之六代：

武勝定國軍節度使、湖北京西路宣撫使、節制河北諸路招討使兼營田大使、神武後軍都統制、太師、開府儀同三司、武昌郡開國公，謚忠武，追封鄂王岳飛，配享太祖廟。

王曾祖考岳成贈太師魏國公，曾祖妣楊氏贈慶國夫人。

王考岳和贈太師隋國公，妣姚氏周國夫人。

王妻李氏贈秦國夫人。

王長子岳雲封左大夫、忠州防禦使、武康軍節度使，冢婦妻鞏氏封恭人。

次子岳雷封忠訓郎、閤門祇侯。

第三子岳霖贈朝廷大夫、敷文閣待制。

第四子岳震贈朝奉大夫、提舉江南東路常平事。

第五子岳霆贈修武郎、閤門祇候。

王孫岳雲長子岳甫、次子岳申並封承信郎。

岳雷長子岳經、次子岳緯、第三子岳綱、第四子岳紀亦各封承信郎。

岳霖長子岳琮、次子岳琛咸授承信郎，第三子岳珂封朝請大夫、權尚書戶部侍郎、通城縣開國男。

今王精忠廟同墳所在於西湖棲霞嶺，墓道極其美觀。四圍栽植樹木，枝皆南向，誠知王之靈千載之下不忘乎宋也。祠宇前殿中間塑岳王之像，王之右塑左武大夫、忠州防禦使、武康軍節度使岳雲之像，王之左塑烈文侯張憲之像。後殿中間塑王之父太師隋國公岳和之像，王之母周國夫人姚氏之像，及王之妻秦國夫人李氏之像。傍有忠訓郎閤門祇候岳雷、朝請大夫敷文閣待制岳霖、朝奉大夫提舉江南東路常平事岳震、修武郎閤門祇候岳霆及王之女號銀瓶娘子並張憲夫人。王之將昌文侯徐慶、煥文侯董先、輔文侯牛皋、崇文侯李寶、尚文侯王貴，皆有小像。王之墳後面，乃敕賜褒忠衍福寺，有田百餘畝，每歲給之，備充修整祠宇，永崇王之祭祀云耳。武昌有敕建忠烈廟，以祀王之靈。其別光州等處，各有王祠，不在數焉。後人讀史至此，次韻趙子昂一律：

宋祚中興勢未離，英雄生死係安危。
班回南士君王詔，逃遁金人令字旗。
奸檜有心終作孽，生民無主竟難支。
堪憐歌舞西湖夕，一度遊吟一度悲。

效顰集東窗事犯

話分兩頭，續說錦城士人胡生名迪，性志倜儻，涉獵經書，好善惡惡，出於天性。一日自酌小軒之中，飲至半酣，啓囊探書而讀。偶得《秦檜東窗傳》，觀未竟，不覺赫然大怒，氣湧如山，擲書於地，拍案高吟曰：

長脚邪臣長舌妻，按，秦檜在時，嘗與同窗數人虧〔一〕於廡下，偶異人至，問諸生曰：「此長脚者何人？他日雖貴，其奸邪殘惡必爲國家之患，諸公亦有被其害者。」故學中呼「秦長脚」。忍將忠孝苦謀夷爲殺岳飛父子也。

天曹默默緣無報，地府冥冥定有私。

黄閣主和千載恨言檜爲相專主和也，青衣行酒兩君悲徽宗、欽宗北狩，金人以二帝爲庶庶，使着青衣行酒，如晉懷愍者。

愚生若得閻羅做，剝此奸回萬劫皮。

朗吟數遍，已而就寢。俄見皂衣二人至前，揖曰：「閻君命僕等相招，君宜速行。」生尚醉，不知閻君爲誰，問曰：「閻君何人？吾素昧平生，今而見召何也？」皂衣笑曰：「君至則知，不勞詳問。」强挽生行。及十餘里，乃荒郊之地，烟雨霏微，如深秋之時。前有城郭，而居人亦稠密，往來貿易者，如市廛之狀。既而入城，則有

〔一〕「虧」，雙峰堂萬卷樓本作「窺」。

殿宇崢嶸，朱門高敞，題曰「曜靈之府」，門外守者甚嚴。皂衣者令一人爲伴，一人入白之。少焉出曰：「閻君召子。」生大駭愕，罔知所以。乃趨入門，殿上王者袞衣冕旒，類人間祠廟中繪塑神像。左右列神吏六人，緑袍皂履，高幞廣帶，各執文簿。堦下侍立五十餘衆，有牛首馬面、長喙朱髮者，猙獰可畏。生稽顙堦下。王問曰：「子胡迪耶？」生曰：「然。」王怒曰：「子爲儒流，讀書習禮，何爲怨天怒地，謗鬼侮神乎？」生答曰：「賤子後進之流，早習先聖先賢之道，安貧守分，循理修身，未嘗敢怨天尤人，而矧乃侮神謗鬼也。」王曰：「然則『天曹默默緣無報，地府冥冥定有私』之句，孰爲之耶？」生方悟爲怒秦檜之作，再拜謝曰：「賤子酒酣，罔能持性，偶讀奸臣之傳，致吟忿憾之詩，顒望神君特垂寬宥。」王呼吏以紙筆令生供款，讓曰：「爾好捷筆頭，議論古今人之臧否，若所供有理，則增壽放還。脱辭意舛訛，則送風刀之獄也。」生謝過再四，援筆而供曰：

伏以混沌未分，亦無生而無死；陰陽既判，方有鬼以有神。爲桑門傳因果之經，知地獄設輪回之報。善者福而惡者禍，理所當然；直之升而屈之沉，亦非謬矣。蓋賢愚之異類，若幽顯之殊途。是乎不得其平則鳴，匪沽名而吊譽；敢忘非法不道之戒，故罹罪以招愆。出於自然，本乎天性。切念某幼讀父書，蚤有功名之志，長承師訓，慚無經緯之才。非惟弄月管之毫，擬欲插天門之翼。每夙興而夜寐，常窮理以修身。讀孔聖之徵言，思舉直而措枉；觀王珪之確論，想激濁以揚清。立忠貞欲效松筠，肯衰老甘同蒲柳。天高地厚，深知半世之行藏；日居月諸，洞見一心之妙用。惟尊賢而似寶，第見惡以如讎。每聞〔一〕岳飛父子之冤，欲追求而死諍；既睹秦檜夫妻之惡，便欲得而生吞。因東窓贊擒虎之言，致北狩失

〔一〕「聞」，原脱，據雙峰堂萬卷樓本補。

迴鑾之望。傷忠臣被屠劉而殘滅，恨賊子受棺椁以全終。天道無知，神明安在？俾姦回生於有幸，令賢哲死於無辜。謗鬼侮神，豈比滑稽之士；好賢惡佞，實非迂闊之儒。是皆至正之心，焉有偏私之意？歆三盃之狂藥，賦八句之鄙吟。雖冒天聰，誠爲小過。斯言至矣，惟神鑑之。

王覽畢笑曰：「腐儒倔强乃耳。雖然好善惡惡，固君子之所尚也。至夫若得閻羅做，其毁孰甚焉。汝若爲閻羅，將吾置於何地？」生曰：「昔者韓擒虎云：『生爲上柱國，死作閻羅王。』又寇萊公、江丞相亦嘗爲是任，明載簡冊，班班可考。以此徵之，冥君皆世間正人君子之爲也。僕固不敢希韓、寇、江三公之萬一，而公正之心，頗有三公之毫末耳。」王曰：「若然，冥官有代，而舊者何之？」生曰：「新者既臨，舊官必生人道，而爲王公夫人矣。」王顧左右曰：「此人所言，深有玄理。惟其狂直若此，苟不令見之，恐終不信善惡之報，而視幽明之道如風聲水月，無所忌憚矣。」即呼緑衣吏，以一白簡書云：「右仰普掠獄冥官，即啓狴牢，領此儒生，徧視泉局報應。毋得違錯。」既而吏引生之西廊，過殿後三里許，自石洹高數仞，以生鐵爲門，題曰「普掠之獄」。吏叩門呼之。少焉，夜叉數輩突突出，如有擒生之狀。吏叱曰：「此儒生也，無罪。閻君令視善惡之報。」以白簡示之。夜叉謝生曰：「吾輩以爲罪鬼入獄，不知公爲書生也。幸勿見怪。」乃啓關揖生而入。其中廣袤五十餘里，日光慘淡，冷風蕭然，四維門牌皆牓名額，東曰「風雷之獄」，南曰「火車之獄」，西曰「金剛之獄」，北曰「溟泠之獄」，男女荷鐵枷者千餘人。又至一小門，則見男子二十餘人，皆披髮裸躰，以巨釘釘其手足於鐵床之上，項荷鐵枷，舉身皆刀杖痕，膿血腥穢，不可近傍。一婦人裳而無衣，憚於鐵籠中，一夜叉以沸湯澆之。緑衣吏指下者三人謂生曰：「此秦檜父子與万俟卨，此婦人即檜之妻王氏也。其他數人乃章惇、蔡京父子、王黼、朱勔、耿南仲、吴幵、莫儔、范瓊、丁大全、賈似道，皆其同奸黨惡之徒。王遣吾施陰刑，令君觀之。」即呼鬼卒五十餘衆，驅檜等至風雷之獄，縛於銅柱，一卒以鞭扣其環，即有風刀亂至，遶刺其身。檜等躰如篩底。良久，震雷一聲，擊其身如齏粉，血流凝地。少焉，惡風盤旋，吹其骨肉復爲人形。吏謂生曰：「此震擊者，陰雷也。吹者，業風也。」又呼獄卒驅至金剛之獄，縛檜等於鐵床之上，牛頭者長哨數聲，黑風飄揚，飛戈衝突，碎其肢躰。久之，吏呵曰：「已矣。」牛頭復哨一聲，黑風乃止，飛戈亦息。又驅至火車之獄，一夜叉以鐵撾驅檜等登車，以巨扇拂之，車運如飛，烈焰天作，且焚且碾，頃刻皆爲煨燼。獄卒以水洒之，復成人形矣。且看下回如何。

冥司中報應秦檜

是時，緑衣吏又引胡生至觀溟泠之獄，見夜叉以長矛貫檜等沉於寒冰中，霜刃亂斫，骨肉皆碎。良久，以鐵鉤挽而出之，仍驅於舊所，以釘釘手足於銅柱，用沸油淋之。餓則食以鐵丸，渴則飲以銅汁。吏曰：「此曹凡三日則徧歷諸獄，受諸苦楚。三年之後，變爲牛羊犬豕，生於凡世，使人烹剝而食其肉。其妻亦爲牝豕，與人育雛，食人不潔，亦不免刀烹之苦。今此衆已爲畜類於世五十餘次矣。」生問曰：「其罪有限乎？」吏曰：「歷萬劫而無已，豈有限焉。」復引生至西垣，一小門題曰「姦回之獄」，荷桎梏者百餘人，舉身插刃，渾類蝟形。生曰：「此曹何人？」吏曰：「是皆歷代將相姦回黨惡欺君罔上蠹國害民者，每三日亦與秦檜等同受其刑，三年後變爲畜類，皆同檜也。」復至南垣，一小門題曰「不忠内臣之獄」，内有牝牛數百，皆以鐵索貫鼻，繫於鐵柱四圍，以火炙之。生曰：「牛，畜類也，何罪而致是耶？」吏曰：「君勿言，姑俟觀之。」即呼獄卒以巨扇拂火，須臾烈焰亘天，牛皆不勝其苦，哮吼躑躅，皮肉腐爛〔一〕。良久，大震一聲，皮忽綻裂，突出者皆人。視之俱無鬚髯，悉寺人也。吏呼夜叉擲於鑊湯中烹之。已而皮肉融液，惟存白骨而已。復以冷水沃之，

〔一〕「皮肉腐爛」，原作「皮手無爛」，據雙峰堂萬卷樓本改。

文應、童貫之徒。曩者長養禁中，錦衣玉食，欺枉人主，妒害忠良，濁亂海内，今受此報，應劫而不原也。」復仍復人形。生請問，曰：「此皆歷代宦官，漢之十常侍，唐之李輔國、仇士良、王守澄、田令儀〔一〕，宋之閻文應、童貫之徒。曩者長養禁中，錦衣玉食，欺枉人主，妒害忠良，濁亂海内，今受此報，應劫而不原也。」復至東壁，男女以千數，皆裸身跣足，或烹剥剖心，或剉燒舂磨，哀痛之聲，徹聞數里。吏曰：「是皆在生爲官爲吏，貪污虐民、不孝於親、不友兄弟、悖負師友、姦淫背夫、爲盜爲賊、不仁不義者，皆受此報。」生見之大喜，嘆曰：「今日始出吾不平之氣也。」吏笑攜生之手偕出，仍至曜靈殿，再拜叩首謝曰：「可謂天地無私，鬼神明察，善惡不能逃其責也。」王曰：「爾既見之，心已坦然，更煩爲吾作一判文，以梟秦檜父子夫妻之過。」即命吏以紙筆給之，生辭謝弗獲，爲之判曰：

嘗謂軒轅得六相而助理萬機，則神明應至；虞舜有五臣以揆持百事，而内外平成。苟非懷經天緯地之才，曷敢受調鼎持衡之任。今照奸臣秦檜，斗筲之器，閭閻小人，雖居宰輔之名，寔乃匹夫之輩。獐頭鼠目，同至意以逢迎；羊質虎皮，阿邪情而諂諛。豈有論道經邦之志？全無扶危拯溺之心。久占都堂，懷姦謀而肆爲僭分；閉塞賢路，固寵渥而妒忌賢良。殘傷猶剽掠之徒，貪鄙勝穿窬之盜。既忝職居師保，而叨任處公台。惟知黄閣之榮華，罔竭赤心之左右。欺君罔上，擅行予奪之權；嫉善妒能，專起竄誅之典。奸宄逾其莽、操，兇頑尤勝斯、高。以梟獍爲心，蝎蛇成性。忠臣義士，盡陷於羅網之中；賊子亂臣，咸置於岩廊之上。視本朝如弊甑，通敵國若宗親。鵰鷹啄架臂之人，猰犬吠豢牢之主。奸心迷暗，

〔一〕「田令儀」，应爲「田令孜」。

受詭胡兀朮之私盟；兇行荒殘，害賢將岳飛之正命。悍妻王氏，不言豹隱，而言放虎之難；愚子秦熺，只顧狼貪，不顧迴鸞之幸。一家同情而稔惡，萬民共怒以含冤。雖僥倖免乎陽誅，其業報還教陰受。數其罪狀，書千張繭紙不能盡其詳；察此愆非，歷萬劫畜生不足償其責。合行牓示，幽顯同知。

生呈稾上，王覽之大喜，贊曰：「讜正之士也。」生因告曰：「奸回受報，僕已目擊，信不誣矣。其他忠臣義士在於何所？願希一見，以適鄙懷，不勝感幸。」王俛首而思，良久乃曰：「諸公皆生人中爲王公大人，享受天祿三十餘次矣。壽滿天年，仍還原所。子既求見，吾請躬導之。」於是，登輿而前，俾從者殷生於後。行五里許，但見瓊樓玉殿，碧瓦參差，朱牌金字，題曰「忠賢天爵之府」。既入，有仙童數百，皆衣紫綃之衣，懸丹霞玉珮，執彩幢絳節，持羽葆花旌，雲氣繽紛，天花飛舞，鸞嘯風唱，仙樂鏗鏘，異香馥鬱，襲人不散。殿上坐者百餘人，皆冠通天之冠，衣雲錦之裳，躡珠霓之履，玉珂瓊珮，光彩射人。絳綃玉女五百餘人，或執五明之扇，或捧八寶之盂，圜侍左右。見王至，悉降堦迎迓，賓主禮畢，分東西而坐。彩女數人，執瑪瑙之壺，捧玻璃之盞，薦龍睛之果，傾鳳髓之茶，世罕聞見。茶既畢，王乃道生所見之故，命生致拜，諸公皆答之盡禮，同聲贊曰：「先生可謂仁者，能好人能惡人矣。」乃具席，命生坐於右。生謙退再三，不敢當賓禮。王曰：「諸公以子斯文，故待之厚，何用苦辭。」生乃揖謝而坐。王謂生曰：「座上皆歷代忠良之臣、節義之士，在陽則流芳[一]百世，身逝則陰享天恩。每遇明君治世，則生爲王侯將相，黼黻朝廷，功施社稷，以輔雍

〔一〕「芳」，原作「荒」，據雙峰堂萬卷樓本改。

熙之治也。」言罷，命朱衣二吏送生還，謂生曰：「子壽七十有二，今復延一紀，食肉躍馬五十一年。」生大悅，再拜而謝。及辭諸公而出。行十餘里，天色漸明。朱衣指謂生曰：「日出處即汝家也。」生挽二吏衣延歸謝之，二吏堅却不允。再三挽留，不覺失手而釋，即展臂而寤，時漏下五鼓矣。

會纂宋岳鄂武穆王精忠錄後集

賜進士巡按浙江監察御史海陽　李春芳　編輯
書林楊氏　清白堂　梓行

古今褒典

宋謚武穆王議

淳熙四年，前太常少卿颜度奏請定謚。太常議以宗社再安，遠邇率服，猛虎在山，藜藿不採，爲折衝禦侮，定亂安民，秋毫無犯，危身奉上，確然不移，爲布德執義，請謚曰「武穆」。

宋追封鄂王誥 寧宗嘉泰四年六月二十日

敕：人主無私，予奪一歸萬世之公。天下有真，是非不待百年而定。睠言名將，夙號藎臣，雖勳業不究於生前，而譽望益彰於身後，緬懷英概，申畀慇章。故追復少保、武勝、定國軍節度使、武昌郡開國公、食邑六千一百戶、食實封二千四百戶、贈太師、謚武穆。岳飛蘊蓋世之材，負冠軍之勇。方略如霍票姚，志滅匈奴；意氣如祖豫州，誓清冀朔。屢執訊而獲醜，亦舍爵而策勳。外懾威靈，内殫謨畫。屬時方講好，將歸馬華山之陽；而爾獨奮身，欲撫劍伊吾之北。遂致樊蠅之集，寖成市虎之疑。雖懷子儀貫日之忠，曾無其福；遂墮林甫偃月之計，孰拯其冤。逮国論之既明，果邦誣之自辯。中興之主，恩念不忘，重華之君，追褒特厚。肆眇沖之在御，相風烈以如存。是用頒我恩綸，褫之王爵。裂熊渠之故壤，超敬德之舊封，豈特慰九原之心，蓋以作六軍之气。於戲。修車備械，適當閒暇之時；顯忠遂良，罔間幽冥之際。諒惟泉穸，歆此寵光。可特追封鄂王。餘如故。

《御製孝順事實》書載「岳飛忠孝」 永樂十八年

岳飛字鵬舉，相州湯陰人。少負氣節，沉厚寡言。家貧力學，尤好《左氏春秋》。性至孝，宋高宗時爲將，母留河北，遣人求訪迎歸。母有痼疾，藥餌必親，及卒，水漿不入口者三日。扶櫬還葬，累詔起復，飛連表乞終喪，廬母墓側，哀毀過人。復詔就軍，幕屬詣廬以死請，乃入見，高宗慰遣之。飛誠信任人，愛養士卒，行兵有紀律，能以少擊衆，有勝無敗。力平群盜，建議恢復，慨然以雪國耻爲己任。用師中原，金人畏之，至呼爲父，望其旗亦不敢近焉。嘗自涅其背，爲「盡忠報國」四字，深入膚理。張浚謂人曰：「岳飛忠孝人也。」張宗元嘗監其軍，還奏曰：「将和士鋭，人懷忠孝，皆飛訓養所致。」高宗大悅，賜「精忠」旗以嘉異焉。

君親，人之大倫；忠孝，人之至行。能孝於親，必忠於君。忠孝之道兩盡，臣子之職無愧者，岳飛其人焉。方兵難相仍之際，母子間絶，遣人求訪以歸。母病而藥餌必親，母歿而飲食不御，居喪哀毁，力乞終制。是疾有以致其憂，喪有以致其哀，而孝親之道備矣。至其撫士善戰，屢立顯功，規取中原[一]，誓雪宋耻，慨然以身徇國，至涅其躰，忠君之心，何其至歟，莫非本於事親之孝也。當時名稱於公卿，教行於部曲，至於人主亦褒異之，飛之忠孝蓋昭然也。昔溫嶠絶裾於母，興晋江左，不爲無功，終以不及北歸爲恨。是嶠忠君大節可同於飛，事親之孝殆有愧焉。爲臣子者，可不以飛爲則，盡孝於親，而移其忠於君哉。

詩曰：

遣人求母向兵中，孝道深期盡始終。
遭值時危能濟世，墨縗徵起復從戎。
不教胡馬渡長江，誓取中原復故邦。
移孝爲忠全大節，中興名将更無雙。

皇朝敕賜忠烈廟公移 祭祀禮文附

浙江杭州府爲申明祀典事，承奉本布政司劄付，承准禮部以字四百四十七號勘合，於禮科抄出浙江杭州

〔一〕「原」，原作「言」，據雙峰堂萬卷樓本改。

府同知馬偉等奏。該臣關前事：臣惟褒功者，崇報之常典；表忠者，激勸之大端。古昔聖帝明王之治天下，於凡人臣有功於民、有勞於國者，生或未及乎爵封，沒必詳載於祀典，無非彰崇報之禮，而示激勸之道也。洪惟我朝太祖高皇帝，混一區宇，定鼎金陵，既設廟以報當世有功之臣，復建祠以祀前代忠義之士，其所以崇報於已往，激勸於將来，意甚至矣。臣竊見，有宋中興名将岳飛之墓坐落本處郡城之西，墓側舊有祠宇一所，原無廟額，近因歲深坍損，臣用己俸陸續修理将完。及照本府，率由常例，止是每歲十二月二十九日祭其忌辰。今訪知河南彰德府湯陰縣，見遵承禮部正字二百二十三號勘合，欽蒙敕賜廟額，頒降祭文，定以品物，春秋二祭。臣以爲，宋将岳飛，生於湯陰，葬於杭郡，所生之邑既蒙聖朝歲兩其祭，所葬之地豈宜異等。伏望聖上擴天地之量，廣一視之仁，乞賜廟額、祭文，仍敕禮部，合無除免忌辰之祭，照例一躰春秋致祭。如此則忠於前代者不沒其善，而陰沐祀享之恩；生於方來者有所感激，而莫不奮勵其忠義之心矣。緣係申明祀典事理，未敢擅便。天順元年九月二十七日，通政使司官於奉天門奏奉聖旨：禮部知道。欽此。欽遵。抄出到部。查得先該翰林院侍講徐珵，題河南彰德府湯陰縣，蓋造宋将岳飛廟宇完備，乞賜廟額，仍命本縣春秋依例祭祀，以表忠義，激勸人心。本部議擬行移翰林院譔祭文，該縣春秋擇日祭祀，以勸忠義，將祭祀品物開坐具題。景泰二年正月二十五日，奏奉欽依，是題做「精忠之廟」。除欽遵外，今照杭州府同知馬偉奏，稱「岳飛生於湯陰，葬於杭郡，墓在郡城之西，舊有祠宇，陸續修理将完，每歲止是祭其忌辰，伏望恩賜廟額、祭文，一躰春秋致祭，感激忠義」一節，看得岳飛之在當時，忠孝兩全，觀其誓心，涅背「盡忠報國」，其忠義奮烈貫乎金石。以故洪武初于京都建立歷代帝王之廟，特以岳飛從祀宋太祖神位。其湯陰縣止是岳飛生身之處，别無遺跡，今杭州府城西岳飛墳所在焉。洪武四年，本部定擬岳飛乃宋中興名將，忠而冤死，宜在祀典，擬稱爲「宋少保鄂國武穆王」，每歲十二月二十九日致祭。今奏要除免忌辰之祭，乞賜廟額，及照例春秋祭祀，係是表揚忠義，合無准其所奏，以彰國家褒忠之典。未敢擅便。天順元年十月初八日，掌部事興濟伯、兼本部尚書楊善等，於奉天門奏奉聖旨：是准他說與做「忠烈廟」，著有司春秋祭祀。欽此。欽遵。合行本司轉行杭州府著落，當該官吏照依本部奏奉欽依內事理欽遵施行。承此劄，仰本府照依勘合內事理，遵〔一〕奉施行。

品物：

猪一口，羊一羫，酒一瓶，饅頭一分，粉湯三碗，果子五色每色重一斤，香一炷，紙一百張，燭一對。

祭文

維天順某年，歲次某甲子二八月某朔越某日甲子，浙江杭州府某官某等，昭告于宋少保鄂國武穆王，曰：惟神文武全才，忠義大節。如日之光，如玉之潔。中興名將，百勝無前。以勞定國，祀典攸先。時維仲春秋，式修常事。英爽如存，肅然而至。尚饗。

〔一〕「遵」，原脫，據雙峰堂萬卷樓本補。

古今論述

紀事實録本末序

謝起巖　宋景定太學生

王忠孝出於天資，功業存乎社稷。萬古在後，諒亦知其烈也。誰歟厄之，我國家思所以雪澡而日熙者，直與巍然衮冕不祀威魋同科。厄果終厄乎哉？今皇帝紬功繹德，闡幽煥懿，辟雍湯湯，貌像堂堂，彼得祠於他所者，莫之與京，且暢其忠義之氣，充之以脉斯文。「忠文」徽號，視疇昔「武穆」爲有加，意向所寓，亦可覩矣。蓋欲合光岳之首，有相之道，一是全材，以副時需，豈止使之能撢禮樂，以陶吾民，於天下治而已。故事實之有本末，王所以垂竹帛而詔今傳後者，竊志之久矣。嘗嘆其在國史者不易見，在家集者不及見，在將傳者不多見，幸感昨得忠文諸孫同筆硯交，見其《鄂國金佗》有編，裒類浩繁，僭躐仍其纂記而爲要之，提誓書一通以置之側。筆甫既，自念王之行事，在國史，在人心，固不增損於是集之有無也，然有忠義於肝膽者，庶其一閱於目，則必將有激於衷，而爲之憮然。

紀事實録後序

吳安朝　宋咸淳齋諭生

太學，岳鄂王故宅也。今司士之神，或曰即王焉。公朝申錫廟號爵封，徽章具存。王血忱衛社，恭天命而立民彝，忠在令典，乃今佑我多士，扶持名教，威靈凛凛猶生時，敵愾之忠何拳拳。斯文如此，孝悌忠信，自有撻甲兵之道。聲明文物，仁義禮樂，所暨可以化夷爲華。我朝中天之禍烈矣，實自當時諸人不知乎此，有以啓之，所以詒王之憂也。王齎志地下，有時神遊故宅，幸其今爲斯文之所聚也。所以衛之甚力者，蓋謂六籍之教不墜，五帝三王之學常明，天理人倫常不晦蝕，夷狄其能侵中國乎？其視唐張睢陽志於爲厲鬼以擊賊者，又萬萬矣。夫爲厲鬼以擊賊，孰愈乎昭義理、暢聲教，而使賊自慴服者乎？此王所以宜食於故宅。景定壬戌年間，本齋同舍廬陵謝起巖，葺王世系勳閥，凡旂鼎所銘，冊書所著，奉常所議，考功所録，州志、家乘、野史所紀，其涉於王者，輯爲一書，計若干卷，目曰「紀事實録」，不特使囿神貺者有考，抑以示妥安靈神之意。又十年，爲咸淳七年，乃相率裒金而壽之木。書之篇末，極知其僭。

金佗稡編序

陳初菴

宋高宗承祖宗之緒，雖間關播越，退保江南，然與漢光武不階尺土者異矣。而靖康之敵，又非新室赤眉之比。南渡将相，肺腑爪牙之臣，亦非若曩時馮異仗劍而崛起者。加以重熙累洽之仁，漸磨浸漬，淪膚浹髓，垂二百年。一旦兩宫蒙塵，宗社爲墟，中原父老，日夜欷歔，思宋不減三輔。然光武弟兄，徒步南陽，左袒一呼，盡復高皇帝舊物，其故何哉？蓋光武知人，明見萬里；高宗舉國，聽於權臣。故回溪之敗，馮異之罪小；朱仙鎮之捷，岳飛之功大。光武不以一挫之失忘遠圖，故其卒以再造之功興漢室。高宗不能因戰勝之鋒用岳飛，而約〔一〕主和之議任秦檜，故以恢復自任者適足以媒忌嫉之口，以忠貞許國者卒無以逃鍜鍊之禍。夫所貴乎中興之主者，不以其能雪父兄之耻、光祖〔二〕考之烈乎？今舉垂成之業而棄之，使馮異君臣專美於千載，岳飛父子啣冤於地下，此孝子忠臣所以讀《金佗稡編》者未嘗不爲高宗惜也。飛父子沒餘二十年，孝

〔一〕「約」，《精忠録》作「徇」。

〔二〕「祖」，原作「武」，據雙峰堂萬卷樓本改。

宗受禪，其孫珂實始以《籲天辨誣録》詣闕訴上，由是詔賜墳廟，復爵位，頒封謚，禄遺孤。時高宗爲太上皇，猶及見之。吾意其北望舊京，必恨不誅秦檜以謝天下。嗚呼，已無及矣。編總若干卷，今江浙行中書平章政事兼同知行樞密院事吳陵張公，命斷事官經歷吳郡朱元佑重刻，且曰：「西湖書院，岳氏故第也，宜序而藏諸。」

又

戴洙

岳鄂忠武王之孫有名珂者，彙集王之豐功茂績，著爲《金佗稡編》，凡若干卷。之[一]版舊刊之嘉禾，歲久，版脱壞無存，其文藏諸民間者，又遺闕而無全書。宥府經歷朱君佑之，廼爲之徧求四方，得其殘編斷簡，叅互攷訂，合其次第，始克成書。復得續集五卷於平江，蓋江西本也，通爲若干卷，比前尤詳。於是，將刻梓於平章相國大新祠宇之後，郎中陳君初菴爲之序。予惟是編視《宋史》加詳，而王之豐功茂績雖昭如日星，得此編宜無遺憾矣。

竊嘗因是而論之：宋高宗之有忠武王，猶周宣之有方、召，漢光之有鄧、馮也。奈何高宗非宣光之匹，

〔一〕「之」，雙峰堂萬卷樓本作「是」，《精忠録》作「其」。

優柔而不能斷，卒俾死於奸檜竊弄神器之手，可勝惜哉。嗚呼。高宗豈真不知也耶？向使王之事蹟不顯著，忠心不明白，則寢閤之命，亦豈無讒佞之人之可入哉。當是時，金人兀朮正彊，而諸將若張、韓、楊、王輩莫敢與敵，獨挫於王之手，若乳子耳。胥此以復中原，卓有賴者。特以車駕南行，倦於北顧。雖王屢有事機之可復，朝廷未嘗不嘉之，而亦未嘗不阻之，此其所以爲可惜也。所大可惜者，朱仙鎮之役，一鼓渡河，則金人束手就擒，兩河望風待天下之定，固在此舉者。以此振兵，而班師之命已至。豈奸檜者果有措天下之謀哉？特以循常猥瑣，而不能有所爲耳。吁。中原之地，自此不可復；父兄之讎，自此不可報。太行忠義之社，兩河歸戴之民，遮道而哭，從師而南，朝廷其果忍聞之哉。曾不此之料，而生彼之圖，宜乎符洛下書生之言，而終爲秦檜之所誣也。吁。宋德至此，亦凉矣。然檜者，雖能逞志於一時，不能免誅於千載。此王之事業所以愈遠而愈光，宜乎刻之金石，傳之竹帛者，代有仁人君子之所相崇尚也。觀是編者，必有感於斯。

跋宋高宗親札賜岳飛

虞集 字伯生，元集賢殿學士

大元故翰林承旨魏國公謚文敏趙公孟頫懷古之詩曰：「南渡君臣輕社稷，中原父老望旌旗。」集承乏國史，嘗讀其詩而悲之，以爲當時遺臣志士，區區海隅，猶不忘其君父，何敢有輕之之心也哉。今見思陵賜岳飛親札，則其奏功郾城時所被受者，觀親札所謂楊沂中、劉錡立功之事，則紹興十年七月也。是時秦檜方定和議，而飛鋭然以恢復自任〔一〕，所向有功。飛之裨將楊再興，則邦乂之子也，單騎入陣，幾殪兀朮，身被數十創，猶殺數十人而還。一時聲勢可知矣。是以郾城之役，恢復之業繫焉。飛之師乘勢薄朱仙，與兀朮戰，破汴在頃刻。而檜亟罷兵，詔飛赴行在。而沂中、劉光世、錡皆以其兵南歸。自是不復出師。明年十二月，檜遂殺飛父子，而兀朮無復憂色。洪皓區區蠟書雖至，而中原無復餘望矣。乃知文敏之詩，其爲斯時而發也歟。

〔一〕「任」，原作「俗」，據雙峰堂萬卷樓本改。

題岳飛墨蹟

虞集

武寧湯盤藏其先世文林君軍中文書，岳武穆王紹興元年所署也。文林始以太學生上書，論備禦之策，崎嶇兵間，以功致文林之命。觀此牒，知文林倡忠義，擊叛潰，保鄉里，甚直而壯。噫，可以見其人心之一，士氣之盛，而其将又有若武穆者，宜其足立國於摧敗危亡之餘也。盤言武穆之死，文林上書論列，遂并受害。文丞相嘗題其家之堂曰「忠節」，遺墨故在。而張循王、劉太尉所署别爲卷。俯仰二百年，而感慨係之矣。近年集在舘中，将纂修遼金宋史。舘中皆以遺書亡軼爲説，若此者，可徵尚多乎哉。

叙岳武穆王墓

陶宗儀　字九成，元末人

岳武穆王飛墓在杭棲霞嶺下，王之子雲祔焉。自國初以來，墳漸傾圮，江州岳氏諱士迪者，於王爲六世孫，與宜興州岳氏通譜，合力以起廢，廟與寺復完美。久之，王之諸孫有爲僧者，居墳之西，爲其廢壞，廟與寺靡有孑遺。天台僧可觀以訴于官。時何君頤貞爲湖州推官，柯君仲敬九思以書白其事。田之沒於人者復歸，廟與寺無寸椽片瓦。會李君全初爲杭總管府經歷，慨然以興廢爲己任。而鄭君元祐爲作疏，語曰：「西湖北山褒忠演福禪寺，竊見故宋太師武穆岳鄂王，忠孝絕人，功名蓋世。方略似霍嫖姚，不逢漢武，徒結志於亡家；意氣如祖豫州，乃遇晋元，空誓言於擊楫。賜墓田棲霞嶺下，建祀祠秋水觀西。落日鼓鍾，長爲聲冤於草木；空山香火，猶將薦爽於淵泉。豈期破蕩子孫，盡壞久長規制。典祊田，隳佛宇，春秋無所烝嘗；塞墓道，毁神棲，風雨遂頹廟貌。休留夜啼，拱木躑躅，春開斷垣，淚落路人。事關世教。蓋忠臣烈士，每詔條有致祭之文；豈狂子野僧，攙國典出募緣之疏。望明有司告之臺省，冀聖天子錫之珪璋，褒忠義在天之靈，激死生爲臣之勸。周武封比干墓，事著遺經；唐太宗建白起祠，恩覃異代。」疏成，郡人王華父一力興建，於是寺與廟又復完美。且杭州路申明浙省轉咨中書，以求褒贈。適趙公子期在禮部，倡議奏聞，降命敕封並如宋，止加「保義」二字。自我元統一函夏以來，名人士多有詩吊之，不下數十百篇。其最膾炙人口者，如葉靖逸先生紹翁云：「萬古知心只老天，英雄堪恨亦堪憐。如公更緩須臾死，此虜安能八十年。漠漠凝塵空偃月，堂堂遺像在淩烟。早知埋骨西湖上，學取鴟夷理釣船。」趙魏公孟頫云：「岳王墳上草離離，秋日荒凉石獸危。南渡君臣輕社稷，中原父老望旌旗。英雄已死嗟何及，天下中分遂不支。莫向西湖歌此曲，水光山色不勝悲。」高則成先生明云：「莫向中州嘆黍離，英雄生死係安危。内廷不下班師詔，絕漠全收大將旗。父子一門甘伏節，山河萬里竟分支。孤臣尚有埋身地，二帝遊魂更可悲。」潘子素先生純云：「海門寒日澹無輝，偃月堂深晝漏遲。萬竈貔貅江上〔一〕老，兩宮環珮夢中歸。内園羯鼓催花發，小殿珠簾看雪飛。不道帳前胡旋舞，有人行酒著青衣。」林清源先生泉云：「誰收將骨葬西湖，已卜他年必沼吳。孤冢有人來下馬，六陵無樹可棲

〔一〕「上」，原作「水」，據《精忠録》改。

烏。廟堂短計慚嫠婦，宇宙惟公是丈夫。往事重觀如敗局，一龕燈火屬浮屠。」讀此數詩而不墮淚者幾希。然賊檜欺君賣國，雖擢髮不足以數其罪，翻四海之波不足以湔其惡。而武穆之精忠，靄然與天地相終始，死猶生也。彼思陵者，信任姦邪，竟無父兄之念，亦獨何心哉？故余亦有詩云：「精忠祠宇西湖上，再拜荒墳感昔遊。斷碣草深蒙贔屭，空山日落叫鉤輈。天移宋祚難恢復，帝幸燕雲困虜囚。逆檜陰圖傾大業，思陵無意問神州。偷安甫遂邦家志，飲痛甘忘父母讎。信使北和憐屈膝，策文南駐忍含羞。兩宮五國瞻征幟，丹詔班師下節樓。萬里長城真自壞，中興武績遂云休。烏乎竟死姦邪手，顛沛誰爲社稷憂。黯黯冤魂遊狴犴，紛紛雨淚泣貔貅。唯餘滿地萇弘血，不見中流祖逖舟。氛韭已塵金叵匝，冕旒終換銕兜鍪。姓名竹帛書千載，父子英雄土一坵。老樹尚知朝禹穴，遺黎總解說王猷。復田起廢憐僧寺，移檄褒嘉賴省侯。聖世即今崇祀典，佇看寵渥到松楸。」「精忠」，宋所賜廟額。此詩在未曾加封前作，故云。時至正己丑也。

叙岳鄂王墓

瞿佑 字宗吉，國初人

岳王墓詩，自葉靖逸「如公更緩須臾死，此虜安能八十年」之後，趙子昂「南渡君臣輕社稷，中原父老望旌旗」，世皆稱誦。和者二人，亦傑作也。徐孟岳云：「童大王回事已離，岳將軍死勢尤危。直教萬歲山頭雀，去遶黄龍塞上旗。飲馬徒聞腥鞏洛，洗兵無復望條支。湖邊一把摧殘骨，蓋世功成百世悲。」高則成云：「莫向中州嘆黍離，英雄生死繫安危。内庭不下班師詔，絶漠全收大將旗。父子一門甘伏節，山河千里竟分支。孤臣尚有埋身地，二帝遊魂更可悲。」少日過葛嶺，憶有人和韻題墓上云：「山前有客祠彭越，塞上無人斬郅支。」和「支」字韻，亦佳。當時不能全記，再過之，則已漫之矣。又有人爲排律一首云：「北狩君親遠，南遷將相夸。偷安依鳳巘，抱恨寄龍沙。咨岳歸神器，遭秦載鬼車。」結句云：「太師墳上土，遺臭遍天涯。」蓋江海自蔡州回，駐軍牧牛亭，命軍士於秦檜塚上便溺以快意，人因謂之「遺臭塚」云。

湯陰鄂王廟碑

徐有貞　字文玉，封武功伯

國之有忠義，猶天地之有元氣也。天地非元氣不運，國非忠義不立。彼其所以繫星辰、行日月、載華岳、振河海者，惟元氣。元氣在，則雖時有隕蝕騫溢之變，而終不易乎常運。所以安社稷、尊主庇民者，惟忠義。忠義在，則雖時有寇難禍亂之虞，而可以捄乎滅亡。然天地之主以道，國之主以人。道無私而人多慾，故天地不自害其元氣，而國有自害其忠義者。至要其終，則亦有萬世之公論存焉，如宋岳鄂武穆王之事是已。當夫徽、欽之既北狩，而高宗南渡也，華風幾殆，戎禍方熾，不翅天柱崩而地維坼。宋之不亡，僅如一綫之屬旒。國無其人，誰與復立？王於時奮自徒步，應募而起，歷裨校至大將，小戰百餘，大戰數十，鋒不少挫而益勁，遂平南北群盜，傾僞齊以戲金人。蓋王之忠義勇智，皆得之天，非矯僞而爲者，故能始終以恢復爲己任。才與志副，名與實稱，南渡以來，一人而已。當是時，女真幾滅，中原幾復，奈何主蔽於奸，忘讎忍耻，自棄其土，而不能成中興之大功，此則宋之不幸，中國之不幸，而豈獨王之不幸哉。

論者謂，方郾城戰勝，進軍朱仙鎮，兀朮將棄洛遁，而詔趣班師，使王以將在軍君命有所不受之義，堅執北伐，乘屢捷之勢，傴技窮之虜而滅之，盡收拾故疆，措置已定，然後奏凱旋師，歸身謝罪，顧不愈於束手就僇而志不得伸耶？此亦一義，然未得其當也。夫將不專制久矣，惟趙充國之破西羌，嘗違詔而伸己策，以上有孝宣之明，下有魏相之忠與協耳，不然，則必如孔明之受託昭烈，桓溫、劉裕之專制晋權，乃可以拜表而即行。彼高宗之去孝宣遠矣，又濟之以奸檜之賊。王既無孔明君臣之契，而溫、裕之所爲又非王之所宜〔一〕爲者，此其所以寧死而不敢專制也歟。嗚呼。於此益可以見王忠義之誠矣。是以自宋及今，天下之人所共扼腕傷嘆，聲其害王者之罪，而誦王之烈不已，非所謂公論之存於萬世〔二〕者乎？

歲己巳之八月，皇帝初即大位，以統幕師熸，上皇未復，寇方内偪，乃命侍講臣珵等十有餘人，分鎮要地，遏亂略，糾義旅，以爲京師聲援。而臣珵寔來彰德。彰德，古相州也，湯陰爲其屬邑，邑之周流社，王之所生地也。間因行縣至焉，既臨祭王之父、祖墓而封守之，乃集郡縣僚吏、師生、父老于庭，而諭之忠義。因及王之祠事，皆憙躍願效力。其明年春，珵以召還，乃具列王之功於禮當祀者以聞，詔可。祠既成，敕賜榜曰「精忠之廟」，而俾有司春秋祭享如制。於是，書其事于麗牲之碑，而識其相事者之職名碑陰，又爲迎送神之辭，使歌以侑享，既以慰王之靈於冥漠，且以爲天下忠義之勸云。其辭曰：

王歸來兮毋夷猶，寧不懷兮舊丘？昔仗劍兮南遊，刷國耻兮復君讎。王之烈兮蓋九州，羌彼姦兮忠是訧。神胡爲兮滯留，駕風鵬兮驂雲虬。娩鄉邑兮少休，畀有醴兮俎有羞。式燕享兮春與秋。

王將去兮之何方，胡不睠兮故鄉。爰弭節兮迴旋，肆容與兮翱翔。肅羽騎兮成行，彎强弧兮射天狼。福我民兮佑我皇。干戈戢兮無水旱，傷蠲我祀兮烝與嘗。江之南兮河之北，往復還兮樂未央。

〔一〕「宜」，《精忠錄》作「肯」。
〔二〕「世」字原脱，據雙峰堂萬卷樓本補。

祭武穆王文

維某年月日，浙江杭州府某官某等，敢昭告于宋少保鄂國武穆王之神，曰：

惟神義膽忠肝，貫乎日月。宋室未寧，遂遭讒嘅。千載之下，扼腕痛絶。墳塋所在，典祀不缺。今某欽承上命，忝職兹土，適當忌辰，謹具牲醴庶品，用伸常祭。尚饗。

又

維景泰年月日，河南彰德府湯陰縣某官等，敢昭告于鄂國武穆王之神，曰：

惟神誕育兹土，佐宋中興。大義精忠，貫乎金石。一世之短，百世之長。于兹廟貌，景仰綱常。兹惟仲春秋，謹以牲醴庶品，用伸常祭。尚享。

重修敕賜忠烈廟記

屠滽 吏部尚書

宋少保岳鄂武穆王，舊有祠在杭之西湖棲霞嶺下，元時已廢。皇朝洪武初正祀典，始建廟，至宣德間燬于火。吾浙右布政使黄公敷仲嘗新之。天順己卯，歲久寖敝，杭郡倅馬君偉又新之，遂以廟額請于朝，賜曰「忠烈」，仍命有司春秋祀之。弘治戊午，凡四十餘稔矣，而廟復敝。是年冬，欽命司設監太監麥公來鎮兩浙。公先有事於此，廉靜寡欲，素愜民情，及莅任，剔蠹澣汙，興廢舉墜，凡職分之所當爲者，靡不究心。嘗謁忠烈廟，嘆曰：「廢弛至此，何以妥神靈乎？」遂以繕修爲己任。庚申，適御馬監太監李公、司設監太監李公奉命使江右，道經杭城，同謁忠烈，聞有繕修之舉，遂仰躰聖天子褒忠之意，出所賫内帑白金二十鎰以助其費。甚盛心也。於是，麥公語諸同官，則奉命提督織造尚〔一〕衣監太監韓公、梁公，提督市舶印綬監太監張公，無不協從；語諸朝廷〔二〕，則巡按監察御史陳公、任公、方公，工部員外郎張公，主事鄭公，户部主事田公，亦無不從；語諸藩臬，則左布政使孫公，按察使朱公，都指揮同知白公，洎各寮寀，皆與諸公吻合無間，或出

〔一〕「尚」，原書無，據《精忠錄》補。

〔二〕「朝廷」，《精忠錄》作「朝使」。

己貲，或捐俸廩，或發公府羨財以助之。既而轉運司府縣等官聞之，莫不忻然助工趨事，惟恐或後。經始其年十一月，訖工於明年八月，殿堂廊序，廳臺庖湢，及庫齋門牆，道路級甎之類，有仍其舊而增飾之者，有病其庳而鼎建之者，至於器皿諸物，凡廟中所需，無一不備。金碧輝煌，制度精密，及新像設，具儀從，圖前後戰陣於壁間，英氣凜凜，儼然如生，規模視舊什百矣。落成，乃致書於滽，俾記其事。

謹按：王名飛，河南湯陰人，忠孝文武，爲中興名将。靖康初，二聖北行，高宗南渡，王誓心涅背，慨然以雪國耻爲己任。內平劇賊，外抗强胡，前後數百戰，未嘗挫衄。至於朱仙鎮之役，尤爲雋偉。若一鼓渡河，則金人可擒，二聖可復。奈何奸臣秦檜力主和議，累詔班師，王十年之功，廢於一旦。而檜猶謂飛不死，終梗和議，己必及禍，遂與張俊謀殺，王竟死於獄，其子雲亦遇害。嗚呼，寃哉。論者多以爲天不祚宋所致。然王之存亡，係宋之興廢。當時在廷之臣，若能合辭面諍，斥檜之奸，暴王之忠，脫有不從，則至於再，至於三，高宗之意未必不回，而王之寃未必不雪。然何鑄、周三畏有「無故殺大将」之言，韓世忠有「莫須有」之辯，皆止與檜言之，而不達於君。薛仁輔、李若樸、何彦猷皆言王無辜，士㒟以百口保王無它，雖已達於君，亦一言而止。此外皆緘默無辭。厥後，劉允升以一布衣扣閽極諫，翊忠之功，雖與何鑄等有輕重之殊，然已犯未信厲己之戒，徒自取禍，何益於事。此君子所以謂王之死乃人事未盡，難委之於天，誠確論也。

噫。王卒之時，方年三十有九，若非奸臣害之，其功豈止如前所云，必将箠撻四夷，肅清九有，中原無腥羶之氣，蒙古無覬覦之心。然誣獄一成，貽患深遠。幸而我太祖高皇帝，用夏變夷，創業垂統，顯忠遂良，發潛煥懿，而王之廟貌廢而復興，王之忠義久而益著，此天理民彝之公，至是而愈明矣。同是心者，寧不知所景仰乎？兹役也，内外群臣，上承朝廷褒忠之意，下並前賢翊忠之功，其有益於世教也不淺，是不可以不傳。銘曰：

維王之德，忠孝爲先。維王之才，文武兩全。摧鋒陷陣，所向無敵。将帥如此，孰能爲匹。遡而上之，漢有孔明。絳、灌之儔，誰許齊名。志吞北虜，恢復中原。奸檜銜之，竟死於冤。芳名不泯，有廟翼翼。輪奐聿新，伊誰之力。明明天子，恩出九重。聖聖相承，褒典並隆。賢哉守臣，復倡斯議麥公秀。同官一心，崇尚忠義二李公名瑾，名珍，韓公義，梁公裕，張公和。豸史叶謀，斯〔一〕復前規陳公銓，任公文獻，方公溢。冬官地官，叅酌攸宜張公天爵，田公嵩，鄭公良佐。藩垣濟濟，是經是營孫公儒，右布政使林公符，叅政歐公言〔二〕，叅議吴公紀。憲臺肅肅，力董其程朱公欽，副使趙公寬，呂公璋，張公鸞，林公廷選，張公寘，僉事郝公天成，蕭公翀，范公鏞，陳公輔，洪公遠。都閫桓桓，防之護之白公弘，都指揮僉事黄公華，熊公岡，吴公邈，牛公洪，戴公恩。都運聞風，悉心助之宋公明。專城寄重，獨任其繁梁君萬鍾。花封秉誠，不憚其難李令師儒，胡令道。輿情既翕，厥用裕如，厥功〔三〕告成，以妥神棲。我銘斯石，以警将来。苟同此心，毋俾或隳。

〔一〕「斯」，《精忠錄》作「期」。
〔二〕「言」，《精忠錄》作「信」。
〔三〕「功」，原作「公」，據《精忠錄》改。

重刊精忠録序

陳銓　監察御史

忠義之節，剛大之氣，雄偉豪傑之事功，在天地間不可泯也，雖屈於一時，而伸於萬世。姦邪之謀，凶悖之行，檮杌饕餮之惡，在天地間亦不可泯也，雖得志於一時，而遺臭於萬世。夫天理之在人心，古今同之。善孰不知好之，惡孰不知惡之；有功孰不知其當賞，有罪孰不知其當誅。何當時之人，昧而弗察，直有待於後世之人是非之哉？豈得之目擊而繆，得之傳聞而審哉？嗚呼。無道之世，黑白變眩，清濁混淆，蓋有不可以理喻者矣。雖有大賢君子懷憂世拯物之志，不過仰屋竊嘆而已，亦不欲公倡善惡功罪之義。何者？言不必行而身且爲戮，李膺〔一〕、范滂、孔融、臧洪之儔可鑒已。《易》有「儉德避難，括囊無咎」之訓，孔子有「危行言孫」之訓。是故忠義姦惡必俟後世而後明。然其在當時能幾何哉？大者不過數十年，小者五六年、四三年耳，若朝曦之微霜，若勁風之輕烟，若過雨之疾雷，倏焉跡滅，忽焉響絶。而千萬世之下，一則如霄漢嵩華之高，如威鳳祥麟之美，如神明蓍龜之信；一則如狗彘，如蟣虱，如鴟梟鬼蜮，如糞壤污穢，愈久而益彰，千載而恒存。一則崇以廟祀，紀之太常，煒然其光華，藹然其馨香，子孫享其利，鄉黨藉其榮；一則言之污

〔一〕「李膺」，原作「志膺」，據《精忠録》改。

口舌，書之污簡策，雖數千百世，子孫不得齒於人士之列，曰「此某之後也」，見其姓名則唾之，過其墓則蹴之。是故天下有大賞罰、大勸懲，而華袞之寵、鈇鉞之威不與焉。

宋之南渡，二帝北狩，中原陸沉，時則有岳鄂武穆王生焉，忠義之節、剛大之氣、雄偉豪傑之事功兼而有之。提强兵，運神謀，奮義勇，削平群寇，直指汴都，摧兇剪暴，復讎雪耻，在此舉矣。中原響應，逆虜膽落，不世之勳垂成於外，不測之變潛發於內，天不祚宋，可痛也。而姦檜欺君賣國之罪可勝誅哉。當時人人知之，人人憤之，而不能救之。雖有壯烈如韓世忠，僅一言之，終亦莫之能遂。蓋權姦之方得志，左右前後皆其黨與，上下四旁皆其網羅，其兇威虐燄足以翻穹壤而倒置，足以排江漢而逆流。所謂否之時，上下不交，天下無邦，小人道長，君子道消者也。武穆之孤忠，奈之何哉？雖然，人之勝天一日之暫，天之勝人萬世之常。由今日觀之，武穆何如哉？姦檜何如哉？

武穆之烈，載在史傳，雜出於稗官小說，而《精忠錄》一書則萃百家之言而備之者也，有圖，有傳，有銘記，有歌詩，海內傳誦久矣。奉敕鎮守浙江太監麥公，廉靜仁恕，以惠一方。當海內承平之時，謂晏安無事之民易溺於偷惰苟安之習，思有以振起而作興之。於是，王之墓在杭西湖之棲霞嶺，既封治其園塋，崇飾其廟貌，尊嚴宏麗以聳萬民之瞻視者至矣。間嘗閱是錄而慨然有感，因取而表章之，序其戰功列圖三十有四，增集古今詩文凡若干篇，刻而傳之，以爲天下臣子勸，而屬銓爲之序。展而玩之，武穆之忠義勳烈炳焉爛焉，如日星之明而江河之流也。公之用心勤矣。且夫日星之在天也，雲翳霾蔽若沉晦矣，俄而天開景明，則天下皆仰其照臨之功。江河之行地也，隄防障壅若涸竭矣，源泉一決，則浩浩蕩蕩而放諸四海。王之功，蓋南渡而震中原，氣凌穹蒼而貫金石。姦檜之陰翳曲防，何損於萬古之日星江河哉？公生於百世之下，乃能纂述而發揮之，蓋同心同道則相契相感，有不期而然者矣。明設綱常之教，而默運激勸之方，所以砥礪生民而窒不軌，將使懦夫立志、憸邪膽落，有功於名教，顧不大哉。銓生也晚，仰止王之威靈而掩鼻檜之臭穢非一日矣，第不克執子長之鞭，揮秀實之笏耳。是錄之成，而獲攄其平生之憤，豈非千古之一快哉？

精忠錄後序

趙寬　浙江副使

嗚呼。天之生才，爲當時計乎？爲萬世計乎？其果有意乎？其果無所爲而出於偶然者乎？愚嘗歷考史傳，俯仰千古，其間賢而詘辱、不肖而尊顯、罪而蒙賞、功而受誅者，不可勝紀也。至於陟明黜幽、彰善癉惡、清濁邪正判焉，殊途之世，蓋無幾耳。夫人才之生，豈易得哉？鍾光嶽之英，禀五行之精，或千萬人而一人，或數十年、或千百年而一人，其器度、其才識、其志義節概敻然超乎一世之上，可以前無古人。天之生斯人也，將以佐世道綱常之責也。人之望斯人也，將以撥一世之亂、拯萬民之命也。乃或擯棄之，使不得騁，困阨之至，無所容其身，或垂成而廢，或中道而止，甚則殛竄刑戮加焉。上天生才之意固如是耶？吾固謂其不爲當世計也，固謂其無所爲而出於偶然也。

至於宋岳武穆王之事，則尤可怪駭，尤可痛惜。每讀其書，撫其遺迹，未嘗不憯然容□[一]，潸然出涕，

[一]「容□」，雙峰堂萬卷樓本作「容慼」，《精忠錄》作「咨嗟」。

不能喻之于懷。夫亂則思治，危則思安，讎思復，耻思雪，人之情也。宋之南渡，事勢極矣。君父蒙逆虜之塵，山河變左衽之俗，正世主怒目切齒、不遑寢食之秋也。而豪傑之才出焉，豈非所謂天授？况武穆在當時，文武之全才，忠孝之大節，焜焜赫赫，布宣遐邇。其君高宗初亦非不知而重之，蓋嘗稱之曰「節義忠勇，無愧古人」，曰「有臣如此，顧復何憂」，曰「勇略冠世，忠義絕倫」。又嘗手書「精忠」字製旗賜之矣。又嘗召至寢閣，命之曰「中興之事，一以委卿」矣。其知之不可謂不至，望之不可謂不厚也。謂當如桓公之於管仲、昭王之於樂毅、先主之於武侯，臣主一德，他人莫得而間之，庶幾有爲於天下。夫何一旦信用賊檜包藏禍心之姦謀，以屈己請和爲得計，遂忘逆胡不共戴天之讎，忘父兄俘囚窘辱之耻，不顧神州陸沉之亂，棄恢復垂成之功，而忍於戮忠義勇略、威加强虜之大將。所謂倚梟獍爲腹心，視孝子爲仇敵，倒持大阿以授人，自撤藩籬以媚盜，是果何爲者哉？豈非天之奪其魄乎？不然，不應若是之愚且惑也。蓋其平素略無奮勵激昂之志，聊以偷目前喘息之安，是以檜之謀易入而王之忠不復省録也，則亦無怪乎檜之得志而王之死也。雖然，後之君臣可以鑒焉，愚故謂天之生才爲萬世計也。

鎮守浙江太監麥公素秉忠愛，奉公爲民之心恒拳拳焉，慕王之烈，既新其祠墓，又即舊板行《精忠録》躬爲校正而翻刻之，巡按御史陳公序之詳矣。寬謂鎮守公是舉也，立教化之端，勵人臣之節，使忠良知所勸，而亂賊知所懲。董仲舒有言：「有國者不可以不知《春秋》，前有讒而不見，後有賊而不知。」愚於是録亦云。

重修敕賜忠烈廟記

王華　南京吏部尚書

記曰：聖王之制祭祀也，法施於民則祀之，以死勤事則祀之，以勞定國則祀之，能禦大菑則祀之，能捍大患則祀之。此皆有功烈於民者，非此族也不在祀典。夫古之人有一於此，並皆列諸祀典，崇以廟貌，以饗報于罔極。况乎兼而有之者，則其載諸祀典，褒崇報饗，愈久而益隆不替，豈爲過哉？

謹按：宋岳鄂武穆忠烈王諱飛，字鵬舉，相州湯陰人。少負奇氣，家貧力學，通《左氏春秋》，爲宋中興名將第一。張浚嘗問用兵之術，王曰：「仁、智、信、勇、嚴，缺一不可。」至其用兵行師，卒有取民麻一縷以束芻者，立斬以徇。卒夜宿，民開門願納，無敢入者。軍號「凍死不拆屋，餓死不鹵略」。凡有頒犒，均給軍吏，秋毫不私。即其所爲，真可爲萬世將帥行師者之法，非所謂法施於民者乎？自金人搆難，黃、汪、賊檜之徒，朝進一言以告和，暮入一說以乞盟，全軀保妻子之臣，接踵先後。王自結髮從戎，即以身許國，方且惓惓以興復爲己任，一則曰「復讎雪耻」，一則曰「當戮力以圖興復」。大功垂成，而竟冤死於獄，非所謂以死勤事者乎？自徽、欽北狩，高宗南渡，天下大事，十去八九，宗社蓋岌岌矣。當時，君臣偏安一隅，類皆愒日玩月，以爲目前苟安之計，惟王內平劇盜、外抗强胡，一則曰「强敵未滅，何以家爲」，一則曰「主上宵旰，豈大將安樂時邪」。天下以其一身進退，占宗社安危，非所謂以勞定國者乎？自兀朮長驅虜騎，直擣中原，生靈之菑患，未有甚於此時者也。惟王統强兵，運神筭，倡義勇，百戰以挫其威，奪之氣而褫其魄，故雖身死之後，戎馬亦不敢深入。自此南北講和，彼此休息，而宋以一綫之祚，得以綿延一百五十餘年者，大抵皆王捍禦之功也。非所謂能禦大菑、捍大患者乎？夫以王之功烈，考諸信史而不謬，質諸祀典而無疑，訂諸公論而不惑者如此，故自古忠臣遭誣受抑未有如王之甚者，而昭雪之後褒贈表章、崇以王爵、饗以祠廟、旌忠有額、報功有祭，亦未有如王之顯赫者。

王之墓在杭之棲霞嶺下，因立廟焉。廟舊在墓之西南，後遷於東北亢爽之地。前此堂宇卑隘，不愜報稱，我朝宣德間燬于火而復新。天順初，杭郡倅馬君偉修舉廢墜，復請于朝，乃賜今額，至是規模制度蓋什伯於前矣。邇者内官監太監劉公璟，欽承上命，鎮守吾浙，政務興舉之暇，一日謁王祠下，拜瞻久之，喟然曰：「武穆王忠義功烈，我列聖之所尊崇，萬世臣子之所景仰者。」先是，鎮守太監麥公秀，嘗率僚屬守臣修葺王之墳廟。迄今寒暑僅餘十稔，顧垣宇有頹圮者，棟梁榱桷赤白有陊剥不治者，圖像有漫滅者，何以揭虔妥靈，以竭崇奉之誠。乃特捐俸資，爰謀諸提督市舶太監梁公瑤，巡按御史史鑑、陳鼒暨藩臬諸公，下建郡邑長貳，罔不協心戮力，復加繕治。於是群工效能，因故以爲新，即華以飾敝，仍於外門鼎建石牌坊一座，榜曰「精忠祠」。至是，王之廟貌巍然與山嶽爭高，煥然與雲漢爭輝，而其剛大之氣、光明俊偉之功烈，殆將與乾坤元氣同其悠久也。彼賊檜之徒，罪惡貫盈，萬古不容於天地之間，雖犬彘亦臭穢其肉而不食，豈直不齒於人類而已哉？工既告成，公復走書幣，屬予文以記之。噫嘻，世之居官者，職分之外，法令之所不及者，漫不加意。公於政務之餘，乃能崇顯忠節，且又樹之風聲，表厥祠宇，如此可謂得好惡之正，知緩急之宜，而寓激勸之機，一事舉而衆善集，是可嘉尚也已。予雖不敏，曷敢以不文辭，乃爲之記。

古今賦詠

弔岳將軍賦

劉基　字伯溫，國朝開國功臣，誠意伯

木之顛兮，其根必傷。人之將死兮，俞扁以爲不祥。嗚呼將軍，夫何爲哉。天地易位兮，江河倒流。鳳凰夭殈兮，豺狼冕旒。臣不知有其君兮，子不知有其父。嗚呼將軍兮，獨銜冤而懷苦。讎何愛而可親兮，忠何辜而可戮。父兄且猶不顧兮，何忠良之能育。臣竭心以爲主兮，又何可以爲仇也。天之所廢不可植兮，亦將軍之尤也。烏傷弓而欲殞兮，群啞啞而拊翼。猿狖縻于機檻兮，羇悲鳴而不食。相伊人之有心兮，曾鳥獸之不如。忘戴天之大耻兮，安峻宇而高居。信讒邪之矯枉兮，委九廟于狐狸。甘卑辭以臣妾兮，苟殘喘以娛嬉。焚舟楫于洪流兮，烹驊騮于中路。庸夫亦知其至愚兮，羌獨迷而弗寤。捐薄軀以報主兮，乃忠臣之素心。縱狂瞽之弗思兮，又何必以之爲禽。屈原貞而見逐兮，伍子忠而獲戾。固將軍之不辰兮，哀中原之蕪穢。弔孤墳于湖濱兮，見思陵之牛羊。寄遙情于悲歌兮，識忘親之不臧。

岳武穆王像贊

王文憲公　栢

赫赫武穆，天開駿功。聲震河洛，威吞犬戎。梟檜忌武，烏臺勘忠。齊名諸將，愧死英風。

古詩

題精忠廟（有序）

陳贄　太常少卿

先正有以諸葛武侯、岳鄂武穆王、文丞相三傳合爲一編，名曰《三忠傳》板行於世者。然三人忠君報國，竭誠盡瘁，始終一節，死而後已，其心若合符契，合三傳爲一編，固宜無可議者矣。然予切有感焉。大抵人事盡，然後可以委之於天命。苟於人事未之能盡，而一切委之於天，曰有命，是誣天也。可乎哉？夫孔明當漢祚已盡，文山丁宋運迄籙〔一〕，天命已去，人心已離，雖極力挽之，莫可復迴。如此，委之天命猶可，後世尚有「孔明不死，禮樂其可興乎」之嘆。況乎南宋之際，天命未去，人心未離，正當盡夫人事、奮發有爲之時，如之何其可委之天命耶？蓋高宗以孱弱之資，畏金之逼，播遷南渡，偷安錢塘，不復以父兄宗社爲念。然當時則有李綱、宗澤、趙鼎、劉錡、韓世忠、張浚，皆一時之杰，誠能以軍權國柄挈而委之，以圖興復，可計日而待也。奈何爲黃、汪二奸沮之於内，使諸公志莫能伸。此誠人事之未盡，果可委之天命耶？及武穆王奮起應募，用兵如神，所向克捷，金兵累敗，中原大震。兵已進至朱仙鎮，去汴京僅四十五里，兀朮懼將北遁。克復中原，掃清朔漠，迎還兩宫，功在旦夕，又爲奸檜所沮，連詔班師。此果天命耶？抑人事之未盡耶？余故曰：「人事未盡，而欲委之於天，曰有命，是誣天也。」豈虚語哉？噫。彼小人之存心，惟一己之私是營，而僥倖目前之富貴，雖君父社稷之重，數百萬生靈之性命，皆不暇顧。不獨秦檜爲然，若唐玄宗之專任李林甫、楊國忠，德宗之專聽盧杞，雖至亡家喪國，尚不覺悟。由是而觀，朝廷之上，人君之側，君子不可一日而無，小人不可一日而有也。《易》曰：「開國承家，小人勿用。」聖人之言，其爲萬世慮也遠矣。

岳王廟與墓，俱在杭之西湖棲霞嶺之側，歷歲兹久，興廢不一，而廢必有興之者。宣德間，廟燬于火，浙江左布政使三山黄公敷仲捐俸爲之倡，俾父老新之。初，廟在墓之西南，乃遷于墓之東北爽塏之地，比舊益加宏偉壯麗，像設尊嚴，過者起敬。每年歲暮，杭守率屬以少牢致祭，遵彝典也。王所生之處，在河南彰德府湯陰縣之周流社，祖墓存焉。正統己巳，翰林侍講徐先生有貞以使事過其處，詢諸父老，知其爲王生長

〔一〕「籙」，原作「錄」，據《精忠錄》改。

於斯無疑也。疏聞于朝，請建祠，賜額爲「精忠之廟」，有司春秋二祭。先生又恐勞民，迺以義勸，率有司官寮、庠校師生、境内父老願出己貲助建者，聽人心好義者，衆歡然趨之，不日廟成。而始終專任其事者，湯陰典教袁君純也。景泰六年，先生由春坊諭德進陞僉都御史，出撫山東，董治張秋潰堤。既就緒，因過湯陰，撰文立石，用紀建廟之歲月。而袁君又裒集諸薦紳題詠新廟之作，繕寫成帙，題曰「精忠録」。兹君以考滿上吏部，選拜監察御史[一]。以余有同浙之雅，以「精忠録」見示，且畀校正，將欲鋟梓以廣其傳。君與都憲公之用心可謂勤矣，蓋欲表章前人之勛烈，亦所以激勸後人也歟。君復徵余賦詩于録後。昔在杭時，嘗賦七言長律，題于王之廟，頗爲詳備，兹欲再賦，意無出此者，姑書舊作于左，併論而序之，以求是正於大方云。詩曰：

春秋一部貫胸中，神力千斤八石弓。
弱宋倉皇抛社稷，老天特地産英雄。
楊么殄滅同螻蟻，兀朮看來等蠛蠓。
二帝終期迴紫蓋，一心直欲破黄龍。
笑談可使中原復，掃蕩須教朔漠空。
十二金牌宣太早，兩河赤子望徒濃。
誰知誤國遮天手，竟壞虞淵取日功。

〔一〕「監察御史」，原作「上察御史」，據雙峰堂萬卷樓本改。

當宁可憐甘退縮，賜旗何必繡精忠。
痛心讎恥宜舒雪，徹國奸邪苦蔽蒙。
屈膝無慚拜胡虜，生才端的負天公。
傳書白鴈音塵絶，行酒青衣淚血紅。
萬里山河歸左衽，兩輪日月照丹衷。
渠凶一夕潛誣害，信史千年見始終。
諸葛大名雖可並，汾陽偉烈竟難同。
休言宋將非唐將，自是高宗愧肅宗。
皎矣此心懸白日，冤哉憤氣貫晴虹。
舊祠雖在荒山下，往事已隨流水東。
亘古人心知不死，如今廟貌再興崇。
巍巍畫棟松杉暎，岌岌穹碑苔蘚封。
僧衲焚修香靄靄，邦侯祭奠鼓韸韸。
忠臣像在咸來拜，奸相家殲杳沒踪。
北嶺哀猿啼落月，南枝宰木起悲風。
天荒地老名難泯，物換星移恨不窮。
回首西湖湖上路，欲將興廢問漁翁。

邵玉　河間教授

宋主當年爲金虜，豪傑奮興闞彪虎。
仗義圖報君父讎，挺身誓復中原土。
父子戮力仍同心，累戰累捷摧强金。
誰知權奸主和議，傾陷忠良用計深。
金牌亟召班師急，父老聞之皆感泣。
十載勳功一旦隳，大事已去嗟何及。
子身棄市父死囚，悠悠哀怨何時休。
檜賊萬年遺臭在，我王百世芳名流。
死王之地已廟食，生王之地猶岑寂。
賴有儒臣聞帝聽，重表精忠貫天日。

袁忠徹　尚寶司卿

嗚呼。
國家靖難猶救焚，忠臣徇國忘其身。
此身可死奸權手，英靈千古誰能泯。
伊昔兩宫巡朔土，泥馬磁城汗如雨。
一時樞轄付憸人，强半山河入强虜。

岳王崛起提精兵，先聲瓦振旄頭營。
背嵬長驅掃兇域，誓迎欽廟還神京。
豈料奸臣中賣國，儗殺英雄快胸臆。
碩鼠方持割地謀，疑狐竟奪回天力。
忠肝義膽天實臨，舉家就戮誠何心。
檜直狗彘不足數，俊爲媒孽良亦深。
建炎憤志中興者，百萬雄師孰云寡。
區區底事畫江淮，樂處東南小天下。
浪說春秋大復讎，且圖看雪錢塘樓。
怒濤空餘白骨恨，橫波莫洗青衣羞。
睠茲埋玉西湖上，寶劍龍光猶在望。
壠樹何緣亦炳靈，至今枝葉皆南向。
乃知王心如日懸，忍堪北面聞腥羶。
假令少緩須臾死，肯信金人能自全。
鯫生展謁祠堂下，一讀穹碑淚盈把。
題詩永激賊檜徒，不獨傷哉宋宗社。

方質　洪武間徵士

妖星流光射天裂，女媧煉雲手纔爇。
鑾輿背哭洛水寒，十萬降兵化爲血。
鄂州將軍天下雄，錦袍坐挽烏號弓。
大鵬南來作人語，夜夜吐氣如長虹。
眼看九廟成焦土，指日金戈破戎虜。
皇天不爲蒼生憂，空使人間望甘雨。
歸來叫閶訴上帝，天門九重戟如蟻。
槃瓠醫人不得入，一旦秋郊泣新鬼。
漫漫長夜金井深，萬古白日同丹心。

陳政德

炎祚方中微，衣冠渺南渡。
危構無崇基，奸庸柄台輔。
腥羶徧河洛，僭竊列齊楚。
桓桓岳武穆，義聲懾夷虜。
遺黎望旌麾，大壑水奔赴。

用兵韓白儔，鄜張敢等伍。
功高衆所忌，獄吏乃余侮。
忠魂在青天，冤血漬碧土。
謂宜斬渠魁，持首祭諸墓。
疏封亦何榮，憤氣終莫吐。
屈己事和戎，西湖樂歌舞。
黄旗映青蓋，遥遥赴征路。
江山忽已非，荒阡舞狐兔。
山僧能起廢，荆棘化堂宇。
激義樂衆成，舊歡快新覩。
吾聞忠烈士，英靈所鍾聚。
弧昴感蕭張，嵩嶽降申吕。
會復下人間，功名更軒翥。
故國倘神游，宫室悵禾黍。
應同伍胥魂，秋濤賈餘怒。

吴子華

炎精昔中否，宇宙見分裂。
乘輿去不返，北狩胡沙雪。
之人不世出，亶作人中傑。
倒摧千仞崖，横磨三尺鐵。
一揮海岱清，再顧烽塵滅。
嗟嗟彼何人，睥睨妒功烈。
百年金甌地，因之有隳缺。
致令義士心，欲飲權奸血。
如何中興主，邪正不能决。
當時莫須有，斯言竟何説。
明明萬古心，惟有西湖月。

翟宗仁

傑閣棲朝霞，凛凛霜風清。
睠此一抔土，石獸猶崢嶸。
烈士何多悲，小人盡偷生。
國讎竟不塞，甘心割兩京。
殺忠天下冤，殺身萬古名。
矧爾中興基，始自荆湖平。
論功歸第一，日月于今明。
巍巍千載樹，上有白鵲鳴。
再拜長稽首，重是神之英。
徘徊不能去，感慨寧無情。

孔天碧

秦檜逆天道，庸君甘受欺。
我行西湖上，再拜忠烈祠。
勇徒或授首，誰能慮鞭屍。
湖波有時竭，此恨無窮時。

岳王墓　韓中村

妖星墮地芒角赤，龍劍悲吼風蕭瑟。
中原王氣挽不回，將軍一死鴻毛擲。
秦家小兒真戲劇，播弄造化搖樞機。
指讎爲親忠爲逆，隻手上遮天眼力。
九關茫茫隔天日，無由下燭臣愚直。
臣愚萬死不足惜，國耻未湔猶烈激。
古墳埋冤血空碧，風雨年年土花蝕。
我恐精忠埋不得，白日英魂土中泣。
請將衰骨斲出荒，苔痕獻作吾皇補天石。

徑山僧　康元翁

烈烈義士氣，常在天地間。
顧國不顧身，一死猶等閑。
蘭槁無改香，竹灰不改節。
斯人有知己，萬古西湖月。
君王賜墓田，埋骨不埋冤。

鐫銘在人口，未信金石堅。
想見墓前木，入土根不曲。
夕陽叫邊鴻，西風亦酸哭。

張羽 字來儀，國初人

中原千里志，西湖四尺墳。
長城忍自壞，神器憑誰分。
流血應爲碧，涅背漫成文。
覆巢無全卵，讒鋒射元勳。
英魄孰相友，濤江有伍君。

晋陵段金　户部主事

撫卷窺陳踪，擊節歌慷慨。
孤憤激中懷，涕泗忽滿裳。
傷哉宋祚微，虜騎恣猖狂。
驚塵暗城闕，腥風穢華邦。
百靈蒙氛翳，兩曜潛晶光。
神鼎屹南遷，鑾輿眇北翔。
君臣樂偏安，誰復念父兄。
扣馬啓胡衷，和議横廟堂。
將軍蓋世豪，辛苦事戎行。
不齒百戰功，况廼中奇殃。
咄嗟黄龍飲，此志竟莫償。
宋宗誠少恩，禅受乖前方。
罔思金匱盟，瀆亂隳天綱。

推刃及同氣，殘忍如刲羊〔一〕。
彼蒼降厥罰，肯使皇圖昌。
遂令狐鼠徒，戕此孤鳳凰。
高塚何崔巍，商飈號白楊。
英魂渺難招，徒爲行者傷。
天地豈終極，遺恨空茫茫。

詞

劉改之

中興諸將，誰是萬人英？年少起河北，劍三尺，弓兩石，定襄漢。開虢洛，掃洞庭，北望神京。狡兔依然在，良犬先烹。

懷故將軍舊壘，淚如傾。臣有罪，可鑒臨，一片心。萬古分茅土，終不到，舊奸臣。人世夜，日月照，窗開明。看年年三月，鹵簿迎神。

〔一〕自「殘忍如刲羊」至「遺恨空茫茫」原書錯簡，據雙峰堂萬卷樓本改。

和《滿江紅》

陳璟 蜀府長史

已建玄戈，祛孽虜，肯教暫歇。維八柱、戎衣一襲，戰如火烈。待敵兵屯盆浦夜，折衝馬躞龍沙月。念中原、民社陷腥羶，堪傷切。匹夫憤，飛霜雪。國士心，難灰滅。掃胡塵、漢土欲全無缺。輸欵已行奸檜志，裂皆空灑嵇公血。喪長城、烟草兩宫愁，迷金闕。

陳珂 福建按察使

王業偏安，當振旅、偷生怎歇。奮孤忠、身親百戰，英風烈烈。鐵騎踏翻胡虜寨，雕弓射落燕山月，奈遭逢、世運正間關，心徒切。青衣辱，何年雪。論狼子，當祛滅。好從新〔一〕、整頓嬌天殘缺。寶劍不誅奸黨首，戎衣空染妖氛血。瘞湖山，猶有樹枝枝，朝南闕。

〔一〕自「好從新」至「朝南闕」原書錯簡，據雙峰堂萬卷樓本改。

絶句

楊廉夫

淮陰一死到岳鄂，此事從來天所爲。
敵國未聞垓下破，將軍已有固陵疑。

又

趙家一岳重九鼎，何必秦牙能動摇。
愁絶山陽成禍本，胥江爲我作秋潮。

歌行

方秋崖　文學掌教

神京鱗介腥衣裳，三精霧塞天無光。
鼪啼鼯嘯紛披猖，中分宇宙尊犬羊。
誰其與者淪綱常，受計於虜扼我吭。

王心凛凛天蒼蒼，以次束縛歸朝堂。
自南自北諸已償，焉用與虜爲斧戕。
爲讎報仇胡不臧，至今淮塹爲河湟。
每觀王傳心摧傷，怒髪爲立膽爲張。
皇畀予邑於祈閶，聞王有像西山岡。
欲往從之潔予觴，簡書之言不我遑。
今且去此何敢忘，牲肥酒香差日良。
金戈鐵馬山茫茫。

鄭明德

棲霞嶺南湖水陰，墓木兩株高百尋。
鬼神爲護霜雪榦[一]，日夜怒號風雨音。
山僧紙錢每自掛，隴酋金槌那得侵。
精忠既已塞天地，英爽尚爾蟠山林。
根雖無血可化碧，世故有人能範金。

〔一〕自「鬼神爲護霜雪榦」至「荒墳一上一哀吟」原書錯簡，據雙峰堂萬卷樓本改。

恭惟父子一抔土，尚想君臣千載心。
萬松嶺前行殿湧，五國城頭寒漏沉。
空令遺黎痛至骨，荒墳一上一哀吟。

霍惟肅

建炎諸将誰第一，赳赳鄂王忠貫日。
驃騎降國才縱横，豫州誓江氣崒嵂。
中原萬里塵冥冥，鳳凰山小秋濤驚。
君王無意雪讎耻，青衣羊車污羶腥。
同袍却入奸臣黨，槲木自舉讒言興。
旃裘酌酒亡[一]流涕，土宇分崩豈天意。
墓門高壓泛湖船，日光下燭棲霞樹。
風悲烟淡鬼神愁，鐵馬雲旗來髣髴。
區區香火付山僧，千古威名動天地。

〔一〕「亡」，《精忠録》作「士」。

程正輔

炎宋中遭百六阨，乾坤瘡痍天半坼。
衣冠南渡再造成，鄂王戰功居第一。
誓清中原復舊都，嘗膽卧薪心憤激。
奸臣忌功嫉賢能，扶虜要君謀叵測。
紹興之間議倡和，志士忠臣痛至骨。
邊頭將軍爲身謀，歸卧錢塘享封邑。
王心徇國獨冤死，千古精忠虹貫日。
阜陵褒衈大義明，九原亦足慰英魄。
二百年來世變更，古寺藁祠委狼藉。
空遺荒塚石麒麟，烟雨凄昏莽荆棘。
高僧激義起廢興，瓦礫俄然化金碧。
鍾魚鼓動香火新，坐使湖山有矜色。
旍旗杳靄弭節來，應想神遊周八極。

周越道

靖康以來戎虜彊，旄頭晝夜浮寒芒。

二龍北飛竟不返，一龍欻起天南鄉。
中原板蕩荆榛荒，山河萬里秋雲黄。
當時建績誰第一，岳家兵甲森翱翔。
詔書不受天子賞，赤心直欲社稷昌。
寶刀出匣凝冰霜，騂騮辟易不得將。
西風丹天奮鐵騎，落日滄海乘飛艎。
雄威駭膽移地軸，壯志吼氣昭雲章。
十年百戰心未遑，報君願在擒戎王。
但知敵寇據邊塞，豈意有盗萌蕭牆。
太平丞相和議决，要使将軍罷兵革。
可惜匡臣一片心，都化錢塘三月血。
和親議不解，匡君心不移。
銜冤棘寺不可泄，憤怒上結孤雲飛。
我亦前王舊孫子，松楸陵墓參差起。
一從王化過東南，百歲有誰崇祭祀。
岳王岳王亦莫愁，孤墳依舊西湖頭。
其如我家道路隔，飄蓬萍梗空南州。
山僧手持雲臺像，赫奕雄風凛相尚。

當軒展顧心獨悲，血淚千行皆北向。
君不見燕家樂毅吞田齊，即墨未下謗已歸。
又不見趙家廉將軍，間言一起成遠奔。
古來忠臣皆如此，奸臣賊子徒紛紛。
我亦因之心欲裂，朝廷未必知忠烈。
屈原湘水有誰招，伍子姑蘇諫空折。
上人停舟今已行，賦詩爲寫心煩傷。
歸時應過岳王墓，與我奠此青霞漿。

朱希顔

岳武穆王褒忠寺起廢事蹟，諸名公題咏璀璨盈軸。可觀師以予舊嘗竣事祠下，俾贅蕪詞，以識卷尾。勉賦四言，使之持歸，遺諸父老歌以祀神，庶幾安王之靈，將有以爲祝嘏之佑也。其辭曰：

嗟乎武穆，精忠罕儔。志存匡復，爲檜所仇。致辜于理，隕其英猷。善類冤之，孝皇始褒。祠廟孔飾，易世弗脩。有釋者觀，嘅其松楸。且經且紀，廬于荒陬。卒相于成，王祀用休。有美全初，金繒是賙。一有不備，乞食以求。旌忠淑義，哲士可侔。予忝命吏，奔走經諏。犪牲釃酒，顧瞻林丘。薄夫泚顙，憸士包羞。千載以往，神斯炳彪。維國有典，忠貞是優。豈曰異代，易其薰蕕。有赫伍廟，胥怒江流。均死不二，雄跨南州。

宇文子貞

褒忠寺者，故宋所以報忠武岳鄂王之功也。維王事載信史，勳蓋當世，聲塞天地，忠貫日月者也。檜奸賣國，竟殞其手。是豈維王之不幸，實時之不幸也。嗚呼，尚忍言之哉。墳在錢塘之西，蕪穢日久，廟既廢，而祊田没入他姓，寺亦且壞。泰定丙寅以來，主僧可觀，世業儒，知向慕。賢大夫士若柯君敬仲、鄭君明德既表章之，而郡幕長李公全初又出貲經始，爲當道倡。於是，葺荒丘，樹松檟，歸祊田，起廢祠，新其寺而大之。蓋十有三年，而故物始完。是又非獨王之幸也。節義爲天下大閑，終古不泯，使世爲人臣者咸知所勸，詎非世道之大幸歟。子貞作詩以遺杭民，俾歌以祀王。其辭曰：

嗟忠武兮時之雄，乘風雲兮總元戎。掃氛埃兮盪群兇，拓疆宇兮歸故封。挽咸池兮洗曈曨，蓋一代兮立殊功。時不利兮困讒庸，人殺其軀兮天鑑厥忠。雲松蒼蒼兮湖水瀰瀰，故祠復新兮巋然山址，是非久定兮凜乎不死。春蘭兮秋菊，挹湖光兮飲山緑，靈胥可招兮逋仙可速。嗟忠武兮來歸，移忠誠兮錫吾民以爲福。

張思廉

君不見南薰門、鉄爐步，神矛丈八舞長虹，雙鍊銀光如雨注。又不見鐵浮屠、拐子馬，斫脛鋼刀飛白霜，貫陣背嵬紛解瓦。義旗所指人不驚，王師到處壺漿迎。兩河忠義望風附，襄鄧荊湖唾手寧。朱仙鎮上馬如虎，百戰經營心獨苦。賜環竟壞回天功，捲旆歸來卧樞府。錢塘宫殿春風輕，嬌兒安宴醉未醒。徒令功臣三十六，舞女歌兒樂太平。虎頭将軍面如鐵，義膽忠肝向誰說。只将和議兩封書，往拭先皇目中血。将軍将軍通軍術，君命不受未爲失。丈夫出疆事從權，鐵馬長驅功可必。功成解甲面赤墀，拜表謝罪死不遲。惜哉忠義重山岳，智不及此良可悲。嗚呼。肆讒言，加毒手，申王秦檜心，循王張俊口，蘄王韓世忠湖上乘驢走。五城頭，帝鬼啼，胡兒相酌平安酒。

三山謝琚浙江右參議

有宋當炎祚，承平三百年。
靖康際頹運，理亂相縈牽。
金人向南牧，胡塵雜腥羶。
四海環鼎沸，千鈞一綫懸。
安危在斯舉，誰憂爲國先。
桓桓岳将軍，應募心幡然。
傾身許排難，誓忠期斡旋。

手持左氏傳，大義秉回天。
行兵法孫吳，百戰親被堅。
南薰與桂嶺，破敵無敢前。
鼠竊斂修跡，蟻聚喘驚涎。
神機却齟齬，勇敢真騰騫。
常以寡擊衆，燕然功可鐫。
精忠書朱旗，寵錫倚任專。
感激興復志，淨掃中原烟。
謀臣主和議，竟墮奸豪權。
瓜分遂不支，陰中禍何遄。
金牌召十二，東拜秖自憐。
曆數去莫挽，天運有循環。
捐軀傷往事，仗義疇能肩。
景仰埋玉墳，拜誦褒忠篇。
古今死節士，誰如父子賢。
臨風發長嘆，感涕揮雙漣。
凛凛勁節氣，嚴松對月圓。

貴溪吴立　浙江僉事

光嶽鍾靈秀，湯陰産俊奇。
桓桓閑武略，烈烈奮雄姿。
絶漠烽烟動，中原社稷危。
守臣求戰士，滄海起蟠螭。
恢復懷諸葛，長驅想子儀。
一心匡國難，四字涅膚肌。
邊塞英雄将，朝廷柱石資。
兵戎同苦樂，父子並驅馳。
胡虜聞來遁，河南不敢窺。
軍威嚴虎豹，賊勢等狐狸。
兀朮兵徒盛，楊么計莫施。
蒙塵耻可雪，復國事堪爲。
父老歡迎迓，壺漿競捧持。
虔人皆繪像，邑令獨鐫碑。
金椀承殊渥，精忠錫戰旗。
君臣情正叶，讒佞禍相隨。

宰輔嗟秦檜，奸邪邁李斯。
力爲和議計，不顧主君欺。
十二金牌出，三千鐵騎悲。
旄倪咸蹙額，髞羯頓揚眉。
大理辭難就，忠臣命已萎。
雲兒遭大辟，頸血濺中逵。
貞女捐軀日，銀瓶墮井時。
一門忠節盡，萬古姓名垂。
國土終分裂，乘輿永別離。
衣冠成左衽，華夏變蠻夷。
宿草埋荒塚，寒烟淡夕曦。
英魂讎北寇，陵樹盡南枝。
駐節棲霞嶺，焚香忠烈祠。
拜瞻遺像後，和淚寫新詩。

崑山吳璘　浙江僉事

汴京塵飛走泥馬，降兵夜哭陰山下。
三精無光龍氣銷，虜騎長驅滿中夏。

虎頭将軍住相州，胥吏[一]貫胸兵甲流。
百鈞神錐丈八矛，誓清瀚海明國讎。
出師兩河試神武，轉戰湖湘靖荆楚。
繡旗遥捲風雨來，假息胡鶵如聚釜。
南薰爐步高如天，鑄金浮圖鐵鎖穿。
我師一出鳥蛇散，匹馬不得歸燕然。
回天有功心自許，怒髮冠中争上指。
萬里君王詔賜環，一寸孤忠淚如雨。
太平宰相宮錦袍，耳聞恢復心欝陶。
徒将赤手障天眼，忍擲二聖輕鴻毛。
東窗計就黄柑裂，朔風墮指重陰結。
小吏持將片紙來，忽報撑邦金柱折。
鳳山行宮切層雲，赤墀錫寵多玄纁。
洛陽觀闕劫火冷，月暗絶漠悲遊魂。
棲霞嶺前湖水緑，嵯峨高塚雙埋玉。

[一]「胥吏」，「胥」字原爲墨丁，據雙峰堂萬卷樓本補。《精忠錄》作「麟史」。

劍血年深尚未消，時有腥風起平陸。
間乘栢府連錢驄，來經此地懷精忠。
南柯宰樹半摧折，惟有薜荔搖山風。
我皇淮甸真龍起，手揮天戈清北鄙。
蕉荔垂馨祀屢頒，遐慰英靈猶不死。

錢塘張錫

君不見伍員良謀不見收，瞋目視吳餘髑髏。
素車白馬晚潮急，麋鹿却上蘇臺遊。
繁華盡變春來草，野鳥飛來相替愁。
由來賢者身係國，賢亡國破纔倏忽。
我來拜罷岳王墳，拂劍仰天心慘惻。
憶昔膻風汙宋土，赤子顛連困豺虎。
將軍一木支大厦，指心誓把青天補。
鷙鳥飛不息，良弓俄已藏。
狡兔滿原野，走狗忽已亡。
可憐宋社稷，却葬西湖傍。
塚頭南向樹，最是傷心處。

親見胡人來，還見胡人去。
天邊一輪日，是王忠義心。
浮雲自來去，光華照古今。
湖上春深柳條綠，遊人來唱宣和曲。
傷心惟有紫雲泉，相對兩峰終古哭。

錢塘李旻 太子諭德

宋運遘陽九，岳侯奮忠貞。
百戰一不挫，氣厭黃龍城。
迅雷破怪窟，時雨清羶塵。
旄倪方仰望，酋虜亦崩奔。
如何讒間作，中原復沉淪。
胡不遂成命，就此非常勳。
所重全臣節，功名何足論。
風聲激後世，心蹟懸秋旻。
至今英烈士，感慨傷精神。

瓊臺丘濬　禮部尚書

我聞岳王墳在西湖上，至今宰樹枝南向。
草木猶知有藎臣，君王乃爾崇奸相。
青衣行酒蒙邊塵，十年血戰寧無人。
忠勛何辜遭殺戮，胡兒未必能亡秦。
於虖。臣飛死，臣俊喜，臣浚、世忠皆披靡。
檜書夜報四太子，臣構再拜從茲始。

江瀾　翰林侍講學士

精忠岳武穆，墓近西湖陬。
英魂慘日月，直氣冲斗牛。
權奸計已成，社稷徒爲憂。
含冤赴泉壤，夙志竟莫酬。
聖朝表忠烈，歲祀頒春秋。
祠宇漸頹謝，草樹成荒丘。
偉哉賢鎮守，意氣誰同儔。
感此勵風化，竭誠爲營修。

廟貌飾以崇，蕪穢蕩若收。
遊客拜庭下，瞻仰心休休。

進賢楊峻　浙江左布政使

岳穆英豪文武略，滿腹春秋聖賢學。
正當恢復克中原，可恨權奸通虜漠。
君不見田單反間行，樂毅代來燕已削。
又不見鴟夷江中投，越王潮上吳自却。
古來忠烈係安危，亂臣賊子亦何爲。
趙家不雪羌胡耻，萬古南枝宰樹悲。

海陽李春芳　監察御史

崇寧狐鼠來熙豐，白山犬羊窺蒼穹。
妖氛萬里天空濛，回頭北顧誰彎弓。
湯陰淑氣起人龍，精忠耿耿貫晴虹。
與虜生存誓不同，金戈鐵馬聲隆隆。
旌旗赫奕雷行空，咲談南北收群雄。
胡命倉皇破竹中，方看取日出高舂，無奈陰霾遮九重。

宋室萎頹數已窮，鳳凰鶺鳩非朋從。
天遽奪之歸芙蓉，氣隨日月懸西東。
棲霞嶺下若堂封，湖光迤邐山蒙茸。
廟前古栢號秋風，髣髴王歌滿江紅。

律詩

趙子昂 元翰林學士

岳王墳上草離離，秋日荒凉石獸危。
南渡君臣輕社稷，中原父老望旌旗。
英雄已死嗟何及，天下中分遂不支。
莫向西湖歌此曲，水光山色不勝悲。

葉紹翁

萬古知心只老天，英雄堪恨復堪憐。
如公更緩須臾死，此虜安能八十年。
漠漠凝塵空偃月，堂堂遺像在淩烟。

早知埋骨西湖上，學取鴟夷理釣船。

胡邦衡 龍圖博士

匹馬吴江誰著鞭，惟公攘臂獨争先。
張皇貔虎三千士，支柱乾坤十六年。
堪恨臨淄功未就，不知鍾室事何緣。
石頭城下聽輿論，萬姓顰眉亦可憐。

柯敬仲 秘書博士

結髮行間見此公，兩河忠義俟元戎。
勳成伊吕終方駕，筭勝孫吴亦下風。
拂劍未酬千古辱，賜環空壞十年功。
奸邪賣國堪流涕，獨立西風看去鴻。

達兼善

將軍有意拔天旌，直取黄龍復漢京。
誰謂君王輕屈膝，久知戎虜定渝盟。
屬車不返三關路，堠火長連五國城。

獨使英雄含恨血，中原何以望澄清。

段吉甫

義膽忠肝百戰軀，何堪城社聚妖狐。
驟聞强虜回鳴鏑，已見功臣賜屬鏤。
賓客有誰曾殉死，君王無意復還都。
棲霞嶺畔團圓月，不照凌烟閣上圖。

班彦功

威名震主自全難，高第綸巾未許閒。
空使旄頭奸膽破，不容馬革裹屍還。
新亭人泣山河異，古塚鵑啼草樹殷。
當日韓張徒共事，竟無一語動天顔。

高則成

莫向中州嘆黍離，英雄生死繫安危。
内廷不下班師詔，絕漠全收大將旗。
父子一門甘伏節，山河萬里竟分支。

孤臣尚有埋身地，二帝遊魂更可悲。

林清源

岳王墳上褒忠寺，地老天荒恨尚存。
介胄何堪投獄吏，衣冠無復望中原。
青山能掩萇弘血，落日空悲蜀帝魂。
遼鶴不歸人事別，吳宮秋草又黄昏。

又

誰收将骨葬西湖，已卜他年必沼吳。
孤塚有人來下馬，六陵無樹可棲烏。
廟堂短計慚嫠婦，宇宙惟公是丈夫。
往事重觀如敗局，一龕燈火屬浮屠。

霍賓陽

數畝青山帶斷林，岳王冤恨此中深。
奸臣不貴前朝業，過客徒傷今日心。
霜冷草黄秋漠漠，風酸月黑夜沉沉。

自從埋骨棲霞上，長使英雄淚滿襟。

施則夫

陰風靈雨振庭柯，猶怒當年主議和。
江國自開新社稷，汴京誰復舊山河。
有時井畔銀瓶泣，半夜祠前鐵騎過。
平昔勤王多少事，盡将哀怨付漁歌。

王彦琬

未到黄龍詔返戈，歸來重失舊山河。
英雄矢誓圖恢復，賊檜專謀議講和。
朔漠風沙迷帝輦，西湖烟雨聽漁歌。
棲霞嶺畔千年石，尚有精忠字不磨。

陳剛中

百戰沙場第一功，鳥飛未盡已藏弓。
魂消長樂有鍾室，怨入永安無閟宫。
芒刺定萌驂乘上，長城只壞幘聲中。

錢塘千古鴟夷恨，空對靈胥吼夜風。

唐子華 休寧縣令

鄂王年少多韜略，南渡艱危肯顧身？
自信還京終有日，不知誤國豈無人。
祠前落落長松暝，壠上萋萋碧草春。
堪笑當時好冠蓋，翻令高卧石麒麟。

張安國

蹀血龍沙志莫酬，遺民空望復神州。
忠臣竟殞權奸手，庸主真忘父母讎。
千載英光垂竹帛，一抔荒壤蔭松楸。
事機已失追褒晚，來拜祠堂兩淚流。

高若鳳

精忠直可與天參，一死能令後死慚。
檜秉國鈞甘事北，樹生王塚尚朝南。
石羊卧雨嗟蕪沒，鐵馬嘶風憶戰酣。

當日權奸堪炙手，無人樽酒拜王庵。

柯履道

肅肅西湖岳鄂祠，一抔黃土樹南枝。
風高殿角鳴簷馬，日落山西哭子規。
扶病出師天下計，死終爲國古今知。
行人過此長揮淚，惟恨英雄得數奇。

蘇大年

忠臣爲國死銜冤，天宇蒼蒼日月昏。
獄吏有辭書牘背，君王無意復中原。
秋風永斷諸陵夢，夜雪誰招五國魂。
留得青青二三策，是非千載向人論。

張光弼　元浙省員外郎

朔雪炎風共此年，中原父老亦堪憐。
豎儒屬遺祈求使，大将空持殺伐權。
忠義有碑書大節，奸邪無面見重泉。

至今宰木猶南拱，遺恨西泠是墓田。

李希颜

寇讎君父不同天，每閲遺編一泫然。
壯士謾勞三百戰，懦兒不直一文錢。
諸陵河洛空秋草，孤塚湖山起暮烟。
説與英靈九泉下，中原又不似當年。

陳秀民 宛丘人，庶子

英靈不死孤忠在，二頃祊田自合歸。
寒食清明春淡淡，落花遊絮晚霏霏。
乾坤世道有隆替，城郭民人嗟是非。
安得岳家軍十萬，中原一戰解戎衣。

又

鄂王英武不復見，香火廑餘湖上僧。
中國久非金社稷，北邙誰掃宋山陵。
廟前白日旗影下，塚上黄昏劍氣昇。
恨不當時梟檜首，載瞻遺像哭中興。

姚子章

鄂王祠宇北山根，一過西湖一斷魂。
獨掃金人歸朔漠，長驅鐵馬向中原。
姦邪百代空遺臭，父子終天尚雪冤。
宰木屯陰森戰戟，瀟瀟風雨泣黄昏。

和趙文敏公韻

宋祚中微值亂離，錢塘駐蹕竟忘危。
不誅大逆秦奸首，空賜精忠岳字旗。
國步東南徒自蹙，天傾西北有誰支。
棲霞嶺畔荒涼墓，宰木號風最可悲。

高郵龔子敬

岳寺禪流復墓田，清明寒食起新烟。
道傍爲我除蒼檜，山下如今哭杜鵑。
高廟神靈應悔此，中原父老尚悽然。
西湖靡靡行人去，却望棲霞轉可憐。

古汴趙仲光

廟貌重修煥若新，老禪向我説平生。
子孫鬻田僧與贖，宰相害忠天弗争。
指日中原期可復，丹書連詔竟無成。
英雄不泯傳千古，墓木迎風起怒聲。

丹丘柯敬仲

行盡西泠見墓林，落花飛絮總傷心。
數聲杜宇迷清晝，兩個麒麟卧緑陰。
座上高僧能説法，道傍遺老尚沾襟。
平湖簫鼓非前日，隔岸樓臺暮靄深。

潘子素

海門寒日澹無輝，偃月堂深晝漏稀。
萬竈貔貅江上老，兩宮環珮夢中歸。
内園羯鼓催花發，小殿珠簾看雪飛。
不道帳前胡旋舞，有人行酒著青衣。

沂陽王彦琬

鐵騎長驅虜氣摧，旌旗指日復神畿。
争迎故帝回鑾近，忍見将軍奉詔歸。
南渡山河非大業，中分京洛是危機。
可憐許國英雄死，回首諸陵怨落暉。

京兆姚子章

闖外歸來獄未成，議和先自壞長城。
九原父子猶全節，萬世忠邪不共生。
古廟有田供歲祀，思陵無樹散秋聲。
英魂長在青雲上，高並西湖月色明。

古汴趙彦恭

奸臣無意復中原，誣死英雄信少恩。
和議紛紛危社稷，精靈炳炳照乾坤。
墓前宰木尚遺恨，湖上清波難洗冤。
千古不磨忠烈氣，烏啼花落斷人魂。

眉山楊子壽

神州北望沒祅氛，擊楫中流志肯分。
半夜軍聲騰鞏洛，兩河士氣捲燕雲。
君王甘奉和親表，太史空書破敵勳。
莫說當時秦相國，魏公曾殺曲将軍。

又

岳鄂精忠昭宇宙，堂堂遺廟肅英姿。
中原恢復漢諸葛，朔漠長驅唐子儀。
落日麒麟連碣石，晴春草木自南枝。
吳山相望江風急，伍子城頭鼓角悲。

趙郡蘇大年昌齡

霆劍龍飛脫寶函，將軍扼腕虎眈眈。
指揮天地開經略，驅逐風雲入笑譚。
準擬萬全取河北，豈期一死葬江南。
姦邪誤國英雄老，千載令人恨不堪。

海陽張源

海内兵戈似蝟毛，因瞻遺像憶風標。
上皇北狩誰知辱，少保南歸虜益驕。
晉室徒然悲祖逖，漢廷無復似嫖姚。
只今落日西湖路，杜宇春風怨未消。

凌雲翰 元書院〔一〕山長

前相汪黄後相秦，力圖恢復竟何人。

〔一〕「院」，原脫，據《精忠録》補。

朱仙路近旌旗晚，古汴城高草木春。
江月照空埋劍獄，胡沙遮斷屬車塵。
棲霞嶺下将軍墓，夜夜悲風起石麟。

虞謙 都御史

岳王墳在西湖上，寂寞荒山宰木秋。
南渡釀成和虜計，中原誰復戴天讎。
鶴歸華表人何在，月落長江水自流。
歲晚登臨增感慨，謾将牲酒奠高丘。

王恭 翰林典籍

匹馬南行渡浙河，汴城宮殿遠嵯峨。
中興諸将思平虜，負國奸臣主議和。
黄葉古祠寒雨積，青山荒塚夕陽多。
六和塔影西風裏，陵樹蕭蕭野鳥歌。

瞿宗吉　國初人，周府長史

提兵北渡過鍾離，決戰将扶趙氏危。
怒欲拔山揮白刃，勇思背水建朱旗。
朝中有相遭林甫，塞上何人斬郅支。
宰木至今南向拱，千年留與後人悲。

劉潤芳

隴樹陰陰覆古祠，行人猶起岳王思。
生前忠烈姦臣忌，死後聲名信史垂。
萬里長城真自壞，中原舊業棄如遺。
獨憐二帝歸無日，空有芳魂托子規。

凌鵠

英雄白骨葬錢塘，汴水東流失舊疆。
漢業中興諸葛去，吳讎未復子胥亡。
荒墳斷碣莓苔上，遺廟空山草木長。
欲采蘋花酹杯酒，西湖煙浪正微茫。

吴植

故國山河幾度秋，英雄遺恨只荒丘。
兩宫寂寞金根遠，一詔蒼皇赤幟收。
有子同歸良将傳，何人爲斬佞臣頭。
至今遺廟西湖上，石馬無聲水自流。

凌宗載

奸臣誤國忌英雄，慷慨徒殫報國忠。
此日長城真自壞，平生大樹耻論功。
湖山欝欝留遺廟，禾黍離離盛故宫。
來往登臨無限恨，夕陽荒塜起悲風。

黄澤　浙江左布政使

虜騎南來國勢分，中興事業屬将軍。
復讎義膽徒思奮，誤主姦謀不忍聞。
絶漠紅塵迷翠輦，空山黄葉翳荒墳。
幾回駐馬長松下，愁把清樽奠白雲。

姚肇　福建布政使

中興諸將數材雄，百戰期全社稷功。
沙漠未曾歸二聖，朝廷先已挫孤忠。
丹心炯炯懸霄漢，碧草離離繞閟宫。
留得祠堂南向樹，至今遺恨動悲風。

王羽　錢塘人，太常少卿

天與孤臣爲復讎，庸君忘耻信姦謀。
十年苦戰功何在，千古忠魂怨未休。
青史謾勞書将略，重泉不復見宸遊。
詩成忍向荒墳弔，月色湖波總是愁。

王淪　户部侍郎

大将生前值亂離，赤心報國拯時危。
九重誓死陳忠略，四海來蘇望義旗。
命落姦臣終莫保，運遭黠虜豈能支。
一抔黄壤淪孤憤，千載英雄不盡悲。

俞士悅 刑部尚書

力扶紅日上青霄，何事英魂遽不招。
人恨奸回和醜虜，天憐忠義表清朝。
墳前樹色連三竺，祠外波光映六橋。
詞客經過休感慨，遼金臺殿總蕭條。

胡軫 副使

紀律行師重萬鈞，精忠爲國豈謀身。
只緣南渡輕神器，要復中原拜紫宸。
父子同心收孽虜，乾坤何事毓奸秦。
獄成每恨長城壞，冤雪今存一廟新。
隔葉山禽空好語，向南墓木自陽春。
英靈不散留千古，過客應知倍愴神。

蕭山魏驥 吏部尚書

兩河疆土志全收，堪恨權奸沮壯謀。
劇痛翠華淪絕塞，殊慙神器客偏州。

堂堂生氣真容在，歷歷精忠汗簡留。
自古英雄誰不死，惟公千載有餘休。

劉定之 翰林學士

割地求盟日幾何，長淮又報戰船過。
可憐楚國爲讎役，猶學汴京與虜和。
北望旌旗嗟絶少，南來冠紱笑空多。
分明自把長城壞，誓表重将御墨磨。

又

大統那堪有合離，忠臣端可寄安危。
高天漠漠倚長劍，落日蕭蕭照大旗。
駕去龍髯扳莫返，極傾鰲足斷難支。
至今每爲綱常恨，豈獨荒塋過者悲。

王誼 贈工部侍郎

中興将略更無倫，義膽忠肝動合神。
百戰功勳塗草莽，兩宮巡狩沒風塵。

奸臣賣國終全虜，烈士成名竟殺身。
惟有墓頭南拱木，子規來上哭殘春。

錢溥　翰林學士

中原王氣歇河山，獨奮精忠日月間。
玉壘未虛强敵退，金牌已下大軍還。
一時讒毁雖銷骨，千古奸諛亦厚顔。
痛殺錢塘湖上水，向南隴樹不堪攀。

陳贄

英雄此日奮戎行，李牧廉頗與頡頏。
拐子馬崩胡膽喪，精忠旗竪漢威張。
深讎未復終懷憤，大業垂成忽見殃。
恨殺奸秦真駔儈，低頭甘忍拜豺狼。

濮州劉忠　監察御史

岳王英骨葬錢塘，過客來遊倍感傷。
共惜長城真自壞，誰云宋祚是天亡。

孤墳草木尚春色，諸帝園陵半夕陽。
今古興衰多少恨，西湖烟水正茫茫。

鄂渚孔儒　監察御史
擾擾干戈百戰身，一朝飲恨死奸臣。
靖康未雪當年耻，幽壤那忘此世民。
烈日秋霜空著節，忠肝義膽已成塵。
西湖湖上墳前樹，慘淡愁雲怨未伸。

羅浮李顒　浙江左布政使
文武全才冠世雄，中興諸将孰能同。
殺身已墮奸邪計，破虜徒勞汗血功。
孤塚蒼苔荒暮雨，空山黄葉動秋風。
英靈廟食錢塘上，應與江流共不窮。

襄城李敏　浙江廉使
五國城頭暗虜烟，矢心恢復舊山川。
猥從誤主權奸議，却使中分土宇偏。

鐵戟帶冤橫宿草，石麟含怒照荒阡。
精靈尚托南生樹，不與金酋共戴天。

巴渝張清　浙江右布政使

如山號令想英雄，志掃腥羶屢建功。
橫戟殆將回白日，涅膚端可表精忠。
事讎欒就偷生計，設策誰當禦遠戎。
勳業未成身已陷，不堪惆悵倚西風。

關中閻鐸　浙江左叅政

萬里長城一夕休，權奸番爲虜酋謀。
空勞河北三千騎，未滿人間四十秋。
日月謾昭忠耿耿，乾坤難著恨悠悠。
傷心多少蒼生淚，故國東來汴水流。

候官黄鎬　廣東右叅議

將軍雪耻振天兵，豈意和戎計已行。
南渡君臣千載恨，中原社稷一時傾。

英魂杳杳歸吳苑，胡騎翩翩出郾城。
明月滿庭烟樹合，石麟青草護忠精。

豐城楊瑄　浙江副使

和議當年出大奸，一時王業遂偏安。
中原未復胡塵滿，老将先摧士膽寒。
萬里旌旗空血戰，千年汗簡照忠肝。
孤墳留得豐碑在，幾度令人掩淚看。

東魯高崇　浙江右叅議

岳王英烈事如何，萬古令人感慨多。
一片丹心全社稷，滿天黑霧暗關河。
奸臣誤國情堪恨，昭代褒忠耿不磨。
立馬幾番祠下路，青山遺像共巍峨。

常熟陳璧　浙江僉事

中原板蕩暗胡塵，恢復空勞百戰身。
萬里長城真自壞，一家冤獄竟誰陳。

荒祠掩映青山暮，高塚凄迷碧草春。
二帝不歸龍馭遠，至今遺恨未能伸。

襄城辛訪 浙江僉事

平生忠義自天成，百戰徒全報國心。
萬里旌旗寒虜膽，一朝國步失良金。
昂昂志節凌霄漢，烈烈功名壓華岑。
敬仰西湖遺像在，令人感慨淚沾襟。

又

讀罷遺編恨未伸，奸臣自古害忠臣。
九重日月昏朝霧，萬里山河化虜塵。
北塞何人迎翠輦，西湖高塚卧麒麟。
祠前若有奸雄過，靦此還應顙泚頫。

仁和張珩 廣東僉事

有宋值南渡，偷安偏一方。
檜賊執國柄，成憲盡更張。

武穆奮草萊，出師復封疆。
金兵望風走，父老擔壺漿。
智勇超前哲，威聲振八荒。
朋姦煅成獄，父子竟云亡。
未雪靖康耻，空歸湖上喪。
忠魂貫天地，墓木南枝揚。
聖世隆恩典，春秋祀烝嘗。
圖形麟閣上，千古仰餘芳。

會稽韓陽

二主蒙塵勢已離，将軍存沒係安危。
方當克復中興日，不記精忠舊賜旗。
父子一門俱就戮，關河萬里竟誰支。
大書已載春秋筆，忠義難忘過客悲。

潮陽吴一貫　監察御史

西湖天日靜清波，光照精忠感慨多。
檜俊若全公父子，犬羊敢半宋山河。

乾坤蕩拆堪垂涕，家國陵夷起議和。
萬古人心不平恨，便誅姦黨亦難磨。

盱江左贊

南渡中原已陸沉，吳山蒼檜晝生陰。
君臣但識偷安計，父子徒勞恢復心。
自嘆十年捐一旦，誰憐寸土直千金。
如何棘寺銜冤處，日月無光一照臨。

又

萬里風塵火德微，挺戈直欲挽斜暉。
中興汗馬功雖紀，痛飲黄龍願竟違。
當道和戎甘誤國，書生留汴亦知機。
可憐自壞長城後，舉目河山事已非。

又

巍峨廟貌照山枝，南狩諸陵反寂寥。
精爽雖然歆祀典，忠魂長欲滅天驕。

清秋宰木吟風葉，落日湖波吞海潮。
自古功高群小忌，英雄遺恨幾時消。

上虞王壽山

嶺入棲霞見墓祠，将軍忠義古今知。
金戈誓掃群酋日，玉輦期迎二帝時。
秋雨瀟瀟荒石馬，春風淡淡怨黄鸝。
無人爲斬申循首，掛向朝南碧樹枝。

陳稹　浙江僉事

西風殘日黍離離，壟樹蕭條廟貌危。
常想北征勞汗馬，豈知南渡豎降旗。
捐軀自惜長城壞，傾厦難将一木支。
宋社已亡讎未復，英魂徒使後人悲。

陳璇　浙江按察使

桓桓威武振天戈，不讓征南馬伏波。
滿目塵沙驅獫狁，一心忠赤在山河。

龍輿薄暮青鸞杳，鳳閣春深野雉多。
兩塚獨看湖水上，六橋贏得翠峨峨。

又

将軍器宇華嵩高，南渡秋深竟寂寥。
日月大明寃始雪，山河一統恨全消。
輪囷古木烟雲繞，磊落靈祠雨露饒。
青史更看忠義著，兩儀真不負英豪。

湯節 都指揮同知

英雄誓復舊山河，争奈奸諛誤國何。
慷慨謾陳諸葛表，指揮空返魯陽戈。
君臣南渡偷安久，父老中原灑淚多。
千古精忠猶不泯，至今陵樹盡南柯。

潛溟 杭州府知府

将軍一死虜長驅，祇爲奸雄阻壯圖。
不挽彫弓清北漠，空遺白骨葬西湖。

山河舊業誰能復，松栢荒陵鳥自呼。
留得清忠傳萬古，永同日月照三吳。

江謙　刑部員外

報國捐軀分所當，中興功業竟銷亡。
精靈充塞乾坤老，名姓流傳簡冊香。
冤血倒流春草碧，古碑無字雨苔荒。
至今遺廟丹青在，古木寒鴉送夕陽。

貝泰　國子祭酒

江國偏安忍復讎，恢疆事業付誰收。
奸臣誤受君王寵，忠義深懷社稷憂。
燐火不燒湖上草，椒漿空薦廟中羞。
咸淳視此全非計，斷礎猶存鬻子樓。

李奎　大理少卿

醜虜南侵國步獨[一]，將軍百戰見孤忠。
啣冤竟死奸權手，雪耻誰收敵愾功。
耿耿赤心猶貫日，稜稜殺氣尚摩空。
荒墳三尺西湖上，荆棘凄凉暮雨中。

施淵

武穆祠堂何處尋，北高峰下白雲深。
疎螢暗度黄昏影，老樹空移白晝陰。
身殞奸讒千古恨，義全忠孝一生心。
九原不作成長往，無復中原奏捷音。

孫子良　山東叅政

墳樹蕭蕭幾夕暉，却思往事總成非。
園扉已報孤臣死，沙漠誰迎二帝歸。

〔一〕「獨」，雙峰堂萬卷樓本作「惸」，《精忠錄》作「窮」。

全盛山河無復見，荒凉陵寢竟何依。
淡烟踈雨西湖路，長使行人淚濕衣。

王棨 太僕卿

鐵衣龍劍倚清秋，百戰山河血未收。
桑海不消終古恨，草心誰復戴天讎。
背嵬遊奕當年夢，落日西風過客愁。
劫火不灰泉下碧，靈光兩地照林丘。

蘇平

中原回首陷胡塵，萬里關河百戰身。
報主孤忠知有死，出師頻捷竟無倫。
猿啼荒塚湖山夕，花落寒塘野寺春。
二帝不歸宮闕燼，可憐相國是何人。

鄭璧 贈刑部郎中

一死能全萬古名，暮林英氣儼如生。
奇功耻與張韓並，冤獄皆從檜卨成。

正擬揮戈清醜虜，可堪投幘[一]壞長城。
烏啼花落年年事，此日登臨倍愴情。

蘇正

誓将忠義靖塵氛，百戰關河策異勛。
志掃中原歸二帝，氣吞驕虜冠三軍。
長城自壞心無媿，鴟革隨流事忍聞。
碧血化爲湖上草，千年留得暎孤墳。

黄諫　翰林編修

昨於衛揮偶會大条郴陽高公克誠，出所作岳武穆王廟詩，始知朝廷從予同寅東海徐公元玉之請而爲之立廟也。王在當時，屢立戰功，志圖恢復，奈何爲奸權所忌，十二金牌召回，卒死於獄，使宋祚不永，而天下後世之人咸知王之冤、賊檜之奸邪矣。王之死所，已立祠崇祀之；而所産之地，卒未有表揚之者，豈無知王之忠而生於是地者歟？知之，蓋未灼見王爲所當崇祀者也。方今朝廷以邊寄爲重，使皆得如王之忠而用之，則胡寇何患不弭，邊境何患不清肅也哉。元玉素諳兵略，爲當時所重，暨出鎮是地，招募義勇，知王之忠而

〔一〕「幘」，原作「帳」，據《精忠録》改。

予於是又慨王之不遇於彼，而卒遇於此也。王之死雖不幸，而豐功盛名與宇宙相爲無窮，血食萬世，其幸又何如哉。因效其躰，輳爲四律，併録所和趙文敏公題王墓之作于後，覽者幸正焉。

爲之請，蓋将以激勸當時，使人人皆知忠義之是尚也。朝廷特從其請，爲立廟以崇祀事。

詠精忠廟

河上間氣產忠臣，恢復中原志未伸。
宋祚不興身已死，胡兒得志恨難論。
名流天地超前輩，血食鄉邦激後人。
自是聖朝崇祀典，巍巍廟宇煥然新。

讀鄂王傳

大獄纔成事若何，中興将業有誰過。
嗣君無志圖恢復，賊子專權主議和。
天地茫茫遺恨在，簡編歷歷事功多。
幾番讀此興長慨，星日昭回永不磨。

過朱仙鎮

汴河南去客途長，舊壘于今尚渺茫。

鐵騎橫奔将克捷，金牌趨召竟云亡。
荒郊雨霽迷春草，衰柳鴉鳴自夕陽。
謾想遺踪吊忠烈，不勝揮淚重浪浪。

和趙文敏公韻

輦駕南遷國統離，逆胡犯順勢應危。
共知和議非長策，肯使中原竪虜旗。
弱主忍将宗社棄，孤臣尚把棟梁支。
精忠已死奸諛手，一閲遺編一度悲。

袁純　監察御史〔一〕

駐馬朱仙感嘆長，鄂王遺恨草茫茫。
九天詔下三軍退，十載功成一旦亡。
汴水山河虚夜月，西湖草木自春陽。
詩成爲悼興亡事，讀罷令人涕淚浪。

〔一〕「史」，原脱，據雙峰堂萬卷樓本補。

精忠廟落成　高信　河南左叅議

将軍遺骨葬錢塘，血食湯陰是故鄉。
碧瓦朱簷崇廟宇，雄姿英氣凛風霜。
氤氳石鼎浮烟靄，飄颺旌旗閃日光。
喜遇明時恩澤溥，精忠賜額永褒揚。

萬祥　禮部員外郎

經過深慕岳王名，廟宇巍峨新落成。
寂寂古塋秋草合，踈踈殘柳暮鴉鳴。
忠臣雖死權奸手，節義終歸後世評。
説著古今興廢事，臨風感慨淚如傾。

何永芳　河南按察使

天生英武壓群雄，伏劍捐軀竭至忠。
壯節誓将湔國耻，奸謀何苦感宸衷。
烟荒古墓青山下，日映新祠緑樹中。
千載萇弘猶有恨，離離碧草夕陽紅。

李周冕

宋代名臣膽略雄，新成廟貌表精忠。
金牌降詔奸臣計，鍾鼎鐫名汗馬功。
紫極兩宫俱狩北，黄河一水自流東。
傷心芳草斜陽路，不盡行人感慨中。

徐鼎

破虜将軍力拔山，寧知一死堕權奸。
名高北斗星辰上，身瘞中吳草莽間。
殺氣寒雲迷戰地，丹心烈日照人寰。
獨憐忠孝編青史，空想當年奏凱還。

和朱仙鎮韻　尹顥

烟柳毵毵舊壘高，依稀猶似樹旗旄。
馬前不有書生諫，月下應知兀朮逃。
野老尚能談舊事，史編空復著勳勞。
我來弔古情無限，一望茫茫總緑蒿。

馬偉

偉嘗乘軺經湯陰，朝廷新建岳武穆祠，僭留題鄴城。歲甲戌冬，改官于杭。履任之十有二日，值除夕，郡遵故事，祭王墓于西湖。因覩趙孟頫所作，感悼不已，遂次韻勉成一律，并以前所題于鄴之作，併録于此。

詩曰：

鄂王故里在湯陰，奉使經過感悼深。
駐馬含悽詢邑老，趨祠作禮泫衣襟。
生期宋祚重恢復，死恨金酋未就擒。
廟食此邦兼浙上，聖明恩典慰人心。

右經湯陰題精忠廟

忠良何事中讒離，壞爾長城國勢危。
茂勳光生南宋史，黠胡膽落大軍旗。
坤輿日蹙憑誰禦，厦屋山頹不自支。
落日荒祠拜遺像，湖山風木有餘悲。

右西湖祀岳墳和趙文敏公韻

陳銓 監察御史

和趙孟頫韻（三首）

南渡人心尚未離，英雄誓死任艱危。
金牌十二傳虛詔，鐵騎三千倒戰旗。
父子精忠應未泯，祖宗基業竟難支。
觀風泣拜荒墳下，滿目湖山總是悲。

又

父老朱仙泣別離，傷心非爲衆民危。
渡江已失宋家業，破虜空勞岳字旗。
日月光明心可照，乾坤板蕩力猶支。
冤哉毒害奸臣手，天地茫茫不盡悲。

又

樹枝何事向南離，生死俱憂宋室危。
萬頃湖光照肝膽，四圍山色擁旌旗。
豐碑仍舊依霄漢，古廟重新託度支。
更羨守臣能助義，村翁亦解喜忘悲。

方溢　監察御史

胡騎縱横世亂離，英雄百戰濟時危。
復讎屢布堂堂陣，矯詔俄班正正旗。
二帝蒙塵空淚墮，萬民含憤總頤支。
可憐涇渭翻清濁，地久天長不盡悲。

德興孫震　浙江左布政使

試問偷安卧海堧，何如雪耻勒燕然。
奸回千古市朝肆，忠義九霄山斗懸。
穆穆靈風超物表，巖巖英氣似生前。
至今遺恨朱仙鎮，十載成功一旦捐。

邵武朱欽　浙江按察使

直将身繫世安危，况是乾坤草昧時。砥柱巍巍衝巨浪，陰雲漠漠蔽朝曦。端爲宗社綱常計，惟有皇天后土知。諸葛忠謀孫武略，千秋穹壤大名垂。

姑蘇林符　浙江右布政使

天高地遠無窮恨，開卷人心自不平。死有餘忠存拱木，生将赤手作長城。姦回既往空遺臭，公道于今屬大明。新廟堂堂湖上隴，兩峰雲表共崢嶸。

漁陽歐信　浙江叅政

平生忠義重如山，志掃强胡復漢關。虎旅雲屯方北指，金牌火急召南還。獨緣宗社遭危禍，誰爲綱常戮大姦。

千載西湖遺恨在，寒烟慘慘水潺潺。

又

獨以孤忠結主知，虜讎當復更無疑。
十年勳業垂成日，百計姦邪横出時。
海宇中分真可恨，冠裳倒置更難持。
知心惟有西湖月，夜夜還來照古碑。

長沙羅鑒　浙江条政

中原淪没混風塵，忠孝如公世幾人。
辭第却姝期滅虜，恤孤吊死豈謀身。
一心運用兵無敵，百戰驅馳筭有神。
勳業未成中道止，英雄千載恨難平。

許郡呂璋　浙江副使

名高宇宙岳将軍，億兆含悲望策勳。
自許丹心堅鐵石，還期赤手破燕雲。
冤沉狴犴摧天柱，腥滿關河縱虜群。

姦黨專期忠義戮，黍離凄斷不堪聞。

關中張鸞　浙江副使

忠誠貫日氣吞胡，赤手期將宋室扶。
百戰間關讎未雪，九重陰噎死何辜。
虜酋酹酒和初定，父老牽裳泪欲枯。
回首西湖埋骨處，愁雲漠漠鎖寒蕪。

又

堪嘆孤忠值亂離，提兵十萬力扶危。
可憐一紙東來詔，遽返千竿北指旗。
赤子徬徨猶我戀，中原板蕩竟難支。
傷心惟有祠前水，嗚咽長流萬古悲。

三山林廷選　浙江副使

金牌十二促班師，艮嶽嵯峨竟黍離。
豪傑濟時心未已，權奸當國事難爲。
果符扣馬書生料，誰慰中原父老悲。

湖上新祠雲日爛，拜瞻遺像動遐思。

東魯張賓　浙江副使

人豪端爲濟時生，恢復雄圖一劍橫。
開閫湖南貔虎熄，展旗河朔犬羊驚。
擅權時相真檮杌，當宁天王本聖明。
何事忘讎兼忍耻，强胡正擾壞長城。

衡山吴紀　浙江叅議

北巡南渡駕分奔，百二山河半虜屯。
鐵騎肯容清朔漠，金酋那復亂中原。
乾坤凛凛孤忠節，今古昭昭故壘魂。
千載權奸人共憤，漂零宗社不堪論。

又

英雄恢復戰功多，身死圜扉爲梗和。
汴水已吞金醜虜，吴宫空繫宋山河。
千官扈蹕徒勞爾，二聖蒙塵可奈何。

搔首錢塘多少恨，西湖惟見樹南柯。

山右郝天成　浙江僉事

南渡衣冠此丈夫，心存宋祚氣吞胡。
姦臣直欲空人國，弱主何能復汴都。
天地無私應墮淚，犬羊有識亦知誣。
萬年廟食西湖上，未許豐碑沒斷蕪。

又

恢復中原將略奇，垂成功棄是誰爲。
奸回計遂冠裳紊，父子冤亡天地知。
泉底青萍輝北斗，隴頭碧樹茂南枝。
紹興三十年間事，留得西湖一片碑。

内江蕭翀　浙江僉事

維王起南渡，天挺鷹揚雄。
卓哉萬人敵，奮身閭閻中。
金酋梟獍徒，長驅颺其鋒。

腥羶薰廟社，二帝塵並蒙。
報國誓雪耻，感慨憤填胸。
揚旗據朱仙，列陣擣黄龍。
權臣肆兇慝，黨逆忌成功。
矯詔飛金牌，囹圄陷精忠。
長城甘自壞，懦主殊昏庸。
地下心耿耿，墓樹枝南叢。
追封謚武穆，祀典聖恩隆。
王烈播寰宇，遺臭檜無窮。
忠邪判霄壤，信矣天道公。

華亭范鏞　浙江僉事

獵獵胸中百萬兵，荆襄狐鼠一時平。
即看電掃黄龍府，豈料雲迷白玉京。
奸黨孰知宗社重，忠勛猶照簡書明。
守臣勵俗褒英烈，廟貌巍巍切泰清。

宜賓陳輔　浙江僉事

三字無憑大獄成，江南從此罷言兵。
犬羊不顧君臣義，日月長懸父子情。
未就雄圖傷往事，偶登遺廟見平生。
早知身墮奸回計，直取黄龍復汴京。

新安洪遠　浙江僉事

自古英雄不易求，天鍾靈秀爲時謀。
摧兇克拯生民命，雪耻真分世主憂。
頗牧威宣沙漠遠，孫吴筭徹鬼神幽。
無端却被權奸誤，北狩遊魂杜宇愁。

湖湘黄華　浙江都指揮僉事

陣列朱仙虜勢傾，内庭頻詔却休兵。
戴天未刷君親耻，思漢空懸父老情。
遺廟巍巍功不泯，故都寂寂恨難平。
我來暗灑英雄淚，忍看穹碑對月明。

古淮熊岡　浙江都指揮僉事

兀朮長驅過太行，南遷北狩各蒼黄。
土崩上國多荆棘，雲擾中原半犬羊。
恢復空勞賢父子，班師甘棄舊封疆〔一〕。
今朝廟貌重修日，一代精忠萬代光。

濠梁牛洪　浙江都指揮僉事

炯炯丹心貫日虹，汗青千載揭精忠。
復興社稷平生志，擒戮腥羶蓋世功。
雲際宫牆新勝概，壁間圖畫儼英風。
檜心剖裂還遺臭，邪正天淵夐不同。

倪阜　郎中

淮北邊疆日叛離，何人涅背往扶危。

〔一〕「封疆」，《精忠録》作「家邦」。

英雄慷慨提龍劍，天語叮嚀揭繡旗。
十萬軍中麾敵纛，四旬夢裏蹀燕支。
而今世世歌功德，地下奸邪聽亦悲。

又

陣壓朱仙賊膽離，兩河不日解愁危。
老奸力獻和戎策，大将空麾滅虜旗。
往事悠悠徒躑躅，新祠赫赫費撑支。
英靈有在袪殘孽，爲息三邊鼓角悲。

錢鉞 右副都御史

誓復皇家舊土疆，先平江漢後湖湘。
戰功淮右前朝傑，威德汾陽異姓王。
誰主和戎成左計，竟須移蹕老偏方。
将軍身死猶祠廟，寂寞思陵更可傷。

周津 監察御史

周室東遷詠黍離，古今天地幾安危。

簡編遺臭空奸膽，日月争光有義旗。
西北輿圖從失據，東南王業可偏支。
青苔白骨誰無死，雙塚西湖百世悲。

潘府　員外

三字冤深大将誅，精忠千載照西湖。
虎狼有識翻成笑，草木無私亦解誣。
南渡君臣心已死，中原父老望應孤。
當年若問回天計，先討奸秦後滅胡。

計宗道　進士

鑾輿雖與汴城離，烈烈英雄肯避危。
要復賀蘭山作界，誓将可汗首懸旗。
奸邪欺主心何慘，忠義遭冤國不支。
父子棲霞雙塚並，山花野鳥亦含悲。

安成胡道　錢塘知縣

厄運遭逢板蕩時，姦回得志藎臣危。

上皇竟絶南來使，大将空還左次師。
和議已成夷夏紊，深讎不報鬼神悲。
每來虔祀瞻冠履，淚灑西風雜雨絲。

浙西陳蕡 光禄寺丞

星斗中宵耀劍芒，彎弓如月射天狼。
十年爲國輸精力，萬里提兵靖土疆。
不忿奸諛噓虐焰，忍看奇禍及忠良。
一門父子銜冤死，留得名同日月光。

漢陽陳琓 杭州府學教授

逆胡雲擾半中華，二帝蒙塵北路賒。
五國荒城留玉輦，兩河烽火接龍沙。
将軍忠義扶人極，宰執奸謀誤國家。
十二金牌如箭急，功隳身禍古今嗟。

孤竹陳鼒 監察御史

古廟沉沉掩夕曛，西連荒壠結愁雲。

金牌卒中書生計，朱鎮空回少保軍。
萬里鑾輿終北狩，百年基業遂中分。
乾坤遺恨依然在，散作秋濤不忍聞。

聯句

蕪湖李贊 浙江左布政使　錫山邵寶 浙江右布政使

六橋行盡見玄宮寶　生氣如聞萬鬣風
松檜有靈枝不北贊　江湖無恙水猶東
千年宋社孤墳在寶　百戰金兵寸鐵空
時宰胡爲竊天意贊　野雲愁絕夕陽中寶

又

棲霞嶺下共幽尋贊　萬古精忠萬古心
風靜平湖天已定寶　雲連高塚晝常陰
戰袍缺裂威容舊贊　華表淒涼歲月深
磨盡南屏誰執筆寶　兩詩題罷欲霑襟贊

又

寢廟臨湖弔客多寶　我來其奈暮秋何

霜林葉滿游魂血贊　風澗聲迎小隊呵

畫壁丹青辛苦地寶　樓船簫鼓感傷歌

不知檜骨今存否贊　江落胥潮月滿坡寶

又

指點中原次弟收贊　一門忠節竟何求

舊家誰幕銀瓶井寶　新廟當銘鐵漢樓

遊女亦知瞻拜禮贊　野人還抱燕安憂

東風墓草年年緑寶　千古英雄恨未休贊

安福歐陽旦　浙江副使

隔岸荒墟宋故宫，蕭蕭黄葉落秋風。

英魂猶逐雲驅北，赤手誰扶日上東。

百里青山還勝地，一湖碧水自晴空。

金讎未復身先死，恨滿乾坤望洛中。

又

曾從青史細搜尋，一點精忠誓此心。
再造有謀唐相國，萬人無敵漢淮陰。
荒墳孤立乾坤老，小徑平分竹樹深。
秦鬼逆天誅不盡，九原誰爲洗冤襟。

又

旌忠有廟聖恩多，誤國奸回竟若何。
墓木亦能知向背，山靈端合爲撝呵。
靖康誰恤金人耻，陳主寧亡玉樹歌。
風景滿前消不盡，畫舩載酒過東坡。

又

江上西風雨不收，一家冤憤向誰求。
閑雲半掩僧開寺，白鶴孤飛客倚樓。
歌舞豈知亡國恨，冠裳合抱濟時憂。
臨機若審春秋義，恢復功成死亦休。

宜春劉琬　浙江左布政使

誓復中原建大猷，讒邪和議倡奸謀。
一門父子甘同戮，二代君臣忍事讎。
重器偏安終弗振，長城自壞竟難收。
巍巍獨有西湖廟，扁揭精忠萬古留。

任丘邊憲　浙江按察使

白日丹心並皎然，乘輿未返枕戈眠。
忍從賊相同欺主，誓不讎胡共戴天。
忠義昭明安一死，姦兇唾罵臭千年。
巍巍廟貌西湖曲，嗟彼陵移與谷遷。

金城彭澤　浙江副使

土木猶存龍虎姿，幾番瞻拜憶當時。
老奸死守金人誓，大將空煩岳字旗。
萬姓傷心憐社屋，一門駢首就誅夷。
青天白日丹衷在，惟有忠臣孝子知。

建安楊旦　浙江副使

黠胡無賴逆天常，和議從容出廟堂。
朔漠幾更新歲月，山河半失舊封疆。
湖波東注聲猶咽，宰木南枝恨未忘。
氣節凛然千載後，肅瞻遺像拜心香。

莆田陳珀　浙江副使

公身誓與虜存亡，誰爲讎人計中傷。
天地無情容國賊，江山蒙耻墜華綱。
千年廟祀儀如昨，三尺丘墳骨亦香。
更有靈靈長配食，男忠女孝並流芳。

關西謝朝宣　浙江僉事

吊古謁新宫，儀容昔日同。
神閑左氏傳，天授養由弓。
臨陣空前敵，當權忌上功。
至今南枝鳥，猶自泣精忠。

宜興杭淮　浙江僉事

悵望秋風薦野芹，忠臣祠宇肅瞻新。
寒烟白石荒山暮，枯木南枝萬古春。
志決幽燕終報主，將兼頗牧已無秦。
不緣金詔歸河北，寧使翠華來海濱。

仁和陳良器　福建左布政使

蕭條宋室竟南遷，手握乾坤枉獨賢。
戰勝荆湘功有偉，鋒摧女真蹟無前。
苦風洒淅山河泣，寒霧瞢騰日月懸。
湖上雙墳千萬祀，南枝滴翠色猶鮮。

陳璟　蜀府長史

丘山忽隕最高峰，蓋木宗祧掃地空。
北斗星星呑壯氣，南枝葉葉戰金風。
悲哉相室深埋穽，徒爾軍牙大策功。
獨念龍沙莎草白，洛陽三月牡丹紅。

陳珂　福建按察使

莫嗟世運厄英雄，奸檜爭教競武功。
和策已成鋪地錦，北懷徒賦滿江紅。
群胡歇馬繁華裏，二帝遊魂朔漠中。
臣妾盡甘南史錄，丈夫誰肯說惟公。

莫嗟世運厄英雄　奸檜爭教競武功
和策已成鋪地錦　北懷徒賦滿江紅
群胡歇馬繁華裏　二帝遊魂朔漠中
臣妾盡甘南史錄　丈夫誰肯說惟公

嘉靖壬子年秋
清白堂新梓行

會纂宋岳鄂武穆王精忠錄後集

重刊精忠録後序

天地有正氣也，而亦有常數也。數有盈虧，而氣無間斷也。數有盈虧，故人物之始終，國家之興廢，值其時之若然，而實非人力之所能然也。氣無間斷，故在天爲日星，在地爲河嶽，在人爲忠義。日星有晦明，而忠義無晦明也。河嶽有變遷，而忠義無變遷也。是誠有不依形而立，不恃力而行，不待生而存，不隨死而亡者矣。是氣也，使其值乎數之盈，則宣而爲都俞之聲，柔懷之政，激而爲防風之戮，東山之征，名成於當時，功垂於後世，又何言哉。不幸而數虧焉，山河改色，時事已非。雖假以有爲之人，持必爲之志，回難爲之機，而立見可爲之勢，然而君非其人也，相非其人也，權奸計行，萬事瓦裂矣。是豈天之不佑斯人哉。天之生斯人也，將以發天地之正氣也，正氣存乎其人，而國脈亦繫乎其人。使國而猶可眷也，則數猶可回也。今而君臣皆非矣，數不可回矣。以不可屈之氣，而值乎不可回之數，故寧奪其人以完其氣，無寧奪其氣以完其國。此天之所以處宋岳鄂武穆王者，蓋非偶然也。

當夫徽、欽北狩，高宗南渡，華風陵替，夷焰方殷，天柱崩而地維折矣。問其政，則壞於熙、豐之黨，而繼以汪、黄之徒也。荏苒奸邪，恣爲欺罔，而昏暗日滋，蒙塵弗振，宋之不亡，僅如一綫之引屬疏。而王丁其時，奮自徒步，應募而起，歷登大將，慨然以恢復爲己任。小戰百餘，大戰數十，鋒不少挫，而所向無敵。卒之南北群盜，望風而降，僞齊隨傾，金兵膽落，而其服之之深，至以父稱之。及朱仙鎮之役，女真幾滅矣，宋社幾復矣。是何於難爲之時，而能立此不世之奇功哉？蓋王之忠義勇略，皆得之天，而非人所及。至是，則王之所得於天者不負，而天之所以付於王者不孤。王一全人矣。然王之所受於天者，雖得其全，而宋之所受於天者，已羅乎厄。使其君能知警，猶可爲也，而怠惰之隙，奸檜乘焉。奸檜既相，鬼蜮登矣。宋之君臣，天實厭之，豈肯使麟鳳受染乎？枘鑿不能相入矣，薰蕕不可同器矣，舜跖不可同朝矣。故其爲班師之計，以撓垂成之功者，非檜能害王也，天以罰宋也。王既死矣，中原之地自此不可復矣，父兄之讎自此不可報矣。金自此而益張，宋自此而益替矣，盟自此而遂背，構自此而遂臣矣。王之生，俊〔一〕何忌也。王之死，俊何喜也。俊至是其喜不喜也。是知天之所以生王者，非偶然也。寄正氣於王，以示中華之有人，而不可欺也。而終奪王者，亦非偶然也，以宋之君臣不足眷，而數之常不可回也。

論者謂，方郾城戰勝而進軍，兀朮將棄洛而遠遁，斯時詔趣班師，使王持以「將在閫外，君命有所不受」之義，堅執北伐，偪技窮之虜而滅之，盡收拾故疆，措置已定，然後奏凱班師，歸身謝罪，顧不愈於墮奸權之計，受鍛鍊之禍哉。此亦一說，而非知王之論也。王之一身，正氣之所在也。王知有君，而不知己志之行沮；知有忠，而不知功名之得喪。況專制之義，不行久矣。今欲舉行，必上有漢孝宣之明，下有魏相之忠，而奸讒不得以間之，然後趙充國可爲西羌之舉，違詔而伸己志也。彼高宗之去孝宣遠矣，奸檜之賊，蒙蔽已深，而張俊之徒，方且瞋視，王欲執此義以行，將何以自白於如簧之口哉？出乎此，則亦疑於桓溫、劉裕之專恣矣，又豈王之所屑爲哉？王之節義，於此而益明。王之忠誠，於此而益著。王之正氣，於此益久而益不

〔一〕「俊」，原誤作「浚」，據文意改。下同，徑改，不再出校。

磨。地維至于今立也，天柱至于今尊也，山河至于今流峙，日月至于今照臨也，風霆雲雨至于今恒且烈也，麟鳳龜龍、醴泉芝草至于今祥且異也。正氣之在於天地者如此。若夫賊檜之邪，至今視之，一狗彘耳，一蟣虱耳，一糞壤耳。紀異者傳檜變爲牛，而雷碎之。理或然也。何者？邪氣之不容於天地也。天地之間，正與邪不兩立，故人心之公，好與惡不容已。今之言檜者，輒加唾罵，若污口然。至於王，則景仰不替，歆慕益隆，請廟以尊之，祀典以崇之，求額以表之，歌詞以詠之，篆石以紀之，歷古至今，一也。

王之廟與墓俱焉，在杭之西湖棲霞嶺之下，歲久，屢修復敝。茲值欽命内官監太監劉公來鎮兩浙。公素秉忠愛，其爲國爲民之心，歷歷見諸政事。而好古篤信之念，尤不倦於講論，謂「岳王，兩宋第一人也，西湖有岳墓，而湖山增色焉」。遂捐俸廩而重修之，殿宇之弘敞，門牆之壯麗，視舊百倍。仍復於廟門之外，通衢之左，鼎建石牌坊一座，榜曰「精忠」，昭聖製也。牌坊以石，垂永久也。而翼然大書，燦然金碧，往來瞻望者，耳目一新矣。他日讀王之《精忠録》，輒嘆曰：「英華所聚，皆正氣也。是誠可以激勵後人也。」板行已久，頗有脱落。况近有頌王之德，吊王之詞，珠玉相照，皆未得登板，亦缺典也。乃躬爲釐正而翻刻之。即其録，觀其事，誦其詩，詠其詞，王之生氣凛凛猶在也。公之此舉，一何盛哉。公之心，得其好惡之正也。好惡之正，亦正氣也。於此益見正氣之在天地間，磅礴無間，數何足言哉。宋固逝矣，金亦安在？千古與年俱新者，惟王之墓而已。天之所以全夫王者，至此無馀矣。愚生也晚，方以得謁王之庙，拜王之墓爲幸也，而目激于懷者，尚未盡所欲言。茲幸承公之屬，遂得盡其所欲云云。

正德五年歲次庚午秋八月哉生明，賜進士巡按浙江清戎監察御史海陽李春芳序。

圖書在版編目（CIP）數據

福建通俗文學彙編 1. 大宋中興通俗演義 / 涂秀虹主編；（明）熊大木著；涂秀虹，譚登思點校 .-- 福州：海峽文藝出版社，2023.10

（八閩文庫 · 專題彙編）

ISBN 978-7-5550-3222-9

Ⅰ. ①福… Ⅱ. ①涂… ②熊… ③譚… Ⅲ. ①章回小説—中國—明代 Ⅳ. ① I242.4

中國版本圖書館 CIP 數據核字（2022）第 229633 號

福建通俗文學彙編1・大宋中興通俗演義

作　　者：涂秀虹主編
（明）熊大木著　涂秀虹　譚登思點校
出 版 人：林濱
責任編輯：余明建
出版發行：海峽文藝出版社
經　　銷：福建新華發行（集團）有限責任公司
社　　址：福州東水路 76 號 14 層
發 行 部：0591-87536797
印　　刷：雅昌文化（集團）有限公司
廠　　址：深圳市南山區深雲路 19 號
開　　本：787 毫米 × 1092 毫米　1/16
字　　數：445 千字
印　　張：34.5
版　　次：2023 年 10 月第 1 版
印　　次：2023 年 10 月第 1 次印刷
書　　號：ISBN 978-7-5550-3222-9
定　　價：150.00 元